COLLECTION
FOLIO CLASSIQUE

Stendhal

Aux âmes sensibles

Lettres choisies
(1800-1842)

Choix d'Emmanuel Boudot-Lamotte

Édition établie, présentée et annotée
par Mariella Di Maio
Professeur à l'Université de Rome III

Gallimard

PRÉFACE

J'écris ceci, sans mentir, j'espère, sans me faire illusion, avec plaisir, comme une lettre à un ami.

Vie de Henry Brulard, chap. I.

Le titre d'abord, Aux âmes sensibles, *celui de l'anthologie d'Emmanuel Boudot-Lamotte (1942), présentée ici dans une nouvelle édition. Ce titre, qui semble convenir tout particulièrement à sa correspondance, Stendhal lui-même l'avait «fourni» à son éditeur. Il mentionne les «âmes sensibles» dans une lettre du 28 septembre 1816, qu'il adresse à son compagnon de jeunesse Louis Crozet, chargé de revoir l'*Histoire de la peinture en Italie*:*

Mettre en style et lettres lapidaires sur la page qui suit le titre ces mots

TO

THE HAPPY FEW

Ça a été mon projet pendant deux ans. Cela explique tout le livre. Je le dédie aux âmes sensibles.

Cette dédicace s'était comme «imposée» à Boudot-Lamotte. Au point de remplacer, dans son titre, l'épigraphe en langue anglaise, que la fortune de Stendhal

a rendue paradoxalement populaire auprès de ses lecteurs, et qui paraîtra aussi dans d'autres ouvrages : Le Rouge et le Noir, Lucien Leuwen, La Chartreuse de Parme. *Cela va sans dire : s'agissant de lettres, l'évocation des « âmes sensibles » marque un glissement sémantique, le passage à un registre plus personnel et plus intime, celui de la* tendresse *dont parle Jean-Pierre Richard*[1]. *L'enjeu n'est pas seulement le pacte de complicité intellectuelle avec les lecteurs à venir, avec la secte des « Heureux-peu-nombreux », qui gênait si profondément Paul Valéry. Car, selon lui, ce pacte n'était que la mise en scène théâtrale de la relation entre l'Égotiste et l'« Éternel client », entre lui et son lecteur, « fier de l'être ».*

S'adressant à une brotherood *moins belliqueuse que la* band of brothers *shakespearienne*[2], *laquelle est sans doute à l'origine de sa formule la plus célèbre (« We few, we happy few, we band of brothers… »), Stendhal semble moins soucieux du destin futur, voire posthume, de son œuvre. Il dialogue avec le passé. Par une remontée de la mémoire historique et individuelle, il évoque une communauté idéale, qui est surtout une élite sentimentale. « J'avoue que le courage d'écrire me manquerait si je n'avais pas l'idée qu'un jour ces feuilles paraîtront imprimées et seront lues par quelques âmes que j'aime, par un être tel que Mme Roland ou M. Gros, le géomètre », écrit-il au début des* Souvenirs d'égotisme. *Et dans la* Vie de Henry Brulard*: « S'il y a succès, je cours la chance d'être lu en 1900 par les âmes que j'aime, les Mme Roland, les Mélanie Guilbert, les… ». Mme Roland, souvent proposée comme*

1. Pour les références à des commentateurs de Stendhal, voir la Bibliographie finale.
2. *Henri V*, IV, 3, ou bien il y a une allusion aux rares lecteurs évoqués par Oliver Goldsmith dans *Le Vicaire de Wakefield*, chap. II.

modèle à sa sœur Pauline, est la destinataire la plus emblématique de ses confessions : « Sous le nom de Mme Roland, je m'indique à moi-même le nom de femmes d'un génie supérieur *qui vivent encore.* »

*Les âmes sensibles s'opposent aux âmes froides. « Surtout ne montre cette lettre à personne, par l'idée qui m'en reste elle est trop pleine de ridicule pour les âmes froides », lit-on dans une lettre à Pauline de juillet 1800. Écrivant à l'« âme sœur », sa première lectrice, Beyle ne fait qu'anticiper ce qu'il traduira en termes esthétiques dans l'*Histoire de la peinture *— et qu'il reprendra dans* Souvenirs d'égotisme *et dans* Brulard *: « Si j'espère être lu, c'est par quelque âme tendre qui ouvrira le livre pour voir la vie de ce Raphaël qui a fait la* Madone alla seggiola *ou de ce Corrège qui a fait la tête de la* Madone alla scodella. » *Tout à fait romantique, avance Léon Blum, est cette notion d'une « aristocratie du cœur » à qui sont réservées les grandes passions, les grandes souffrances, et le privilège de l'émotion esthétique. D'un côté, les âmes tendres et délicates, de l'autre les âmes sèches (comme celles qui « tuent » Pauline à Grenoble), les gens secs, les* secs *(19 avril 1805). Et puis, les* âmes de boue, *les âmes de* papier mâché, *les âmes de liège, «* the souls of *liège* », *dont il est question dans le* Journal de ma campagne de Russie en 1812, *lorsque, pendant la retraite, Beyle sent moins les souffrances physiques que la « misère de l'armée » : « Faites-moi souffrir tout cela avec des Widmann, ou des âmes ayant des rapports avec la mienne, mais perdu au milieu d'âmes de liège, je suis étouffé par les pensées et sensations grossières.* »

Stendhal juge d'une âme « à la qualité de son étoffe », note Thierry Laget, et fonde un vrai « système » sur quelques antithèses. C'est le cas de prosaïque, *antonyme de ce* romanesque, *d'où prend origine, selon le beylisme, toute création artistique. Les points de repère, on le sait par* Brulard, *sont les héros de l'Arioste, du Tasse, et Don Quichotte, selon un schéma manichéen qui oppose la «folie» au prosaïsme des vils Sancho Pança, déjà dans* De l'amour*: «Le maître toujours rempli d'imaginations romanesques et touchantes; l'écuyer un modèle d'esprit de conduite, un recueil de proverbes bien sages.» Prosaïque, épithète que Stendhal dit avoir empruntée au* Cours de littérature dramatique *de Schlegel («avec une âme parfaitement pure de tout romanesque et entièrement prosaïque, dirait Schlegel»), exprime tout ce qui est négatif: l'excès de* prudence, *le manque d'imagination, l'absence de musique. «Il n'y a pas d'opéra à Livourne, non plus qu'ici, à Pise, ce qui m'a tout contristé et rendu entièrement prosaïque», écrit-il dans le* Journal[1] *du 22 septembre 1814. Et encore: «Il est trop évident qu'un être prosaïque n'eût pas paru à Volterre», dans une lettre à Métilde Dembowski, après avoir suivi l'imprenable objet de son amour fou dans la ville toscane. Par ce mot, qui revient souvent sous sa plume, Beyle fait allusion à sa folie amoureuse — on se souviendra de ses lunettes vertes —, avec ses expédients puérils et son* ridicule. *Le prosaïsme est le «point de concentration de toutes les antivaleurs», observe Michel Crouzet, le froid et la glace contre le feu et l'ardeur des âmes passionnées et héroïques. Comme Mina de Vanghel, vraie héroïne stendhalienne, qui choisit de se suicider après l'échec de son dessein amoureux et criminel: «C'était une âme trop ardente pour se contenter du réel de la vie», nous dit le narrateur.*

Ardeur, tendresse et folie: on sait que, pour Stendhal, l'exemple majeur est le Tasse, dont le nom est sans cesse présent à son esprit, comme prototype de l'artiste

1. Voir Stendhal, *Journal*, éd. H. Martineau, revue par X. Bourdenet, préface D. Fernandez, «Folio classique», 2010.

malheureux (selon un cliché très cher aux romantiques), mais surtout comme double « idéal » de soi, par un processus d'assimilation à son ego de « cette âme tendre et folle ». La relation si intime qu'Henri Beyle établit avec l'auteur de la Jérusalem délivrée, *dès ses premières lectures d'enfant et d'adolescent, révèle, déjà dans ses œuvres de jeunesse et dans les lettres à Pauline (qu'il invite à apprendre l'italien pour lire le poème du Tasse), des implications personnelles et esthétiques très profondes. Et cela tout au long de sa vie, à partir de la prise de conscience de son destin d'écrivain qui remonte aussi loin que remontent ses souvenirs — à en croire ce qu'il dit à ses lecteurs —, lors de la prise de conscience de la séparation, ou mieux de l'« insularité » de son moi. Il est donc évident que le dialogue privilégié avec les âmes sensibles, auxquelles s'adressent en particulier les écrits intimes de Stendhal, souligne avec force une distance et une différence vis-à-vis de ceux qui se contentent « du réel de la vie ». Au point d'avouer à Romain Colomb, le 4 novembre 1834, que la hantise de l'autre, la crainte que « quelque cuistre indiscret » ne se moque de lui, l'empêche d'écrire « beaucoup de choses » : « La vergogne de voir un indiscret lire dans mon âme en lisant mes papiers, m'empêche depuis l'âge de raison, ou plutôt pour moi de passion, d'écrire ce que je sens [...]. »*

L'égotiste romantique revendique l'isolement et l'autosuffisance de son moi, qui refuse tout compromis social ou familial, même s'il s'agit d'une rupture moins radicale que celle de Julien Sorel (« Différence engendre haine »). Comme le voit très bien Paul Valéry, il y a « la contrariété de deux instincts », l'envie de séduire et le rappel à notre solitude et étrangeté irréductibles. L'art de paraître *en opposition à* l'être *: un thème développé, de façon magistrale, par Jean Starobinski. Cette alternance entre le dehors et le dedans se manifeste* *plus explicitement dans la forme épistolaire, par le rôle primordial que la convention générique attribue à la marque linguistique de la deuxième personne, au jeu entre le* je *et le* tu. *S'il est vrai, en effet, que la lettre familière appartient au registre du discours intime et peut donc être rattachée au journal, au récit de voyage et à l'autobiographie, il est vrai aussi que son statut même implique un dispositif dialogique. La mise en scène de soi ne peut se réaliser que par ce dispositif, par l'ouverture vers autrui. Sous cet angle, l'épistolaire stendhalien peut sans doute être vu comme un exercice de style, comme la tentative d'essayer un genre bien établi par la tradition des correspondances d'écrivains que Beyle aimait beaucoup — de Voltaire à Mme Du Deffand et Mlle de Lespinasse. La lettre est un essai et une étape, qui fournit au lecteur un autre morceau de cette mosaïque infinie, et infiniment recommencée, qu'est le discours égotiste.*

C'est dans ce cadre plus général qu'il faudrait situer la correspondance de Stendhal, en soulignant les ressemblances et les différences entre les diverses formes de l'écriture de soi qu'il a pratiquées. Stendhal, on le sait, tend à mélanger les tons et les registres stylistiques, et, par cette « contamination », à dérouter le lecteur. Aussi faut-il souligner que les frontières entre l'écriture diariste et l'écriture épistolaire sont très difficiles à délimiter, et pas seulement parce que des passages du journal sont recopiés souvent dans les lettres, et inversement. Dans ces fragments de textes, quelquefois des textes entiers, déplacés selon des procédures assez désinvoltes, Stendhal ne cesse de se raconter, et finit donc par privilégier les convergences entre les différents contextes génériques. L'exemple majeur en sont les pages de son Journal *de Russie, envoyées par précaution comme lettres, pour laisser la trace de cette expérience héroïque et affreuse (le récit d'une expé-*

rience intérieure plutôt que d'une entreprise militaire). La lettre se substitue au journal intime. Pauline, Mme Daru, Félix Faure deviennent les destinataires de ses impressions et sensations dans cet « océan de barbarie ».

C'est peut-être en raison de ce caractère hétérogène, et aussi de l'histoire tourmentée du texte (les lettres à Pauline ne seront lues qu'en 1892, puis en 1921), que l'importance de la Correspondance *de Stendhal a été reconnue avec retard, même par les écrivains « mordus » par Beyle (selon le mot de Sainte-Beuve). Barbey d'Aurevilly, grand lecteur de correspondances, est déçu par Stendhal épistolier, qui n'a pas, selon lui, assez de sincérité et d'abandon. Certes, cette correspondance est « adorable », on y trouve le « charme inouï » des autres œuvres de ce « scélérat d'idées » que Barbey adorait, « mais non pas le dessous de masque auquel on s'attendait ».*

Paul Léautaud sera d'un avis tout à fait contraire. Il voit dans les lettres stendhaliennes un chef-d'œuvre, et n'arrive pas à cacher son plaisir à « rien qu'entr'ouvrir » les deux volumes de l'édition incomplète de Romain Colomb (1855). « Incomplète, sans doute. N'importe », note-t-il, lorsqu'il reçoit l'édition beaucoup plus riche de 1908. La Correspondance *de Stendhal, pour lui, ce sont les deux volumes qu'il avait lus en 1901. Ce qui compte, en somme, c'est la première rencontre avec le texte. Aucune édition ultérieure, bien qu'elle soit plus fiable, ne peut remplacer le livre imparfait qui fait l'objet d'un culte quasi fétichiste. Cela semble fréquent en ce qui concerne Stendhal. Preuve en est l'affection singulière de Valéry pour le « premier »* Leuwen *que Jean de Mitty avait édité en 1894. C'est ce texte « écourté », « altéré », qui lui laisse un souvenir jamais effacé, une impression inoubliable, et qui lui permet de développer son analyse critique après tant d'années.*

On sait, par ailleurs, que le « Stendhal club » *n'a pas bâti sur la philologie l'immense fortune posthume d'Henri Beyle, au moins au* XIXe *siècle et dans les premières décennies du* XXe. *Lorsque, cent ans après la mort de Stendhal, Emmanuel Boudot-Lamotte publie chez Gallimard son choix de lettres, son édition de référence était celle du Divan (1933-1934) — celle de la Pléiade paraîtra trente années plus tard. Néanmoins, la publication de cette anthologie marque une étape assez importante dans l'histoire de la réception de l'œuvre de Stendhal, à une époque où ses lettres n'étaient connues que par les* happy few. *Cela va sans dire : prenant le parti des « âmes sensibles » (ce qui situe bien le sens de son entreprise), l'éditeur privilégiait les lettres privées, en particulier à Pauline, aux amis, aux femmes aimées. Il montrait beaucoup moins d'intérêt pour la correspondance volumineuse du fonctionnaire impérial et du consul de Civitavecchia, dont il ne présentait que quelques extraits. C'était en somme un « livre partiel » et un « choix partial », lit-on dans la préface, mais qui permettait aux lecteurs d'entrer en* Stendhalie *« par le ciel » (*Filosofia nova*). Car on fouillait dans les archives de l'âme. Les lettres de Stendhal n'étaient pas considérées comme des documents, mais comme l'utile complément des autres écrits intimes. Elles dessinaient une biographie intérieure, la formation d'un « moi » unique, qui attend de devenir pleinement soi-même.*

*

La première lettre connue d'Henri Beyle à Pauline est datée du 9 mars 1800 ; la première page du Journal *du 18 avril 1801. « J'entreprends d'écrire l'histoire de ma vie jour par jour », déclare le diariste dès le début, selon le protocole le plus canonique de ce genre, dont la première « règle » est la recherche d'une expression tout à fait « spontanée » (« je prends pour principe de ne pas me gêner et de n'effacer jamais »). Même démarche chez l'épistolier, qui recommande à sa sœur de ne pas faire des brouillons : « [...] pour avoir un bon style épistolaire il faut écrire exactement ce qu'on dirait à la personne si on la voyait ». Et quatre ans plus tard : « Point de préparation, des fautes d'orthographe ; j'en fais beaucoup et je les aime ; [...] rien de bête comme les lettres à brouillon » (le 7 juin 1804). C'est donc sous le signe du* naturel *et de la libre conversation que Stendhal place ses confessions et ses lettres intimes, en les considérant comme des pratiques d'écriture dégagées de tout artifice littéraire. Un autre artifice, dirait Valéry, qui est le trait le plus important de l'égotisme littéraire stendhalien : le parti pris d'être soi et d'être vrai, de « se faire un peu plus* nature *que nature », et donc de fuir une affectation par une autre.*

Quoi qu'il en soit, les lettres à Pauline, qui constituent le corpus le plus important de la Correspondance *de jeunesse de Stendhal, doivent être rapprochées des notations continues et régulières du* Journal *; elles enregistrent ses sentiments, ses changements d'humeur, ses réflexions au jour le jour. On l'a souvent remarqué : ce long échange épistolaire n'est pas tout simplement un « roman d'éducation », dont l'héroïne serait une jeune fille de province. En réalité, Stendhal dialogue avec lui-même, et se forme en formant sa sœur. Lorsqu'il accumule de longues listes de lectures, lorsqu'il essaie d'éduquer le goût et la sensibilité de son « élève », c'est de lui-même qu'il parle, à une époque de sa vie où ses projets littéraires sont encore très confus — n'oublions pas qu'au début il pensait devenir un auteur de théâtre. Avec Pauline, il se « déharpise », et ensuite se « dérousseauise ». Les confessions les plus intimes, les inclinations, les tentations du jeune Beyle*

(Stendhal avant Stendhal) se trouvent dans ces textes, qui peuvent être considérés comme la matrice de son œuvre à venir. Surtout parce qu'ils sont un banc d'essai de l'écriture même. Dans les lettres à Pauline, on découvre déjà le futur Stendhal.

L'autre, la destinataire de ses confidences, de ses préceptes et de ses conseils littéraires, est à la fois présente et absente. Présente grâce au pacte de complicité et de connivence qui la lie à son frère, absente en raison de son silence. Pauline écrit très rarement, elle ne répond pas aux lettres d'Henri. Si elle est sur scène, c'est pour nous rappeler incessamment et indirectement le rôle qu'elle joue dans la tragédie familiale que Beyle nous raconte bien avant Brulard. *Comme déjà l'enfant vexé par la « tyrannie Raillane », Pauline déteste Grenoble et Chérubin (le* bâtard, *le* vilain scélérat*). Elle est l'alliée fidèle du mal-aimé contre le reste de la famille, la dépositaire d'un* secret, *trop souvent évoqué et demandé. Elle défend les intérêts de son frère, et celui-ci entame une correspondance pour la sauver de l'influence de ce « bourbier » qu'est la province. Obéissante, silencieuse, Pauline est la* tabula rasa *idéale qui alimente le rêve d'un jeune Pygmalion : un être que l'on peut animer et forger à sa guise, et dans lequel l'on peut s'identifier comme un double de soi-même. C'est pourquoi elle annonce Lamiel, surtout pour l'attitude du « tendre ami des femmes » (comme Simone de Beauvoir appelle Beyle) vis-à-vis de sa dernière héroïne. Mais Pauline n'a pas le pressant désir de liberté de la « petite », de la « fille du diable ». Elle n'a pas sa capacité de se révolter contre le milieu bourgeois et sordide qui l'étouffe, et de résister aux séducteurs à la Sansfin. Son essence* romanesque *reste une pure virtualité.*

Quand il commence à écrire à la « cara sorella *», Henri Beyle a dix-sept ans. Il a quitté Grenoble pour Paris. D'ici peu, le 7 mai 1800, il va partir pour l'Italie :*

il traverse le Saint-Bernard et arrive à Milan. Avec les pages du Journal, *ce sont ses lettres qui nous racontent le commencement de l'aventure la plus importante de sa vie. Et après tant d'années, c'est justement à Milan que Pauline, veuve et ruinée (son mari était mort en décembre 1816), perdra son rôle et sa fonction.* The good sister *se transforme, se métamorphose. Stendhal ne la voit même plus comme une personne, mais comme un fardeau insupportable, une « huître » qui s'est attachée à lui :*

> J'ai été sévèrement puni d'avoir donné à une sœur que j'avais le conseil de venir à Milan en 1816, je crois. Mme Périer s'est attachée à moi comme une huître, me chargeant à tout jamais de la responsabilité de son sort [...]. J'ai été obligé de me brouiller pour me délivrer de cette huître ennuyeusement attachée à la carène de mon vaisseau.

De la famille des Atrides à l'Ovide des Métamorphoses, *donc, ou, pour être plus précis, de la tragédie au petit drame bourgeois. Il faut le souligner : ce triste finale, évoqué rétrospectivement dans les* Souvenirs d'égotisme, *se situe au moment même où un tournant décisif se produit dans l'expérience artistique de Beyle. Il est allé vivre à Milan, il est introduit dans le cercle des romantiques libéraux autour de Ludovico di Breme, il découvre le « romanticisme ». Il va livrer enfin à l'imprimeur l'*Histoire de la peinture en Italie, *qui est publié l'année suivante, suivi de* Rome, Naples et Florence. *Ainsi s'achève le long « roman d'éducation », représenté par les lettres à Pauline, même si ce n'est peut-être qu'en 1821 qu'il se brouillera définitivement avec elle. Par la suite, les missives que son frère continue de lui envoyer sont des documents dépourvus d'intérêt. Stendhal écrivain est né.*

Exit Pauline. Sa « disparition » coïncide avec la fin d'une longue période de formation, dont la correspon-

dance et les notes du Journal *constituent les seuls témoignages littéraires. Dans ces années — de 1800 à 1815 — Beyle vit de théâtre. Avec l'Italie, où il a été initié à l'opéra et à la peinture, c'est sa passion dominante. Il voudrait devenir un auteur comique. Ses lettres en témoignent, qui, avec de longues listes de spectacles, enregistrent ses impressions (lors du coup de foudre pour la Duchesnois, lors de la fréquentation des cours de déclamation chez Larive, en 1804, et ensuite chez Dugazon). Ce n'est pas un hasard si son premier grand amour est une comédienne, Mélanie Guilbert, l'« âme sensible » avec laquelle il part pour Marseille le 8 mai 1805. Pour devenir épicier, comme on sait. D'autres noms de femmes apparaissent dans sa* Correspondance, *avant d'être tracés dans la poussière d'Albano, au deuxième chapitre de la* Vie de Henry Brulard*: Angela Pietragrua, « catin sublime à l'italienne », à qui il n'osera se déclarer qu'en 1811, Adèle Rebuffel (et sa mère), et Victorine Mounier, un amour muet et chimérique, révélé par les lettres que Beyle écrit à son frère Édouard (quatorze de juin 1802 à juin 1804). S'adressant à lui, il tente de séduire Victorine par l'écriture, comme dans les romans libertins. Il espère que son ami lui donnera à lire les messages allusifs, astucieux, cryptés, où il parle de ses succès mondains et amoureux à Paris. Il se sert de toutes sortes de subterfuges pour susciter l'intérêt et la jalousie de sa sœur.*

Les lettres sur Victorine sont un bel exemple de cette communication indirecte que, sous différents aspects, Stendhal exploitera dans ses romans et ses nouvelles (dans La Chartreuse de Parme, L'Abbesse de Castro *et* Suora Scolastica*). Dans la correspondance, on retrouve par ailleurs un autre trait typiquement stendhalien, l'emploi des pseudonymes, si fréquent surtout dans ses œuvres intimes (« Je porterais un masque avec plaisir; je changerais de nom avec délices »,* Souvenirs d'égotisme*). «Jamais il n'écrivait une lettre sans la signer d'un nom supposé», rappelle Mérimée dans* H.B. : *«Il datait ses lettres d'*Abeille*, au lieu de Civitavecchia [...].» C'est une manière de se cacher, avance Jean Starobinski dans une étude capitale sur ce sujet, mais aussi d'exprimer sa méfiance vis-à-vis du langage en tant que convention sociale. Beyle a raffolé de faux noms (de fausses dates et de faux lieux, aussi) ; on en compte des centaines dans la seule* Correspondance. *Il n'aime pas signer de son vrai nom — déjà dans les lettres à Pauline.*

À côté des pseudonymes les plus connus, comme Bombet, Cotonet ou Dominique (le plus intime), on trouve Le Chinois, Lecœur, Don Flegme, Boèce, Th. Jefferson, Giorgio Vasari, Le président de Brosses, W.m Meister, Gelé (dans une lettre de Russie), William Crocodile, Tombouctou, Poverino. Les masques de l'épistolier se multiplient, même les plus anonymes. Le refus d'être désigné par son patronyme devient un jeu vertigineux, atteint une sorte de paroxysme. Beyle signe Marli, Larridon, Durand, Duboin, capitaine, A.-L. Dufour, Foulques, Félix Doligny, Odile Wattier, Choppet, Polybe Love-Puff, Rolland, Comte de Chadevelle, Baron Patault, don Gruffo Papera, pour ne prendre que quelques exemples. Et il signe quelquefois Stendhal. En outre, comme il arrive souvent dans ses écrits intimes, les destinataires ou les personnages cités dans les lettres sont désignés par des pseudonymes ou des sobriquets. Pour Alberthe de Rubempré : Sanscrit, Mme Azur ou Mme Bleue ; pour Giulia Rinieri : Sienne ou Si. Adolphe de Mareste est Besançon, le comte Molé est Dijon, Joseph Lingay est Maisonnette.

C'est ainsi que le style de Stendhal se forme dans sa Correspondance, *à travers la pratique régulière de la confession et de la confidence, par un long travail sur soi. Beyle écrit sa vie, sa participation à la campagne d'Allemagne (en octobre 1806), le séjour à Brunswick où il découvre Mozart. «La musique me console de bien des choses», lit-on dans une lettre à Pauline du 6 octobre 1807. C'est dans ces années qu'affleure la sensibilité musicale d'Henri Beyle, comme une sorte de contrepoids à la littérature. Littérairement il ne produit rien. Le fonctionnaire impérial sent que la politique et la triste routine bureaucratique sont incompatibles avec la création esthétique. «Stendhal» naît aussi de ce «vide de l'ambition», après une longue période d'apprentissage et de tentatives littéraires échouées. Pendant cette période, il n'a jamais cessé de défendre jalousement son espace intime, l'idée d'une «science du bonheur» tout à fait individuelle.*

Dans une lettre de Brunswick, une image tassienne, celle du palais de la magicienne Armide (chant XV de la Jérusalem*), devient l'emblème d'un «bonheur impossible à trouver dans les autres», mais uniquement en soi-même: «Il faut se faire un bonheur solitaire indépendant des autres, une fois que* l'on est sûr *dans le monde que vous pouvez être heureux sans lui […]. C'est le roc où était ce palais d'Armide, horrible d'en bas, délicieux dès qu'on était parvenu aux plateaux supérieurs» (à Pauline, 30 avril 1807). Cette référence au Tasse reviendra dans* De l'amour, *où le contraste entre le moi et le monde concerne plus explicitement la condition du «poète», qui craint que «les hommes, avec leurs intérêts grossiers, [ne] viennent le tirer des jardins d'Armide, pour le pousser dans un bourbier fétide». C'est par là, il faut le rappeler, que naît la grande figure stendhalienne du «refuge» qu'on retrouvera dans* Le Rouge et le Noir *et dans* La Chartreuse de Parme.

Et, néanmoins, cette prise de conscience d'un moi solitaire et autosuffisant n'est qu'un point de départ. Deux dates fatidiques marquent un tournant vraiment décisif: 1811, celle d'un nouveau voyage en Italie, pendant lequel il fait enfin la conquête d'Angela Pietragrua et conçoit le projet d'une histoire de la peinture italienne; 1812, lorsqu'il participe à la campagne de Russie.

*

Dans ses œuvres de fiction, Stendhal n'a jamais raconté la campagne la plus désastreuse de Napoléon, alors qu'il n'est point besoin de rappeler les pages sur Waterloo (où il n'était pas) dans les premiers chapitres de la Chartreuse. *Il a vu et vécu le commencement de la fin de l'Empire (fin d'un monde, fin du monde) et a confié son témoignage, fragmentaire et souvent réticent, uniquement aux lettres de Russie et à quelques pages de notes intimes (nous avons déjà rappelé que le* Journal *fut envoyé sous forme de lettres), à des textes, donc, non destinés* a priori *à être publiés. Comme s'il ne pouvait aborder de front cette tragédie collective, qui représente un bouleversement radical dans son existence, et dans l'histoire. Cette tragédie est* indicible, *sauf à soi-même. Comment raconter la faim, la soif, le froid, la débâcle de la plus grande armée du monde? Comment raconter cette expérience des limites? Toutefois, ce n'est qu'après la chute de Napoléon que Stendhal devient écrivain. « Qui le croirait! quant à moi personnellement, la chute me fit plaisir », écrira-t-il dans la* Vie de Henry Brulard. *Puisqu'il faut que la « courbe » de la vie soit descendante, qu'elle précipite dans la catastrophe, comme l'Empire, pour mettre l'écriture en œuvre. Pour que cela arrive, il faut passer par une* mélancolie, *nécessaire et douloureuse (par la suite, Stendhal a souvent associé la Russie à la mélancolie), il faut avoir subi l'humiliation et l'avilissement les plus complets, et il faut avoir connu la brutalité de la* *vie militaire. Stendhal emportait en Russie ces grands cahiers vert pomme qui contenaient la première rédaction de l'*Histoire de la peinture en Italie. *D'une manière très symbolique, il les «perdra» pendant la retraite, à l'exception d'un seul.*

En Russie, avance justement Michel Crouzet, Beyle s'approche, pour la première fois, du romantisme, bien avant d'en connaître les théories et d'en disputer dans ses pamphlets. Là-bas, il s'est trouvé face à l'extrême, comme autrefois Cervantès. Moscou a été son Lépante. Il a survécu grâce à sa force intérieure, mais il a été profondément transformé. D'une campagne militaire naît «une nouvelle ère littéraire. Le classicisme est mort à la Moskowa [...]». En effet, c'est aussi grâce à Stendhal que l'aventure napoléonienne, et surtout la retraite de Russie, «événement romantique *par excellence», devient «littérairement fondatrice». Il faut mourir (aux arts, à la beauté, à ses illusions) pour pouvoir renaître.* Non sum qualis eram, *note-t-il beaucoup plus tard. Et, dans la* Peinture, *c'est le souvenir inoubliable de la retraite qui lui permet d'établir la relation de l'esthétique de la terreur au* beau moderne, *à propos du «style terrible et fort» de Michel-Ange. Mais déjà le* Journal *et les lettres de Russie attestent des changements dans son style, une nouvelle manière de raconter.*

Voir, par exemple, le récit de l'incendie de Smolensk, dans la lettre à Félix Faure et à Mme Daru du 19 août, un récit inoubliable pour le contraste entre le drame qui a lieu (mais qui est décrit comme «un si beau spectacle», «un spectacle si rare») et l'envie de dîner qui hante les officiers, y compris le narrateur, un dîner qui se termine avec tous les convives s'endormant sur leur chaises, «la fourchette à la main». Et voir encore, sur un registre moins plaisant, les impressions de Stendhal face aux énormes difficultés de l'expédition et à la « misère de l'armée », au milieu grossier et rebutant où il est obligé de vivre. Souffrance, laideur, saleté : c'est l'autre face de la guerre et de la vie militaire qui affleure dans un discours qui n'est pas du tout « idéologique », mais qui repose uniquement sur le langage. Dans les lettres de Russie, il n'y a pas de fil logique, ou, si j'ose dire, de « cohérence » générale. Ce qui domine, c'est le décousu des impressions fragmentaires, par des allusions quelquefois cryptiques, par des souvenirs du passé associés à la perception du présent. D'où le mélange des tons et des modes de l'écriture.

D'un côté, dirait-on, il y a les ébauches d'un roman d'éducation pour tout ce qui concerne la découverte du caractère antihéroïque de cette guerre. Sous cet angle, la campagne de Russie peut être considérée comme une expérience formatrice. De l'autre, il y a un type d'héroïsme tout à fait différent, qui s'oppose à cet antihéroïsme global : celui du moi qui essaie de résister à tout ce qui l'entoure (les souffrances physiques, et surtout la grossièreté du milieu), et qui, par cette résistance *opiniâtre et narcissique, parvient à l'emporter sur tout. C'est pourquoi Stendhal souligne les rares moments heureux de cette campagne : quelques rencontres, quelques conversations, la musique qu'il se fait faire à Smolensk « sur un petit piano discord, par un être qui sent la musique comme moi la messe » (à Félix Faure, 24 août 1812). Enfoncé dans la boue, plongé dans des « marais fétides », le futur écrivain sent qu'il peut résister grâce à la force des souvenirs : l'Italie, Milan, Angela. Il manifeste désormais une indifférence presque complète pour le dénouement de la guerre, le destin de l'armée et de l'Empereur. Le 30 septembre, après l'incendie de Moscou donc, il note dans son* Journal *la vision bouleversante de* sa *voie au roman, par le souvenir de Cimarosa et des sensa-*

tions que sa musique fait naître. C'est un « mélange d'allégresse et de tendresse », la caractéristique des « bons opéras bouffes », écrit-il à Félix Faure, les seuls qui peuvent représenter « la perfection idéale de la comédie ».

Et d'ailleurs, sur un tout autre plan, dans les pages célèbres sur l'incendie de Moscou, il y a déjà une union des contraires (le tragique et l'ignoble, le haut et le bas), qui donne forme à l'informe des émotions personnelles, et qui permet la mise en récit de cette page de l'Histoire. Ce qui domine, c'est la force de la vision, en même temps subjective et symbolique, du narrateur devant ce « grand spectacle », « le plus bel incendie du monde ». Grâce à cette perception purement esthétique de l'événement, le « moi-salamandre » échappe à l'incendie, au désastre, dont il ne souligne pas du tout (au moins apparemment) la valeur militaire et historique. Il arrive à en maîtriser l'aspect tragique uniquement par l'écriture. C'est pourquoi son récit devient tout simplement le « détail » d'une des journées « les plus pénibles, et ennuyeusement pénibles de [sa] vie » (à Pauline, le 4 octobre). Mais dans la lettre à Mme Beugnot du 18 octobre, le ton change. Rentré à Moscou, il se sent attristé devant « le spectacle de cette ville charmante, un des plus beaux temples de la volupté, changée en ruines noires et puantes ». Il ne voit errer que « quelques malheureux chiens et quelques femmes cherchant quelque nourriture ».

Feu et glace, chaleur et froid : après l'incendie de Moscou, la débâcle de l'armée de Napoléon et sa retraite restent dans notre imaginaire collectif comme une tragédie indicible. Mais dans les lettres de Stendhal, l'horreur est exprimée sur un ton « léger », souvent ironique ou auto-ironique. C'est une manière de chercher son salut, somme toute, que de s'obstiner à jouer la comédie de l'homme de lettres — qui est peut-être plus qu'une comédie —, en continuant à lire (Voltaire, Mme du Deffand), et en continuant à écrire pour conserver le souvenir de ce qu'il voit, pour défendre « le sublime de [son] âme », et pour ne pas se priver d'un « bouclier » (à Félix Faure, 9 novembre). Les peines physiques sont « diaboliques », écrit-il à la comtesse Daru, pendant ce terrible novembre de 1812 (« J'en gèle encore, et vous vous en apercevez sans doute à mon griffonnage »), mais il faudrait bien réagir par un peu de gaieté (c'est encore un appel à l'« allégresse »), car « un peu de gaieté nous sauverait l'aspect de notre misère ». Mieux vaut donc en rire (et continuer à en rire), en revendiquant le bon côté de son caractère, qui est de « prendre une retraite de Russie comme un verre de limonade » (à Adolphe de Mareste, 21 mars 1818).

En 1817, dans sa Vie de Napoléon *(1817), Stendhal s'efforcera de trouver des raisons « générales et naturelles » qui pouvaient justifier la guerre contre la Russie. « Napoléon disait : Si je réussis avec la Russie, je suis maître du monde. » Ce rêve ne s'était pas réalisé. Pourquoi ? Il ne le dit pas. Même dans un ouvrage affichant dans son titre une ambition historique, il ne raconte rien de cette expédition. Peut-être parce qu'en 1812, cette aventure avait représenté pour lui une expérience de la mort plus qu'une débâcle politique et militaire.*

*

Après la campagne de Russie, ce qui s'ensuit dans la vie d'Henri Beyle est bien connu et se passe de commentaire. Il « tombe » avec Napoléon en 1814, il entame les Vies de Haydn, de Mozart et de Métastase, *il s'établit à Milan où il restera jusqu'en 1821. Dans ces années de bonheur fou, mais aussi de désespoir (amoureux), il renie sa patrie pour sa « matrie », l'Italie — selon l'expression de Genette et Barthes —, et il devient «Milanese» («Arrigo Beyle Milanese, visse, scrisse, amò»), c'est-à-dire cosmopolite, un «bon Européen», comme le voudra Nietzsche, «qui, d'une allure à la Napoléon, parcourut son Europe, plusieurs siècles d'âme européenne, démêlant et découvrant cette âme».*

De son séjour italien, il écrit à ses amis Louis Crozet et Adolphe de Mareste, qui deviennent ses confidents et consultants littéraires (comme le sera ensuite Domenico Fiore). Ils s'occupent de la révision et de la publication de ses premières œuvres et de leur lancement (la Peinture, Rome, Naples et Florence*). Ces débuts de la carrière littéraire de Stendhal sont marqués par des polémiques qu'on ne connaît que trop bien, surtout par la querelle avec Giuseppe Carpani, qui l'accusait de l'avoir plagié dans les* Vies. *«Bombet» se défend (dans la lettre du 26 septembre 1816), il demande l'aide de ses fidèles amis, il leur confie ses écrits et ses confessions. En outre, à cette époque, grâce aux romantiques milanais, il entre en contact avec la culture anglaise qui l'influencera d'une manière décisive, l'*Edinburgh Review, *Walter Scott et Byron, qu'il rencontre à la Scala le 16 octobre 1816: «J'ai dîné avec un joli et charmant jeune homme, figure de dix-huit ans, quoiqu'il en ait vingt-huit, profil d'un ange, l'air le plus doux. C'est l'original de Lovelace ou plutôt mille fois mieux que le bavard Lovelace. [...] C'est le plus grand poète vivant, Lord Byron» (à Louis Crozet, 20 octobre 1816). Beyle se brouillera avec Byron, quelques années plus tard, à cause de Scott justement, qu'il avait attaqué dans* Racine et Shakespeare. *Ce sera une rupture définitive, comme en témoigne un bref échange épistolaire, entre mai et juin 1823.*

Stendhal était né, donc. Dans sa Correspondance, *on peut distinguer une deuxième époque ou période par rapport aux lettres de jeunesse. Dans cette période,* qui est celle de son long acheminement vers le roman, il faut retenir une date fatale, le 4 mars 1818, le jour de sa première rencontre avec Métilde, qui inaugure sa *Vita nuova*, comme Béatrice pour Dante. « Je la regretterai toute ma vie, si je ne la lui consacre toute entière » : depuis ce jour, « commencement d'une grande phrase musicale », Beyle ne peut qu'attendre, espérer, poursuivre en vain l'objet de cet amour qui ne fut jamais partagé. Ainsi Matilde Viscontini Dembowski devient Métilde ou Léonore, et lui, Dominique ou Salviati. Ainsi *De l'amour*, « écrit au crayon à Milan en [se] promenant et songeant à Métilde » (*Souvenirs d'égotisme*), sera à la fois confession folle et désespérée, plaidoyer, traité de physiologie et traité sur la « fin'amor » à la manière des troubadours. Et il sera une étape fondamentale vers le roman romantique. Stendhal y parvient aussi par la médiation de la forme épistolaire, par les lettres à Métilde, écrites entre 1818 et 1821, dont certaines ont été regroupées dans un cahier intitulé tout simplement *Love Letters 1819*.

S'adressant à la bien-aimée, il pensait sans doute étaler sa tactique et sa stratégie amoureuses, il pensait pouvoir la persuader de lui donner la permission de la rencontrer, de la voir : « Trouveriez-vous inconvenant que j'osasse vous demander la permission de vous voir un quart d'heure, une de ces soirées ? » Mais Métilde refuse toujours, elle ne répond pas à ses invocations : « Vous devez être trop assurée de votre pouvoir absolu sur moi pour vous arrêter un instant à la crainte vaine de paraître encourager ma passion en me répondant. » L'échange épistolaire devient alors un long monologue de Stendhal, témoignant de sa folie singulière, de son échec et de son « pétrarquisme » un peu maladroit. La parole amoureuse se brise aux bords de l'indicible : « En votre présence, je suis timide comme un enfant, la parole expire sur mes lèvres, je ne sais que vous regarder *et vous admirer.» C'est pourquoi, dans les lettres les plus élaborées, les citations deviennent les messages les plus éloquents. «Trop d'espace sépare Andromaque et Pyrrhus», écrit-il le 30 juin 1819, manipulant (délibérément?) le vers de Racine (en fait, ce n'est pas la «haine» qui sépare Métilde et Dominique). Le 15 août, il convoque pour elle Voltaire et Mlle de Lespinasse, dans un délire baroque de citations encore plus changées et manipulées:*

> Adieu, Madame [...]. Soyez heureuse, même en aimant un autre que moi. Je puis bien vous écrire avec vérité ce que je dis sans cesse:
> La mort et les enfers s'ouvriraient devant moi,
> Phédime, avec plaisir j'y descendrais pour toi[1].

Mais qui était vraiment Métilde? La femme froide et altière, le sphinx muet et cruel dont l'énigme hante l'amant malheureux? En réalité, Stendhal ne nous renseigne pas sur sa vraie personnalité. Il ne dit rien de son patriotisme, ni de ses conspirations avec les carbonari, ni de son implication dans les procès milanais de 1821. Connaissait-il cette vie secrète? Peu importe. Stendhal s'approprie son silence, il englobe Métilde dans son univers romanesque. Ce n'est qu'au début des Souvenirs d'égotisme *qu'elle «prendra la parole», pour dire adieu à celui qui, chassé de Milan par la police autrichienne, est sur le point de perdre tout:*

> «Quand reviendrez-vous? me dit-elle.
> — Jamais, j'espère.»
> Il y eut là une dernière heure de tergiversations et de vaines paroles: une seule eût pu changer ma vie future.

1. À propos de cette citation, voir en Notes mon commentaire à cette lettre du 15 août 1819.

« L'amour me donna, en 1821, une vertu bien comique : la chasteté », écrit Stendhal dans le même ouvrage, en introduisant les souvenirs de son fiasco *avec la jeune et belle prostituée Alexandrine. Une manière de s'en sortir par le moyen de l'ironie, et d'évoquer le « secret » de son héros le plus malheureux, dans* Armance. *Et encore, à propos de l'impossibilité de raconter son amour pour Métilde : « Peut-être un jour, quand je serai bien vieux, bien glacé, aurai-je le courage de parler des années 1818, 1819, 1820, 1821. » Pourtant, de Milan à Volterra, ce récit, Stendhal l'avait déjà esquissé dans ses lettres d'amour, son premier petit « roman par lettres ».*

*

À partir de juin 1821, lorsque Stendhal redevient parisien, le cercle de ses correspondants s'élargit. À côté d'Adolphe de Mareste, son principal interlocuteur, qui a toujours incarné ses liens avec la vie politique française, on trouve Albert Stapfer, Prosper Mérimée, l'Anglais francisé Sutton Sharpe et Sainte-Beuve. Et s'élargit aussi le cercle de ses interlocutrices : Clémentine Curial (Menti), avec laquelle il a une liaison orageuse, Louise Swanton-Belloc, auteur d'une Vie de Lord Byron, *et la grande cantatrice italienne Giuditta Pasta, qui protégeait les réfugiés politiques italiens en France et que Beyle fréquente régulièrement. Dans la* Table *de ses correspondantes, deux amies fidèles, deux « copines », auxquelles il écrit (et écrira) très souvent : Sophie Duvaucel, belle-fille de Georges Cuvier (ce « Mammouth », qui recevait au Jardin des Plantes), et Jules Gaulthier, la « divine Jules », lectrice infatigable des œuvres de son ami. Mme Gaulthier, en particulier, a inscrit son nom dans les annales du stendhalisme. En 1834, elle soumettra au consul de*

Civitavecchia le manuscrit d'un roman, Le Lieutenant. *Dans la lettre du 4 mai 1834, elle recevra un verdict sévère et une réponse peu aimable sur son travail et son avenir d'écrivain dilettante: «J'ai lu* Le Lieutenant, *chère et aimable amie. Il faudra le recopier en entier et vous figurer que vous traduisez un livre en allemand.» Et pourtant, c'est le manuscrit de la pauvre Jules qui donne à Stendhal la première idée de* Lucien Leuwen, *l'idée d'«en* make *un* opus» *(9 mai 1834), en prenant comme point de départ la vie de garnison dans une petite ville de province.*

«On ne sait faire un livre *qu'en France»: cet avis, souvent exprimé par Stendhal, résume bien l'activité fébrile qui caractérise les années parisiennes, lesquelles préparent sa «conversion» au roman avec* Armance. *Mais dans ses lettres, Stendhal ne parle pas beaucoup de la genèse de ses œuvres (*De l'amour, *les deux* Racine et Shakespeare, *la* Vie de Rossini*), ni de son avenir de romancier. Il faut le souligner: à la différence d'autres grands écrivains du* XIX*e siècle, il n'aime pas beaucoup livrer dans ses lettres des réflexions sur sa poétique ou sur la littérature en général. On y trouve plutôt des allusions, des émotions, des anecdotes et des réactions aux polémiques que ses écrits continuent à susciter. C'est dans cette direction qu'il expérimente, dans sa* Correspondance, *le style pamphlétaire du second* Racine et Shakespeare *et du* Nouveau complot contre les industriels. *En effet, quelques lettres écrites à cette époque ressemblent singulièrement à des petits pamphlets, comme celles qui furent adressées au Directeur du* Globe *(3 novembre 1824) et au Rédacteur du* Courrier des Théâtres *(8 avril 1825).*

De même, il faut rappeler que Stendhal, qui n'a pas écrit de roman épistolaire (malgré son admiration pour les Lettres persanes *et pour* La Nouvelle Héloïse*),* *a exploité le modèle de la lettre dans quelques-uns de ses ouvrages, comme les* Vies de Haydn, de Mozart et de Métastase — *dans sa première version,* Lettres écrites de Vienne en Autriche sur le célèbre compositeur Haydn [...] — *et comme* Racine et Shakespeare II. *Cet usage « fictionnel » se retrouve notamment dans les* « Lettres de Paris par le petit-neveu de Grimm » *(signées P.N.D.G.) — ou par le « petit-fils », comme le donne le titre en anglais,.* Grimms's Grandson. *Stendhal les publia en 1825, dans le* London Magazine, *dans la période de sa collaboration avec la presse britannique (*Paris Monthly Review, New Monthly Magazine*). Sous ce masque et cette fausse signature, il voulait manifester son admiration pour la* Correspondance littéraire *de Grimm, dont il fut parmi les premiers lecteurs et qu'il considérait comme le sommet d'un certain genre ou mode d'écriture épistolaire. Mais sans renoncer à son style libre et direct, sans pédanterie, comme s'il s'agissait d'une brillante causerie.*

*

« Il y a beaucoup plus d'impuissants qu'on ne croit. » C'est par ces mots que Stendhal révèle à Prosper Mérimée le « secret » d'Armance, *dans une lettre célèbre qui est son unique commentaire sur l'intrigue et le dénouement de son premier roman. Malgré cette prétendue révélation, malgré l'*aura *de scandale sexuel dont le « Comte de Chadevelle » entoure son héros, Octave de Malivert, on chercherait en vain dans l'impuissance (ou dans le* babilanisme, *terme plus cultivé et plus rare, qu'il semble préférer), la clé ou l'explication de toutes les énigmes. Comme le remarquent à juste titre les meilleurs exégètes, cette lettre brutale, cette lettre-provocation, s'arrête au seuil de l'œuvre, elle ne fait que nous ramener à la mystification littéraire qui est*

à l'origine d'Armance : l'affaire des « Olivier », dont Stendhal fut l'un des protagonistes, avec Mme de Duras et Latouche.

Cette lettre ne nous dit rien sur le roman ni sur le romancier, en particulier sur le long processus d'incubation qui l'amène au genre littéraire auquel il était prédestiné. S'adressant à un écrivain qu'il appréciait beaucoup, au « meilleur de [ses] amis », dont il tracera un admirable portrait dans Souvenirs d'égotisme (« Je ne suis pas trop sûr de son cœur, mais je suis sûr de ses talents »), Stendhal ne se livre à aucune réflexion personnelle, comme il le fait avec Sutton Sharpe : « Avez-vous reçu un roman intitulé Armance ? Tous mes amis le trouvent détestable. Moi, je les trouve grossiers » (23 mars 1828). Il est cependant vrai que « M. le comte Gazul », « Clara » ou « Academus », restera l'ami d'une vie, jusqu'à la période de l'exil de Civitavecchia. Est-ce un hasard s'il sera nommé dans les Testaments de Stendhal ? En tout cas, Mérimée n'a jamais joué le rôle du conseiller littéraire. C'est plutôt, en sens contraire, Beyle qui joue quelquefois ce rôle auprès de son ami plus jeune (comme dans la lettre du 26 décembre 1828). De même qu'avec Sainte-Beuve, par exemple, après la publication des Consolations, lorsqu'il se dit persuadé qu'il est appelé « aux plus grandes destinées littéraires », mais à qui il reproche « encore un peu d'affectation dans [ses] vers » et propose comme modèle La Fontaine (26 mars 1830). C'est à Sainte-Beuve d'ailleurs que, quelques années plus tard, il manifeste son enthousiasme pour la découverte des fameux manuscrits italiens, le point de départ des Chroniques italiennes et de La Chartreuse de Parme.

Mérimée et Sainte-Beuve ont été les écrivains contemporains les plus proches de Stendhal (surtout le premier, qui l'a connu plus intimement). Les voyait-il comme des interlocuteurs privilégiés ? Sans doute, *mais avec quelques réserves et quelques réticences, à en croire les lettres qu'il leur écrit. À Mérimée tout particulièrement, avec qui il n'arrive pas vraiment à parler de littérature bien qu'il l'apprécie pour ses qualités d'écrivain. «Je crois que vous seriez plus* grand, *mais un peu moins connu, si vous n'aviez pas publié* La Jacquerie *et* La Guzla, *fort inférieures à* Clara Gazul. *Mais comment diable auriez-vous deviné tout cela?», lit-on dans la lettre du 26 décembre 1828. Autrement dit, il est très difficile pour un auteur de juger objectivement son œuvre, et surtout d'en prévoir la «gloire». D'où l'image de la «loterie», si chère à Stendhal: «Quant à la gloire, un ouvrage est un billet à la loterie. L'*Africa *est oubliée et c'est par des sonnets que Pétrarque est immortel» (à Mérimée); «Je regarde et j'ai toujours regardé mes ouvrages comme des billets à la loterie. Je n'estime que d'être imprimé en 1900. Pétrarque comptait sur son poème latin de l'*Africa *et ne songeait guère à ses sonnets» (*Souvenirs d'égotisme*); «Et moi je mets un billet à la loterie dont le gros lot se réduit à ceci: être lu en 1935» (*Henry Brulard*).*

Cette image, qui revient plusieurs fois dans les textes de Stendhal (dans De l'amour *aussi), doit sans doute être associée à d'autres images fluides et insondables: le jeu, le hasard, l'imprévisibilité. Elle dessine un horizon d'attente qui se perd, de plus en plus, dans le lointain. Comme l'appel aux «âmes sensibles», aux «happy few», qui va dans la même direction, vers l'incertain, l'aléatoire. Il est pourtant évident que cette projection de l'œuvre dans l'avenir (mais comme une bouteille à la mer), et cette notion élitaire des lecteurs à venir, soulignent avec force un sentiment de détresse et d'isolement, en un mot, la conscience de ne pas être compris par ses contemporains.*

Stendhal se sent-il vraiment «un orphelin abandonné dans la rue», comme il se définit dans la réponse au grand article de Balzac sur La Chartreuse de Parme*? Certes, ce n'est qu'après cet « article étonnant, tel que jamais écrivain ne le reçut d'un autre », que commence à s'établir un dialogue avec la littérature, qui a été presque impossible de son vivant. Mais qui se poursuit sans cesse comme dialogue posthume — malgré les portraits assez ambigus de ses anciens amis Mérimée et Sainte-Beuve, après sa mort. À partir des dernières décennies du* XIXe *siècle, ce sont les hommages des écrivains, de plus en plus nombreux, c'est leur « stendhalisme » — de Taine à Henry James, à Bourget, à Nietzsche, à Giuseppe Tomasi di Lampedusa et à Julien Gracq, pour ne citer que quelques noms — qui constituent, pour la fortune de son œuvre, autant de billets (gagnants) à la « loterie ».*

*

La dernière partie de la Correspondance *de Stendhal couvre les années du consulat, de novembre 1830 (lorsqu'il quitte Paris pour Trieste) à sa mort. Avant de se rendre en Italie, il a livré à l'éditeur Levavasseur* Le Rouge et le Noir, *et il a assisté aux journées de Juillet, aux* Trois Glorieuses, *en corrigeant les épreuves de son roman. Le 15 août, il raconte à Sutton Sharpe « la grande Révolution », les barricades, « la* grande semaine, *comme dit M. de La Fayette », « où la dernière canaille a été héroïque ». C'est le seul récit « épique » que nous avons d'un événement qui change encore une fois son sort. Mais il est bientôt déçu. Chassé de Trieste par Metternich, qui fait révoquer sa nomination, nommé consul dans le petit port de Civitavecchia, où il est à peine toléré par la diplomatie vaticane, s'ouvre pour Stendhal la grande saison du mépris et de la haine du régime de Louis-Philippe, le* plus fripon des Kings. Lucien Leuwen *naît aussi de* cette colère, de cette critique historique et politique incomparable de la monarchie de Juillet, du règne des banquiers et de la Bourse. Dans le « chantier » de *Lamiel*, la satire sociale des « Français du King φιλλιππε » aura la même origine.

Ce dernier et long séjour en Italie est la plus triste période de la vie de Stendhal. Après *Le Rouge et le Noir*, il ne publie aucun livre jusqu'aux *Mémoires d'un touriste*, en 1838. Ou, pour être plus précis, il n'achève aucun texte, sauf la nouvelle *San Francesco a Ripa* (1831), qui reste inédite, et, en 1837, les premières *Chroniques italiennes*. Mais c'est la période aussi des grands chefs-d'œuvre abandonnés qui ne seront connus qu'après sa mort (comme s'il écrivait uniquement pour la postérité). Il entame une immense entreprise autobiographique avec les *Souvenirs d'égotisme* et la *Vie de Henry Brulard*, il griffonne ce « brouillon » génial et impossible qu'est *Lucien Leuwen*.

Exilé à Civitavecchia, Stendhal s'ennuie. Il l'écrit partout dans sa *Correspondance* : « Ennuyeux comme la peste ! », « Je deviens plus stupide chaque jour ; je ne trouve personne pour faire ces parties de volant, qu'on appelle *avoir de l'esprit* ! », « Je m'hébète tout à fait ici », « Quoi ! vieillir à Civitavecchia ! ou même à Rome ! *J'ai tant vu le soleil* ! », « Ah ! que n'ai-je une chaumière ou quinze cents francs dans la rue Saint-Roch ! », « J'ai envie de me pendre et de tout quitter pour une chambre au cinquième étage, rue Richepanse ». Loin de Paris, il se sent un « barbare », écrit-il à Sainte-Beuve, c'est-à-dire qu'il se sent étranger au milieu étouffant où il explique ses modestes fonctions bureaucratiques, incompris par les gens médiocres qui l'entourent (*Barbarus hic ego sum*, parce que personne ne me comprend). Et ce, malgré ses fréquents séjours à Rome, des escapades qui lui sont reprochées par ses supérieurs.

Mais Rome n'est pas Milan, le Milan de sa jeunesse, comme il l'écrit à Domenico Fiore, le 25 avril 1835 :

> J'ai adoré, et j'adore encore, du moins je le crois, une femme nommée mille ans. La passion a été une folie de 1814 à 1821. J'ai obtenu en mariage sa sœur aînée, nommée Rome ; c'est un mérite grave, sévère, sans musique ; je la connais exactement et à fond ; il n'y a plus rien d'exalté ni de romanesque entre nous après quatre années de *matrimonio* [de mariage].

Dans ces « lettres d'exil », on peut distinguer deux types d'échange épistolaire. Il y a la correspondance administrative, dont la lecture intégrale ne peut passionner que les historiens et les biographes érudits, et dont un chapitre à part est constitué par les dépêches qui concernent le conflit entre Stendhal et son chancelier Lysimaque Tavernier, le « Grec ». Du reste, on doit convenir avec Michel Crouzet que Stendhal diplomate n'est ni Chateaubriand ni Paul Claudel ; la seule exception sont les lettres (à vrai dire, remarquables) au duc de Broglie ministre. Et il y a les lettres privées à ses correspondants habituels, mais aussi à de nouveaux amis, comme Abraham Constantin, Alexandre Tourguénief, Donato Bucci, antiquaire à Civitavecchia (son futur héritier), et les Cini à Rome. Dans quelques lettres, Stendhal se confesse. Il met son cœur à nu avec son cousin Romain Colomb et surtout avec Domenico Fiore, son ami le plus fidèle jusqu'à sa mort. Il leur parle souvent de son travail créateur, pour ne pas « laisser mourir la bougie qui éclaire la lanterne magique » (à Romain Colomb, 21 mars 1835).

Le consul se sent vieillir, même s'il ne vieillit pas comme écrivain et romancier. De son exil, il continue à parler de ses ouvrages et de ses projets littéraires. À cet égard, il y a des lettres particulièrement importantes : la lettre à Vincenzo Salvagnoli sur Le Rouge et le Noir *du 2 novembre 1832 ; les lettres à Mme Gaulthier du 4 mai et du 8 novembre 1834, qui font partie, à juste titre, du « dossier » de* Lucien Leuwen. *Il en est de même des lettres à Sainte-Beuve, à Albert Stapfer et à Alphonse Levavasseur (21 décembre 1834, 27 septembre et 21 novembre 1835), où il est question des* Chroniques italiennes[1]. *S'adressant à ses amis et à l'éditeur du* Rouge, *Stendhal, qui a trouvé à Rome les anciens manuscrits qui vont inspirer ses nouvelles, se dit ravi par une découverte qui marque un vrai tournant dans sa poétique du récit ou roman historique. Il s'assigne, dans un premier moment, le simple rôle de « traducteur », parce que la valeur de ces textes, de ces parchemins poudreux, écrits « en style de commère », de ces* Causes célèbres *des XVIe et XVIIe siècles, consiste, selon lui, dans leur « véracité » : « Ce sont des anecdotes originales et parfaitement vraies, écrites par des contemporains en style du temps. » Et il manifeste l'intention d'exploiter ces anciens documents, à travers lesquels parle la voix de l'Histoire : « Quand je serai de nouveau pauvre diable, vivant au quatrième étage, je traduirai cela* fidèlement. *La fidélité, suivant moi, en fait tout le mérite. »*

Comme on sait, le travail de réécriture des Chroniques italiennes *prépare le miracle de* La Chartreuse de Parme, *directement, parce que le point de départ du chef-d'œuvre est l'un des manuscrits italiens, et indirectement, parce que l'Italie romanesque de Stendhal enfonce ses racines mythiques et mythologiques dans une certaine image ou sensation de la Renaissance : « Ce sont ces mœurs qui ont enfanté les Raphaël et les Michel-Ange », avait-il écrit à Levavasseur. Tout cela est sans doute vrai, mais le miracle de la* Chartreuse

1. On lira aussi la lettre à Romain Colomb et à Domenico Fiore du 18 mars 1835.

reste inexpliqué (et peut-être inexplicable), même si, pour la première fois dans sa vie, Stendhal romancier a décidé de s'expliquer, et malgré ce qu'il a écrit à Balzac sur la composition de son ouvrage.

Car les lettres à Balzac d'octobre 1840, ou mieux les trois brouillons d'une lettre qui probablement n'est jamais parvenue à son destinataire, ne peuvent nous dévoiler d'aucune façon le mystère de sa création («Je cherche à raconter: 1° avec une idée, *2° avec clarté ce qui se passe dans un cœur»). Ces brouillons sont plutôt l'emblème de l'exil, de l'isolement, d'où surgit le prodige: Stendhal déçu par l'insuccès d'*Armance *et par la réception du* Rouge et Noir *dans la presse, Stendhal cloîtré rue Caumartin pendant cinquante-trois jours, Stendhal nouvel Ovide sur le «rivage solitaire» de Civitavecchia («Faudra-t-il vivre et mourir ainsi sur ce rivage solitaire?»), lui, enfin, qui, loin de Paris, attend de lire l'article élogieux de Balzac. Mais la* Revue parisienne *du 25 septembre lui parvient, par le bateau, avec vingt jours de retard.*

Déclaration de poétique, revendication, autodéfense, témoignage d'une puissance narrative qui «surpasse le disant»: on ne saurait comment définir la réponse à Balzac. Par exemple, Stendhal avait-il compris que son illustre interlocuteur voulait «s'approprier» son roman? En fait, comme l'avance Maurice Bardèche, le thème de sa lettre (revue, corrigée, réécrite trois fois) est assez simple: «Je n'avais jamais songé à l'art *de faire un roman», «Je ne me doutais pas des règles». Puis il explique et accepte quelques remarques. Par la suite, il corrigera, mais il renoncera bientôt à modifier la composition de la* Chartreuse. *Les corrections, les suppressions et les additions d'auteur demeurent aujourd'hui des «variantes», joie et damnation des éditeurs du roman. Du reste, Stendhal lui-même semblait l'avoir prévu, alors qu'il préparait soigneusement sa réponse et avait déjà accepté de réélaborer le début de la* Chartreuse*: «Si la pitié que M. de Bal[zac] a ressentie pour un orphelin abandonné dans la rue manque son effet, reste la confiance d'être réimprimé en 1880» (à Romain Colomb, 22 octobre 1840).*

Après la réponse à Balzac, les dernières lettres d'exil sont dominées par la tristesse et la mélancolie. Stendhal, qui n'a jamais décrit, dans ses romans et nouvelles, ni la vieillesse ni la maladie — il est presque banal de rappeler que ses héros et héroïnes meurent jeunes —, s'éloigne de la vie. Non sans un «réalisme» tragique, quelquefois grotesque, le contraire de la mort très douce d'Octave de Malivert, de la «tête poétique» de Julien que nous ne voyons pas tomber, ou de l'idée de se noyer «par accident», en se promenant sur mer, comme il nous est raconté dans Souvenirs d'égotisme. *Et le contraire aussi de cette «euthanasie littéraire» qui a lieu à la fin de la* Chartreuse *(la définition de Jean Prévost est insurpassable), par laquelle il fait mourir Clélia, Fabrice et la Sanseverina en quelques lignes.*

Opprimé par l'âge et la maladie, Stendhal ne saute plus les temps forts de la narration (le bonheur et le malheur extrêmes), mais il nous montre son corps souffrant (les migraines horribles, les étouffements, les bredouillements, les paralysies), surtout il nous raconte le «passage»: «Je me suis colleté aussi avec le néant», après sa première attaque d'apoplexie. Sans renoncer tout de même à s'observer, à tenter de maîtriser le dérèglement physique, par une autoconscience toujours souverainement aiguë, en des termes auxquels aurait sans doute souscrit Montaigne, «c'est le passage qui est désagréable, et cette horreur provient de toutes les niaiseries qu'on nous a mises dans la tête à trois ans». C'est à Domenico Fiore, tout particulièrement, qu'il livre ses confidences les plus intimes sur le déclin de sa santé. De seul à seul : Fiore — Fiori, Fleurs, Domenico Paglietta, Altamira du Rouge *— est le destinataire d'un autoportrait incomparable, il est à la fois le lecteur idéal et l'ami auquel Stendhal raconte les « accès de [son] mal », les moments d'aphasie, pendants lesquels, lui, qui habitait Cosmopolis et parlait en toutes langues (Valéry), perd sa langue maternelle — « Tout à coup j'oublie tous les mots français », « J'ai eu quatre suppressions de mémoire de tout français depuis un an ; cela dure six à huit minutes » (5 avril 1841). C'est à Fiore qu'il adresse sa « chronique d'une mort annoncée » avant d'aller mourir à Paris, en tombant dans la rue, comme il l'avait imaginé — « J'ai assez bien caché mon mal ; je trouve qu'il n'y a pas de ridicule à mourir dans la rue, quand on ne le fait pas exprès » (le 10 avril).*

Depuis qu'il est à Civitavecchia, son œuvre a été de moins en moins liée à sa vie présente. Le temps de l'exil est celui du passé, de la mémoire, comme en témoignent Souvenirs d'égotisme, Brulard *et la singulière prolifération de ses* Testaments *(le plus important date du 28 septembre 1840). Dans sa dernière* Notice autobiographique *(1837), autre genre d'écriture posthume que Stendhal aimait particulièrement, il avait conçu un vrai article nécrologique : « Je me souviens que Jules Janin me disait : — Ah ! quel bel article nous ferions sur vous si vous étiez mort ! — Afin d'échapper aux phrases, j'ai la fantaisie de faire moi-même cet article. » Mais lorsque sa maladie s'aggrave, il n'y a que le journal et les lettres qui peuvent parler du « passage », ce que l'autobiographie ne peut pas faire. Les mots* dernier, dernière *sont dits avec une emphase particulière. Déjà en 1840, deux ans avant sa mort, la mystérieuse « Earline » avait été* the last romance, *son dernier roman d'amour ; dans la plus belle lettre à Domenico Fiore, Stendhal le dit en italien, en lui faisant ses adieux : « Mais enfin je veux vous faire mes adieux, pour le cas où cette lettre serait* l'ultima *[la dernière]. Je vous aime réellement et il n'y a pas foule » (19 avril 1841). Et d'ajouter : « Adieu, prenez gaiement les événements. »*

Encore une fois, dans sa dernière lettre intime, en prenant congé de son plus cher ami et de la vie, l'Égotiste tente de fuir la « pesanteur » par la « légèreté ». Trente ans auparavant, en Russie, il avait eu une pareille attitude. La gaieté, la capacité d'en rire, avait été sa principale ressource intérieure dans le moment le plus tragique de son existence, la terrible retraite, quand il s'était trouvé, pour la première fois, face à la mort. Comme il l'écrit plus tard dans la « Vie de Michel-Ange » :

> Lorsque dans notre malheureuse retraite de Russie nous étions tout à coup réveillés au milieu de la nuit sombre par une canonnade opiniâtre, et qui à chaque moment semblait se rapprocher, toutes les forces de l'homme se rassemblaient autour du cœur, il était en présence du destin, et, n'ayant plus d'attention pour tout ce qui était d'un intérêt vulgaire, il s'apprêtait à disputer sa vie à la fatalité.

MARIELLA DI MAIO

AUX ÂMES SENSIBLES

Lettres choisies
(1800-1842)

Stendhal avant Stendhal (1800-1814)

À la « *cara sorella* »

1. À PAULINE BEYLE[1]

Paris, 18 ventôse an 8.
[9 mars 1800.]

Je ne me reconnais plus, ma chère Pauline, lorsque je pense que j'ai pu rester cinq mois sans t'écrire[2]. Il y a déjà quelque temps que j'y pense, mais la variété de mes occupations m'a toujours empêché de satisfaire mon désir. D'abord, je veux que tu m'écrives tous les huit jours sans faute; sans cella[3] [*sic*], je te gronde; ensuite je veux que tu ne montres tes lettres ni les miennes à personne; je n'aime pas, quand j'écris de cœur, être gêné. Tu me diras comment va le piano; si tu apprends à danser. As-tu dansé cet hiver? Je pense que oui. Apprends-tu à dessiner? Le diable qui se mêle de mes affaires m'empêche d'apprendre depuis que je suis ici. J'apprends à danser d'un danseur de l'Opéra; son genre ne ressemble en rien à celui de Beler; comme celui que l'on m'enseigne est le bon, et que, comme tel, il parviendra, tôt ou tard, en province, je te conseille de t'y préparer en pliant beaucoup dans tous tes pas et en exerçant particulièrement le coup de pied. Je danse avec Adèle Rebuffel[1] qui, quoiqu'âgée de onze ans seulement, est pleine de talents et d'esprit. Une des choses qui a le plus contribué à lui donner de l'un et de l'autre, ce sont ses lectures multipliées ; je désirerais que tu pris [*sic*] la même voie, car je suis convaincu qu'elle est la seule bonne. Tes lectures, si elles sont choisies, t'intéresseront bientôt jusqu'à l'adoration et elles t'introduiront à la vraie philosophie. Source inépuisable de jouissances suprêmes, c'est elle qui nous donne la force de l'âme et la capacité nécessaire pour sentir et adorer le génie. Avec elle tout s'aplanit ; les difficultés disparaissent ; l'âme est étendue, elle conçoit et aime davantage. Mais je te parle un langage inconnu ; je souhaiterais que tu pus [*sic*] le sentir.

Je te conseille de prier le grand-père, de demander à Chalvet[2] le *Cours de Littérature* de La Harpe[3] qu'il doit avoir et de le lire ; cet ouvrage t'ennuiera peut-être un peu, mais il te dégrossira et je te promets que tu en seras bien récompensée dans la suite. Je te conseille aussi de chercher mes cahiers de littérature pour y lire les mêmes choses que tu liras dans La Harpe et en même temps. Cette étude est indispensable ; tu le verras quand tu iras dans des sociétés qui méritent ce nom. Je désirerais que tu pus [*sic*] aller quelquefois au spectacle, à des pièces choisies, persuadé que je suis que rien ne forme plus le goût. Je voudrais surtout que tu vis [*sic*] les bons opéras comiques ; cela te donnerait du goût pour la musique et te ferait un plaisir infini ; mais rappelle-toi bien que tu ne pourras jamais y aller qu'avec papa. S'il pouvait sentir mes raisons, cela me ferait bien plaisir. Je lui en parlerai quand j'irai à Grenoble. Je te conseille de tâcher de lire la *Vie des Grands Hommes de la Grèce*, de Plutarque ; tu verras, quand tu seras plus avancée en littérature, que c'est cette lecture qui a formé le caractère de l'homme qui eut jamais la plus belle âme et le plus grand génie, J.-J. Rousseau. Tu pourras lire Racine et les tragédies de Voltaire, si on te le permet. Prie mon grand-père de te lire *Zadig*, de la même manière qu'il me le lut il y a deux ans. Je croirais bon aussi que tu lus [*sic*] *Le Siècle de Louis XIV*, si on le veut. Tu me diras : Voilà bien des lectures. Mais, ma chère amie, c'est en lisant les ouvrages pensés qu'on apprend à penser et à sentir à son tour. Dans tous les cas, lis La Harpe. Adieu. Je ne peux plus écrire sur ce papier ; j'ai mieux aimé le tenter ce soir que de ne pas le faire de quelques jours.

2. À PAULINE BEYLE

Paris, 20 germinal an 8.
[10 avril 1800.]

Je ne conçois rien à ton silence, ma chère Pauline. Quelles sont donc les occupations qui peuvent t'empêcher de m'écrire ? Je croirais que c'est la danse, si nous n'étions pas en carême. Mais je parie une chose : tu t'imagines qu'il faut préparer ta lettre et en faire un brouillon ; c'est là la plus sotte manie qu'on puisse avoir, car, pour avoir un bon style épistolaire, il faut écrire exactement ce qu'on dirait à la personne si on la voyait, ayant soin de ne pas écrire des répétitions auxquelles l'accent de la voix ou le geste pourraient donner quelque prix en conversation. As-tu commencé La Harpe ? Je crois que oui, mais je pense que tu n'as pas osé aborder Plutarque : je crois cependant que tu feras bien de le lire, tu y verras la peinture des mœurs antiques, et cela est très essentiel, parce que sans cesse on en parle, et on en parle mal. Avec le temps et après Plutarque, tu pourras lire les *Lettres à Émilie sur la Mythologie*, de Demoustier[1]. Je te prie, lorsque tu feras la recherche du *Cours de Littérature* de M. Dubois[2], dans mes papiers, de bien chercher si tu ne trouves pas un cahier intitulé *Selmours*[3]. Si tu le trouves, je te prie de le prendre et de le renfermer dans quelque coin où personne n'aille le déterrer. Ne dis rien de cela à personne, et si tu l'as, perds la mauvaise habitude de lire jamais à personne les lettres que je t'écris. Comment va le piano ? Comment va l'instruction des religieuses ? Tâche de te faire apprendre un peu de mathématique, cela est on ne peut plus essentiel. Si j'étais à Grenoble, je m'en chargerais avec plaisir ; n'y étant pas, je pense que M. David pourrait te donner quelques leçons ; cela ne coûterait pas cher à mon papa et te serait d'une grande utilité. Je crois qu'en prenant quatre ou cinq leçons par décade, cela coûterait 6 ou 9 fr. par mois, et au bout de six mois, pour une quarantaine de francs, tu aurais appris à raisonner mieux que bien des hommes. Dis-moi ce que tu penses de cela ; et, si cela te fait plaisir, je le proposerai à papa ou tu le lui demanderas toi-même. Cella [*sic*] te vaudrait mieux que 40 ans de tes religieuses et 50 paires de bas. Une jeune fille qui se destine à être une bonne mère de famille, doit savoir faire un bas et ne jamais toucher l'aiguille, surtout dans le précieux temps de sa jeunesse ; tu ne pourras guère t'instruire que jusqu'à vingt ans ; or, quand tu auras passé deux heures à tricoter, pendant ce temps tu aurais lu 250 pages d'un livre utile, et quelle différence ! Rappelle-toi bien que six francs paient une paire de bas, et que rien ne peut balancer les trente ou quarante heures de travail et les dix ou douze heures d'ennui qu'elle te cause. Vas-tu quelquefois au spectacle ? Dis-moi si on donne à Grenoble une pièce intitulée *L'Abbé de l'Épée*[1] et qui est ici à sa trentième représentation ? Comment va Caroline[2] ? Perd-elle un peu le ton rapporteur et caqueteur qu'elle avait à mon départ ? Si elle a le malheur de l'avoir encore, tâche de lui faire entendre que rien n'est détesté avec de plus justes raisons. Il faudrait bien qu'elle s'occupât de cela. C'est à son âge que le caractère se forme, c'est à cet âge que de criarde que tu étais, tu devins bonne et compatissante. Que fait Félicie[3] ? Quel ton a Oronce[4] ? Rappelle-toi toujours que quand je t'interroge, c'est ton sentiment que je te demande et non pas ce que tout le monde dit. En général, il ne faut jamais répéter un avis, fût-ce celui du Pape, sans l'avoir pesé, autrement on s'expose à dire des balourderies qui font mal connaître votre manière de juger. Si c'est un fait qu'on vous ait affirmé, comme la personne peut avoir quelque passion qui l'ait engagée à vous tromper, il faut tâcher de le vérifier quand l'occasion s'en présente. Réfléchis un peu là-dessus et surtout réponds-moi. Si tes idées se brouillent, prends ma lettre et réponds-moi article par article, en t'interrogeant toi-même et écrivant ton jugement sur la chose. Je t'embrasse. Adieu.

Des compliments à tout le monde, à Marion et à Antoine[5].

3. À PAULINE BEYLE

avril ou mai 1800.

Il y a bien longtemps, ma bonne sœur, que j'ai formé le projet de répondre d'avance aux lettres que tu m'écriras sans doute, quand tu auras moins affaire ; mais me trouvant, dans ce moment, caché dessous un secrétaire, en jouant à cache-cache, et, par malheur, étant si bien caché que depuis dix minutes l'on me cherche en vain, je prends le parti de profiter de ce moment pour faire la conversation avec toi. Comment vont les lectures ? As-tu entrepris la lecture de La Harpe ? Je te la conseille d'autant plus que mon grand-papa t'expliquera ce que tu ne pourrais comprendre. Vas-tu toujours chez les religieuses ? Je n'ai pas grande idée de cela. J'aimerais mieux que tu les laissas [*sic*] là, ainsi que les bas.

Cultive beaucoup ton esprit et laisse le travail des mains aux machines humaines.

Il vient de paraître un traité d'éducation des filles par Mme Edgeworth, traduit par C. Pictet[1], un des coopérateurs de la *Bibliothèque Britannique* ; mon papa doit connaître cela, on le dit intéressant, il serait bon que tu le lus [*sic*].

Comment t'amuses-tu ? Vas-tu quelquefois à Claix ? Réponds-moi, je t'en supplie ; cela aura deux buts : le premier, de me faire beaucoup de plaisir, le deuxième de te former le style.

Ma foi, je suis pris ! Le bruit de ma plume m'a décelé. Comme je suis pris le dernier, je ne suis pas maire et je puis continuer un instant. Que fait Caroline ? Gaëtan[2] ? Félicie ?

Sais-tu si l'on pourra m'envoyer une copie du *Cours de Littérature* de M. Dubois-Fontanelle ?

Je ne te fais que des questions ; ma lettre est aisée à répondre. Fais-le le plus tôt possible et au long. Je t'embrasse de tout mon cœur.

4. À PAULINE BEYLE

Milan, le 10 messidor de l'an 8
de la République.
[29 juin 1800.]

Je suis bien sensible, ma chère Pauline, à la petite lettre que tu m'as écrite ; je n'y aurais désiré qu'un peu plus de longueur. Je ne sais quand tu voudras faire cesser mes plaintes à cet égard. Tu sais que je suis à Milan[1], c'est une ville grande comme cinq fois Grenoble, assez bien bâtie. Il y a une église d'un style gothique, c'est-à-dire toute en filigranes disposés en voûtes plus que plein cintre, qui est étonnante à la seconde réflexion, mais qui ne saisit pas d'abord comme le sublime Panthéon. Je crois que l'extrémité du dôme est plus haute que la galerie du Panthéon. Pour t'en donner une idée, il faut te figurer une galerie circulaire longue de cinquante à soixante pieds et haute comme quatre clochers de Saint-André les uns sur les autres. L'église n'est point finie et ne le sera probablement jamais ; elle n'est point belle en dedans en général, elle n'est qu'étonnante par la patience infinie qu'elle suppose dans les divers ouvriers qui ont contribué à sa construction ; il y a peut-être mille statues depuis quarante pieds de proportion jusqu'à six pouces. Je ne te parle pas du Mont Saint-Bernard, tu en liras un jour la description dans un des mille et un voyages en Italie. Tout ce que je puis te dire, c'est qu'on a extraordinairement exagéré la difficulté[2]. Il n'y a pas un instant de danger pour les hommes. J'ai passé devant le fort de Bard, une montagne bien plus difficile. Imagine-toi un encaissement comme celui de la vallée de Saint-Paul, près de Claix. Au milieu, une [*sic*] monticule ; sur cette [*sic*] monticule, un fort ; le chemin droit au fort dans le fond de la vallée et passant à portée de pistolet, sous le fort. Nous l'avons quitté à trois cents toises du fort et avons grimpé la montagne sous le feu continuel du fort[1]. Ce qui nous a fait le plus de peine, ç'a été nos chevaux, qui, à chaque sifflement de boulet ou d'obus, se précipitaient de cinq à six pieds. Je ne sais si tu comprends toute cette description, mais je veux te faire partager ce spectacle vraiment étonnant et je n'ai qu'un instant pour t'écrire. Il y a ici une salle de spectacle superbe. Imagine-toi que l'intérieur est grand comme la moitié de la place Grenette. On y joue le même opéra pendant quinze jours ; la musique est divine et les acteurs détestables. Toutes les loges sont louées, de manière que nous n'avons que le parterre et la loge de l'État-Major. Je fais tous mes efforts pour apprendre un peu d'italien, mais n'ayant pas pu trouver un...[2], je vais très lentement, d'ailleurs mes occupations ne me permettent pas d'y travailler autant que je le voudrais. J'ai pris des Italiens une bien meilleure idée qu'on n'en a en France ; je me suis lié avec deux ou trois qui, vraiment, m'étonnent par la sagesse de leurs idées et le sentiment d'honneur qui règne dans leur cœur. Une chose à laquelle j'étais bien loin de m'attendre, c'est la charmante amabilité des femmes ; tu ne me croiras pas, mais vraiment en ce moment je serais au désespoir de retourner à Paris. Nous avons ici des chaleurs extraordinaires qui nous accablent horriblement. D'abord nous avions cru pouvoir les braver en nous emplissant de glaces, mais nous avons éprouvé qu'elles nous échauffaient après nous avoir rafraîchis un instant. J'espère que tu répondras à cette longue lettre. Adresse ta réponse à Milan. J'espère y être encore ou dans les environs lorsque ta réponse arrivera.

H. BEYLE.

5. À PAULINE BEYLE

Juillet 1800.

Je ne conçois pas, ma chère Pauline, ce qui peut t'empêcher de m'écrire. Comment dans la vie tranquille que tu mènes, ne trouves-tu pas un instant à sacrifier à un frère qui t'aime tendrement ? Nous avons ici des chaleurs insupportables pour des Français, nous en sommes tous accablés. J'ai fait dernièrement un voyage assez agréable qui m'a éloigné pour quelques jours des carrefours brûlants de cette ville. J'ai été avec Daru recevoir la forteresse d'Arona[1], et par occasion, j'ai visité les divines îles Borromées ; elles sont trois : *Isola Bella, Isola Madre, Isola dei Pescatori*. Imagine-toi un lac demi-circulaire, long d'une quinzaine de lieues, la partie tournée vers Milan, ou plutôt vers Buffalora, est environnée de coteaux charmants. Le Tessin, rivière superbe, sort de cette partie du lac ; à mesure que l'on s'avance sur ces ondes tranquilles, les coteaux deviennent montagnes, et la partie du lac, voisine de la Suisse, est environnée de rochers sourcilleux qui rappellent le Bernard. Ces bords sont tranquilles ; peu de maisons, point de culture, nulle trace de ces treilles détestables, de ces palissades qui défigurent les célèbres bords du Léman. Ici, la nature se montre partout ; de temps en temps, on rencontre une petite barquette montée par deux pêcheurs, on marche ainsi une heure et demie. Tout à coup on se tourne et on se trouve aux pieds de la forteresse et de la ville d'Arona. Je n'ai jamais vu aspect plus imposant. Imagine-toi un escarpement comme celui de la porte de France à Grenoble, d'un côté ; de l'autre, une pente assez douce, au sommet, un fort inexpugnable environné de cinq enceintes qui en rendent l'abord inexpugnable, une tour mince et élevée, au haut le pavillon tricolore. Tout à coup, dix-neuf coups de canon sont tirés, une pluie de terre tombe dans le lac, et salit un instant ses eaux limpides. Nous descendons après avoir lutté trois quarts d'heure contre une tempête assez forte. Le lendemain matin, après avoir fait la visite du fort, nous nous rembarquons sur des barques canonnières autrichiennes ; nous sortons d'un petit port environné de mer ; nous prenons le large, aussitôt une superbe statue du bon saint Charles frappe nos regards, elle a soixante-neuf pieds de haut, et son piédestal vingt ; elle montre majestueusement le port d'une main ; de l'autre saint Charles tient un pan de son surplis ; c'est par ce pan qu'on entre dedans. Un homme se tient droit dans son nez, elle est tranquille au milieu du lac. Rien ne l'avait troublée depuis longtemps, lorsque, dernièrement, au siège d'Arona, une balle vint la frapper à la poitrine, heureusement elle n'a pas été endommagée. Jamais je n'ai vu un si bel aspect : les expressions manquent à mes sentiments. Nous voguions tranquillement, j'étais à côté de l'amiral de la flotte ennemie, je faisais la conversation avec un aide-de-camp de Mélas, jeune homme charmant, à quelques préjugés près. Après trois heures de marche, nous aperçûmes au milieu de ce lac divin une montagne verte et à droite une plage et une petite maison blanche. L'île à gauche est Isola Bella. Celle à droite Isola Madre. Mais je m'aperçois que je bavarde ; n'importe. Puisque tu commences à voir cette situation romantique, tu en parcourras les détours enchanteurs. Surtout ne montre cette lettre à personne, par l'idée qui m'en reste elle est pleine de ridicule pour les âmes froides. Je t'embrasse.

B.

6. À PAULINE BEYLE

Saluces, le 15 frimaire an 10.
[le 6 décembre 1801.]

[...]

Je vois avec bien du plaisir que tu lis les tragédies de Voltaire. Tu dois te familiariser avec les chefs-d'œuvre de nos grands écrivains ; ils te formeront également l'esprit et le cœur. je te conseille de lire Racine, le terrible Crébillon, et le charmant La Fontaine. Tu verras la distance immense qui sépare Racine de Crébillon et de la foule des imitateurs de ce dernier. Tu me diras ensuite qui tu aimes le mieux de Corneille ou de Racine. Peut-être Voltaire te plaira-t-il d'abord autant qu'eux ; mais tu sentiras bientôt combien son vers coulant, mais vide, est inférieur au vers plein de choses du tendre Racine, et du majestueux Corneille.

Tu peux demander au grand papa les *Lettres Persanes* de Montesquieu et l'*Histoire naturelle* de Buffon, à partir du sixième volume ; les premiers ne t'amuseraient pas. Je crois, ma chère Pauline, que ces divers ouvrages t'amuseront beaucoup ; en même temps, tu feras connaissance avec leurs immortels auteurs.

Mais c'est assez bavarder sur un même objet. Donne-moi de grands détails sur tes occupations chez Mlle Lassaigne et sur la manière dont tu passes ton temps. Peut-être t'ennuies-tu un peu ; mais songe que dans ce monde nous n'avons jamais de bonheur parfait et mets à profit ta jeunesse, pour apprendre ; les connaissances nous suivent tout le reste de notre vie, nous sont toujours utiles et, quelquefois, nous font oublier bien des peines. Pour moi, quand je lis Racine, Voltaire, Molière, Virgile, l'*Orlando Furioso,* j'oublie le reste du monde. J'entends par monde cette foule d'indifférents qui nous vexent souvent, et non pas mes amis que j'ai toujours présents au fond du cœur. C'est là, ma chère Pauline, que tu es gravée en caractères ineffaçables. Je pense à toi mille fois le jour ; je me fais un plaisir de te revoir grande, belle, instruite, aimable et aimée de tout le monde.

[...]

7. À PAULINE BEYLE

Paris, 11 nivôse an 11.
[1er janvier 1803.]

Souvent, las d'être esclave et de boire la lie
De ce calice amer que l'on nomme la vie,
Las du mépris des sots qui suit la pauvreté
Je regarde la tombe, asile souhaité ;
Je souris à la mort volontaire et prochaine ;
Je me prie en pleurant d'oser rompre ma chaîne,

[...]

Et puis mon cœur s'écoute et s'ouvre à la faiblesse
Mes parents, mes amis, l'avenir, ma jeunesse,
Mes écrits imparfaits ; car, à ses propres yeux,
L'homme sait se cacher d'un voile spécieux.
À quelque noir destin qu'elle soit asservie,
D'une étreinte invincible il embrasse la vie ;
Il va chercher bien loin, plutôt que de mourir,

Quelque prétexte ami, pour vivre et pour souffrir.
Il a souffert, il souffre : aveugle d'espérance,
Il se traîne au tombeau, de souffrance en souffrance
Et la mort, de nos maux, le remède si doux,
Lui semble un nouveau mal, le plus cruel de tous[1] !

Ne sens-tu pas ces vers pénétrer doucement dans ton âme, s'y étendre et bientôt y régner ? Pour moi, ils me paraissent les plus touchants que j'aie encore lus dans aucune langue. Je voulais d'abord les copier pendant qu'ils me sont encore présents, pour te les envoyer dans ma première lettre ; mais je suis devant ma table, j'ai une demi-heure à moi, comment ne pas écrire à celle à qui je voudrais toujours parler ? J'ai le projet de t'aller voir au commencement de thermidor[2] ; je voulais d'abord n'y aller qu'un mois plus tard, mais quelle folie ! Nous avons si peu de jours à vivre, et peut-être bien moins à passer ensemble ! Hâtons-nous de jouir, vivons ensemble, coulons nos jours au sein de l'amitié. Je m'instruis ici, à la vérité ; mais que la science est froide auprès du sentiment ! Dieu, voyant que l'homme n'était pas assez fort pour sentir toujours, a voulu lui donner la science pour le délasser des passions durant sa jeunesse, et pour l'occuper dans ses derniers jours.

Malheureux et bien à plaindre, le cœur froid qui ne sait que savoir ! Hé ! que me sert de savoir que le soleil tourne autour de la terre, ou la terre autour du soleil, si je perds, à apprendre ces choses, les jours qui me sont donnés pour en jouir ? Telle est la folie de bien des hommes, ma chère Pauline ; mais elle ne sera pas la nôtre.

J'oubliais de te dire de qui sont ces vers si doux que je t'envoie : André Chénier les composa peu de temps avant la Terreur qui le fit périr.

[...]

8. À ÉDOUARD MOUNIER[1]

Paris, 21 nivôse 11.
[11 janvier 1803.]

Qu'aurais-je pu vous dire, mon cher Mounier, pendant six mois de ma vie passés dans la folie la plus complète ? Je l'ai enfin connue cette passion que ma jeunesse ardente souhaita avec tant d'ardeur. Mais à présent que l'aimable galanterie a pris la place de ce sombre amour, après avoir été tant plaisanté par mes amis, je puis en plaisanter avec vous. Oui, mon ami, j'étais amoureux et amoureux d'une singulière manière, d'une jeune personne que je n'avais fait qu'entrevoir, et qui n'avait récompensé que par des mépris la passion la mieux sentie. Mais enfin tout est fini ; je n'ai plus le temps de rêver, je danse presque chaque jour. En qualité de fou, je me suis mis sous la tutelle de mes amis, qui n'ont trouvé d'autre moyen de me guérir que de me faire devenir amoureux. Aussi suis-je tombé épris d'une femme de banquier très jolie ; j'ai dansé plusieurs fois avec elle, je me suis fait présenter dans ses sociétés, je viens de lui écrire ma cinquième lettre, elle m'en a renvoyé trois sans les lire, elle a déchiré la première, suivant toutes les règles, elle doit lire la cinquième et répondra à la sixième ou septième. Elle a épousé il y a six mois le brillant équipage et les deux millions d'un badaud qui a la platitude d'en être jaloux, jaloux d'une femme de Paris ! il prend bien son temps ; aussi je compte bien m'amuser avec cet animal-là. Il m'a donné une comédie impayable avant-hier. Malli m'avait donné son mouchoir et son argent à garder ; elle est sortie beaucoup plus tôt qu'elle ne m'avait dit, ce qui a fait que Monsieur son mari m'est venu chercher à une contre-danse que je dansais à l'autre bout de la salle, pour me demander les *affaires* de sa femme. Il était si plaisamment sérieux en faisant ce beau message, que tout le monde a éclaté ; j'en ris encore en vous l'écrivant. Hier soir, il m'a boudé et, comme je disais que j'étais charmé que l'usage de l'épée et des habits brodés revînt, il a dit, d'un air judicieux, que ce n'était qu'un moyen de plus donné aux étourdis pour troubler la société.

Tout le monde me félicite sur la rapidité de mes progrès. Je suis le premier amant de Mme B. ; des gens qui valaient beaucoup mieux que moi ont été refusés ; je me dis ça à tout moment pour tâcher de me rendre fier, mais en vérité ces jouissances d'amour-propre sont bien courtes. Je jouis un instant lorsque, penché sur les bras de sa bergère, je la fais sourire, ou lorsque je fais un petit homme avec le bout de son mouchoir ; mais lorsque mon orgueil veut me féliciter de la différence de mes succès cette année et l'année dernière, je deviens rêveur, je me rappelle le charmant sourire de celle que j'aime encore, malgré moi ; je sens des larmes errer dans mes yeux à la pensée que je ne la reverrai jamais ; — mais convenez que je suis bien sot ; ne me revoilà-t-il pas dans mes anciennes lubies. Mais cette fille, que m'a-t-elle fait après tout, pour être tant aimée ? elle me souriait un jour, pour avoir le plaisir de me fuir le lendemain ; elle n'a jamais voulu permettre que je lui dise un mot ; une seule fois j'ai voulu lui écrire, elle a rejeté ma lettre avec mépris ; enfin, de cet amour si violent, il ne me reste pour gage qu'un morceau de gant. Convenez, cher Mounier, que mes amis ont raison, et que, pour un officier de dragons, je joue là un brillant rôle. Encore si elle m'eût aimé ; mais la cruelle s'est toujours fait un jeu de me tourmenter ; non, elle n'est que coquette ; aussi je l'oublie à jamais, et je la verrais dans ce moment que je serais aussi indifférent pour elle, qu'elle fut pour moi dans le temps de ma plus vive ardeur.

Mais, pardon, mon ami, je vous ennuie de mes folies, c'est pour la dernière fois ; je sens que je l'oublie. Est-ce que je n'aurai pas le plaisir de vous embrasser cet hiver ? Venez un peu voir notre Paris à présent qu'il est dans son lustre ; je suis sûr que tout philosophe que vous êtes, il vous plaira beaucoup plus qu'au printemps. Dans tous les cas j'espère que nous vendangerons ensemble dans notre Dauphiné. Venez, mon cher Mounier, comparer nos gais paysans de la vallée avec vos Bretons. Est-ce que Mlle Victorine[1] ne sera pas de la partie ? Dans tous les cas présentez-lui mes hommages, et croyez à l'*endless friendship of*[2].

H. BEYLE

9. À PAULINE BEYLE

[10 juin 1804.]

Ma chère petite, ta lettre m'afflige beaucoup ; je t'écrirai tous les deux jours pour te distraire. J'écris aujourd'hui à mon papa pour le remercier des deux cent quatre francs qu'il m'envoie et qui ne pouvaient venir plus à propos : je portais depuis huit jours, des souliers percés, et j'avais besoin de tout mon esprit pour glisser sous le trou une petite patte teinte en noir avec de l'encre.

Je dois à la pension où je mange et où je ne suis guère connu ; je dois à mon portier ; je dois à mon tailleur, qui venait me voir tous les matins ; il y a longtemps que ma montre est engagée. Je ne vais nulle part depuis quinze jours, faute d'avoir douze sous dans ma poche ; je néglige M. Daru, le général Michaud, Mlle Duchesnois[1] ! que de raisons de me désespérer !

Eh bien, jamais je n'ai tant ri : il y a trois ans, je me serais désespéré ; je suis devenu raisonnable depuis. La vie de l'homme le plus puissant qui ait jamais été, d'Alexandre le Grand, et du dernier bourgeois se ressemblent en ce qu'elles sont un mélange de quelques jouissances vives et de nombreux moments où, si l'homme est sage, il est heureux ; s'il ne l'est pas, il s'ennuie et est malheureux.

L'ennui n'est pardonnable qu'à ton âge, où l'on n'a pas encore appris à l'éviter ; plus tard, l'homme qui s'ennuie est un sot à charge aux autres, et par conséquent, fui de tout le monde.

Ayez une once d'ennui aujourd'hui, vos voisins s'en aperçoivent ils vous fuient ; le lendemain, vous en avez une livre ; le surlendemain, deux, et peu à peu vous devenez stupide.

J'ai passé par tous ces états-là.

Les hommes ont diverses ressources contre l'ennui :

D'abord, il faut remuer le corps quand on est ennuyé, c'est là le moyen le plus sûr. Je montais donc souvent à cheval ; je cherchais à me rendre témoin dans les duels, à me passionner enfin ; avec les passions, on ne s'ennuie jamais ; sans elles, on est stupide.

Mais ce principe a besoin d'être bien expliqué : là-dessus, le charmant auteur de *Valérie*[2] dit une chose bien vraie : « *Les goûts* (petites passions de quinze jours, un mois) *charment la vie ; les passions la tuent.* »

Je te dirai encore ici que je l'ai éprouvé : je me cite souvent, parce que je suis l'homme dont je connais le mieux le cœur.

L'homme moral se divise en *cœur* ou centre des passions, et en *tête* ou centre de combinaisons et de jugements. On peut parvenir avec de la sincérité à connaître à peu près son cœur ; il faut avoir bien peu d'orgueil pour connaître sa tête, et, comme on en a toujours, jamais on ne la connaît bien ; voilà dans quel sens on a raison de dire qu'il est très difficile de se connaître soi-même.

J'ai fait, en Italie et à Paris, des folies à me faire tout perdre, même l'honneur ; par exemple, j'ai monté derrière une voiture pendant une soirée comme laquais ; j'ai pris dans une bibliothèque un livre où l'on m'avait rapporté que l'on cachait des lettres. Tout cela a passé par bonheur et par une franchise audacieuse que m'inspirait la passion et qui me fait frémir à cette heure.

Cependant, tout s'est su, même ce que je n'ai jamais confié ; on m'a dit que j'étais monté derrière une voiture, une livrée sur le dos, etc., etc.

Voilà la grande différence d'un homme à une femme ! la dix millième partie de ces aventures aurait perdu Lucrèce elle-même à jamais ; voilà ce qu'il faut bien te dire. Un homme d'esprit dit aux femmes : Soyez jolies si vous pouvez, soyez considérées, il le faut[1] ; on dit, il est trop vrai, que la considération est l'opinion du plus grand nombre ; le plus grand nombre est un sot ; il faut donc faire des sottises ? Non, mais souvent s'abstenir des choses raisonnables.

[...]

10. À PAULINE BEYLE

1er messidor 12.
[20 juin 1804.]

[...]

Je parlais l'autre jour de M. Rebuffel à un des amis de cet excellent homme, un de ceux qui l'aimaient le plus ; il lui avait beaucoup d'obligations ; en un mot, il le chérissait. Nous vînmes à parler du deuil : « Mais je l'ai porté quinze jours, me dit-il, comme le prescrit *l'Almanach national*. »

Je fus stupéfait, je l'avoue, quoique je connusse ce trait de caractère de l'animal parisien ; je ne l'avais jamais vu si bien dans la nature et dans un objet aussi proche.

Dans l'alternative d'être gêné par ceux qui nous aiment ou de n'être point aimé du tout, j'aimerais encore mieux l'amour. La perfection sans doute est entre deux, mais elle est bien rare : où la trouver ? Il faudrait des gens parfaitement raisonnables ; et combien y en a-t-il ?

J'espère que tu travailles un peu et que cela t'aura distraite, à moins que ton ennui ne vienne de quelque passion secrète ; en ce cas, dis-le-moi franchement ; tu es sûre, sur cet article, du plus profond secret ; d'ailleurs, je connais presque tous les jeunes gens de Grenoble, par mes amis je connaîtrai les autres, et je pourrai t'être bon à quelque chose ; nous traiterons cette matière à fond s'il en est ainsi. Dans tous les cas, n'oublie jamais que mon père a excité l'envie, et qu'on nous traitera plus sévèrement que d'autres, surtout ayant le malheur d'avoir excité la jalousie de mon oncle, qui serait cru comme étant de la famille. Je me convainquis pleinement de ce trait de son caractère, étant aux Échelles avec André Mallein ; il tourna exprès la conversation sur toi pour dire que tu travaillais trop ; si tu n'avais pas travaillé, il aurait dit de même que tu étais trop dissipée. Je pris bien vite ce tort sur moi, l'occasion était importante.

Malgré lui, sa malignité tourna à ton avantage ; car comme, Caroline et toi, vous êtes des espèces d'anachorètes à Grenoble, André (tu sais qui c'est) était très curieux sur votre compte et surtout sur le tien par une drôle de circonstance. La veille de mon départ, je vous accompagnai dans la rue des Vieux-Jésuites. Tu sais que je m'entendis appeler en entrant dans l'allée ; c'était lui qui venait d'accompagner Mme Rezicourt. Tu avais ce soir-là sur ta tête un voile comme ce joli *mezzaro*[1] des Génoises qui donne un air doucement affligé à la tête ; tu l'étais peut-être un peu, de manière qu'il se fit la plus douce image de toi ; je vis que cette image l'avait frappé. Ta tournure exprimait à ses yeux le plus doux caractère d'une femme, cette tendre affliction, cette douce sympathie qui fait qu'on se dit (confusément) : elle partagera mes chagrins, elle est bonne, simple. Il n'en faut pas tant pour faire naître l'amour ; il ne cessait de parler de ta douce tournure.

Je ne voudrais pas, cependant, qu'il te rendît tendre : il ne faut pas, pour ton bonheur, que tu épouses un homme dont tu serais amoureuse ; en voici la raison : tout amour finit, quelque violent qu'il ait été, et le plus violent, plus promptement que les autres. Après l'amour, vient le dégoût ; rien de plus naturel ; alors, on se fuit pour quelque temps. Voilà qui va bien ; mais, si l'on est marié, on est obligé d'être ensemble, on est surpris de ne plus trouver que l'ennui dans mille petites choses qui faisaient le bonheur. Un jeune homme de ma connaissance aimait une jeune demoiselle *e era riamato*[2] : dans les petits jeux, cette demoiselle avait coutume de lui voler son mouchoir ; c'était charmant, elle l'a fait il y a quelques jours ; le jeune homme a trouvé cela du dernier bête. Ils ne se verront pas d'un an, et alors ils seront amis, ils se souviendront avec plaisir du temps où ils s'aimaient.

Si, au contraire, ils habitaient ensemble, ils se seraient revus à chaque heure du jour ; la vanité de la femme eût été blessée, l'homme ennuyé, et ils se seraient détestés à la mort toute la vie, au lieu que, se mariant par raison, on n'est jamais irrité, parce qu'on trouve à peu près ce sur quoi on comptait. Il y a une fausse raison professée par tous les sots du monde, qui s'en servent pour blâmer les gens d'esprit ; mais il y en a une véritable qu'il faut connaître parce qu'elle fait le bonheur de la vie. En général, tout mal vient d'ignorer la vérité, toute tristesse, tout chagrin, d'avoir attendu des hommes ce qu'ils ne sont pas en état de vous donner.

Pense à ça, ma chère Pauline, et écris-moi souvent comme tu penses, au hasard. Envoie-moi le caractère de Fany du Cont., il me sera très utile. Je crois avoir découvert que toutes vos passions, mesdames les femmes, se réduisent à la vanité ; je veux pousser cette opinion, et si je la trouve vraie, vous ne me ferez plus faire de folies.

[...]

11. À PAULINE BEYLE

[Fin juin 1804.]

Tu trouveras dans le monde, ma chère petite, beaucoup d'âmes sèches : ces gens-là n'ont jamais eu dans leur vie un moment de tristesse, de cette tristesse onctueuse que nous avons éprouvée souvent ; ils ne sont ordinairement sensibles qu'à deux passions, la vanité et l'amour de l'argent. Cette sécheresse vient de l'âme. Il nous arrive souvent, à nous autres gens sensibles, de pleurer pour une idée qui nous passe par la tête. En venant d'acheter ce papier, je passais par une rue nommée des Orties et assez bien nommée, car il n'y passe personne ; un des côtés est formé par la majestueuse galerie du Muséum. Cette galerie est très élevée et très noire; la rue est étroite et silencieuse, et vis-à-vis de maisons très élevées. J'ai rencontré là une femme de quarante ans, vieille de misère, qui portait son enfant derrière elle et qui chantait pour demander l'aumône. Cela, joint à l'aspect de la rue qui faisait déjà son effet, m'a touché. En prêtant l'oreille, j'ai entendu qu'elle chantait une chanson de corps de garde; cela m'a serré le cœur et fait venir les larmes aux yeux. J'ai doublé le pas, et ce n'est que sur le pont Royal que je me suis aperçu que je ne lui avais pas donné. Il y a tant de charlatans pauvres à Paris qu'il est nécessaire, lorsqu'on n'est pas très riche, de ne pas donner. Cependant, je me suis repenti de n'avoir pas donné à cette pauvre mère. J'ai réfléchi ensuite que sa chanson m'avait fait venir les larmes aux yeux, parce que je voyais que les paroles, qui en étaient crapuleuses, devaient détruire dans le cœur des écoutants le sentiment duquel elle espérait quelque charité. Chaque mère, en la voyant passer avec son enfant sur le dos en avait pitié, parce qu'elle se disait: « Un jour, je puis en être réduite là »; lorsqu'elle entendait sa chanson, la pitié cessait: « Jamais je n'aurai de mauvaises mœurs; cette femme en a sans doute, sa chanson le prouve, et ce sont sans doute ses mauvaises mœurs qui l'ont mise là. »

[...]

12. À PAULINE BEYLE

Fin juillet 1804.

Réponds-moi donc vite, ma chère Pauline, ou je te crois en prison, au secret ou morte. Pourquoi, dans ta tristesse, ne m'écris-tu pas? Répondez à cela,

Mademoiselle ? Rien vous peut-il excuser ? N'êtes-vous pas une petite écervelée de vous plaindre que vous vous ennuyez, et puis de ne pas vouloir vous consoler ? Savez-vous comment je m'en vais m'y prendre pour vous consoler ? Je m'en vais ne plus vous aimer du tout ; alors, pour reconquérir mon amitié, vous serez obligée de vous évertuer. Allons donc, petite fille ! qu'est-ce que ça veut dire de s'affliger ainsi ? Prenez garde, rien ne rend vieille comme le chagrin, et, pour vous punir, je m'en vais vous traiter en vieille ; je m'en vais vous dire des contes que j'ai lus ce matin.

M. de Thiers était l'ami de Mme d'Érigny : cette dame eut le bras et la jambe gauche brûlés très douloureusement par un chaudron d'eau bouillante ; de Thiers ne l'alla pas voir de six semaines ; quand il parut, Mme d'Érigny lui dit :

— Est-ce ainsi que vous abandonnez vos amis ! Savez-vous que je souffre comme une malheureuse, que je n'ai pas fermé l'œil, depuis six semaines que vous ne m'êtes pas venu voir ?

— Comment ! il y a tant que cela ?

— Tout autant.

— Voyez comme le temps passe vite.

Voilà un beau trait d'égoïste. Au reste, comme probablement vous ne lirez pas la brochure où je l'ai vu, en voici une seconde :

Le roi chassait dans les forêts de Versailles. À trois ou quatre lieues de cette ville, un garde du corps tombe en galopant et se casse la cuisse : le roi se tourne vers M. de Rochechouart et lui dit :

— Monsieur, vous avez votre carrosse, faites-moi le plaisir de ramener ce jeune homme à Versailles.

M. de Rochechouart contait cela le lendemain dans une maison.

— Ce malheureux, disait-il, me faisait une peine terrible : tous les mouvements de la voiture le mettaient dans des douleurs affreuses ; il jetait des cris, il grinçait des dents ; cela me mettait dans l'état que vous pouvez imaginer. Heureusement, je me souvins que j'avais dans mes poches de l'eau de la reine de Hongrie.

— Vous lui en donnâtes ?

— Non, j'en avalai une gorgée et cela me remit jusqu'à Versailles.

Ces deux traits sont vrais ; remarque cette manière de conter, voilà le bon ton simple, aisé, concis : un provincial n'eût pas manqué d'y mettre du pathétique et même de l'horrible, eût décrit la cassure de la cuisse, eût parlé du sang. Le talent qui fait fuir ces défauts à M. Suard se nomme délicatesse.

Il faut, dans le monde, dire tout avec simplicité et aisance, bien se dire à soi-même et ne jamais dire à d'autres qu'on se réunit pour se donner du plaisir, et supprimer tout ce qui diminue celui que vous pouvez donner. Pour plaire aux gens, il faut les occuper d'eux et, par conséquent, parler très peu de soi ; il faut que vos traits soient vifs, et il y a une marque bien claire du plaisir que vous procurez. On n'a presque jamais affaire qu'à la vanité des gens ; un homme vain cherche à découvrir à chaque instant quelque nouvel avantage en lui ; dès qu'il en découvre un, vous en avez une marque évidente, il rit. Le rire n'est que cela : la vue soudaine d'un avantage que nous ne nous connaissons pas, ou que nous avions perdu de vue.

[…]

13. À PAULINE BEYLE

3 fructidor an 12.
[21 août 1804.]

J'aurais bien besoin de toi ici, ma chère Pauline : il y a des moments où l'âme, dégoûtée du travail, cherche à aimer, s'attache de plus en plus aux objets de son affection, se renferme dans eux et voudrait pour tout au monde être auprès d'eux. Je suis, depuis plusieurs jours, dans cet accès de sentiment qui ne revient que trop souvent pour mon bonheur. Tant que l'âme est froide ou médiocrement agitée, Paris est la ville du bonheur ; mais, dès qu'elle redevient tendre, je regrette Grenoble, tout ennuyeux qu'il est. Que ne puis-je te voir ici avec une autre personne ! que mon bonheur serait grand de pouvoir passer la soirée au milieu de vous, loin de toutes les intrigues et de tous soins du monde ! que ne puis-je réunir autour de moi une famille comme je conçois qu'il en peut exister. Je crains bien que nous n'ayons pas cette jouissance de toute notre jeunesse ; aussi nous passerons le temps d'aimer sans en goûter en entier le bonheur, et ce ne sera que lorsque notre âme affaiblie ne sentira plus que faiblement, et que notre tête vieillie aura pris de la raideur, que nous pourrons vivre ensemble.

Je te dirai en grand secret que j'ai commencé aujourd'hui, 3 fructidor, à prendre des leçons de déclamation de La Rive, célèbre acteur tragique[1]. Ce n'est pas que je m'occupe encore de cet art ; mais les médecins m'ont conseillé de me distraire ; ils m'ont dit que je périrais de mélancolie si je ne prenais pas ce parti. J'y vais avec Martial Daru, que nous appellerons désormais Pacé. J'y suis donc allé ce matin ; j'en suis revenu à onze heures pour travailler, mais rien ne m'intéressait ; j'avais besoin d'être auprès de gens que j'aimasse, de leur parler, de les serrer contre mon sein, et non de travailler à connaître de nouvelles vérités. J'ai pris des romans, ils m'ont tous paru niais et enflés au lieu de tendres ; j'ai voulu lire *la Nouvelle Héloïse* ; mais je la sais par cœur. J'ai donc passé toute ma journée à rêver, et, à cette heure, je vais à la comédie pour me distraire. Ce n'est pas que l'état dans lequel je suis, cette surabondance de tendresse, soit pénible, il serait le bonheur si on avait à qui dire : « Je vous aime ! » mais je ne puis voir ici que des esprits ou des demi-âmes. Toutes ces petites filles d'ici m'ennuient ; leur tendresse n'est que minauderie et que petites grâces étudiées ; rien d'absolument franc, de naturel, d'énergique. Tout ce que j'aime est à Grenoble ou à quatre-vingts lieues d'ici ; je ne puis écrire qu'à toi ; l'autre[1] m'a peut-être oublié : voilà ce qui me rend mélancolique. À force de rêve, j'ai cependant trouvé un moyen de lui écrire ; mais que pensera-t-elle de ma lettre ? Y répondra-t-elle ? N'en aime-t-elle point un autre ? Il me passe une bonne folie par la tête : avant de retourner à Grenoble, je veux aller incognito dans la ville où elle est, et, là, me rassasier du plaisir de la voir. Ce moyen est romanesque, mais il me fera bien plaisir et il ne nuit à personne ; je ne vois pas pourquoi j'y résisterais. Je me mettrai dans peu à économiser pour cela : elle serait bien étonnée si, en se promenant le soir, dans les jardins publics, à la tombée de la nuit, elle m'apercevait entre les arbres.

[…]

14. À PAULINE BEYLE

11 fructidor 12.
[29 août 1804.]

Ta lettre m'effraye au delà de toute expression. Tu vas faire une folie. Songe que d'aller à Voreppe, à l'insu de ton père, te dégrade à jamais de l'état que tu peux avoir dans le monde, et te met au rang des filles perdues.

Voilà la vérité en mon âme et conscience. Je te jure de ne jamais rien communiquer. Songe que de ta place, tu ne vois que le bonheur de la vie errante. Tu en ôtes tous les inconvénients. Tu dois recevoir un de ces jours une lettre qui est la meilleure réponse à celle du 5. Tu y vois combien on est quelquefois triste d'être isolé, et encore quelle différence de toi à moi.

Comme homme, j'ai le cœur 3 ou 4 fois moins sensible, parce que j'ai 3 ou 4 fois plus de raison et d'expérience du monde, ce que vous autres femmes appelez dureté de cœur.

Comme homme, j'ai la ressource d'avoir des maîtresses. Plus j'en ai et plus le scandale est grand, plus j'acquiers de réputation et de brillant dans le monde. Je suis parti de Grenoble à dix-sept ans ; j'en ai vingt et un ; j'ai eu dans cet intervalle tout ce qu'on peut avoir en femmes ; hé bien, depuis deux ans, je commençais à me dégoûter de ce genre de vie. Cela est au point que, malgré mon âge de vingt et un ans, et mon heureuse position de n'avoir pas 12 fr. de rente par an, j'épouserais une autre Pauline si j'en trouvais une qui ne fût pas ma sœur, quitte à vivre de quelque métier, comme imprimeur, par exemple, faiseur de journaux ou autre encore plus triste.

Ayant l'âme bien plus tendre et ne l'ayant pas dégoûtée par quatre ans de vie dans le grand monde, avant deux ans tu brûlerais de trouver un homme aimable. Tu le désirerais tant que tu finirais par te persuader (comme Mary Wollstonecraft Godwin, anglaise célèbre[1]) que tu l'as trouvé, et il n'en serait rien. À force de désirer une chose dans ce genre où l'illusion est si facile, on finit par se persuader qu'elle est. *Et l'irréparable faute de s'être trompée éloigne à jamais le pouvoir d'avoir un époux digne de soi.*

Songe à cette vérité : qui voudrait, même en étant amoureux, épouser une fille qui se serait sauvée de chez ses parents ?

Je suis l'homme le plus dépourvu de préjugés que j'aie rencontré, et je t'assure que je ne le ferais pas. Si je l'aimais, je la *rouerais*, et puis la planterais là.

Songe que dans le monde, tu ne trouveras pas 20 âmes qui comprennent la tienne ; que moi qui ai fait 20 fois plus d'expériences que tu n'en pourrais jamais faire, je n'en ai pas trouvé 4. Remarque ce nombre. Une d'elles est Mlle Victorine Bigillion[2] qui vient de faire exactement ce que tu voudrais. Elle a vécu solitaire à Saint-Ismier, cela a augmenté la force de ses passions et de sa tête. Elle en a une si bonne que son père l'a décidément prise pour *folle*. Là-dessus on l'a renfermée presque comme une folle ; la pauvre petite a été poussée à bout ; elle s'est enfuie jusqu'à Moirans ; on l'a rattrapée, et elle est actuellement, je crois, en prison à la Grande-Chartreuse où elle restera tant qu'il plaira à ses parents, gens qu'elle a offensés de toutes les manières. Elle ne pourrait s'en tirer que pour se marier, et qui en voudrait ?

Voilà la vérité sur cette aventure. Tâche de te la faire raconter, et tu verras comment le public juge les âmes fortes. S'il les voyait telles qu'elles sont, il n'en serait que jaloux ; mais il ne les comprend pas et les croit folles.

Jamais exemple ne fut plus près de toi que cette pauvre Victorine.

J'ai connu en Italie une femme nommée Angelina[1] que j'ai aimée au-delà de toute expression. Elle avait exactement ton caractère. Elle a passé sans folies le temps de la jeunesse, qu'elle a passé (2 ans du moins) enfermée dans un couvent, de force. Elle s'est enfin mariée et est, depuis 8 ans, la plus heureuse des femmes.

Songe bien que Saint-Preux est un personnage imaginaire, de même que tous les héros de roman.

[...]

15. À PAULINE BEYLE

7 ventôse an 13.
[26 février 1805.]

Eh bien, les cent écus qui devaient venir à la fin de la semaine ? Et il y a trois semaines que cette semaine est passée.

Fiez-vous, fiez-vous aux vains discours des hommes !

Je chantais cette chanson ce matin, lorsque mon tailleur est venu, pour la dixième fois, me demander un acompte ; je lui ai dit : « Fiez-vous, fiez-vous aux vains discours des hommes », etc., etc.

Dis-moi donc où en est cette affaire, dis à mon père que, s'il veut m'accorder une avance, elle ne saurait mieux venir. Mon oncle ne vient-il point à Grenoble ? Ma dernière lettre à mon père ne l'a-t-elle point fait revenir de l'espèce de froid où il est à mon égard ?

C'est moi qui puis me plaindre, et c'est moi qu'on querelle. Je n'ai pas, à la vérité, *droit* de me plaindre ; mais j'en ai encore moins à être grondé. Car enfin, tout mon crime est d'avoir demandé, en vendémiaire, une avance qu'on commence à me promettre en ventôse, et puis l'on parle de sensibilité ! *O tempora ! o mores !* mais dépêchons-nous vite de rire de tout cela, de peur d'être obligé d'en pleurer. Au fait nous avons tort de croire les hommes meilleurs qu'ils ne sont, et doublement tort de croire les paroles, nous qui répétons sans cesse qu'il ne faut croire que les actions. C'est qu'une âme vraiment sensible connaît les hommes en général, mais fait souvent, sans s'en douter, exception pour l'homme avec qui elle a affaire, surtout quand cet homme est un père. L'intrigant ne connaît point les hommes, les passions, mais sait par cœur l'individu qu'il veut faire mouvoir : observe cette différence dans le monde.

Donne-moi de grands détails sur votre vie actuelle ; je songe qu'il y a onze mois que je suis parti de Grenoble. Dis-moi les changements arrivés depuis lors dans les *habitudes* ; car l'homme est sans cesse en révolution. Qu'est-ce que votre logement actuel ? Et, pour finir ma phrase, qu'est-ce que la promesse des cent écus ? Est-ce une mauvaise plaisanterie ? Ou y a-t-il quelque bonne intention ? En ce cas, tu peux dire la vérité : c'est que, dans cette espérance, j'ai fait faire des habits, pour le prix desquels on me tourmente.

Au reste, à part ces petites bêtises auxquelles je ne plie mon esprit qu'avec dégoût, jamais je ne fus si heureux. Mon existence dans la société était trop forte, trop brillante si j'ose le dire, pour avoir de la grâce. Quand j'étais présent on me faisait accueil ; mais, moi absent, on disait du mal de mes actions. J'ai changé tout cela en me mettant moins en avant ; avis au lecteur.

Mon parti est décidément pris, je ne compte sur mon père qu'à concurrence d'une légitime, qu'il ne peut presque pas me refuser. Je mettrai ces vingt ou trente mille livres dans la banque, et je piocherai comme un diable, laissant Claix, le Cheylas et toutes les belles espérances à Caroline qui finira par les accrocher par hypocrisie. C'est, je crois, la seule corde qui reste. J'ai l'exemple de MM. Barthelon, Flory, Périer le grand-père, etc. Je reviendrai dans deux ans à Paris et peut-être y pourrons-nous vivre heureux un jour ensemble.

Voilà, belle Pauline, à quel point nous en sommes !

À travers tout cela, j'ai accroché, hier 6 ventôse, une journée charmante et qui, tout pesé, est la plus belle de ma vie[1]. J'ai eu, de midi à trois heures et demie, une conduite au-dessus de l'humain, telle que Molière aurait pu la composer et que Molé aurait pu la jouer. Enfin tu connais ma laideur ; des femmes que j'ai offensées me firent compliment sur ma figure. J'étais en bas, culotte, gilet noir, habit bronze, cravate et jabot superbes. Hein ! suis-je fat de te conter cela, mais je pense tout haut avec toi.

N'est-il pas piquant d'être arrêté dans mes projets parce que je ne puis aller ce soir au Français ? Je pourrai avoir de plus grands succès, mais jamais je ne déploierai autant de talent ; je n'avais rien fait d'approchant de ma vie. C'est la première fois, à vingt-deux ans et un mois, que j'ai pu prendre assez d'empire sur moi-même pour être aimable par prudence et non pas par passion.

Je te conterai tout ça de vive voix, et tu verras combien la chanson que je te cite au commencement est loin d'en être une. Réfléchis à cela et songe à ne pas te laisser entraîner par les jolies choses que tu verras faire pour toi.

[...]

16. À PAULINE BEYLE

Paris, 25 germinal an 13.
[15 avril 1805.]

Le destin qui nous fait à son gré courir, nous arrêter, sauter de joie, périr de langueur, et qui nous conduit comme des pantins, m'empêche, depuis huit jours, de répondre à ta divine lettre. Je crois qu'il ne se donne même pas la peine de tirer les fils, qu'il s'amuse de nous tout bonnement, et qu'il s'en rapporte à nos folies pour produire des mouvements bizarres qui le faisaient rire.

Imitons-le donc ; on gagne toujours à imiter le maître. Il m'a poussé à faire voir ta lettre à un de mes amis, que je connais homme de beaucoup d'esprit, qui, à peine arrivé à la moitié, voulait prendre la poste pour aller t'épouser. Il était ravi, enthousiasmé, et aurait voulu être transporté. Je le retins par la manche.

— Vous allez faire un bel esclandre à Grenoble ! voilà un beau projet !

— Très beau. Vous me dites qu'elle est jolie !

— Mais il y a mille difficultés : par exemple, vous êtes marié, vous avez trente-six ans, etc., etc.

Enfin, je suai sang et eau, comme Jésus-Christ avait fait 1805 ans auparavant, vers la même heure ; mais je ne fus pas crucifié, ce qui fait que je t'écris.

Alors, ce monsieur, pour se consoler prit une plume et une grande feuille de papier et se mit à la remplir tout entière de ces mots : « Mademoiselle Pauline, sublime ! » Je t'en envoie un échantillon.

Quand son admiration lui permit de voir en détail :

— Quel goût de plaisanterie, mon ami, quel bon ton, mais c'est merveilleux ! ça ne s'apprend point en province ! Je vois votre affaire, c'est une intrigue épouvantable.

— Comment, une intrigue ?

— Oui, une intrigue ; vous voyez souvent Mme R..., qui est brouillée avec ma femme.

— Comment brouillée ?

— Ces *comment*, dit Ledieu, ne finiront jamais ! oui, brouillée, il s'agit d'une noirceur faite au colin-maillard.

— C'est un jeu très noir, en effet.

— Mme R... et vous, vous êtes réunis pour fabriquer cette lettre ; vous l'avez envoyée à votre sœur ; la petite lui a donné, en la copiant, le charme de la candeur que vos âmes noires ignorent, et vous venez me la lire pour me faire divorcer. C'est fort bien à vous ; vous jouez là un beau rôle !

Mme R... est une vieille personne de vingt-deux ans, jolie comme les vierges de Raphaël, pleine d'esprit et de sentiments dans ton genre, mais ne t'approchant que de loin encore.

Il est parti de là pour publier partout que j'avais une sœur qui avait plus d'esprit et de grâce qu'il n'en avait jamais vu réunis.

Si jamais tu viens ici dans cette société, ta réputation est faite. Je m'en vais entrer dans quelques détails, parce qu'il est possible que tu te laisses tenter et que tu partes à la réception de ma lettre.

Huit ou neuf jeunes filles s'instruisaient il y a dix ans dans une pension presque aussi sublime que celle de Mlle Lassaigne. Elles avaient de l'esprit malgré la pension. Cet esprit les réunit ; elles se promirent de se voir étant mariées, quelque état qu'eussent leurs maris. Elles ont tenu parole : six le sont à des gens d'une fortune assez inégale ; ça n'empêche pas chacune d'elles de recevoir à son tour. Excepté sept ou huit parents d'obligation, tout le reste est jeune, gai et spirituel. C'est une manière adroite de te dire que je suis tout cela. L'air de la maison est mortel pour les sots, ils s'enfuient bien vite en criant partout que c'est un gouffre, une réunion de gens à mauvais cœur qui ne respectent rien, et qui se moquent de tout depuis Dieu ; ils ne disent pas jusqu'à nous, parce que le chemin est bien long pour les autres, mais il le pensent.

Si tu n'as pas assez d'argent pour partir, le remède est tout simple : viens apprendre la banque avec moi à Marseille ; il y a ici vingt femmes qui tiennent des maisons, et qui, en cinq ou six heures d'un travail moins pénible qu'un bas gagnent quinze ou vingt mille livres. Tu feras comme elles, et tu jouiras en même temps de cette liberté que tu désires tant, et des charmes de la plus aimable société. La liberté est ici à son comble ; ce pays te convient ; je ne comprends pas comment tu ne prends pas la poste. Tu es faite pour y avoir tout le succès possible, et c'est vraiment (pour parler les termes de notre état futur) le local où tu peux établir avec le plus d'avantages la manufacture de bonheur.

À propos de bonheur, j'aurai celui de te voir quand mon père m'aura envoyé de l'argent pour payer mes dettes ; car l'abondance où il me tient commence à m'effrayer : je crains qu'il ne se dérange pour moi, et c'est à moi à mettre des bornes à ses bontés, puisqu'il n'en connaît point lui-même. Réellement ses bontés sont sans bornes.

Prépare-toi donc à travailler ferme pendant les cinquante ou soixante jours que j'aurai le bonheur de passer à tes pieds ; je m'en vengerai en te grondant sans cesse. En attendant ces débats, je t'envoie un feuilleton de ce journal, qui, contre son ordinaire est sensé, et qui t'aidera à perfectionner le talent, qui te fait faire des conquêtes à cent quarante lieues de distance.

Écris-moi bien vite, je ne montrerai plus tes lettres. As-tu vu Mante ? Il te prêtera peut-être Tracy. Que disent nos parents ? Que je trouve, en arrivant, huit à dix caractères de faits, notamment Flavie, ou je prends la grande colère du père Duchesnet bi]gr[e]m[en]t patriotique. C'est dommage qu'on ne voie pas nos lettres : savez-vous ce qu'il apprend à sa sœur, et pourquoi il lui écrit si souvent ces grosses lettres qui coûtent seize sous ? Il lui apprend à jurer ? Ô l'âme noire, ô le scélérat ! ô le philosophe !

17. À PAULINE BEYLE

29 germinal an 13.
[Vendredi, 19 avril 1805.]

J'avais besoin, ce matin, de jouissances intimes et tendres ; j'ai relu tes lettres, elles m'ont charmé, surtout une du 9 messidor où tu es encore plus toi qu'à l'ordinaire ; il est vrai que tu te crus obligée de l'excuser le lendemain, parce que tu craignais qu'*elle ne m'eût ennuyé*. Voilà une belle crainte !

... Le malheur des âmes sensibles vient d'expliquer à leur manière les paroles des gens secs[1] ; ils te disent que le premier des biens est la liberté. Cela peut être vrai pour eux, non pas exactement pour nous ; il faut bien un certain degré de liberté, sans quoi, tout se tourne en poison ; mais la liberté absolue est l'isolement et c'est le péril des États. Vois ce mendiant de quatre-vingts ans qui se prive de la moitié de son pain pour nourrir son petit chien.

Mille choses, qui glissent sur leurs âmes sèches et qu'elles n'aperçoivent pas, font le bonheur ou le malheur d'une âme tendre, et la plupart des choses que nous envions sur la parole des *secs* ne sont pas même des plaisirs pour nous, comme toutes les jouissances de vanité par exemple. Une âme comme la tienne, ma chère Pauline, tire plus de plaisir d'un bel arbre qu'elle rencontre à la promenade, qu'eux d'un superbe équipage tout neuf dans lequel ils veulent briller ; ils voient que, en général, ils brillent bien moins qu'ils ne s'y attendaient, et, toi, sous ton arbre, tu te figures des amants heureux, des époux faisant promener ensemble leur petit enfant de deux ans, Sapho faisant retentir les forêts de ses accents sublimes, et les mille et mille tableaux que ton imagination a fournis à ton cœur.

[...]

18. À MÉLANIE GUILBERT[1]

[18-20 juin 1805.]

Ma charmante amie,

Il semble que nous soyons devenus absolument étrangers l'un à l'autre, depuis que je suis exilé dans ce triste pays[2], et vous êtes devenue si fort étrangère aux sentiments d'un cœur dont vous faites tous les sentiments que vous craignez de m'ennuyer en me disant vos chagrins. Vous voulez être triste toute seule, vous ne me dites rien de tous ces petits détails qui me seraient si précieux et que vous m'aviez promis cependant, s'il vous en souvient. Ils feraient mon bonheur, je me figurerais ce que vous faites à chaque heure de la journée, je vous verrais, je saurais comment est fait votre appartement, à quelle heure vous jouez, quels sont les jours où vous jouez, et toutes ces petites choses charmantes parce qu'elles vous tiennent de si près. Au lieu de cela je ne sais rien. Peu à peu il arrivera mille petits événements qui vous paraîtront trop ennuyeux à raconter parce que vous ne m'aurez rien dit des choses précédentes. Vous n'aurez plus rien à me dire, vous ne m'écrirez plus qu'avec ennui, et bientôt vous ne m'écrirez plus du tout. Ainsi tout sera fini, et cette Mélanie tant aimée ne voudra plus rien être pour moi et me traitera en étranger. Ah ! mon amie, ce pays m'est insupportable, et quand je devrais perdre quarante futures, il faut que je le quitte.

J'aimais mes parents avant de vous connaître, je venais toujours vers eux avec un nouveau plaisir. J'oubliais toutes les femmes que j'avais connues auprès des charmantes sœurs que le ciel m'a données. Leur attachement me paraît insipide aujourd'hui. Vous m'avez dégoûté de tout, je suis triste partout. Je reçois vos lettres, je suis fou pendant une demi-journée, tout le monde s'aperçoit du changement de mon humeur. Je les relis vingt fois, je reste appuyé dessus des heures entières. Je m'aperçois enfin qu'il n'y a d'amour que celui que j'y mets. Vous ne me dites pas même ce que vous diriez à un ami, car au moins si je mérite ce titre, si je ne suis pas aussi âgé et si mon attachement n'a pas duré aussi longtemps que celui de ceux que vous nommez ainsi, songez que vous adorai du premier moment que je vous vis, et que je n'aime que vous, que je n'ai point d'autre ami, que vous m'avez détaché de tout au monde, que vous faites seule mon sort. Et je vois bien après tout cela que je serai trop heureux d'être un froid ami comme les autres. Il me faudra traiter en étrangère cette personne que j'ai tant aimée, lui faire des politesses et en recevoir d'elle. Vous ne serez plus pour moi qu'une connaissance. Ah ! quelle pensée accablante, je me sens la mort dans le cœur. Rien ne me rit plus, je ne désire plus rien pour l'avenir. Je vois bien qu'il faut que je prenne le langage d'un ami. Il vaut mieux prendre ce parti de moi-même que de me le faire dire.

Mardi.

[...] Je ne connais pas la manière dont vous vivez, quels gens ce sont que les acteurs qui jouent avec vous, comment ils jouent, si le premier a au moins quelques lueurs de talent seulement obscurci par le genre affecté et outré de la province, ou si n'ayant point de traits de naturel et de sensibilité il est tout à fait détestable. Quelles sont les actrices, quel est le répertoire, quel est l'esprit du public. S'il est seulement bavard et inattentif par habitude, mais si, au milieu de la conversation, il est ému par l'expression naïve et simple des sentiments profonds comme ces moments charmants que vous eûtes un jour que vous dîtes la première scène de *Phèdre* chez Dugazon, devant M. de Castro, ou si le mauvais goût l'a rendu tout à fait insensible. Il me semble que des méridionaux peuvent être étourdis, mais doivent sentir au fond. Leur caractère doit les rendre d'excellents spectateurs ; jamais ils ne se conduisent par le raisonnement, ils sont presque toujours passionnés ; ils doivent se reconnaître dans une imitation si parfaite et si charmante de la nature et, une fois rendus attentifs, ils doivent vous suivre partout où vous les voulez mener et pleurer ou frémir, quand vous voulez.

Les actrices ont dû susciter les cabales contre vous,

les acteurs se décider suivant le parti de leurs maîtresses, les plus aimables abandonner les leurs, le public être travaillé en tous sens, se révolter peut-être contre la protection réelle ou supposée de M. Th.[1]

Je suppose un journaliste avancer peut-être une opinion qui n'aura été suivie que parce qu'elle était énoncée et que les nigauds des cafés auront trouvé du plaisir à trouver des phrases toutes faites à répéter sur la jeune actrice qui par sa personne et son talent occupe tout la ville. Je suppose tout, même les plus grandes absurdités, pare que je vois de près la stupidité des bavards d'une petite ville.

Mon imagination erre dans tous les accidents possibles depuis que je sais que vous n'êtes pas aussi heureuse que vous devriez l'être, et que je sais qu'une de ces choses existe puisque vous me dites que vous n'êtes pas heureuse. Quelle vie menez-vous à Marseille ? Sortez-vous beaucoup, ou vivez-vous solitaire ? Voyez-vous souvent les acteurs qui jouent avec vous ? Voilà les pensées qui m'agitent depuis quatre jours que je sais que vous n'êtes pas heureuse et que je combine de toutes les manières. Je donnerais ma vie pour savoir la vérité là-dessus, parce que je me figure sans cesse des causes plus graves à votre tristesse, et qu'au lieu de me faire trouver un remède au mal qui peut exister, mes réflexions m'en font sans cesse découvrir un plus considérable. Je n'ose me fixer à rien, et je serais déjà parti vingt fois si je n'avais pas précipité par là la fortune indépendante que je puis me promettre un jour des assurances de mon père.

Vous n'avez d'idée des tourments que je souffre depuis quatre jours, le pire de tous est de n'oser vous en découvrir la cause de peur de vous paraître indiscret, impertinent ou même jaloux. Vous savez trop si j'ai quelques droits de l'être. Quant aux premières imputations, si vous ne m'aimez absolument pas plus que M. de Saint-Victor[1], je dois vous paraître tout cela, et vous jetterez ma lettre au feu ; mais si, au contraire, j'ai pu vous inspirer un peu d'amour ou même de pitié, vous songerez que je suis seul, retenu loin de vous, par le motif le plus désagréable, isolé au milieu d'êtres qui ne peuvent comprendre les chagrins qui m'agitent, ou qui, s'ils les comprenaient, ne le feraient que pour s'en moquer. Vous savez bien si je veux vous déplaire. Si j'étais encore dans le temps où je jouais un rôle je n'aurais pas toutes ces agitations, je saurais bien distinguer ce que je puis me permettre, mais ici ce qui me semble raisonnable et naturel, un moment, me paraît impertinent et trop hardi le moment d'après ; dix fois depuis que j'ai commencé ma lettre, je l'ai interrompue, et je n'écris pas une phrase sans me repentir à la fin de l'idée que j'ai entrepris de vous exprimer au commencement. Dans les autres inquiétudes que j'aie eues en ma vie, à force de réfléchir, je voyais plus nettement la difficulté, et parvenais à me décider ; ici, plus je pense, moins je vois. Si je dois oser vous dire ce que je sens, je vois bien nettement ce que j'aurais pu espérer de Séraphine ou de telle autre femme sur une telle demande, mais sur vous, Madame, je ne vois absolument rien. Tantôt je vous vois bonne et douce, comme vous avez été quelquefois, mais bien rarement pour moi, tantôt froide et polie, comme certains jours chez Dugazon, lorsque je croyais que je ne vous aimais plus, et que je tâchais de ne m'occuper que de Phélippé[2]. Le comble du supplice est de penser que quelques sentiments que j'aie, il faut vous écrire une longue lettre pour vous les exprimer, et que cette longue lettre vous paraissant offensante et insipide augmente encore mes torts par sa longueur au lieu de vous porter à les pardonner. Le pire des tourments est cependant cette affreuse incertitude ; d'abord, ce qui m'inquiétait, était de savoir si vous souffrirez ma lettre. Il me semble que vous me haïssez, je relis toutes vos lettres en un clin d'œil, je n'y vois pas la moindre expression, non pas d'amour, je ne suis pas si heureux, mais même de la plus froide amitié. Je n'ai pas même gagné dans votre cœur d'y être comme Lalanne. J'aimerais mieux tout que cela. Écrivez-moi tout bonnement. Ne vous imaginez pas que je vous aie jamais aimé ni que je vous aime jamais. Je ne sais pas ce que je ferai, mais au moins je me livrerai franchement à mon désespoir et je cesserai au moins d'être tiraillé sans cesse par le désespoir et de fausses espérances. Rien n'est pire que cela. Aidez-moi, je vous en supplie, à me guérir d'un amour qui vous importune, sans doute, et qui, par là, ne peut faire que mon malheur ; daignez me dire une fois ouvertement, ce que vous me dites dans toutes vos lettres sans l'exprimer. Actuellement que je les relis froidement et de suite, je crois que vous avez dû vous étonner de ce que j'aie été si longtemps à entendre un langage aussi clair. Une froideur si constamment soutenue, en disant bien assez, il est vrai. Pardon, je les ai relues cinquante fois ces lettres, mais je songeais toujours à celle que je tenais sans penser à la comparer aux autres.

19. À PAULINE BEYLE

Bourg Saint-Andéol,
mardi, 7 h. 1/2 du soir[1]
4 thermidor an 13.
[23 juillet 1805.]

Je t'écris, ma chère Pauline, d'une chambre donnant sur le Rhône et ayant une vue de plus de quinze lieues. Elle est arrangée à l'italienne avec une galerie en dehors, ce qui, joint au parler bref et vif des habitants, m'a rappelé la douce Italie. Les habitants me plaisent beaucoup avec leur tournure méridionale. Je suis arrivé ce matin à six heures à Valence. Mlle Revol est venue avec nous jusqu'à l'allée. Je l'ai écoutée avec honnêteté, parce que j'avais vu à côté d'elle Mlle Talencier. Ce mouvement était naturel. Le vieux Pythagore avait raison de dire qu'une jolie figure était la meilleure des recommandations. Le troisième habitant de la voiture était un sot vaniteux qui avait beaucoup voyagé, et écrit l'histoire de sa vie et de ses voyages en 7 vol. in-8. L'humanité a perdu cet ouvrage honnête dans un naufrage que fit le grand homme auteur, et où il ne fut pas si heureux que Camoëns.

Hier soir, à Saint-Marcellin, sans doute de mauvaise humeur de notre mauvais souper, et pour prouver à nos yeux toutes les belles choses qu'il nous avait racontées de son courage, il chercha dispute dans la rue à trois jeunes avocats. Je me mis au milieu d'eux en fumant un cigare, et j'eus l'avantage d'être appelé en témoignage par les deux parties qui faisaient chacune autant de tapage avec aussi peu d'envie de se battre. L'hôte conduisit mon sot en voiture où je me suis endormi au bruit de ses exploits. — Arrivé à Valence, petite ville à pavés pointus, vis-à-vis de vilaines falaises, à six heures, on m'a déclaré que je ne pouvais partir que demain par la diligence Dervieux, s'il y avait place, ou le soir par le coche. Je n'ai point désespéré du salut de la République ; je me suis fait mener moi et ma malle sur le port, et, une heure après, a passé un grand mauvais bateau qu'on doit vendre à ou *en* Avignon pour faire le feu et je m'y suis embarqué. Sauf le risque de noyaison, j'y ai été cuit jusqu'à deux heures, que le vend *sud a fraîchi*, terme de marine auquel il faut que tu t'accoutumes.

Je l'emploierai souvent dans la relation de mes grands voyages. Nous avons ramé jusqu'à Saint-Andéol, nous mourions de faim et de chaud, nous avons bu en riant, et ri en buvant, observé le vent jusqu'à sept heures, vu la ville, et nous allons nous coucher. Je te dirais tout ce qui m'a fait rire depuis deux heures, mais l'encre me manque. L'auberge très bonne, à la provençale (*au Soleil levant*, chez Vaubertrand) est composée de deux filles assez jolies ; l'une l'est beaucoup avec de la finesse, de la délicatesse dans les yeux qu'elle a bleus et très jolis ; on lui donnerait dix-huit ans à peine, elle en a vingt et un, est mariée, a eu des enfants qui sont morts ; mais mon encre m'arrête au milieu de mon exposition.

Prie mon papa de remettre quarante-neuf francs à Bigillion qui a eu la bonté de m'en prêter 19 à... et les 30 autres à Grenoble. Prie-le aussi de payer le cordonnier Richard, rue des Prêtres, et le bottier, l'allemand, rue Sainte-Claire ; je comptais le voir hier, mais je n'ai pas eu ce plaisir avant que de partir. Adieu, je me recommande à toi, je compte trouver une de tes lettres à Marseille chez M. Mante, rue Paradis, p[te] 86, n° 8. Ferme tout ce que j'ai laissé dans l'armoire dont j'ai eu l'usage à Grenoble. Dis mille choses à tout le monde, et dis-moi l'impression que la Grande-Chartreuse a faite sur toi.

[...]

20. À PAULINE BEYLE

Marseille[1], 2 fructidor, an 13.
[20 août 1805.]

Ta lettre est charmante pour moi, ma chère Pauline, et pour tout autre elle serait sublime. Ce qui me charme surtout, c'est cette peinture naturelle et profonde d'un caractère sublime et touchant. C'est précisément ce que tu voulais être. Ne fais donc plus cette faute de jugement qui te fait croire que les endroit les moins intéressants de tes lettres sont ceux où tu parles de toi. C'est une excessive modestie qui te porte à cette erreur. D'abord pour moi, tu sais, ils sont les plus intéressants. Pour le public, si tes lettres étaient destinées à être publiées, ils le seraient encore. Ces endroits développent un grand caractère, mêlé à une profonde sensibilité, et c'est ce qui touche le plus. Le reste de tes lettres ne serait intéressant qu'à proportion de ce qu'il y aurait de *toi* dedans ; enfin, ce qui ne serait que simple récit serait insuffisant en général au public, parce que le hasard ne t'a pas encore rendue témoin d'événements bien intéressants.

Plus on creuse avant dans son âme plus on ose exprimer une pensée très secrète, plus on tremble lorsqu'elle est écrite, elle paraît étrange et c'est cette étrangeté qui fait son mérite. C'est pour cela qu'elle est originale et si d'ailleurs elle est vraie, si vos paroles copient bien ce que vous sentez, elle est sublime. Écris-moi donc exactement ce que tu sens.

Il y a un écueil dans cette habitude qu'il faut prendre. On ne se trouve pas assez d'esprit pour peindre juste ce qu'on sent, et, convenant du principe, on se conduit comme si on ne le croyait pas. C'est une erreur ; il faut écrire indifféremment dans tous les moments. Par exemple, jamais je ne fus moins disposé à écrire que dans ce moment-ci. J'ai travaillé comme un diable tout le matin à copier des lettres horriblement cochonnées pour les pensées et pour le style ; ensuite j'ai lu un quart d'heure un livre horriblement enflé (c'est-à-dire dont les expressions exagèrent les pensées et les sentiments de l'auteur). Ce défaut est le pire de tous à mes yeux ; c'est celui qui éloigne le plus la sensibilité. Il ne faut écrire que lorsqu'on a des choses grandes ou profondément belles à dire, mais alors il faut les dire avec le plus de simplicité possible, comme si l'on prenait à tâche de les empêcher d'être remarquées. C'est le contraire de ce que font tous les sots de ce siècle, mais c'est ce qu'ont fait tous les grands hommes.

Ce livre, donc, si enflé, est excellent au fond. Il se nomme : *De l'influence des passions sur le bonheur*, par Mme de Staël[1]. C'est son meilleur ouvrage. Il est dans ma portée, et cependant j'ai travaillé péniblement quinze jours pour le lire. Dès que j'en aurai le courage, je le lirai en extrayant les bonnes pensées et en les traduisant en français. Il y a deux ou trois grands défauts dans cet ouvrage ; ils peuvent tous se rapporter à une cause : l'exagération de l'auteur. Mme de Staël n'est pas très sensible et elle s'est crue très sensible ; elle a voulu être très sensible, elle s'est fait, dans le secret de son cœur, une gloire, un point d'honneur, une excuse d'être très sensible, ensuite elle a mis là-dessus son exagération. Elle s'est donc livrée aux passions (je le suppose, ne la connaissant guère que par ses ouvrages) et a été tout étonnée de ne pas trouver le bonheur qu'elles donnent aux âmes passionnées. Une des causes qui, probablement, l'a mécontentée, c'est qu'elle s'était prédit le bonheur (tu vois que je prends son style) différent de ce qu'il est. Une ou deux fois par an on a de ces moments d'extase où toute l'âme est bonheur. Elle s'est figuré que c'était ça le bonheur et a été malheureuse de ne pas le trouver tel. Un peu d'étude de l'homme moral apprend la rareté de cet état délicieux ; un peu d'étude de l'homme physique montre combien il est rare. Pour le produire, il faut un éréthisme (une chanterelle de violon lâche donne le *ré* ; on la tend à son ton naturel, elle donne le *mi* ; on la tend encore, elle donne le *fa*, mais bientôt elle se casse, elle est en éréthisme) ; voilà nos nerfs. L'état d'extase les met dans un état qui ne peut durer sans produire d'horribles douleurs.

Voilà, ma bonne amie, l'état où j'étais il y a deux ans. La recherche de ce bonheur, impossible avec notre corps, m'a donné des dispositions à la mélancolie et m'a donné ma haine tant reprochée pour l'ennui. Ayant éprouvé cette maladie, je la distingue très bien dans Mme de Staël ; je m'en suis guéri ; la sienne l'a jetée dans une humeur terrible contre les passions. Si Mme de Staël n'avait pas voulu être plus passionnée que la nature et la première éducation ne l'ont faite, elle aurait fait des chefs-d'œuvre. Elle a voulu sortir de son ton naturel, elle a fait des ouvrages pleins d'excellentes pensées, fruits d'un *caractère réfléchissant*, et il y manque tout ce qui tient au caractère *tendre*. Comme cependant elle a voulu faire de la tendresse, elle est tombée dans le galimatias. Après cette longue préface, je te conseille de lire cet ouvrage, au risque d'être un peu attristée. Elle ne sent pas le bonheur d'aimer, elle veut toujours du retour ; elle ne sent pas qu'on a du plaisir à aimer comme une âme sensible aime la vue de l'Apollon du Belvédère.

Je suis bien heureux. — Je ne croyais pas qu'un si beau caractère fût dans la nature. Tu n'as pas d'idée de Mélanie. C'est Mme Roland[1] avec plus de grâce ; elle lit dans ce moment Mme Roland et trouve qu'elle manque de grâce et qu'elle a de l'orgueil. Mon bonheur serait assuré si j'avais 15 000 francs de rente, ce qui représente 4 ou 5 à Grenoble. J'espère les avoir un jour, et alors rien ne pourra approcher du bonheur que je goûterai.

Depuis que je suis heureux, je n'ai qu'une inquiétude, c'est celle de ne pas te voir aussi heureuse que tu le mérites. Je l'ai dit à Mélanie et elle est bien disposée à t'aimer ; elle sent comme toi ; mille fois elle m'a dit ta comparaison : Je crois saisir la main d'un homme, etc. Elle est comme toi, elle n'ose pas dire ces choses profondes de sentiment, elles lui semblent ridicules ; il faut la prier un quart d'heure pour l'y faire venir ; enfin elle a cette extrême délicatesse des âmes d'artistes, cette délicatesse du Tasse[1]. — Adieu. Je n'étais pas en train d'écrire, mais j'ai broché cette lettre pour en mériter une de toi, de quatre pages au moins. Fais-moi à Claix un journal de ce que tu sens chaque jour. Voilà ce que je désire ; écrivons-nous tous les jours, ma charmante Pauline. Dis à mon papa que j'ai le plus grand besoin d'argent, et dis-lui bien qu'il m'en envoie ce qu'il voudra tout de suite. Parle-lui de mes 800 francs de dettes à Paris, il faut bien les payer, cependant. As-tu montré la lettre où je t'en parlais à mon Grand-Père, de manière à m'avoir eu 800 francs de mon papa. Adieu. Quand pourrons-nous vivre, toi, Mélanie, ma fille, moi, Mante, ensemble à Paris ? Oh ! que nous serons heureux, ma bonne Pauline. Je voudrais bien que tu te mariasses, Mante par exemple. Que dirais-tu de cela si nous pouvions l'arranger ? Garde un triple secret. Envoie-moi beaucoup de cravates, la chaleur du pays oblige à en changer deux fois par jour. Mais surtout de longues lettres, un journal, des lettres où l'on met un paragraphe chaque jour. Mille choses à ma tatan Gagnon et à Mmes Eulalie et Chalvet. Mes respects à Mme Mallein et à mes charmantes cousines. Pousse Gaëtan. Donne-lui le deuxième volume que tu as dû trouver dans mon armoire, mais surtout écris-moi.

21. À PAULINE BEYLE

Marseille, 9-11 fructidor, an 13.
[mardi, 27 août-
5 septembre 1805.]

Ma chère Pauline, nous avons fait dimanche, jour de Saint-Louis 1805, une partie dont je me souviendrai toute ma vie. Le pays de Marseille est sec et aride ; il fait mal aux yeux tant il est laid. L'air fait mal à la poitrine par son extrême sécheresse. Des flots de poussière empêchent les chevaux de marcher et étouffent les voyageurs. Il n'y a pour arbres que de petits vilains saules tout poudrés ; ces petits saules sont les oliviers, si précieux qu'on dit dans le pays : qui a dix mille oliviers, a dix mille écus de rente. Il y a bien quelques arbres comme au cours, à Grenoble ; mais leurs feuilles, toujours poudrées à blanc, sont à moitié retirées à cause de l'extrême chaleur, et loin que leur ombre fasse plaisir on a de la peine de les voir ainsi souffrir, et l'on souhaite pour eux qu'ils fussent nés dans la forêt de Fontainebleau.

À une lieue au levant de Marseille est un petit vallon formé par deux files de rochers absolument secs ; tu ne trouverais pas dans toute la chaîne, grand comme ce papier, de verdure quelconque. Il y a, seulement, quelques petits brins de lavande, de menthe, de baume, mais qui ne sont pas verts et qui, à quatre pas, se confondent avec le gris du rocher. Au fond du vallon est une rivière grande comme la robine, qu'on appelle l'Huveaune. Cette rivière vivifie une demi-lieue de terrain qu'on appelle la Pomone, parce qu'il est rempli de pommiers.

L'Huveaune longe le port d'un côté. Elle est environnée de grands arbres et sous ces arbres de charmants petits chemins, et de temps en temps, des bancs perdus dans cette verdure, c'est la verdure et la fraîcheur du Cheylas. Ailleurs, ce ne serait que beau ; ici, le contraste le rend enchanteur. Il y a un château avec de hautes tours, mais tellement environné par un massif de marronniers, que les tours ne paraissent qu'au-dessus des arbres. Ce château a vraiment l'air d'un séjour de féerie : tu te figures ces tours chevaleresques, sortant des superbes marronniers. À ce château, qui inspire des pensées, non pas sombres (les tours ne sont ni assez grosses, ni assez noires) mais mélancoliques, on a planté une jolie petite avenue de platanes, qui ont peut-être cinq ou six ans, ils sont gros comme le plus petit des cerisiers qui sont dans les tilleuls. Leur verdure gaie fait un contraste profond avec le château et les grands marronniers.

Il me semblait entendre un ouvrage de Cimarosa, où ce grand maître des émotions du cœur, parmi de grands airs sombres et terribles et au milieu d'un ouvrage sublime, peignant avec énergie toutes les horreurs de la vengeance, de la jalousie et de l'amour malheureux, a placé un joli petit air gai, avec accompagnement de musette. C'est ainsi que la gaîté est à côté de la douleur la plus profonde. Je viens d'entendre une jeune fille chantant un air gai ; peut-être dans la maison, sa sœur, qui venait de s'empoisonner par désespoir, rendait le dernier soupir. Voilà ce que se dit l'auditeur de ce sublime ouvrage, celui qui est digne de le sentir et qui comprend le petit air. Voilà comment les artistes demandent à être entendus. Voilà l'effet que nous fit la petite allée de platanes ou de sycomores, ces arbres qui ont une jolie écorce *nankinet,* des feuilles comme celles de la vigne et pour fruits des marrons épineux pendant à une longue queue. Il y en a dans les cinquante premiers arbres du cours à la Graille.

Nous avions pris deux perdrix et un pigeon rôti, un pâté, un fricandeau, quelques pêches, du raisin et une bouteille de vin de Bordeaux. Nous partîmes à trois heures ; nous descendîmes à un petit cabaret que nous chérissions à cause de toi. Il y a vingt-cinq jours qu'en venant à la Pomone, ou plutôt en nous en retournant, j'entrai dans ce cabaret pour demander de la limonade ou du vin. Je trouvai, à côté de la porte, un joli enfant de quatre ans qui dormait dans la position des enfants Jésus de Raphaël. Il avait une figure de Greuze, à cause de ses beaux yeux noirs et de ses cheveux blonds, tombant à grosses boucles sur ses épaules. Je le lui fis voir, elle le trouva charmant. Mais elle remarqua que ce sommeil avait une physionomie particulière : le visage et surtout la pose exprimaient un repos serein et tranquille ; les yeux exprimaient la douleur. Nous demandâmes : on venait de lui raccommoder la jambe qu'il s'était cassée deux heures auparavant.

18. Dis à mon Grand-Père qu'aujourd'hui 18, je n'ai encore rien reçu, qu'il juge de la bonne foi. J'ai envie de prendre un grand parti. Que fera-t-il à l'avenir, s'il débute ainsi ? C'est une chose trop chère que d'avoir un fils.

Écris-moi donc, petite ingrate.

22. À PAULINE BEYLE

Marseillè, 30 fructidor an 13.
[17 septembre 1805.]

Je crains que tu ne t'ennuies, ma bonne petite, et je me plains de ce que tu ne me le dis pas. D'où vient que tu ne m'écris jamais ? Je mérite mieux. [...] Si je n'étais pas éperdument amoureux d'une autre femme, au regret que je sens de ce que tu ne m'écris pas je me croirais amoureux de toi. Enfin, cette âme si belle, voyant la tristesse où me jetait ton silence, en a eu un moment de jalousie.

Écris-moi donc, je te le répète pour la millième fois, tout ce qui te viendra ; et c'est précisément parce que tu ne sauras que me dire dès la deuxième ligne, qu'au lieu d'événements d'un faible intérêt, tu me diras ce que tu penses, ce que tu sens, ce que je brûle d'apprendre, en un mot.

[...] Quand on est ennuyé, il faut éviter de réfléchir sur soi. C'est comme un homme qui a la jaunisse, il ne doit pas regarder la carte géographique des pays par où il doit passer ; il verrait tout en jaune. Le jaune est la couleur de la Suède ; il croirait donc que toute la terre est Suède, et supposant que sa tête fût mise à prix par le roi de Suède, il serait au désespoir ; ce désespoir serait l'effet de sa jaunisse. Voilà l'effet que j'éprouve toutes les fois que je vais à Grenoble ; aussi, à la dernière, ai-je presque entièrement évité de songer à son sort futur.

Je suis heureux ici, ma bonne amie, je suis tendrement aimé d'une femme que j'adore avec fureur. Elle a une belle âme ; belle n'est pas le mot, c'est sublime !

J'ai quelquefois le malheur d'en être jaloux. L'étude que j'ai faite des passions me rend soupçonneux, parce que je vois tous les possibles. Comme elle est moins riche que toi et que même elle n'a presque rien, je vais acheter une feuille de papier marqué pour faire mon testament et lui donner tout et, après elle, à ma fille. Je crois bien que je n'ai pas grand-chose ; mais enfin, j'aurai fait tout ce que j'aurai pu. Si tout cela ne produisait rien, que je vinsse à mourir, qu'un jour tu fusses riche, je te recommande cette âme tendre, qui n'a pour seul défaut que de se laisser trop accabler par le malheur. Tu le connais ce défaut ; tu sais combien une âmė sensible qui a pitié de vous, vous console ! Ainsi, quand même tu ne serais pas riche, donne pour larmes à ma cendre, une tendre amitié pour Mélanie Guilbert et pour ma fille. [...]

Regarde comme l'homme est singulier. Je t'écris cette lettre au comptoir. J'y avais l'âme toute occupée, lorsqu'il rentre un courtier qui se sert du masque du sentiment pour demander une chose qu'on ne voulait lui payer que dans six jours. Nos gens, qui l'avaient traité avec les apparences de l'amitié pendant deux mois, lui marchandent sèchement sa censevée ; cela me sèche entièrement. Écris-moi vite une bien longue lettre. Écris-moi quatre ou cinq pages.

Que fais-tu de la déclamation ? Prise comme nous y pensons, elle tient à ce qu'il y a de plus profond dans l'*âme* et dans la *tête*. Elle rend sensibles des détails abstraits et difficiles à concevoir, et, par là, d'être gravés dans la mémoire ; elle est donc le complément nécessaire de l'étude de l'homme. Écris vite, vite, vite, tout de suite ; en recevant ma lettre mets la main à la plume.

[...] L'Europe vient de perdre un grand poète, *Shiller* [*sic*][1].

23. À PAULINE BEYLE

Marseille, 9 vendémiaire, an 14.
[1er octobre 1805.]

Enfin, je reçois un de tes lettres, ma bonne amie. Puisqu'on ne peut pas ouvrir celles que je t'écris, je t'en écrirai bien plus souvent, mais à une condition, c'est que tu me répondras ; je me priverai d'un plaisir par spéculation, lettre pour lettre. Quand je n'en reçois pas de toi, je suis dans une inquiétude terrible. Je te sais tant de sujets d'ennuis que j'ai besoin que tu me dises que tu les supportes encore : il te manque pour les supporter avec beaucoup moins de peine de connaître davantage cette *vallée de misère*, comme disent les prophètes. Le fait est que c'est une vallée où, pour peu qu'on ait l'âme sensible, on conçoit toujours mieux que ce qu'on a. Si l'on part de là pour s'estimer malheureux, on le sera toujours. Si, au contraire, embrassant l'excellente philosophie de Scapin, on se figure toujours tout au pire, on a souvent des sujets de joie. Je commence à prendre cette bonne habitude.

Une fois dans le monde, tu seras accablée de l'abandon général, tu verras l'égoïsme isoler tous les êtres. Tu rencontreras avec la plus grande peine, non pas une âme héroïque, mais une âme sensible. Dans Paris, ville immense, à peine après dix ans de soin, pourras-tu rassembler une société de trente hommes spirituels et sensibles ; mais tu auras, du premier jour, toutes les réjouissances que donnent les arts.

L'homme le plus corrompu qui fait un ouvrage, y

peint la vertu, la sensibilité la plus parfaite. Tout cela ne produit d'autre effet que la mélancolie des âmes sensibles, qui ont la bonté de se figurer le monde d'après ces images grossières. Voilà mon grand défaut, ma bonne amie, celui que je ne puis trop combattre. Je crois que c'est aussi le tien car nos âmes se ressemblent beaucoup.

Deux choses peuvent en guérir : l'expérience et la lecture des *Mémoires*[1]. Je ne saurais trop te recommander la lecture de ceux de Retz. S'ils ne t'intéressent pas, renvoie d'une année. Tu y verras la tragédie dans la nature, décrite par un des caractères les plus spirituels et les plus intéressants qui aient existé. Sa figure répondait à son génie. Je n'en ai jamais vu de si gaie, de si spirituelle.

Saint-Aubin, excellent graveur de portraits, a gravé soixante hommes célèbres, dont Hergan vend les portraits vingt francs. Au premier argent, je t'en ferai envoyer une petite collection de ceux que je connais bons. Molière et Retz sont peut-être les meilleurs.

Lis et relis sans cesse Saint-Simon, en sept volumes. L'histoire de la *Régence*, la plus curieuse, parce qu'on y voit le caractère français, parfaitement développé dans Philippe-régent, est, par un heureux hasard, le morceau d'histoire le plus facile à étudier.

Duclos, plein de sagacité, a écrit des *Mémoires* sur ce temps[2]. Saint-Simon, homme de génie, a écrit les siens. Marmontel, homme éclairé par l'étude, vient de publier l'histoire de la Régence, où il cite et critique tour à tour Saint-Simon[3]. Enfin, Chamfort, homme à bons principes et à esprit satirique et très fin, publia un long morceau sur les *Mémoires* du brusque Duclos, lorsque ceux-ci parurent, en 1782, je crois[4]. Voilà donc l'histoire la plus intéressante qui nous est présentée par quatre hommes : Saint-Simon, Duclos, Chamfort et Marmontel, dont le premier a du génie, les deux seconds un esprit très rare et le quatrième beaucoup d'instruction. Voltaire avait été élevé par les mœurs de la Régence ; tu trouveras dans mille endroits de ses écrits des traits caractéristiques sur le caractère français à cette époque. Un de ses grands résultats a été l'avilissement du Pédantisme. *Les hommes ont examiné, au lieu de croire pieusement, les livres de ceux qui avaient examiné.*

Cet esprit a été fortifié par la Révolution ; tout ce qui a quelque talent est philosophe, ce qui nous rend de bien loin le premier peuple du monde. Cette guerre, pour peu qu'elle dure, va augmenter ce bonheur et faire celui de l'Europe, en répandant nos lumières, actuellement à Naples, et dans l'Allemagne et la Hollande, et bientôt dans l'Espagne et le Portugal, pays si absurdes à force de superstitions et d'orgueil. Je ne sais si tu pourras lire mon griffonnage ; je t'écris à la hâte pour mériter une deuxième lettre de toi.

J'ai lu, hier, par hasard, les cahiers que j'écrivais à Paris[1], en messidor, an 12, sur la tête et le cœur et la division des passions, que je faisais à cette époque[2]. J'ai trouvé ce principe vrai, mais tout le reste gisquet[3], orgueilleux, vide, peu réfléchi, ressemblant à un article de Geoffroy, surtout par la présomption de l'ignorance[4]. Cela m'a fait faire de sérieuses réflexions.

[...]

24. À PAULINE BEYLE

Marseille, samedi 22 mars 1806.

Je reçois ta lettre de lundi. Tu ne saurais croire le plaisir qu'elle m'a fait : je cherchais depuis ce matin à me distraire de la sensibilité qui semblait me poursuivre ; ta lettre, reçue à 2 heures, m'a mis dans cet état doux de penser à ce qu'on aime. Eugénie est venue bien mal à propos pour moi. Heureusement tu me dis : à demain. Tu me l'écrivis il y a deux mois, et voici le deuxième mot que je reçois. Je pourrais chanter comme Grégoire : Le serment d'aujourd'hui tiendra-t-il plus longtemps ? — Je suis fâché que dans ta lettre tu n'attaques pas la corde sensible. Tu ne me parles pas assez de toi, tu ne me dis rien de ton bonheur, de ce que tu penses des grands morceaux philosophiques que je t'envoie. Parle-moi au long de tout cela ; dis-moi si tu as lu Tracy. — Eh bien ! crois-tu l'utilité dont tu m'es comme ambassadrice ? C'est toi qui as fait la lettre sur les eaux-de-vie, c'est toi qui me montres son effet et qui m'apprends que j'ai touché la corde sensible. C'est ce que nous nommons agir par *bande,* métaphore prise du jeu de billard. Si l'on poussait la bille B, dans le sens CB, on ferait bien entrer la bille A dans la blouse, mais B y entrerait avec elle ; au lieu de cela, on l'a fait par bande, c'est-à-dire qu'on pousse dans le sens KB : elle va frapper R et revient dans le sens RA.

Voilà, ma petite minette, une explication bien mauvaise et bien longue pour expliquer un mauvais terme, mais enfin nous saurons qu'agir par bande c'est mettre en jeu la passion que l'on connaît à quelqu'un au lieu de lui demander directement. Or, ce principe est général, car lorsqu'une personne vous aime, lui demander directement c'est précisément mettre en jeu son amour. Tu remarqueras que je cherche tant que je peux à te montrer les finesses de la société ; si j'avais à faire à une Séraphie, tu finirais par être une Merteuil, mais comme je te vois un excellent cœur je veux t'empêcher d'être une Delphine, ce qui est précisément le sort qui nous attendait, toi et moi, dans le monde si nous n'y eussions mis ordre. Tu sauras

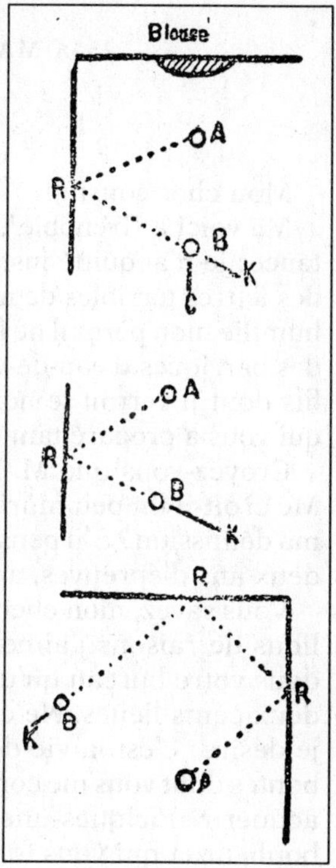

donc qu'il faut de bonne heure prendre l'habitude *d'agir par bande*. C'est un des grands principes dont je t'ai parlé ; notre esprit nous en a bien démontré la vérité, mais notre *moi moral* (notre désir du bonheur) n'en a pas encore pris l'habitude. J'espère que le succès de la lettre en question aura deux bons effets : le premier de te donner l'habitude *du par bande*, le deuxième de te donner l'habitude de m'écrire ; l'un et l'autre sont nécessaires à mon bonheur. Écrivons-nous, ma bonne amie : nous sommes l'un pour l'autre nos meilleurs amis. Je t'aime de toute mon âme, je n'aimerai jamais de maîtresse autant que toi. Lorsque nous serons dégoûtés du monde l'un et l'autre, nous prendrons une petite maison à Paris ou dans le voisinage, où nous passerons notre vie ensemble et attendrons la fin dans le sein des beaux-arts et de la plus tendre amitié. Je me monte et je me sens trop sensible. J'interromps ma lettre jusqu'à demain matin. Adieu.

[...]

25. À MARTIAL DARU

Grenoble, 1er juin 1806.

Mon cher cousin,

Me voici à Grenoble[1], mais ce n'est pas par inconstance ; je n'ai quitté instantanément Marseille que sur des lettres terribles de mon grand-père. Le commerce humilie mon père : il ne fera rien pour un fils qui remue des barriques d'eau-de-vie, et, tout au monde pour un fils dont il verrait le nom dans les journaux. C'est ce qui vous a procuré tant de lettres, à M. D. et à vous.

Croyez-vous que M. D. veuille s'occuper de moi ? Me croit-il un peu mûri depuis le temps où je donnai ma démission ? S'il pense encore à moi, je lui demande deux ans d'épreuves, après quoi il jugera.

Vous savez, mon cher cousin, pour combien de millions de raisons j'aimerais mieux copier des revues dans votre bureau qu'une place de six mille francs à deux cents lieues. Ne croyez pas que c'est Paris que je désire ; c'est la vie de la *Casa d'Adda*[2], ce sont les bontés dont vous me comblez, c'est l'espoir de pouvoir acquérir quelques-unes de ces qualités qui font le bonheur et qui vous font adorer par tout ce qui vous entoure. Pardon de l'ennui que je vous donne, mais un instant va décider pour toute ma vie si je pourrai vous voir quelquefois ou si je resterai dans le pays de l'importance et de la gaucherie.

S'il vous faut un homme qui travaille dix heures par jour, le voici. S'il est auprès de vous, il n'a pas besoin de parler de sa constance et il demande avant tout deux ans d'épreuves.

Adieu, mon cher cousin, auriez-vous le temps de m'écrire une demi-ligne ?

[...]

Le soldat et le dilettante

26. À PAULINE BEYLE

Samedi 18 octobre 1806 2 h.
Metz.

Ma bonne amie, nous sommes partis le 16 à 6 h. du soir plus 3 minutes, de Paris[1]. Voici le premier moment que nous avons pour écrire. Nous étions assez tristes en sortant de Paris. Nous en avons conclu qu'il fallait rire plus que jamais.

Je suis parfaitement content de la manière de Martial avec moi. Je t'embrasse de tout mon cœur ainsi que toute la famille.

Vous savez sans doute la mort du prince Ferdinand[2]. Nous allons à Cobourg, mais l'empereur est sans doute bien en avant. Nous allons d'ici à Mayence, de Mayence à Wurtzbourg, de Wurtzbourg à Bamberg, de là, à Cobourg et de là, à la gloire.

[...]

27. À PAULINE BEYLE

Berlin, lundi 3 novembre 1806.

Je crois, ma chère amie, que nous irons à Brunswick[1], c'est, dit-on, une belle ville, avec spectacle français. Ici, comme de juste, il y en a un allemand ; le célèbre Iffland y joue ; je l'y ai vu plusieurs fois ; il me semble avoir beaucoup de naturel dans le genre sentimental et beaucoup de naïveté dans le comique, c'est-à-dire que, lorsqu'il joue un rôle comique et qu'il y a une chose ridicule à dire, il ne montre pas qu'il la trouve ridicule, il la dit bonnement comme les sots disent des sottises dans la nature ; il est auteur de tragédies, je crois.

Il faisait avant-hier un temps froid et humide ; nous allâmes passer une revue à Charlottenbourg à neuf heures ; je courais depuis sept ; j'ai été un peu saisi du froid ; hier soir, je me suis aperçu que j'avais froid, que j'étais tout *chose* ; ce soir, j'ai senti les mêmes symptômes ; de manière qu'au lieu de monter pour dîner, je t'écris.

Je crains que ce ne soit ma petite fièvre d'il y a deux ans. Je veux la couper vite ; cela me jetait tous les soirs dans une horrible tristesse ; il est vrai que je n'avais pour me rendre heureux, dans ce temps-là, que mes facultés intellectuelles ; j'étais à Paris, sans feu, sans lumière, sans habit, avec des bottes percées ; ici, c'est bien différent. Je dois avoir trois ou quatre cents louis ; je suis assez bien vêtu, pas tout à fait cependant ; je suis mal logé et bien nourri.

... Je suis vis-à-vis de l'arsenal, bâtiment superbe à côté du palais du roi. Nous en sommes séparés par une branche de la Sprée, dont les eaux sont de couleur d'huile verte. Berlin est située sur une rue de sable qui commence un peu en deçà de Leipzig.

Dans tous les endroits qui ne sont pas pavés, on entre jusqu'à la cheville ; ce sable rend déserts les environs de la ville ; ils ne produisent que des arbres et quelque gazon.

Je ne sais pas qui a donné l'idée de planter une ville au milieu de ce sable ; cette ville aurait cent cinquante-neuf mille habitants, à ce que l'on dit.

[...]

28. À PAULINE BEYLE

24 mars 1807.

[...]

Une passion est la longue persévérance d'un désir : ce désir est excité par l'idée du bonheur dont on jouirait si l'on possédait la chose désirée (qui est en même temps l'idée du malheur de l'état actuel où l'on n'en jouit pas), et par l'espérance d'attendre ce but ; car, comme Corneille l'a fort bien dit de l'amour :

> Si l'amour vit d'espoir, il s'éteint avec lui[1].

Plus on réfléchit sur toutes les passions, depuis celle de César pour régner sur la République romaine jusqu'à celle de Werther pour Lotte, on voit que l'analyse ci-dessus est bien une description exacte de ce qui se passe dans le cœur de l'homme passionné.

Or, comment diable trouver dans l'union d'un homme et d'une femme les conditions nécessaires à faire naître ou à entretenir une passion ? Il ne s'y en trouve aucune. Ce résultat, donné par la théorie, semble démenti par le spectacle de quelques mariages ;

mais, le plus souvent, celui des mariés qui a le plus d'esprit joue la comédie pour l'autre, et tous les deux pour le public.

En général, tout le monde joue le bonheur : nous connaissons quelqu'un qui assure de bonne foi qu'il ne s'ennuie jamais ; sa conduite prouve le contraire.

Quand l'amour existe vraiment dans le mariage, c'est un incendie qui s'éteint et qui s'éteint d'autant plus rapidement qu'il était plus allumé.

Voilà ce que j'ai vu dans cinquante ou soixante couples de mariés que j'ai eu occasion d'observer de près. Quel genre de bonheur peut-on donc trouver dans le mariage ? l'amitié ? Mais c'est excessivement difficile ; elle n'est guère possible que dans un homme de cinquante ans qui épouse une veuve de trente ; s'ils ont de l'esprit, l'usage et l'observation du monde les a rendus indulgents.

Le bonheur dans l'amitié entre gens mariés tient même trop de la passion pour être une base sûre de bonheur. Ce qui lie les amitiés dans le monde, c'est la possibilité de se séparer à chaque instant ; un ami sent la possibilité de ne plus voir son ami.

Je crois donc qu'il faut chercher le bonheur dans un mari bonhomme qu'on mène. On contracte pour lui ce genre de bienveillance qu'avec un bon cœur on éprouve toujours pour les gens qui vous font du bien. Ce mari qu'on mène vous rend la mère d'enfants que vous adorez ; cela remplit la vie non d'émotions de roman qui sont physiquement impossibles (d'après la nature des nerfs, qui ne peuvent pas être tendus longtemps au même degré, et parce que toute impression répétée devient *plus* facile et *moins* sentie), mais d'un contentement raisonnable.

J'ai voulu te dire tout cela, malgré une grande faiblesse, reste de ma maladie. Ces idées sont la base du bonheur possible pour une jeune fille. Si j'étais mort, je sentais que mon plus grand regret était de ne te les avoir pas développées comme je sentais qu'elles pouvaient l'être.

En résultat,

1° Il faut se marier ;

2° À un homme bon et assez riche.

Mais ne cherche pas de transports dans le mariage ; souviens-toi de la morale de Scapin : il faut s'attendre à moins que rien pour goûter le peu qu'on trouve.

Il y a mille à parier contre un que ton mari aura une âme qui te semblera basse, et un esprit qui te paraîtra ridicule. Ton bonheur dépend non seulement de l'attention avec laquelle tu lui cacheras ta manière de penser sur son compte, mais encore du soin avec lequel tu lui persuaderas qu'il t'est très supérieur. Il y a sans doute un point dans lequel il met son honneur : à bien rédiger un acte, à bien s'acquitter des jeux de société, comme « Petit Bonhomme vit encore », ou à prendre joliment des papillons ; il faut que tout dans toi, jusqu'aux paroles de tes rêves, lui prouve ta profonde vénération pour ces talents.

À l'époque de ton mariage, il faut devenir hypocrite ; un bavardage de société peut te brouiller avec ton mari. Ceux qui commandent aiment les sottises dans ceux qui obéissent ; il faut devenir non pas dévote, le saut serait trop grand et le rôle est trop ennuyeux, mais pieuse raisonnablement, te confesser tous les mois.

Il faudra cacher aux yeux de ton mari l'amitié trop vive que tu pourrais avoir pour une amie ou pour moi ; il trouverait que tu l'aimes moins que cette personne et se fâcherait. Si tu avais plus de petitesse dans l'esprit, beaucoup de détails que tu négliges te sembleraient importants ; tu pourrais aller jusqu'à rendre ton mari constamment amoureux de toi. C'est là le chef-d'œuvre d'une femme ; mais tu as le caractère trop élevé pour posséder ce degré de coquetterie.

Les jouissances des âmes comme les nôtres ou ne sont pas comprises, ou sont détestées par les âmes basses qui peuplent la société ; souviens-toi de ce principe. Si ma lettre est trop mal écrite pour que tu puisses la lire couramment, copie-la.

Il faut cacher ta supériorité et jouir seule, dans ton cabinet, à lire un livre qui t'amuse ou dans une belle soirée, mais ne te livre pas à l'enthousiasme qui pourrait te saisir. Songe que, quelque apparence que tu trouves, tu as une main de bois à tes côtés qui ne comprendra pas, ou enviera tes jouissances. On perd son feu à vouloir le communiquer à ces morceaux de glace : il faut jouir de soi-même dans la solitude, et, à l'égard de ses amis, ne dévoiler ses pensées qu'à *mesure* de l'esprit qu'on leur trouve ; autrement, on court le danger de leur paraître supérieur ; de ce moment, on est perdu.

Tu doutes peut-être de cela ; dans quatre ans, tu le croiras comme moi ; l'expérience t'aura fait contracter cette pénible habitude.

Médite, je t'en supplie, sur cette lettre, et accoutume-toi à l'idée d'avoir un mari médiocre et plat ; il ne faut pas absolument rester fille.

J'ai vu aujourd'hui une belle image de la mort dans un jeune corbeau que j'ai vu tomber et expirer dans l'Ocker, petite rivière qui passe à Brunswick.

[...]

29. À PAULINE BEYLE

Brunswick, 30 avril 1807.

[...]

L'honneur se battant avec l'amour et l'intérêt d'ambition m'ont mis sept ou huit fois au comble de l'agitation malheureuse et du bonheur ardent pendant ce mois d'avril. Le 5 mars, l'honneur m'a brouillé avec Martial ; le 5 avril, réconcilié. J'ai dû partir pour Thorn. J'ai vaincu l'amour avec des peines infinies, et, puisqu'il faut le dire, en pleurant ; j'étais si agité à sept heures du soir, au moment où j'allais décider de mon départ, que je courais les rues de Brunswick comme un fou ; je passais devant les fenêtres d'une petite fille[1] pour laquelle j'ai du goût ; je me sentais déchiré. Cependant, l'honneur fut le plus fort ; j'allais dire à Martial que je voulais partir ; lui ne le voulait pas, il comptait sur l'amour pour me retenir, il me dit tout ce qu'il fallait pour me faire rester.

Je reste, je crois être heureux ; je ne sais pourquoi Minette se met à me tenir la dragée haute ; la politique, la vanité, la pitié m'ordonnent de ne plus m'occuper d'elle. Dans un bal célèbre, je fais la cour à une autre ; étonnement, malheur, désappointement de Minette. Cette autre offre à ma retraite une victoire aisée.

Je fais une manœuvre superbe pour me rapprocher de Mina. Je vois de loin, à la promenade, un homme de beaucoup d'esprit qui méprise comme on le doit la canaille humaine, qui a cinquante ans d'expérience et cent mille francs de rente ; c'est l'expérience de la bonne compagnie ; j'aborde cet homme et je fais tant d'esprit à sa manière pendant deux heures qu'enfin il m'invite à une soirée qui avait lieu chez lui le même soir, et dans laquelle il n'y avait point de Français ; voilà un beau succès ! J'arrive tout heureux chez lui, sachant que Mlles de Griesheim y allaient ; Minette n'avait pas voulu y venir ; je n'y trouve que ses sœurs et Mlle de Treuenfels, sa rivale. J'obtiens un rendez-vous avec cette rivale ; au moment où j'y vais, on me dit : « Si vous allez ce soir dans telle maison vous y trouverez Wilhelmine » ; je brusque mon rendez-vous ; je saisis un moment où Mlle de Treuenfels sort pour aller faire du thé pour moi, je décampe ; j'arrive dans la maison indiquée, où je ne trouve pas Minette, mais bien les deux plus laides et sèches créatures de Brunswick.

Enfin, hier, je me suis réconcilié avec Minette ; j'aurais deux ou trois volumes de petites bêtises à te conter, mais je ne veux pas abuser de ton amitié pour t'ennuyer. Hier, Minette m'a *serré la main*, pas davantage ; tu te moqueras de moi, mais après la vie que je mène depuis six ans, c'est pour cela que j'ai été si agité ce mois-ci.

Je te supprime tous les embarras intermédiaires ; mon seul confident, le seul Français avec lequel je puisse parler ici, jaloux du talent et de l'activité, qu'il me voit déployer dans cette intrigue dont il connaissait le fond, ne me dit presque plus rien et n'est pas venu me voir depuis huit jours.

J'ai eu un mal très grand à la poitrine ; la moindre parole me faisait de la peine à dire. Au milieu de tant d'agitations causées par de si petits moyens, la sagesse grondait sans cesse, se fortifiant par le malheur qui suivait heureusement pas à pas toutes les fautes, et sortait victorieuse enfin en tuant l'Amour.

Je n'ai plus que du goût pour Minette, pour cette blonde et charmante Minette, cette âme du nord telle que je n'en ai jamais vu en France ni en Italie ; la preuve en est que je vais tâcher d'aller à Falkenstein, quartier général de l'armée. D'après ce que le grand-père me dit de la lettre de M. Daru, *s'il a l'occasion de lui écrire,* — je dis *si* ; il ne faut pas l'impatienter, — prie-le de lui dire que je désire *servir à l'armée active,* n'oublie pas ma commission.

Une âme forte qui parviendrait à faire tout ce que la raison lui dicterait serait maîtresse de tout ce qui l'environne.

J'en ai eu l'expérience frappante depuis deux mois. Ajoute au peu que je t'ai dit de mon agitation huit ou dix voyages de quinze ou vingt lieues et dix heures de travail expédié en deux et, ce qui est bien pénible, mais bien bon pour fortifier l'âme, *pas de confident*, toujours seul.

Ce soir, grande bataille au bal, où je vais me trouver entre les deux rivales ; peut-être demain, serai-je aussi excité qu'avant-hier ; mais le dessein en est pris, j'irai à l'armée si je le puis. Ce qui m'y attire, c'est l'envie de voir de près les grands jeux de ces chiens de basse-cour nommés hommes.

J'ai lu deux ouvrages que tu dois lire : *Histoire de la Pologne* par Rulhière ; — *Histoire de la Réformation* par Ch. Villers, ouvrage qui a remporté le prix de l'Institut national en l'an 13, *father* l'a, fais-le demander par Bigillion[1].

The great father est fort content de toi ; je vois enfin que tu fais des progrès dans la sagesse, seul chemin du bonheur. Quand tu le voudras, tu seras heureuse ; pour cela, il faut d'abord acquérir la tranquillité : la beauté et la bonté de ton âme te fourniront assez de plaisirs. Une lentille tombant dans la mer agitée n'y cause aucun mouvement ; dans une mer calme, elle fait naître des millions de cercles.

Une fois que nul être ne pourra agiter ton âme, tu feras ton bonheur avec une facilité qui t'enchantera. Pour cela, il faut intérieurement vaincre entièrement la vanité. Que Mme Augustin Périer ait dit de toi : « Cette grosse Mlle B... ressemble à une dinde en marchant », ou « L'on ne saurait avoir plus de grâce que cette aimable Pauline ! » *Tutto lo stesso*[2] regarde les bassesses et les bêtises de celui qui blâme ou loue : ses propos te seront bientôt indifférents ; mais ne montre pas ce caractère élevé ; les hommes diraient : « Quoi ! voilà un être qui échappe à notre domination ? dans le fond de son cœur, il peut, avec raison, se préférer à nous ? » Et alors, comme mon ami d'ici, ils te haïraient.

D'après ce que me dit *the great father*, l'âge n'amortit pas l'agriculturomanie ; tu ne seras jamais mariée, ma pauvre fille ; un mérinos est bien supérieur à un gendre. Sois donc raisonnable ! vois un mari comme une chose et non pas comme un être ; il faut un cheval à un dragon pour vivre, et un mari à une jeune fille. Prends-moi M. Badon, c'est un bonhomme qui sentira que tu lui fais une faveur en l'épousant ; tu lui persuaderas, au contraire que tu te trouves très heureuse avec lui, et il te laissera vivre tranquille et indépendante ; tu auras des enfants que tu chériras ; le bonhomme aura des mérinos comme son beau-père ; il te fera voir Paris ; peu à peu, nous l'y attirerons, et tu seras heureuse, plus peut-être qu'avec Périer, mais dix millions de fois plus qu'avec Faure, Fleuron et les autres. Penet, peut-être, avec un degré d'esprit et de sentiment propre à être heureux en aimant sa femme ; mais, même le connaissant, je parierais dix contre un qu'après les premiers trois ans, la femme de Badon sera plus heureuse que Mme Penet.

Réfléchis un peu à tout cela, jeune fille de vingt-deux ans.

[...]

30. À PAULINE BEYLE

12 mai 1807.

Les Allemands ont peut-être une poésie très touchante. Mon ami (M. de Struve), dont je t'ai déjà parlé, m'a traduit littéralement une romance qui avait à mes yeux le mérite de porter ton nom ; elle est intitulée *Lénore* ce qui veut dire Éléonore[1].

Cette romance, que j'ai choisie, à cause de cela, dans les ouvrages de Bürger est très touchante ; c'est entre la manière anglaise et la française. Le voile qui me couvre le génie de la langue allemande est encore trop profond pour que je puisse donner plus de précision à mes idées. Je crois entrevoir cependant que l'allemand est moins enflé et plus près de la nature, plus vrai, plus naïf que l'anglais. Dans cette romance, on dit d'un cheval qu'il faisait *hopp ! hopp ! hopp !* on parle du tam-tam des tambours.

Lénore se réveille d'un songe pénible.

— Wilhelm es-tu infidèle ? es-tu mort ?

Wilhelm avait suivi le roi Frédéric à la bataille de Prague. Mais le roi s'est réconcilié avec l'impératrice. On entend le tam-tam des tambours, l'armée passe par la ville, Lénore va demander à chaque soldat où est Wilhelm : « Où est mon promis ? (usage allemand : on est promis avec sa maîtresse un an et souvent davantage avant de l'épouse). » Nul ne peut lui répondre. Toute l'armée est passée. Elle s'arrache les cheveux, sa mère veut la consoler ; elle repousse toute consolation ; enfin, à minuit, elle entend : *hopp ! hopp ! hopp !* dans la rue ; elle entend un homme qui descend de cheval, elle distingue le retentissement des éperons ; il monte, frappe rudement :

— Holà ! holà ! où est ma promise ?

— Me voici, cher Wilhelm.

Elle ajoute quelques mots.

— Presse-toi : il faut faire encore cent lieues, jusqu'à ce que nous soyons à notre lit de noces ; viens monter en croupe sur mon cheval.

— Comment monter en croupe ?

La cloche retentit encore, minuit vient de sonner.

Lorsque nous en étions là, huit heures ont sonné

en effet ; j'ai quitté Struve pour aller me faire présenter à la femme du gouverneur, qui est arrivée depuis trois jours (femme très commune).

Struve m'a dit que Léonore part avec son amant, qu'elle arrive au champ de bataille, et que, là, elle s'aperçoit que son amant n'est qu'un spectre : il a été tué sur ce champ ; tous ceux qui l'ont été se promènent à cette heure nocturne.

Les Anglais sont fous de cette romance, à ce que m'a dit Struve ; il y en a cinq ou six traductions.

Envoie-moi les dix-huit vers d'André Chénier[1] et les quarante-huit de Lebrun, le commencement de l'*Iliade,* traduite par lui ; si tu ne les as pas, tu les trouveras à la fin de quelqu'un de mes stéréotypes ; n'y manque pas, je les ai promis.

J'ai demandé à M. Daru d'aller à l'armée active ; je quitterai Brunswick avec beaucoup de regrets, probablement dans quinze ou vingt jours. Demande de l'argent à mon père ; j'en ai un vif besoin : on ne nous paye pas nos courts deux cents francs par mois depuis janvier.

Dis bien des choses pour moi à Mme Chalvet. Comment se porte cette bonne tante ? Mme Martin vivra.

Adieu ; aime-moi un peu et dis-le-moi quelquefois ; si je venais à mourir, je t'aurai quitté six mois plus tôt, car il y a six mois que tu ne m'as pas écrit.

HENRI.

31. À PAULINE BEYLE

Sans date.

Ton confesseur t'a-t-il défendu de m'écrire ?

32. À PAULINE BEYLE

9 juin 1807.

On a raison : toutes les agitations sont grandes dans la solitude : j'écrivais il y a trois jours, et je le sentais bien, que mon goût pour Minette était entièrement passé ; je la sacrifiais à Mlle de Treuenfels que je n'aime point ; je m'amusais des agitations des deux rivales ; je demandais enfin à la philosophie des émotions que l'amour ne me donnait plus : il s'est vengé.

Mlle de Treuenfels me dit presque qu'elle m'aime. C'était jeudi passé ; l'aveu de cet amour consistait à m'avouer celui qu'elle avait eu et qu'elle n'avait plus pour M. L... Ce même soir, j'ai lieu de croire qu'elle s'est réconciliée avec M. L... J'ai vu pour la première fois auprès de Minette un amant qui lui a fait la cour pendant quatre ans et qui n'attend, pour l'épouser, que le consentement ou la mort de son père ; sans amour même, elle doit le préférer à moi, qui n'ai nulle envie de l'épouser. Ce soir-là, elle a tenu la balance entre nous deux ; mais hier lundi elle avait l'air de l'aimer. Croirais-tu que, depuis quatre mortels jours, je ne pense qu'à cela. Quand mon âme ne trouble pas mon esprit, il est entièrement occupé des moyens de m'en faire aimer sans lui nuire auprès du futur mari, et bien certainement, le lendemain que je serai sûr de son amour elle me sera presque insupportable. Enfin, hier, la rage dans le cœur, je me suis souvenu de l'influence du physique sur le moral : j'ai pris beaucoup de thé et j'ai retrouvé en partie ma raison, assez du moins pour être aimable ; mais elle a trop d'esprit et trop de passion pour être bien sensible à ce genre de mérite. Dans mon malheur, je me suis adressé à tous mes goûts pour me distraire : j'ai fait de petits voyages. La lettre que j'ai écrite à mon père te dira où et comment j'ai voulu lire. Les livres m'ont ennuyé. Ce matin, je les passais en revue ; mon œil est tombé sur un volume de pensées diverses d'Helvétius ; j'ai pris un cheval ; j'ai galopé jusqu'à Richemonde (très joli jardin anglais éloigné de Brunswick comme le pont de Piquepierre de Grenoble, dans un pays de plaine à végétation pâle) ; Richemonde me rappelle le Belvédère : il y a un petit château. En arrivant sous ces ombrages frais, je me suis jeté sur le gazon : Helvétius m'a consolé pendant deux heures.

Voilà ma vie, ma chère amie ; quelle est la tienne ? Songes-tu un peu sérieusement à te marier ? cela veut dire : « Es-tu guérie de croire trouver un Saint-Preux ou un Émile pour mari ? » Ni l'un ni l'autre, ma chère ; un homme vaniteux que tu mèneras, qui ne sera ni bon ni méchant, et dont le caractère changera tous les dix ans avec le physique. Je ne serai tranquille que lorsque je te saurai mariée ; c'est l'état d'une fille, et tu ne saurais croire combien je m'applaudis d'en avoir un, ne fût-ce que pour apprendre à m'en passer. N'espère pas trouver un bonheur solide dans le célibat ; l'image du mariage viendra toujours te troubler ; je souhaite avec passion savoir ce que tu penses et sens sur cet objet important et urgent.

Rappelle-toi le prix du temps ; mon aventure de cette semaine doit te le prouver : j'ai eu le cœur de Minette presque dans ma main, il n'a tenu qu'à moi de m'en faire aimer beaucoup ; je me disais obscurément : « Ça ne peut me manquer ! » Ça me manque cependant et d'une façon cruelle.

Parle tous les jours d'argent pour moi à mon père ; j'en ai grand besoin ; parles-en tous les jours, je compte sur toi pour cela ; mais j'avoue que j'aimerais mieux que tu employasses à m'écrire le temps pendant lequel tu lui parleras pour moi.

Donne-moi tous les détails possibles sur la mort de Mme de Rézicourt et sur l'effet que cette mort touchante selon moi a fait 1° sur sa bonne amie la blonde et faible Blanchet, 2° sur *tutti gli altri. Farewell and love me ever as thine best friend. The german tongue*[1] me fait oublier entièrement l'anglais.

HENRI.

33. À PAULINE BEYLE

26 juillet 1807.

Je prête l'oreille à chaque minute, pour savoir si l'on ne tire pas le canon ; mon chapeau et mon épée sont sur ma table, mes deux chevaux frappent le pavé de la cour et s'impatientent, tout cela pour le prince de Neuchâtel, ministre de la guerre, qui doit arriver ce soir, et à la rencontre duquel tout l'état-major va ce soir, à sept heures ; comédie, à neuf ; grand cercle chez le gouverneur et illumination ; tout le monde court, tout le monde s'agite. Je lis Goldoni en attendant : j'ai trouvé ici un bel exemplaire qu'on m'a prêté, seize volumes in-8° ; c'est dans chaque volume quatre ou cinq comédies, aucune de la force de Molière, presque toutes pleines de naturel[2]. Elles ont encore un autre charme pour moi : elles me rappellent les mœurs et le langage de ma chère Italie, de cette patrie de la sensibilité. As-tu lu *Corinne*[3] ? On en est enchanté ici ; mais que la peinture est loin de l'original !

L'empereur m'a nommé adjoint-commissaire des

guerres le 11 juillet ; prie mon grand-papa de remercier qui de droit.

[...]

34. À PAULINE BEYLE

Au Château de Salzdahlum,
le 2 septembre 1807,
à 4 heures du matin.

Tu ne peux te figurer, ma bonne Pauline, le plaisir que ta lettre vient de me faire ; j'avais presque oublié ton écriture ; je l'ai ouverte comme une lettre indifférente ; je n'en reçus jamais qui en fût plus loin. Écris-moi, je t'en prie, et bien au long. Aucune raison ne doit jamais te faire jeter au feu ce que tu m'écris. Ne sais-tu pas combien je t'aime ? Faut-il te le redire ?

Mais écris-moi beaucoup sur cette charmante V... [1]. Je crois que tu as raison ; c'est une âme bien rare. Je l'ai bien aimée, et je l'ai vue sept fois en ma vie. Toutes mes autres passions, elles n'ont été qu'une réflexion de celle-là. J'ai aimé Mélanie parce qu'elle me rappelait son caractère. Tu sens combien les moindres détails sur V... me sont précieux. Aime-t-elle son frère autant que tu le dis ? C'est un des plus secs personnages que je connaisse, vraiment fait pour la bonne compagnie de ce siècle. Mais je ne dois pas me plaindre de l'illusion qui rend les frères aimables. Je voudrais seulement qu'elle portât à leur écrire plus souvent.

Cette douce pensée de V..., qui dans mon âme, précède à peu près tous les chagrins dont je me souviens actuellement, est venue à moi, au milieu de forêts superbes, encore fraîches de la rosée du matin, au moment où, avec huit bons amis, avec lesquels je me garderais bien d'oublier un instant qu'il faut être aimables, au moment où nous allons chasser le cerf. Mon chef M...[1] a pris la passion de la chasse, ce qui fait qu'il voit avec indulgence ou qu'il feint de ne pas voir les échappées que je fais de mon antre.

Je vais penser à vous deux toute la journée. Tâche de savoir si elle aime à Paris ou à Rennes; j'ai presque envie de te dire comme le bon Dieu: toutes les fois que vous serez ensemble, je serai au milieu de vous. Quel doux plaisir, si les mille sottes vanités qui nous séparent, nous permettaient, pendant que nous sommes encore jeunes, de passer une journée dans ces bois épais, au milieu de leur vaste silence. Nous trouverions presque cela à la Grande-Chartreuse, mais les convenances, mais les bavardages dans la Grande-Rue, etc., etc... Alors, cherchez votre bonheur dans un collet brodé et fuyez la Grande-Rue.

Adieu, je compte sur dix lettres de toi dans 15 jours.

À propos, j'ai tué hier une perdrix. C'est la première de ma vie mais ça ne m'a pas fait la millième partie du plaisir que me donna une grive que je tuai dans le sentier sous Doyatière sur un grand frêne à droite en montant[2].

35. À PAULINE BEYLE

25-27 novembre 1807.

Je n'ai pas eu un moment depuis le 2 de ce mois, ma chère Pauline; sans cela, je t'aurais parlé d'une partie de chasse après laquelle je suis rentré ce jour-là à Brunswick. Je demandai à M. l'Intendant et à l'Ordonnateur la permission de chasser pendant cinq jours au Hartz, chaîne de montagnes à douze lieues d'ici. J'y allai avec M. Réol, homme sensé manquant d'éducation première et à qui cinq ou six voyages en Afrique, quatre en Amérique, deux dans les mers du Nord, les guerres de la Vendée et de Lyon, ont donné une très forte dose de bon sens. Au moment de partir, ou plutôt un moment après être partis, nous fîmes changer de direction à notre voiture ; et nous prîmes la route de Hambourg. Ne parle à personne de ce voyage imprudent dont personne ne se doute ici. Nous arrivâmes à Hambourg après avoir erré pendant quarante-cinq heures dans un vaste désert de sable, qu'on nomme les Landes de Lunebourg, paysages vraiment flamands : d'immenses prairies entourées de clôtures de bois et coupées par de sombres bois de pins et par de petits ruisseaux débordés formant des lacs. À deux heures du matin nous sommes à Hambourg ; tapage épouvantable à la porte de la meilleure auberge, située sur le port. Après avoir grelotté une heure à la porte elle s'ouvre ; une affreuse servante nous dit : « Tout est plein », et la referme. Nouveau tapage ; elle se rouvre. Nous nous précipitons dans la maison ; après une grande heure de peine, nous sommes couchés sur la paille au fond d'une grange si bien couverte que tout en dormant, nous observons la comète, qui se montrait superbe, au milieu d'un ciel éclairé par une gelée à pierre fendre. Nous sommes les premiers levés, à cinq heures ; nous trouvons toute une famille d'Allemands qui prenait le café dans la *stouve*, chambre à poêle dont l'air n'a pas été renouvelé depuis le commencement du froid ; vie purement animale, air triste de ces gens-là ; il est si marqué que nous leur croyons quelque chagrin.

Nous laissons notre voiture à l'aubergiste et nous nous rendons au bateau. Il règne un brouillard froid ; ce bateau est encombré de toute sorte de figures parmi lesquelles prédominent un petit-maître allemand, sa pipe et son valet de chambre : caricature froide dont la vulgarité des sentiments et des pensées conduit bien vite à une indifférence mêlée de mépris. Le petit-maître français est au moins gentil ; il ne s'estime qu'autant qu'il amuse les autres. Parmi les petits-maîtres étrangers, les plus passables sont les jeunes gens qui satisfont avec gaieté et prudence les goûts de leur âge ; j'entends prudence dans le soin de n'offenser personne, car un des goûts de la jeunesse est souvent de négliger le danger. Hambourg est situé sur une écluse qui communique à une des bouches de l'Elbe. Vis-à-vis de Hambourg, l'Elbe est immense : il couvre, dans cette saison, plusieurs petites îles, et avait, le 28 octobre, jour de notre passage, plus d'une demi-lieue de large vis-à-vis de Hambourg. Le vent était contraire, nous fûmes obligés de courir des bordées. Réol, marin expérimenté qui a fait deux ou trois fois naufrage, m'expliquait tout dans la langue des marins, qui a au moins cinq ou six cents mots qui n'ont de français que la désinence. [...] Nous fûmes presque au moment de chavirer à cause de la lenteur des matelots ; ces petits dangers, absolument nouveaux pour moi, me firent beaucoup de plaisir.

Réol me contait qu'étant dans les eaux de l'Amérique-Nord, un coup de vent mit le navire sur le côté ; il resta quelques secondes dans cette position gênante. Un second coup de vent le remit sur quille.

Nous touchâmes à Altona et entrâmes enfin dans le port de Hambourg, plein de vaisseaux qui y pourrissent à cause de l'impossibilité du commerce.

(Je m'arrête ; j'ai fait toute la matinée des remèdes contre cette ennuyeuse fièvre de tous les hivers, et je n'en puis plus. Mme Daru repart demain pour Paris.)

Je poursuis le 27 ; mais j'aime mieux continuer la

parenthèse que la lettre. Mme Daru est partie hier ; aujourd'hui, il fait un vrai temps du Nord ; il n'est pas quatre heures, j'y vois à peine auprès de deux grandes fenêtres donnant sur une place. J'ai pensé à toi vingt fois, aujourd'hui et hier, en lisant des romans qui n'ont d'autre mérite que d'être écrits en anglais. Combien ces livres donnent une fausse idée de la société ; on les croirait écrits par et pour les habitants de la lune.

Je crains que tu n'aies formé plusieurs de tes opinions d'après *these damned books*. Les belles âmes seules ont ces sortes d'illusions ; mais aussi elles sont presque toutes malheureuses, et je tremble que tu n'en augmentes le nombre. Tu verras, par la lettre ci-jointe de Bigillion, que plusieurs commères de la grande rue se sont aperçues de tes travestissements. Si tu n'y mets ordre, tu ne te marieras pas ; ne crois pas que j'exagère pour faire effet ; je te donne ma parole d'honneur que je crois le mariage, en général, aussi utile au bonheur des femmes que nuisible à celui des hommes. Je donnerais tout au monde pour que tu puisses mériter l'amitié de Mlle Victorine. Fais tout au monde pour cela et rends-m'en compte. Elle a tâté de ce monde cruel envers les malheureux, de cette fausse pitié pire que le mépris.

Ce qui rend les folies fatales aux belles âmes logées dans des corps de femmes, c'est qu'on leur suppose toujours pour cause une faiblesse méprisable en général. Le jeune homme le plus spirituel et le plus amoureux ne t'épouserait pas si vingt ou trente dames l'assuraient t'avoir vue courant les rues le soir en habit d'homme.

Il y a deux ans que, lorsqu'on me donnait des conseils pareils à ceux que je voudrais te voir suivre, je me disais en moi-même : « Âme froide ! » et je me gardais bien d'en croire un mot ; mais beaucoup de malheurs, que je ne t'ai pas racontés parce qu'ils étaient de tous les jours et trop longs à expliquer, m'ont enfin ouvert les yeux. Je me suis décidé à regarder autour de moi, à m'assurer des faits que l'on me contait, à n'établir mon opinion que sur ceux qui étaient positifs. Je donnerais un an de ma vie pour te voir dans cette disposition.

— « Mais je m'ennuie trop ! je ne peux plus continuer à mener cette vie monotone ! »

Mais songe qu'un éclat une fois fait, c'est pour toujours ; tu ne peux plus trouver de mari. Nous aurons peut-être quatre à cinq mille francs de rente ; tu mèneras une vie très ressemblante à celle que notre tante Dupré mène avec le revenu de dix mille ; elle est soutenue par l'opinion publique ; elle a des sociétés où on la reçoit avec plaisir ; si on fait des objections contre elle, on les tire de sa personne, de son esprit, de son caractère. Toi, au contraire, qui lui es mille fois supérieure de tous ces côtés-là, ta supériorité même te nuira.

— « Mais je me ferai maîtresse de langue anglaise, de dessin, etc.., etc. »

Tu t'imagines que ce métier te donnera de quoi vivre, et que tu seras aussi heureuse avec quatre mille francs gagnés de cette façon que le bourgeois, ton voisin, avec les quatre mille francs qu'il gagne à son commerce de bas de filoselle. Pas du tout : le marchand de bas te méprisera et te le fera sentir de mille manières. Si tu avais vu le monde, tu saurais que toute personne qui n'a pas un état que la vanité soit forcée d'estimer, et quelque fortune, y est accablée de mépris honnêtes par la forme et outrageants en effet. Tu te figures cela d'après ces *damned books* dont je te parlais dans le moment ; il vaudrait mieux se figurer un moulin à vent d'après une charrue. La vérité n'est que l'opposé de ce qu'ils disent, c'est tout simple. S'ils montraient le monde tel qu'il est, ils feraient horreur et, même sur les gens qui sont de leur avis, produiraient une impression de tristesse qu'on chercherait à éviter.

Un homme de sens et d'esprit, faisant un roman duquel il veut tirer de l'argent, et quelque réputation qui l'aide à mieux vendre le second, a donc grand soin de ne pas aborder cette fatale question. Il peint les passions comme l'abbé Prévost, et il les peint dans des gens riches. Le pauvre abbé Prévost n'avait cependant pas besoin d'aller bien loin pour trouver les exemples de la misère : il s'était enfui de son couvent à vingt-cinq ans, et, depuis cet âge jusqu'à celui de soixante-sept, je crois, où il est mort, il a été abreuvé de toute sorte de dégoûts. Si, au lieu de s'enfuir et faire un éclat, il avait employé son esprit à obtenir par l'intrigue sa sécularisation, il aurait été, à Paris, un homme de lettres considéré, membre de l'Académie, lecteur de quelque prince, et ayant comme Duclos, trente-cinq mille francs de rente.

Je te cite cet exemple parce qu'il est le plus court à exposer et que peut-être tu connais les personnages ; mais le monde est plein de faits qui donnent le même résultat.

Une femme doit d'abord être mariée ; c'est ce qu'on lui demande ; après, elle fait ce qu'elle veut. J'en reviens toujours à Mlle Victorine. On la dit retirée près de Grenoble au Bachet ; tâche de l'aller voir avec Mlle Mallein et là, ouvre-lui franchement ton cœur (sans parler de moi en aucune façon) : demande-lui des conseils. Elle a une belle âme ; ta franchise et les malheurs dans lesquels tu es sur le point de te précipiter la toucheront ; elle te donnera des conseils qui, peut-être, ne seront pas tels que les miens, mais qui, certainement, vaudront mieux.

[...]

36. À PAULINE BEYLE

Le 19 janvier 1808.

Hé bien, petite bringue, tu mériterais bien que je renouvelasse pour toi ce terme élégant et antique.

Peut-on être plus molle que toi : depuis quatre mois tu ne m'écris pas un mot. Je n'apprends des nouvelles de Grenoble que par les papiers publics.

Donne-moi les nouvelles de famille que je ne puis trouver dans les papiers publics. Mon père recevra incessamment un premier envoi de graines. Il y en a une entre autres qui n'est que sublime ; dis-lui mille choses de ma part et envoie-moi enfin trois empreintes *du cachet* de mon père. Je suis obligé de cacheter une acceptation de dîner avec l'Aigle impérial. C'est trop pour un petit rien comme moi. Celui[1] qui pourrait me faire quelque chose est à Cassel depuis quatre jours et sera ici vers le 28 janvier, temps auquel il y aurait vingt-cinq ans que je t'aime, si je n'avais pas l'honneur d'être l'aîné. Quoique aîné, je te permets cependant de te marier la première. Fais vite cette bonne affaire-là, mais rappelle-toi que si jamais ton mari connaît la terrible vérité que tu as plus d'esprit que lui, il te hait à jamais, et malheureusement, quel que soit ton mari, cette vérité sera vraie.

Adieu, aime-moi et prouve-le-moi en écrivant, cela n'est pas difficile ; tous les amants voudraient en être là. Je voudrais bien que tu connusses assez Mlle Victorine pour lui demander quelques conseils envers le cher époux et maître. Songe surtout à te faire humble comme Ephestion à la cour d'Alexandre. Un mot de réponse, et dedans des cachets.

Embrasse pour moi ma bonne tatan Charvet, dis-lui que je voudrais bien aller manger des cerises à Saint-Egrève. Si Barral[1] est à Grenoble, envoie-lui la carte ci-jointe.

H. B.

37. À FRANÇOIS PÉRIER-LAGRANGE[2]

Brunswick, le 24 janvier 1808.

Ta lettre m'a fait le plus vif plaisir possible, mon cher Périer. Tu sais que d'avance, j'avais choisi pour ma sœur. Il me reste un désir, c'est que cela se finisse vite, car tu sais le proverbe sur les mariages annoncés.

Comment t'arranges-tu en affaires d'intérêt avec mon père ? Où logerez-vous ? Sera-ce chez toi, comme je le pense ? Quel appartement aura ta femme ? Je ne connais pas d'être plus raisonnable ; je suis convaincu que tu seras le plus heureux des maris.

Elle s'ennuyait extrêmement à la maison comme nous nous y ennuyions nous-mêmes avant que d'avoir la permission de sortir seuls. Il est bien naturel, lorsque l'état dans lequel on se trouve n'est pas fort gai, de se figurer un bonheur extrême dans un état qu'on ne voit que de loin. Cette contrainte dans laquelle elle se trouve depuis quelque temps peut lui avoir fait contracter des moments d'humeur et des goûts sauvages ; mais une liberté raisonnée l'en corrigera bientôt. À cela près, je crois que c'est la meilleure femme possible et vous devez être heureux ou personne ne le sera.

Je le serais assez à Brunswick, si cette ville était située dans un pays plus méridional de quatre ou cinq degrés. Cette humidité éternelle me rend malade.

Je pense que nous quitterons l'Allemagne vers le mois d'avril. Peut-être serai-je employé à Berlin dans quelques semaines. Il est possible que nous allions ensuite en Dalmatie ou en Portugal.

Je ferai tout ce que je pourrai pour t'aller embrasser. Je serai bien content de voir ma sœur ta femme à cette époque. Tiens-moi au courant de la marche de cette affaire.

[...]

38. À PAULINE BEYLE

26 mars 1808.

Je sens bien, ma chère amie, que tu dois avoir mille choses à faire, mille devoirs à remplir : à peine aurastu le temps de lire ma lettre, mais je trouve du plaisir à t'écrire ; j'en trouverai encore plus à lire et relire ta réponse, si tu as le temps de m'en faire une. Il me semble que, dans les âmes sensibles, il y a une foule d'airs qui flottent pour ainsi dire ; tout à coup on est affecté du sentiment qu'ils expriment, ils vous viennent à la mémoire et on les chantonne des journées entières, en y trouvant toujours un nouveau plaisir. Cette théorie-là est mon histoire d'aujourd'hui ; il m'est venu un air charmant sur les petits mots *cara sorella*[1]. J'ai repassé dans ma mémoire tout le temps que nous avons passé ensemble : Comment je ne t'aimais pas dans notre enfance ; comment je te battis une fois à Claix, dans la cuisine. Je me réfugiai dans le petit cabinet de livres ; mon père revint un instant après, furieux, et me dit : « Vilain enfant ! je te mangerais ! » Ensuite, tous les maux que nous fit souffrir cette pauvre tatan Séraphie ; nos promenades dans ces chemins environnés d'eau croupissante, vers Saint-Joseph. Comme je regardais la chute des montagnes du côté de Voreppe en soupirant ! C'était surtout au crépuscule du soir, en été ; le contour en était dessiné par une douce couleur orangée ! Comme je sentais ce nom : *Porte de France* ! Comme j'aimais ce mot *France* pour lui-même, sans songer à ce qu'il exprimait ! Hélas ! ce bonheur charmant que je me figurais, je l'ai entrevu une fois à Frascati, quelques autres à Milan. Depuis lors, il n'en est plus question ; je m'étonne d'avoir pu le sentir. Le seul souvenir en est plus fort que tous les bonheurs présents que je puis me procurer.

Voilà mes rêveries, ma chère amie ; j'en ai presque honte ; mais, enfin, tu es la seule personne au monde à qui j'ose les dire. Je m'aperçois d'une chose assez triste ; en perdant une passion, on y perd peu à peu le souvenir des plaisirs qu'elle a donnés. Je t'ai conté qu'étant à Frascati, à un joli feu d'artifice, au moment de l'explosion, Adèle[1] s'appuya un instant sur mon épaule ; je ne puis t'exprimer combien je fus heureux. Pendant deux ans, quand j'étais accablé de chagrin, cette image me redonnait du courage et me faisait oublier tous les malheurs. Je l'avais oubliée depuis longtemps ; j'ai voulu y repenser aujourd'hui. Je vois malgré moi Adèle telle qu'elle est ; mais, tel que je suis, il n'y a plus le moindre bonheur dans ce souvenir. Mme Pietra Grua, c'est différent : son souvenir est lié à celui de la langue italienne ; dès que, dans un rôle de femme, quelque chose me plaît dans un ouvrage, je le mets involontairement dans sa bouche. Je l'entends, tout mon sentiment aujourd'hui a commencé par là ; je lisais un auteur que je ne connaissais et n'estimais guère : les œuvres du comte Gasparo Gozzi, c'était la *Punizione nel precipizio*[2]. La reine Elvire, réduite à se cacher dans des forêts immenses, rencontre son fils, charmant jeune homme qui ne sait pas qu'elle est sa mère ; si le tyran don Sanche le soupçonnait d'être le fils de son prédécesseur, il le ferait périr. Elvire n'en avait eu aucune nouvelle depuis sa naissance ; la prudence fait qu'elle lui défend de revenir jamais ; elle veut s'en aller, elle ne le peut : elle revient et lui dit :

Pastore vedi se t'amo
Tu ritorna... etc.[1]

Je voyais Angelina, cette figure si noble, dire ça à son fils. À ce qui vient après la description de la grotte, je me suis senti pleurer comme un enfant ; j'ai relu pendant quelques minutes ce mot *se puoi*[2] en pleurant toujours davantage. Depuis dix-huit mois, je me suis trouvé trois fois dans ces moments si doux : deux fois en lisant la mort de Clorinde, *o vista! o conoscenza!*[3] et ce matin. Depuis lors, j'ai vérifié une comptabilité de 9 007 661 fr. 07 disséminée dans cent quarante pages d'un registre in-folio ; j'ai fait un procès-verbal de huit pages : rien n'a pu effacer cette douce impression. Cette pièce est aussi la seule charmante en objets d'art que j'aie vue depuis dix-huit mois. Notre froide et bonne compagnie appelle ça une farce ; mais quel ouvrage que celui qui, en deux mots, sans y être aucunement préparé, émeut à ce point ?

Adieu ; aime-moi et donne-moi des nouvelles de Grenoble.

39. À PAULINE BEYLE

26 mai 1808.

Je ne m'accoutume point à ne pas avoir de tes lettres. Je sens bien qu'en se mariant on fait banqueroute de la moitié de son amitié à tous ses amis ; mais je veux ma moitié et tu ne me donnes rien. Depuis le malheur qui nous est arrivé[1], je n'ai rien su de Grenoble. C'est une ville étrangère, et quoique je n'aime pas y demeurer, c'est cependant là qu'habitent une douzaine de personnes qui reviennent sans cesse à ma mémoire.

Donne-moi donc des détails, et ne crains jamais d'en trop donner ; surtout, parle-moi de ton mariage[2] ; j'espère presque que tout sera fini lorsque tu recevras ces lignes ; instruis-m'en. Pour t'encourager à me conter des riens, je vais commencer.

Il y a quelques jours que je me suis trouvé à mille trois cents pieds sous terre : c'était au fond d'une mine du Harz nommée Dorothée. C'est curieux ; mais, suivant ma mauvaise habitude, le spectacle qui m'amusa le plus fut celui que je me donnai à moi-même. J'ai une telle aversion pour les mauvaises odeurs qu'elles me changent tout à coup ; je craignais cette odeur de soufre charbonné qu'on sent aux fonderies. C'était ma première répugnance ; la seconde était de tomber. On descend par des échelles verticales

[...]; si la main vous manque, vous devenez une scorie ; ces échelons gras sont tellement garnis de boue coulante que la main glisse à tout moment. Ça me fit, en miniature, le même effet que de se battre à cheval dans un marais. De loin, ça paraît une indigne position ; quand on y est, on est occupé à surmonter successivement beaucoup de petites difficultés ; les premiers petits succès qu'on a, nous donnent une joie infinie et enfin nous amusent, parce qu'on acquiert des raisons de s'estimer soi-même, et on est si heureux d'avoir des raisons pour cette chose si peu raisonnable.

Après cela, le roi est arrivé[1] ; je lui ai été présenté ; j'ai été partout et me suis beaucoup amusé de mes compagnons. Je me suis lié avec un des seigneurs de sa cour, qui s'est trouvé un homme parfaitement digne d'être aimé. Les femmes, l'Italie, la musique, la guerre, l'ambition sont de la même manière dans nos cœurs ; nos esprits n'ont pas tant de rapports. Si nous devions agir à côté l'un de l'autre, nous serions bientôt tout à fait amis ; nous sommes, jusqu'ici, l'un pour l'autre d'agréables connaissances.

Il y a quatre ans, j'étais à Paris avec une seule paire de bottes trouées, sans feu au cœur de l'hiver, et souvent sans chandelle. Je suis ici un personnage ; je reçois beaucoup de lettres dans lesquelles les Allemands me disent *Monseigneur* ; les grands personnages français m'appellent *Monsieur l'intendant* ; les généraux qui arrivent me font des visites ; je reçois des sollicitations, j'écris des lettres, me fâche contre mes secrétaires, vais à des dîners de cérémonie, monte à cheval et lis Shakespeare ; mais j'étais plus heureux à Paris. Si l'on pouvait mettre la vie où l'on veut, comme un pion sur un damier, j'irais encore apprendre à déclamer chez Dugazon, voir Mélanie dont j'étais amoureux, avec une mauvaise redingote, ce qui me fendait l'âme. Quand elle ne voulait pas me recevoir, j'allais lire à une bibliothèque, et enfin, le soir, je me promenais aux Tuileries où, de temps en temps, j'enviais les heureux. Mais que de moments délicieux dans cette vie malheureuse! j'étais dans un désert où, de temps en temps, je trouvais une source; je suis à une table couverte de plats, mais je n'ai pas le moindre appétit.

Cette monotonie va peut-être changer: on croit que nous allons punir l'Autriche de toutes ses insolences; moi, je ne suis plus dans cet *on*-là. Je ne désire point la guerre et l'empêcherais mille fois si je le pouvais; mais, une fois cette affaire décidée, je serai charmé qu'on la fasse et d'y être. C'est là qu'on peut presque toujours dire: « On ne revoit jamais ce qu'on a déjà vu », et je commence à m'apercevoir que ce n'est qu'à cette condition que les trois quarts des hommes et des choses sont supportables.

Adieu; écris-moi; entre dans les mêmes petits détails; fais en sorte qu'on plante le clos à Claix en jardin anglais. C'est le beau côté du pays où je végète: chaque coin est transformé en jardin anglais malgré l'eau, le soleil, l'air et la terre, et quelquefois je trouve un moment de vie dans ces aimables imitations d'une nature dont je suis trop éloigné.

DUBOIS.

40. À PAULINE PÉRIER-LAGRANGE

Fin mai 1808.

Eh bien, ma bonne amie, qu'en dis-tu? valait-il la peine d'avoir tant peur? J'avoue cependant que le moment où M. Stupi chantait l'épithalame a dû être un peu scabreux, pour une femme surtout. Mais, si cette journée t'a donné quelque embarras, elle m'a fait un bien vif plaisir dans la description charmante que m'en a donnée notre excellent grand-père ; voilà une des grandes affaires de ma vie à bon port... Te voilà déjà voyageante, c'est fort bien ; épargne sur des bijoux et autres niaiseries pour aller voir Milan ou Paris ; mais, d'avance, fixe une somme de deux à trois mille francs qu'il ne faudra pas excéder.

Je tressaille de joie comme un enfant, en pensant à l'adresse que je vais avoir à mettre sur ma lettre.

Je te recommande une chose : c'est un jardin anglais. Choisissez une de vos terres et la plantez dès cet hiver. — « Mais je planterai mal ? » N'importe ! des acacias, des marronniers, des peupliers coûtent quatre francs à planter et donnent plus de plaisir que des murs qui coûtent dix francs la toise courante. À une lieue de Vizille mon beau-frère a un domaine très pittoresque ; c'est près de Claix, ça serait charmant ; choisis un endroit où la nature ait beaucoup fait, et plante la première année de ton mariage ; dans quinze ans, tu te promèneras sous ces arbres avec tes enfants.

Il y avait, à quinze minutes de Brunswick, dix journaux de bruyère horrible ; la duchesse y dépense mille écus en arbres ; c'est un endroit charmant et qui attire tout le monde ; même moi, qui y ai une chambre.

Mais, à propos, comble de mille et mille compliments la charmante Mme Tivollier, dont je suis toujours amoureux à la folie. Dis mille et mille choses pour moi à son excellent mari. Comment va le petit Séraphin ? Est-il toujours espiègle ?

Ne manque pas de présenter mes respects à tous nos nouveaux parents et anciens amis, à Mme Périer surtout. Quand tu verras Alphonse dis-lui que *I am filled with indignation with him*[1].

Adieu, ma chère madame ! regarde-toi bien passer dans cette grande circonstance. C'est comme un théâtre où l'on monte du parterre : ça paraît grand tant qu'on ne voit pas les décorations par-derrière.

Comment as-tu supporté cela ?

T'es-tu trouvée ferme ou lâche ? ensuite, imagine d'après la secousse que t'a donnée un événement si agréable en soi, celle que dut sentir Frédéric en perdant la bataille de Kunersdorf[2].

Jusqu'ici, tu étais fixée à un fort pilier, tu n'as pu juger de ton caractère ; te voilà en plein air ; agis d'après toi. Je pense surtout que tu mettras de la gaieté, de l'enfantillage dans l'intérieur de ton ménage, et surtout pas le ton froid et triste, ou je déserte. Mais, hélas ! avant de déserter, il faut rejoindre, et j'en suis bien loin. — J'embrasse Périer.

J'apprends en fermant ma lettre, par une voie sûre et secrète, que Martial a couru les plus grands dangers en Espagne. Communique cela à la famille, mais recommande un profond silence. C'était, je crois, dans une révolte, mais il en est quitte sans accident.

Vous devez savoir que Joseph règne en Espagne, et le prince de Galles en Angleterre. Voilà où il faut aller, fût-ce pour trois semaines, comme Mme Roland. Pour moi, je me sens le courage d'y passer dans un bateau de six pieds de long. Adieu. Dis-moi le nom de ton confesseur. J'espère que tu es entièrement réconciliée avec nos cousines Mallein.

Tu vois que je suis toujours un peu pédant : c'est que je t'aime, et que tu ne m'écris point !

41. À PAULINE PÉRIER-LAGRANGE

23 juin 1808.

[...]

J'aime beaucoup les recueils de pensées morales, même médiocres : elles me font faire une espèce d'examen de conscience.

Que je lise dans Vauvenargues une pensée peu profonde sur la disposition que nous avons à nous en tenir aux opinions qui favorisent notre paresse, je cherche quelles sont celles de mes opinions que je n'ai pas mises en jugement depuis longtemps ; mais, à quoi bon chercher à se donner de l'esprit ? diras-tu. Ce n'est certainement pas pour briller, mais c'est pour se donner un plaisir que personne ne peut vous ôter.

Je t'écris cela de Richmont, où je vis content depuis le 8 de ce mois, dans la plus profonde solitude. N'est-ce rien que cela ? Et crois-tu que Gil Blas, dans la tour de Ségovie, ne dut pas des moments très doux à son esprit ? Un bon ouvrage en trois volumes in-8° : *Lettres* de H. Saint-John, vicomte de Bolingbroke, va me donner cinq ou six jours de contentement[1]. Voilà un petit plaidoyer en faveur de l'esprit, que le mariage pourrait bien te faire planter là ; je dis l'esprit, et c'est un feu qui s'éteint s'il ne s'augmente. [...]

Rien de sérieux ni d'ennuyeux comme l'intérieur des ménages que j'ai vus ici et à Marseille : on y parle toujours sérieusement. Si l'un des deux époux, l'ami intime devant qui l'on ne se gêne point, se permet une plaisanterie, on croit qu'il *veut faire de l'esprit*, et l'amour-propre provincial se gendarme, toute intimité est perdue. À Paris, c'est bien différent : on ne voit dans une plaisanterie hasardée, tirée par les cheveux, que l'amour de la gaieté. Tout le monde se les permet à qui mieux mieux, et l'on rit. Et, quand on a ri pendant tout un dîner, qu'est-ce que ça fait qu'on ait ri de bêtises ou de choses d'esprit ? — « Mais, dans un ménage, il y a quelques déterminations qui exigent une discussion sérieuse. » — Sans doute, mais traitez les affaires comme les affaires. Va trouver ton mari le matin dans son cabinet, et, là, en quatre phrases, vous avancerez plus qu'en sacrifiant tout le temps d'un dîner. Tu t'es peut-être dit cela depuis longtemps et bien mieux que je ne te l'écris, mais enfin ce te sera une occasion de faire un petit examen de conscience sur la grande conversation du dîner de la veille du jour où mon épître morale t'arrivera.

Ceci est du domaine de la dame du logis ; c'est elle qui règle la conversation. Je compte bien, quand je t'irai voir, être payé des trois ou quatre cents lieues que je ferai *for our grand father*[1] et pour tes beaux yeux, en te trouvant liée avec les gens de Grenoble qui ont le plus d'esprit. Vois la vie que madame Helvétius a menée à Auteuil avec cet aimable Cabanis qui vient de mourir, et tant d'autres. Point de pédanterie, point de bureau d'esprit. C'étaient des gens qui se convenaient, qui faisaient la conversation ensemble, et qui ont trouvé le bonheur à peu de frais. [...]

J'ai lu hier dans le *Moniteur* qu'on allait faire une édition des œuvres de Beaumarchais, de cet homme si courageux et si gai ; je l'aime de tout mon cœur[2]. J'ai relu à cette occasion un tome de ce pédant de La Harpe, où j'ai cependant trouvé cette phrase :

« Quiconque est heureux ou le paraît doit être sans cesse à genoux pour en demander pardon, et même ne l'obtient pas toujours à ce prix. »

J'irai ce soir à Brunswick chercher quelque estampe que je puisse t'envoyer pour te rappeler en la voyant cette maxime, qui doit être le fondement de ta conduite actuelle.

Compte que toute jeune fille de Grenoble, à moins d'avoir une grande âme, ce qui n'est pas tout à fait très commun, serait charmée qu'il t'arrivât quelque mortification, et qu'une pitié perfide t'accablerait bientôt de tous côtés. C'est ce qui me tenait sur le gril depuis que j'ai su certaines *walks with dresses of man* [1]. Tu as couru là un danger de tous les diables ; j'aurais été moins inquiet de te voir dans trois batailles.

Mais, heureusement, nous sommes dans le port actuellement ; nous allons te juger, princesse. On a vu beaucoup de princes héréditaires, tant qu'ils ne voyaient le trône que d'en bas, faire les plus sages observations sur les fautes de leurs prédécesseurs ; cela a duré jusqu'au moment où, rois eux-mêmes, il en ont fait d'aussi ridicules. À l'application, madame, voyons la tournure que va prendre votre maison. Serez-vous toujours assez décemment mise, afin que vos inférieurs aient du respect pour vous ? Saurez-vous éviter la familiarité avec ceux d'entre eux dont vous voudrez vous faire aimer ? Aurez-vous la constance de faire planter un joli jardin anglais (sans ponts, grottes et autres niaiseries coûtantes), la première ou la deuxième année de votre mariage ? Serez-vous en état de dire à vingt centimes près, le 30 août, ce que votre ménage vous aura coûté pendant le mois ? Aurez-vous la bonté de me faire élever deux ou trois bons chiens d'arrêt par quelqu'un de vos fermiers ? Ne direz-vous point *oui* à toutes ces belles choses, et ne seront-elles point des projets pendant sept ou huit ans de suite ?

Et la science du gouvernement de votre vie, qu'en dirons-nous ? Saurez-vous profiter de l'amabilité de Madier, de Penet, sans donner de jalousie à votre mari ? Savez-vous que, pendant que vous n'avez point encore d'enfant, vous devez un peu courir le monde ? Vous aimeriez mieux allez dépenser trois mille francs au milieu des beaux sites de la Suisse, mais vous n'avez pas besoin de ça : vous avez assez d'idées de ce genre. C'est une grande ville qui vous manque ; allez passer trois mois à Paris, en vous donnant parole à vous-même de n'y dépenser que trois mille francs. Pour cet effet, prenez, en arrivant, trois chambres à l'hôtel de Hambourg, rue Jacob, n° 18, ou à tout autre hôtel du faubourg Saint-Germain : ça vous coûtera quatre-vingts francs par mois ; rue de la Loi, ce serait cent cinquante francs ; dînez dans un cabinet de Legacque aux Tuileries : vous dépenserez dix francs à vous deux ; chez Véry, à côté, cela vous coûterait trente francs. Les quinze premiers jours de votre séjour, vous aurez à visiter toutes les dames Périer, Daru et Petiet. Pour cela, vous prendrez une remise très propre qui, tous les jours, vous transportera de neuf heures du matin à minuit où bon vous semblera. Vous donnerez chaque jour quinze francs au maître de ladite remise et trois francs au cocher. Adressez-vous à Gerbot, sellier, rue de l'Université, entre les rues de Bucy et de Poitiers, au nom du cousin de Mme M^al^ Daru, il vous indiquera le meilleur dans tous les genres ; c'est un brave homme, pas cher. Avant de vous montrer, allez avec Mme Alexandrine Périer (Mlle Pascal), vous vêtir des pieds à la tête chez sa marchande de modes ; restez un peu en deçà de la mode. Quant à mon cher beau-frère, engagez-le à prendre chez Léger, rue Vivienne, 13, le plus fat des hommes mais le meilleur tailleur, un vêtement complet pour cinq ou six cents francs. Cela fait, tu as huit jours de visites ennuyeuses, oui, mais pas tant que tu te l'imagines. Que ne suis-je dans cette heureuse ville ; je te montrerais tout, ou plutôt, je le verrais avec toi, car, par exemple, je ne suis jamais allé aux Gobelins. Tu finirais par un tour au spectacle et tu rentrerais harassée ; mais que d'idées nouvelles !

Enfin, un beau jour, voûs verriez vos trois mille francs réduits à vingt louis ; vous prendriez votre chaise de poste et reviendriez tranquillement économiser à Thuellin ; car il semble que c'est là votre quartier général. J'aurais mieux aimé Vizille, plus beau et plus près de Claix ; mais, si vous gagnez seulement douze cents francs par an à être à Thuellin, il n'y a pas à hésiter.

Voilà, ma chère Pauline, la centième partie de ce que je t'aurais dit, si le ciel et M. Daru avaient voulu que je t'embrasse cet été. Je crois bien que tu as toutes ces mêmes idées, mais tu renverras, et il ne faut rien renvoyer, pas plus une dent à arracher qu'une jolie course à la Grande-Chartreuse. À propos, quand y porteras-tu tes pas ? Donne trente sous à quelque vieux frère sachant lire pour qu'il efface mon nom partout où il s'étale ; j'en ai eu honte, surtout quand Mallein m'a dit que Victorine s'en était moquée, et elle avait ma foi bien raison.

[…]

42. À PAULINE PÉRIER-LAGRANGE

19 septembre 1808.

Je me croyais quitte à jamais des pompes de l'amour et sur le point de faire mon salut, mais mon orgueil vient d'être bien humilié : je viens de recevoir une lettre qui m'a fait tant de plaisir qu'il faut nécessairement que je sois amoureux de celle qui l'a écrite.

Or, voici mon conte : Il y avait ici, il y a huit mois,

un colonel avec qui je fis connaissance par la vertu de mon état ; il avait une femme de vingt-trois ans, d'infiniment d'esprit, et de ce caractère élevé que j'aime tant dans les Italiennes. Je plaisantai trois ou quatre fois avec elle, une entre autres, en lui gagnant un louis ou deux à un jeu où l'on joue six sous. Son mari part avec son régiment, mais il meurt à six lieues d'ici. Elle revient quelques jours après ; je vais la voir. Je trouve qu'elle me reçoit bien, au milieu de sa profonde douleur, mais comme tout le monde. Moi, reçu comme tout le monde, m'ennuyant, sachant qu'elle s'ennuie, sûr de passer des moments agréables auprès d'elle, je demeure quatre longs mois sans l'aller voir. Un soir, à la promenade, le hasard nous met à côté l'un de l'autre : elle partait dans huit jours ; depuis ce moment, nous passons notre vie ensemble ; elle connaissait les mêmes villes d'Italie que moi, et presque les mêmes personnes ; elle part, je galope dix lieues à sa portière. Nous faisons la plus ridicule conversation du monde toute la nuit ; elle ne se couche presque pas, et cela pour parler de l'agrément de chasser et autres choses intéressantes ; mais je crois que nos yeux avaient plus d'esprit. Enfin, je la quitte ; en revenant et crevant mes chevaux, je me trouve trop bête pour que ce soit naturel. Elle m'avait promis de m'écrire ; bah ! elle m'a oublié. Avant-hier, on m'apporte une mauvaise petite lettre, en papier jaune ; elle avait si bonne tournure que je la crus de Barral. J'ouvre et, un grand quart d'heure après, je me trouve rouge jusqu'aux yeux, me promenant à grands pas, le plus content des hommes, et soupirant.

N'est-il pas bien comique qu'il n'ait dépendu que de moi, pendant quatre longs mois de Brunswick, de voir ou d'avoir une femme charmante, et que j'attende que trois cents petites lieues nous séparent pour y songer[1] ?

Plus, avant-hier, c'est-à-dire, le 10, bataille! une fusillade où j'ai été, où une vieille femme, les deux mains croisées sur le ventre, a eu l'avantage de les avoir percées comme Notre-Sauveur, et de plus le ventre, et d'aller sur-le-champ éprouver l'effet de sa miséricorde. Sans compter plusieurs coups de sabre dont personne ne se vante. Clair de lune magnifique; rue large pleine de monde. *Fer-flou-Ke-ta-Françauze*[1], ce qui veut dire f... gueux de Français, tombant de tous côtés sur mon chapeau d'uniforme; un coup de fusil; vingt personnes étendues autour de moi; les autres se sont précipitées contre les murs, moi seul debout. Une belle fille de dix-huit ans, la tête presque sous mes bottes... je la crois blessée; elle frémissait violemment, mais non pas de ma main, qui tâtait très innocemment un fort beau bras bien frais; je la relève pieusement pour voir si c'est la jambe qui est cassée; la bataille s'engage, de nouveaux coups de fusil partent; je la porte contre un mur; je pensais à Sganarelle portant Clélie; je la mets par terre; elle me regarde, me fait une jolie révérence et s'enfuit.

Cependant les soldats accourent... Ici, mon style devient plus humble parce que le héros s'en va. Il se trouvait au milieu du peuple révolté contre les Français, dont un avait un peu tué un pékin; il attaquait l'hôpital où gisait le tuant, et cent cinquante braves soldats faisaient feu sur ladite canaille. Je me rappelle cette aventure à cause du superbe coloris qui éclairait la scène: la lumière était pure comme les yeux de Mlle de Bé...; mais voilà une comparaison de Chateaubriand, qui dépeint la campagne de Rome d'après celle de Babylone. Mlle de B... est une grande personne de dix-sept ans qui a autant d'attraits que ses aïeux de titres. Elle a de grands yeux d'un bleu foncé se détachant sur le plus beau blanc du monde; des yeux qui, par leur éclat et leur pureté, percent au fond de l'âme ; c'est quelque chose d'immatériel que ces yeux-là ; c'est une âme toute nue.

Allons, réponds-moi donc. *Has our great father writed to mister* Daru[1] ?

M. DUBOIN, capitaine.

43. À PAULINE PÉRIER-LAGRANGE

29 octobre 1808.

Les arts promettent plus qu'ils ne tiennent : cette idée ou plutôt ce sentiment charmant vient de m'être donné par un orgue d'Allemagne qui a joué, en passant dans une rue voisine de la mienne, une phrase de musique dont deux passages sont neufs pour moi et, qui plus est, charmants, à ce qu'il me semble ; les larmes m'en sont presque venues aux yeux.

La musique m'a plu pour la première fois à Novare, quelques jours avant la bataille de Marengo. J'allai au théâtre ; on donnait *il Matrimonio segreto*[2] ; la musique me plut comme exprimant l'amour. Il me semble qu'aucune des femmes que j'ai eues ne m'a donné un moment aussi doux et aussi peu acheté que celui que je dois à la phrase de musique que je viens d'entendre. Ce plaisir est venu sans que je m'y attendisse en aucune manière ; il a rempli toute mon âme. Je t'ai conté une sensation semblable que j'eus une fois à Frascati lorsque Adèle[3] s'appuya sur moi en regardant un feu d'artifice ; ce moment a été, ce me semble, le plus heureux de ma vie. Il faut que le plaisir ait été bien sublime, puisque je m'en souviens encore, quoique la passion qui me le faisait goûter soit entièrement éteinte.

44. À FÉLIX FAURE[1]

Strasbourg, le 5 avril 1809.

Deux heures viennent de sonner dans le fameux clocher de Strasbourg, où je suis monté avant-hier. Je me promène depuis minuit en long et en diagonale dans un salon sans feu : je gèle, mais j'ai l'avantage d'être en grande tenue.

[...] Comme je ne t'ai pas vu les trois derniers jours de mon Paris, il faut que je te conte que Mme Daru a été avec moi comme à l'ordinaire, ne me parlant que lorsqu'elle y était forcée et me préférant qui, en courage, en biens et qualité me sont très inférieurs, sans nulle vanité. Négligence, presque dédain ; elle me regardait comme on regarde un baril de poudre.

Nous avons versé complètement près de Blamont ; ç'a été le seul événement un peu gai de notre route. Le saint jour de Pâques, à neuf heures du matin, j'étais sur le côté. [...]

45. À FÉLIX FAURE

Landshut, le 26 avril 1809.

Je jouis d'une disgrâce assez complète. On parle à tout le monde, fors à moi. Quelle en est la cause ? Il ne me paraît guère probable que je sois commissaire des guerres au commencement de la campagne. Sans doute à la fin, avec tout le monde, lorsque les convenances théâtrales ne permettront guère de faire autrement.

Quant à notre bureau, il ressemble assez à la cour du roi Pétaud. L'avantage y est pour les parleurs *ad hoc* et *ab hac*, et je ne parle presque pas. — Le bon de tout cela, c'est que l'ambition ressemble assez à l'amour, dont on a dit :

Si l'amour vit d'espoir, il s'éteint avec lui[1].

Je voudrais bien parler, mais il s'agit d'avoir un flux en paroles plates ou communes à débiter.

Adieu, je cours voir Sa Majesté.

46. À PAULINE PÉRIER-LAGRANGE

Burghausen, 29 avril 1809.

Avant-hier, 27, nous partîmes de Landshut, pour venir faire le logement de M. Daru et de nos dix-sept camarades à Neumarkt. La route était couverte de deux rangées de caissons, et comme il y avait de temps en temps des défilés où il ne pouvait passer qu'une voiture à la fois, nous nous arrêtions de temps en temps et nous avions le temps d'examiner le pays, qui est charmant. Il est couvert de bois de sapins et de pins ; ces bois ont, en général, la forme carrée, et la manière dont ils sont jetés sur les collines qui environnent la route les fait ressembler de loin à des régiments d'infanterie en halte. Il nous était permis d'avoir des pensées militaires : on s'était battu deux jours auparavant sur tout le terrain que nous parcourions ; j'examinais le drôle de désordre que la guerre produit. Ce qui est le plus frappant, c'est la quantité d'excellente paille toute fraîche et encore bien droite qui est semée dans les champs. Toutes les demi-heures, nous rencontrions un bivouac ; mais, outre ces petites cabanes de paille, les champs en étaient semés. On y voyait des casquettes, des souliers, beaucoup de mauvaises vestes de drap, des roues, des brancards de charrette, beaucoup de petits carrés de papier qui avaient environné des paquets de cartouches.

De temps en temps, une colline élevée permettait d'apercevoir une lieue ou trois quarts de lieue de route ; on distinguait, au milieu d'une poussière étouffante, deux rangs de cuirassiers se glissant au milieu des convois, tantôt au pas, le plus souvent au trot ; sautant le plus souvent qu'ils le pouvaient dans les champs voisins. Au milieu de la route, un convoi d'artillerie, sur les côtés des centaines de voitures portant les bagages des régiments et les voitures des officiers qui, toutes les lieues, trouvaient l'occasion de sortir en jurant et en attestant le ciel qu'il feraient tout mettre au cachot.

C'est par ces moyens polis que, étant partis de Landshut à deux heures, nous arrivâmes à Neumarkt, qui n'en est qu'à six lieues, vers les dix heures du soir.

Tu juges que le bacchanal était encore plus infernal dans un petit bourg de deux mille âmes qui se trouve, sur-le-champ, une population de quarante mille hommes qui n'ont pas dîné et qui se fichent de tout ce qui existe. Nous courons de dix heures à deux heures pour faire le logement. Alors, je m'occupai à tailler avec un petit couteau de deux sous des tranches de bœuf dans une cuisse que je m'étais fait donner à Landshut ; le sommeil me saisit au milieu de cette opération ; je me laissai glisser au bas de la table ; un gros chien noir eut l'impertinence de venir se coucher sur mes pieds ; je l'y laissai pour l'amour de la paix. Une heure après, un déserteur, soldat autrichien, mais né en France, que j'avais pris la veille pour domestique, vient m'éveiller en m'apportant mes tranches de bœuf à peu près cuites, mais recouvertes d'une cristallisation de sel. Je les déchirais les yeux fermés, lorsque je m'aperçus à une fente du volet que le jour commençait à poindre ; j'ouvris tout à fait et je vis le général P... en chapeau bordé, à cheval sur une botte de paille attachée sur une charrette.

— Où allez-vous donc comme ça, général ?

— À ma brigade ! on dit qu'on se bat aujourd'hui, et je suis au désespoir, je ne sais comment arriver.

— Puisque vous êtes au désespoir, venez manger du bœuf infernal avec moi.

Il entre et mange comme un voleur ; il trouvait le bœuf tendre. Là-dessus, arrive un courrier pour M. Daru. Un quart d'heure après, M. Daru lui-même, qui me dit :

— Ma foi, vous feriez bien d'aller faire le logement à Altœtting, votre crânerie réussira peut-être encore.

Nous partons donc à quatre heures et demie. Sur la route, même bagarre, encore plus grande que la veille, parce qu'il y avait moins de temps que l'on s'était battu sur ce terrain ; cependant, on avait enlevé les morts comme la veille.

En arrivant à Altœtting, nous y trouvons la garde impériale, deux généraux et cinquante grenadiers autour du pauvre diable de municipal chargé des logements, qui n'entend pas un mot du baragouin insupportable qu'on lui crie aux oreilles ; qui nous répondait, quand nous lui parlions allemand :

— Monsieur, moi pas comprendre le français.

Les généraux défendant que personne soit logé avant eux, moi me retranchant sur les titres qu'a le patron à avoir le meilleur logement de la ville, tout le monde menaçait, jurait, criait, dans cette exécrable petite chambre. Enfin, l'odeur chassa les combattants. J'allai à mon logement par une pluie à verse ; je trouvai une petite ferme dans les champs, entourée de bivouacs ; je me séchai à un beau feu de grenadiers, et revins chercher fortune dans l'étable d'Augias. J'avais mis sens dessus dessous une immense auberge, logement de M. Daru. Je retrouvai mon camarade qui avait fait le logement de tout notre état-major : je lui volai un billet et parvins enfin à un numéro 36. J'y trouvai une comtesse environnée de ses enfants ; l'aînée, une fille de dix-sept ans, peu jolie, mais fraîche et surtout très bien faite, parlant français ainsi que sa mère ; les petits enfants avaient des yeux superbes. Je pris l'air doux et mes plus belles phrases allemandes ; au moyen de quoi, je fus adoré au bout d'une demi-heure. J'étais tranquillement dans ma chambre superbe, mais sans feu et sans lit, à feuilleter le *Voyage of Moore in Germany*[1] ; j'y cherchais quelques idées différentes de celles que j'avais forcément depuis vingt-six heures, lorsque la mère et les six enfants entrent dans ma chambre.

— Monsieur ! les Autrichiens ! les voilà qui arrivent ! Un de mes fermiers qui entre à l'instant vient de me le dire et j'ai cru de mon devoir de vous en avertir.

— Madame, votre ville a-t-elle des fossés ?

— Pas le moindre, monsieur ; d'ailleurs, ma maison est hors de la ville ; si vous voulez monter, vous allez voir les Autrichiens.

Pendant ce colloque, qui fut plus long que cela, Mlle Rosine marquait beaucoup d'intérêt pour le sort qui m'attendait.

— Le bataillon qui est sur la place va être repoussé et vous allez être fait prisonnier ! ça, c'est sûr.

J'étais beaucoup plus occupé de cette aimable figure, m'apparaissant au milieu de toutes mes idées dures, que de l'approche des redoutables Kaiserlich. Nous grimpons enfin dans un donjon dont les fenêtres n'avaient point de balcon ; j'ai toutes les peines du monde à empêcher les petits enfants de se jeter par la fenêtre. Je m'approche moi-même beaucoup. Mlle Rosine me retient par le bras ; nous levons enfin les yeux et, dans les débouchés du bois qui nous environne, nous voyons effectivement les têtes de cinq ou six régiments de cavalerie avec des manteaux gris ; mais je reconnus que c'étaient des cuirassiers de chez nous qui avaient pris leurs manteaux blancs à cause de la pluie, qui les avait rendus gris, et nous descendîmes tous en riant de ce grand danger. Moi, pensant tout à fait à Mlle Rosine, j'oubliai tout jusqu'à sept heures que M. Daru arriva. Il y eut beaucoup de monde logé chez ma comtesse ; je leur fis des discours pour qu'ils ne fissent pas tapage ; on s'en moqua bien un peu, mais enfin, il n'y eut pas de bruit. Quand je sortis, Rosine ne m'accompagna pas, mais sa mère vint me faire promettre que je viendrais passer la nuit à la maison pour empêcher le bruit ; je promis. J'allai souper avec M. Daru, qui, vers les onze heures, me dit : « Vous ne feriez pas mal de partir tout de suite pour aller demander au prince, qui est à Burghausen, etc., etc… »

J'avais des chevaux de réquisition, mais ils venaient de s'évader ; mon domestique s'était couché on ne savait où ; pendant que j'étais chez Mme la Comtesse, soixante hommes de la garde impériale et tous les employés de la poste de l'armée avaient bousculé ma maison. Enfin, il était onze heures ; il pleuvait à verse, pas un chat dans les rues, que je ne connaissais pas ; pour toute clarté, celle des bivouacs éloignés, autour desquels on voyait les ombres passer et repasser ; le comique de ma situation m'empêcha de m'impatienter.

Tu remarqueras que, comme j'avais vanté Rosine à mes camarades, ils avaient commencé par me prouver qu'au n° 37, à côté de mon 36, il y avait une demoiselle beaucoup plus jolie ; ce coup m'accabla. M. Cuny, avec lequel je voyage, assura que j'étais un sybarite ; que c'était à moi à aller chercher des chevaux, dans cette ville où je ne connaissais personne, où tout le monde se méfiait de nous, où personne n'ouvrirait sa porte, dût-il l'entendre mettre à bas. Il me recommanda surtout de ne pas oublier que nous devions partir dans une heure.

Je me mis donc à menacer tout le monde, même les gros nuages noirs qui me couvraient de versées épouvantables. Je racontais à toutes les portes que j'avais une mission de la plus haute importance. Mon éloquence ne prenait pas. On répondait toujours : «*Kein pferd.* Pas de chevaux ! » Enfin, je m'imaginai de détailler ma mission : je dis que si je ne portais pas à Burghausen les ordres dont j'étais chargé, toutes les troupes qui y étaient manqueraient de pain le lendemain ; ce trait réussit. Une vingtaine de soldats qui, ne trouvant pas de billets de logement, avaient pris le parti de se loger dans le bureau même où on les délivrait, se mirent à raisonner entre eux. Je les entendis, et je les priai de me faire ouvrir. L'un d'eux vint débarricader la porte. Une fois dedans, et à l'abri, mon éloquence redoubla et enfin, une heure après, je me présentai au n° 36, avec quatre énormes chevaux, trois paysans pour les conduire, le tout mouillé jusqu'aux os au moins.

Je trouvai M. Cuny riant avec Mlle Rosine et sa mère. Il s'était allé souvenir qu'il avait oublié un mauvais sabre qui n'a pas même le fil à Neumarkt et avait envoyé un courrier à la recherche de cette arme précieuse ; il me déclara donc qu'il attendrait jusqu'à deux heures l'arrivée de son courrier.

Pendant notre absence, il était venu un second colonel qui avait pris le lit même de Mme la Comtesse. Moi, j'avais cédé le logement que j'avais chez elle à M. Joinville, mon ancien ami de l'armée d'Italie[1]. Nous nous mîmes à danser, à chanter et à faire des contes ; de temps en temps, j'allais porter un verre de brandwin à nos paysans.

Mlle Rosine s'amusait beaucoup ; elle avait toujours des attentions pour moi, mais elle paraissait aussi très bien avec M. Cuny ; le charme tomba net. Enfin, après avoir beaucoup ri, deux heures et demie sonnèrent ; le sabre n'avait garde de venir. Le bon Allemand porteur de la dépêche, ne se doutant pas qu'il y eût une réponse, avait rencontré à moitié chemin un autre courrier venant de Neumarkt à Altœtting et avait changé sa dépêche avec celle de son camarade. La comtesse voulut encore nous servir du café ; elle avait mis un jaune d'œuf dans la crème ; enfin, nous partîmes comblés vers les trois heures.

Nos chevaux étaient un peu rétifs ; mais Cuny et moi tombâmes dans un profond sommeil. Nous nous sommes réveillés ce matin vers les cinq heures, nos chevaux allant le galop à une descente ; nous avons crié comme des aigles, fait arrêter et mettre le sabot.

La Salza, rivière plus rapide et un peu plus large que l'Isère, est ici enfoncée dans un banc de molasse ; ses bords ont à peu près trois cents pieds de haut, et si rapides qu'à peine quelques arbres, qui commencent à avoir de jolies petites feuilles, peuvent y pousser à l'endroit où est Burghausen. La Salza a rongé le banc occidental ; il s'y est formé une petite plaine sur laquelle la ville est bâtie ; mais il y a une descente infernale, celle qui nous a réveillés, et, de l'autre côté, une montée à pic ; nous ne ferons que la voir.

Je t'écris d'un couvent de religieux où je suis logé. Le pont de la Salza est à côté, mais les Autrichiens ont eu le bon sens de le brûler ; il y a neuf arches, la rivière est très rapide, et, de temps en temps, j'interromps ma lettre pour aller voir ce travail pittoresque. Toute l'armée est retenue ici à cause du pont. Ici finit la Bavière ; l'autre côté est Autriche ; hier, M. Daru pariait que le treize nous serions à Vienne.

Ce matin, en arrivant, nous avons porté notre dépêche au prince ; sa réponse a exigé que l'un de nous repartît à franc étrier pour Altœtting ; la pluie avait encore augmenté ; j'ai à mon tour prouvé à M. Cuny, qu'il devait partir et me laisser faire le logement.

Je n'ai jamais tant juré de ma vie, j'en ai la gorge éraillée ; j'ai enfin découvert mon couvent où, un quart d'heure après mon arrivée, on m'a présenté un lait de poule très bien fait, avec deux tranches de beau pain blanc. Ce lait de poule m'a bien fait rire. Mais je n'en puis plus ; cinq heures sonnent : j'attends le patron qui n'arrive point. M. Cuny s'est allé coucher ; le sommeil me gagne ; je voulais te donner un échantillon d'une journée pendant laquelle j'ai pensé plus de vingt fois à toi ; tout ce qui m'attendrit me ramène à ce sentiment.

Aujourd'hui, il n'est plus question de Mlle Rosine : je suis devant une mauvaise copie d'une belle madone du Guide. Je passe ma vie à la considérer, à y chercher l'idée du peintre, et ensuite à aller voir le pont et la rapidité de la Salza qui, de temps en temps, emporte au diable les belles pièces de bois sur lesquelles on veut la passer.

Adieu ; amitiés à tout le monde et surtout compliments aux indifférents. [...]

47. À FÉLIX FAURE

Wels, le 3 mai 1809.

Je n'ai pas le temps de t'écrire longuement : l'aimable Pacé est ici.

Lis, si tu veux, la lettre ci-jointe à ma sœur, et fais-la partir ensuite.

J'ai besoin d'imagination ; achète-moi, je t'en prie, *les Martyrs* de M. de Chateaubriand, trois volumes, et envoie-les-moi par les bureaux de la liste civile.

J'eus réellement envie de vomir en traversant Ebersberg, en voyant les roues de la voiture faire jaillir les entrailles des corps des pauvres petits chasseurs à moitié brûlés. Je me mis à parler pour me distraire de cet horrible spectacle ; il résulte de là qu'on me croit un cœur de fer.

On m'estime, mais on ne m'aime pas. Tout cela vient de ce que dire des puérilités pendant douze heures chaque jour m'assomme, et je me tais.

48. À PAULINE PÉRIER-LAGRANGE

Vienne, 14 juillet 1809.

Ta charmante lettre est pour moi comme un vase rempli de l'eau la plus fraîche qui s'offre tout à coup au voyageur qui traverse péniblement les sables d'Afrique.

Je suis depuis quelques jours dans un accès d'ambition qui ne me laisse de repos ni jour ni nuit. Je ne m'inquiète pas beaucoup de cette fièvre de passion, parce que tout sera bientôt décidé, et qu'en cas de non-succès j'aurai bien vite oublié mes désirs brûlants. Je me moque de moi-même. Quand je suis tranquille, ce qui fait les plaisirs des autres me paraît plat et indigne qu'on y pense. Quand je suis engouffré dans un accès de désirs fougueux, qui me prennent deux ou trois fois par an, je soupire pour la tranquillité que je vois gâter à mes pieds. À tout prendre, depuis mon arrivée à Paris, au commencement de décembre dernier, je suis heureux de mon bonheur, qui serait inquiétude insupportable pour un autre.

La certitude que tu me donnes que mes lettres ne seront pas vues fait que je te dis tout. J'ai été à Paris amoureux d'Elvire, l'immense distance de rang qui nous sépare a fait que cette espèce de passion n'a eu d'interprète que nos yeux, comme on dit dans les romans ; cela m'a amusé surtout dans les derniers moments de mon séjour. Elvire n'a pas beaucoup de sensibilité, ou du moins cette sensibilité n'a jamais été exercée. Je crois qu'étant avec moi elle s'étonnait de sentir. Trois ou quatre fois, nous avons eu de ces moments d'entraînements dans lesquels tout disparaît, excepté ce qu'on désire. Des obstacles insurmontables et du plus grand danger pour l'un et pour l'autre nous ont empêchés de parler autrement que par des regards expressifs. Mais qui est cette Elvire[1] ? Je te le dirai à la première vue. Quant à tous les détails de notre conduite, figure-toi un courtisan amoureux d'une reine : tu verras la nature de leurs dangers et de leurs plaisirs.

Depuis mon départ de Paris, j'ai vu beaucoup de choses nouvelles ; j'ai eu beaucoup de peines, mais physiques. J'ai enfin accroché quelques accès de fièvre qui m'ont empêché d'aller à la bataille du 6 de ce mois[2], spectacle à jamais regrettable : cinq cent mille hommes se sont battus cinquante heures. Martial y était : je l'aurais suivi, mais j'étais étendu sur une chaise longue, accablé de mal à la tête et d'impatience ; on distinguait de Vienne chaque coup de canon ; on vient de faire un armistice, on croit à la paix. Si on la fait, j'irai en Espagne probablement et je t'embrasserai au passage.

Si j'ai le temps, je partirai d'ici et irai avec un de mes amis à Varsovie, où il a des affaires ; de là, nous irons à Naples, Rome, Gênes et Grenoble. Ne dis rien de ce projet qui paraîtrait extravagant. J'économise pour pouvoir l'exécuter ; j'ai de bons domestiques et d'excellents chevaux ; je viens d'éprouver que je puis supporter les plus extrêmes fatigues. Mais, ce bonheur parfait après lequel je cours, je ne l'ai point encore rencontré. Il me faudrait une femme qui ait une grande âme, et elles sont toutes comme des romans ; intéressantes jusqu'au dénouement, et, deux jours après, on s'étonne d'avoir pu être intéressé par des choses si communes.

[...] Si tu trouves de pauvres prisonniers allemands auxquels je puisse rendre service, écris-moi bien vite. J'ai sauvé, dans cette campagne, la vie à deux prisonniers allemands et à deux cent et tant de mérinos. Voilà, je crois, une belle action.

[...]

49. À SA SŒUR PAULINE

Vienne, le 25 juillet 1809.

Je viens d'écrire une grande lettre à notre père, dans laquelle je décris au long ma position politique.

Je souffre toujours de cette fièvre dont je t'ai parlé,

mais cela n'influe pas beaucoup sur la situation de mon âme. Je suis heureux, quoique agité par cette passion dont je t'ai parlé ; je ne suis attentif à rien autre ; il y a plus de deux mois que nous sommes à Vienne, ce temps est comme nul pour moi. Dernièrement, j'ai été chargé d'une mission en Hongrie ; je me suis promis en sortant de Vienne de ne plus songer pendant vingt-quatre heure à ce qu'il renfermait. C'était peut-être la seule occasion de ma vie que j'avais de voir cette célèbre Hongrie. Je trouvai un pays superbe, des vignes magnifiques, une route étroite et superbe, garnie d'une rangée de jeunes marronniers des deux côtés, la route se dessinait en blanc au milieu de la verdure des prairies et des récoltes, la vue changeant toutes les demi-heures ; à gauche, d'abord, l'imposant Schneeberg (ou neige-montagne), et ensuite, la route s'éloignant de ce sommet blanc, le paysage devient à la fois doux et majestueux : au lieu de petits pics de montagne, de longues collines prolongées et, à l'horizon, un grand lac nommé... J'allai, en sortant de Vienne, à Laxenbourg, où sont ces jardins si beaux et le château du XVe siècle si étonnant. Tu frémirais toi-même à l'aspect de ces pauvres templiers enchaînés, soulevant péniblement la tête à l'aspect des étrangers descendus dans leur tombeau.

De Laxenbourg j'allai à Eisenstadt et, de là, aux abords du lac que tu verras sur les cartes[1]. J'y trouvai le costume croate dans toute sa pureté : c'est absolument celui de nos housards, la moustache, les petites bottes garnies d'un bord d'argent, etc., etc.

Je t'ai dit, je crois, qu'avant de rentrer en France je devais aller à Varsovie et à Naples. J'en aurai besoin. Partir de Vienne me déchirera le cœur ; mais, quinze jours après, je n'y penserai plus qu'agréablement, surtout en voyageant.

Haydn s'est éteint ici il y a un mois environ ; c'était le fils d'un simple paysan, qui s'était élevé à l'immortelle création par une âme sensible et des études qui lui donnèrent le moyen de transmettre aux autres les sensations qu'il éprouvait. Huit jours après sa mort, tous les musiciens de la ville se réunirent à Schotten-Kirchen pour exécuter en son honneur le *Requiem* de Mozart. J'y étais, et en uniforme, au deuxième banc ; le premier était rempli de la famille du grand homme : trois ou quatre pauvres petites femmes en noir et à figures mesquines. Le *Requiem* me parut trop bruyant et ne m'intéressa pas ; mais je commence à comprendre *Don Juan* qu'on donne en allemand, presque toutes les semaines, au théâtre de Widen[1].

Je ne sais si tu as reçu la partition que je t'envoyai de Brunswick, je crois. À la fin, don Juan chante un air sous les fenêtres de je ne sais qui, accompagné par un simple violon ; c'est l'air qui suit celui-là qui me fait le plus d'impression : nous arrivons toujours ventre à terre pour l'entendre ; hier, nous vînmes comme on le finissait ; nous ne daignâmes pas descendre et allâmes voir le ballet de *Paul et Virginie*.

Adieu ; ma lettre est bien décousue ; mais même en t'écrivant je pense à autre chose. Donne-moi des nouvelles de l'âme de Victorine. J'aime encore celle qu'elle me semblait avoir il y a cinq ans.

Adieu, écris-moi beaucoup.

50. À PAULINE PÉRIER-LAGRANGE

Vienne, 29 novembre 1809.

J'ai reçu hier soir une mission qui me permet de m'absenter du quartier général de Sankt-Pölten. Au moment de partir, un de mes camarades que j'avais amené partager mon dîner, composé de quelques pommes de terre et d'un petit morceau de viande dure, me proposa d'aller à Vienne quand je serais de retour de mon voyage. — Pourquoi pas tout de suite ? — Mais nous laissera-t-on passer sans ordre ni passeports ? — Nous verrons. — Envoyons d'abord chercher des chevaux de poste. J'y envoie ; la livrée de mon cocher fait effet : on nous en donne sans ordre. Nous partons à neuf heures et demie ; tout le long de la route, nous sommes arrêtés par nos postes ; moitié endormis, nous répondons en allemand ; on nous poursuit, on jure et nous avons quelque peine à les renvoyer. Un peu plus loin et déjà endormis, on nous demande qui nous sommes, en allemand ; nous répondons en français. On nous donne encore des chevaux de poste, mais le maître charge le postillon de remettre à la police à Vienne un petit billet où l'on parle de nous. Notre projet était de descendre à deux cents pas de la barrière, d'entrer en promeneurs et d'envoyer chercher notre voiture par des chevaux de nos amis. Nous nous tenons réveillés une heure ou deux ; nous nous assoupissons et sommes réveillés tout juste par le sergent du poste autrichien de la porte, qui nous demande qui nous sommes. En partant, nous avions quitté notre uniforme, mais avec tant de soin que mon camarade avait gardé son gilet d'uniforme et moi mon chapeau ; ainsi, pas moyen de ne pas passer pour des officiers français. Nous donnons bravement le nom de deux de nos camarades qui sont restés à Vienne. On fait quelques difficultés, mais nous avons l'air si sûrs de notre fait qu'on nous laisse enfin passer. Nous réveillons trois de nos amis logés ensemble, qui nous apprennent que l'empereur François II va aller à Saint-Étienne, pour assister à un *Te Deum*. Il est arrivé avant-hier dans une mauvaise calèche de poste, mais attelée de six chevaux blancs. Il a été reconnu vers le milieu de la ville : aussitôt les vivats ont éclaté de toutes parts ; on voulait dételer sa voiture pour la traîner au palais ; il a fait presser les chevaux en disant plusieurs fois : « Je vous remercie, mes enfants. » À peine arrivé au Bourg[1], il est ressorti à cheval, et, pendant deux heures, s'est montré au peuple, dont l'enthousiasme, dit-on, était extrême.

Arrivés ce matin chez nos camarades, il a été question de trouver des chapeaux ronds ; nous ne pouvions pas, disait-on, en porter d'uniforme : quelques Français ont été maltraités avant-hier au moment de l'enthousiasme. Mais nul chapeau n'allait à ma grosse tête ; on déterre enfin un vieux claque de bal, je m'en affuble, et tous les cinq, dans l'équipage le plus grotesque qui se puisse imaginer, nous nous rendons vers le château. Il neigeait horriblement ; la garde et le peuple nous ferment le passage ; nous entendons enfin des vivats et, après un piquet de cavalerie de quarante ou cinquante seigneurs ou laquais couverts de galons, nous distinguons un petit homme grêle, figure insignifiante, usée, saluant d'une manière comique. François II porte un chapeau à trois cornes qu'il met carrément : pour saluer, il baisse directement la tête devant lui, sans porter la main au chapeau, comme quelqu'un qui de loin dit oui.

Nous allons à Saint-Étienne, magnifique église gothique, non pas réparée à neuf comme la cathédrale de Reims, mais laissée avec son vénérable gris noir, comme celle de Strasbourg. Au milieu de la foule, j'ai entendu cinq ou six fois : « Voilà encore un Français », ordinairement avec l'accent de la curiosité, deux ou trois fois avec celui de la haine. Nous voyons de loin qu'on ne laisse pas entrer à la porte de l'église.

Je dis avec un ton dégagé aux deux sentinelles allemandes : « Il est permis d'entrer, messieurs ? » avec la plus grande politesse ; nous pénétrons dans l'église, où se trouvaient quarante ou cinquante membres du clergé en grandes aubes, trente ou quarante personnes de la ville et des laquais. Aussitôt les « Voilà encore ces Français ! » partent de toutes parts. Je me place près de la porte du chœur ; un silence à entendre voler une mouche régnait parmi ces gens rassemblés pour fêter un empereur qu'ils aimaient beaucoup ; nous entendions de tous côtés : « *Franzose, Franzose* ». En regardant, autour de moi, tous les grands cordons qui étaient à la porte du chœur, je distingue Mme Salmi, la plus belle femme de la ville, dit-on, (figure d'une madone de Raphaël parvenue à trente ans, mais avec des yeux sans expression, du reste des traits célestes) ; elle sourit et je lui dis très haut : « Il est heureux pour moi de voir, le dernier jour de mon séjour à Vienne, la femme la plus belle et l'événement le plus remarquable. » Tout le monde se retourne et je ne rencontre que le sourire sur toutes les figures. François II arrive, l'air encore plus crinche[1], insignifiant, usé, fatigué : un homme à mettre dans du coton pour qu'il ait la force de respirer. Il était environné côte à côte de quatre grands officiers de sa couronne mouillés jusqu'aux os, ainsi que lui. Comme j'avais cela de commun avec eux, sans avoir l'obligation d'entendre le *Te Deum*, que les premières mesures annonçaient cependant devoir être très beau, je suis venu me chauffer ; je n'ai trouvé personne, et je t'écris tout chaud mon histoire pendant que le *Te Deum* dure encore, et qu'on fait des décharges de mousqueterie sous mes fenêtres. [...]

Adieu ; écris-moi donc une journée de ta vie ; cela me charmerait.

51. À PAULINE PÉRIER-LAGRANGE

Paris, mai 1810.

Nous arrivons vers les onze heures à la manufacture de Sèvres[1], qui, dans ce moment, est environnée d'arbres au feuillage frais ; je dirais qu'elle est située au milieu d'une campagne assez agréablement variée, si je ne trouvais pas qu'il y a trop de maisons aux environs. Pour les environs de Paris, dont le caractère distinctif à nos yeux est de manquer de grandiose, elle est cependant très bien située. Nous y voyons la plus belle créature vivante que j'aie jamais aperçue, Adolphe Brongniart fils du savant qui est administrateur de la manufacture ; nous y voyons aussi le plus joli objet manufacturé que j'aie jamais vu, la table ronde de trois pieds moins un pouce de diamètre, présentant les portraits de la plupart des maréchaux et celui de l'Empereur, au milieu. Isabey (physionomie d'histrion, liant par intérêt, des politesses forcées à un homme puissant qu'il craint et n'aime pas, sans le moindre vestige de grandeur) nous fait les honneurs de sa table, qui vraiment donne l'idée de la perfection, surtout dans les portraits des maréchaux Soult et Ponte-Corvo ; les princes Davout et Berthier sont ce qu'il y a de moins bien. Ce charmant ouvrage doit passer un de ces jours au feu, qui peut le briser. Le reste est assez bien, une vitre peinte qui transmet le jour à travers une jolie figure de femme assise. J'ai proposé à M. Brongniart de faire des sujets de nuit pour vitres d'un boudoir ; il a partagé mon avis, mais m'a dit que les essais dans ce genre n'avaient pas réussi jusqu'à ce jour.

La sculpture est médiocre ; on devrait demander

des modèles à Canova et Thorwaldsen ; en général, ils manquent le grandiose de la figure de l'empereur, qu'ils reproduisent sans cesse. Nous vîmes un empereur, qu'on mettait à cheval, figure mesquine et jolie.

En sortant, nous rencontrâmes M. de Marescalchi avec toute l'Italie. M. Z.[1] voulut leur faire les honneurs de sa manufacture ; nous les laissâmes et partîmes pour Versailles. Route jolie, verdure très fraîche, nous arrivons rapidement chez M. de Clédat, cour de Dragon. Les rues de Versailles sont d'une capitale, les boutiques d'une ville de province. L'appartement et la société de M. de Clédat sont de même, surtout un M. Daguesseau, un peu Escarbagnas de qualité, et sa femme, grande joufflue, à perruque blonde qu'il appelle Pauline.

Nous partons pour Trianon après un verre d'excellent malaga ; M. Clédat, quoique un peu versaillomane, ne manque pas d'esprit, et il le prouve en ayant des vins excellents, mais sans glace ; c'est bien dommage.

Les Trianons sont jolis ; rien de triste, rien de majestueux ; les ameublements ne sont point assez beaux pour un souverain qui veut jouer ce rôle ; ils manquent quelquefois (les lits surtout) de commodité. Nous rencontrons, à chaque chose à voir, M. de Marescalchi et sa troupe. Nous sommes gais, amusés, courants. Jolis meubles en acajou, joli tableau de la bataille d'Arcole, mauvais bustes de la famille avec des inscriptions de bon goût, les noms seulement, Louis, Joseph, Élisa, Pauline ; la chambre de l'Empereur, petite, peu commode, peu tranquille, de plain-pied, quatre belles gravures, la *Vierge jardinière, Bélisaire, l'Éducation d'Achille, l'Enlèvement de Déjanire,* je crois. Très joli jardin anglais de Trianon : il y a de grands arbres, grand mérite pour un jardin anglais, et des arbres précieux, plaisir de roi qui ne me dit rien ; mais c'est beaucoup pour les âmes qui restent au-dessous de l'amour du beau.

Je mène constamment Mme Elliot, femme agréable quoique très peu jolie, et de trente et un ans. J'ai été étonné, il y a huit jours, de ne voir nulle affectation et nulle timidité dans une provinciale ; mais c'est qu'elle ne l'est pas : elle a été élevée à Paris ; j'avais trouvé le plaisir à Sèvres, il ne m'a plus quitté et s'est à chaque instant plus rapproché de moi, jusqu'à dix heures du soir que je suis sorti de chez Mme Nardot[1].

Je ne sais, ma chère amie, si tu pourras déchiffrer ce fragment descriptif et s'il te fera plaisir. [...] Je viens de finir un volume commencé à Marseille, il y a quatre ans. J'étais bien jeune au commencement. J'ai vu qu'alors je ne me souvenais pas assez de la 15e octave du 16e chant de la *Gerusalemme*, que je t'invite à relire[2].

Jouissons de ce jour et ne comptons pas sur celui de demain. C'est ce qu'Horace disait en latin il y a 1900 ans, et ce qu'il faut faire aujourd'hui ou ne plus songer *to the happiness wich I shall find with you*[3].

SORBON. L[ieutenan]t.

52. À FRANÇOIS PÉRIER-LAGRANGE

Paris, le 24 mai 1810.

Mon ami, ta lettre me touche jusqu'aux larmes. Je te promets que je réponds bien à ta tendre affection. Je n'oublierai jamais la marque que tu m'en donnes, mais le sacrifice est fait. J'ai eu quelques jours d'un violent chagrin. Il a même été si fort que je n'ai trouvé d'autre ressource que de faire une centaine de lieues. Heureusement, j'avais, en les faisant, un service à rendre. J'ai passé sur la place publique d'Orléans, une nuit, de 1 h. à 4, dont je me souviendrai longtemps. Le résultat est qu'il ne faut jamais entrer dans une famille où l'on ne vous adopte pas avec plaisir. La fierté est malheureusement devenue une habitude si forte chez moi que je ne pourrais pas répondre de ne pas envoyer faire f... tous les parents, même le plus puissant, pour peu qu'ils prétendissent sortir de la parfaite égalité. Cela mettrait cette aimable fille dans une position très embarrassante. D'ailleurs, je n'ai pas le sou, et il y a quelque différence à être la femme d'un Receveur général ou d'un pauvre diable d'Auditeur, à 5 000 francs par an ; autre comparaison qui ferait mon malheur pour peu que je soupçonnasse ma femme de la faire. Je te dirai entre nous que je refusai, il y a deux ans, une fortune très considérable et une femme si aimable que je lui ai fait la cour depuis, le tout pour éviter cette comparaison. J'en ai été aimé, c'est un cœur excellent, et cependant, si le refus était à faire et qu'elle pût n'avoir jamais été mariée, je ne la demanderais pas plus qu'autrefois. Voilà, mon bien cher ami, mon âme tout entière. Ne dis donc rien à... qui puisse lui faire soupçonner un projet que j'en ai *arraché pour toujours*. [...]

53. À PAULINE PÉRIER-LAGRANGE

Lundi 2 juillet 1810.

Notre petite fête[1] de famille fut charmante ; les couplets composés par Picard, qui, une livrée sur le corps, jouait avec nous, étaient charmants. Un peu d'attendrissement fut le premier effet ; on rit beaucoup ensuite. — Deux cents personnes arrivèrent; Fitzjames nous fit rire; après quoi l'on dansa; je m'en allai le dernier, à la pointe du jour. Je te raconte cela comme s'il y avait mille ans. Hier jour de Saint-Martial, nous avons dîné tout à fait en famille chez Martial; à huit heures et demie, Mme Daru s'est embarquée tranquillement pour une fête que donnait le prince de Schwarzenberg, ambassadeur d'Autriche. Comme l'hôtel eût été beaucoup trop étroit pour contenir mille invités, on avait, comme à toutes les fêtes données dernièrement, construit dans le jardin une salle immense en sapin. Le plancher de cette salle était avancé de trois pieds au-dessus du sol. Pour ôter l'odeur du sapin par la grande chaleur qu'il faisait, on avait peint l'intérieur de la salle avec de la térébenthine, dit-on. Au moment où la fête était la plus belle, et où Sa Majesté faisait le tour de la salle, une bougie est tombée et a mis le feu à un rideau. On a cru que ce n'était rien; mais le rideau enflammé a mis le feu à la paroi des planches contre lequel il était posé et, en un même moment, *comme un temps d'exercice*, c'est l'expression de M. Z. en me contant cet accident, toute la salle a été enflammée, les côtés et le comble; le feu qui était au plafond a brûlé les cordons des lustres, qui sont tombés sur les têtes; le plancher s'est enfoncé en plusieurs endroits. Tu juges des cris, du tumulte, de l'horreur, puis de la position de ceux qui, sortis de ce bûcher, ne trouvaient pas leur femme, leur mari, leurs enfants. La malheureuse princesse de Schwarzenberg, sœur de l'ambassadeur, a été victime de son amour maternel.

Ce qui rend cet accident unique, c'est la terrible opposition de ce qu'il y a de plus gai à ce qu'on peut concevoir de plus horrible, et surtout celui des coups de tonnerre affreux et une tempête horrible. Heureusement nos excellents parents n'ont pas eu de mal.

Une Mme de Boissière de Grenoble est légèrement blessée. M. Mounier ne s'y trouvait pas. [...]

Adieu, etc., etc.

54. TESTAMENT[1]

Paris, le 1er septembre 1810.

Je vous ai désignés, mes chers amis, pour exécuteurs testamentaires. Je vous prie de tenir la présente instruction secrète, afin que les sots ne puissent nullement en arrêter l'exécution. J'ai quelques petits fonds placés à Paris ; on peut voir chez MM. Oberkampf et Duchesne. M. Félix Faure me doit de 10 à 15 000 francs ; M. Joseph-Chérubin Beyle, ou M. Duchesne, me doit 20 000 francs.

Faire rentrer le tout sans délai.

Ces rentrées formeront un fonds, sur lequel vous acquitterez d'abord les legs du testament et quelques-uns qui sont à la fin de la présente.

M. Faure sait si j'ai un enfant. Si je n'en ai point à l'époque de mon décès ou que M. Faure soit lui-même décédé, je vous prie, mes chers amis, de placer les fonds provenant des sommes ci-dessus indiquées d'une manière sûre et telle que le revenu en soit durable à jamais si faire se peut. Je vous laisse entièrement maîtres du choix. Un fonds de terre près de Philadelphie ou d'Édimbourg pourrait remplir mes intentions.

Du revenu annuel dudit fonds, vous fonderez, suivant les formules les plus stables possibles, en Angleterre, un prix annuel. Ce prix (dont l'administration sera en Angleterre, tant que cette île respectable n'aura pas été conquise, et, si ce malheur est arrivé, en Amérique), ce prix sera décerné

La première année à Londres;
La seconde, à Paris;
La troisième, à Gœttingue ou Berlin;
La quatrième, à Naples;
La cinquième, à Philadelphie;
La sixième, à Londres.
Et ainsi de suite, en continuant cet ordre.

Le prix sera adjugé par une société ou réunion de plus de cinq membres et de moins de vingt. Vous choisirez des juges impartiaux. Si une telle réunion ne peut avoir lieu sans compromettre les juges, dans les villes du continent, chaque année de leur tour, et à leur refus, le prix sera adjugé par une société d'Anglais; je suis sûr que cette nation fournira toujours plus de vingt hommes éclairés, courageux et ne dédaignant pas d'être utiles aux hommes en secondant mes vues.

C'est à vous, mes chers amis, d'accuser l'exécution de mon projet par des mesures sages, calculées d'après la connaissance des hommes et des gouvernements. Je vous conseille, à cette occasion, de relire Delomel[1].

L'ouvrage qui remportera le prix devra être écrit en français, anglais, italien, espagnol, latin ou allemand; dans ce dernier cas, accompagné d'une traduction en l'une des cinq autres langues.

Cet ouvrage devra être écrit en style simple, clair et exact, du ton d'une description anatomique et non d'un discours, et divisé en trois parties: 1° exemples tirés de l'histoire; 2° exemples tirés des imitations de la nature (poésies, romans, etc.); 3° enfin, description exacte et froide.

On proposera à tous les hommes, sans restriction, par la voie des journaux des capitales sus-désignées, les questions suivantes:

Qu'est-ce que l'ambition, l'amour, la vengeance, la

haine, le rire, les larmes, le sourire, l'amitié, la terreur, l'hilarité,

Quel est le plus grand comique ?

Pour obtenir le prix, l'ouvrage devra être de soixante pages in-8°, caractère cicero. Les juges sont invités à préférer le style simple au style dit oratoire, et surtout les pensées au style. Quand les questions indiquées ci-dessus auront été épuisées, on les proposera de nouveau, en recommençant par l'ambition, etc., tant que les révolutions permettront au legs de subsister. Je ne doute pas que quelque ami des hommes ne répare les diminutions qui pourraient survenir dans la somme destinée à être donnée en prix.

Le prix sera :

1° Une médaille d'or dans une partie de laquelle on fera entrer ces mots : *Nosce te ipsum*, et ces autres : *Bonheur dans la monarchie tempérée*.

2° Une édition complète de Shakespeare, en anglais, au prix de dix napoléons (deux cents francs).

Je vous invite, mes chers amis, à ne faire proposer le prix que lorsque la fondation sera assurée, par exemple par l'achat d'une métairie en Amérique ou en Écosse.

55. À PAULINE PÉRIER-LAGRANGE

Le 9 octobre 1810.

Voici un bel automne ; il paraît que tu en jouis bien, du moins notre bon grand-père me dit toujours que tu es à Thuellin. Ma nouvelle place[1] me prive entièrement de jouir de ces beaux jours si rares ici ; heureusement, mon cabinet, d'où je t'écris, est dans une position superbe, dominant le quinconce des Invalides, et, au-delà les bois de Meudon, à l'extrémité occidentale de Paris. Le travail officiel de ma place peut se faire en quarante heures par mois; mais M..., qui est parfait pour moi, me charge de beaux travaux étrangers à mon affaire. Je comptais, pour cet hiver, faire de mes occupations officielles la broderie de ma vie; le fond aurait été employé à quelques études approfondies relatives à la connaissance de l'homme. J'avais, outre cela, le projet de me livrer entièrement à ce qu'on nomme ici plaisirs, afin que si les années prochaines je suis à cette époque à trois ou quatre cents lieues de paris, je sois bien libre de regrets.

Les affaires me pillent mon temps, je n'en ai pas pour huit à dix heures de travail; cependant, je ne puis pas suivre un travail particulier. Le travail de réfléchir, du moins pour moi, ne se prend pas et ne se quitte pas comme un habit: il faut toujours une heure de recueillement, et je n'ai que des moments.

Voilà, ma bonne amie, la peinture exacte d'un cœur qui t'aime, mais que tu ne payes guère de retour, car tu ne m'écris jamais. Je suis réduit à ne te parler que de moi; j'ignore ce que tu sens. J'accable de questions Barral; je dîne presque tous les jours avec ce charmant caractère. Hier, nous avons tant joui aux *Nozze di Figaro* que ce matin nous en sommes accablés. Nous avons jasé tout du long avec une Italienne très jolie, affligée de dix-huit ans, et parlant avec un accent très pur. Nous ne l'avions jamais vue; elle était là avec son père, nous sentions de même, la connaissance a été prompte. Tu sais que j'ai à Grenoble deux affaires: la première de six mille francs; mon oncle m'a annoncé qu'elle allait. La seconde est celle de la baronnie. D'après ce que m'écrit mon père, il paraît qu'il m'enverra ce qu'il faut pour cela. Parle-lui néanmoins de cet article, si l'occasion se présente. Il est nécessaire que ce soit fait bientôt.

My great father speaks much with me of matrimony with a very sensible girl of your knowledge but he will not understand that I could never jouir *in this family of the* égards *without which I never shall*[1] entrer dans une famille quelconque et qu'enfin j'ai décidé de n'y plus penser.

Rien de ce qui peut contribuer à mon bonheur ne me manque ; ma position est très agréable. Des gens que je ne connaissais pas me font des visites ; je recueille chaque soir au moins soixante sourires de plus qu'il y a trois mois ; je puis me dire, par-dessus le marché, que ce changement est mon ouvrage. Cependant l'image du bonheur solide que je croyais trouver avec Victorine me trouble un peu. Il me manque d'aimer et d'être aimé. Je fais ce que je puis pour aimer Mme Palfy[2], mais elle n'a pas *the understanding soul*[3], elle ne comprend pas toutes les délicatesses qui font le bonheur ou le malheur de ceux pour qui elles sont visibles ; elle met plus de prix qu'il n'en faut à toutes ses bêtises d'ambition, qui, une fois qu'on les a, ne signifient plus rien. Ne te moque pas trop de toutes ces petites faiblesses du cœur ; pas une âme au monde autre que toi ne s'en doute. Je ferai tout au monde pour aller en Italie en 1811. Quels sont tes projets pour cette année ?

Procure à Faure les occasions de parler *to our fathers*. Ils ne se doutent pas de Paris et de ma position : il tâchera de la leur rendre sensible. Je me mets en ménage avec le plus beau garçon que je connaisse, le meilleur et le plus aimable, à un peu de tristesse, et de hauteur près, son nom est M. Louis de Bélisle[4]. [...]

W[ilhel]m Meister.

56. À PAULINE PÉRIER-LAGRANGE

Paris, le 10 décembre 1810.

Je parie que d'après toutes mes lettres sur la baronnie tu me crois devenu un vilain ambitieux aux joues caves et ridées, à l'œil envieux, etc... Pas du tout. Je suis plus joufflu que jamais, et j'ai fait avant-hier un trait de jeune homme sensible que je veux te conter pour me relever dans ton esprit. Donc, je dînais chez M. le comte Joubert. Je trouvai à côté de moi M. Amédée P.e[1]. C'est un de mes collègues. Je me livrai donc sur-le-champ aux douceurs d'une reconnaissance, et nous parlâmes Grenoble tout le temps du dîner. Je trouvais ce dîner long, parce que j'avais trois soirées : deux de plaisir et une de devoir. Quand M. Amédée eut bien parlé de Grenoble, il me parla de la manière dont il en était revenu, et me dit qu'il avait fait la route très lentement, parce qu'il était avec sa mère *and the miss...*, qui lui avaient même fait les plus grands éloges de Thuellin et de la maîtresse de la maison. *At the name of this once so beloved girl, all my sentiment were awackened*[2]. J'eus donc l'adresse d'apprendre *from him that this very evening*, il allait avec *this miss to a box*[3] qu'il avait louée aux Variétés, pour voir la *Chatte merveilleuse* qui fait courir tout Paris[4]. Je n'eus rien de plus pressé que de courir moi-même me débarrasser de mon costume et de gagner, aussi vite que mon cheval pouvait aller, le théâtre où j'espérais la voir. J'arrive : *plus de billets*, excepté de 4e galerie (ce sont des espèces de 6es loges où se trouvent messieurs les laquais). J'y grimpe, et, à l'aide d'une lorgnette, je découvre *the brother* au fond d'une loge, sur le devant de laquelle étaient six femmes.

Je ne puis jamais l'apercevoir distinctement. Tantôt, à un geste aimable, je croyais que c'était une femme en spencer noir ; un instant après, un chapeau bleu me semblait être elle. Je m'éborgne complètement. Je parviens à coups de poings à sortir de ce gouffre élevé et je descends aux premières, en séduisant successivement trois ouvreuses de loges. Aux 1res, on m'offre une place à 20 pas d'elle. Je n'osai jamais la prendre. J'espère que voilà la timidité du sentiment véritable. Elle ne m'a pas vu depuis quatre ans, elle ne m'a, je crois, jamais vu en grand deuil ; ma raison me disait tout cela, mais comme la raison n'est pas ce qui règle l'amour, je refusai la place des premières. Elle était unique. Je fus obligé de remonter aux secondes, d'où je la lorgnai à perdre les yeux, à travers le vasistas d'une loge. Impossible ; je ne pus jamais la reconnaître. Je n'abandonnai cependant la place que lorsqu'elle sortit. Je courus tout triste à une de mes soirées et ai été obligé de faire mensonge sur mensonge pour m'excuser aux deux autres. Toutes mes courses au théâtre sont d'autant plus méritoires qu'il était horriblement rempli et que toutes les ouvreuses, inspecteurs, etc..., avaient redoublé de sévérité. Car le gros rat et les deux souris de Cendrillon, changés en un cocher et deux petits laquais gris souris font pâmer tout Paris et, réellement, c'est une bêtise charmante. C'est aussi ce que je pense de ma soirée. Je veux cependant la voir.

[...]

57. À PAULINE PÉRIER-LAGRANGE

25 décembre 1810.

Je viens d'être bien heureux, ma chère Pauline : le saint jour de Noël m'a laissé un peu de tranquillité ; l'ancienne pente de mon âme m'a porté à lire et à prendre un livre conforme aux études qui m'enflammaient pendant les années de pauvreté que j'ai passées à Paris. J'ai donc lu avec plaisir, et en posant vingt fois le livre, les quatre-vingts premières pages du livre de Burke intitulé *Recherches sur le sublime*[1]. J'étais distrait à chaque instant par mes idées actuelles d'ambition, et ensuite j'ai senti le regret de ne plus vivre au milieu de ces idées nobles, fortes et tendres qui m'occupaient sans cesse lorsque, logé rue d'Angiviller, en face de la belle colonnade du Louvre, et n'ayant souvent pas six francs dans ma poche, je passais des soirées entières à contempler des étoiles brillantes se couchant derrière le front du Louvre. Depuis six mois, je n'ai pas eu le temps de réfléchir sur aucune de mes lectures, et ces lectures se sont bornées aux romans de La Fontaine, parce qu'on peut les prendre et les quitter à chaque instant. En lisant mon Burke, je m'interrompais pour me faire des reproches de telle ou telle visite que je n'avais pas faite. Des amis puissants m'ont prêté ; j'ai un joli appartement simple, noble et frais, orné de charmantes gravures ; je cherchais à en jouir, avec mon âme de 1804 ; ça n'est presque plus possible. J'ai une vue superbe de la fenêtre de mon petit cabinet ; je contemplais le coucher du soleil au travers de la pluie et de gros nuages déchirés par un vent de tempête. Je songeais avec regret à Bellisle, qui court la poste sur le chemin de La Rochelle, où il a une mission. Il est parti hier et je suis seul pour deux ou trois mois. J'ouvrais machinalement le tiroir de mon bureau où je mets les papiers intéressants.

J'ai ouvert une petite lettre : elle était de toi ; jamais je n'ai senti avec autant de délice le plaisir de t'aimer. Cette charmante lettre est du mercredi 15 mars. Mais de quelle année ? Je l'ignore. Le timbre du jour est au bord, et il n'y a que 20 mars 18... Tout ce que tu dis est parfaitement en harmonie avec ce que je sens. C'est exactement un autre moi-même que je lis. La conformité d'écriture venait augmenter cette charmante illusion. Je sens bien vivement le chagrin d'être privé de tes lettres. Je t'envoie ta charmante lettre du 20 mars. Lis-la et renvoie-la-moi. Si tu la lis, tu ne pourras pas résister à l'envie de m'écrire. Moi-même, je pleure à chaudes larmes en t'écrivant : ainsi, parlons d'autres choses.

J'ai devant moi une charmante gravure de Porporati intitulée : *il Bagno di Leda*[1]. Les badauds auraient, en la voyant, recours à leur grand mot : « *indécent !* » Je ne te conseille pas moins de l'acheter (elle coûte quatorze francs) ; c'est un tiers du tableau de ce divin Corrège qui est au musée ; il y a dans la gravure trois femmes, deux cygnes et un aigle. À côté, j'ai le portrait de ce divin Mozart, que j'ai acheté à Vienne d'Artaria[2], qui connaissait beaucoup Mozart et qui m'a assuré qu'il était très ressemblant. On donne demain les *Nozze di Figaro*, mais je serai forcé d'en manquer la première moitié pour aller dans une maison où j'ai été présenté mercredi dernier ; j'y suis resté un quart d'heure et j'y ai vu Mme Récamier, charmante ; Mme Tallien, très non charmante, mais remarquable[3]. Que n'es-tu venue à Paris ! Tâche d'y revenir en 1811. Cependant, je ne te cache pas que j'irai certainement t'embrasser, dussé-je pour cela déserter ! J'ai trop envie de te voir. Adieu, ce que j'aime le plus au monde ! les larmes me gagnent. Brûle ma lettre.

58. À PAULINE PÉRIER-LAGRANGE

Milan, le 10 septembre 1811.

M. Z.[1] a eu la bonté de me permettre de faire une absence, et je suis venu embrasser mes anciens amis et voir Rome et Naples. Milan m'offre des souvenirs bien tendres. J'y ai passé les douces années de l'adolescence. C'est ici que j'ai le plus aimé. C'est ici aussi que s'est formé mon caractère. Je vois tous les jours que j'ai le cœur italien, aux assassinats près, dont, au reste, on les accuse injustement.

Mais cet amour fou pour la gaîté, la musique et les mœurs très libres, l'art de jouir de la vie avec tranquillité, etc..., tout cela est le caractère du Milanais. Tu vas te moquer de mon amphigouri, mais il n'est que pour toi. Je fais passer ma lettre par Paris pour que le timbre ne fasse pas connaître où je suis.

Brûle ma lettre et ne parle à personne du contenu. [...]

59. À PAULINE PÉRIER-LAGRANGE

Rome, le 2 octobre 1811.

Je me porte bien et j'admire. J'ai vu les loges de Raphaël et j'en conclus qu'il faut vendre sa chemise pour les voir quand on ne les a pas vues, pour les revoir quand on les a déjà admirées.

Ce qui m'a le plus touché dans mon voyage d'Italie, c'est le chant des oiseaux dans le Colisée. Adieu; secret sur le voyage, mais donne de mes nouvelles à notre grand-père et à *tutti quanti*.

La nomination de M. le duc de Feltre prolongera peut-être mon séjour à Milan[1]. J'y serai le 25 octobre, pour y rester quinze ou vingt jours.

Je t'aime.

HENRY.

Mille choses à ton mari.

60. À PAULINE PÉRIER-LAGRANGE

Paris, 6 décembre 1811.

Mieux vaut un mot que rien; je voudrais que tu te rappelasses souvent cela. Figure-toi un homme dans un bal charmant, où toutes les femmes sont mises avec grâce; le feu du plaisir brille dans leurs yeux, on distingue les regards qu'elles laissent tomber sur leurs amants. Ce beau lieu est orné avec un goût plein de volupté et de grandeur; mille bougies y répandent une clarté céleste; une odeur suave achève de mettre hors de soi. L'âme sensible qui se trouve dans ce lieu de délices, l'homme heureux, est obligé de sortir de la salle de bal; il trouve un brouillard épais, une nuit pluvieuse et de la boue; il trébuche trois ou quatre fois et enfin tombe dans un trou à fumier.

Voilà l'histoire abrégée de mon retour d'Italie. Pour me consoler des platitudes physiques et morales que j'essuyais en route, je me figurais cette bonne petite Angélina[2] m'attendant avec tout son amour, dans mon appartement, auprès d'un bon feu. J'arrive : Madame est partie depuis longtemps. J'eus une soirée d'amoureux ; je sentais que mon désespoir n'avait pas le sens commun, mais j'étais désespéré. Cette bonne petite reviendra le 18 décembre.

Vers la même époque, je partirai peut-être pour la Hollande ; c'est une mission de quinze jours. Viens malgré cela, ne renvoie pas ton voyage.

J'ai trouvé ici une chose toujours divine, qui m'a frappé dans l'endroit le plus tendre de l'âme ; c'est le jeu de Mlle Mars aux Français[1] ; cela seul vaut mille lieues ; je les ferais avec plaisir si je savais trouver un tel plaisir à Alger.

[...] J'ai entrevu Mlle V.[2] ; au moment où mes yeux tombèrent sur elle, j'avais l'air fat et insolent ; j'étais superbe, particulièrement par mon chapeau à plumes ; je fouettais mon cheval avec toute la majesté possible. Elle m'a paru bien pâle, et moi à elle bien fat peut-être. Je ne l'ai pas saluée, par surprise ; je compte la saluer au premier beau jour de promenade aux Tuileries.

[...]

61. À PAULINE PÉRIER-LAGRANGE

Saint-Cloud, 23 juillet 1812,
à 1 heure.

Le hasard, ma chère amie, me ménage une belle occasion d'écrire. Je pars ce soir, à sept heures, pour les bords de la Dwina ; je suis venu prendre les ordres de Sa Majesté l'Impératrice. Cette princesse vient de m'honorer d'une conversation de plusieurs minutes sur la route que je dois prendre, la durée du voyage, etc., etc., en sortant de chez Sa Majesté, je suis allé chez Sa Majesté le roi de Rome ; mais il dormait, et Mme la comtesse de Montesquiou vient de me dire qu'il était impossible de le voir avant trois heures ; j'ai donc deux heures à attendre. Ça n'est pas commode, en grand uniforme et en dentelles. Heureusement je me suis souvenu que ma place d'inspecteur me donnerait peut-être quelque crédit dans le palais. Je me suis présenté, et l'on m'a ouvert une pièce qui, dans ce moment, n'est pas habitée.

Rien de plus vert et de plus tranquille que ce beau Saint-Cloud.

Voici ma route que tu pourras suivre sur la carte : j'irai fort vite, ayant un courrier en avant jusqu'à Königsberg ; mais là, les doux effets du pillage commencent à se faire sentir ; cela redouble à Kowno ; on dit que, dans les environs, on peut faire cinquante lieues sans trouver un être vivant (je regarde tout cela comme très exagéré ; ce sont des bruits de Paris, c'est tout dire pour l'absurdité). Le prince Archichancelier m'a dit hier de tâcher d'être plus heureux qu'un de mes collègues, qui a mis vingt-huit jours de Paris à Wilna. C'est dans ces déserts ravagés qu'il est difficile d'avancer, surtout avec une pauvre petite calèche viennoise, écrasée de mille paquets ; il n'est pas un personnage qui n'ait eu l'idée de m'en envoyer.

À propos de cela, Gaëtan voulait venir avec moi ; je lui ai répondu qu'il était physiquement impossible que ma calèche contînt plus que moi et mon domestique. Là-dessus, il m'a écrit une lettre impertinente, m'accusant d'avoir offert de le mener. Je suis, dans cette circonstance, comme l'honnête homme dont parle la Bruyère : mon caractère jure pour moi ; on sait que je n'aime pas les ennuyeux, et encore vingt jours de suite ! C'est le pendant de la lettre où son père m'appelait charlatan ; on ne peut l'être moins, car je leur ferai entendre à la première occasion qu'ils peuvent me regarder comme n'existant plus pour eux. [...]

Je suis charmé que tu aies acheté Shakespeare ; c'est encore le peintre le plus vrai que je connaisse.

Adieu ; si tu ne viens pas à Paris, va à Milan par le Simplon et les îles Borromées et reviens par le mont Cenis. [...]

62. À FÉLIX FAURE ET À LA COMTESSE PIERRE DARU

Smolensk, le 19 août 1812.

Cela nous parut un si beau spectacle que, quoiqu'il fût sept heures, malgré la crainte de manquer le dîner (chose unique dans une telle ville), et celle des obus que les Russes lançaient, à travers les flammes, sur les Français qui pouvaient être sur le bord du Borysthène, nous descendîmes par la porte qui se trouve près la jolie chapelle ; un obus venait d'y éclater, tout fumait encore. Nous fîmes en courant bravement une vingtaine de pas ; nous traversâmes le fleuve sur un pont que le général Kirgener faisait construire en toute hâte. Nous allâmes tout à fait au bord de l'incendie, où nous trouvâmes beaucoup de chiens et quelques chevaux chassés de la ville par l'embrasement général.

Nous étions à nous pénétrer d'un spectacle si rare quand Marigner[1] fut abordé par un chef de bataillon qu'il ne connaissait que pour lui avoir succédé dans un logement à Rostock. Ce brave homme nous raconta au long ses batailles du matin et de la veille, et ensuite loua à l'infini une douzaine de dames de Rostock qu'il nous nomma ; mais il en loua une beaucoup plus que les autres. La crainte d'interrompre un homme si pénétré de son sujet et l'envie de rire nous retinrent auprès de lui jusqu'à dix heures, au moment où les boulets recommencèrent.

Nous déplorions la perte du dîner, et je convenais avec Marigner qu'il entrerait le premier pour essuyer la réprimande que nous méritions de la part de M. Daru, quand nous aperçûmes dans la haute ville une clarté extraordinaire.

Nous approchons, nous trouvons toutes nos calèches au milieu de la rue, huit grandes maisons voisines de la nôtre jetant aussi des flammes à soixante pieds de hauteur et couvrant de charbons ardents, larges comme la main, la maison qui était à nous depuis quelques heures ; nous en fîmes percer le toit en cinq ou six endroits et nous y plaçâmes, comme dans des chaires à prêcher, une demi-douzaine de grenadiers de la garde armés de longues perches, pour battre les étincelles et les faire tomber ; ils firent très bien leur office. M. Daru prenait soin de tout. Activité, fatigue, tapage jusqu'à minuit.

Le feu avait pris trois fois à notre maison, et nous l'avions éteint. Notre quartier général était dans la cour, d'où, assis sur de la paille, nous regardions les toits de la maison et ses dépendances, indiquant par nos cris les points les plus chargés d'étincelles à nos grenadiers.

Nous étions là, MM. Daru, le comte Dumas, Besnard, Jacqueminot, le général Kirgener, tous tellement harassés que nous nous endormions en nous parlant ; le maître de la maison seul, parlait encore.

Enfin parut ce dîner si désiré ; mais, quelque appétit que nous eussions, n'ayant rien pris depuis dix heures du matin, il était très plaisant de voir chacun s'endormir sur sa chaise, la fourchette à la main. Je crains bien que mon énorme histoire ne produise le même effet. Daignez me le pardonner, madame, et brûler ma lettre, parce que nous sommes convenus que le bulletin seul doit parler de l'armée.

Mlle de Camelin, reconnaîtra mon goût pour les journaux, mais comme nous manquons tout à fait d'encre et qu'il faut la faire à chaque fois qu'on trempe la plume, c'est la première lettre que j'écris, et quelque longue qu'elle soit, j'aurais encore bien des choses à dire. Daignez y voir, du moins, Madame, l'hommage de mon respectueux dévouement et rappeler mon respect à Mme Nardot, Mlle de Camelin et la grande Mlle Pauline[1].

L'armée a encore poussé les Russes de quatre lieues cette nuit ; nous voilà à quatre-vingt-six lieues de Moscou. [...]

63. À FÉLIX FAURE

Smolensk,
à quatre-vingts lieues de Moscou,
24 août 1812.

J'ai reçu ta lettre en douze jours, quoiqu'elle ait fait huit cents lieues, comme tout ce qui nous arrive de Paris. Tu es bien heureux et j'en suis content. Je n'ai plus d'idée de ce mien conseil que tu trouves bon. Serait-ce celui de commencer de bonne heure à travailler à l'édition de Montesquieu et de marier l'idée de cet ouvrage à celle de ton bonheur ?

Le mien n'est pas grand d'être ici. Comme l'homme change ! Cette soif de voir que j'avais autrefois s'est tout à fait éteinte ; depuis que j'ai vu Milan et l'Italie, tout ce que je vois me rebute par la grossièreté. Croirais-tu que, sans rien qui me touche plus qu'un autre, sans rien de personnel, je suis quelquefois sur le point de verser des larmes ? Dans cet océan de barbarie, pas un son qui réponde à mon âme ! Tout est grossier, sale, puant au physique et au moral. Je n'ai eu un peu de plaisir qu'en me faisant faire de la musique sur un petit piano discord par un être qui sent la musique comme moi la messe. L'ambition ne fait plus rien sur moi ; le plus beau cordon ne me semblerait pas un dédommagement de la boue où je suis enfoncé. Je me figure les hauteurs que mon âme — (composant des ouvrages, entendant Cimarosa et aimant Angela, sous un beau climat) — que mon âme habite, comme des collines délicieuses ; loin de ces collines, dans la plaine, sont des marais fétides ; j'y suis plongé et rien au monde, que la vue d'une carte géographique, ne me rappelle mes collines.

Croirais-tu que j'ai un vif plaisir à faire des affaires officielles qui ont rapport à l'Italie ? J'en ai eu trois ou quatre, qui, même finies, ont occupé mon imagination comme un roman. [...]

J'ai traversé une contrariété de détail dans le pays de Wilna, à Boyardowiscoma (près de Krasnoïé), où j'ai rejoint quand ce pays n'était pas encore organisé. J'ai eu des peines physiques extrêmes. Pour arriver, j'ai laissé ma calèche derrière, et cette calèche ne me rejoint point. Il est possible qu'elle ait été pillée. Pour moi, personnellement, ce ne serait qu'un demi-malheur, 4000 fr. environ d'effets perdus et l'incommodité, mais je portais des effets à tout le monde. Quel sot compliment à faire aux gens !

Ceci, cependant, n'influe pas sur la manière d'être que je t'ai exposée. Je vieillis. Il dépend de moi d'être plus actif qu'aucune des personnes qui sont dans le bureau où j'écris, l'oreille assiégée par des platitudes, mais je n'y trouve nul plaisir. Où est le bureau de Brunswick ou celui de Vienne ? — Tout cela tend furieusement à me faire demander la sous-préfecture de Rome. Je n'hésiterais pas si j'étais sûr de mourir à quarante ans. Cela pèche contre le *beylisme*. C'est une suite de l'exécrable éducation morale que nous avons reçue. Nous sommes des orangers venus, par la force de leur germe, au milieu d'un étang de glace, en Islande.

Écris-moi plus au long ; j'ai trouvé ta lettre bien courte pour huit cents lieues. Engage Angela à m'écrire[1]. — Je n'aime pas plus Paris qu'à Paris ; je suis blasé pour cette ville comme toi, je crois ; mais j'aime les sensations que *painting and opera-buffa* m'y ont données pendant six mois. [...]

Adieu, je crois qu'on part.

64. À PAULINE PÉRIER-LAGRANGE

Moscou, 4 octobre 1812,
essendo di servizio presso
l'intendante generale[2].
(Journal du 14
au 15 septembre 1812[3].)

J'ai laissé mon journal au souper au palais Apraxine. En sortant et prenant congé de M. Z. dans la cour, nous aperçûmes qu'outre l'incendie de la ville chinoise, qui allait son train depuis plusieurs heures, nous en avions auprès de nous ; nous y allâmes. Le foyer était très vif. Je pris mal aux dents à cette expédition. Nous eûmes la bonhomie d'arrêter un soldat qui venait de donner deux coups de baïonnette à un homme qui avait bu de la bière ; j'allai jusqu'à tirer l'épée ; je fus même sur le point d'en percer ce coquin.

Bourgeois le conduisit chez le gouverneur, qui le fit élargir.

Nous nous retirâmes à une heure, après avoir lâché force lieux communs contre les incendies, ce qui ne produisit pas un grand effet, du moins pour nos yeux. De retour dans la cour Apraxine, nous fîmes essayer une pompe. Je fus me coucher, tourmenté d'un mal aux dents. Il paraît que plusieurs de ces messieurs eurent la bonté de se laisser alarmer et de courir vers les deux heures et vers les cinq heures. Quant à moi, je m'éveillai à sept heures, fis charger ma voiture et la fis mettre à la queue de celles de M. Daru.

Elles allèrent sur le boulevard, vis-à-vis le club. Là, je trouvai Mme Bursay[1] qui voulut se jeter à mes pieds ; cela fit une reconnaissance très ridicule. Je remarquai qu'il n'y avait pas l'ombre de naturel dans tout ce que me disait Mme Bursay, ce qui naturellement me rendit glacé. Je fis cependant beaucoup pour elle, en mettant sa grasse belle-sœur dans ma calèche et l'invitant à mettre ses *droski* à la suite de ma voiture. Elle me dit que Mme Saint-Albe[2] lui avait beaucoup parlé de moi.

L'incendie s'approchait rapidement de la maison que nous avions quittée. Nos voitures restèrent cinq ou six heures sur le boulevard. Ennuyé de cette inaction, j'allai voir le feu et m'arrêtai une heure ou deux chez Joinville[3]. J'admirai la volupté inspirée par l'ameublement de sa maison ; nous y bûmes avec Billet et Busche, trois bouteilles de vin, qui nous rendirent la vie.

J'y lus quelques lignes d'une traduction anglaise de *Virginie* qui, au milieu de la grossièreté générale, me rendit un peu de vie morale.

J'allai avec Louis voir l'incendie. Nous vîmes un nommé Savoye, canonnier à cheval, ivre, donner des coups de plat de sabre à un officier de la garde et l'accabler de sottises. Il avait tort, et fut obligé de finir par lui demander pardon. Un de ses camarades de pillage s'enfonça dans une rue en flammes, où probablement il rôtit. Je vis une nouvelle preuve du peu de caractère des Français en général. Louis s'amusait à calmer cet homme, au profit d'un officier de la garde qui l'aurait mis dans l'embarras à la première rivalité ; au lieu d'avoir pour tout ce désordre un mépris mérité. Il s'exposait à accrocher des sottises pour son compte. Pour moi, j'admirais la patience de l'officier de la garde ; j'aurais donné un coup de sabre sur le nez de Savoye, ce qui aurait pu faire une affaire avec le colonel. L'officier agit plus prudemment.

Je retournai, à trois heures, vers la colonne de nos voitures et les tristes collègues. On venait de découvrir dans les maisons de bois voisines un magasin de farine et un magasin d'avoine ; je dis à mes domestiques d'en prendre. Ils se montrèrent très affairés, eurent l'air d'en prendre beaucoup, et cela se borna à très peu de chose. C'est ainsi qu'ils agissent en tout et partout à l'armée ; cela est une des causes d'impatience. On a beau vouloir s'en foutre, comme ils viennent toujours crier misère, on finit par s'impatienter, et je passe des jours malheureux à l'armée. Je m'impatiente cependant bien moins qu'un autre, mais j'ai le malheur de me mettre en colère. J'envie certains de mes collègues auxquels on dirait, je crois, qu'ils sont des jeans-foutres sans les mettre véritablement en colère ; ils haussent la voix et voilà tout. Ils secouent les oreilles, comme le disait la comtesse Palfy. « On serait bien malheureux si l'on ne faisait pas ainsi », ajoutait-elle. Elle a raison ; mais comment l'imiter avec une âme sensible !

Vers les trois heures et demie, Billet et moi allâmes visiter la maison du Comte Pierre Soltykoff ; elle nous parut pouvoir convenir à S. E. Nous allâmes au Kremlin pour l'en avertir ; nous nous arrêtâmes chez le général Dumas, qui domine le carrefour.

Le général Kirgener avait dit devant moi à Louis : « Si l'on veut me donner quatre mille hommes, je me fais fort, en six heures, de faire la part du feu et il sera arrêté. » Ce propos me frappa. (Je doute du succès. Rostopchine faisait sans cesse mettre le feu de nouveau ; on l'aurait arrêté à droite, on l'aurait retrouvé à gauche, en vingt endroits.)

Nous vîmes arriver du Kremlin M. Daru et l'aimable Marigner ; nous les conduisons à l'hôtel Soltykoff, qui fut visité de fond en comble. M. Daru trouvant des inconvénients à la maison Soltykoff, on l'engagea à en aller voir d'autres vers le club. Nous vîmes le club, orné dans le genre français, majestueux et enfumé. Dans ce genre, il n'y a rien à Paris de comparable. Après le club, nous vîmes la maison voisine, vaste et superbe ; enfin, une jolie maison blanche et carrée, qu'on résolut d'occuper.

Nous étions très fatigués, moi plus qu'un autre. Depuis Smolensk, je me sens entièrement privé de forces, et j'avais eu l'enfantillage de mettre de l'intérêt et du mouvement à ces recherches de maisons. De l'intérêt, c'est trop dire, mais beaucoup de mouvement.

Nous nous arrangeons enfin dans cette maison, qui avait l'air d'avoir été habitée par un homme riche aimant les arts. Elle était distribuée avec commodité, pleine de petites statues et de tableaux. Il y avait de beaux livres, notamment *Buffon, Voltaire,* qui, ici, est partout, et *la Galerie du Palais Royal*.

La violente diarrhée faisait craindre à tout le monde le manque de vin. On nous donna l'excellente nouvelle qu'on pouvait en prendre dans la cave du beau club dont j'ai parlé. Je déterminai le père Billet à y aller. Nous y pénétrâmes par une superbe écurie et par un jardin qui aurait été beau si les arbres de ce pays n'avaient pas pour moi un caractère ineffaçable de pauvreté.

Nous lançâmes nos domestiques dans cette cave ; ils nous envoyèrent beaucoup de mauvais vin blanc, des nappes damassées, des serviettes *idem*, mais très usées. Nous pillâmes cela pour en faire des draps.

Un petit M. Joly de chez l'Intendant général, venu pour *pilloter* comme nous, se mit à nous faire des présents de tout ce que nous prenions. Il disait qu'il s'emparait de la maison pour M. l'Intendant général, et partait de là pour moraliser ; je le rappelai un peu à l'ordre.

Mon domestique était complètement ivre ; il entassa dans la voiture les nappes, du vin, un violon qu'il avait pillé pour lui, et mille autres choses. Nous fîmes un petit repas de vin avec deux ou trois collègues.

Les domestiques arrangeaient la maison, l'incendie était loin de nous et garnissait toute l'atmosphère, jusqu'à une grande hauteur, d'une fumée cuivreuse ; nous nous arrangions et nous allions enfin respirer, quand M. Z., rentrant, nous annonce qu'il faut partir. Je pris la chose avec courage, mais cela me coupa bras et jambes.

Ma voiture était comble, j'y plaçai ce pauvre foireux et ennuyeux de Bonnaire, que j'avais pris en pitié et pour rendre à un autre la bonne action de Biliotti. C'est l'enfant gâté le plus bête et le plus ennuyeux que je connaisse.

Je pillai dans la maison, avant de la quitter, un volume de Voltaire, celui qui est intitulé *Facéties*.

Les voitures de François firent attendre. Nous ne nous mîmes guère en route que vers sept heures. Nous rencontrâmes M. Z. furieux. Nous marchions directement vers l'incendie, en longeant une partie du boulevard. Peu à peu, nous nous avançâmes dans la fumée, la respiration devenait difficile ; enfin nous pénétrâmes entre des maisons embrasées. Toutes nos entreprises ne sont jamais périlleuses que par le manque absolu d'ordre et de prudence. Ici une colonne très considérable de voitures s'enfonçait au milieu des flammes pour les fuir. Cette manœuvre n'aurait été sensée qu'autant qu'un noyau de ville aurait été entouré d'un cercle de feu. Ce n'était pas du tout l'état de la question ; le feu tenait un côté de la ville, il fallait en sortir ; mais il n'était pas nécessaire de traverser le feu ; il fallait le tourner.

L'impossibilité nous arrêta net ; on fit faire demi-tour. Comme je pensais au grand spectacle que je voyais, j'oubliai un instant que j'avais fait faire demi-tour à ma voiture avant les autres. J'étais harassé, je marchais à pied, parce que ma voiture était comblée des pillages de mes domestiques et que le foireux y était juché. Je crus ma voiture perdue dans le feu. François fit là un temps de galop en tête. La voiture n'aurait couru aucun danger, mais mes gens, comme ceux de tout le monde, étaient ivres et capables de s'endormir au milieu d'une rue brûlante.

En revenant, nos Messieurs trouvèrent sur le boulevard le général Kirgener, dont j'ai été très content ce jour-là. Il nous rappela à l'audace, c'est-à-dire au bons sens, et nous montra qu'il y avait trois ou quatre chemins pour sortir.

Nous en suivions un vers les onze heures, nous coupâmes une file, en nous disputant avec des charretiers du roi de Naples. Je me suis aperçu ensuite que nous suivions la Tverskoï ou rue de Tver. Nous sortîmes de la ville, éclairée par le plus bel incendie du monde, qui formait une pyramide immense qui avait, comme les prières des fidèles, la base sur la terre et sa pointe au ciel. La lune paraissait, je crois, par-dessus l'incendie. C'était un grand spectacle, mais il aurait fallu être seul ou entouré de gens d'esprit. Ce qui a gâté pour moi la campagne de Russie, c'est de l'avoir faite avec des gens qui auraient rapetissé le Colisée et la mer de Naples.

Nous allions, par un superbe chemin, vers un château nommé Petrovski, où Sa Majesté était allée prendre un logement. Paf ! au milieu de la route, je vois, de ma voiture, où j'avais trouvé une petite place par grâce, la calèche de M. Z. qui penche et qui, enfin, tombe dans un fossé. La route n'avait que quatre-vingts pieds de large. Jurements, fureur ; il fut fort difficile de relever la voiture.

Enfin, nous arrivons à un bivac ; il faisait face à la ville. Nous apercevions très bien l'immense pyramide formée par les pianos et les canapés de Moscou, qui nous auraient donné tant de jouissance sans la manie incendiaire. Ce Rostopchine[1] sera un scélérat ou un Romain : il faut voir comment son affaire prendra. On a trouvé aujourd'hui un écriteau à un des châteaux de Rostopchine ; il dit qu'il y a un mobilier de tant (un million, je crois), etc., etc., mais qu'il l'incendie pour ne pas en laisser la jouissance à des brigands. Le fait est que son beau palais d'ici n'est pas incendié.

Arrivés au bivac, nous soupâmes avec du poisson cru, des figues et du vin. Telle fut la fin de cette journée si pénible, où nous avions été agités depuis sept heures du matin jusqu'à onze heures. Ce qu'il y a de pire, c'est qu'à ces onze heures, en m'asseyant dans ma calèche pour y dormir à côté de cet ennuyeux de Bonnaire et assis sur des bouteilles recouvertes d'effets et de couvertures, je me trouvai gris par le fait de ce mauvais vin blanc pillé au club. Je suis toujours bien ennuyé de mes compagnons de combat. Adieu, écris-moi et songe à t'amuser ; la vie est courte.

65. AU CHEVALIER DE NOÜE[1]

Moscou, le 15 octobre 1812.

Mon cher voisin,

Vous êtes bien heureux d'avoir une bonne petite intendance tranquille. La consommation de vache enragée que nous avons faite d'Orcha ici est incroyable et, malheureusement, cet approvisionnement n'est point épuisé. Notre patron[2] a voulu absolument m'envoyer à Smolensk pour former dans le gouvernement et dans celui de Mohilev et de Vitebsk un approvisionnement de réserve. J'ai résisté comme un diable, j'ai dit que c'était la besogne des intendants ; on m'a fait une réponse que ma plume se refuse d'écrire ; enfin, après avoir refusé huit jours et fait tout ce que le respect permettait, j'ai été affublé de ladite mission à Smolensk.

Cela ne m'a pas guéri d'un mal de dents de tous les diables avec fièvre que j'ai depuis huit jours, et je pars demain par le vent et la neige fondante. Quelle volupté !

J'ai une espèce d'autorité sur les intendants de Smolensk, Mohilev et Vitebsk. Je ne sais pas comment ça prendra. Il me semble que c'est une fausse mesure. J'aurais beaucoup mieux aimé être Intendant d'un trou de 3 500 âmes, où je n'aurais eu maille à partir avec personne qu'avec mon général comme d'usage. Voilà mon état de situation. Envoyez-moi le vôtre par le premier collègue passant. Actuellement, je vais à Smolensk ; je n'aurai de communication avec le monde que par les collègues. Les courriers me passeront sous le nez sans me laisser la moindre petite lettre. Les miennes viennent sous le couvert de M. Dumas. Je suis donc enculé de toutes les manières. Tout le monde s'en apercevra bientôt si je ne trouve le moyen de faire un ou deux pantalons. À ces causes, ayant une confiance entière en votre obligeance, je vous prie, au premier collègue passant, de faire acheter à Kowno ou à Wilna quatre ou cinq aunes de drap bleu ou six à sept de casimir bleu aussi.

Si rien de cela n'existe dans votre gouvernement, engagez l'auditeur à l'acheter à Wilna. Je lui rembourserai l'avance en recevant le drap à Smolensk où je logerai chez Villeblanche[1] ou... J'aimerais bien mieux que vous fassiez faire la chose ou écriviez à M. de Nicolaï[2] d'acheter d'avance le drap ou le casimir et de le remettre à l'auditeur. Je vous prierai ou de rembourser M. de Nicolaï ou mieux il faudrait que l'Auditeur-voyageur le remboursât. Je lui rendrai directement la chose à son passage à Smolensk.

L'avancement dans l'armée a été immense. Si je savais les noms de vos amis, je vous donnerais de leurs nouvelles. M. de Nansouty[3], qui ira, je crois, jusqu'à Wilna, vous instruira. Huit capitaines de la Garde ont passé majors quoiqu'ils n'aient pas tiré un coup de fusil. C'est comme les Auditeurs qui n'ont rien fait, mais n'en ont pas moins pâti.

Saint-Didier[4] vient d'avoir l'Ordre de la Réunion. J'en ai été bien aise : 1° par plaisir ; 2° parce que ça ouvre le chemin.

Si les auditeurs arrivant veulent acheter ou échanger des pelisses à bon marché, dites-leur d'apporter du drap ou du casimir bleu.

Adieu, mon cher voisin, je suis tout à vous. Rappelez-moi au souvenir de M. de Nicolaï et celui de M. de Courtin[5].

Gardez-vous l'approvisionnement de Séguin, moi, je garde le mien.

Tout à vous,

M. SOUCHEVORT.

66. À M. ROUSSE

Moscou, le 15 octobre 1812.

Auriez-vous, par hasard, Monsieur, des nouvelles de Mme de Barcoff[1] ? Le jour de notre entrée ici j'ai quitté mon poste comme de juste et suis allé à tous les incendies pour tâcher de trouver Mme de B. Je n'ai rien rencontré. Enfin depuis trois ou quatre jours j'ai trouvé un M. Auguste Fécel, harpiste, qui m'a appris que peu de jours avant notre entrée elle était partie pour Saint-Pétersbourg, que ce départ l'avait presque entièrement brouillée avec son mari, qu'elle était grosse, qu'elle portait presque toujours un garde-vue vert, que son mari était un petit laid bien jaloux et bien tendre à ce qu'il disait. M. Fécel a ajouté qu'il croyait que Mme de B. avait tout juste de quoi faire le voyage de France, que le Barcoff n'était ni beau ni riche. Tous ces renseignements ne sont pas avantageux. Peut-être M. Fécel avait-il quelque sujet de plainte contre M. de Barcoff.

J'ai cru, Monsieur, devoir à notre amitié pour Mme de Barcoff ces tristes renseignements. Rien n'est plus séparé dans ce moment-ci que Pétersbourg et Moscou. Il me semble difficile qu'elle passe de Pétersbourg à Paris. Probablement elle restera à Pétersbourg. Mais comment fera-t-elle avec son mari, et qu'est devenu ce mari, au milieu de tous ces désordres ? C'est ce que vous saurez probablement avant moi, Monsieur. Auriez-vous l'extrême bonté, dans le cas où vous apprendriez quelque chose, de me le faire connaître. Si elle arrivait à Paris, elle pourrait prendre mon appartement : rue Neuve-du-Luxembourg, nº 3. J'en serai ravi. Auriez-vous la bonté de le lui dire et de l'installer. Pour les lettres, il faudrait avoir la bonté de les faire remettre à M. Maréchal, secrétaire intime de S. E. M. le comte Daru, hôtel d'Elbeuf, place du Carrousel.

Pardon, Monsieur, de mon griffonnage, je vous écris au milieu de la nuit, horriblement pressé, et en dictant à cinq ou six personnes. Agréez l'assurance de ma considération très distinguée.

H. BEYLE.

Je prie Madame Maurice, portière de la maison rue Neuve-du-Luxembourg nº 3, d'ouvrir mon appartement à Mme de Barcoff qui l'habitera s'il lui convient.

H. BEYLE.

67. À LA COMTESSE PIERRE DARU

Moscou, le 16 octobre 1812.

Je dois un compliment, Madame, à Aline et à Napoléon[1] sur les superbes cochons d'Inde qu'ils ont achetés et qui font la nouvelle de Moscou. J'aimerais bien mieux leur faire ce compliment de vive voix, d'abord parce que je serais un des habitants de l'aimable Bécheville, et puis parce qu'il est possible que lors de l'arrivée de ma tardive lettre, on pleure déjà la mort de ces animaux charmants. Ceux avec lesquels j'ai l'honneur de vivre sont d'une autre espèce. Excepté quelqu'un, nos conversations sont les plus ennuyeuses du monde, nous ne parlons jamais que de choses sérieuses, on mêle à ces choses sérieuses une dose énorme d'importance, et on emploie une heure éternelle à expliquer ce qu'on aurait pu dire en dix minutes. À cela près, tout va fort bien, nous n'avons pas vu de femmes depuis les maîtresses de poste de la Pologne, mais en revanche nous sommes grands connaisseurs en incendies. Nos déménagements précipités les premières nuits de notre séjour à Moscou étaient vraiment plaisants, mais pour vous, Madame, ces choses-là sont un lieu commun, on vous les a si bien racontées que vous les savez mieux que nous. Vous savez que Moscou avait 400 ou 500 palais ornés avec une volupté charmante, inconnue à Paris, et qu'on ne voit que dans l'heureuse Italie. C'est tout simple. Le gouvernement était despotique, il y avait ici 800 ou mille personnes qui avaient de 5 à 1 500 mille livres de rente. Que faire de cet argent ? Aller à la Cour ? Un sergent des Gardes qui avait la faveur de l'empereur les humiliait et de plus les exilait en Sibérie pour avoir leurs beaux attelages. Ces malheureux n'avaient de ressources que le plaisir et il paraît, à en juger par leurs maisons dont nous avons joui pendant trente-six heures, qu'ils usaient bien de ce pis-aller. Ils devaient avoir quelque reconnaissance à la volupté. Catherine elle seule a fait quatorze de ces grands seigneurs, et le comte Soltykoff, chez lequel loge le maréchal, est cousin réel de l'empereur Alexandre qui n'est qu'un Soltykoff. Nous avons remplacé ces gens aimables par la plus effroyable barbarie. Vous ne reconnaîtriez plus, Madame, vos gens si aimables. Vous souvenez-vous, par exemple, d'un bel Apollon à la suite duquel vous dansiez cet hiver ? Je viens d'être presque témoin de l'action la plus basse et la plus indigne, cet Apollon se promenait au milieu de deux femmes en pleurs et de trois enfants, dont l'aînée a sept ans. Quand serai-je à Vienne dans le salon de la duchesse Louise, loin de tous ces barbares et de tous ces ennuyeux. C'est pour arriver à cet état heureux que je pars demain pour Smolensk, où je suis directeur général des approvisionnements de réserve. Que Dieu m'entende bientôt et me ramène rue Neuve-du-Luxembourg où je ne suis qu'à 3 heures 1/2 de Bécheville. Y êtes-vous toujours, Madame, à cet aimable Bécheville ? Il me semble qu'il était dans vos projets de ne le quitter qu'à toute extrémité. Vous y avez mangé des raisins et nous aussi. Ce soir, le général Van Dedem[1], qui est fort aimable, a envoyé à M. Daru un pauvre petit cep de vigne dans un petit vase. Il y avait bien trois petites grappes de raisin, deux feuilles et cinq ou six manches de feuilles. C'était l'emblème de la pauvreté. M. Daru, avec sa grâce ordinaire, a voulu que nous en mangeassions tous ; ces pauvres petits grains avaient le goût du vinaigre, rien n'était plus triste ; j'ai voyagé pour chercher des distractions, je n'en ai point trouvé, et je pense toujours à la France.

[…]

68. À LA COMTESSE PIERRE DARU

Smolensk, le 7 novembre 1812.

Me voici de nouveau, Madame, dans ce joli Smolensk, qui, cette fois, est un peu gâté par la neige. Je viens de faire un voyage sentimental de Moscou ici ; je vous demande permission de vous en rendre compte. Je ne trouve rien de si plat que de faire un voyage, dont on prévoit d'avance toutes les circonstances. On va de Paris à Strasbourg, on connaît presque les noms de chaque poste, on grondera quelques postillons, on dira à quelques aubergistes qu'ils sont des fripons. Cela est très vrai, mais quoi de plus ennuyeux ?

On est presque trop heureux qu'une roue casse pour donner quelque sensation.

Au lieu de cela, je viens de faire un voyage charmant ; trois ou quatre fois par jour, je passais de l'extrême ennui au plaisir extrême. Il faut avouer que ces plaisirs n'étaient pas délicats ; un des plus vifs, par exemple, a été de trouver un soir quelques pommes de terre à manger sans sel, avec du pain de munition moisi. Vous voyez notre misère profonde. Cet état a duré dix-huit jours ; parti le 16 octobre de Moscou, je suis arrivé le 2 novembre. M. le comte Dumas m'avais donné l'ordre de partir avec un convoi de quinze cents blessés, escorté par deux ou trois cents hommes. Vous voyez le nombre immense de petites voitures, les jurements, les disputes continuelles, toutes ces voitures, se coupant les unes les autres, tombant dans des abîmes de boue. Régulièrement, chaque jour nous passions deux ou trois heures dans un ruisseau boueux, et manquant de tout. C'était alors que je donnais au diable la sotte idée de venir en Russie. Arrivé le soir, après avoir marché toute la journée et fait trois ou quatre lieues, nous bivouaquions et dormions un peu en gelant.

Le 24 octobre, comme nous faisions nos feux, nous avons été environnés d'une nuée d'hommes qui se sont mis à nous fusiller. Désordre complet, jurements des blessés ; nous avions eu toutes les peines du monde à leur faire prendre leurs fusils. Nous repoussons l'ennemi, mais nous croyons être destinés aux grandes aventures. Nous avions un brave général blessé, nommé Mourier[1], qui nous explique notre cas. Attaqués le soir à cette heure par une grande horde d'infanterie, il était probable que nous avions devant nous quatre ou cinq mille Russes, partie troupes de ligne, partie paysans révoltés. Nous étions enveloppés, il n'y avait pas plus de sûreté à reculer qu'à avancer. Nous décidons de passer la nuit sur pied, et, le lendemain, à la petite pointe du jour, de former un bataillon carré, de mettre nos blessés au milieu et de tâcher de percer les Russes ; si nous étions poussés, d'abandonner nos voitures, de nous former encore en un petit bataillon carré, et de nous faire tuer jusqu'au dernier plutôt que de nous laisser prendre par des paysans qui nous tueraient lentement à coups de couteau ou de toute autre manière aimable.

Après cette belle résolution nous fîmes un arrangement. On voyait chacun faire un paquet des effets les moins nécessaires, qu'on voulait jeter à la première attaque, pour alléger la voiture. Je faisais chambre avec cinq ou six colonels blessés, que je ne connaissais pas huit jours auparavant et qui étaient devenus mes amis intimes depuis la route. Il en est même un que j'ai promis de recommander à Mme Micoud[1]. C'est bien de l'audace à moi, mais c'est que c'est un homme recommandable, M. de Collart, colonel du IIe de hussards qui va habiter Liège.

Tous ces gens-là convenaient que nous étions flambés. On distribuait ses napoléons à ses domestiques, pour tâcher d'en sauvegarder quelques-uns. Nous étions tous devenus intimes amis. Nous bûmes le peu de vin qui nous restait. Le lendemain, qui devait être un si grand jour, nous nous embarquons tous à pied, à côté de nos calèches, garnis de pistolets de la tête aux pieds. Il faisait un brouillard à ne pas voir à quatre pas. Nous nous arrêtions sans cesse. J'avais un volume de Mme du Deffand, que je lus presque en entier[2]. Les ennemis ne nous jugèrent pas dignes de leurs colères, nous ne fûmes attaqués que le soir par quelques cosaques qui donnèrent des coups de lance à quinze ou vingt blessés.

Voilà, Madame, le plus bel incident de notre voyage. Il était bien juste que je vous en rendisse compte.

Quoique j'aie toujours conservé beaucoup d'espoir, pendant la nuit je faisais, je crois, comme tout le monde le bilan de ma vie, je me reprochais amèrement de ne pas avoir eu l'esprit de vous dire à quel point je vous étais dévoué.

[...]

69. À FÉLIX FAURE

Smolensk, le 9 novembre 1812.

Me revoilà dans cette ville pittoresque et qui, sous ce rapport, me semble toujours unique. La neige augmente l'effet des ravins garnis d'arbres au milieu desquels elle est bâtie. Il ne fait qu'un froid léger de deux ou trois degrés, mais comme on est en Russie, chacun se croit gelé. Nos idées sont tout à fait ramenées au physique : avoir ou n'avoir pas de bottes, une pelisse, c'est une grande chose. Depuis vingt jours, il m'a été impossible de t'écrire. Il y a eu des moments où j'aurais bien voulu conserver le souvenir de ce que je voyais dans mon âme ou autour de moi, impossible d'écrire. Aujourd'hui tout le sublime de mon âme est de nouveau neutralisé par la société forcée, je ne dirais pas de tel ou tel, mais des hommes. Privé d'un bouclier, toutes les contrariétés tombant à plat sur mon âme, qui en devient plate, c'est l'état dans lequel j'ai l'honneur d'être après couché avec deux bons enfants sur le plancher d'un petit cabinet à côté d'une chambre où huit ou dix collègues dormaient de même. Tout cela non gaiement, mais avec des gens qui ne couvrent que d'un vernis transparent l'aigreur inspirée par le mal-être. J'ai remarqué que les militaires qui tirent orgueil du mal-être le prennent avec une gaieté continue. Cette gaieté probablement n'est d'abord qu'apparente, dans les jeunes gens et à tous les âges après un malheur véritablement piquant. Cette gaieté est facilitée par un manque absolu de sensibilité sur les autres et sur eux-mêmes. Ils tombent malades d'une fièvre putride dans un village abandonné, ils y sont douze ou quinze jours dans une détresse extrême, le mois après ils en parlent avec un souvenir léger. Je sens bien que c'est d'abord parce qu'ils sont sûrs d'avoir pour auditeurs des gens qui s'en foutent, mais réellement ils ne s'en souviennent plus. J'ai bien vérifié cela sur un chef de bataillon du 46e avec lequel j'ai fait la route de Moscou ici. Mes collègues, au contraire, veulent tirer avancement de leurs contrariétés et ont une mine allongée et un cœur aigri.

C'est cette route dont je voudrais te parler. J'avais écrit quelques notes que j'ai perdues. Lorsqu'une fois j'ai eu une pensée, elle ne peut revenir, elle m'inspire du dégoût. Ce voyage seul me paie ma sortie de Paris en ce que j'y ai vu et senti des choses qu'un homme de lettres sédentaire ne devinerait pas en mille ans. Le plus intéressant a été les 25 et 26 septembre…

70. À PAULINE PÉRIER-LAGRANGE

Wilna, 7 décembre 1812.

Je me porte bien, ma chère amie. J'ai bien souvent pensé à toi dans la longue route de Moscou ici, qui a duré cinquante jours. J'ai tout perdu et n'ai que les habits que je porte. Ce qui est bien plus beau, c'est que je sois maigre. J'ai eu beaucoup de pleines physiques, nul plaisir moral ; mais tout est oublié et je suis prêt à recommencer pour le service de Sa Majesté.

[...]

71. À PAULINE PÉRIER-LAGRANGE

Berlin, le 23 janvier 1813.

Ma chère amie, je pars de Berlin le jour où j'ai trente ans. Je n'en ai pas moins une joie d'enfant. Ma première idée ce matin a été que Victorine avait aussi trente ans. Hâtons-nous de jouir ; le temps fuit. N'as-tu pas vingt-sept ans ? Écris-moi rue Neuve-du-Luxembourg. Je n'ai pas reçu de lettre de la famille depuis mon départ de Paris le 23 juillet.

Adieu. Mille choses à François que j'aime de tout mon cœur.

[...]

72. À FÉLIX FAURE

Mayence, fin janvier 1813[1].

Mon cher cousin, je t'écris enfin ! Figure-toi que, physiquement, mes frères et moi sommes horribles, d'une saleté repoussante, et à genoux devant des pommes de terre. Quand je supporte cela seul, le romanesque me pousse et je suis intéressé ; mais la présence de mes frères me coupe bras et jambes. En général, vie exécrable et pire que ce que j'ai souffert en Espagne[2].

Adieu, écris-moi ; une lettre de France m'enchante deux jours.

CHAPELAIN.

73. À PAULINE PÉRIER-LAGRANGE

13 avril 1813.

[...]

Viens donc. Je désire vivement t'embrasser, en homme ou en femme. Mets à la diligence un paquet d'habits de femme, car le ciel t'ayant favorisée d'une belle chute de rein, on te reconnaîtrait sur-le-champ pour une femme, et, depuis deux ou trois ans, la mode réprouve ce travestissement si commode. Mais viens vite ; j'ai mille choses à te dire, et peut-être de longtemps ne trouverons-nous une occasion comme celle-ci. Je suis à Paris et tu n'es pas grosse. Je te félicite bien du parti que tu as non seulement pris, mais *soutenu* d'être peu à Cularo[1]. Notre pauvre grand-père n'y est presque plus, l'oncle nous hait, le père ne nous aime pas ; je ne vois rien qui nous rappelle en ce pays. Grâce au ciel, je m'accoutume tous les jours davantage à être heureux, quelques niches que me fassent mes compagnons de voyage. Par exemple, je me suis beaucoup distingué en Russie ; tout le monde me prédisait un grand avancement ; on ne variait que sur la qualité de cet avancement. Quelques amis me disaient en secret : vous avez été nommé maître des requêtes ; d'autres, préfet. Rien de tout cela. Je n'ai pas même eu de ces petites choses agréables. Je suis Gros-Jean comme devant. Cela ne diminue en rien mon zèle pour le service de S. M. et ma gaîté. Mon père arrête la baronnie, faute d'un chiffon de huit lignes à faire signer par huit amis que Faure me procure à bon compte. Je m'en fiche, et m'amuse à demander des filles en mariage pour les faire épouser à mes amis. Si tu viens bientôt, je te conterai cette scène.

Je suis plus résolu que jamais à garder la *cara libertà*. Adieu ; amuse-toi ; voyage ; aime-moi et songe qu'une femme de vingt-sept ans passés n'est plus un enfant et peut courir sans donner à jaser. Tiens-moi au courant de tes actions. Tu es tendrement aimée de Mélanie, mariée à un général russe et qui est venue en France pour guérir une maladie d'yeux[1].

74. À PAULINE PÉRIER-LAGRANGE

Saint-Avold,
le 21 avril 1813 à midi.

Je ne me suis jamais senti si triste, ma chère petite. Je vais revoir des hommes et des choses dont je suis plus que rassasié. Mon départ a paru assez extraordinaire à tout le monde. Tout le monde m'a plaint, mais oubliera cela dans quinze jours. Mon absence de Russie ayant duré sept mois, j'étais déjà un peu oublié. Celle-ci, après un séjour de deux mois et demi à Paris, augmentera encore l'étrangeté dont je suis pour mes connaissances. J'ai écrit à Z. que je désirais être employé à Rome ou à Florence. Je voyage avec le plus niais et le plus grossier des hommes. Je lis ; il m'interroge sans cesse d'une voix éclatante, pour me demander le nom de toutes les bicoques devant lesquelles nous passons. À Sainte-Menehould, il m'a demandé, par exemple : à qui appartient cette maison ? En me désignant un bâtiment du bourg.

Voilà à quels animaux je suis livré pour six ou huit mois. La route est couverte de troupes. Adieu ; j'embrasse Périer.

[...]

75. AU BARON DE STROMBECK[1]

Erfurt, le 26 avril 1813.

Me voici en Allemagne pour la quatrième fois, mon cher ami, mais aucune de ces campagnes n'a valu la première, je n'y ai plus gagné d'ami et vous êtes le seul que j'aie dans la langue d'*ya*. Comment avez-vous passé votre temps depuis deux mois ? Je crois que vous avez chez vous le quartier général du Prince d'Eckmühl. Donnez-moi de vos nouvelles en détail, au *Quartier Impérial*. Je pense que ce quartier-là sera bientôt à Berlin. L'ennemi se retire comme si le diable l'emportait. Je suis content comme patriote, mais bien triste comme homme. Il n'y a que sept jours que j'ai quitté Paris, et la campagne me perce déjà le cœur. Je n'avais pas encore eu le temps de me reposer de la course de Moscou. Écrivez-moi, mon cher ami, pour me rendre supportable le séjour de l'Armée, et surtout dites bien à l'aimable φιλλιπιδιον[2] que toutes les armées du monde ne me feront jamais oublier le temps heureux que j'ai passé à Brunswick. Cet aimable caractère m'est tous les jours plus présent, ne lui dites pas ma petite phrase telle qu'elle est. Je craindrais que Mlle φιλλιπιδιον ne la trouvât trop vive, mais quand on est triste on ne sait pas voiler ses sentiments.

[...]

LUNENBOURG.

76. À PAULINE PÉRIER-LAGRANGE

Venise, le 8 octobre 1813.

Ma chère amie,

Les premières années d'un homme distingué sont comme un affreux buisson. On ne voit de toutes parts qu'épines et branches désagréables et dangereuses. Rien d'aimable, rien de gracieux dans un âge où les gens médiocres le sont pour ainsi dire malgré eux et par la seule force de la nature. Avec le temps, l'affreux buisson tombe à terre, l'on distingue un arbre majestueux qui, par la suite, porte des fleurs délicieuses.

J'étais un affreux buisson en 1801, lorsque je fus accueilli avec une extrême bonté par Mme Borone[1], milanaise, femme d'un marchand. Ses deux filles faisaient le charme de sa maison. Ces deux filles aujourd'hui sont mariées, mais la bonne mère existe toujours ; on trouve dans cette société un naturel parfait et un esprit supérieur de bien loin à tout ce que j'ai rencontré dans mes voyages.

D'ailleurs, on m'y aime depuis douze ans. J'ai pensé que c'était là que je devais venir achever de vivre, ou me guérir, si, suivant toutes les apparences, la force et la jeunesse l'emportaient sur la désorganisation produite par des fatigues extrêmes.

Je me suis placé à Milan dans une bonne auberge dont j'ai bien payé tous les garçons, j'ai demandé le meilleur médecin de la ville et je me suis apprêté à faire ferme contre la mort. Le bonheur de revoir des amis tendrement chéris a eu plus de pouvoir que les remèdes. Je suis à l'abri de tout danger. Je me joue de la fièvre maintenant. Elle ne me quittera qu'après les chaleurs de l'été prochain, elle me laissera les nerfs extrêmement irrités. Mais, enfin, je dois la santé à cette manœuvre. Quand j'ai la fièvre, je vais me tapir dans un coin du salon, et l'on fait de la musique. On ne me parle pas et bientôt le plaisir l'emporte sur la maladie, et je viens me mêler au cercle.

[…]

Je suis très content de Venise, mais ma faiblesse me fait désirer de me retrouver chez moi, c'est-à-dire à Milan. Il faudra bien rentrer en France vers la fin du mois de novembre ; si cela ne te dérange pas trop, viens à ma rencontre jusqu'à Chambéry ou Genève.

C^{in} SIMONETTA[1].

77. AU DUC DE CADORE

[…] Au Palais impérial de
le décembre 1813.

NAPOLÉON

[…]

[…] Suisse

Sur le rapport de notre Intendant général, nous avons décrété et décrétons ce qui suit :

Article 1er

Nous accordons l'exemption du Service militaire au Sr Henry de Beyle, Auditeur de 1re classe en notre Conseil d'État, Inspecteur du Mobilier de notre Couronne, né le 23 janvier 1783.

Article 2

Notre ministre de la guerre est chargé de l'exécution du présent décret.

N[1].

78. AU DUC DE FELTRE[2]

Grenoble, le 17 janvier 1814.

Monsieur le Duc, mon collègue M. le Comte Chaptal m'ayant écrit de Lyon le 15 qu'il était probable que l'ennemi allait occuper cette malheureuse ville et qu'il ne fallait plus y envoyer de troupes, j'ai donné à M. le Comte Marchand le commandement des troupes de la 7e division militaire. Cette mesure dont j'avais eu l'honneur d'entretenir Votre Excellence dans mes lettres du 12 et du 14 courant, m'a semblé nécessaire au service de Sa Majesté. J'ai ensuite rassemblé un conseil de guerre dont j'ai l'honneur d'adresser le procès-verbal à Votre Excellence. Les avis y ont été unanimes sur tous les objets, même sur la manière de défendre Grenoble. On a reconnu qu'il fallait défendre cette place aux positions du fort Barraux et du château Bayard au nord, et du côté de Lyon, à Voreppe, si l'on avait une quantité suffisante de troupes, et au pont de Piquepierre (près la Buisserate), à un quart de lieue de la ville, si l'on n'avait que peu de troupes ; mais qu'il était impossible que les murs de Grenoble arrêtassent l'ennemi une heure. Cependant, par respect pour les ordres de Votre Excellence, on va armer cette place.

Nous n'avons pas de fusils, et il convient de faire évacuer toute l'artillerie qui n'est pas nécessaire à l'armement. Nous espérons venir à bout de cette opération par le zèle que M. le baron Fourrier, préfet, apporte à tout ce qui est du service de Sa Majesté. Cet excellent Préfet a d'autant plus de mérite que le voisinage de l'ennemi rend très difficile le moyen des réquisitions et que les deux arrondissements les plus populeux de son département, ceux de Vienne et de la Tour-du-Pin, bordant le Rhône, craignent chaque jour de voir arriver les patrouilles ennemies. Les deux sous-préfets se conduisent très bien et le maire de Pont-de-Beauvoisin (Isère), le sieur Flandrin, se montre animé du zèle le plus vif.

Votre Excellence connaît l'état effrayant des places des Hautes-Alpes, où nous n'avons guère que les deux compagnies d'artillerie envoyées de Turin. Le général Marchand et moi nous sommes déterminés à envoyer un courrier au Prince vice-roi et au prince Camille pour leur demander des garnisons pour Briançon et Montlyon. Ce qui augmente mes inquiétudes pour ces places, c'est qu'il n'y a pas de fusils et qu'ainsi on ne pourrait profiter de la bonne volonté des habitants qui voudraient se jeter dans ces places. Le Conseiller de préfecture faisant fonctions de préfet à Gap sert fort bien.

Telles sont, Monsieur le duc, les précautions que nous avons dû prendre. Cependant je ne crois pas que l'ennemi soit en force devant Lyon, et mon opinion particulière est qu'il ne viendra pas à Grenoble et ne s'engagera pas dans nos montagnes. Je dois vous dire cependant que l'opinion du public n'est pas semblable à la mienne.

Quoi qu'il arrive, je vous prie de mettre sous les yeux de Sa Majesté l'assurance que je tiendrai ici jusqu'au dernier moment, et que si quelqu'un est capable de défendre ce pays, c'est le général Marchand.

Il n'y a aujourd'hui dans les caisses que 6 700 fr. 54. J'ai ordonné que rien ne se payât sans mon visa.

79. À PAULINE PÉRIER-LAGRANGE

Paris, le 1er avril 1814.

Je me porte fort bien ; il y a eu avant-hier une fort belle bataille à Pantin et à Montmartre ; j'ai vu prendre cette montagne.

Tout le monde s'est bien conduit, pas le moindre désordre. Les maréchaux ont fait des prodiges. Je désire avoir de vos nouvelles et de celles de M. de Saint-Vallier. Toute la famille se porte bien. Je suis chez moi.

G[énér]al TERRÉ.

« Je tombai avec Napoléon » (1814-1830)

« *Milanese* »

80. À PAULINE PÉRIER-LAGRANGE

Paris, n° 3, le 15 avril 1814.

J'ai vu de bien près un bien grand spectacle. Tout cela s'est passé avec la dernière simplicité. Grands et petits ont suivi leurs intérêts sans songer au *qu'en dira-t-on*.

Je crois M. le comte d'Artois bien embarrassé de concilier toutes les prétentions : trente mille nobles qui ne savent rien faire affluent par toutes les diligences pour tout demander. Heureusement, il y a là un homme de beaucoup d'esprit, M. de Talleyrand, et digne d'être premier ministre.

Je crois que ton frère perdra ses appointements. Sa charge deviendra une charge d'honneur sans salaire. Demande par une lettre au digne père de ce pauvre diable de lui remettre des terres rapportant un revenu net de 2 400 francs. Il lui faut bien cela pour vivre. (Il est parti avant-hier pour Versailles.) Il ne demande cela qu'en cas de cessation totale d'appointements.

S'il est refusé, le pauvre hère est dans le plus grand embarras avec des dettes pour tout bien.

FLORISE.

Bien des choses à Mme Derville. Que fait-elle ?

81. À PAULINE PÉRIER-LAGRANGE ET À LA COMTESSE BEUGNOT[1]

Milan, 28 août 1814[2].

Ma chère Pauline,

Je n'ai pas la patience de recopier les faits ci-joints. C'est les débris d'une lettre que j'ai trouvée de style lourd après l'avoir finie. Je serai à Gênes demain à midi. [...]

Suivent les commissions.

« Madame,

» Tant de choses se sont peut-être passées à Paris, depuis un mois, qu'il est fort possible que vous n'ayez que bien peu d'attention à donner aux récits d'un voyageur. Ma lettre vous trouvera-t-elle au château de Mme Curial[3], qui, ce me semble, doit être charmant, ou aura-t-elle le malheur d'arriver un mercredi, comme un compte de pain pour les pauvres ? Si j'écrivais pour la campagne et pour la douce sérénité que doit inspirer une société si aimable ; je donnerais plus d'étendue à la partie intéressante de mon voyage ; si c'est pour Paris, je vous parlerais des parades politiques que j'ai rencontrées.

» Après un serrement de cœur très vif en quittant Paris et les lieux qui me rappelaient des illusions charmantes, mais qui n'étaient pas que des illusions, je suis venu passer huit jours au milieu des forêts bien vertes et bien solitaires, avec des gens sur l'affection desquels je puis entièrement compter. Je partais à cheval le matin, tout seul, et je faisais deux ou trois lieues dans la forêt silencieuse, belle occasion pour faire des réflexions. J'y ai vu de nouveau que je n'avais aimé que des illusions, et je ne vous dirai pas le nom de la seule personne que j'aie trouvée sincèrement à regretter. Je trouve ennuyeuse la société des hommes et le raisonnement sérieux. Vous aurez peut-être remarqué, madame, que ces beaux raisonnements finissent toujours par conclure à quelque chose de triste. Je parle des meilleurs raisonnements ; les trois quarts font seulement hausser les épaules par l'ignorance ou la platitude de leurs discours. Tout l'avantage qu'on peut tirer de ces conversations prétendues importantes, c'est que, si la personne avec laquelle vous avez bavardé s'appelle Mme Doligny ou M. le Duc Binocle, les bavards qui vous voient partir de chez eux vous marquent du respect. Il ne reste donc à l'homme qui est un peu sensible et un peu désabusé de la vanité des uniformes, que la société des femmes ; or, cette société vaut infiniment mieux en Italie, parce qu'en France les femmes ne sont que des hommes pendant vingt-trois heures et demie de la journée. J'ai vu à Turin un petit roi qui a quelque courage personnel ; il va presque tous les jours se promener seul et à pied[1]. Du reste, comme le lui a dit ce lord Bentinck qui a poussé sur Paris, il est en arrière de trente ans dans l'art de régner, et s'il reste sur le trône, ce ne sera pas sa faute ; il mécontente vingt mille soldats qu'il laisse rentrer en Piémont ; Milan est plein de toutes les grandes familles de son pays qu'il a disgraciées pour avoir servi cet autre (c'est le nom qu'il donne à Bonaparte).

» J'aime beaucoup les amis qu'on fait en voyage ; il faut qu'ils trouvent en vous quelque chose d'agréable, puisqu'ils vous aiment sans savoir qui vous êtes.

» J'ai fait à Turin la connaissance d'un général italien dont probablement je ne saurai jamais le nom. Il m'a fait voir le roi et, qui plus est, une charmante actrice qui a dix-huit ans, et avec les plus beaux yeux du monde, prend la vie du côté gai, se moque de tout, sur la scène comme chez elle, et a la sagesse profonde de ne pas vouloir épouser les gens riches qui lui offrent un carrosse, une livrée et l'ennui de leur triste société. Ce caractère, qui est bien franc, fait qu'elle chante et qu'elle joue d'une manière très rare, c'est-à-dire parfaitement naturelle. J'ai vu toute une salle rire aux larmes pendant dix minutes, tout le monde s'essuyait les yeux, et tout le monde en sortant répétait le duo comique qu'elle avait chanté avec un amant ridicule.

» Voilà de ces plaisirs que l'on ne trouve pas de l'autre côté des Alpes : on aurait été révolté de l'indécence du duo.

» C'est ce qui fait que mes conversations avec une dame de Milan ne finissent pas ; c'est ce qui fait que toute sa société est jalouse du Français, et, comme elle a beaucoup de ménagements à garder, c'est ce qui fait qu'elle vient de m'exiler à Gênes ; j'y serai le 31 août ; pour combien de temps ? Je l'ignore. Je ne puis être juge de la haine qu'on a contre le Français, puisqu'on le reçoit très poliment et que ce n'est qu'à elle qu'on a osé la témoigner. Je puis donc avoir des soupçons et la croire inconstante ; c'est ce que je viens de prendre la liberté de lui dire : de là, des larmes, une scène, et, comme j'ai enfin consenti à partir, je quitte Milan avec les tourments de la jalousie. Je lui ai offert d'aller habiter Venise ou toute autre ville, grande ou petite, qu'elle voudra ; elle doit m'écrire sa résolution à Gênes. Elle m'a fait demander son portrait et, pendant que j'écrivais cette lettre, on vient de me le rapporter dans un livre.

» Adieu, madame, il faut que je finisse brusquement sous peine de ne jamais finir. Ordonnez à mon ambassadeur *Fairisland*[1] de ne jamais finir de m'aimer et de demander constamment un petit titre diplomatique dans ce pays. Il faut absolument quelque chose d'officiel pour mettre à l'abri des menées jésuitiques.

» Daignez présenter mes respects à Mme Curial et à M. Beugnot, [...] et si jamais, après une semaine de constance, vous parvenez à cette quatrième page, jetez vite ma lettre au feu et pensez que vous avez à Gênes un esclave fidèle. »

DOMINIQUE.

82. À PAULINE PÉRIER-LAGRANGE

Turin, 14 janvier 1815.

Si jamais, ma chère amie, tu te donnes les airs d'avoir un amant, tu sauras qu'on ne se trahit jamais davantage que quand il y a de la brouille. La jalousie de *sangsue* étant hors des gonds, Mme Simonetta[2] m'a représenté qu'il fallait faire une absence. Elle a ajouté qu'un vainqueur de Moscou ne craignait pas le froid et que, puisque Italie n'avançait pas à Cularo, je devrais y aller faire un tour ; que cela nous épargnerait une séparation, quand une fois nous serions établis à Venise. J'ai voulu plaider, inutile. Je suis donc venu à Turin ; mais sortir d'une salle de bal charmante, bien éclairée où l'on danse avec sa maîtresse, arriver dans la rue par un temps humide et tomber dans un trou à fumier, tout cela n'est qu'une faible image de ce qu'aurait éprouvé mon cœur en abandonnant l'aimable Italie pour le plat Cularo, où nous avons gémi il y a un an, si tu t'en souviens.

Je me suis donc arrêté à Turin.

Le 23, j'écrirai à la Comtesse Simonetta que je suis de retour et que je n'ai point été engouffré dans les neiges du Mont Cenis. [...]

Mets à la poste la lettre ci-jointe d'un jeune officier espagnol qui a une maîtresse charmante à Milan, ce qui le rend très considérable à mes yeux. [...] Cultive les Allard en mon nom, afin qu'ils ne me croient pas un monstre parce que, à trente-deux ans, ruiné, je prends une légitime de 25 000 fr. [...]

Ah ! ma chère amie, quelle affreuse nouvelle m'apprend le journal qu'on m'apporte ! La mort de Mme Daru[1]. C'était, après toi, la meilleure amie que j'eusse au monde ; je ne puis t'écrire. Adieu.

Achille est mort, grands dieux, et Thersite respire !

83. À M. DUPIN AÎNÉ

Des environs de Nantes,
le 1er septembre 1816[2].

Monsieur[3],

Je désirerais que vous voulussiez bien proposer aux Chambres la loi suivante.

Vous excuserez ce que ma lettre peut avoir d'inconvenant, quand j'aurai fait l'aveu que celui qui se donne l'honneur de vous écrire vient de perdre son unique appui, un neveu de dix-huit ans, jeune homme des mœurs les plus pures, par la main d'un duelliste, très habile escrimeur, et dont c'est le cinquième duel au moins.

François DURAND.

LOI

Article premier. — Les Cours royales informeront du duel, comme des autres délits.

Art. 2. — Le duel sera jugé par le jury[1].

Art. 3. — Le duel sera puni par la prison. La détention sera accompagnée du secret absolu[2], sans papier, sans écritoire. La nuit, le détenu n'aura pas de lumière. Pendant le jour, il sera tenu dans une profonde obscurité. Chaque jour, il aura une heure de promenade le matin et une heure le soir. Il sera privé de toute conversation. Il sera également privé de toute liqueur fermentée et tenu au régime végétal. Il ne pourra avoir d'autre livre que Tite-Live[3].

Art. 4. — Le premier duel sera puni de huit jours de prison ; s'il y a mort, de trois mois.

Le deuxième, de trois mois de prison ; s'il y a mort, de dix mois.

Le troisième, de un an de prison ; s'il y a mort, de deux ans.

Le quatrième, de quatre ans de prison ; s'il y a mort, de huit ans.

Le cinquième, de huit ans de prison ; s'il y a mort, de seize ans.

Art. 5. — Les membres des deux Chambres qui auront des duels entre eux seront également jugés par le jury. Si le duel n'a pas eu de motifs politiques, ils subiront les peines portées par l'article 4. Si le duel a eu des motifs politiques, l'agresseur sera condamné à une amende de quinze mille francs au moins et de soixante mille au plus.

Art. 6. — Tout homme qui, à la suite de différends politiques, aura un duel avec un maire ou un membre d'une des deux Chambres, sera puni ainsi qu'il est statué en l'art. 4 et de plus, sera condamné à une amende de dix mille francs au moins et de quarante mille francs au plus[1].

Art. 7. — Tout homme qui sera convaincu de s'être battu à prix d'argent, ou par des motifs vénaux, pour une querelle à lui étrangère, sera condamné à une détention qui ne pourra être moindre de six ans, ni excéder vingt ans. S'il a tué son adversaire, il sera condamné à dix ans de fers et à la flétrissure. Si la querelle a eu des motifs politiques, il sera condamné à quinze ans de fers et à la flétrissure. Si, à la suite d'une querelle politique, il a tué son adversaire, il sera condamné à mort.

Art. 8. — Tout homme qui sera convaincu d'avoir soudoyé quelqu'un, pour se battre à sa place, sera condamné à deux ans de fers et à la flétrissure. Les travaux forcés seront de vingt ans si le duel a lieu contre un membre d'une des deux Chambres.

Art. 9. — Si un duel est suivi de mort, chacun des témoins sera puni d'un mois de détention. Si le témoin a des duels à se reprocher, la détention sera augmentée de dix jours au moins, et de six mois au plus pour chaque duel.

Art. 10. — Si un maître d'armes, duquel il sera prouvé qu'il a donné des leçons d'escrime ou de pistolet, pour de l'argent, se bat avec un citoyen qui ne sera pas dans le même cas, et le tue, la détention du maître sera doublée. Au second duel, suivi de la mort de son adversaire, il sera condamné à mort.

Art. 11. — S'il est constant que les duellistes ont changé de département pour se battre, ou, à Paris, se sont battus hors de l'enceinte du bois de Boulogne, outre les peines ordinaires, chacun d'eux paiera une amende de deux mille francs au moins et de quarante mille francs au plus.

Art. 12. — En temps de paix, la présente loi est applicable aux militaires. Seulement, le premier duel entre militaires ne sera suivi d'aucune peine. Le second sera puni de huit jours de prison; s'il y a mort, de trois mois; et ainsi de suite, comme il est statué en l'article 4. Tout officier convaincu d'avoir eu six duels ne pourra être promu au grade supérieur à celui qu'il occupe, qu'après avoir passé dix ans dans son grade actuel. Il ne pourra obtenir les ordres militaires qu'à la suite de blessures. Tout général qui aura un duel, outre les peines ordinaires, paiera une amende qui ne pourra être moindre de dix mille francs, ni excéder cent mille francs. L'amende sera double si le duel a lieu avec un maire ou avec un membre des deux Chambres.

84. AU RÉDACTEUR EN CHEF DU *CONSTITUTIONNEL*

Rouen, 26 septembre 1816[1].

Monsieur,

M. Louis-Alexandre-César Bombet[2], mon frère, étant à Londres, fort vieux, fort goutteux, fort peu occupé de musique, et encore moins de M. Carpani, permettez que je réponde pour lui à la lettre de M. Carpani que vous avez insérée dans votre numéro du 20 de ce mois[3].

J'ai lu l'hiver dernier les deux lettres italiennes adressées par M. Carpani à M. Bombet, et qui furent annoncées dans votre journal. Elles me portèrent à lire ce que M. Carpani appelle ses *Haydine*, gros volume interminable sur le compositeur Haydn. Je démêlai, à travers beaucoup de paroles et de détails sans intérêt, que plusieurs faits de la vie de Haydn, consignés dans le livre en question, avaient été *dérobés* par M. Bombet. Comment se tirer de ce mauvais pas ? Je m'en consolais, et je crus en conscience l'honneur de mon frère à couvert lorsque je me mis à réfléchir que Hume n'était point le plagiaire de Rapin-Thoiras, pour avoir dit, après lui, qu'Élisabeth était fille de Henri VIII ; que M. Lacretelle n'était point le plagiaire de M. Anquetil pour avoir traité après lui le sujet de la guerre de la Ligue[1].

Je fus plus que consolé, et presque joyeux, quand je me fus dit que Hume et M. Lacretelle avaient envisagé leur sujet d'une manière différente, et souvent opposée à celle de leurs prédécesseurs ; que ces deux historiens avaient tiré des mêmes faits des conséquences inaperçues avant eux ; qu'enfin ils avaient fait oublier leurs devanciers. Je crains bien que ce ne soit là le cas de ce pauvre M. Carpani, qui, l'hiver dernier, était si fier de pouvoir tirer quelques plaisanteries du nom et des prénoms de M. Bombet, et qui, aujourd'hui, s'annonce comme un Hercule, parce que, dit-il, on n'a su que lui répondre. M. Carpani dit qu'il a déployé des preuves terribles contre M. Bombet ; il voudrait une réplique en forme. Ce combat ferait peut-être penser un peu aux *Haydine* de notre *Athlète* qui moisissent à Milan chez Buccinelli, M. Bombet et M. Carpani peuvent faire leurs preuves ensemble et de bon accord. Le moyen est simple. Que M. Carpani fasse traduire trente pages de ses *Haydine*, qu'il choisisse lui-même ces pages et qu'il en fasse imprimer en regard trente des *Lettres sur Haydn* de M. Bombet, ces dernières seront au choix encore de M. Carpani lui-même.

Le public jugera.

S'il fallait d'autres preuves, je dirais que l'ouvrage de M. Bombet, imprimé chez Didot, ne contient que 250 petites pages sur Haydn, tandis que celui de M. Carpani se compose de près de 550 pages; je demanderais à M. Carpani s'il revendique aussi la *Vie de Mozart*, l'excellente digression littéraire sur Métastase, la *Lettre sur l'état actuel de la musique en France et en Italie*, la *Lettre* de Montmorency sur le *beau idéal*. Je le prierais de nous faire connaître ses droits sur les questions que M. Bombet a approfondies le premier touchant les vraies causes des plaisirs produits par les arts, et particulièrement par la musique; sur les jugements exquis que M. Bombet nous donne sur les grands compositeurs; je prierais encore M. Carpani de nous dire s'il aurait la charmante prétention d'avoir servi de modèle *au style plein de grâce, plein d'une sensibilité sans affectation, et qui n'exclut pas le piquant qui, peut-être, est le premier mérite de l'ouvrage de M. Bombet*.

Mais je m'aperçois qu'à mon tour je deviens un Hercule, que je pille M. Carpani, que je tombe dans le sérieux et dans l'ennuyeux. M. Bombet, qui n'aime pas ce style moderne, et qui pour tout n'a eu garde de dérober le sien à M. Carpani, M. Bombet, qui est mon frère aîné, me fera sûrement de grands reproches de la liberté que je prends d'ennuyer le public en son nom. Ainsi je m'arrête, je renouvelle à M. Carpani le défi des trente pages; ce n'est qu'en y répondant qu'il prouvera sa bonne foi.

J'ai l'honneur, etc.

H. C. G. BOMBET.

85. À LOUIS CROZET[1]

Rouen, 28 septembre 1816[2].

[...]

Un hasard le plus heureux du monde vient de me donner la connaissance *of* quatre ou cinq *Englishmen of the first rank and understanding*[3]. Ils m'ont illuminé et le jour où ils m'ont donné le moyen de lire *the Edinburgh Review* sera une grande époque pour l'histoire de mon esprit ; mais en même temps une époque bien décourageante. Figure-toi que presque toutes les bonnes idées de l'*H.*[4], sont des conséquences d'idées générales et plus élevées, exposées dans ce maudit livre. *In England if ever the H.*[5] y parvient, on la prendra pour l'ouvrage d'un homme instruit et non pas pour celui d'un homme qui écrit sous l'immédiate dictée de son cœur.

La note sur le romantique dans les tempéraments est bien mauvaise. Ces plats allemands toujours bêtes et emphatiques se sont emparés du système romantique, lui ont donné un nom et l'ont gâté. Ce système tel qu'il est pratiqué par Lord Ba-ï-ronne[6] (Lord Byron, jeune fou, Lovelace de trente-six ans) et tel qu'il est enseigné par l'*Ed. Review* est sûr d'entraîner le genre humain. Schlegel reste un pédant ridicule. Il dit qu'il voudrait que la littérature française n'eût qu'une tête pour la couper, que la perfection dans tous les genres est antérieure aux Grecs, nous allons toujours en diminuant, les Allemands seuls conservent encore un peu le feu sacré, l'italien n'est que de l'allemand corrompu. Du reste, il est absolument l'original des trois procureurs sortant du *Cid*, dans Helvétius ; il précipite dans le néant la littérature française. « Je crois avoir prouvé aux Anglais qu'ils n'ont pas de littérature, disait-il un jour. Il n'y a que l'Allemagne. Schiller n'est qu'un élève de Shakespeare. Goethe est immoral et a éparpillé son génie en petits morceaux. Restent mon frère et moi, et il semble que les *Leçons de littérature dramatique* sont le livre du siècle.»

Si tu peux, ridiculise ce sot, autrement M. B. A. A.[1] semblera faire cause commune avec ce monstre de vanité qui un de ces jours sera jeté dans la boue. Byron, Byron est le nom qu'il faut faire sonner ferme. *L'Ed. H.* le place immédiatement après Shakespeare pour la peinture des passions énergiques. Ses ouvrages sont des histoires d'amour tragiques. *Le Corsaire*, poème en trois chants; *le Giaour* (un Chrétien qui enlève une Turque; son amante est tuée, il la venge et meurt de douleur), poème en trois chants; *la Fiancée d'Abydos*, en trois chants, plus tendre et moins tragique. Trois ou quatre des premiers hommes d'Angleterre regardent ces ouvrages comme sûrs d'aller à l'an 2500. La moitié de ce que nous admirons est renversé en Angleterre. Nous ignorons leurs progrès depuis 1790, et eux, sans s'embarrasser du continent, ont suivi hardiment leur raison. Platon, Cicéron, Aristote, etc., sont dans la boue, *pour l'utilité actuelle*, mais admirables comme ayant été grands de leurs temps. Les imitateurs de ces gens-là sont des sots qui ne savent pas interroger leur propre cœur sur ses plaisirs.

[...] En un mot il y a depuis deux mois révolution dans mes idées. J'ai connu sept à huit personnes du premier rang par les cordons et par la tête. J'ai eu des succès d'amour-propre. Ils ont goûté ma loquelle. Cela m'a ôté la timidité que j'ai envers les gens que j'estime *grands*. Dans une de mes premières lettres je mettrai les noms de ces connaissances.

Je reviens aux moutons.

Je tiens à M. B. A. A.

[…] Mettre en style et lettres lapidaires sur la page qui suit le titre ces mots

TO
THE HAPPY FEW [1]

Ça a été mon projet pendant deux ans. Cela explique tout le livre. Je le dédie aux âmes sensibles. Les gens comme Mgr Z. n'y comprendront rien et il leur sera *odieux*.

[…]

86. À LOUIS CROZET

Paris, le 30 septembre 1816[2].

Raisons pour ne pas faire les troisième, quatrième, cinquième et sixième volumes.

Depuis qu'à douze ans j'ai lu Destouches[3], je me suis destiné *to make co*[4]. La peinture des caractères, l'adoration sentie du comique ont fait ma constante occupation.

Par hasard, en 1811, je devins amoureux de la comtesse Simonetta et de l'Italie. J'ai parlé d'amour à ce beau pays en faisant la grande ébauche, en douze volumes, perdue à Molodetchno. De retour à Paris, je fis recopier ladite ébauche sur le manuscrit original, mais on ne put reprendre les corrections faites sur les douze jolis volumes verts, petit in-folio, mangés par les Cosaques.

En 1814, battu par les orages d'une passion vive, j'ai été sur le point de dire bonsoir à la compagnie, du 22 décembre 1814 au 6 janvier 1815 ; ayant le malheur de m'irriter du jésuitisme du bâtard[5], je me trouvais hors d'état de faire du raisonnable, à plus forte raison du léger. J'ai donc travaillé quatre à six heures par jour, et, en deux ans de maladie et de passion, j'ai fait deux volumes. Il est vrai que je me suis formé le style, et qu'une grande partie du temps que je passais à écouter la musique *alla Scala* était employé à mettre d'accord Fénelon et Montesquieu qui se partagent mon cœur.

Ces deux volumes peuvent avoir cent cinquante ans dans le ventre. La connaissance de l'homme, si mon testament est exécuté[1] et si l'on se met à la traiter comme une science exacte, fera de tels progrès qu'on verra, aussi net qu'à travers un cristal, comment la sculpture, la musique et la peinture touchent le cœur. Alors ce que fait Lord Byron on le fera pour tous les arts. Et que deviennent les conjectures de l'abbé Dubos quand on a des Lord Byron, des gens assez passionnés pour être artistes, et qui d'ailleurs connaissent l'homme à fond ?

Outre cette raison sans réplique, il est petit de passer sa vie *à dire comment les autres ont été grands. Optumus quisque benefacere*, etc.

C'est dans la fougue des passions que le feu de l'âme est assez fort pour opérer la fonte des matières qui font le génie. Je n'ai que trop de regrets d'avoir passé deux ans à voir comment Raphaël a touché les cœurs. Je cherche à oublier ces idées et celles que j'ai sur les peintres, non décrits. Le Corrège, Raphaël, Le Dominiquin, Le Guide sont tous faits, dans ma tête.

Mais je n'en crois pas moins sage, à trente-quatre ans moins trois mois, d'en revenir à *Letellier*[2], et de tâcher de faire une vingtaine de comédies de trente-quatre ans à cinquante-quatre. Alors je pourrai finir la Peinture, ou bien, avant ce temps, pour me délasser de l'art de *komiker*. Plus vieux, j'écrirai mes campagnes ou mémoires moraux et militaires. Là, paraîtront une cinquantaine de bons caractères.

At the jesuit's death, if I can, I will go in England[1] pour 4000 fr. et en Grèce pour autant, après quoi, j'essaierai Paris, mais je crois que je viendrai finir dans le *pays du beau*. Si, à 45 ans, je trouve une veuve de 30 qui veuille prendre un peu de gloire pour de l'argent comptant, et qui de plus ait les 2/3 de mon revenu, nous passerons ensemble le soir de la vie. Si la gloire manque, je resterai garçon.

Voilà tout ce que je fais de ma vie future.

[...]

87. À LOUIS CROZET

Lyon, le 20 octobre 1816[2].

[...]

J'ai dîné avec un joli et charmant jeune homme, figure de dix-huit ans, quoiqu'il en ait vingt-huit, profil d'un ange, l'air le plus doux. C'est l'original de Lovelace ou plutôt mille fois mieux que le bavard Lovelace. Quand il entre dans un salon anglais, toutes les femmes sortent à l'instant. C'est le plus grand poète vivant, lord Byron. *L'Edinburgh-Review*, son ennemi capital, contre lequel il a fait une satire atroce, dit que, depuis Shakespeare, l'Angleterre n'a rien eu de si grand pour la peinture des passions. *J'ai lu cela*. Il a passé trois ans en Grèce. La Grèce est pour lui comme l'Italie pour Dominique[3]. Hors de là, il fait des vers qui, de retour en Grèce, lui semblent plats. Il y retourne.

[...]

88. NOTE POUR LE LIBRAIRE[1]

Le 15 septembre 1817.

Nota : N'afficher et n'envoyer aux journaux que quinze jours après avoir adressé des exemplaires aux personnes nommées ci-après.

Ne pas envoyer d'exemplaire à la *Quotidienne*, aux *Débats*, au *Bon Français*, à la *Quinzaine*.

Envoyer à :

M. le duc de La Rochefoucauld-Liancourt, rue Royale-Saint-Honoré, 9 ;

M. le duc de Choiseul-Praslin, rue Matignon, 1 ;

M. le comte de Tracy, rue d'Anjou-Saint-Honoré, 42 ;

M. le comte de Volney, pair de France, membre de l'Académie française, rue de La Rochefoucault, 11 ;

M. le comte Garat, rue Notre-Dame-des-Champs ;

M. le lieutenant-général, comte, pair de France Dessoles, rue d'Enfer-Saint-Michel, 4 ;

M. le lieutenant-général Andreossy, rue de la Ville-l'Évêque, 22 ;

M. de Cazes, ministre ;

M. le duc de Broglie, pair de France, rue Lepelletier, 20. Et le duc de Broglie, de la Chambre des députés, rue Saint-Dominique, 19 ;

M. de Staël fils ;

M. Benjamin Constant (*Mercure*) ;

Sir Francis Eggerton ;

M. le duc de Brancas-Lauraguais, pair de France, rue Traversière-Saint-Honoré, 45 ;

M. Terier de Monciel ;

Mme la comtesse de Sainte-Aulaire ;

M. le comte Boissy-d'Anglas, pair, rue de Choiseul, 13 ;

M. le comte Chaptal, membre de l'Institut, président de la Société d'encouragement, rue Saint-Dominique-Saint-Germain, 70 ;

M. Thénard, membre de l'Académie des Sciences, rue de Grenelle-Saint-Germain, 42 ;

M. Biot, membre de l'Institut, au Collège de France, place Lambrai. Absent de France ;

M. le chevalier Poisson, membre de l'Institut, rue d'Enfer-Saint-Michel, 20 ;

M. le comte La Place, pair de France et membre de l'Institut, rue de Vaugirard, 31 ;

M. de Humboldt ;

M. Maine-Biran, rue d'Aguesseau, 22 ;

M. Manuel, avocat ;

M. Dupin, avocat, rue Pavée-Saint-André-des-Arts, 18 ;

M. Berryer, avocat, rue Neuve-Saint-Augustin, 40 ;

M. Mauguin, avocat de la Cour royale, rue Sainte-Anne, 53 ;

M. de Jouy, de l'Institut, rue des Trois-Frères, 11 ;

M. Say, du *Constitutionnel* ;

M. Villemain, chef de division à la Police ;

M. le comte de Ségur, grand-maître des Cérémonies, rue Duphot, 10 ;

M. de Lally-Tollendal, pair, membre de l'Institut, Grande-Rue-Verte, 8 ;

M. Laffitte, banquier, député, rue de la Chaussée-d'Antin, 11 ;

M. le maréchal duc d'Albuféra, rue de la Ville-l'Évêque, 18 ;

M. le prince d'Eckmühl, rue Saint-Dominique-Saint-Germain, 107 ;

M. Béranger, auteur du *Recueil de Chansons* ;

Mme Récamier ;

M. Récamier (Jacques), banquier, rue Basse-du-Rempart, 48 ;

M. Dupuytren, chirurgien en chef, vis-à-vis la colonnade du Louvre ;

M. Talma, rue de Seine-Saint-Germain, 6 ;

Mlle Mars, rue Neuve-du-Luxembourg, 2 *bis* ;

M. Prud'hon, peintre d'histoire, rue de Sorbonne, 11 ;

M. Goethe, Ministre d'État, à Francfort-sur-le-Mein ;

M. Sismonde-Sismondi, à Genève ;

Sir Walter Scott, poète, à Édimbourg.

89. À ADOLPHE DE MARESTE[1]

Milan, le 1er décembre 1817.

[...] *Psamì re d'Egitto* est un ballet assez amusant de Viganò, qu'on a donné hier pour la dernière fois[2]. Nous sommes arrivés le 21. *Psamì* était précédé du second acte du *Matrimonio Segreto*. Galli, dans le rôle du comte, est seulement parfait pour moi. La froide Festa faisait Carolina, et le ténor Monelli, bon dans une petite salle, était sans couleur dans ce gouffre énorme. Après le grand ballet, le second acte de la *Cenerentola* de Rossini. C'est, comme *Psamì*, du médiocre d'un grand artiste.

Le tre Melarancie sont trois princesses que des génies enlèvent endormies dans leur lit, qu'ils apportent dans une forêt où le sabbat se tient, et qu'ils jettent par terre, le tout à la manière des *Mille et une nuits*[3]. Aussitôt une fée enchantée les change en trois belles oranges et les emporte dans un sac. Arrive le génie *El Mourah* monté sur un bélier gigantesque ; il fait venir en un clin d'œil un chevalier qui n'était qu'à deux mille lieues de là, et c'est pour lui faire cadeau d'un sac où se trouvent : 1° un joli pain de munition, ensuite un balai de trois sous, plus un paquet de ficelle. À la vue de ces jolis cadeaux, le chevalier (le jeune et superbe Molinari) saute sur le bélier qui part au petit trot et l'amène devant une cour fermée par une grille de fer ; il jette la grille en dedans, un chien énorme lui saute dessus, il le reçoit d'un air doux et lui remet le pain de munition que le chien va vite manger dans un coin. Un prodigieux géant, que l'on voit occupé à tirer de l'eau avec un seau qu'il attache à une tresse immense formée de ses cheveux, se porte contre le chevalier qui lui fait son compliment terminé par le don du paquet de ficelle. Le géant enchanté, s'assied sur la margelle de puits et s'endort.

Reste une diablesse de vieille qui, avec une pelle, chauffe un vaste four ; elle est séduite par le petit balai. Alors le chevalier s'élance dans le château et vole le sac où sont les trois oranges ; il délivre, chemin faisant, une troupe de chevaliers ; ils rapportent les trois oranges à leur père ; les oranges, mises sur une table, deviennent énormes, et on en voit éclore les trois princesses ; mariages, *balabile*[1], etc. L'acte de l'intérieur du château où les trois princesses, rendues à leurs formes naturelles, parce qu'on a jugé à propos d'en faire des servantes, arrivent dans un salon où la fée, en sortant a rendu immobiles les chevaliers prisonniers ; cet acte, dis-je, est assez drôle. Le commencement de ce ballet est sublime, le milieu encore bon, la fin plate ; c'est du Viganò de troisième qualité.

La considération de ces merveilles a rempli mon cœur et mes yeux depuis le 21. — J'ai cherché et trouvé un appartement pour ma sœur[2], je l'ai présentée ; elle a déjà trois bonnes amies. — On m'a bien parlé politique dans les loges où je vais, vous sentez l'effet des choses vagues sur un adepte qui a eu l'avantage de discourir avec Maisonnette[1] et Besançon. Je me suis dépêché de fermer les oreilles.

Je trouve toujours ce pays bien supérieur au vôtre : jugez-en. Le général prince de Starhemberg est peut-être le seul homme à courage français qu'il y ait dans l'armée autrichienne ; c'est un Lannes, un Lassalle ; de plus, grand prince ; de plus, frère naturel de l'empereur ; c'est donc un des plus grands personnages possibles. Il y a deux ans qu'en cette qualité il trouva bon de voler à un chien d'Israélite de Ferrare pour cent mille francs de mauvais foin. Le Conseil aulique commença un procès dont le jeune prince fit de bons rires avec ses amis. Il y a trois mois que tous les officiers, lui compris, qui se trouvent à Milan, reçoivent l'ordre de se rendre en grande tenue au ministère de la guerre. Arrivés là, le secrétaire du Conseil de guerre donne lecture d'un jugement en vingt pages qui, dit-on, condamne le jeune prince à *tirer les barques* sur je ne sais quel fleuve des états autrichiens pendant six mois ; il sera dégradé, déclaré incapable de servir, et, en outre, condamné à restitution et aux dépens, s'élevant à la bagatelle de douze cent mille francs. Le prince se mit à pleurer. Le greffier tire un nouveau papier : l'empereur commue les six mois de galères en six mois de prison, et confirme le reste de la sentence. Le prince tire son épée, la remet au greffier, et, dans la même voiture de ville qui l'avait amené au ministère, part, sans rentrer chez lui, pour aller subir sa détention dans une forteresse de Bohême. Sa femme, laideron qui l'adore, apprend ça une heure après, prend la poste et lui court après. Elle est riche et paiera pour lui, qui reste, à trente-trois ans, déshonoré et sans le sou. Cela doit sembler bien ridicule à des gens brillants, qui ne savent pas faire obéir un préfet. Ceci fait le pendant du fils du maréchal lieutenant fusillé à Vienne ; mais vous savez cela.

J'avais peur de ne pas trouver de quoi remplir quatre pages. Vous les trouverez peut-être bien vides, mais je ne peux pas vous fournir mieux.

Je lis jusqu'à deux heures ; je me promène jusqu'à quatre et dîne à cinq ; à sept je fais une visite ou deux ; à huit je parais dans la loge de ma sœur ; un ou deux amis à moi viennent m'y relever, et je commence mes petits tours dans la Scala jusqu'à minuit que *le tre Melarancie* commencent à s'enfler sur la table du roi, leur père, et à devenir grosses des princesses. Le reste ne valant rien, je reviens chez moi, où, dans mon lit, je lis jusqu'à une heure. Je lis les lettres de d'Alembert, Montesquieu et autres à Mme du Deffand, 2 vol. chez Léopold Collin[1]. Les lettres de d'Alembert m'ont fait beaucoup d'impression, vu que ce sont pour nous, mon cher ami, des arguments *ad hominem*. Il était, en 1764, content avec mille sept cents francs de rente ; si content qu'il refusait une grande place à Berlin. Et vous avez l'effronterie, vous qui b.nd.z, qui plus est, de vous plaindre de six *thousands* !

Mes six *thousands* ne sont pas si clairs. J'ai 4 250 francs d'assurés par an, et 6 000 à toucher. Plus, si deux personnes, l'une de cinquante-neuf ans (*le Salvaing*[2]), l'autre de soixante et onze[3], quittent, je gagne 80 ou 100 000 francs.

Là-bas, le mépris me suffoquait ; voir dans la bouse de vache ce que j'ai vu si beau à Hinter-Linden de Berlin ou à Schœnbrünn, m'empêchait de digérer. Il est bien vrai que je ne trouverai jamais ailleurs la conversation des gens d'esprit comme Besançon, Maisonnette, etc. ; voilà ce qui fait que vos lettres me sont un besoin de première nécessité.

Que van Bross ait deviné Bombet, je m'en doutais ; mais j'ai toujours rempli mon but, qui était de ne pas *parler comme auteur*. Je me suis trouvé, à la chute de mes grandeurs, rempli d'orgueil, mais d'un orgueil tenace, que jeûnes, et prières n'ont pu chasser. Cet orgueil se sent fait pour être préfet ou député. Le métier d'auteur lui semble avilissant ou, pour mieux dire, avili. J'écris pour me désennuyer le matin ; j'écris ce que je pense, *moi*, et non pas ce qu'on pense ; le tout, en attendant que le *Moniteur* m'apprenne que je suis appelé à la préfecture de Nantes, place que je refuserais avec horreur, tant que je me verrais le collègue de M. Montlivaut, etc., etc., etc. Voilà ce que m'a appris l'examen de mon *intérieur*, comme disait feu Tartuffe. Vous en savez autant que moi sur toutes mes *cachotteries* et me ferez plaisir de toujours épaissir le voile.

[...]

90. AU DIRECTEUR DE L'*EDINBURGH REVIEW*

Sienne, le 10 avril 1818[1].

Monsieur,

Je ne pensais pas qu'une bagatelle comme *Rome et Naples en 1817* méritât de fixer l'attention de gens aussi graves[2].

Je trouve que le critique a été un peu dupe de la gravité. Il ne voit le courage que sous la moustache : propos d'armée qui, traduit pour le cas présent, veut dire que si l'on n'est pas pédant, il ne vous croit pas instruit.

Mon but était de renfermer sous le moins de mots le plus de choses possible. Probablement si j'avais fait des phrases lourdes comme M. Millin[1], le critique ne m'aurait pas trouvé si flippant[2].

Combien n'aurait-il pas fallu de pages à un grave Anglais pour donner son portrait au lecteur ? On a celui de Stendhal au bout de dix lignes ; et le lecteur qui n'aime pas ce caractère peut fermer le livre. Grand avantage au milieu de ce déluge de feuilles imprimées qui va étouffer les connaissances.

Au reste le vieux colonel Forsight n'est autre que l'*Edinburgh Review*[3]. C'est aussi là le vrai nom du comte Neri parlant d'Alfieri[4]. C'est aussi l'*Edinburgh Review* qui m'a fourni l'épigraphe[5].

Le morceau sur cette pauvre langue italienne qui va mourir est de moi. C'est un sujet neuf et original que je vous invite à approfondir.

La crainte de la police a fait tronquer le quart de mon livre. Vous concluez d'Herculanum que je ne sais pas le latin. Dois-je conclure du Cardinal Gonsalez[6] que vous ne savez pas lire l'Almanach ?

L'essentiel n'est-il pas en 1817, à la veille des grands événements, d'observer quelle est la disposition que l'apparition de Napoléon a laissée dans les cœurs italiens, car un peuple n'a jamais que le degré de liberté auquel il force.

Or l'état des têtes et des cœurs en Italie, la *force du ressort* et le sens dans lequel il est dirigé ne sont-ils pas mieux indiqués dans Stendhal que dans Millin ?

Je n'ai jamais lu ce savant et ne le lirai jamais car il passe pour trop ennuyeux. Ainsi que sur le continent l'on est la dupe de M. Colquhoun[7], ainsi l'on est dupe en Angleterre du plat ouvrage de M. Millin.

J'ai lu seulement le premier volume d'Eustace, je trouve qu'il ne peint en aucune manière les habitants *actuels* du pays qu'il parcourt[8]. À tout moment son prêtrisme le rend dupe des choses les plus grossières. Il ajoute foi par exemple à un archevêque vantant son pays natal : et le *patriotisme d'antichambre* ce grand trait de la moderne Italie ! Il n'a nulle connaissance des Arts, pas même le goût qui court les rues ; il s'extasie sur les statues de Plaisance ; mais il est grave, cela suffit. Je me charge de montrer dix erreurs grossières dans le premier volume d'Eustace provenant de son ignorance totale des hommes et des mœurs qui depuis cinq cents ans changent la surface du pays qu'il décrit. C'est tout simple : les Anglais voyageurs ne voient que quelques familles nobles, ne se mettent jamais dans la *ceto di mezzo*[1] ou quand je les y ai vus ils affichaient une froideur et une hauteur insolentes. Pour faire des voyages, de telles gens ne peuvent que copier des livres. En 1817 les Anglais à Rome ne se voyaient qu'entre eux. S'ils allaient chez le banquier Torlonia[2], c'était pour lui faire des scènes sur sa juiverie. Jamais je n'en ai vu chez M. l'avocat Nota et autres sociétés où l'on peut observer l'homme.

J'avoue que vu l'exécration générale il faudrait au voyageur anglais qui voudrait voir autre chose que des valets en place et des banquiers, une sorte de *liant* qui serait l'antipode du caractère national. Pour de tels caractères des trois grands hommes de l'Italie, Canova, Rossini et Viganò, deux sont invisibles. Mais ils vous citeront les vers faits sur Roscius et Pilade.

Inhabiles à voir la nature, leur savoir de *seconde main* n'est jamais pris que dans la lettre morte des livres.

S'il m'arrivait jamais d'écrire, je pondrais vingt pages en phrases savantes et lourdes : peut-être alors la critique m'ôtera ce beau titre de *flippant*, peut-être sa *gravité* s'avisera-t-elle qu'il est plus difficile de faire une seule observation de mœurs que de citer vingt fois Silius Italicus et Stace !

Monsieur, je vous l'avoue avec peine, les Anglais sont abhorrés en Italie, un *soupir de haine* s'exhale pour eux de tous les cœurs sur le continent. On ne vous sépare pas de votre gouvernement qui a payé les gens qui ont abattu Napoléon. La vie s'est retirée d'Italie avec Napoléon. D'ailleurs on suppose votre politique extrêmement noire et traîtresse, on a peur du sombre.

Apprenez qu'il est aussi regretté à Milan qu'à Florence. Sa plus affreuse tyrannie était moins nuisible au peuple que l'inertie actuelle. Vous frémiriez si je vous parlais du Piémont. Le gouvernement du dey d'Alger vaut peut-être mieux que celui des *Biletti Reggi*. Un *Biletto reggio*[1] vient régler dans l'intérieur des familles le procédé d'un beau-père avec son gendre, d'une mère avec son fils (voyez M. de Prié fils cadet et favori, 1818). Comment imprimer cela ? Vous, Monsieur, qui dites tout ce que vous voulez, vous n'entendez pas à demi-mot, vous ne savez pas lire le blanc des lignes de ce qu'on imprime sur le continent. Par exemple un auteur anglais à ma place n'eût pas manqué de se vanter pesamment d'avoir habité l'Italie pendant soixante mois. Pour éviter la pédanterie, pour ne pas choquer le *lecteur* français on évite ces tournures et les graves Anglais vous trouvent léger !

Lisez les consultations de M. l'Avocat Dalpozzo qui ont failli le mettre à Fenestrelle (imprimées à Milan)[2].

J'ai souvent rompu des lances pour les Anglais. Cependant je persiste à trouver dans tous les Anglais que j'ai vus un secret *principe de malheur*. Dans une position donnée je crois un Anglais toujours plus malheureux qu'un Italien ou un Allemand. Et les Anglais sont surtout malheureux des petits malheurs que des gens nés plus heureusement oublient au bout d'un quart d'heure. D'où vient cela ? C'est un grand problème. Peut-être de la religion.

Du reste, Monsieur, le meilleur livre que je connaisse,

celui qui me fait le plus de plaisir depuis six ans, c'est l'*Edinburgh Review*. Mais, grand dieu ! n'ayez pas besoin de la moustache pour croire au courage ! J'oubliais la belle... Anglaise.

Pour...[1] ridicule ne peut être encouragé par des gens d'esprit dont le premier intérêt est de montrer tous les détails du leur. Les débats de notre chambre des Communes sont supérieurs aux vôtres parce qu'on ose y rire[2].

Au reste[3]...

J'ai l'honneur...

91. À ADOLPHE DE MARESTE

Milan, samedi, 15 avril 1818.

Sautez de joie, je vous envoie la femme la plus aimable, la plus gaie, la plus naturelle, que Venise ait jamais produite. Elle n'a jamais coûté un sou à ses amants, et je ne doute pas qu'avec votre italien, vous ne parveniez à être *del bel numero eletto*[4]. Enfin, je vous envoie deux mois de bonheur et de folie, un épisode heureux à votre vie.

Hier matin, elle a formé le projet de partir demain. Son père lui a accordé la permission. Le prétexte est de donner trois ou quatre concerts au piano ; c'est le premier amateur d'Italie ; elle est élève et amie de Rossini et de Michele Caraffa[5]. Le but réel est de voir Paris ; le rêve serait d'y être engagée dans la nouvelle troupe que l'on forme à Louvois. Dieu m'en préserve ! L'Italie serait privée d'une de ses fleurs ; mais vous êtes si obtus, vous autres Parisiens, que je ne veux rien vous dire de ce divin talent. D'ailleurs, je dors ; j'ai passé avec elle jusqu'à trois heures, et je me réveille à neuf pour écrire. N'allez pas croire que si je suis son amant, la place est prise ; d'ailleurs, j'en jouis mieux comme ami.

Je lui donnerai des lettres pour vous, le complaisant Smitdt qui, à votre défaut pourra la trimballer, et même le père de sept enfants, quoique je compte peu sur lui. Cependant, l'aimable Annette en la dirigeant dans la première emplette si essentielle, d'un chapeau et d'une robe, lui rendrait un grand service. Si les sept enfants occupent trop cette maison, l'aimable Van Brosse y suppléera ; avertissez ces deux personnages.

Au fond elle a un peu peur de se lancer à Paris avec un valet de chambre qui est allé à Lyon, et un vieux banquier arrivé hier de Livourne et qui va à Paris passer cinquante jours, pour une banqueroute. Donc, le premier jour, double mesure de *blague* rassurante. Paër[1] est l'ami de la famille.

De la famille de qui ? Quoi, vous ne le voyez pas, de l'aimable, de la folle, de la divine Elena Viganò[2]. Si vous ne faisiez un pareil envoi, je vous embrasserais quinze jours de suite, à la première vue. Je lui ai enflé Votre Excellence de la manière convenable.

[...]

92. À MATILDE DEMBOWSKI[3]

Varèse, le 16 novembre 1818.

Madame,

Je voudrais vous écrire une lettre un peu amusante, mais je passe ma vie avec de bons bourgeois qui s'occupent toute la journée du prix du blé, de la santé de leurs chevaux, de leur maîtresse et de leur casin.

Leur grosse joie, leur bonheur si facile me fait envie ; avec un cœur qui se contente de choses si grossières, comment faire pour manquer le bonheur ? Et cependant, ils errent au hasard, au milieu de ces écueils qui semblent si aisés à éviter, et eux aussi sont presque toujours malheureux. Ils ne s'occupent guère du monde qui nous intéresse et qui est pour eux comme une terre étrangère. Une chose les a beaucoup frappés : ils prétendent être sûrs que Mme Annoni a pris un amant ; c'est encore un Russe qui a cette jolie femme, car il paraît décidé que M. de Pahlen a la petite L..., la Génoise. Donc, c'est un M. de Berg, que je connais, très joli garçon, mais peut-être l'être le plus sec qu'on puisse rencontrer, le plus affecté, le plus bavard, le plus égoïste, le plus à cent lieues du sentiment, qui a persuadé à Mme Annoni qu'il l'adorait et, qui plus est, qu'elle l'adorait. Ils passaient leur vie à lire des romans *sentimentaux* ensemble. Ici, elle n'écoutait pas un mot du spectacle pour être toujours à lui parler. Ceci est sûr, mais je doute du reste.

Le plaisir le plus vif que j'ai eu aujourd'hui est celui de dater cette lettre ; j'espère, dans un mois, avoir le bonheur de vous voir. Mais que faire pendant ces trente jours ? J'espère qu'ils passeront comme les neuf longues journées qui viennent de s'écouler. Toutes les fois qu'un amusement, une partie de promenade cesse, je retombe sur moi-même et je trouve un vide effrayant. J'ai commenté mille fois, je me suis donné le plaisir d'écouter encore mille fois les moindres choses que vous avez dites les derniers jours que j'eus le bonheur de vous voir. Mon imagination fatiguée commence à se refuser à des images qui, désormais, sont trop liées avec l'affreuse idée de votre absence, et je sens que tous les jours mon cœur devient plus sombre.

J'ai trouvé un peu de consolation dans l'église de la Madonna del Monte ; je me suis rappelé la musique divine que j'y entendis autrefois. Je m'en vais à Milan, un de ces jours, à la rencontre d'une de vos lettres, car je compte assez sur votre humanité pour croire que vous ne m'aurez pas refusé quelques lignes, pour vous si indifférentes à tracer, si précieuses, si consolantes pour un cœur au désespoir. Vous devez être trop assurée de votre pouvoir absolu sur moi pour vous arrêter un instant à la crainte vaine de paraître encourager ma passion en me répondant. Je me connais ; je vous aime pour le reste de ma vie ; tout ce que vous ferez ne changera rien à l'idée qui a frappé mon âme, à l'idée que je me suis faite du bonheur d'être aimé de vous et au mépris qu'elle m'a donné pour tous les autres bonheurs ! Enfin ! j'ai besoin, j'ai soif de vous voir. Je crois que je donnerais le reste de ma vie pour vous parler un quart d'heure des choses les plus indifférentes.

Adieu, je vous quitte pour être plus avec vous, pour oser vous parler avec tout l'abandon, avec toute l'énergie de la passion qui me dévore.

HENRI.

93. À ADOLPHE DE MARESTE

Le 20 novembre 1818.

Books.

Il est plus facile pour Henri d'avoir des *Books* traduits en anglais, que de les voir annoncés à Paris[1]. Voilà le voyage traduit, avec dix pages des plus grandes louanges. (*Ecletick Review for* mai 1818.)

Égron avait promis le prix de 158 à 3 francs pour

octobre. 158 × 3 = 474. Voici son reçu. Dans un moment de loisir et d'amitié, voyez s'il veut lâcher le tout ou partie et remettez-le à M. Flory contre une lettre de change chez M. Robert. Si lui ou Chanson veut *print again*[1] gratis ou à peu près, *I can send matter for four hundred or five hundred pages*[2].

Les additions sont d'un genre plus sérieux, plus solide, méritant moins l'accusation de *flippancy*[3].

C'est vous qui m'avez donné l'anecdote de Grécourt. J'avais des nerfs ce jour-là et l'ajoutai tant bien que mal *to a sheet*[4] que je corrigeais. Refaites-moi ce conte ainsi que celui de *la Bisteka*; *gran francesi grandi in tutto*[5], et ajoutez-le au manuscrit, quand il passera sous vos yeux. J'ai supprimé les trente dernières pages. J'ai tant de matériaux que je puis supprimer largement; indiquez-moi seulement les taches. Vous savez bien que je ne suis pas auteur à la *Villehand*[6]. Je fais de ces niaiseries le cas qu'elles méritent; ça m'amuse; j'aime surtout à en suivre le sort dans le monde, comme les enfants mettent sur un ruisseau des bateaux de papier. Vous ai-je dit que Stendhal a eu un succès fou ici il y a quatre mois. Par exemple l'exemplaire du Vice-King fut lu au café par quatre personnes qui ne voulaient que le feuilleter et qui se trouvèrent arrivées à une heure du matin, croyant qu'il était dix heures du soir, et ayant oublié d'aller prendre leurs dames au théâtre, etc. On a découvert trois faussetés.

Mais tout cela est futile. L'essentiel c'est de payer ce diable de Didot. À Cularo[7], pour 1 400 francs l'on me demande un billet de 1 800 francs avec intérêt à 5 %.

Ne pourrait-on pas faire mettre cet article dans le *Journal des Savants*? Daunou me semble un excellent juge de la partie historique. M. Cousin, qui va chez Maisonnette, met d'ennuyeux articles dans ce journal, en faveur de la philosophie écossaise ou contre l'*intérêt personnel* d'Helvétius. Mais on peut être utile quoique bête. *Le Commerce* a-t-il parlé *of Painting*, comme il l'avait promis *to my friend Rey*?

Quand vous en aurez le temps, demandez à Didot combien il a vendu de *Haydn*. Je ferai en sorte d'envoyer à Didot ce qui manquera pour compléter les 1 400 fr. et je punirai mon ingrat pays en ne donnant les trois derniers volumes que dans vingt ans.

Pour en finir, avez-vous le courage d'articuler sur *Haydn*?

Je vois qu'il va y avoir une *Revue Encyclopédique*. Au fait, il n'y a plus de journaux littéraires, ce besoin doit se faire sentir. Je pense sincèrement que tout ce que nous avons à désirer en politique, c'est que les choses continuent du même pas dix ans de suite. Il n'y a pas d'alarmes à avoir. Donc, l'intérêt politique doit céder un peu à l'intérêt littéraire. D'ailleurs les discussions politiques commencent à être si bonnes, c'est-à-dire si profondes, qu'elles en sont ennuyeuses. Qui pourra, par exemple, suivre le Budget? Voyez donc si vous pouvez obtenir accès à la *Revue Encyclopédique* qui a une division intitulée: *Peinture*. Y a-t-il exposition cette année? En ce cas, nouvelle affiche. Voilà pour l'*essentiel*. Le luxe, pour ma vanité, serait un vrai jugement, en conscience, par Dussault, Feletz ou Daunou. Enfin, tous les six mois, faites annoncer par le titre. J'écrirai à Didot pour qu'en faisant brocher dorénavant il supprime une vingtaine de cartons exigés, en 1817, par la timidité et les souvenirs Ri. Ch.[1]. Plus, je lui demanderai huit titres de l'*Haydn* pour huit exemplaires que j'ai ici et que j'enverrai en cadeau. Je lui demanderai cinquante exemplaires de la *Peinture* pour des cadeaux ici.

Il y a ici huit ou dix excellents juges des *Sensations du beau*, qui ont un mépris extrême pour *M. Quatre-*

mère de Quincy et les connaisseurs de France. Le *Jupiter Olympien* de M. Quatremère est d'un ridicule outré[1], par exemple. — 1° Quels sont, à Paris, les gens qui passent pour connaisseurs ? — 2° Pour grands peintres ? — 3° Pour bons sculpteurs ? Ne me laissez pas devenir étranger dans Paris. Rien reçu *from you* depuis six semaines.

Ch. DURIF.

7 décembre 1818.

94. À MATILDE DEMBOWSKI

12 mai 1819[2].

Madame,

Ah ! que le temps me semble pesant depuis que vous êtes partie ! Et il n'y a que cinq heures et demie ! Que vais-je faire pendant ces quarante mortelles journées ? Dois-je renoncer à tout espoir, partir et me jeter dans les affaires publiques ? Je crains de ne pas avoir le courage de passer le Mont-Cenis. Non, je ne pourrai jamais consentir à mettre les montagnes entre vous et moi. Puis-je espérer, à force d'amour, de ranimer un cœur qui ne peut être mort pour cette passion ? Mais peut-être suis-je ridicule à vos yeux, ma timidité et mon silence vous ont ennuyée, et vous regardiez mon arrivée chez vous comme une calamité. Je me déteste moi-même ; si je n'étais pas le dernier des hommes ne devais-je pas avoir une explication décisive hier avant votre départ, et voir clairement à quoi m'en tenir ?

Quand vous avez dit avec l'accent d'une vérité si profondément sentie : *Ah ! tant mieux qu'il soit minuit !*

ne devais-je pas comprendre que vous aviez du plaisir à être délivrée de mes importunités, et me jurer à moi-même sur mon honneur de ne vous revoir jamais ? Mais je n'ai du courage que loin de vous. En votre présence, je suis timide comme un enfant, la parole expire sur mes lèvres, je ne sais que vous regarder et vous admirer. Faut-il que je me trouve si inférieur à moi-même et si plat[1] ?

95. À MATILDE DEMBOWSKI

Varèse, le 7 juin 1819[2].

Madame,

Vous me mettez au désespoir. Vous m'accusez à plusieurs reprises de manquer de délicatesse, comme si, dans votre bouche, cette accusation n'était rien. Qui m'eût dit, lorsque je me séparai de vous, à Milan, que la première lettre que vous m'écririez commencerait par *Monsieur* et que vous m'accuseriez de manquer de délicatesse ?

Ah ! madame, qu'il est aisé à l'homme qui n'a pas de passion d'avoir une conduite toujours mesurée et prudente. Moi aussi, quand je puis m'écouter, je crois ne pas manquer de discrétion ; mais je suis dominé par une passion funeste qui ne me laisse plus le maître de mes actions. Je m'étais juré de m'embarquer ou au moins de ne pas vous voir, et de ne pas vous écrire jusqu'à votre retour ; une force plus puissante que toutes mes résolutions m'a entraîné aux lieux où vous étiez. Je m'en aperçois trop, cette passion est devenue désormais la grande affaire de ma vie. Tous les intérêts, toutes les considérations ont pâli devant celle-là. Ce funeste besoin que j'ai de vous voir m'entraîne, me domine, me transporte. Il y a des moments, dans les longues soirées solitaires, où, s'il était besoin d'assassiner pour vous voir, je deviendrais assassin. Je n'ai eu que trois passions en ma vie : l'ambition de 1800 à 1811, l'amour pour une femme qui m'a trompé de 1811 à 1818, et, depuis un an, cette passion qui me domine et qui augmente sans cesse. Dans tous les temps, toutes les distractions, tout ce qui est étranger à ma passion a été nul pour moi ; ou heureuse ou malheureuse, elle remplit tous mes moments. Et croyez-vous que le sacrifice que je fais à vos convenances de ne pas vous voir ce soir soit peu de chose ? Assurément, je ne veux pas m'en faire un mérite ; je vous le présente seulement comme une expiation pour les torts que je puis avoir eus avant-hier. Cette expiation n'est rien, pour vous, Madame ; mais pour moi, qui ai passé tant de soirées affreuses, privé de vous et sans vous voir, c'est un sacrifice plus difficile à supporter que les supplices les plus horribles ; c'est un sacrifice qui, par l'extrême douleur de la victime, est digne de la femme sublime à laquelle il est offert.

Au milieu du bouleversement de mon être, où me jette ce besoin impérieux de vous voir, il est une qualité que cependant jusqu'ici j'ai conservée et que je prie le destin de me conserver encore, s'il ne veut me plonger, à mes propres yeux, dans le monde de l'abjection : c'est une véracité parfaite. Vous me dites, Madame, que j'avais si bien *compromis* les choses, samedi matin, que ce qui s'est passé le soir devenait une nécessité pour vous. C'est ce mot *compromis* qui me blesse jusqu'au fond de l'âme, et, si j'avais le bonheur de pouvoir arracher le trait fatal qui me perce le cœur, ce mot *compromis* m'en eût donné la force.

Mais non, Madame, votre âme a trop de noblesse pour ne pas avoir compris la mienne. Vous étiez offensée et vous vous êtes servie du premier mot qui est tombé sous votre plume. Je prendrai pour juge, entre votre accusation et moi, quelqu'un dont vous ne récuserez pas le témoignage. Si Mme Dembowski, si la noble et sublime Métilde *croit* que ma conduite de samedi matin a été le moins du monde *calculée* pour la forcer, par le juste soin de sa considération dans ce pays, à quelque démarche ultérieure, je l'avoue, cette conduite infâme est de moi, il y a un être au monde qui peut dire que je manque de délicatesse. J'irai plus loin. Je n'ai jamais eu le talent de séduire qu'envers les femmes que je n'aimais pas du tout. Dès que j'aime, je deviens timide et vous pouvez en juger par le décontenancement dont je suis auprès de vous. Si je ne m'étais pas mis à bavarder samedi soir, tout le monde, jusqu'au bon *padre Rettore*[1], se serait aperçu que j'aimais. Mais j'aurais ce talent de séduire que je ne l'aurais pas employé auprès de vous. S'il ne dépendait que de faire des vœux pour réussir, je voudrais vous obtenir pour moi-même, et non pour un autre être que j'aurais figuré à ma place. Je rougirais, je n'aurais plus de bonheur, je crois, même aimé de vous, si je pouvais soupçonner que vous aimez un autre que moi-même. Si vous aviez des défauts, je ne pourrais pas dire que je ne vois pas vos défauts ; je dirais, pour dire vrai, que je les adore ; et, en effet, je puis dire que j'adore cette susceptibilité extrême qui me fait passer de si horribles nuits. C'est ainsi que je voudrais être aimé, c'est ainsi qu'on fait le véritable amour ; il repousse la séduction avec horreur, comme un secours trop indigne de lui, et avec la séduction, tout calcul, tout manège, et jusqu'à la moindre idée de *compromettre* l'objet que j'aime pour le forcer ensuite à certaines démarches ultérieures, à son avantage.

J'aurais le talent de vous séduire, et je ne crois pas ce talent possible, que je n'en ferais pas usage. Tôt ou tard, vous vous apercevriez que vous avez été trompée, et il me serait, je crois, plus affreux encore, après vous avoir possédée, d'être privé de vous que si le ciel m'a condamné à mourir sans être jamais aimé de vous.

Quand un être est dominé par une passion extrême, tout ce qu'il dit ou tout ce qu'il fait, dans une circonstance particulière, ne prouve rien à son égard ; c'est l'ensemble de sa vie qui porte témoignage pour lui. Ainsi, Madame, quand je jurerais à vos pieds, toute la journée, que je vous aime, ou que je vous hais, cela ne devrait avoir aucune influence sur le degré de croyance que vous pensez pouvoir m'accorder. C'est l'ensemble de ma vie qui doit parler. Or, quoique je sois fort peu connu et encore moins intéressant pour les personnes qui me connaissent, cependant, faute d'autre sujet de conversation, vous pouvez demander si je suis connu pour manquer d'orgueil ou pour manquer de constance.

Voilà cinq ans que je suis à Milan. Prenons pour faux tout ce qu'on dit de ma vie antérieure. Cinq ans, de trente et un à trente-six ans, sont un intervalle assez important dans la vie d'un homme, surtout quand, durant ces cinq années, il est éprouvé par des circonstances difficiles. Si jamais vous daignez, faute de mieux, penser à mon caractère, daignez, Madame, comparer ces cinq années de ma vie avec cinq années prises dans la vie d'un autre individu quelconque. Vous trouverez des vies beaucoup plus brillantes par le talent, beaucoup plus heureuses ; mais une vie plus pleine d'honneur et de constance que la mienne, c'est ce que je ne crois pas. Combien ai-je eu de maîtresses en cinq ans, à Milan ? Combien de fois ai-je faibli sur l'honneur ? — Or, j'aurais manqué indignement à l'honneur si, agissant envers un être qui ne peut pas me faire mettre l'épée à la main, j'avais cherché le moins du monde à le *compromettre*.

Aimez-moi si vous voulez, divine Métilde, mais, au nom de Dieu, ne me méprisez pas. Ce tourment est au-dessus de mes forces. Dans votre manière de penser qui est très juste, être méprisé m'empêcherait à jamais d'être aimé.

Avec une âme élevée comme la vôtre, quelle voie plus sûre pour déplaire que celle que vous m'accusez d'avoir prise ? Je crains tant de vous déplaire que le moment où je vous vis le soir du 3, pour la première fois et qui aurait dû être le plus doux de ma vie, en fut, au contraire, un des plus inquiets, par la crainte que j'eus de vous déplaire[1].

96. À MATILDE DEMBOWSKI

Florence, le 11 juin 1819[2].

Madame,

Depuis que je vous ai quittée hier soir, je sens le besoin d'implorer votre pardon pour les manques de délicatesse et d'égards auxquels une passion funeste a pu m'entraîner depuis huit jours. Mon repentir est sincère ; je voudrais, puisque je vous ai déplu, n'être jamais allé à Volterra. Je vous aurais exprimé ce sentiment de regret profond hier même, lorsque vous daignâtes m'admettre auprès de vous ; mais permettez-moi de vous le dire, vous ne m'avez pas accoutumé à l'indulgence, bien au contraire. Or, je craignais qu'il ne vous parût que demander pardon de mes folies ne fût vous parler de mon amour et violer le serment que je vous avais fait.

Mais je manquerais à cette véracité parfaite qui, dans l'abîme où je suis engagé, est ma seule règle de conduite, si je disais que je comprends un manque de délicatesse. Vous verrez dans cet aveu l'indice d'une âme grossière et peu faite pour vous comprendre, je le crains. Vous avez senti ces manques de délicatesse ; ainsi ils ont existé pour vous.

Ne croyez point, Madame, que j'aie formé tout d'un trait le projet de venir à Volterra. Vraiment, je n'ai pas tant d'audace avec vous ; toutes les fois que je suis attendri et que je vole auprès de vous, je suis sûr d'être ramené sur la terre par une dureté bien mortifiante. Voyant sur la carte que Livourne était tout près de Volterra, je m'étais informé et l'on m'avait dit que de Pise l'on apercevait les murs de cette ville heureuse, où vous étiez. Dans la traversée, je pensais qu'en prenant des lunettes vertes et changeant d'habit, je pourrais fort bien passer deux ou trois jours à Volterra, ne sortant que de nuit et sans être reconnu de vous. J'arrivai le 3, et la première personne que je vis à Volterra, ce fut vous, Madame ; il était une heure ; je pense que vous reveniez dîner en sortant du collège ; vous ne me reconnûtes point. Le soir, à huit heures et quart, lorsqu'il fit tout à fait obscur, j'ôtai les lunettes pour ne pas sembler singulier à Schneider. Au moment où je les ôtais, vous vîntes à passer, et mon plan, si heureusement suivi jusqu'alors, fut détérioré.

J'eus sur-le-champ cette idée : si j'aborde Mme Dembowski, elle me dira quelque chose de dur, et dans ce moment-là je vous aimais trop, une parole dure m'eût tué ; si je l'aborde comme son ami de Milan, tout le monde dira dans cette petite ville que je suis son amant. Donc, je lui marquerai bien mieux mon respect en restant inconnu. Tout ce raisonnement eut lieu en un clin d'œil ; ce fut lui qui me conduisit toute la journée du vendredi 4. Je puis vous jurer que je ne savais pas que le jardin Giorgi appartînt à votre maison. Je croyais vous avoir vue entrer à droite de la rue, en montant, et non à gauche.

Dans la nuit du 4 au 5, je pensais, dis-je, me trouver le plus ancien des amis de Mme Dembowski. Je fus tout fier de cette idée. Elle peut avoir quelque chose à me dire sur ses enfants, sur son voyage, sur mille choses étrangères à mon amour. Je m'en vais lui écrire deux lettres telles, que, si elle veut, elle peut rendre raison de mon arrivée à ses amis d'ici et me recevoir. Si elle ne veut pas, elle me répondra *non*, et tout sera fini. Comme, en cachetant ma lettre, j'ai toujours l'idée qu'elle peut être surprise et que je connais les âmes basses et l'envie qui les possède, je me refusai à joindre mon billet aux deux lettres officielles, afin que, si votre hôte les ouvrait par mégarde, on n'y vît rien que de convenable.

Je vous l'avoue, Madame, et peut-être je risque de vous déplaire en vous l'avouant, jusqu'ici je ne vois point de manque de délicatesse.

Vous n'écrivîtes d'une manière très sévère ; vous crûtes surtout que je voulais forcer votre porte, ce qui ne semble guère de mon caractère. J'allai rêver à tout cela hors de la porte a Selci[1] ; en sortant de la porte, ce fut par hasard que je ne pris pas à droite ; je vis qu'il fallait descendre et remonter, et je voulais être bien tranquille et tout à mes réflexions. Ce fut ainsi que je fus amené au pré où vous vîntes plus tard. Je m'appuyai contre le parapet et je restai là deux heures à regarder cette mer qui m'avait porté près de vous et dans laquelle j'aurais mieux fait de finir mon destin.

Remarquez, Madame, que j'ignorais entièrement que ce pré fût votre promenade habituelle. Qui me l'aurait dit ? — Vous sentez que j'étais d'une discrétion parfaite avec Schneider. Je vous vis arriver ; aussitôt je liai conversation avec un jeune homme qui se trouvait là et je partis avec lui pour aller voir la mer de l'autre côté de la ville, lorsque M. Giorgi m'aborda.

J'avoue que je pensai que vous ne croyiez plus que j'eusse voulu forcer votre porte ; je fus très heureux, mais, en même temps, très timide. Sans la ressource de parler aux enfants certainement je me compromettais. Ce fut bien pis quand nous entrâmes au collège : j'allais me trouver vis-à-vis de vous et vous voir parfaitement ; en un mot jouir de ce bonheur qui me faisait vivre depuis quinze jours et que je n'osais même espérer. Je fus sur le point de le refuser à la porte du collège ; je ne me sentais pas la force de le supporter. En montant les escaliers, je me soutenais à peine ; certainement si j'avais eu affaire à des gens fins, j'étais découvert. Je vous vis enfin ; depuis ce moment jusqu'à celui où je vous quittai je n'ai conservé que des idées confuses ; je sais que je parlais beaucoup, que je vous regardais, que je fis l'antiquaire. Si c'est dans ce moment-là que j'ai commis des manques de délicatesse, c'est bien possible, je n'en ai nulle idée ; seulement j'aurais donné tout au monde pour pouvoir fixer le tapis vert de la table. Je puis dire que ce moment a été l'un des plus heureux de ma vie, mais il m'est entièrement échappé. Telle est la triste destinée des âmes tendres ; on se souvient des peines avec les plus petits détails, et les instants du bonheur jettent l'âme tellement hors d'elle-même qu'ils lui échappent.

Le lendemain soir, je vis bien, en vous abordant, que je vous avais déplu. Serait-il possible, pensai-je, qu'elle fût amoureuse de M. Giorgi ? — Vous me donnâtes la lettre qui commençait par *Monsieur* ; je n'en pus guère lire au collège que ce mot fatal, et je fus au comble du malheur au même lieu où la veille j'étais fou de joie. Vous m'écriviez que j'avais voulu vous tromper en faisant le malade et qu'on n'avait pas la fièvre lorsqu'on pouvait se promener. Cependant, le vendredi, avant de vous écrire, j'avais eu l'honneur de vous rencontrer deux fois à la promenade, et je ne prétendais point dans ma lettre que la fièvre m'eût pris tout à coup, dans la nuit du vendredi au samedi. J'avais des pensées si tristes, qu'être renfermé dans ma chambre augmentait mon malaise.

Le lendemain de ce jour fatal, je me punis en ne vous voyant pas ; le soir, je vis M. Giorgi jaloux ; je vous vis vous appuyer sur lui en sortant du collège. Plein d'étonnement, de consternation et de malheur, je pensai qu'il n'y avait plus qu'à partir. Je comptais ne plus vous faire qu'une visite de politesse, la veille de mon départ, visite que vous n'auriez pas reçue, lorsque la femme de chambre me courut après dans le jardin, où j'étais déjà avec M. Giorgi, criant : « Madame dit qu'elle vous verra ce soir au collège. » Ce fut uniquement pour cette raison que j'y allai. Je pensais que vous étiez bien maîtresse d'aimer qui vous vouliez ; je vous avais demandé une entrevue pour vous exprimer mes regrets de vous avoir importunée, et peut-être aussi pour vous voir bien à mon aise et entendre le son de cette voix délicieuse qui retentit toujours dans mon cœur, quel que soit le sens des paroles qu'elle prononce. Vous exigeâtes le serment que je ne vous dirais rien de relatif à mon amour : je l'ai tenu, ce serment, quelque grande que fût la violence à me faire. Enfin, je suis parti, désirant vous haïr et ne trouvant point de haine dans mon cœur.

Croyez-vous, Madame, que je désire vous déplaire, et faire l'hypocrite avec vous ? Non, c'est impossible. Vous allez dire : « Quelle âme grossière et indigne de moi ! » Eh bien, dans cet exposé fidèle de ma conduite et de mes sentiments, indiquez-moi le moment où j'ai manqué de délicatesse et quelle conduite il eût fallu substituer à la mienne. Une âme froide s'écrierait aussitôt : « Ne pas venir à Volterra. » Mais je ne crains pas cette objection de votre part.

Il est trop évident qu'un être prosaïque n'eût pas paru à Volterra : d'abord, parce qu'il n'y avait pas d'argent à gagner ; en second lieu, parce que les auberges y sont mauvaises. Mais ayant le malheur d'aimer réellement et d'être reconnu de vous le jeudi soir 3 juin, que fallait-il faire ? Il est inutile de vous faire remarquer, Madame, que je n'ai point l'impertinence de vouloir faire avec vous une guerre de plume. Je ne prétends point que vous répondiez au long à mon journal ; mais peut-être votre âme noble et pure me rendra-t-elle un peu plus de justice et, quelle que soit la nature des relations que le destin laissera subsister entre nous, vous ne disconviendrez pas, Madame, que l'estime de ce qu'on a tendrement aimée ne soit le premier des biens[1].

97. À MATILDE DEMBOWSKI

Florence, le 30 juin 1819.

Madame[2],

J'ai ce malheur, le plus grand possible dans ma position, que mes actions les plus pleines de respect, et je puis dire les plus timides, vous semblent le comble de l'audace ; par exemple : n'avoir pas épanché mon cœur à vos pieds les deux premiers jours que je fus à Volterra et sur des actes de respect qui m'ont peut-être le plus coûté dans ma vie. À tous moments, j'étais tenté de rompre la règle que le devoir m'imposait. Dix fois, plein de choses à vous dire, je pris la plume. Mais je me dis : si je commence, je succomberai. Je sentais le bonheur d'oser vous écrire dix lignes au-dessus de tout pour moi. Mais, si dix lignes pouvaient m'excuser auprès de vous, il me semblait que je sortais par là de l'espèce d'incognito où je devais me tenir soigneusement pour ne pas vous blesser. Avoir été vu de vous était un hasard, oser vous écrire était une action de ma pleine et libre volonté.

Il est évident que, comme *étrangers*, et permettez-moi de croire que ce n'est que de nation que nous sommes étrangers l'un à l'autre, comme *étrangers*, nous ne nous comprenons pas ; nos démarches parlent une langue différente.

Je frémis pour le passé ; que de manques de délicatesse j'ai dû vous exprimer en vous disant tout le contraire ! Nous ne nous comprenons absolument pas. Quand j'écrivais : « Schneider, en bavardant, vous certifiera que je suis malade », j'entendais : certifiera à vous, à la maîtresse de ma vie. Que me font les idées des habitants de Volterra ?

Autre chose. Je n'ai jamais compris qu'il fût décent d'aller chez le *Rettore*, et, par le plus cruel des sacrifices, je m'étais promis de ne plus y aller, et je crus faire merveille en ne m'y présentant pas le mardi. Je croyais que c'était vous poursuivre, vous vexer de mon amour ; car, en allant chez le *Rettore*, j'allais chez vous, et vous m'aviez reçu froidement ; et, si vous vous en souvenez, madame, le mercredi, en vous abordant tout tremblant je sentis le besoin d'excuser ma présence là, par l'invitation de la femme de chambre.

Combien de mes actions les plus simples de Milan ont dû vous déplaire ! Dieu sait ce qu'elles signifient en italien.

Pour l'honneur de la vérité, pour n'en plus reparler,

je vous affirme que, vous voyant passer le 3, à une heure, un instant après que vous m'eûtes regardé sans me reconnaître, Schneider me dit, en deux mots, qui était cette dame, et qu'elle habitait casa Guidi. Je n'osai lui faire répéter ce nom. Il me semble toujours être transparent quand on me parle de vous. Le 3, je fis le tour de la ville, de la porte de l'Arco à la porte de Florence, m'orientant d'après le plan levé par monsieur votre frère. Je remarquai, à côté de la porte Florentina, le jardin anglais de M. Giorgi. J'y allai et je vis de jeunes demoiselles sur le mur. Il me plut, je me promis de revenir le lendemain, et j'ignorais qui j'étais destiné à y rencontrer. De même, pas la moindre préparation dans mon excuse à M. Giorgi, car je n'avais pas fait la plus petite interrogation à Schneider, je n'avais pas même prononcé votre nom.

Soyez sûre, Madame, qu'on ne vous a pas remis ma première lettre de samedi, au moment que je la portai. J'allai me promener assez loin. Quand je repassai devant la casa Giorgi, il y avait certainement plus d'une heure à ma montre, et je me rappelle fort bien que j'hésitais beaucoup ; je ne trouvais pas l'intervalle assez considérable. Enfin, je me dis : « Maudite timidité ! » et je frappai. C'est absolument M. Giorgi qui me prêta l'idée de demander à vous voir ; c'est exactement comme mercredi matin, quand j'allai voir sa galerie, pour vous remettre une lettre ; il voulait absolument me faire entrer dans votre chambre, quoiqu'il ne fût que neuf heures et demie.

Je me suis bien mal fait comprendre, Madame, si vous me croyez un homme *si difficile à désespérer*. Non, je n'espère plus, et il y a déjà longtemps. J'ai espéré, je l'avoue, au mois de janvier, surtout le 4 ; un ami qui était chez vous, le 5, me dit en sortant (pardonnez-moi les termes propres) : *Elle est à vous ; ferez-vous le scélérat ?* Mais, le 13 février, je perdis tout espoir. Vous me dîtes des choses ce jour-là que je me suis souvent redites depuis. Il ne faut pas croire que les choses dures que je ne vous blâme en aucune manière de m'adresser, bien au contraire, soient perdues. Elles tombent profondément dans mon cœur, et ce n'est qu'assez longtemps après qu'elles commencent à faire effet, à se mêler dans mes rêveries et à désenchanter votre image.

J'ai beaucoup pensé depuis quatre mois à ce qui me reste à faire. — Faire l'amour à une femme ordinaire ? La seule idée me révolte et j'en suis incapable. — Me jeter dans l'impossibilité de vous revoir par une bonne insolence ? D'abord, je n'en aurais pas le courage ; ensuite excusez mon apparente malhonnêteté, ce serait me mettre dans le cas de m'exagérer le bonheur d'être auprès de vous. Pensant à Mme Dembowski à cent lieues d'elle, j'oublierais ses rigueurs, je mettrais, à côté les uns des autres, les courts moments où il me semblait, à tort, qu'elle me traitait moins mal. Tout me deviendrait sacré, jusqu'au pays qu'elle habite, et à Paris le seul nom de Milan me ferait venir les larmes aux yeux. Par exemple, depuis un mois, pensant à vous de Milan, je me serais figuré le bonheur de me promener avec vous à Volterra, autour de ces superbes murs étrusques, et jamais il ne me serait venu à l'esprit de me dire les choses vraies et dures qu'il m'a fallu dévorer. Ce système est si vrai que, lorsque je reste quelque temps sans vous voir, comme au retour de Sannazaro, je vous aborde toujours plus épris. Je puis donc dire avec vérité, Madame, que je n'espère pas ; mais le lieu de la terre où je suis le moins malheureux, c'est auprès de vous. Si, malgré moi, je me montre amoureux quand je suis auprès de vous, c'est que je suis amoureux ; mais ce n'est nullement que j'espère vous faire partager ce sentiment. Je vais me permettre une longue explication philosophique, à la suite de laquelle je pourrai dire :

Trop d'espace sépare Andromaque et Pyrrhus[1].

Le principe des manières italiennes est une certaine emphase. Rappelez-vous la manière dont Vismara frappe à votre porte, dont il s'assied, dont il demande de vos nouvelles.

Le principe des manières parisiennes est de porter de la simplicité dans tout. J'ai vu faire en Russie cinq ou six grandes actions par des Français, et, quoique accoutumé au ton simple de la bonne compagnie de Paris, je fus touché encore de trouver si simples les gestes de ceux qui les faisaient. Eh bien, je crois, Madame, qu'à vous, l'ornement d'un autre climat, ces manières simples auraient semblé *légères* et peu passionnées. Remarquez que, dans mes belles actions de Russie, il s'agissait de la vie, chose qu'on aime assez, en général, quand on est de sang-froid.

Les manières de M. Lampato et Pecchio peuvent vous donner quelque idée de notre ton simple, à nous autres Français. Remarquez que le visage de Vismara est tout à fait à la française ; ce sont ses manières qui font un contraste avec les nôtres et que je donnerais la moitié de ma vie pour pouvoir contracter. Il suit de là que mes démarches, comme cela m'a frappé hier à la lecture de votre lettre, que mes démarches, dis-je, doivent souvent peindre à vos yeux un sentiment bien éloigné de celui qui les inspire. C'est probablement comme cela que vous trouvez que j'*ose*.

Vous savez que, dans les romans, les amants malheureux ont une ressource : ils disent que l'objet de leur amour ne peut plus aimer ; je trouve que cette ressource me vient depuis quelques jours. Vous voyez donc, Madame, par cette confidence que je prends la liberté de vous faire de tout ce qui se passe de plus intime dans moi, que je n'espère pas.

On vous écrit, Madame, «qu'on pense à Milan que je suis venu vous rejoindre ou que j'ai souhaité qu'on le croie». C'est cette année, pour la première fois, que j'ai passé un an à Milan sans faire de voyage. Je parle à très peu de personnes, et ces personnes sont accoutumées à me voir partir et arriver. Vous êtes parties le 12 et moi le 24; j'ai dit que j'allais à Grenoble. Ici, j'ai trouvé Vaini et Trivulzi; je leur ai dit que je revenais de Grenoble; que, me trouvant à Gênes, la *Luminara* de Pise[1], annoncée pour le 10 juin, m'avait amené à Livourne, et le retard de l'arrivée de l'empereur à Florence.

Quant à l'idée que *je désire qu'on croie que* je suis venu vous rejoindre s'il est au monde une supposition maligne dont il me soit facile de me justifier, non par des phrases, mais par de bons faits constants, c'est celle-là.

Depuis cinq ans que je suis à Milan, le peu de personnes qui me connaissent peuvent le certifier, il ne m'est pas arrivé une seule fois de nommer une femme. Je ne parle pas d'une personne qui voulut, malgré moi, me loger chez elle. Une autre femme s'est affichée au bal masqué de carnaval; mais elle l'a bien voulu et je n'y ai pas eu la moindre part, et ce qui me démontre bien franc du collier sur cet article, c'est que mes amis les plus intimes ont été très étonnés de cette relation déjà ancienne et terminée depuis longtemps. Il est vrai que je n'avais ces femmes que comme des filles. Mais cela, loin de nuire à la petite vanité de s'en vanter, ne ferait que lui donner un vernis de meilleur ton. Je défie la personne qui vous a écrit de faire nommer sur mon compte deux autres femmes. À propos de quoi, Madame, vous aurais-je donné la préférence pour une infamie, à vous, surtout, que l'estime publique rend si difficile d'attaquer sur ce point ? J'ajouterai que, dans ma jeunesse, j'ai toujours été trop ami de la gloire véritable, et grâce à beaucoup d'orgueil, j'ai toujours eu trop d'espoir d'y parvenir pour aimer la gloire du message.

Madame, si l'on me calomnie sur une chose dont Cagnola, Vismara et les autres peuvent me justifier mathématiquement, que dira-t-on sur d'autres sujets qui, de leur nature, ne sont pas susceptibles d'autant de clarté dans la justification ? Mais je m'arrête par respect pour l'amitié dont vous honorez la personne qui écrit[1].

Je pense, Madame, qu'en écrivant à Milan, ce que j'ai de mieux à faire est de dire comme à Vaini. Si vous pensez autrement, Madame, daignez me donner vos ordres. Dois-je dire que j'ai été à Volterra ? Il me semble que non.

J'espère, Madame, avoir ôté de cette lettre tout ce qui rappelle trop ouvertement l'amour[2].

98. À ADOLPHE DE MARESTE

Florence, le 18 juillet 1819.

C'est charmant ! je rentrais de me promener aux *Uffizzi*[3] où, comme vous savez, on va le dimanche ; je pensais justement à vous. Quel plaisir de le tenir sous le bras ! me disais-je ; mais le coquin m'a abandonné, comme un vil jacobin. Je rentre et je trouve votre lettre. Je suis bien fâché de voir que vous souffrez ; je vous exhorte à la plus grande prudence ; le vieux Moscati m'a dit qu'il fallait trente ans de tempérance, pour consoler l'urêtre d'un coup de seringue. Donnez-moi des détails.

Il m'est arrivé, le 23 mai, de toucher 700 fr. : grande fête au manoir infernal. Que faire d'une somme si énorme ? — Le 24, je suis parti par la diligence de Gênes, — 50 fr. — Huit jours à Gênes. — Traversée délicieuse en vingt-sept heures, et soupant à Porto Venere, de Gênes à Livourne. — Huit jours à Livourne et Pise, pour ces plates fêtes ; et enfin je suis à Florence depuis quarante jours, et j'ai encore 100 fr. Je suis ici, via Lambertesca, chez Hombert, supérieurement, 5 pauls le dîner et 3 la chambre. Dîner de trente couverts où j'ai soutenu une dispute de chien sur le maréchal Ney. Sa veuve n'a nulle dignité. Elle a déconsidéré la douleur dans ce pays-ci ; elle est actuellement à Rome.

Quand le vicomte verra cette lettre, il dira : « Bon voilà justement le début de *Je fais mes farces*. »

Je cherche du *noir* dans ma tête. Je vous dirai que les Florentins me déplaisent extrêmement ; il y a quelque chose de sec et de correct qui me rappelle la France. La Lombardie et mon cœur sont faits l'un pour l'autre ; j'espère que voilà un grand cœur. Vous allez me dire quelque injure quand je vous avouerai qu'en quarante jours de temps et étant tout le jour dans la rue, ayant vu toutes les processions du *Corpus Domini* et de la Saint-Jean, je n'ai pas trouvé une seule Florentine vraiment belle. Mes beautés, ici, sont deux jeunes Anglaises que je vois tous les soirs aux *Cascine* et sur le pont della Trinità, vers onze heures. Encore sont-ce des beautés de brochet : je veux dire sans expression. C'est sur le pont della Trinità que nous avons cherché un remède aux infâmes chaleurs qui nous ont cuits pendant dix jours. Figurez-vous qu'on n'arrose pas les rues à Florence ; littéralement les pierres de la place du grand-duc étaient encore brûlantes à minuit. Le Bottegone était brûlant[1] ; mais il doit avoir fait une fortune ; il fallait prendre une *gramolata*[1] toutes les heures sous peine de crever ; on dit que nous n'avons eu que vingt-huit degrés et demi. Justement, je viens de finir *the black Dwarf* et *Old Mortality* de W. Scott[2]. Le dernier demi-volume d'*Old Mortality* ne vaut pas un f..., le reste est à côté de *Tom Jones*, c'est-à-dire dans les nues. Seulement cela est plus sérieux et la peinture de l'amour est sacrifiée. C'est la mode : cette pauvre passion est en disgrâce auprès de nos romanciers modernes, Mme de Genlis, miss Edgeworth[3], W. Scott. Savez-vous pourquoi ? C'est qu'ils ont assez d'esprit pour savoir que pour le peindre, il faut l'avoir senti.

Que dit-on de l'*Histoire de Venise* de M. Daru[4] ? Il disait qu'il y avait, en 1790, un ambassadeur vénitien à Versailles, qui faisait des rapports originaux à sa République. C'était une infâme tyrannie que cette aristocratie ; j'ai été sur les lieux et j'ai vingt anecdotes ; pas l'ombre de liberté ; cent familles puissantes qui nourrissaient quelques milliers de pauvres nobles ; tout le reste opprimé. À ces deux dernières circonstances près, c'est comme à Vienne. — À propos, l'empereur[5] a été d'une générosité incroyable : il donne 3 ou 4 mille sequins comme on donne 25 louis ; c'est le contraire d'il y a trois ans ; il se sauve en économisant sur sa défroque ; il porte un chapeau à calotte enfoncée par le temps, que le domestique de votre domestique jetterait à la rue. Tout son habillement vaut bien 30 fr. Du reste, le comte de Sainte-Hélène[6] a gâté le métier ; ces souverains se promènent comme des ostensoirs, plus ou moins beaux à voir, mais ils ne font point de décrets qui tiennent le public en anxiété, ils ne sont pas centres d'action. Aussi, indifférence complète et pis que cela. — Mon Dieu ! où mettrai-je cette lettre à la poste ? Si j'étais un Irlandais, je vous dirais : Ne manquez pas de m'avertir, si vous ne la recevez pas. Je compte sur mon écriture.

Ma société ici se compose d'orfèvres, avec lesquels je fis des pique-niques, où l'on boit à la santé de Benvenuto Cellini. Ces orfèvres ont amené au dernier dîner, à côté de la tour du Dante, près de *l'Azienda del Ghiaccio*[1], dîners exécrables, qu'ils trouvent fort bons et qui coûtent 5 paules ; ils ont amené, dis-je, deux Américains qui ne doutent pas que l'emprunt de l'Angleterre ne soit *para bellum* pour eux. Mais ils croient que les ministres anglais, pour se soutenir, veulent la guerre. Les aristocrates anglais meurent de peur et se serrent contre le ministère. J'espère avoir la joie de voir une révolution dans ce pays-là. Les pontons et Sainte-Hélène seront vengés. — Adieu, je vais à la *Cenerentola* par la Mombelli ; c'est très bien chanté ; mais toujours du Rossini, c'est le pâté d'anguilles[2].

99. À MATILDE DEMBOWSKI

Florence, le 20 juillet 1819.

Madame,

Peut-être que, dans ma position de disgrâce, il peut vous sembler peu convenable que j'ose vous écrire. Si je vous suis devenu odieux à ce point, je veux tâcher, du moins, de ne pas mériter davantage mon malheur, et je vous prie de déchirer ma lettre sans aller plus loin.

Si au contraire, votre âme sensible, quoique trop fière, a la bonté de me traiter comme un ami malheureux, si vous daignez me donner de vos nouvelles, je vous prie de m'écrire à Bologne, où je suis obligé d'aller : *Al signor Beyle, nella locanda dell' Aquila Nera*[1]. Je suis réellement inquiet de votre santé. Seriez-vous assez cruelle, si vous étiez malade, pour ne pas me l'apprendre en deux mots ? Mais il faut m'attendre à tout. Heureux le cœur qui est échauffé par la lumière tranquille, prudente, toujours égale d'une faible lampe ! De celui-là, on dit qu'il aime, et il ne commet pas d'inconvenances nuisibles à lui et aux autres. Mais le cœur qui est embrasé des flammes d'un volcan ne peut plaire à ce qu'il adore, fait des folies, manque à la délicatesse et se consume lui-même. Je suis bien malheureux.

HENRI.

100. À MATILDE DEMBOWSKI

Grenoble, le 15 août 1819[2].

Madame,

J'ai reçu votre lettre il y a trois jours[3]. En revoyant votre écriture j'ai été si profondément touché que je n'ai pu prendre encore sur moi de vous répondre d'une manière convenable. C'est un beau jour au milieu d'un désert fétide, et, toute sévère que vous êtes pour moi, je vous dois encore les seuls instants de bonheur que j'aie trouvés depuis Bologne. Je pense sans cesse à cette ville heureuse où vous devez être depuis le 10. Mon âme erre sous un portique, que j'ai si souvent parcouru, à droite au sortir de la porte Majeure. Je vois sans cesse ces belles collines couronnées de palais qui forment la vue du jardin où vous vous promenez. Bologne, où je n'ai pas reçu de duretés de vous, est sacré pour moi ; c'est là que j'ai appris l'événement qui m'a exilé en France, et tout cruel qu'est cet exil, il m'a encore mieux fait sentir la force du lien qui m'attache à un pays où vous êtes. Il n'est aucune de ces vues qui ne soit gravée dans mon cœur, surtout celle que l'on a sur le chemin du pont, aux premières prairies que l'on rencontre à droite après être sorti du portique. C'est là que, dans la crainte d'être reconnu, j'allais penser à la personne qui avait habité cette maison heureuse que je n'osais presque regarder en passant. Après avoir bien haï la Porretta, je l'aimerai avec passion si ses eaux vous ont ôté les maux d'estomac et surtout les maux d'yeux. À force de le désirer, je me trouve presque l'espoir que vous voudrez bien me donner de vos nouvelles, c'est la seule chose qui puisse me faire supporter la détestable vie que je mène ici.

Je vous écris après avoir transcrit de ma main deux longs actes destinés à me garantir, s'il se peut, des fripons dont je suis entouré. Tout ce que la haine la plus profonde, la plus implacable et la mieux calculée peut arranger contre un fils, je l'ai éprouvé de mon père. Tout cela est revêtu de la plus belle hypocrisie, je suis héritier et, en apparence, je n'ai pas lieu de me plaindre. C'est précisément ce qui dans d'autres temps m'eût fait sauter aux nues, et je ne doute pas que cela n'ait été calculé à cet effet. Ce testament est daté du 29 septembre 1818, mais l'on était loin de prévoir que le lendemain de ce jour il devait se passer un petit événement qui me rendrait absolument insensible aux outrages de la fortune. En admirant les efforts et les ressources de la haine, le seul sentiment que tout ceci me donne, c'est que je suis apparemment destiné à sentir et à inspirer des passions énergiques. Ce testament est ici un objet de curiosité et d'admiration parmi les gens d'affaires ; je crois cependant, à force de méditer et de lire le code civil, avoir trouvé le moyen de parer le coup qu'il me porte. Ce serait un long procès avec mes sœurs, l'une desquelles m'est chère. De façon que, quoique héritier, j'ai proposé ce matin à mes sœurs de leur donner à chacune le tiers des biens de mon père. Mais je prévois que l'on me laissera pour ma part des biens chargés de dettes et que la fin de deux mois de peines, qui me font voir la nature humaine sous un si mauvais côté, sera de me laisser avec très peu d'aisance et avec la perspective d'être un peu moins pauvre dans une extrême vieillesse. J'avais remis à l'époque où je me trouve les projets de plusieurs grands voyages. J'aurais été cruellement désappointé si tous ces goûts de voyages et de chevaux n'avaient disparu depuis longtemps pour faire place à une passion funeste. Je la déplore aujourd'hui uniquement parce qu'elle a pu me porter dans ses folies à déplaire à ce que j'aime et à ce que je respecte le plus sur la terre. Du reste tout ce que porte cette terre est devenu à mes yeux entièrement indifférent, et je dois à l'idée qui m'occupe sans cesse la parfaite et étonnante insensibilité avec laquelle de riche je me vois devenu pauvre. La seule chose que je crains c'est de passer pour avare aux yeux de mes amis de Milan qui savent que j'ai hérité.

J'ai vu à Milan, l'aimable L..., auquel j'ai dit que je venais de Grenoble et y retournais. Personne que je sache, Madame, n'a eu l'idée qu'on vous avait écrit. Quand l'on n'a pas de beaux chevaux, il est plus facile qu'on ne pourrait l'imaginer d'être bien vite oublié. J'ai trouvé à L... une idée qui m'a fait beaucoup de peine et que je tâcherai de détruire à mon retour. J'ai la perspective de voir ma liberté écornée à Milan, je ne puis me dispenser d'y conduire ma sœur qu'*Otello* a séduite et qui, dans ce pays, est toujours plus malade.

Je finis ma lettre, il m'est impossible de continuer

à faire l'indifférent. L'idée de l'amour est ici mon seul bonheur. Je ne sais ce que je deviendrais si je ne passais pas à penser à ce que j'aime le temps des longues discussions avec les gens de loi. Adieu, Madame, soyez heureuse ; je crois que vous ne pouvez l'être qu'en aimant. Soyez heureuse, même en aimant un autre que moi. Je puis bien vous écrire avec vérité ce que je dis sans cesse :

La mort et les enfers s'ouvriraient devant moi,
Phédime, avec plaisir j'y descendrais pour toi[1].

HENRI.

101. À ADOLPHE DE MARESTE

Cularo (Grenoble)
le 1er septembre 1819.

Je suis bien reconnaissant de votre belle lettre de huit pages. J'ai lu également celle du vicomte. Je compte partir le 14 septembre, après les élections et débarquer chez M. Petit, hôtel de Bruxelles. S'il le faut faites-moi le plaisir de m'arrêter une chambre au quatrième étage, c'est-à-dire au plus bas prix possible.

Je suis sûr de partir après les élections, car j'ai dans ma table 6 000 fr. en or. Mais le Bâtard laisse *dei debiti infiniti*[2] ; j'aurais de 30 à 50 000 fr., voilà tout. J'ai trouvé 20 000 fr. de dettes, plus 2 500 fr. de rentes viagères, à payer annuellement ; tous les aperçus qu'on m'avait envoyés étaient exagérés ; et ce n'est, comme vous voyez, qu'après vingt jours de courses et d'attention soutenue que j'y vois clair.

Toutefois, dites aux gens qui me connaissent que j'aurais mieux de 100 000 fr.

J'ai déjà ma demi-solde, environ 800 fr., plus une rente viagère de 1 800 fr. ; si je trouve de quoi me faire une rente viagère de 4 000 fr., je ne prends pas de place, sinon je sollicite.

J'ai affaire à un beau-frère le plus *tatillon* des hommes qui, conseillé par des finasseurs grenoblois, veut lasser ma patience et abuser de mon désir de finir. Pour déjouer cette finesse, je veux aller attendre à Paris que les créanciers le forcent à finir.

Je serais avec vous, sans les élections ; quoique mon mépris *for our dear countrymen*[1] soit déjà au comble, je veux cependant sacrifier dix jours à ce spectacle. Je suis électeur, car je paye 480 fr. [...]

Le préfet porte le comte Bérenger au lieu de Grégoire ; mais aujourd'hui voici les probabilités :

Rollin, Grégoire, Sappey, Français.

Bérenger, conseiller d'État, Planelli-Lavalette, Général du Bouchage.

La partie la mieux liée est celle des ultras ; ils ne perdent pas une voix ; les curés de campagne ôteront à Grégoire cent cinquante voix de dévots.

Le préfet est méprisé, quoique plein d'esprit : c'est qu'il est avare ; il ne leur a pas donné à boire assez largement le jour de la Saint-Louis. — Il y a eu un demi-duel pour une danseuse, j'entends pour une demoiselle jolie et honnête, sur laquelle un officier est tombé en valsant ; le préfet est intervenu gauchement. Enfin il a invité, par écrit, un nommé *Comeirau*, charcutier grossier, mais qui paye plus de 300 fr. d'impôts ; ledit charcutier en fait des gorges chaudes avec ses amis les peigneurs de chanvre.

[...]

102. À ADOLPHE DE MARESTE

Le 21 décembre 1819.

Une collection de baïonnettes ou de guillotines ne peut pas plus arrêter une opinion qu'une collection de louis ne peut arrêter la goutte.

Voilà, mon cher ultra, l'idée qui m'est venue en lisant la deuxième partie de votre lettre du 8. Je riais de bon cœur de votre ignorance politique, ou plutôt du voile que l'amour de votre baronnie et les souvenirs de *supériorité individuelle* qu'on vous inocula jadis à l'Académie d'Alfieri, mettent devant vos yeux. Vous me rendez ce rire quand je vous parle de Viganò, et nous avons tous deux raison, car il n'y a pas de morale, et nos physiques sont différents. La preuve en est que de tout Paris, je ne regrette que Nina. Tout le reste me semble vieille coquette, et vos tableaux et vos livres me font l'effet de Mme de Saint-Aubin ; n'est-ce pas là le nom de l'amie de Mme Lambert ? Tout cela se réduit à ce que le Corrège aurait fait ses madones noires s'il eût peint au Sénégal.

Le *bon*, entre amis, c'est d'être francs ; comme cela, on se donne le plaisir de l'originalité. Donc, à l'âge près, je voudrais être Grégoire. Mon seul défaut est de ne pas aimer *the blood*[1] ; mais puisqu'on ne peut compter sur rien, pas même sur la charte, je me réjouis de l'élection de Grégoire, bien plus qu'au moment où nous la fîmes. La raison, c'est que son exclusion, après le ministère Fouché, est un fait *palpable*, que le dernier paysan, acquéreur de domaines nationaux, comprendra quand nous le lui aurons expliqué de toutes les manières pendant un an. Même dans le sens *of your king*, je l'aurais admis ; ce trait de respect pour la charte, que coûtait-il ? Enfin, rien de moins *endormant* que cette séance. Je vous parais le comble de l'absurde, ainsi *basta cosi*[1]. Seulement comme nous n'avons plus que les *Débats* et le *Courrier, after Karlsbad*[2], dites-moi ce que c'est que le jeune sérieux qui a menacé d'interrompre la gaieté de la séance du 6 ?

Je vous donne ma parole d'honneur que, si j'avais été député, j'aurais fait entrevoir les idées que je viens de vous écrire ; cela aurait fait ma gloire en 1830. Je trouve les libéraux plats ; même M. d'Argenson fut plat en 1815, de ne pas parler plus *net* sur Nîmes. Donc, encore une fois, vous vous trompez quand vous me dites que j'aurais vu deux cent cinquante grands hommes à la séance du 6. [...]

Mettez une phrase *ultra*, en caractères bien lisibles. Au reste, notre style français, à vous et à moi, est inintelligible ici, et votre écriture est archi-inintelligible ; donc, ne vous gênez nullement. Je vous remercie de votre lettre que j'ai reçue par Domenico[3] : les deux manières sont bonnes.

Nous ne sommes pas moins éloignés en tragédie qu'en politique et en ballets. Un médecin vous sauve en vous donnant l'émétique ; cela diminue-t-il la gloire du médecin qui me sauve ici, à trois cents lieues de vous, en me donnant l'émétique ?

Voilà le principe du *romanticisme*[4] que vous ne sentez pas assez. Le mérite est d'administrer à un public la drogue juste qui lui fera plaisir. Le mérite de M. Manzoni, si *mérite il y a, car je n'ai rien lu*, est d'avoir saisi la saveur de l'eau dont le public italien a soif. Cette eau ferait peut-être mal au cœur au public de la rue Richelieu ; qu'est-ce que cela me fait à Milan ? Sentez bien ce principe du *romanticisme* ; là il n'y a pas d'Académie de Turin entre vous et moi.

Un mélodrame est à Paris un ouvrage que deux

mille littérateurs peuvent faire ; une *Mort de Carmagnola* ne peut être faite ici que par deux ou trois hommes[1]. Croyez que si M. Manzoni réussit, il aura une gloire immense, et que tout ce qu'il y a de jeunes poètes en Italie se creuse la cervelle depuis douze ans pour faire une tragédie différente d'Alfieri, et ne trouve rien. Donc, quand *Carmagnola* serait un mélodrame traduit, s'il fait pâmer toute une nation, il a un grand mérite ; lisez cette phrase à vos Saint-Aubin.

Je passe mes soirées avec Rossini et Monti ; tout pesé, j'aime mieux les hommes extraordinaires que les ordinaires. — Je vous quitte pour aller dîner avec Rossini, je passe ici pour être *ultra-anti-rossinien* ; on s'occupe beaucoup de musique et de Grégoire. Je vais lire votre lettre à Rossini ; il est fort drôle et a de l'esprit ; il est juste à la hauteur des lettres de Bombet, il crée sans *savoir comment*. Schiller a fait deux ou trois excellentes tragédies comme *Wallenstein*, ayant sur le sublime des idées dignes de M. Cousin. Si Rossini voyait le *comment* de ses œuvres, il serait à mille lieues en avant des théories du sieur Bombet ; moi-même je suis fort en avant aujourd'hui, après cinq ans d'expérience.

103. À THOMAS MOORE

Naples, le 25 mars 1820.

Monsieur,

Les amis du charmant auteur de *Lalla-Rookh* doivent sentir les arts[2]. Ils font sans doute partie de ces *Happy few*, pour lesquels seuls j'ai écrit, très fâché que le reste de la canaille humaine lise mes rêveries.

Je vous prie, Monsieur, de présenter les trois exemplaires ci-joints à vos amis.

Je viens de lire *Lalla-Rookh* pour la cinquième fois et suis toujours plus étonné qu'un tel livre ait pu naître en Angleterre, dans un pays corrompu, selon moi, par une teinte de férocité hébraïque.

J'ai l'honneur d'être, Monsieur, votre très humble et obéissant serviteur.

H. BEYLE.

104. À ADOLPHE DE MARESTE

Milan, 12 juin 1820.

[...]

Impression de Love[1]

Savez-vous que Crozet, pendant trois ans, m'a reproché de n'être pas clair dans mes idées et commissions ? Cela m'a fait sauter dans le vice contraire.

Vous recevrez incessamment *Love* en deux volumes. Il y a des ratures. Une autre copie m'aurait coûté 40 francs et un mois de temps. Si le compositeur dit qu'il ne peut pas lire, éclaircissez-lui la vue avec 20 ou 30 francs. Tirez in-18 à 300 exemplaires. Faites-vous donner de très beau papier, et exigez de M. Chanson des caractères neufs et pas grêles, que cela soit facile à lire.

Voici le seul embarras. Il faut tirer 150 exemplaires du manuscrit complet. Ensuite dépenser 15 ou 20 francs pour faire supprimer sept à huit passages qui sont la vie d'un de mes amis qui vient de mourir d'amour ici, et qui me feraient reconnaître. On tirera 150 exemplaires du manuscrit ainsi châtré, en ne mettant en vente que ces 150 exemplaires-là.

Vous avez le pouvoir despotique sur tout ; les morceaux à supprimer dans la seconde édition, sont marqués de rouge.

Comme je n'ai que ce manuscrit, annoncez-m'en la réception ; s'il se perd, *l'amour* est perdu.

Envoyez-moi à Novare, dans une lettre, les feuilles d'épreuves à mesure que Chanson vous les enverra : cela m'amusera. Je me fous de la correction. Cependant, si vous en avez la patience et la complaisance, corrigez. Je ne désire que de beaux caractères neufs et beau papier. 10 ou 15 francs de plus et nous aurons de très beau papier. Il ne s'agit que de mille ou douze cents feuilles. Comme cela ne se vendra pas, j'aime autant deux cents exemplaires que trois cents. Faites annoncer *Love* dans vos deux journaux. *Paris* et *Moniteur,* cela fera contraste ; tous les deux jours, on dit que vous en êtes aux coups de fusil. Le guêpier dormait en 1819. Qui l'a *éveillé* ? Quel mal vous ferait Grégoire à la Chambre ?

Je comptais sur deux lecteurs à Paris : Volney et Tracy. Je vois que j'ai perdu la moitié de mon auditoire[1].

Je vous enverrai une petite liste de gens, auxquels je vous prie de faire parvenir des exemplaires de l'édition châtrée. Ce sont MM. de Tracy, de Ségur, de Chauvelin, et les cabinets littéraires de Galignani, Rosa, du vicomte, etc..., et sept à huit des plus achalandés.

L'essentiel est de garder soigneusement les 150 exemplaires non châtrés ; dans quatre ou cinq ans, on aura oublié les anecdotes et nous les écoulerons.

J'aurais dû corriger le style, mais il fallait une seconde copie et attendre un mois ; c'est pour ce travail que je vous prie de m'envoyer à mesure les feuilles d'épreuves, elles serviront de manuscrit.

Liste

Prendre un commissionnaire intelligent et envoyer gratis des exemplaires de l'édition châtrée à MM. :

De Tracy, rue d'Anjou-Saint-Honoré, 42 ;
De Salvandy, maître des requêtes ;
Thierry, du *Censeur*, s'il n'est pas rasé ;
L'avocat Teste ;
Picard, le comique de l'Institut ;
Jouy, de la *Minerve*, s'il n'est pas pendu ;
De Pradt, — id. —
Manuel le député — id. —
De Ségur, pair de France ;
Anatole de Montesquiou ;
Thomas Moore ;
à M. Garat, de l'Institut ;
Talma ;
Delavigne ;
Prudhon, le peintre ;
Guérin, — id. —
Pariset, censeur et médecin ;
Chateaubriand ;
Le jeune prince de Beauvau ;
et à deux ou trois Anglais de distinction, si vous en avez.

Coupez avec des ciseaux le chapitre des *Fiascos*, et envoyez des exemplaires aux demoiselles Mars, Bigotini, Bourgoing, Levert, Perrin, du Vaudeville, Minette, *id.*, Bourgeois, Noblet, Mme la duchesse de Duras, en un mot, aux catins à la mode ; vous les connaissez ; envoyez-leur vingt ou trente exemplaires ; les jeunes gens qui les enf.l.nt gratis liront l'*Amour* ; plus, à tous les ambassadeurs, MM. de Vincent, Galotin, Stuart, et à vos amis et connaissances, sans nommer l'auteur.

105. À ADOLPHE DE MARESTE

23 juillet 1820.

Mon cher ami, il m'arrive le plus grand malheur qui pût me tomber sur la tête.

Des jaloux, car qui est celui qui n'en a pas, ont fait circuler le bruit que j'étais ici agent du gouvernement français.

Il y a six mois que cela circule. Je me suis aperçu que plusieurs personnes cherchaient à ne pas me saluer; je m'en fichais rondement, lorsque le bon Plana[1] m'a écrit la lettre que vous recevrez. Je ne lui en veux pas; cependant voilà un terrible coup! Car, enfin, que fait ici ce Français? Jamais la bonhomie milanaise ne pourra comprendre ma vie philosophique, et que je vis ici avec 5 mille francs mieux qu'à Paris pour 12 mille francs.

Envoyez, je vous prie, la présente lettre, et celle de Plana à Crozet, à Troyes. Je prie Crozet d'écrire quelques phrases à Plana. Donnez-moi votre avis; que faire pour détromper mes connaissances d'ici?

Je suis trop ému pour pouvoir parler d'un autre sujet. Soyez sûr que je ne m'exagère pas la chose. Il y a trois mois que je n'ai pas été admis dans une société parce qu'une personne impartiale a dit: «S'il vient, plusieurs personnes (il est vrai que ce sont des gens qui me haïssent) se retireront.»

Je n'ai su cela qu'il y a deux heures.

Voilà le coup le plus sensible que j'aie eu dans ma vie.

Depuis trois mois je n'ai pas de vos lettres.

Mille amitiés au vicomte et à Lambert. Dites-leur mon accident.

H.

106. À ADOLPHE DE MARESTE

13 novembre 1820.

Mon cher père,

Je commence à être en peine des 2 vol. rouges[1] qui étaient à Strasbourg le 7 octobre et que vous auriez dû recevoir le 15. Donnez-m'en des nouvelles surtout dans le cas où vous n'auriez rien reçu. Vous recevrez deux cahiers de *thoughts*[2] à ajouter aux 72 ou 73 qui se trouvent déjà à la fin du volume. Si ces pensées arrivent quand tout sera fait, faites-en faire une feuille qu'on mettra à la suite des *pensées* ou à la fin du poème, comme supplément.

Respectez le baroque, le faux, le sentimentaire ; effacez les pensées ridicules. Dès que vous aurez une feuille de faite, envoyez-la à Dominique à Novare[3].

Dès que le *book* sera terminé, envoyez-le par la poste, moyennant 5 centimes par feuille, à Dominique à N. et un exemplaire par la poste aussi à M. Angostoni, négociant à Chiasso, en Suisse. Je dois vous avoir envoyé cette adresse plus correctement écrite. Dans ce moment, cher papa, je vous la donne de mémoire...

Ajoutez la pensée ci-jointe aux 73 pensées que vous avez déjà. Je me porte bien, et vous ? Je suis content, et vous ? *I dare not say more*[4]. Serait-il prudent de placer 6000 fr. à la Tontine de la rue de Richelieu, nº 89 ? Demandez à Lambert. Cela serait plus commode que des fonds perdus. J'y placerais même 12000 fr. Je voudrais une recette pour teindre les cheveux grisonnants sur les tempes, en châtain foncé.

Adieu bon père.

107. À ADOLPHE DE MARESTE

Milan, le 22 décembre 1820.

Chère Annette, mille amitiés et au grand banquier le vicomte. Je vous verrai en 1821. Donnez à Besançon qui remboursera le port. Lisez tout, si vous pouvez, c'est tout *musique*.

Je reçois votre lettre du 7, qui, malgré ses défauts, me fait un plaisir extrême, car je suis au lit depuis dix-huit jours, avec trois saignées et un rhume inflammatoire qui attaquait un endroit que vous connaissez bien, la funeste glande prostate. Je compte sortir un de ces jours.

Le théâtre de la Scala a été la platitude même depuis que les hommes de génie s'en sont écartés. Vous savez qu'on ne donne presque que du neuf ; cela est plus utile à l'art et moins à nos plaisirs. Cet usage, le contraire du goût français, qui est d'admirer du *vieux-beau* reconnu pour tel, imprime un cachet au goût italien. Vous êtes un grand *salivot* de ne pas *giving some letter to* Malot[1].

Les jacobins feront tomber le théâtre de Naples ; déjà les jeux sont supprimés et il ne bat plus que d'une aile. Pour finir l'année dernière, Levasseur a eu un grand succès dans la *Calomnie du Barbier* et dans l'opéra de Meyerbeer, dont j'ai déjà oublié le nom, quoiqu'il n'ait fini que le 30 novembre[2]. Meyerbeer est un homme comme Marmontel ou Lacretelle : quelque peu de talent, mais pas plus de génie que sur la main ; quand il veut mettre du chant, il prend les plus ignobles cantilènes des rues. Ce qu'il a de remarquable, ce compositeur, c'est 80 mille fr. de rente, sans en rabattre une obole ; il vit solitaire, travaillant quinze heures par jour à la musique. Il ne veut plus jouer du piano et c'est le premier pianiste de l'Europe, à ce qu'on dit.

Le 26 décembre, comme vous savez, nous avons deux ballets et un opéra neufs. *Phèdre,* du vieux Mayer, voleur effronté[1]. — Mlle Tosi[2], fille d'un avocat fort estimé, comme qui dirait Tripier à Paris, ayant une voix superbe, débute pour courir la chance de gagner 200 mille fr. Elle a une taille et une tête qui seront superbes au théâtre, elle a une belle voix, mais ne *sait pas chanter.* Qu'entendez-vous par ces paroles ? Elle ne sait pas mettre tous ses airs, tristes ou gais, à la même sauce piquante (pour le dire en passant, mérite et défaut de Rossini). *Write no more to me with my name periculous*[3].

[...] Rossini ne fait plus que se répéter ; il est énorme, mange vingt bifteacks par jour, se fait s. c. r par la Chomel, enf.l. la Colbrand, en un mot un *porc* dégoûtant. Le jeune Mercadante[4], Napolitain de vingt ans, qui a fait *Ercole,* a, dit-on, du talent, je n'ai jamais senti ce talent, quoique la Schiassetti, dans les vingt-cinq jours que j'ai passés avec elle à la campagne, me le chantât sans cesse. — Caraffa, vous le connaissez ; on pourrait tirer un bon opéra de tous ses opéras[5]. — Pacini fils, jeune et joli jeune homme de dix-huit ans, a fait ou volé un duo sublime, celui de Frédéric le Grand qui refuse à la maîtresse d'un de ses officiers la grâce dudit qui va être fusillé. Faites-vous chanter cela par Remorini, et vous pleurerez nécessairement. — Pas de ténor que Davide fils.

J'ai encore plus de peine à écrire que vous à me lire ; le corps fout le camp, mon cher ami. J'attends toujours *my sister.* Je ne sais pas *if I will have five or six. Siamo lì. Pay the port of this letter to the fair Annette, and write every fortnight*[6], je gagnerai 200 fr. Si vous ne recevez pas *Love,* allez rue J.-J. Rousseau, demandez le bureau du commissionnaire du courrier de Strasbourg. *My friend the earl* a mis à la malle-poste, à votre adresse, ledit paquet. *I write to the said friend* ; il loge chez M. le directeur Vicher ; mettez cette lettre à la poste, si en recevant celle-ci, vous êtes encore *orbus* ; *'tis for my pleasure, that I ask you*[1] les feuilles et nullement pour rien corriger. Je me fiche *altamente of the corrections. I ask only fair paper and good characters. I want a manuscript, and I will find some pleasure in seeing*[2] le plus tôt possible ce croquis non assez corrigé. Par exemple, je l'aurais corrigé dans mon lit. Il y a des pages que je n'ai pas relues. Comment un innocent de cette espèce peut-il s'égarer de Strasbourg à Paris ? Il y aura erreur d'adresse. Voyez le courrier.

Si Lambert a de l'argent à moi, faites-en un joli in-18 ; tirez à 400 l'édition avec suppression et à 150 ou 100 l'édition complète. *It is the envy for Painting* qui a donné des ailes *to the spy rumour*[3]. Vous hausserez les épaules comme on blâme Voltaire d'avoir fait ses Pâques. Infâme injustice. J'ai besoin de supprimer ces dix pages.

[...] Dès qu'on aura réimprimé la tragédie de lord Byron sur le doge Faliero, qui se fit couper le cou en 1208, je crois, envoyez-la-moi par la poste mais seulement si elle coûte 3 francs[4]. — Ledit lord n'a pas le génie dramatique. Il a adressé la parole au bal, à Venise, à une miss Mongomery ; le lendemain, le colonel Mongomery lui a envoyé un défi ; l'on a arrangé l'affaire. La phrase du Byron avait été insignifiante, courte et archidécente ; mais le souffle de ce monstre souille une beauté pâle et froide. Il est toujours avec sa tétonière blonde, la comtesse de Pesaro, dont le mari a 50 mille fr. de rente et est très capable d'assassiner le noble lord, et, s'il ne peut mieux, de se battre en duel avec lui. La femme offre une énorme gorge de vingt-deux ans, à la vue de la place Saint-Marc, sur laquelle elle se promène en souliers de soie rouge. Je dois vous avoir écrit cela, que je tiens de l'apothicaire, Ancillo, le deuxième poète de Venise ; le premier est le satirique Buratti[1]. Il y a là du vrai génie, mais un peu délayé. Comprenez-vous le vénitien ? — Vous me direz *oui* ; mais est-ce vrai ? [...]

108. À MATILDE DEMBOWSKI

To send the 3 janvier 1821.

Madame, trouveriez-vous inconvenant que j'osasse vous demander la permission de vous voir un quart d'heure, une de ces soirées ? — Je me sens accablé par la mélancolie. Mon amitié sentira tout le prix d'une marque de bonté dont le public ne s'occupera certainement pas. Vous pourrez vous livrer sans danger à la générosité de votre belle âme. — Je ne serai pas indiscret ; je ne prétends rien vous dire ; je serai aimable. — Je suis avec respect.

D.

109. À WALTER SCOTT

À la Porretta, le 18 février 1821.

Monsieur,

S'il vous convient de faire prendre à Paris les livres dont l'indication est ci-jointe, j'aurai trouvé un faible moyen de marquer ma reconnaissance de l'extrême plaisir que vient de me donner *the Abbot*[2].

Quel dommage que l'auteur n'ait pas eu à peindre le moyen âge de cette admirable Italie ! Il aurait trouvé les premiers pas de l'âme humaine vers la liberté. Au lieu de l'égoïste héroïsme de l'absurde féodalité, il eût trouvé sous ses pas la peinture de tout ce que l'âme humaine pouvait *alors* pour le bonheur de tous. Les idées étaient encore obscures et incertaines, mais les âmes avaient toujours ici, en 1400, un degré d'énergie que, depuis, elles n'ont plus retrouvé nulle part.

Malheureusement, pour se procurer la vision du moyen âge de ce pays, il faut s'enterrer au milieu de monceaux de parchemins poudreux qui, encore vers 1650, furent brouillés et gâtés exprès par les jésuites. Aucun écrivain n'a cherché à donner un recueil sincère d'anecdotes peignant les mœurs de cette époque. Quels ne seraient pas les transports de l'Europe si un homme comme l'auteur du *Waverley* lui révélait la vie de Cola di Rienzi[1], ou l'exil du premier Côme de Médicis !

[...]

110. À LORD BYRON[2]

Paris, le 23 juin 1823.

Milord,

Vous avez bien de la bonté d'attacher quelque importance à des opinions individuelles ; les poèmes de l'auteur de *Parisina* vivront encore bien des siècles après qu'on aura oublié *Rome, Naples et Florence en 1817*, et autres brochures semblables.

Mon libraire a mis, hier, à la poste, pour Gênes, l'*Histoire de la Peinture en Italie* et *de l'Amour*.

Je voudrais bien, milord, pouvoir partager votre

opinion sur l'auteur d'*Old mortality*. «*With his politics I have nothing to do*[1].» Vous refusez ainsi de prendre en considération précisément la chose qui me fait regarder le caractère de l'illustre Écossais comme *peu digne d'enthousiasme*. Les vertus privées ne sont ni bien difficiles dans un homme qui a le plaisir de s'enrichir, ni bien rares, ni dignes d'une bien haute estime. Quand sir Walter Scott sollicite, avec la passion d'un amant pour sa maîtresse, le verre dans lequel *an old king*[2], assez méprisable, vient de boire; quand il est un des souteneurs secrets du *Beacon*[3], je vois un homme qui a envie d'être fait baronnet ou pair d'Écosse. Sur mille personnes qui font de telles choses dans toutes les antichambres d'Europe, une, peut-être, les fait, parce qu'elle croit naïvement le pouvoir absolu utile aux hommes. Sir Walter se serait placé dans cette exception en refusant le rang de baronnet et autres avantages personnels. S'il était sincère, l'horreur du mépris, sentiment si puissant sur les cœurs généreux, lui eût fait, depuis longtemps, un devoir de cette démarche si simple. Il n'a point eu cette idée; donc il y a neuf cent quatre-vingt-dix-neuf à parier contre un que mon cœur a raison de lui refuser un intérêt passionné. Ce n'est pas mon estime légale que je refuse à sir Walter, c'est mon enthousiasme. La nature de l'homme est telle, qu'on ne peut plus éprouver ce sentiment pour les caractères qui ont perdu une certaine *fleur d'honnêteté*, si je puis parler ainsi. C'est un malheur; mais tout homme qui en est réduit à donner des explications sur une action comme celle du *Beacon* a perdu à jamais cette fleur, aussi facile à ternir que celle qui fait l'orgueil d'une jeune fille.

Mon opinion sur la moralité de sir Walter Scott est à peu près unanime en France: «C'est un homme adroit qui a su faire son nid. Ce n'est pas un fou comme les autres hommes de génie.» Voilà le mot d'approbation du vulgaire qui fait critique sanglante à mes yeux.

La sévérité convient d'autant mieux envers les actions telles que celles de sir Walter, qu'il y a maintenant tout à perdre à être du parti contraire au sien. Les *Kings* et l'aristocratie, éveillés sur leurs dangers, ont de plus magnifiques récompenses pour les grands hommes qui se prostituent.

Si l'auteur d'*Ivanhoe* était pauvre comme Otway, mon cœur serait disposé à lui pardonner quelques petites bassesses commises pour avoir du pain, le mépris serait comme noyé dans ma pitié pour la fatalité de la nature humaine, qui fait naître un grand artiste sans un revenu de 6 pence par jour ; mais c'est sir Walter millionnaire qui soutient le *Beacon* !

Si ce journal lui semble utile au bonheur de la majorité des Anglais, comment, sachant qu'on peut le prendre pour un vil flatteur, ne refuse-t-il pas le titre de baronnet ?

C'est bien malgré mon inclination, milord, que je persiste à dire que, jusqu'à ce que sir Walter ait expliqué cette action d'une manière *probable*, comme juge, je ne prononcerais pas du haut d'un tribunal que sir Walter a manqué à l'honneur, mais il a perdu tout droit à l'enthousiasme d'un homme qui a entrevu la cour.

Je suis fâché, milord, que ma lettre soit déjà si longue ; mais, ayant le malheur d'être d'une opinion contraire à la vôtre, mon respect me défendait d'abréger mes raisonnements. Je regrette sincèrement de n'être pas de votre opinion, et cette parole, il n'y a pas dix hommes au monde à qui je puisse l'adresser avec sincérité.

Le pauvre Pellico n'a pas les talents de sir Walter Scott ; mais voilà une âme digne de l'intérêt le plus tendre et le plus passionné[1]. Je doute qu'il puisse travailler dans sa prison ; son corps est faible, il était miné depuis longtemps par la pauvreté et la dépendance qui la suit. Réduit à peu près au sort d'Otway, il m'a dit plusieurs fois : « Le plus beau jour de ma vie sera celui où je me sentirai mourir. » Il a un frère à Gênes, un père à Turin. Outre *Francesca* et *Eufemio di Messina*, il a fait, à ce qu'il me disait, dix autres tragédies ; son père pourrait en procurer les manuscrits. Ces tragédies, vendues en Angleterre, pourraient susciter un protecteur au malheureux poète, dans cette nation qui renferme tant de caractères élevés ; la mort peut changer rapidement les rois de cette nation d'ici à dix ans que Pellico a encore à habiter le *Spielberg*. Un des ministres d'un de ces rois peut faire le calcul qu'il y a avantage pour sa vanité à obtenir que Pellico sorte de prison en donnant sa parole d'habiter l'Amérique.

Il m'a été extrêmement agréable, milord, d'avoir quelque relation personnelle avec l'un des deux ou trois hommes qui, depuis la mort du héros que j'ai adoré, rompent un peu la plate uniformité dans laquelle les affectations de la haute société ont jeté notre pauvre Europe. Autrefois quand je lus *Parisina*, pour la première fois, mon âme en resta troublée pendant huit jours. Je suis heureux d'avoir une occasion de vous remercier de ce vif plaisir. *Old mortality* m'attache plus vivement, mais l'impression que j'en éprouve ne me semble ni aussi profonde, ni si durable.

J'ai l'honneur d'être, milord, votre très humble et très obéissant serviteur.

H. BEYLE.

111. À ALBERT STAPFER[1]

N° 4, rue des Jeûneurs, Paris.
8 août 1823.

Hélas ! Monsieur, je voudrais bien pouvoir vous envoyer les *Affinités électives*, mais il faudrait pour cela être à deux cents lieues de ces secs Parisiens. La simple et douce Ottilie est avec mes livres à Milan et vous avez pu voir dans les journaux comment on vient de traiter un M. Andryane[2]. On l'a condamné par jugement économique à dix ans de prison, il était peut-être aussi innocent que moi. C'est l'effet *involontaire*, tout-puissant, et partant non criminel de l'amour que Goethe a peint avec une exactitude mathématique dans les *Affinités*. Mais il a mis tout cela dans de diables de cœurs allemands qui manquent trop de *logique* pour nous intéresser beaucoup à la longue. Ce sont de pauvres fous doux et aimables. Nous serions des fous *paresseux* si nous nous laissions aller au désespoir parce que la récolte que nous avions espérée pour le mois de mars n'aura lieu qu'en août. Dans tous les siècles, il y a ainsi une grande attente pendante devant les yeux. Est-ce une raison pour ne rien faire ?

Je vous engage souvent à me faire des lettres, elles m'intéressent fort. Gray disait que tout homme avait le pouvoir de faire un bon livre, c'était la simple histoire de sa vie. À défaut de mieux, peignez-moi ce qui vous est arrivé hier. Le génie (vous voyez bien que génie ne veut pas dire esprit), le génie des habitants de la Beauce m'est aussi inconnu que celui des paysans de la Bosnie.

La Giuditta va chanter *les Horaces* le 14 août, elle est déjà dans les douleurs de l'enfantement et dans la crainte de la chute[1]. Hier, elle n'a pas pu jouer au Pharaon, elle est restée sur son canapé tout contre la table, et sans jouer ! Je ne saurais quelle carte mettre, disait-elle, je n'ai point d'inspiration !

Je suis fou du naturel de ces cœurs italiens. Du reste elle se souvient de vous comme d'un papillon blanc qu'elle vit l'an passé. Si je m'en vais en Suisse, il en sera de même. Pourquoi se souvenir d'un homme qui n'est pas amant ? C'est une des erreurs sacrées de notre civilisation. Je suis très content des lettres de M. Lécluze[2]. On sent la bonne foi. Je ne lui trouve pas assez de hardiesse dans le style pour bien décrire.

N'oubliez pas que M. de Gagern, le premier juriste d'Allemagne et homme d'esprit, croit aux revenants, que tout le monde, à 18 ans, entreprend de faire des balles fées d'après la recette du *Freischütz* de Jean-Paul[3]. Schiller déplaît à Francfort comme trop classique, trop français, pas assez inversif. Goethe est plus inversif, le verbe principal est à la deuxième page, voilà qui touche un cœur allemand. Ils croient tout et nous rien.

Croyez à ma bien vive amitié.

LA BORDE.

J'espère beaucoup *of Spain*.

112. À MADAME CLÉMENTINE CURIAL[4]

Rome, le 5 décembre 1823.

Je mourais d'envie, Madame, d'arriver, dans une ville dont le nom pût me permettre d'user de la permission que vous m'avez donnée de vous adresser des nouvelles de ce qui se passe dans le monde. Le grand monde ici, paraît chez M. de Montmorency et chez M. Demidoff. M. de Montmorency fait les honneurs de chez lui avec une grâce vraiment parfaite, car elle n'embarrasse jamais. C'est toujours une corvée que de voir approcher le maître de la maison dans une réunion de deux cents personnes ; chez ce duc, c'est une personne aimable de plus, qui vient se joindre au groupe. Il y a trois ou quatre Romaines de la plus grande beauté : mesdames Dodwell, princesse Bonacorsi, etc. Ces dames ont tout à fait le ton assuré, décisif, tranchant, qui était jadis, dit-on, le ton de la cour de France. Elles portent des robes extrêmement décolletées, et il faudrait être bien difficile pour n'être pas fort reconnaissant envers leur couturière. Peignez-vous, Madame, le mélange de quarante femmes, vêtues de cette manière, et de quatorze cardinaux, plus une nuée de prélats, d'abbés, etc. La mine des abbés français est vraiment à mourir de rire ; ils ne savent que faire de leurs yeux, au milieu de tant de charmes ; j'en ai vu se détourner pour ne pas les voir ; les abbés romains les regardent fixement avec une intrépidité tout à fait louable.

Parmi les petits plaisirs que peut donner la haute société, un des plus grands c'est de voir un cardinal, en grand costume rouge, donner la main, pour la présenter dans un salon, à une jeune femme aux yeux vifs, brillants, étourdis, voluptueuse et vêtue comme je l'ai dit. On passe trois heures ensemble à se regarder, à circuler, à prendre d'excellentes glaces, et l'on se sépare pour se retrouver le lendemain.

Chez M. Demidoff on est assis, parce qu'il dépense cent mille francs à faire jouer des vaudevilles français par une troupe d'acteurs à lui, et pas trop mauvais. Il y a un homme de talent que M. Beugnot connaîtra sans doute, c'est un valet nommé Frogères.

Malgré les jolies robes de ces dames, et les aimables chefs-d'œuvre que l'on voit le matin, Rome ne me séduit point, je m'y trouve trop isolé.

Il ne vaut pas la peine, pour un mois, de faire la cour à tous les ennuyeux d'une maison, pour tâcher d'accrocher une place de quatrième aide-de-camp auprès d'une de ces belles femmes. Je ne sais si c'est un signe de vieillesse, mais je me sens un besoin d'intimité qui, puisque un autre est impossible, me fait presque regretter les brouillards de Paris.

Ici, on voit à chaque coin de rue des oranges d'un beau jaune, tranchant sur une superbe verdure, qui s'élève au-dessus du mur de quelque jardin. Le grand obstacle aux courses du matin, c'est la chaleur d'un soleil impitoyable qui brille dans un ciel pur. Cependant, aujourd'hui, il pleut pour la première fois depuis dix jours. Ce n'est pas pour cela que j'ai l'honneur de vous écrire ; mais il faut être prudent avec une belle dame française ; votre permission ne s'étend qu'aux nouvelles du grand monde et il fallait l'avoir entrevu pour pouvoir en parler. Si vous avez la bonté de me répondre une ligne, ce sera signe que vous ne trouvez pas mauvais que j'étende à Rome une permission donnée pour Paris. Est-ce toujours au mois de février que vous comptez y revenir ?

Romantisme et roman

113. À ADOLPHE DE MARESTE

Paris, samedi, minuit,
26 avril 1824.

[...]

L'Académie française vient de lancer un manifeste contre le *romantisme*[1]; j'aurais désiré qu'il fût moins bête; mais enfin, tel qu'il est, tous les journaux le *répètent*. Je m'attache à cette dernière circonstance. Pour un libraire tel que Ladvocat, voilà une question *palpitante de l'intérêt du moment*; d'autant plus que ledit Ladvocat a fait une espèce de fortune par Schiller et Shakespeare. Fort de ces grandes raisons et de mille autres, que l'art que vous avez de traiter avec ces gens-là vous suggérera, je voudrais que vous entrassiez chez ledit Ladvocat avec l'air grave et pourtant sans gêne d'un homme à argent. Voici la base de votre discours :

« Monsieur, je viens vous proposer une réponse au

manifeste de M. Auger contre le *romantisme*. Tout Paris parle de l'attaque faite par l'Académie française ; mon ami, M. de Stendhal, l'auteur de la *Vie de Rossini* et de *Racine et Shakespeare*, que bien vous connaissez, fait une réponse, à M. Auger ; cette réponse peut vous être livrée dans trois jours ; elle aura de deux à quatre feuilles. Je vous en demande trois cents francs, bien entendu pour une première édition, qui n'excédera pas cinq cents exemplaires. »

Sauf à se réduire à deux cents fr. pour mille, ou à cent fr., ou à rien.

[...]

114. À MADAME CLÉMENTINE CURIAL

Mardi soir, 18 mai 1824.

Que la prudence est une triste chose ou du moins qu'elle me rend triste ! J'étais le plus heureux des hommes ou du moins mon cœur battait avec une extrême émotion ce matin en allant chez vous, et cette émotion était douce. J'ai passé la soirée et presque la journée avec vous, mais avec une telle apparence d'indifférence qu'il faut que je fasse un effort pour me persuader qu'il peut en être autrement. Je regrette, pour la première fois depuis dix ans, d'avoir oublié les usages français.

Comment pourrai-je vous voir ? Quand sera-t-il convenable que je me présente de nouveau chez vous ? Je n'y suis pas allé hier, parce que, avant-hier, un domestique m'avait vu demander à la portière si vous y étiez. Êtes-vous contente de ma prudence ? Ai-je eu l'air assez indifférent ? J'en suis en colère contre moi-même. Indiquez-moi de grâce, par la poste, les moments précis où je pourrai vous trouver seule. Je suis bien loin maintenant d'éviter ces moments, et je désespère de les voir arriver, à la quantité de visites que vous recevez.

Un petit signe à la fenêtre du boudoir où vous étiez ce matin, par exemple, une persienne à moitié fermée, ou la jalousie à moitié descendue, me dirait que je puis monter.

Si je ne vois pas ce signe de solitude, je ne frappe pas à la porte et repasse un quart d'heure après.

Faut-il donc que vous partiez sans que je vous voie ?

115. À MADAME CLÉMENTINE CURIAL

Paris, le ..... 1824.

Ma bonne amie, afin que tu souffres le moins possible de mes bizarreries je vais faire le sot, c'est-à-dire te parler de moi.

Mes bonnes qualités, si j'en ai, tiennent à d'autres qualités, sinon extrêmement mauvaises, du moins fort désagréables, mais encore plus déplaisantes à moi qu'aux autres. Je me compare à un conscrit qui arrive dans un régiment de dragons ; on lui donne un cheval. S'il a un peu de bon sens, il connaît bien vite les qualités de ce cheval. Le cheval, c'est le caractère ; mais connaître que le cheval qu'on monte est ombrageux n'ôte pas du tout à ce cheval la qualité *d'être ombrageux*. Il en est ainsi de mon caractère ; depuis deux ans surtout, je commence à le bien connaître. Ces défauts ne marquaient guère en Italie, où tout le monde est original et ne fait que ce qui lui fait plaisir, sans *s'inquiéter du voisin*. En France, on se dit toujours : *Mais que pensera le voisin ?*

N'aie pas la moindre inquiétude sur moi, je t'aime

à la passion ; ensuite cet amour ne ressemble peut-être pas à celui que tu as vu dans le monde ou dans les romans. Je voudrais, pour que tu n'eusses pas d'inquiétudes, qu'il ressemblât à ce que tu connais au monde de plus tendre. Je suis triste en pensant que tu as dû être triste jeudi, vendredi et samedi. Devrions-nous augmenter les contrariétés qui nous poursuivent ! Si tu avais fait une telle action, j'en serais outré. Faut-il que ma maudite originalité ait pu te donner une fausse idée de ma tendresse !

116. À MADAME CLÉMENTINE CURIAL

Paris, le 24 juin 1824, à midi.

Tu ne saurais te figurer les idées noires que me donne ton silence. Je pensais que, hier dans la nuit, en faisant tes paquets, tu aurais trouvé le temps de m'écrire trois lignes que tu aurais fait jeter dans la boîte à L... Ne voyant pas la lettre hier, j'en espérais ce matin. — En changeant de chevaux à S..., elle aura demandé, me disais-je, une feuille de papier ; mais non. Uniquement occupée de sa fille, elle oublie l'être qui ne peut plus penser qu'à elle !

En rêvant devant mon bureau, les volets fermés, mon noir chagrin s'est amusé à composer la lettre suivante, que peut-être tu m'écriras avant peu ; car, enfin, que t'en coûtait-il de m'écrire un mot ? Voici donc la lettre que j'aurais la douleur de lire :

« Tu as exigé de moi, mon cher Henri, la promesse d'être sincère. Ce commencement de lettre te fait déjà prévoir ce qui me reste à ajouter. Ne t'en afflige pas trop, mon cher ami, songe qu'à défaut de sentiments plus vifs, la plus sincère amitié ne cessera jamais de m'unir à toi et de me faire prendre l'intérêt le plus tendre à tout ce qui pourra t'arriver. Tu vois, mon cher ami, par le ton de cette lettre, que la confiance la plus sincère a succédé, dans mon cœur, à des sentiments d'une autre espèce. J'aime à croire qu'elle sera justifiée, et que jamais je n'aurai à me repentir de ce que je fus pour toi.

« Adieu mon cher ami, soyons raisonnables tous les deux. Acceptez l'amitié, la tendre amitié que je vous offre, et ne manquez pas à venir me voir à mon retour à Paris.

« Adieu, mon ami... »

« ... »

117. À ADOLPHE DE MARESTE

Mercredi à 4 heures.
[Juillet 1824.]

Mon cher ami, je n'ai pas pu profiter hier soir de votre obligeance à me garder une place au parterre, notre pique-nique n'ayant fini qu'à huit heures. Je vous écris ces lignes pour vous prier de me laisser un mot chez votre portier, répondant à cette question : « Allez-vous ce soir chez Maisonnette et à quelle heure y serez-vous ? » Je ne voudrais pas y aller sans vous. Si vous y allez je voudrais y être.

Crozet est d'avis que, comme on ne lit plus les journaux, un honnête homme peut écrire dans un journal[1] ; cela me convient car au moyen des chers confrères travaillant la littérature, je pourrai faire écouler pour 4000 francs de livres à moi.

Je me chargerais volontiers :

1° De l'*opera buffa* ;

2° De l'annonce des estampes et tableaux qui paraissent dans le cours de l'année ;

3° Je donnerais chaque mois, si l'on veut, un article sur les meilleurs ouvrages, qui ont paru en Angleterre.

Cela tiendrait nos badauds au courant de ces deux littératures. Comme je lis les *Revues* anglaises chez Galignani, et que Stritch[1] m'explique les masques, je puis être au courant.

4° S'il n'y a personne pour rendre compte de *l'exposition*, j'en rendrais compte, en mentant un peu, pour ménager la gloire nationale.

Quel est le degré d'absurdité et de mensonge exigé par le rédacteur en chef? *That is the question*. Comme on finit toujours par être connu, s'il faut être ridicule et mentir trop fort, je n'en suis pas. Du reste, si l'honneur est sauf, je promets exactitude et je laisserai, tant qu'on voudra, mutiler mes articles par le rédacteur en chef, grand juge de la partie des convenances et des amours-propres à ménager.

S'il y avait un théâtre vacant, je le prendrais avec plaisir; mais jusqu'à quel point me permettrait-on de prêcher la doctrine de la brochure *Racine et Shakespeare*?

En un mot soyez mon ambassadeur, je me moque des honoraires, mis non pas de l'honneur.

Je voudrais être entièrement et absolument connu sous le nom de

ROYER.

118. À MADAME LOUISE SWANTON-BELLOC[2]

Paris, le 24 septembre 1824.

Je serais heureux, Madame, de pouvoir vous donner quelques renseignements pour l'ouvrage que vous préparez sur lord Byron. Il est vrai que j'ai passé plusieurs mois dans la société de ce grand poète, mais, en vérité, parler de lui n'est pas chose facile; je n'ai vu lord Byron dans aucun de ces moments décisifs qui révèlent tout un caractère; ce que je sais sur cet homme singulier n'est que le souvenir de ce que j'ai senti en sa présence. Comment rendre compte d'un souvenir sans parler de soi, et comment oser parler de soi après avoir nommé lord Byron?

Ce fut pendant l'automne de 1816 que je le rencontrai au théâtre de la Scala, à Milan, dans la loge de M. louis de Brême[1]. Je fus frappé des yeux de lord Byron au moment où il écoutait un sestetto d'un opéra de Mayer, intitulé *Elena*[2]. Je n'ai vu de ma vie rien de plus beau ni de plus expressif. Encore aujourd'hui, si je viens à penser à l'expression qu'un grand peintre devrait donner au génie, cette tête sublime reparaît tout à coup devant moi. J'eus un instant d'enthousiasme, et, oubliant la juste répugnance que tout homme un peu fier doit avoir à se faire présenter à un pair d'Angleterre, je priai M. de Brême de m'introduire à lord Byron.

Je me trouvai le lendemain à dîner chez M. de Brême, avec lui et le célèbre Monti, l'immortel auteur de la *Basvigliana*[3]. On parla poésie; on en vint à demander quels étaient les douze plus beaux vers faits depuis un siècle en français, en italien, en anglais. Les Italiens présents s'accordèrent à désigner les douze premiers vers de la *Mascheroniana*, de Monti, comme ce que l'on avait fait de plus beau dans leur langue, depuis cent ans. Monti voulut bien nous les réciter. Je regardai lord Byron, il fut ravi. La nuance de hauteur, ou plutôt l'air d'un homme *qui se trouve avoir à repousser une importunité*, qui déparait un peu sa belle figure, disparut tout à coup pour faire place à l'expression du bonheur. Le premier chant de la *Mascheroniana,* que Monti récita presque en entier, vaincu par les acclamations des auditeurs, causa la plus vive sensation à l'auteur de *Childe Harold.* Je n'oublierai jamais l'expression divine de ses traits ; c'était l'air serein de la puissance et du génie et suivant moi, lord Byron n'avait, en ce moment, aucune affectation à se reprocher.

On compara les systèmes tragiques d'Alfieri et de Schiller. Le poète anglais dit qu'il était fort ridicule que, dans le *Philippe II* d'Alfieri, don Carlos se trouvât sans difficulté, et dès la première scène, en tête à tête avec l'épouse du soupçonneux Philippe. Monti, si heureux dans la pratique de la poésie, présenta des arguments tellement singuliers sur la théorie, que lord Byron se penchant sur son voisin, dit, en parlant de Monti : *He knows not how he is a poet*[1].

Je passai presque toutes les soirées, à partir de ce jour, avec lord Byron. Toutes les fois que cet homme singulier était monté et parlait d'enthousiasme, ses sentiments étaient nobles, grands, généreux, en un mot au niveau de son génie. Mais dans les moments prosaïques de la vie, les sentiments du poète me semblaient aussi fort ordinaires. Il y avait beaucoup de petite vanité, une crainte continuelle et puérile de paraître ridicule, et, quelquefois, si je l'ose dire, de cette hypocrisie que les Anglais appellent *cant*. Il me semblait que lord Byron était toujours prêt à entrer en compromis avec un préjugé pour en obtenir une louange.

Une chose qui frappait surtout les Italiens, c'est qu'il était facile de voir que ce grand poète s'estimait beaucoup plus comme descendant de ces Byron de Normandie qui suivirent Guillaume lors de la conquête de l'Angleterre que comme l'auteur de *Parisina* et de *Lara*. J'eus le bonheur d'exciter sa curiosité en lui donnant des détails personnels sur Napoléon et sur la retraite de Moscou qui, en 1816, n'étaient pas encore un lieu commun. Ce genre de mérite me valut plusieurs promenades tête à tête dans l'immense et solitaire foyer de la Scala. Le grand homme apparaissait une demi-heure chaque soir, et alors c'était la plus belle conversation que j'aie rencontrée de ma vie ; un volcan d'idées neuves et de sentiments généreux tellement mêlés ensemble, qu'on croyait goûter ces sentiments pour la première fois. Le reste de la soirée, le grand homme était tellement *Anglais et lord*, que je ne pus jamais me résoudre à accepter l'invitation d'aller dîner avec lui, qu'il renouvelait de temps en temps. Il composait alors *Childe Harold* ; tous les matins il écrivait cent vers, qu'il réduisait le soir à vingt ou trente. Entre ces deux travaux il avait besoin de repos, et il trouvait cette distraction nécessaire en bavardant après dîner, les coudes sur la table et, disait-on, avec le naturel le plus aimable.

Je remarquai que, dans ses moments de génie, lord Byron admirait Napoléon, comme Napoléon lui-même admirait Corneille. Dans les moments ordinaires où lord Byron se croyait un grand seigneur, il cherchait à donner des ridicules à l'exilé de Sainte-Hélène. Il y avait de l'envie chez lord Byron, pour la partie brillante du caractère de Napoléon ; ses mots sublimes le vexaient ; nous lui donnions de l'humeur en rappelant la fameuse allocution adressée à l'armée d'Égypte : « *Soldats, songez que du haut de ces pyramides quarante siècles vous contemplent !* » Lord Byron eût pardonné plus facilement à Napoléon s'il eût eu l'apparence un peu plate de Washington. Ce qu'il y avait de plaisant, c'est que ce n'était point du tout la partie despotique du cœur de Napoléon qui heurtait le pair anglais.

Un soir, comme lord Byron me faisait l'honneur de se promener avec moi dans le foyer de la Scala, on vint l'avertir que l'officier autrichien de garde au théâtre venait de faire arrêter son secrétaire, M. Polidori, médecin qui était auprès de lui. La figure de lord Byron prit sur-le-champ une ressemblance frappante avec celle de Napoléon lorsqu'il était en colère. Sept ou huit personnes l'accompagnèrent au corps de garde ; il y fut magnifique d'indignation contenue et d'énergie, pendant une heure que dura la colère vulgaire de l'officier de garde. Au retour, dans la loge de M. de Brême, on se mit à faire l'éloge des principes aristocratiques qui, d'ordinaire, étaient fort du goût de milord Byron. Il fut sensible à la plaisanterie, et sortit de la loge furieux, mais sans s'être jamais écarté du ton d'une politesse parfaite. Le lendemain, le secrétaire fut obligé de quitter Milan.

M. de Brême m'engagea peu après à conduire lord Byron au musée de Bréra ; j'admirai la profondeur de sentiment avec laquelle ce grand poète comprenait les peintres les plus opposés : Raphaël, le Guerchin, l'électrisa ; de ce moment l'admiration nous rendit tous muets ; il improvisa une heure, et mieux, suivant moi, que Mme de Staël.

Ce qui me frappait le plus chez cet homme singulier, surtout quand il disait du mal de Napoléon, c'est qu'il n'avait selon moi, du moins, aucune véritable expérience des hommes ; son orgueil, son rang, sa gloire, l'avaient empêché de traiter jamais d'égal à égal avec eux. Sa hauteur et sa méfiance les avaient toujours tenus à une trop grande distance pour qu'il pût les observer ; il était trop accoutumé à ne pas entreprendre ce qu'il ne pouvait pas emporter de haute lutte. En revanche, on admirait une foule d'idées fines et justes si l'on venait à parler des femmes qu'il connaissait, parce qu'il avait eu besoin de leur plaire et de les tromper. Il plaignait les femmes anglaises, celles de Genève, de Neuchâtel, etc. Il manquait au génie de lord Byron de s'être trouvé dans la nécessité de négocier et de discuter avec des égaux. Je suis convaincu qu'à son retour de Grèce, ses talents eussent paru tout à coup grandis de moitié. En cherchant à mettre la paix entre Mavrocordato et Colocotroni, il eût acquis des connaissances positives sur le cœur humain. Peut-être alors lord Byron eût-il pu s'élever à la hauteur de la vraie tragédie.

Il aurait eu moins de moments de misanthropie ; il n'eût pas cru toujours que tout ce qui l'environnait s'occupait de lui, et s'en occupait pour faire de l'envie ou chercher à le tromper. Le fond de misanthropie de ce grand homme avait été aigri par la société anglaise. Ses amis observaient que plus il vivait avec des Italiens, plus il devenait heureux et bon. Si l'on met l'humeur noire à la place des accès de colère puérile, l'on trouvera que le caractère de lord Byron avait les rapports les plus frappants avec celui de Voltaire.

Mais je m'arrête, pour ne pas faire une dissertation. Je vous demande pardon, Madame, de ces considérations générales, j'aurais bien voulu pouvoir les remplacer par des faits ; sept ou huit années d'intervalle les ont bannis de ma mémoire, et je n'y trouve, sur lord Byron, que les conclusions que dans le temps je tirais des faits mêmes. Je m'estimerai fort heureux, Madame, si vous voulez bien accueillir avec bonté cette espèce de portrait moral, et voir, dans ces pages écrites à la hâte, une preuve du respect profond avec lequel j'ai l'honneur d'être, etc.

H. Beyle.

119. AVIS AUX TÊTES LÉGÈRES QUI VONT EN ITALIE[1]

10 octobre 1824.

1° Lisez Lalande, de Brosses[2] ;
2° Itinéraire de Valandi[3] ;
Ou vous ne comprendrez rien à rien.

Lisez, si vous pouvez, une histoire de la Peinture et quelque chose sur la Musique ou tout vous ennuiera.

Tâchez de ne pas vous brouiller avant d'être à Genève.

Quand la voisine vous ennuie, faites semblant de dormir.

Dans chaque ville d'Italie, les grandes comme Bologne, Florence, achetez *le Guide* du pays, *la Guida*, autrement vous vous ennuierez et ne comprendrez rien à rien.

Avant d'arriver dans une cité, lisez l'article qui la concerne dans Lalande, de Brosses, les notes par Childe-Harold, Valandi, etc., etc., ou bien vous ne comprendrez rien à rien. Faites toujours par écrit vos marchés avec les *veturini*[4], Pollastri de Florence est honnête. Prenez toujours, le pouvant, un *veturino* de Florence ; Minchioni aussi est honnête.

Une personne seule paye dix à douze francs au plus par jour. Pour ces douze francs, on la charrie, on paye la chambre et le souper du soir.

Étant deux, vous devez être charriées et *spesate*[5] pour huit ou neuf francs. Faites votre offre et allez-vous-en. Une heure après, *un veturino* inconnu viendra vous dire *oui*. C'est toujours le même.

Ne concluez jamais le marché à la première *parlata*[6].

Au reste, on vient d'établir une diligence de Milan à Rome. Les prix sont dans la *Gazette* de Milan des premiers jours de septembre 1824.

Étant *spesate*, en partant le matin, vous donnez vingt-cinq centimes chacune d'étrennes.

Je suis allé de Florence à Rome pour dix écus pesés. C'est Minchioni de Florence qui a été mon *veturino*. J'aimerais mieux voyager par *veturino*. La diligence coûte le double, et, voyageant de nuit et à *heure fixe* vous avez la *vue* du pays de moins, et la crainte des voleurs de plus.

Habillez-vous mal en route, tâchez que l'avarice et la prudence l'emportent sur la vanité.

Prenant les *veturini*, vous voyez les habitudes italiennes dans vos trois ou quatre compagnons de voyage.

Au reste, comme je vous conseille les *veturini*, vous ne manquerez pas de prendre la diligence.

Arrêtez-vous trois jours à Varèse, trois à Côme et Tremezzina, n'allez à Milan qu'après la Tr[emezzina] Il faut six jours à Bologne, autant à Florence s'il y a déjà du brouillard, s'il fait beau, restez à Florence. Je vous donne une lettre pour M. Vieusseux, libraire et homme d'esprit qui ressemble à un épervier.

Corso Buondelmonti je crois, vis-à-vis la colonne et vis-à-vis l'église de Sainte-Trinité à Florence.

Écrivez chacune tous les jours ou tous les deux jours ce qui vous reste d'argent. Ce qui manque chaque jour fait la dépense de toute nature.

Toi, Pauline, fais-moi une cravate le 23 de chaque mois. C'est à ce jour que je naquis en 1783. Puisse le nombre de mes cravates arriver à 1783 !

Quels sont les plaisirs d'un voyage en Italie ?

1° Respirer un air doux et pur ;

2° Voir de superbes paysages ;

3° « *To have a bit of a lover* »[1] ;

4° Voir de beaux tableaux ;
5° Entendre de belle musique ;
6° Voir de belles églises ;
7° Voir de belles statues.

Une femme française se connaît en châles, en étoffes, en rubans, en bonnes cartes soit de piquet, soit entières, mais du reste n'a pas la plus petite idée de tableaux, musique, statues et architecture. Chacune de vous, mesdames, croit que l'architecture de sa paroisse est la plus belle chose du monde. Il faudrait vous dégrossir un peu l'esprit, et lire quelque bon livre, par exemple, *Éraste ou l'éducation de la jeunesse*[1].

Vous comprenez bien :

1° Qu'il vaut mieux prendre des *veturini* que la diligence ;

2° Qu'il faut payer de huit à dix francs par jour, avec le dîner et la chambre. On paye la moitié le premier jour, le quart au milieu du voyage, le dernier quart en arrivant. Préférez toujours les *veturini* de Florence. Méfiez-vous toujours de ceux de Rome, Ancône et Rimini. Allez de Baveno à Laveno, de Laveno à Varèse pour 12 *lire*. (La *lira* de Milan vaut 76 centimes).

La poste vous mènera de Laveno à Varèse.

À Milan, allez à la *Bella Venezia*, Place San Fidele, à côté du théâtre, deux francs une belle chambre et trois francs un dîner.

À Gênes, la pension Suisse, cinquante centimes le dîner, deux francs pour la chambre.

À Bologne mal ; allez chez le Français Dupuis, à la Pension Suisse.

Florence, chez Mme Imbert, ancienne femme de chambre de Mme de Bourcit, très honnête.

À Rome, chez Franz.

Franz via Condotti. — Allez chez M. Agostino Manni

l'apothicaire, Piazza San Lorenzo in Lucina près le Corso, près le Cours. M. Agostino Manni, le plus obligeant des hommes, vous trouvera un appartement pas cher. Prenez-le en belle vue. Je vous conseille via Gregoriana, à côté de Santa-Trinita dei Monti, vis-à-vis M. le consul prussien.

Il faut sacrifier quatre-vingts francs et avoir une belle vue à Rome pendant deux mois, vous aurez un souvenir pour la vie.

Demandez au Nonce de Sa Sainteté, à Florence, de vous procurer une autorisation pour que la douane à Rome visite vos effets *a casa,* chez vous.

Cette autorisation, on la laisse à la porte *del Popolo* par laquelle vous entrez au nom de Mme Périer.

Autrement, lorsque vous entrez à Rome, on vous mène à la douane, et l'on vous y retient *trois heures* car l'on fait *queue,* et les employés visitent chacun à leur tour les voitures qui arrivent par toutes les portes de Rome.

À Florence, allez lire les journaux chez M. Vieusseux, vis-à-vis Santa-Trinità.

À Naples, demandez la pension Suisse.

Sacrifiez quarante francs par mois pour avoir la vue de la mer. Se loger sur le quai de Chiaja.

Du Simplon à Florence il faut faire viser son passeport chaque soir. On donne vingt-cinq centimes à un petit garçon qui va à la Police.

Le seul danger c'est qu'il y ait confusion de passeports. Mettez une marque rouge au vôtre.

Achetez l'itinéraire de Valandi en français. Lisez-le d'avance de manière à savoir qu'à Bologne il y a les galeries à voir. Musée di Cità, galerie Ercolani-Tanari-Marescalchi.

À Parme, le Musée dans le Palais Farnèse et la salle du couvent de Saint-Paul.

Tous les chefs-d'œuvre du Corrège sont à Parme,

voir les églises où il se trouve des coupoles, gâtées aujourd'hui.

À Saronno, entre Como et Milan, — voir la peinture de Bernardino Luini.

L'excellent Agostino Manni à Rome voudra vous loger Largo dell' Impresa à la Lotteria, dans le logement que j'occupais. Autant vaudrait vous loger rue Tire-bouchon à Paris. La vue est infâme, mettez-vous via Gregoriana, sur le Pincio, vous aurez quatre-vingts marches à monter chaque jour en rentrant chez vous.

STENDHAL.

120. AU DIRECTEUR DU *GLOBE*

Paris, 3 novembre 1824[1].

Monsieur,

Les louanges que vous voulez bien m'accorder dans le nº 24 du *Globe* sont fort exagérées, ce n'est peut-être pas une raison pour qu'elles déplaisent à l'amour-propre d'un auteur. Ce qui m'en plaît surtout, c'est qu'elles ne sont pas sollicitées, et notre métier d'hommes de lettres, Monsieur, serait moins avili, si tout le monde agissait comme vous et moi. Sans doute, dans le Corps des Préfets, dans le Corps des Colonels, il y a des hommes qui se conduisent comme MM. Ancelot, Lacretelle, etc., mais le public les ignore, tandis que les bassesses des hommes de lettres sont patentes.

Je vais tous les ans en Italie, c'est ce qui me fit prendre dans le temps, le nom de Stendhal. Vous voyez le traitement qu'on fait subir à M. Courier; comme je n'ai pas la célébrité de cet homme éloquent, je dois avoir plus de prudence. Je vous serais obligé, Monsieur, de ne plus parler de moi que sous le nom de Stendhal.

Il paraît que le *Globe* s'exagère un peu le talent des gens qu'il aime, mais que du reste il veut être impartial. Le premier journal qui aura ce courage, pendant 3 ans, fera fortune. Le public a soif de la vérité, beaucoup de gens de province veulent acheter des livres, et sont étonnés de voir arriver une niaiserie quand ils ont demandé quelque ouvrage pompeusement annoncé de MM. Jouy ou Casimir Delavigne. Je ne sais comment la littérature française se tirera de ce mauvais pas : *La mauvaise foi des journaux littéraires*. Une académie de province, victime de ce malheur, devrait en faire le sujet d'un Prix.

Le pauvre Pellico, le premier Poète tragique du continent peut-être, va sortir du Spielberg dans quelques mois[1]. Rien n'égale la pauvreté de ce grand poète. Probablement il imprimera dix tragédies dont j'ai vu les manuscrits en 1818. Il faudrait que le public sût que *Francesca da Rimini* est ce que la langue italienne a produit de plus ressemblant à Racine. Au premier moment de loisir, je prendrai la liberté, Monsieur, de vous adresser une page sur Pellico[2]. Je vous engage à vérifier la vérité des louanges que Pellico me semble mériter et à leur donner de la publicité. M. Ugoni de Brescia, un excellent juge de la littérature italienne, est à Paris et peut être consulté sur le mérite poétique de l'auteur de *Francesca* et de *Eufemio di Messina*.

J'ai l'honneur d'être, Monsieur, votre très humble et très obéissant serviteur.

STENDHAL.

121. AUX MEMBRES DE L'ACADÉMIE FRANÇAISE[1]

Paris, le… 1824.

Monsieur,

J'ai le projet, un peu hardi peut-être, de solliciter votre voix pour être admis à l'Académie française. Je compte prendre cette liberté vers l'an 1843. À cette époque j'aurai soixante ans, l'Académie ne comptera probablement plus parmi ses membres plusieurs hommes fort honnêtes, fort estimables, fort aimables, mais qui, peut-être à tort, ne me semblent pas des juges littéraires.

Un médecin qui a de l'expérience fait une monographie de la fièvre. Vers la fin d'une jeunesse fort agitée un oisif a essayé de faire une monographie de cette maladie que tout le monde prétend avoir eue et qu'on appelle l'Amour. On dit que les premières pages sont obscures. L'auteur serait heureux si l'homme supérieur, qu'il scandalise peut-être, pouvait arriver jusqu'aux dernières pages de l'Amour et se dire : Après l'admission de MM. tel, tel, tel, je donnerai ma voix à celui-ci.

Il est avec respect,

B…

auteur de la *Vie de Rossini*.

122. À PAULINE PÉRIER-LAGRANGE

20 mars 1825.

[...] *Meta parere meta danaro*[1] disent les Italiens. Dominique, ne pouvant te donner que des *pareri*, ne t'a pas écrit. Je suis étonné du degré de méchanceté de Joséphine[2]. Tu l'auras rendue jalouse. Comme tu lui as des obligations, je te conseille de n'en jamais dire de mal sérieux. Je ne lui ai jamais parlé du voyage en Italie, ne voulant pas de responsabilité avec une telle tête. Il y a bien quelque chose à dire de ta tête. Si j'avais de la fortune, tu pourrais te croiser les bras et t'oublier comme tu as fait chez M. Lorr... Tu sais qu'il n'en est pas ainsi. Considérant : 1° que le climat est le trésor des mauvaises santés et des gens peu riches. 2° que ni toi ni Dominique n'avez l'esprit d'intrigue nécessaire indispensable à Paris. 3° Que dans le pays des aveugles les borgnes sont rois ; je te conseille de te fixer comme institutrice dans quelque couvent de Rome ou de Naples en versant comme gage de bonne conduite 80 louis. Si jamais la fortune me sourit, je te tirerai de là. Quand l'on n'est pas riche, il faut travailler et non pas bayer aux corneilles. Que viendrais-tu faire à Paris ? Ton vrai travail est de trouver du travail. Tâche de raisonner un peu et de comprendre ces trois considérations.

Tout à toi.

B.

123. AU RÉDACTEUR DU *COURRIER DES THÉÂTRES*

Ce 8 avril 1825.

Monsieur,

Je vous serais obligé de ne pas imprimer cette lettre. Je vous remercie beaucoup de l'article poli que vous insérez sur *Racine et Shakespeare*[1]. Je voudrais y voir un plus grand nombre de critiques.

Je ne suis point l'auteur des lettres du *Classique*. La petite poste a réellement porté ces lettres à la fin d'avril 1824. Jè l'ai indiqué dans la note de la page 50.

Je me suis fait un devoir de ne rien changer aux lettres de l'homme de fort bonne compagnie qui voulut bien m'écrire. J'avoue que je ne me serais point exprimé comme lui sur le compte de M. de Lamartine. Je trouve un vrai talent, non pas dans la prose, mais dans les vers de M. Hugo. Mon correspondant classique étant un homme de l'ancien Régime, j'ai respecté son goût dans tout ce qui a rapport à la plaisanterie. J'en suis fâché aujourd'hui, car je tiens beaucoup à être poli.

Je trouve, Monsieur, que vous raisonnez mal en me reprochant d'avoir cité la *Pandore* au lieu du *Miroir*. D'abord, cette note est du Classique. Fût-elle de moi, n'est-ce pas déjà un effort de mémoire assez admirable que de se rappeler, à un an de distance, un numéro d'un petit journal ? L'essentiel c'est que le fait soit vrai. Je crois que l'on n'est pas impoli envers un autre en disant que son ouvrage est *détestable*. Tout homme qui imprime sollicite une louange, doit s'exposer aux sifflets. Je désire pour mon compte la vérité tout entière et la vérité la plus *âpre*[2].

Je ne connais de vue aucune des personnes que j'ai nommées. Je serais au désespoir d'avoir été impoli. Si la brochure sur Racine et Shakespeare a une seconde édition, je supprimerai les mots du *Classique* que MM. Hugo et de Lamartine pourraient regarder comme des impolitesses.

[...] Il me semble que la littérature française est étiolée par les articles de *complaisance* ou d'*injures*. Je désire la critique la plus sévère et toute la vérité. Je me corrigerai si je suis convaincu. Je relis souvent les *Méditations* de M. de Lamartine. J'ai lu les *Odes* de M. Hugo.

Je serais au désespoir d'être impoli envers des gens de lettres de cette volée, et même envers qui que ce soit. Je vous prie de ne pas parler de ma lettre et de me croire, Monsieur, votre très humble et très obéissant serviteur.

STENDHAL.

124. À ADOLPHE DE MARESTE

Dimanche, 21 août 1825.

Mon cher ami, la Giuditta[1], comme vous savez, prétend être insensible aux lettres d'amour ; essayons. Voici une lettre que je vous supplie de faire copier sur beau papier vélin. Un amant tel que M. Edmond de Charency ne néglige pas ces accessoires.

Composez aussi une lettre ; si celle-ci ne réussit pas, nous lâcherons la seconde ; mais il faut une adresse. Donnez celle de l'ami Porte sous un nom supposé ; mais elle a ouï parler de Porte. Cherchez un nom inconnu. Par exemple, si vous mettiez : M. de Charency, chez M. Dubouchage, rue Neuve-du-Luxembourg, n° ... Enfin, pour s'amuser et pour rire, il faut agir. Que pensez-vous de ma prudence ? Ce n'est que dans la seconde lettre que je demanderai qu'elle m'envoie une feuille de jasmin pour réponse. N'oubliez pas qu'il faut *Viago* à Reims, au lieu de *Viaggio*[1].

Si cela prenait, entre vous et moi nous ririons.

Si cela allait bien, nous chercherions un beau jeune homme de nos amis, à qui nous dirions : « Voulez-vous jouer le rôle d'amoureux d'une femme célèbre ? — Mais il faut une discrétion du diable. »

PORCHERON.

125. À MADAME PASTA[2]

21 août 1825.

Je sens, Madame, que la démarche que je fais est ridicule. Il y a plus de deux mois que je me représente tous les jours combien il est ridicule, et même inconvenant, à moi inconnu, d'oser écrire à une femme que la gloire environne et qui est, sans doute, liée avec tout ce qu'il y a de plus aimable et de plus gai en France. Moi, je suis inconnu, simple lieutenant dans un régiment de cavalerie de la garde. J'y arrive depuis peu avec une pension de mon père ; je ne suis pas beau, sans cependant être laid. Avant d'avoir eu le bonheur de vous voir, avant d'être entré dans cette seconde vie, qui a commencé pour moi le jour où vous avez joué le *Viago à Reims*, je me croyais bien fait, remarquable, l'air noble. Depuis lors, je ne vois rien de tout cela. Tout est vulgaire chez moi, excepté la passion forcenée que vous m'avez inspirée. À quoi bon vous le dire ? Je le sens, cette démarche est ridicule ; vous montrerez ma lettre à des gens qui m'en plaisanteront. Oh ! comble de douleur ! Entendre plaisanter sur la passion que j'ai pour madame Pasta ! Je vous jure, Madame, que ce n'est pas le ridicule qui peut m'en revenir que je crains. Ah ! pour vous je braverais bien d'autres périls. Mais je mourrais de douleur d'entendre parler de mon sentiment pour vous. Ce sentiment fait ma vie, j'apprends la musique, j'apprends l'italien, je lis les journaux qu'avant vous je ne regardais jamais, dans l'espérance d'y découvrir votre nom. Fût-il au bas de la page, dès que j'arrive à cette page, j'ai bien vite découvert ce P majuscule qui commence votre nom et qui me fait palpiter, même quand il commence un mot indifférent.

Mais à quoi bon vous dire toutes mes folies ? Que m'en reviendra-t-il ? Comment être connu de vous ? Comment être présenté ? — Je ne suis un peu connu que dans quelques salons antiques, qui n'ont pas de relations avec vous ? Je vais chez M. le duc de..., mais y allez-vous ? Ah ! je suis bien malheureux, Madame ! Vous ne pouvez concevoir l'excès de ma misère ! J'ai désiré vingt ans de venir à Paris, j'aimais les chevaux, j'adorais le militaire. Tout cela fait mon supplice aujourd'hui. Comment être connu de vous ? Quand vous étiez à Paris, je me mettais dans un fiacre, comme pour attendre un ami, et je voyais vos fenêtres. Vous êtes à la campagne, dit-on, mais je n'ai pu obtenir du portier le nom de la campagne. J'ai, je crois, fait peur à cet homme. Ah ! je m'abhorre moi-même. Sans doute aussi, si j'obtenais le bonheur de vous être présenté je vous ferais peur.

J'ai été obligé d'interrompre ma lettre, j'étais trop malheureux. — J'ai vingt-six ans, je suis brun, assez grand, l'air très militaire, dit-on ; mais, après ce qui m'est arrivé avec votre portier, j'ai coupé mes moustaches, autant que possible. Sans l'ordre de mon régiment, je les aurais coupées tout à fait. — Ah ! du moins, que mon air égaré ne vous fasse pas peur, si jamais j'ai le bonheur de vous être présenté. Ne craignez aucune importunité de moi, Madame. Je ne vous parlerai jamais de ma malheureuse passion ; vous voir me suffirait ; je vous dirais seulement : Je suis Charency. — Fou que je suis ! On vous dirait bien assez mon nom en me présentant à vous. Mais je veux continuer à me faire connaître. Je suis d'une bonne famille de la Lorraine ; je dois avoir un jour quelque aisance ; j'ai eu une excellente éducation. Ah ! Dieu ! si on eût eu l'idée de m'envoyer voyager en Italie, je saurais l'italien, je saurais la musique surtout. Peut-être, mais je le crois impossible, comprenant, comme un savant, les airs divins que vous chantez, je vous aimerais davantage ; non, il me semble impossible.

Adieu, Madame, ma lettre est bien trop longue ; à quoi bon vous écrire, d'ailleurs ?

Je suis, avec le plus profond respect, Madame, votre très humble et très obéissant serviteur.

Edmond de CHARENCY.

126. À PROSPER MÉRIMÉE[1]

Paris, le 23 décembre 1826.

Il y a beaucoup plus d'impuissants qu'on ne croit. Une femme que vous voyez le lundi a un Olivier[2]. Dans le charmant petit fragment des *Mémoires de la Duchesse de Brancas*, publiés par le feu duc de Lauraguais[3] et que de Mareste vous prêtera, il y a deux impuissants, *viz*[4] : M. de Maurepas, ministre, et M. le marquis de la Tournelle, le premier mari de la duchesse de Châteauroux. J'ai aussi étudié Swift dans la *Biographie des romanciers* par sir Walter Scott[1].

J'ai pris le nom d'Olivier, sans y songer, à cause du défi. J'y tiens parce que ce nom seul fait *exposition* et exposition non indécente. Si je mettais Edmond ou Paul, beaucoup de gens ne devineraient pas le fait du *Babilanisme* (mot italien pour le cas de M. Maurepas[2]). Je veux intéresser pour Olivier, peindre Olivier. Le dénoûment que vous proposez avec la surprise de lord Seymour, etc., vient bien d'une bonne tête dramatique, mais, en fin de compte, mon pauvre Olivier est odieux. Les gens sages diront: «Que diable! quand on est *babilan*, on ne se marie pas. Olivier vient gêner sa femme et lord Seymour, qu'il s'en aille, bon voyage!»

Le *Babilanisme* rend timide, autrement rien de mieux que de faire l'aveu. Ce mari du lundi, M. de Maurepas, M. de la Tournelle l'ont bien fait. M. de la Tournelle est mort désespéré et amoureux fou de sa femme. Olivier, comme tous les Babilans, est très fort sur les moyens auxiliaires qui font la gloire du *Président*[3]. Une main adroite, une langue officieuse, ont donné des jouissances vives à Armance. Je suis sûr que beaucoup de jeunes filles ne savent pas précisément en quoi consiste le mariage physique.

Je suis également sûr de ce second cas beaucoup plus fréquent: L'accomplissement du mariage leur est odieux *pendant trois ou quatre ans*, surtout quand elles sont grandes, pâles, élancées, douées d'une taille à la mode. Il est vrai que j'ai copié Armance, d'après la dame de compagnie de la maîtresse de M. de Strogonoff qui, l'an passé, était toujours aux Bouffes[4].

J'ai, comme vous, les plus grands scrupules sur la

lettre écrite par le Commandeur. Mais il me faut une petite cause pour arrêter l'aveu. Mon expérience m'a appris qu'une fille pudique aime beaucoup mieux mettre ses lettres dans une cachette que les donner à son amant de la main à la main. On n'ose pas même regarder cet amant quand on sait qu'il vient justement de lire la lettre qu'on a écrite.

Malivert est le nom de mon village ; *Bonnivet* était le nom de l'amiral favori de François Ier. S'il eût fait race, Bonnivet, serait comme Montmorency à peu près, et mieux que Luynes ou Sully.

Ce roman est trop *erudito*, trop savant. A-t-il assez de chaleur pour faire veiller une jolie marquise française jusqu'à deux heures du matin ? *That is the question*. Voilà ma sensation en recevant votre lettre. Mme d'Aumale, c'est Mme de Castries que j'ai faite sage[1]. Mais je reviens à la question de chaleur, vous n'en dites rien. Est-ce mauvais signe ? Si le roman n'est pas de nature à faire passer la nuit à quoi bon le faire ?

Une jeune femme s'intéressera-t-elle à Olivier ?

J'ai à faire une scène d'amour. Armance dira qu'elle aime. Olivier usurperait sur le caractère du *cocu* s'il se tuait à cause de cet accident ; cela retomberait dans le *Meinau*, de *Misanthropie et repentir*[2].

Le vrai Babilan doit se tuer pour ne pas avoir l'embarras de faire un aveu. Moi (mais à quarante-trois ans et onze mois), je ferais un bel aveu ; on me dirait *qu'importe* ? Je mènerais ma femme à Rome. Là, un beau paysan, moyennant un sequin, lui ferait trois compliments en une nuit.

Mais cette vérité est du nombre de celles que la peinture *par du noir et du blanc*, la peinture par l'imagination du spectateur ne peut pas rendre. Que de choses vraies qui sortent des moyens de l'art ! Par exemple, l'amour inspiré par un homme sans bras ni jambes, comme l'infâme caricature qui déshonore votre bureau.

Il me semble donc que le Babilan ne doit pas être cocu. Le vrai beau cocu est *Émile* qui s'est marié par amour et estime. Avez-vous lu cette suite d'Émile[1] ? Le *Dean Swift* ne voulait pas se marier pour ne pas faire l'aveu ; il se maria, sollicité par sa maîtresse, mais jamais ne la vit *en tête-à-tête*, pas plus après qu'avant.

Dans le salon d'un comte, pair de France, noble en 1500 et fort riche, j'ai froid près de la fenêtre, quand il y a vent du nord. Votre objection provient de la *vérité probable*, mon assertion de *l'étude de la nature*. Votre objection serait parfaite en Angleterre.

J'ai relu votre lettre :

Quand même Armance, couchant avec Olivier, toutes les nuits, à Marseille, serait *étonnée* :

1° Elle l'adore, et avec la main, il lui donne deux ou trois extases chaque nuit.

2° Par timidité, par pudeur féminine, elle n'oserait rien dire.

Mais l'amour seul suffit pour tout expliquer.

Le genre de peinture dont je me sers, le genre noir sur du blanc, ne me permet pas de suivre la vérité. En 2826, si la civilisation continue et que je revienne dans la rue Duphot, je raconterai qu'Olivier a acheté un beau godmiché portugais, en gomme élastique, qu'il s'est proprement attaché à la ceinture, et qu'avec ledit, après avoir donné une extase complète à sa femme, et une extase *presque complète*, il a bravement consommé son mariage, rue de Paradis, à Marseille.

Quand on est songe-creux, homme d'esprit, élève de l'École Polytechnique, comme Olivier, voilà ce qu'on fait. Donner des extases avec la main, quelle belle périphrase pour éviter le mot sale branler ! Objet des méditations d'Olivier : donner des extases, etc., a été l'objet des méditations d'Olivier pendant toute sa jeunesse. Il faut que vous sachiez qu'il passait sa jeunesse chez les filles ; c'est ce que j'ai cherché à indiquer modestement. Armance lui conte cette calomnie que l'on fait sur son compte.

Mais, pour Dieu ! répondez sur l'article *chaleur*. Gardez ma lettre, nous en reparlerons peut-être en 1828.

Comte de CHADEVELLE.

127. À SUTTON SHARPE[1]

Versailles, 7 février 1827[2].

Nous avons longuement parlé de vous au Jardin[3] ; on vous aime, mais on est en peine de certains *bonbons* envoyés à des amis de Londres. Écrivez-nous si vous les avez remis. J'ai dit pour votre défense que vous étiez dans la chaleur des plus grandes occupations.

L'incartade de M. d'Apponyi[4], qui veut appeler le duc de Reggio, *le duc Oudinot*, a porté ledit duc, personnage courageux à aller demander au baron de Damas, ministre des affaires étrangères, si le *king* serait fâché de voir un ambassadeur mort. Il comptait aller voir M. d'Apponyi dans la journée. Avant la fin de la journée le duc de Reggio a reçu une lettre de M. d'Apponyi à *M. le duc de Reggio*.

M. d'Apponyi a découvert que la ville qui donne le nom à ce duc était Reggio *de Calabre* et non Reggio *de Lombardie*. M. d'Apponyi continue ses démarches envers M. Soult, duc de Dalmatie[5]...

Vous avez su cela. Mais la vraie version, la voici, et aucun Journal ne l'a donnée. Les ministres actuels sont conspués ouvertement dans la Chambre des Pairs.

Cette Chambre a si bien refait la loi sur le jury que l'on dit que le ministre ne la présentera pas à la Chambre des Députés.

Il m'arrive un accident désagréable. Vous verrez par la copie d'une lettre du 2 février que M. Colburn interrompt nos relations.

Ce superflu m'était fort agréable. Voudriez-vous, en revenant de Westminster monter chez quelque ami et voir s'il est possible d'établir une vente d'articles régulière ou irrégulière, tous les mois, tous les quinze jours, tous les huit jours ? Je suis prêt à commencer sur-le-champ.

J'aimerais mieux ne pas interrompre le compte rendu que vous savez. Cela forme une histoire suivie pour les personnes qui s'intéressent aux progrès des Lettres. *These articles are translated there and I hear with some applause, etc.*[1].

Vous direz tout cela à des acquéreurs si vous parvenez à en trouver. Cette affaire est essentielle pour moi. N'en parlez à personne.

Tout à vous.

OLD HUMMUMS.

128. À SUTTON SHARPE

De mon château de Blaye
Le 30 avril 1827.

[...] Savez-vous que le plus grand événement qui se soit passé en France, depuis 12 ans, ce sont les illuminations du mercredi 18 avril[2] ?

Le peuple qu'on croyait mort et *qui avait donné sa démission*, suivant le bon mot de M. de Sémonville, a donné signe de vie, ce qui a effrayé tous les *libéraux riches. I say nothing of the* « peur » *of one august person*[1]. Cela passe toute croyance. *I suppose that they have sent twenty or thirty thousand* fr *to the « Constitutionnel »*[2] afin qu'il ordonnât *to the people to cry only* : Vive le *King. That said Constitutionnel*[3] a gagné son argent. *The Debats, by fear of seeing the people living a second time, has made his utmost. However the third and the seventh*[4] Légions ne sont pas conduites aussi bien que nous l'aurions désiré[5]. Un homme est sorti des rangs de la 3e légion, a présenté les armes *to the King* et a crié : « *À bas les Ministres !* » Le Maréchal Oudinot, duc de Reggio, l'a poursuivi l'épée à la main, en criant : « Il faut que je le tue ! » L'homme fuyait : le Maréchal (qui a sans cesse besoin d'argent) courait après lui, il allait le tuer, quand un des aides-de-camp lui a dit : « M. le Maréchal, le Roi vous demande sur-le-champ. » Le duc de Reggio a laissé l'homme s'échapper.

À la 7e légion, un homme est sorti des rangs, tenant son fusil d'une main et son mouchoir blanc de l'autre. Il a marché *to the King* ; *The horse of the King*[6] a eu peur et a fait un écart de six pieds. Le *King* a ramené son cheval sur ce garde national qui criait : « À bas les Ministres ! » Le *King* lui a dit : « Je suis venu pour recevoir les hommages de ma garde nationale, et non pas pour recevoir des avis. Qu'on casse cet homme ! je ne veux pas qu'il défile devant moi. » (Qu'on casse veut dire : qu'on *ôte son emploi* à cet homme.)

Aucun journal n'a raconté ces deux événements. Les deux cent mille spectateurs qui étaient sur le talus du Champ-de-Mars étaient trop éloignés pour s'apercevoir de rien. Cette journée est le complément de celle du 18. Le peuple qui est fort doux et fort à son aise, a obéi à ses tribunes, *le Constitutionnel* et *le Courrier*.

On a été étonné de la toilette des 150 000 spectateurs. Ils étaient supérieurement bien mis. Quelle différence avec la Fédération en 1792 ! Au lieu de 20 millions, nous sommes 32 millions : effet de la division des champs.

Le peuple pouvait se montrer beaucoup plus méchant. Je ne puis vous peindre *the « peur » of the Court*[1]. La 3e Légion, en passant sous les fenêtres de l'Hôtel-de-Ville, a crié : « *À bas Villèle !* » d'une force à être entendue du Château. J'ai parlé à vingt gardes nationaux de ma connaissance et de celle de mon beau-père, rien de plus tranquille, timide et bon que ce *people*, mais rien de plus léger. Quatre articles de ses journaux peuvent le mettre en colère. *Say all this to the* Dr Black[2]. J'ai vu M. Kean, homme d'esprit, a-t-il compris ce qui vient de se passer ? [...]

Cet animal de M. Colburn ne me fait point payer de ce qu'il me doit. *I have written to* M. Jeffries qui recevra ma lettre le 6 mai. Si vous avez reçu 2 ex. d'un Voyage *to* Rome[3] donnez-en un à quelque Reviewer qui en parle en bien ou en mal, peu importe : le mal c'est le silence. J'ai oublié de louer M. le Juge Hullock et le ban de l'Angleterre, de manière qu'on me dit que j'abhorre *Old England*, rien de plus faux. J'éprouve pour elle le sentiment que feu M. Jésus-Christ avait pour les hommes.

[...]

129. À SUTTON SHARPE

Rue d'Amboise, le 2 juillet 1827.

My dear friend,

J'ai pris des renseignements sur la personne dont vous me parlez[4]. Vers le 12 ou le 15 juillet elle partira pour Nyon sur le lac de Genève, de là à Gênes, par le Simplon. Elle respirera l'air suave au bord de la mer à Chiavari, ou bien s'embarquera pour Livourne et Florence, ou bien s'embarquera pour Naples, Corfou ou Palerme. Elle n'annonce pas ses projets pour n'être pas liée ; aussi n'en parlez ni à Mademoiselle Sophie[1] ni à personne. Le départ seul pour le lac de Genève est sûr.

(J'ai su tout cela par la femme de la personne en question.)

Je ne mets pas moins de prix que vous, mon cher ami, à la société que j'avais à Lancaster. Je désire *passionnément* que vous puissiez venir joindre le voyageur ; 200 fr. et 10 jours vous mettent à Gênes. Le steamboat de Marseille à Naples touche à Livourne. Deux ou trois felouques fort bonnes pour se noyer, comme M. Shelley, partent tous les jours de Gênes pour Livourne, 36 heures et 12 fr. De Livourne à Naples, le steamboat met, je crois, 4 jours ; il prend 120 fr. Si l'on est obligé d'attendre à Livourne, 10 heures et 10 fr. vous mettent à Florence ou aux bains de Lucques. On revient de Lucques ou de Florence pour le jour du passage du steamboat connu d'avance.

Ne dites rien à âme qui vive ; je n'ai rien dit à Mareste.

Mlle Sophie, sa sœur, sa mère, nous sommes allés par le steamboat de la Seine, à *Villeneuve-Saint-Georges* au devant de la Girafe, le 30 juin. Mlle Sophie m'a dit que vous écriviez que vous comptiez les jours pour votre voyage en France. En français, compter les jours, veut dire être à moins de 15 jours d'un événement. Je voudrais que vous sussiez parfaitement la langue ; alors nous pourrions vous espérer pour le 20 juillet au plus tard ; le sens restreint voudrait dire du 5 au 10 : je n'ose y croire.

À propos ce demi-fripon de Colburn ne paye point. *Si cela est convenable à votre dignité,* passez chez lui. S'il payait 800 fr. pour janvier, 400 plus 200 pour les mois de mars, avril, etc., où il a mis des morceaux *économisés* sur mes lettres précédentes (il m'avait fait écrire en octobre que j'envoyais trop peu), ces 800 ou ces 1 200 mangés à Palerme ou à Corfou feraient un bel effet.

Ennuyé d'avoir à répondre à toutes les *foolish queries*[1] sur le voyage, je n'en ai parlé à personne. Si j'étais assez heureux pour que vous fussiez tenté, prenez des lettres de recommandation. Je ne connais personne à Naples. Ensuite, la Méditerranée peut être curieuse en septembre vers Corfou. Une recommandation à quelques Anglais, tenant au gouvernement des sept îles, peut vous faire admettre sur un vaisseau allant voir Athènes ou Constantinople. En un mot, jamais les lettres de recommandation n'auront pu être plus utiles.

CORNICHON.

130. À SUTTON SHARPE

Livourne, le 14 août 1827.

My dear brother[2],

Je ferai usage de la langue française pour vous faire comprendre que je sais quelque chose d'elle.

The last year[3], à ce jour, j'étais avec vous. Je puis vous dire, sans exagération aucune, que j'aurais eu plus de plaisir, si, cette année aussi, j'avais été avec vous. J'ai été fêté dans la meilleure société de Gênes, chez l'aimable marquis *di Negro,* le Joseph Bank de Gênes, mais plus gai. Par la grande chaleur, mais seulement de 23 degrés Réaumur, le 4 août, j'ai dîné sous une grotte charmante, dans un jardin, avec la vue de la mer, des gens d'esprit et de jolies femmes. Je vous ai regretté. Je pars ce soir pour Naples. Mais, en vérité, je ne puis vous dire combien j'y resterai. Cela dépend de l'état d'épuisement de ma bourse. Si le Colburn voulait payer les 1 200 fr. qu'il doit, je les mangerais à Naples. Mais il n'y a pas de pires sourds que ceux qui ne veulent pas entendre. S'il paye, par hasard, je mangerai cet argent au pied du Vésuve, et je le mangerais plus confortablement si c'est avec vous.

Je vous dirai, pour vous engager au voyage, que la chaleur est fort modérée, 23 Réaumur. Donc : vers le 15 septembre elle sera tolérable, même pour un habitant de l'*Ultima Thulé*, qui est la première pour la justice, la marine, etc.

Tout le monde me dit que je suis l'ennemi des Anglais, c'est pourquoi j'ai mis l'emplâtre ci-dessus. Au reste, je me fiche du monde et de l'opinion, je suis content dès que je prends du café à trois pas d'une jolie Italienne. Quand même, entre elle et moi, il y aurait trois amants heureux, épais chacun d'un pied.

[...]

Robert BEYLE.

131. À ADOLPHE DE MARESTE

Florence, le 19 novembre 1827.

« Surtout, quand vous écrirez à M. de Mareste, ne manquez pas de lui dire combien nous pensons à lui ; il venait souvent passer l'avant-soirée avec nous, à Paris. »

Voilà ce que me disait hier Mme de Lamartine.

The husband a désiré me voir et je le trouve fort bonhomme et toujours admirable *as a poet*[1].

Rien de plus magnifique que des bals que nous donne le prince Borghèse; il a trente-cinq salons de plain-pied, meublés avec fraîcheur et un goût que rien ne surpasse. Il y avait bien quatre-vingts Anglaises à la dernière soirée dansante, et trois Italiennes, Mmes Ruccellai, toujours sémillante et charmante, et Nencini, encore bien, et...

Ce que j'ai eu de mieux, depuis que je vous ai quitté, c'est une navigation de douze jours, sans mal de cœur. J'ai vu Porto Ferrajo pendant deux jours, Capo d'Anzo, etc. J'ai passé dix jours en pension chez un paysan de Casamiccia[2], dans l'île d'Ischia; c'est une idée que je dois à...[3], remerciez-le de ma part; c'est délicieux. Tous les matins j'allais à Foria ou à Ischia, à âne. J'ai passé un mois à Naples et trois semaines à Rome. M. de Laval a été parfait pour moi [...]

Remerciez M. Delécluze du plaisir que m'ont fait ses deux articles sur M. Manzoni; j'ai connu le dit grand poète à Gênes[4].

[...]

132. À SUTTON SHARPE

Paris, rue de Richelieu, n° 71.
le 23 mars 1828.

Mon cher ami, je vous ai attendu à Florence; si jamais vous allez en Italie, vous trouverez des lettres insignifiantes, poste restante. Mon voyage a occupé six mois et demi. J'ai passé quinze journées délicieuses dans l'île d'Ischia, près Naples. J'ai vu Ferrare, que je n'avais jamais vu ! La prison du Tasse m'a touché[1]. Lord Byron s'y fit renfermer deux heures, il s'y frappait le front sans cesse, m'a dit le gardien actuel. Mais de quoi m'avisé-je, de vous parler de ce cachot ? J'ai vu le nom de M. Rogers écrit sur le mur à gauche. Présentez mes respects à MM. vos oncles et Mademoiselle votre tante. Avez-vous reçu un roman intitulé *Armance* ? Tous mes amis le trouvent détestable : moi, je les trouve grossiers. C'est la plus grande des *impossibilités* de l'amour. Le héros Octave est *impotens*[2].

[...] Les concerts de Mme Meroni sont divins, et Mme Malibran Garcia, que vous connaissez, sera la première chanteuse du monde, si elle n'abuse pas de ses cordes hautes qu'elle usera. Son fort est dans le bas[3].

Mille amitiés à la sublime Giuditta et au cher Micheroux. Donnez-moi des nouvelles de ces aimables personnes. Ne m'oubliez pas auprès de M. Pasta[4] et de Mme...

Je vous écris en courant et non à fond. Depuis dix mois que je suis à Paris, je n'ai le temps de rien, *auri sacra fames*[5] me fait encore écrire pour ce fripon de Colburn[6]. M. Stricht, mon ami, étant à Londres, a fait un arrangement de 150 £. *per annum* moyennant de petits articles dans un journal nommé *Athenœum* et un article dans le *New Monthly*. Tout cela est trop fréquent, ça me gêne. Et ce coquin ne parle point de payer les 1 000 fr. dus pour février 1827.

Comme tout peut se rencontrer dans ce monde, même un libraire honnête homme, si le hasard vous rapproche jamais de ce Phénix, et que vous puissiez faire un arrangement pour moi, je quitterais avec plaisir Colburn qui, pour payer tous les trois mois, se fait tirer l'oreille. Ô que je puisse les lui tirer à ma fantaisie !

[...]

133. À VIOLLET-LE-DUC

Chef de division à la Maison du Roi[1].

17 novembre 1828[2].

Cher et obligeant ami,

[...] Delécluze est invisible cette année, mais si vous êtes visible le vendredi, j'aurai l'honneur de faire ma cour à Madame Leduc. Viendrez-vous jeudi à l'Académie? M. de Barante doit y dire du mal de feu M. de Robespierre, qui n'a pas de cordons à donner.

Je vous suis dévoué comme si vous en aviez les mains pleines.

H. BEYLE.

134. À PROSPER MÉRIMÉE

Paris, le 26 décembre 1828,
à cinq heures du soir,
sans bougie.

Ce soir, opéras nouveaux à Milan, Naples, Venise, Gênes, etc., dont j'enrage.

La jalousie ne tue l'amour que dans un cœur froid de quarante ans, qui désespère. Cette jalousie vous grave à jamais dans le cœur de de M... Cette cristallisation peut être lente. Vous pouvez la hâter de six mois (+ ou –), en lui disant: «Depuis trois ans je vous adore, mais je n'ai que dix-sept cents francs de rente et ne puis vous épouser. Je n'ai pas voulu mourir fou. » Ni plus ni moins. Laissez le développement à son cœur.

Ce mot heureux me sert de transition : avez-vous mis trop de développement dans votre roman[1] ?

Je crois que vous seriez plus *grand*, mais un peu moins connu, si vous n'aviez pas publié la *Jacquerie* et la *Guzla*, fort inférieures à *Clara Gazul*. Mais comment diable auriez-vous deviné tout cela ? Quant à la gloire, un ouvrage est un billet à la loterie. L'*Africa* est oubliée et c'est par des sonnets que Pétrarque est immortel[2]. Écrivons donc beaucoup. D'ailleurs, après l'exercice que pratique notre amie Sand[3], écrire est, pour un pauvre diable, le plus grand plaisir.

Que ferez-vous avec mille francs ? Irez-vous à Naples ? C'est possible. Irez-vous à Meudon ?

Si vous n'êtes pas pressé, oubliez le roman pendant un an. Alors vous le jugerez. Du moins, moi, au bout de six mois, j'ai tout oublié. Sans doute, plus d'un duc voudrait se faire un nom pour mille francs. Plus d'une femme honnête voudrait en être à son quatrième rendez-vous avec vous. Mais où trouver l'agent de change pour une telle négociation ?

Si vous voulez manger mille francs sans délai, lisez-moi votre roman, car, comme Courrier, je ne puis juger sur le manuscrit. Je l'entendrai avec plaisir de sept heures du soir à minuit, en deux ou trois séances.

Je serais trop sévère pour votre style que je trouve un peu *portier*. *J'ai eu du mal à faire*, etc. pour : J'ai eu de la peine à faire, etc.

Je ne vois que vous en littérature et M. Janin[4], auteur du Dialogue de don Miguel et Napoléon. (*Figaro* du 19 ou 20 décembre).

Si vous voulez, je vous ferai voir M. Janin ; cela parera le coup pour le *Figaro*. Mais, suivant moi, les grands hommes du *Globe* sont jaloux de vous. Je sens souvent en vous la manière de raisonner de *Maisonnette*[1], *id est* une jolie phrase au lieu d'une raison, *id est* le manque d'avoir lu Montesquieu et de Tracy + Helvétius. Vous avez peur *d'être long*.

Cela sent le goût *vaudevillique* de 1829.

Vous et moi, ou vous tout seul, nous ne pourrons jamais être au-dessous de la pièce que vous me nommez. Quelle prudence ! C'est là que vous trouverez des mille francs et vous ne courrez pas le quart du péril où votre roman va vous exposer. S'il n'est pas supérieur à la *Jacquerie*, vous tombez.

Souvent, vous ne me semblez pas assez *délicatement tendre* ; et il faut cela dans un roman pour me toucher.

CHOPPIN.

135. À MADAME GAULTHIER[2]

Paris, jeudi, 5 février 1829.

[...] M. Victor Hugo n'est pas un homme ordinaire mais il *veut* être extraordinaire, et les *Orientales* m'ennuient ; et vous ?

[...]

COTTONET.

136. À ADOLPHE DE MARESTE

5 mars 1829.

Comme le Firmin Didot ne répond pas, il faut tâcher de s'arranger avec M. Delaunay. Mais, à quel prix ?

Mille francs comptant, et un billet de huit cents ou six cents.

Comme Colburn ne paie pas, il faut vendre, même mal. Donc, quand vos occupations vous le permettront, parlez à M. Delaunay.

Le papier de *Rome, Naples, etc.*, est plus laid que celui d'aucun ouvrage publié dans ce temps. M. Delaunay en eut honte et me dit qu'on l'avait trompé. Il faudrait qu'il s'engageât à prendre du papier semblable à celui de tel volume qui sera dans sa boutique. S'il avait dépensé cent fr. pour trois annonces de vingt lignes, *Rome, Naples, etc.*, serait épuisé. Voilà un désavantage. M. Delaunay est assez riche pour se permettre la *paresse* et ne pas annoncer ; mais cela ruine l'auteur. J'aimerais mieux vendre une quatrième édition de *Rome, etc.*, que de mal vendre les *Promenades*[1].

Tout ceci ne signifie rien. Le bon est de vendre et d'obtenir mille fr. comptant.

[...]

CHAMPION.

137. À DAVID D'ANGERS

Paris, 24 juillet 1829.

Cher et obligeant ami, vous par qui je vivrai après ma mort, si vous mettez un nom à la médaille, mettez en petits caractères *Henri Beyle*[2].

Mille et mille amitiés.

H. BEYLE.

138. À SUTTON SHARPE

Versailles, le 10 janvier 1830.

[…] *Hernani*, tragédie de M. Victor Hugo, mal imitée des 2 *gentlemen of Verona* et autres pièces de ce genre du divin Shakespeare, va causer une bataille au Théâtre Français, vers le 6 février[1].

[…]

139. À MADEMOISELLE SOPHIE DUVAUCEL[2]

Janvier 1830.

[…] Voici une anecdote à moi contée hier soir :

Le *King of Naples*[3] bat ses domestiques. Il est très fort, mais il ne peut pas marcher et se trouve aveugle plus qu'à moitié. À Madrid, il laisse tomber son mouchoir. Son domestique s'approche. Alors le *King* le saisit par l'oreille de la main gauche et, de la droite, l'assomme.

— *Faro ricorso*[4] (je me plaindrai), dit le pauvre assommé.

— Et à qui, insolent ?

— À cette Madone que voilà, dit le domestique montrant un tableau de Vélasquez.

— Tiens, voilà dix onces (160 fr.), dit le *King* alarmé, ne dis rien à la Madone.

Agréez mes respects.

TOMBOUCTOU.

140. À ADOLPHE DE MARESTE

février 1830.

Je vous annonce que je viens de découvrir un grand et vrai poète, ce matin, pour 6 sous, au cabinet littéraire. C'est M. de Musset, *Contes d'Espagne et d'Italie*[1].

[...]

141. À MADEMOISELLE SOPHIE DUVAUCEL

Dimanche à 7 heures,
7 mars 1830.

Mademoiselle,

Après deux heures de recherches immenses dans l'océan de mes papiers, chose que je n'aurais pas faite pour Dieu le Père, quand même il existerait, voici sir T. Lawrence[2]. Il est sept heures, je meurs de faim, ce qui diminue beaucoup mon éloquence. L'homme aux poissons et à la cruche étrusque, votre favori, a donné, ce matin, un article sur lord Byron où il y a plus de philosophie et de véritable esprit que dans 1830 numéros du *Globe*[3]. Je suis forcé d'en convenir, malgré l'envie qu'il m'inspire depuis que vous le trouvez si beau. Si vous n'avez pas le *National*, je vous conserverai le numéro d'aujourd'hui. Cherchez l'histoire du brigand sublime *Rondino*[4], dans le numéro accusé du *National*. Cela est exactement vrai. L'homme aux poissons a plutôt diminué la beauté du caractère de *Rondino*. Il lui a ôté un peu de son élan.

Voilà M. Chevreul nommé[5]. C'est une nouvelle

conquête à tenter pour moi. Comment m'y prendre? Mes goûts champêtres rêvent depuis hier soir aux charmes d'un logement au Jardin avec la perspective des arbres verts, même au milieu de l'hiver. Mais jamais je ne serai assez plat pour plaire à sept personnes sur treize. Il faudrait que je ne fisse leur connaissance que la veille du grand jour de l'élection. Les hommes les plus doux, quand ils ont subi ma connaissance pendant six mois, donneraient six francs pour me voir tomber dans un trou plein de boue au moment où je me prépare à entrer dans un salon. Cependant, je ne hais personne et j'adore Rossini, Napoléon, lord Byron, tous les gens d'esprit auxquels j'ai parlé.

142. À MADEMOISELLE SOPHIE DUVAUCEL

10 mars 1830.

[...] Pourquoi ne le dirais-je pas? Je vous assure, sans flatterie, que j'ai pensé plusieurs fois depuis samedi que je serais heureux d'habiter dans le voisinage de l'ours Martin. Quand je serai vieux je ferai amitié avec ce grave personnage et, si je ne lui ressemble pas trop, je paraîtrai tous les soirs dans votre salon, escorté des images de tous mes ennemis. Exemple: Mlles Garnett croient que je suis bossu. Au fond, je suis maigre, mais comme je suis obligé de compenser la bosse avec des coussins, je parais éléphantesque. Mme Arconati (dont je méprise la famille *Trotti*, c'est à Milan comme Duclou ou Irénilly à Paris) dit que je mets du rouge. Voilà ce qui me fait mal à la tête.

Adieu, excusez mes folies et agréez mes respects.

H. BEYLE.

143. À SOPHIE DUVAUCEL

· 23 mars 1830.

Ma faiblesse se met à vos pieds, Mademoiselle ; je m'y trouve fort bien, car ils sont jolis, et quoique du parti de la vertu, vous n'êtes point triste. Samedi, à six heures, je paraîtrai au Jardin des Plantes pour manger et non pour parler. Ce qui fera que je ne serai point embarrassant pour vous, quelque remplis de *cant* que soient les convives. Je me trouve fort bien de ne plus parler. C'est un nouveau ridicule des Français. Ils ont tort, suivant moi, de trouver le personnage amusant. Mais enfin, l'animal une fois admis sous cette définition, quoi de plus ridicule que de le trouver aimable quand il ne parle pas ?

[...]

H. BEYLE.

P. S. — Les grands dégoûtés pourront-ils avoir des billets pour le 10 avril[1] ? M. de Lamartine saura-t-il écrire en prose ? Un pauvre diplomate ne peut parler de rien, pas même de la vie de M. Daru. On dit qu'on le fait ministre en Grèce[2]. Tant mieux ; nous irons l'y voir. Mariez-vous et soyez du voyage. Je m'habillerai en Arlequin avec une batte. Je me moquerai de tout ce qui existe et de beaucoup d'autres choses, et quelle que soit votre vertu, je vous ferai sourire. Avez-vous lu le *Violon de Crémone* d'Hoffmann[3] ?

144. À SAINTE-BEUVE

Après avoir lu *les Consolations*[1],
trois heures et demie de suite,
le 26 mars 1830.

S'il y avait un Dieu, j'en serais bien aise, car il me paierait de son paradis, pour être honnête homme comme je suis.

Ainsi je ne changerais rien à ma conduite, et je serais récompensé pour faire précisément ce que je fais.

Une chose cependant diminuerait le plaisir que j'ai à rêver aux douces larmes que fait couler une belle action : cette idée d'en être *payé* par une récompense, un paradis.

Voilà, Monsieur, ce que je vous dirais en vers si je savais en faire aussi bien que vous. Je suis choqué que vous autres, qui *croyez en Dieu,* vous imaginiez que, pour être au désespoir trois ans de ce qu'une maîtresse vous a quitté, il faille croire en Dieu. De même un Montmorency s'imagine que, pour être brave sur le champ de bataille, il faut s'appeler Montmorency.

Je vous crois appelé, Monsieur, aux plus grandes destinées littéraires, mais je trouve encore un peu d'affectation dans vos vers. Je voudrais qu'ils ressemblassent davantage à ceux de la Fontaine. Vous parlez trop de gloire. On aime à travailler, mais Nelson (lisez sa vie, par l'infâme Southey[2]), Nelson ne se fait tuer que pour devenir *pair d'Angleterre.* Qui diable sait si la gloire viendra ? Voyez Diderot promettre l'immortalité à M. Falconnet, sculpteur[3].

La Fontaine disait à la Champmeslé : « Nous aurons la gloire, moi pour écrire des vers, vous pour réciter[4]. »

Il a deviné. Mais pourquoi parler de ces choses-là ? La passion a sa pudeur ; pourquoi révéler ces choses intimes ? Pourquoi des noms ? Cela a l'air d'une rouerie, d'un *puff*.

Voilà, Monsieur, ma pensée et toute ma pensée. Je crois qu'on parlera de vous en 1890. Mais vous ferez mieux que *les Consolations*, quelque chose de plus *fort* et de plus *pur*.

145. À MADAME JULES GAULTHIER

Paris, le 16 mai 1830 (samedi).

L'animal[1] est original ; les dieux l'ont fait ainsi. [...]

COTONET.

146. À SUTTON SHARPE

Paris, 15 août 1830.
— 71, rue de Richelieu.

Votre lettre, mon cher ami, m'a fait le plus grand plaisir. Je n'ai pas écrit une ligne depuis dix jours ; voilà mon excuse pour le retard de ma réponse.

Pour bien jouir du spectacle de cette grande Révolution, il faut flâner sur le boulevard. (À propos, il n'y a plus d'arbres à partir de la rue de Choiseul jusqu'à cet hôtel Saint-Phar, où nous avons logé quelques jours, en arrivant de Londres, en 1826 ; on les a coupés pour faire des barricades sur la chaussée du boulevard. Mais aussi les marchands ont été bien aises de s'en défaire. En Angleterre, n'avez-vous pas trouvé le secret de transplanter des arbres gros comme la cuisse ? Si vous rencontrez un homme au fait de ce détail, prenez des renseignements précis. Apportez-nous le moyen de rétablir notre boulevard).

Plus on s'éloigne de la *grande semaine*, comme dit M. de la Fayette, plus elle semble étonnante. C'est l'effet produit par les statues colossales ; par le mont Blanc, qui est plus sublime, vu de la descente des *Rousses*, à vingt lieues de Genève, que vu de sa base.

Tout ce que les journaux vous ont dit à la louange du peuple est vrai[1]. Le 1er août, les intrigants ont paru, ils gâtent un peu, mais très peu nos affaires. Le roi est excellent ; il a choisi deux mauvais conseillers, MM. Dupin, avocat, qui, le 27 juillet, après avoir lu les ordonnances de Charles X, déclara qu'il *ne se regardait plus comme député* et... Interrompu, je prends le parti de vous envoyer ce chiffon. Demain, je vous écrirai de nouveau. Cent mille hommes se sont présentés pour la garde nationale de Paris. L'admirable La Fayette est l'ancre de notre liberté. Trois cent mille hommes de vingt-cinq ans feraient la guerre avec plaisir. Paris, défendu par l'enthousiasme actuel ne céderait pas à deux cent mille Russes. Je vous griffonne ces faits grossiers ; on m'attend. — Nous nous portons tous bien. Malheureusement Mérimée est à Madrid ; il n'a pas vu ce spectacle unique, sur cent hommes sans bas et sans veste, il y avait, le 28 juillet, un homme bien vêtu. La dernière canaille, a été héroïque et pleine de la plus noble générosité après la bataille.

P.-S. — Bientôt une deuxième lettre.

147. À SAINTE-BEUVE

Ce 29 septembre 1830,
71, rue de Richelieu.

Monsieur,

On m'assure à l'instant que je viens d'être nommé consul à Trieste[1]. On dit la nature belle en ce pays. Les îles de l'Adriatique sont pittoresques. Je fais le premier acte de consulat en vous engageant à passer six mois ou un an dans la maison du consul. Vous seriez, Monsieur, aussi libre qu'à l'auberge ; nous ne nous verrions qu'à table. Vous seriez tout à vos inspirations poétiques.

Agréez, Monsieur, l'assurance de mes sentiments les plus distingués.

BEYLE.

148. À LEVAVASSEUR

Paris, novembre 1830.

En vérité, Monsieur, je n'ai plus la tête à corriger des épreuves[2].

Ayez la bonté de bien faire relire les cartons.

C'est avec le plus grand des regrets que je me prive du plaisir de dîner avec vous et avec M. Janin[3]. Que j'aurais voulu avoir une plume pour adoucir la grossesse de Mathilde !

Puisse ce roman être vendu, et vous dédommager des retards de l'auteur. Je croyais qu'il serait imprimé à deux feuilles par semaine, comme *Armance*.

Je vous demande comme preuve d'amitié, Monsieur, de ne pas laisser vendre un exemplaire sans les cartons.

Veuillez envoyer les lettres à M. Colomb, nº 35, rue Godot-de-Mauroy.

Agréez tous mes regrets de ne plus vous revoir cette année, et tous mes remerciements pour vos bons et aimables procédés.

H. BEYLE.

Bien des compliments au puissant M. Courtepine, aristarque du quai Malaquais[1].

149. À DANIELLO BERLINGHIERI[2]

Paris, 6 novembre 1830.

Monsieur,

C'est peut-être une grande témérité, à moi, pauvre et vieux, de vous avouer que je regarderais le bonheur de ma vie comme assuré si je pouvais obtenir la main de Mlle votre nièce. J'ai eu besoin d'être rassuré par elle. Mlle votre nièce m'a dit que votre amitié pour elle et votre bonté étaient si grandes, que, même en n'acceptant pas ma proposition, vous ne vous en moqueriez pas trop.

Ma fortune à peu près unique est ma place ; j'ai quarante-sept ans : je suis trop pauvre pour m'occuper de la fortune de Mademoiselle. Quand je serais riche, je ne m'en occuperais pas davantage. Je regarde comme un miracle d'avoir pu être aimé à quarante-sept ans.

Mlle votre nièce ne voudrait pas pour tout au monde, Monsieur, être séparée de vous. Elle passerait six mois à Trieste avec moi et six mois avec vous. Je donne ma parole d'honneur de la ramener à Genève après les six premiers mois et de venir l'y rechercher six mois plus tard. Je signerai le contrat de mariage sans le lire ; si Mademoiselle a quelque chose, on pourrait le donner aux enfants qu'elle pourrait avoir. Par ce moyen, le mari serait *hors de cause*. Le mariage pourrait se faire à Varèse, près le Lac Majeur, le 1er mai 1831. Monsieur, j'ai parlé en honnête homme à un honnête homme. Je me séparerai six mois chaque année d'une personne qui voudrait passer sa vie auprès de vous.

Je suis avec le plus profond respect

H. BEYLE.

150. À DOMENICO FIORE[1]

Trieste, le 24 décembre 1830.

Que *George vive ici puisque George y sait vivre*[2] !

Voilà ce que je disais en quittant Paris. Je place mes filets trop hauts. Ma nomination n'a fait aucun plaisir à mes amis. Ai-je des amis ? *Facta loquantur*.

Je reçois à l'instant une lettre de M. le marquis Maison[3], ambassadeur à Vienne, qui me dit que M. de Metternich a refusé l'*exequatur*, et a donné l'ordre à M. l'ambassadeur d'Autriche à Paris de protester contre ma nomination. La première idée de ma misanthropie a été de n'écrire à personne. La lettre de M. le marquis Maison est datée du 19 décembre et m'arrive le 24.

J'écris cependant aux amis qui m'ont servi réellement, *facta loquantur*. J'écris à Mme Victor de Tracy ; M. de Tracy, ancien aide de camp de M. le comte

Sébastiani, et toujours ami, pourra m'être utile. Je supplie Mme Victor, à qui vous savez combien je dois, de *décider* pour moi.

Je ne spécifie rien ; je sens de plus en plus que la *chaleur* est pour moi, avec mes quarante-sept ans et le mercure passé, un élément de santé et de bonne humeur. Donc, consul à Palerme, Naples, ou même Cadix ; mais, au nom de Dieu, pas de Nord ! Je n'entre dans aucun détail avec Mme de Tracy, la priant de *décider*.

M. le comte d'Argout a été dix ans mon ami ; mais un jour j'ai dit que l'hérédité de la *pairie* rendait bêtes les fils aînés[1]. Que dites-vous d'une telle gaucherie ?

J'étais pétrifié d'étonnement d'avoir réussi ; mais le port où je comptais trouver un refuge assuré est accessible au vent du nord. J'ai été cependant d'une prudence parfaite. Je n'ai pas vu l'amie de l'ami auquel vous m'avez présenté. Si Mareste me veut du bien, *ce dont vous jugerez*, il peut parler à M. le comte d'Argout.

La besogne de consul, toute paternelle, me plaît infiniment. Donc la chose à désirer est consul à Palerme. Peut-être la mauvaise humeur, dont la lettre du 19 décembre me fait part, peut-elle être conjurée. Mme Victor de Tracy est amie de MM. Désages, esprits droits et fermes, qui lui diront ce qu'il faut espérer et craindre. Mais il faut dix jours, *au moins*, pour qu'une lettre de Paris arrive à Trieste.

Adieu, je suis noir. Peut-être notre protecteur pourra-t-il vous dire ce qu'il faut penser et demander. Ah ! si Mareste me veut du bien, il pourrait le dire à M. le comte d'Argout.

POVERINO.

Lettres d'exil
(1831-1842)

Un consul malheureux

151. À MADAME VIRGINIE ANCELOT[1]

Trieste, 1er janvier 1831.

Hélas ! Madame, je meurs d'ennui et de froid. Voilà ce que je puis dire de plus nouveau aujourd'hui 1er janvier 1831. Je ne sais si je resterai ici. Je ne lis que la *Quotidienne* et la *Gazette*. Ce régime me rend maigre. Pour être *digne* et ne pas me perdre, comme il m'était arrivé à Paris, je ne me permets plus la moindre plaisanterie. Je suis moral et vrai comme le *Télémaque*. Aussi l'on me respecte. Grand Dieu ! quel plat siècle, et bien digne de tout l'ennui qu'il ressent et qu'il transpire !

Je touche ici à la barbarie. J'ai loué une petite maison de campagne qui a six pièces grandes, à elles six, comme votre chambre à coucher ; elles n'ont d'agréable que cette ressemblance. Là, je vis au milieu de paysans qui ne connaissent qu'une religion, celle de l'argent. Tout ce que la *vanité* fait au pays où vous êtes, ici c'est l'argent. Les plus grandes beautés m'adorent au prix d'un sequin (12 francs 63 cent.). — Diable ! il s'agit de paysans et non de la bonne compagnie. Je mets ceci par respect pour la vérité et pour les amis qui ouvriront ma lettre.

Si vous avez la charité de m'écrire, envoyez la longue lettre (de grâce, qu'elle soit longue comme mon mérite), numéro 35, rue Godot-de-Mauroy, à M. R. Colomb, ancien directeur des contributions. Il y a dans la maison voisine, un vicomte Colomb, amant malade de Mme Bucary, qui ouvre les lettres de mon parent, quand le numéro 35 n'est pas aussi grand que ceci. — J'ignore tout dans ce séjour enchanté ; vous comprendrez l'excès de mon marasme, quand je vous avouerai que je lis les annonces de la *Quotidienne*. Si jamais j'en rencontre les rédacteurs dans les rues de Paris, il est sûr que je les étrangle. Demandez l'explication de ce sentiment de vengeance, que jamais votre cœur de colombe ne comprendrait, au sombre et profond Mérimée.

Je n'ai su qu'il y a huit jours l'apparition du *Rouge*. Dites-moi bonnement tout le mal que vous pensez de ce plat ouvrage, non conforme aux règles académiques, et, malgré cela, peut-être ennuyeux. Écrivez-moi une fois par mois. Si je reste ici, je vous donnerai une description de mes rochers. Tout est original ici, même la cuisine, ce dont bien me fâche.

[...]

CHAMPAGNE.

152. À ADOLPHE DE MARESTE

Corfou, 4 décembre 1830.
[Trieste, le 4 janvier 1831.]

Je suis comme *Auguste*, j'ai souhaité l'empire, mais, en le souhaitant, je ne l'ai pas connu. Je crève d'ennui, et personne ne se conduit mal avec moi ; cela aggrave le mal. Cependant l'héritage de mon père ayant passé en expériences, il faut tâcher de s'accoutumer à ce manque absolu de communication de la pensée. J'ai cherché à ne pas faire une seule plaisanterie depuis mon arrivée dans cette île ; je n'ai pas dit une chose cherchant à être amusante. Je n'ai pas vu la sœur d'un homme ; enfin, j'ai été modéré et prudent, et je crève d'ennui. [...]

Adieu, la poste part. Tâchez d'intéresser en ma faveur Madame. *I date ever a month back*[1]. Bien des choses *to lady Azur and to my sister*[2]. Dites-lui que je m'ennuie.

153. À MADEMOISELLE SOPHIE DUVAUCEL

Corfou, décembre 1830
[Trieste, 4 janvier 1831.]

Je n'ai pas encore pu remettre votre lettre de recommandation à Mme Albrizzi[3]. Elle est à Milan. Mais je l'ai lue, cette lettre, et j'ai été saisi d'un fou rire. Ce n'est pas votre style, digne de mon collègue Cicéron, qui produit cet effet, mais la louange sérieuse à moi appliquée. Le blâme me fâcherait, mais rien ne me semble burlesque comme la louange. C'est peut-être par excès d'orgueil. C'est comme si on me recevait bien dans une maison parce que mon nom commence par un B. Donc on me recevrait mal s'il commençait par un C. À propos de nom, avez-vous vu la méchanceté noire des *Débats* du commencement de décembre[1] ? On a marié ensemble deux noms. Ce mariage pourra bien me faire voyager. J'ai été reçu ici avec une politesse parfaite. J'ai trouvé ce qui manque à Paris : une femme riche de 38 ans, qui a un grand salon et reçoit ses amis *tous les soirs*. Cette machine sociale est si commode que l'on fait tout au monde pour se faire présenter chez elle. Je me serais fait présenter quand même elle eût vécu seule. Elle n'a aucune affectation. C'est presque l'Italie à mes yeux. J'y vais tous les jours. Le public d'ici s'est mis à croire sur mon compte que je suis marié. Je ne parle que de l'amabilité de ma fille aînée.

À force de donner des détails sur l'aînée et sur la cadette, j'en suis venu à regretter de ne pas avoir une fille aînée ou deux. Si l'uniforme dure, je me marierai. Vous n'avez pas idée combien le titre de feu Cicéron noblifie et rajeunit un homme. Cela m'inspire un dégoût complet et augmente l'ennui qui m'écrase. Cet ennui serait-il de la même force si j'étais en Italie ? Voilà la question que je me fais souvent et qui vous semble absurde à vous qui aimez Paris. Je continue à le trouver bien ridicule. Vous n'avez pas d'idée, Mademoiselle, de l'effet produit par deux mois de vie au milieu de gens si différents. Il y a mille lieues de Corfou au Palais Royal. Je juge 1830 comme si j'étais en 1840. Si je ne voyage pas, offrez mes services pour du poisson à M. Valenciennes. Je m'ennuie tant qu'une commission de poisson est capable de me jeter dans l'histoire naturelle.

Ceci me sert de transition (chose si capitale pour les littérateurs français). Présentez l'hommage de ma reconnaissance à M. votre père. Je n'oublierai jamais les lettres qu'il eut la bonté d'écrire aux animaux des Bibliothèques qui me préférèrent un M. Paris[1]. Avez-vous vu la traduction du *Don Juan* de Lord Byron par ce M. Paris ? À propos, j'ai toujours une lettre dudit égoïste sombre qui est à vous. Je suis désolé de voir finir mon papier. Je vous parle sans affectation, ce qui doit donner à ma lettre un grand caractère d'originalité. Ce matin, je suis tout ému. Un de mes collègues avait une fille de 16 ans. Elle meurt il y a trois jours. On la garde 24 heures. Ensuite on la met dans une chapelle pour 24 heures. Après 48 heures, on la porte au cimetière. Après la cérémonie, le fossoyeur jette de la terre sur le cercueil ; il entend un cri. Mais — voyez l'avantage de la religion — il croit de son devoir de venir en ville (il y a une demi-lieue) chercher un prêtre. Le prêtre l'envoie promener ; il y a tant de boue ! Enfin, deux heures après, le prêtre arrive, on ouvre le cercueil. La pauvre jeune fille s'était déchiré les joues avec les ongles et venait d'expirer. Elle s'appelait Mlle Viber.

I date ever a month back[2].

Agréez avec bonté, Mademoiselle, l'hommage de mon respect.

Gal PELLET.

Daignez raconter cela à Clara Gazul[3]. [...]

154. À ADOLPHE DE MARESTE

Corfou, le 17 décembre 1830.
[Trieste, le 17 janvier 1831.]

Quelle bonne semaine ! Jeudi une lettre de la divine Clara[1] aujourd'hui une de vous. La rue Jérusalem *of this country*[2] a pris copie de la lettre de la jeune fille et pour cela l'a gardée trois jours. Ne mettez jamais de noms propres ; à cela près, dites tout, absolument, et je recevrai vos benoîtes lettres trois jours plus tôt. Je ne me croyais pas si curieux ; il est drôle de faire des découvertes sur soi-même à quarante-huit ans, que j'aurai demain. En être réduit au régime de la *Quotidienne* m'assomme.

Je n'ai jamais mieux senti le malheur d'avoir un père qui se ruine. Si j'avais su, en 1814, le *father* ruiné, je me serais fait arracheur de dents, avocat, juge, etc. Être obligé de trembler pour la conservation d'une place où l'on crève d'ennui ! Je n'ai à me plaindre de personne ; j'ai trouvé des amis, pour ainsi dire, uniquement à cause de lady Morgan[3] (dont je ne partage point les opinions jacobines). Toute ma vie est peinte par mon dîner ; mon haut rang exige que je dîne seul : premier ennui. Second ennui : on me sert douze plats ; un énorme chapon qu'il est impossible de couper avec un excellent couteau anglais qui coûte ici *moins* qu'à Londres ; une superbe sole qu'on a oublié de faire cuire, c'est l'usage du pays ; une bécasse tuée de la veille, on regarderait comme un cas de pourriture de la faire attendre deux jours. Ma soupe au riz est salie par sept à huit saucisses, pleines d'ail, qu'on fait cuire *avec le riz*, etc. Que voulez-vous que je dise ? C'est l'usage, on me traite comme un seigneur, et certainement le bon homme d'aubergiste, qui ne me rencontre jamais dans sa maison sans s'arrêter, se découvrir et me faire un salut jusqu'à terre, ne gagne pas sur mon dîner qui me coûte quatre francs deux sous, le logement, six francs dix sous. Ma qualité d'oiseau sur la branche (Clara ne comprend pas cette légère métaphore[1]) m'empêche de prendre une cuisinière. Je suis empoisonné à un tel point, que j'ai recours aux œufs à la coque ; je n'ai inventé cela que depuis huit jours, et j'en suis tout fier.

Racontez mon malheur à Mme Azur[2], et dites-lui, si elle sait les mathématiques, de multiplier toute ma vie par le malheur du dîner. L'absence de cheminée me tue ; je gèle en vous écrivant. Dans l'autre chambre j'ai un poêle qui donnerait mal à la tête au plus grossier Auvergnat. — Je suis prudent et ne vois point Mme Miles[3], dont bien me fiche. Elle a l'entregent d'Ancilla[4], une gaieté constante et de la hauteur ; elle a une cheminée ! J'aurais pris racine auprès d'une construction si précieuse. — J'ai trouvé un ami véritable dans un capitaine au même régiment ; il est incroyable combien nous nous convenons. Mais, Monsieur, combien de temps aurais-je la patience de monter cette garde ? Deux ou trois ans au plus.

Je m'occupe beaucoup de mon métier ; il est bon, honnête, agréable en soi, tout paternel. Ma correspondance s'occupe du commerce *of corn*[5]. Ne croyez point que Paris soit le plus fertile en ce genre. C'est le Banat, Monsieur. Je me suis rapproché du dit Banat pour étudier la partie, j'ai fait un voyage à Fiume ; c'est tout à fait le dernier endroit de la civilisation. Un étranger, capitaine *as I*, est reçu comme feu Mlle Jeck l'éléphant à Paris. Cinq jours passés là furent cinq *carnavaux*. On m'aimait tant qu'on m'a dit : « Vous ne faites pas de dettes criardes et des banqueroutes, comme un de vos prédécesseurs, mais il avait deux ✠ et vous point. — Je l'ai refusée », ai-je répondu. — Dans cette charmante ville de six mille âmes, un homme qui a un capital de quarante mille francs est dans l'abondance, la considération, etc. Il a un logement que le soleil dispense du poêle ; il adore l'usurpateur et lit l'histoire de ses amours avec des gravures *enluminées* ; il veut absolument me prêter ce livre *rare*, qu'il a fait venir *à grands frais*. Toutes les fois que je l'allais voir, il me faisait faire à l'instant du chocolat. « Combien vous coûte cette vie délicieuse, lui ai-je dit, le dernier jour, en le surprenant à dîner avec sa maîtresse ? — Je me ruine ; mais que voulez-vous ? la vie est courte ; je dépense trois mille six cents fr. » Dans mon voyage, en venant ici, j'ai trouvé Port-Maurice, près de Gênes, absolument comme la ville dont je vous parle ; chaleur et situation à souhait. À cause du cabotage, le vice-consul encaisse, tout compris, neuf mille fr. Voilà l'homme le plus aisé de tous les employés de France. — J'ai trouvé l'aimable et amabilissime M. Masclet, consul de Nice, au milieu d'un jardin rempli de rosiers en fleurs, le 15 novembre. Le serpent de l'envie a aussitôt sifflé dans mon cœur. À cause du grand mot *sabotage*, Nice vaut vingt-deux mille fr. Mais *the conquest* !

N'êtes-vous pas content de ma belle écriture ? Je vais doucement pour plaire à vos beaux yeux, et mériter une longue réponse. Je pense que le *great* citoyen sera *all in six months*[1] et que la Chambre actuelle, tout en se donnant le plaisir, nouveau en France, de *mâcher* le mépris, nous conduit à cet état abominable de république, horrible partout ailleurs qu'en Amérique ; voilà le véritable choléra-morbus. À propos, c'est cette horrible maladie qui, dans deux ans au plus tard, mettra fin à mes jours. Je maintiens qu'elle est inévitable ici ; quand vous verrez le bon et aimable docteur Edwards, priez-le de m'envoyer un préservatif au plus tôt. Un capitaine, mon collègue, a vu mourir de cette affreuse manière : l'homme, Monsieur, devient un tire-bouchon, par la force de la douleur ; il est fort malpropre par en haut et par en bas. Enfin, c'est mon mal, dont deux fois le docteur m'a délivré ; à l'exception que je n'étais pas malpropre, bien au contraire.

Les cloches m'assourdissent pour la nomination du pape. Si c'est M. le cardinal Giustiniani, il est de la taille d'Apollinaire, j'ai dîné plusieurs fois avec lui, chez cet homme si poli, M. de Laval, à Rome. Il revenait d'Espagne et portait en sautoir un grand cordon blanc et bleu clair. Il avait été ami intime de sa douce Majesté Ferdinand VII. Vous en verrez de grises, et Dominique aussi, s'il va à Civita-Vecchia. Le bruit général, ici, est qu'il restera où il est.

Quant à moi, je suis si abasourdi de m'ennuyer à ce point, que je ne désire rien ; mes vœux ne vont pas plus loin qu'une cheminée. Il y a bien peu d'esprit à Apollinaire d'avoir mal pris la note sur les Kar[1]. Quand on l'écrivait avait-on lu les journaux de Paris ? C'est l'abrégé d'une note de 8 pages que je remis à Pastoret, il y a 20 mois. Je crois qu'il a la copie et la donne pour sienne. Quand, à 200 lieues de distance, on reçoit une note inutile, on la jette au feu. Apollinaire est également bien modéré s'il ne profite pas des 2 mois qu'il a à passer dans cette maison pour faire un petit cadeau à chacun de ses amis, méritant ou non. Je vais plus loin. Le premier ministre de l'Intérieur qui aura un peu d'esprit, considérant l'état de dégradation où est la ✠ la donnera à MM. Béranger, Clara Gazul, Dubois, moi, Artaud ; cela relèvera la dite croix. Mais jamais un gouvernement, quel qu'il soit, ne peut protéger sincèrement que la littérature *plate, id est* élégante et *vide d'idées*. Les *idées* sont le croque-mitaine des gens au pouvoir. Cet ornement me serait fort agréable, mais mon opinion sur l'hérédité!... N'y pensons plus.

C'est donc le 12 du mois que, pour la première fois, on m'a parlé du *Rouge*. C'est Clara. Elle pense comme Mme Azur, sur le second volume et en lisant votre lettre, qui et plus incisive que celle de Mérimée, je me suis trouvé presque de l'avis de Mme Azur.

Cette fin me semblait bonne en l'écrivant, j'avais devant les yeux le caractère de Méry, jolie fille que j'adore[1]. Demandez à Clara si Méry n'eût pas agi ainsi. Les jeunes Montmorency et leurs femelles ont si peu de *force de volonté*, qu'il est impossible de faire un dénouement non plat, avec ces êtres élégants et effacés. Voyez en juillet (1830), quand dix mille canailles se battent Dieu sait pourquoi, pas un Montmorency! *Un seul*, et il y allait de tout pour eux. Tous se seraient battus en duel; mais le bon ton n'ordonnait pas, sous peine d'éternelle infamie, de se battre dans la rue. Cette vue du manque de caractère, dans les hautes classes, m'a fait *prendre une exception*; c'est un tort; est-il ridicule? C'est bien possible. Le comment, c'est que j'ai pensé à Méry. Je ne saurais que faire dans un roman d'une jeune Rohan-Chabot réellement de bon ton. Raphaël lui-même, comment aurait-il peint une *nuit complète*? La convenance exacte, c'est la présence *continue* du convenable, l'absence complète de l'individualité... En un auteur sifflé se réfugie dans la métaphysique. Je ne doute pas de la haine des ennemis intimes; je vois les figures que l'on fait chez *Mammouth*[2], mais on acquiert de nouveaux amis, comme mon aimable T... d'ici. Clara dit que j'ai un caractère abominable dans les débats. Dans un mois peut-être, après vingt démarches, je parviendrai à lire mon caractère; et alors ça ne me fera aucun plaisir; il n'y aura plus de piquant, de nouveauté, d'*imprévu*.

Vous devez travailler jour et nuit. Je viens de lire la

lettre de M. Odilon[1]. Je ferais comme lui et je l'aime. Mais, avec de telles lettres, vous devez être au bureau à 6 h. du matin. Vous me parlez de la colique de M. Apollinaire ; mais il me semble que vous l'avez tous. Il n'y avait de paix pour mon frère que dans la plus absolue bonne foi. Moi, j'aurais couché avec le grand Citoyen. Il a fusillé la canaille au champ de Mars, jadis. Cette ligne devait enfanter le salut de mon frère[2] et, peut-être, de la France. Mais M. Zotgui[3] ne veut pas de gens d'esprit, comme je l'ai noté au 2e vol. du *Rouge*, le jour même que vous me l'avez notifié en dînant chez vous avec de fort bon vin. C'était, ce me semble, le 11 août. Mon audience est du 3, dix jours après mon affiche. Cette affiche était admirable. Voilà ce qu'il fallait dire, en baisant le grand Citoyen 4 fois par jour. Il fallait faire Conseiller d'État, l'auteur de l'affiche. Mais son propos de bon sens irrita le père Réal et probablement Apollinaire. Qu'y faire ? Le chemin indiqué par l'affiche paraîtra excellent en 1832. Dès 1831, votre méchanceté ne pourra pas s'empêcher de reconnaître *in petto* que cela valait mieux que ce qu'on a fait. La demande de 18 mille, surtout, m'a bien fait rire. L'envoi à Civita-Vecchia n'est pas si beau que vous pensez. C'est un trou abominable. La tempête m'y jeta en revenant de Naples. La fièvre y règne. Cela est inférieur en rang et émoluments à la préfecture actuelle. Enfin, l'ami de l'aimable La ✠[4] m'a dit que cela serait supprimé. Vous dites la littérature morte parce que le froid a tué les chenilles et autres insectes nuisibles, vivant par la faveur du *Journal des Débats*. Rien de plus heureux, de plus fertile que cette mort apparente ; cela ôte-t-il le talent des Clara, des Musset ? Il est vrai que vos amis Lamartine et Cie perdent 80 %.

Tâchez de me mitiger l'Apollinaire. M. Molé[5] qui

ne me connaît pas, m'a jeté à la tête *fifteen thousand*[1]. Quand il y aura une promotion, qu'il me pousse !

MÉQUILLET

155. À MADEMOISELLE SOPHIE DUVAUCEL

Trieste, 20 janvier 1831.

Mademoiselle,

Une chose qui m'étonne c'est de me trouver un animal reconnaissant. Remerciez dans l'occasion M. Cuvier des lettres qu'il écrivit dans le temps pour me placer sur l'échelle d'un bibliothécaire. Cela valait 1 500 francs. J'en ai dix fois plus. Mais, hélas ! Je péris. Je me consume comme Phèdre, non pas par amour, plût à dieu ! C'est l'ennui qui va me rendre fluet comme M. Roulin[2]. C'est un des hommes dont je regrette le plus la conversation. La conversation est ma partie de whist, faute de quoi je languis. Il me semble que vous ne languissez guère à Paris. Peut-on être plus bête que votre Chambre qui vous mène tambour battant à la République par peur de la République ? J'espère qu'on vous aura envoyé une rhapsodie de ma façon[3]. Cela vous fera horreur et à MM. les membres de l'Académie. Je ne vous engage point à lire ce plaidoyer contre la politesse qui *use la force du vouloir*. Ne voyez dans ce livre qu'un hommage et un remerciement pour les soirées aimables que j'ai passées au Jardin. Tous vos hommes puissants ou plutôt *au pouvoir* doivent être bien polis, car leur faculté *de vouloir* est furieusement usée. Un malheureux Français, surtout s'il est noble et riche, quand il tire son mouchoir de la poche gauche de son habit, est assailli par la *terreur* de manquer aux 19 règles sur la façon de se moucher. Ce qui le met au désespoir, c'est que plusieurs de ces règles sont ou semblent contradictoires. Rien d'*individuel*, rien de fort par conséquent dans la conduite des hommes au pouvoir. De loin, *sans journaux*, je pencherais à croire qu'ils ont doublé le pouvoir de M. de la Fayette en voulant le diminuer. Figurez-vous, Mademoiselle, l'excès de ma misère, je suis réduit à lire et étudier la *Quotidienne*.

Auguste dit :

> J'ai souhaité l'Empire, et j'y suis parvenu,
> Mais en le souhaitant, je ne l'ai pas connu[1].

Ce serait une charité grande, de votre part, Mademoiselle, de m'écrire. Envoyez la lettre par la poste à M. Colomb, n° 35, rue Godot-de-Mauroy. C'est mon ambassadeur. Soyez le mien auprès de M. de Mirbel[2], et priez-le de se souvenir de moi. Il peut m'être utile. Mais soyez ambassadeur tout à fait, *viz discret*[3]. N'allez pas lui dire que je n'admire pas les maîtres de nos destinées. Ils peuvent m'envoyer dans quelque endroit froid, obscur et où l'on n'aime pas. Ce serait un enfer pour moi qui ai l'âme de sainte Thérèse. Le bruit public à Vienne est qu'on me laisse où je suis. J'aimerais mieux Rome, Naples ou Florence. C'est aussi le nom de mon péché.

Agréez mes respects.

COTONET.

156. À DOMENICO FIORE

Venise, le 25 janvier 1831.

Je viens d'entendre Velluti[1] ; c'était dans un salon de la place Saint-Marc, au midi, par un beau soleil. Jamais Velluti n'a mieux chanté. Il a l'air d'un jeune homme de trente-six à trente-huit ans, qui a souffert, et il en a cinquante-deux ; jamais il n'a été mieux. Le divin Perucchini l'accompagnait[2]. Il y avait vingt-quatre femmes, mais pas un chapeau de bon goût.

Mauvaises nouvelles des succès de la Judith. Carcano est abandonné. On fait des caricatures. La Scala triomphe ; on voit les acteurs de la Scala à table, mangeant de la Pasta[3], et le duc Litta qui paye l'excellent Velluti a trouvé un fiasco à la Fenice ; il était malade et a voulu s'efforcer.

Ne dites à personne que je suis ici, excepté à notre protecteur s'il vous parle de moi[4]. À propos, trouve-t-il qu'il y a quelque réalité, quelque *connaissance des petits hommes* ayant un petit pouvoir, dans *le Rouge* ? C'est une partie du talent qu'il faut dans le lieu où il m'a mis. Le tapage des masques sur la place Saint-Marc m'empêche de vous envoyer des phrases polies ; je vous écris du café Quadri.

Vous savez que Macchi a eu l'exclusion *par insinuation* de la France. Giustiniani avait déjà vingt-deux voix ; on continuait à ouvrir *le schede*[5], quand il reçut l'exclusion formelle de l'Espagne. Si vous savez déjà cela ne vous moquez pas de moi comme Besançon. Albani porte toujours Pacca, qui ne réussira pas. — Votre ami aura-t-il Civita-Vecchia, avec quinze mille francs ? Adieu, je vous écris comme à un père ; ne me répondez pas.

157. À MADAME ALBERTHE DE RUBEMPRÉ

Corfou [Trieste],
le 6 février 1831.

Savez-vous, Madame, ce que c'est que le général Bolivar ? Eh bien, il est mort : savez-vous de quoi ? de jalousie du succès du *Rouge*. Il y a une autre jolie femme à Paris qui me croit l'homme le plus faux et le plus dissimulant. Et quand tous ces ridicules seraient vrais, n'êtes-vous pas trop heureuse que j'aie des ridicules ?

Si vous voulez un homme parfait, faites-vous présenter M. Rokebert par Besançon. M. Rokebert était pauvre et clerc de notaire ; par sa prud'homie et rare prudence, il a mérité de devenir factotum de son notaire et ami d'un pair de France, chevalier de la Légion d'honneur.

Je suis au comble de la joie ; je croyais que, comme un affreux cauchemar, cette Chambre, composée de Rokeberts, pèserait un an ou deux sur la France, et probablement au moment où je vous parle elle est sifflée autant qu'elle le mérite. C'est beaucoup, elle a coupé la racine *pivotante* de l'amour des Français pour *their King*. Vous souvenez-vous du roman de *Tom Jones* ? Eh bien, il y avait dans cette Chambre beaucoup de *Blifils*. Excitez une sagacité de votre connaissance à me donner de temps en temps, le plus souvent possible, le fin mot des nouvelles. Figurez-vous la rage d'un homme curieux (et qui ne le serait pas ?) qui se voit réduit à la *Quotidienne* et à la *Gazette de France*. Par leurs mensonges sur ce qui se passe à cinquante lieues de mon île, je juge de leur véracité sur Paris.

J'observe la nature humaine ; je m'amuse des faits qui n'ont d'autre mérite que d'être vrais ; n'étant pas *en même temps piquants*, ils ne valent rien pour la curiosité parisienne, j'allais dire française ; mais ils plairaient à Toulouse, Avignon, Béziers, où il y a de l'âme ; on n'y est pas constamment occupé du *voisin*.

[...] Dominique n'a rien de nouveau sur son destin futur, il vit à Trieste, où il s'ennuie assez ; mais il faut dire qu'il s'amuse et est enchanté de sa place. Il serait heureux d'en avoir une toute petite dans votre cœur ; voilà un compliment à la Rokebert ; je vous en ferais bien un meilleur ; mais il ne me vient pas.

Je voudrais que quand Besançon passera avec vous dans la rue Saint-Guillaume, il entrât chez M. Deville ou Delville. Là vous vous assiérez dans un fauteuil et quand vous y serez vous n'en voudrez plus sortir. M. Delville fait les fauteuils suivants les derrières. Malheureusement, je ne pourrais jamais sortir d'un fauteuil convenable pour vous, à supposer que j'eusse pu y entrer. M. Delville a fait un fauteuil pour Mme la baronne Apelle[1], Besançon le connaît bien ; il est dans la chambre à coucher de la dite baronne, lieu qu'il fréquente beaucoup, et Dieu sait avec quelles délices !

J'engage ledit Besançon à commander à M. Delville un fauteuil pour un personnage un peu plus conséquent que lui ; ce fauteuil recouvert de quelque étoffe solide, peu sujette à être salie. C'est à ce moment de la commission que je me jette à vos pieds, que j'aime toujours malgré votre injustice pour eux. Vous choisirez l'étoffe. Les chiens endormis, au milieu desquels je vis, seraient incapables de recouvrir le fauteuil admirable, si jamais ma sacrée transpiration le gâtait. M. Colomb n° 35 remettra cent cinquante francs à M. de Mareste, pour le prix de ce meuble. Le fauteuil commandé *a posta*, pour un homme gros, sera fait en mai ; alors M. Delville l'expédiera à Marseille, d'où un de mes navires me l'apportera à Trieste ou Civita-Vecchia. Je m'engage, Madame, à ne pas vous impliquer dans une autre commission pendant 1831.

On manque de tout ici, excepté de ce qui se mange, et de piqués anglais. [...]

Bien des amitiés à M. La ✠[1] et à Clara, si vous les voyez.

[...]

MEYNIER.

158. À ADOLPHE DE MARESTE

Corfou, les 26 et 27 janvier.
[Trieste,
les 26 et 27 février 1831.]

[...] Il fait *borra* deux fois la semaine et grand vent cinq fois[2]. J'appelle grand vent quand l'on est constamment occupé à tenir son chapeau, et borra quand on a peur de se casser le bras. J'ai été transporté l'autre jour pendant quatre pas. Un homme sage, l'an passé, se trouvant à un bout de cette ville toute petite, *a couché à l'auberge*, n'osant pas, à cause de la borra, aller chez lui ; il y a eu en 1830 vingt bras ou jambes cassés. Je m'en moquerais absolument, vu la bravoure que j'ai montrée contre les voleurs de Catalogne ; mais, Monsieur, le vent me donne mon rhumatisme dans les entrailles. Je n'ai pas eu deux jours absolument *sans douleur* depuis le 26 novembre.

Je reçois, en même temps que votre intéressante

lettre, une dépêche de mon maître ; pas plus de Civita-Vecchia que sur la main. *They have* voulu avoir *before* l'exequatur *of the Pape*[1]. Le séjour d'*Abeille* est abominable[2]. Il y a une grosse tour bâtie par le pape Barberin dont les armes, comme vous savez, sont cet insecte ailé qui, dérobant aux fleurs leurs parfums les plus doux, etc., etc. Donc l'air est abominable à Abeille ; mais, avec la permission d'habiter six mois la ville éternelle qui en voit de grises *to day* et avec douze mille francs et non pas dix, je serais content.

Je ne parlerai plus d'ennui, mais ce n'est pas là qu'est l'embarras. Rappelez-vous du mot du duc de Castries sur d'Alembert : « On ne parle que de ces gens-là qui n'ont pas mille écus de rente, etc. » Donc, toujours, l'homme au pouvoir fera semblant de croire qu'il y a quelqu'imprudence dans quelque ouvrage ignoré. M. Lamartine en convenait avec moi. Je me hâte d'ajouter, pour garder les avenues contre la critique, que je ne suis ni d'Alembert, ni Lamartine.

[…]

159. À MADAME VIRGINIE ANCELOT

Corfou, le 1er février.
[Trieste, le 1er mars 1831.]

Vos beaux yeux me rendent bien malheureux, en ne m'écrivant pas. « Toutes les femmes de mes amis, se reconnaissent dans ma dernière rapsodie. » Grand Dieu ! Est-ce que jamais j'ai monté à votre fenêtre par une échelle ? — Je l'ai souvent désiré sans doute, mais enfin, je vous en conjure devant Dieu, est-ce que j'ai jamais eu cette audace ? — On craint tout, on croit tout quand on bâille si loin de vous ; de grâce, dites-moi si vous êtes piquée comme Mathilde ou comme Rênal. J'espère que Saint-Germain-l'Auxerrois[1] vous aura fait une telle peur, que vous serez revenue aux sentiments naturels.

[...] On m'écrit de Paris qu'il faut, moi aussi, tromper et ne pas dire que je m'ennuie, et cela sous peine de passer pour un homme léger, jamais content de rien, etc., etc. Hélas ! je passerai tout simplement pour un homme pauvre. Sans doute, si mon père ne s'était pas ruiné, je serais ou à vos pieds ou dans la véritable Italie. Si vous voulez que je prenne en patience la raison continue des bons Allemands, au milieu desquels on m'a fait la faveur de me placer, écrivez-moi tous les mois. Envoyez votre lettre à M. Colomb, nº 35, rue Godot-de-Mauroy et dix jours après je serai heureux. Ne perdez pas de vue que je suis réduit à la lecture de notre amie la *Quotidienne* et de la *Gazette de France*. Celle-ci ne m'a semblé amusante qu'aujourd'hui ; il y a un article payé par mon libraire, qui dit que M. de Stendhal n'est pas un sot. Mais, est-ce qu'il y a encore quelqu'un à Paris qui s'occupe de lire ?

Avez-vous vu le *Napoléon* de l'Odéon[2]. J'avais prédit, en 1826, qu'un tel drame serait fait, et qu'avant dix ans il se trouverait une circonstance politique pour le jouer. — Et puis, on me refuse la qualité de bonne tête ! Ce grand malheur me vient du manque de gravité.

Imitez-moi, aimable amie ou charmante ennemie, parlez-moi de vous avec des détails infinis. Si j'avais pu, je vous aurais parlé de ce qui m'entoure, mais M. Ancelot vous expliquera comme quoi il n'y a pas moyen.

De quel parti êtes-vous, belle ennemie, dans le présent quart d'heure ? On dit que vous autres ultras vous faites semblant pour tout de raisonner juste ? Est-il possible ? Je profiterais de cette belle disposition, vous liriez dans mon cœur et vous verriez qu'il vous adore. Avez-vous eu une belle peur quand les ennemis de l'autel sont venus tâter celui de Saint-Roch ?

[...]

GAILLARD.

160. À ADOLPHE DE MARESTE

Corfou, le 1er février.
[Trieste, le 1er mars 1831.]

[...] Mon frère Dominique m'écrit une longue lettre ; il dit : « Je n'ai pas été surpris de tout l'événement de Saint-Germain-l'Auxerrois ; je m'y attendais depuis la stupide destitution de M. Pons de l'Hérault ; je condamnerais l'homme qui l'a proposée à *copier deux fois de sa main* la vie de Côme, duc de Toscane, celui qui conquit Sienne. Quoi ! dans le même mois, renvoyer le grand citoyen[1], destituer M. Pons de l'Hérault, et recevoir Sa Grandeur l'archevêque de Paris ! » — Holà ! Les gens qu'Apollinaire[2] voit chaque jour n'ont réellement de bon que la protection. Que votre envie s'apprête à rire !

Dominique ne serait nullement embarrassé d'être président du conseil des ministres. Savez-vous pourquoi ? — Il serait sincère et il a son plan fait d'avance ; il ne désire que la gloire. Il prendrait pour collègues MM. Odilon Barrot, de Tracy, Dunoyer, préfet de l'Allier, Pons, préfet de Paris, et il rendrait le grand citoyen à la garde nationale. Il présenterait une loi électorale en deux articles ; trois jours après, la Chambre ne l'adoptant pas, il la dissoudrait. Il porterait les *citiexer at two leagues of the frontier*[3].

Voulez-vous savoir d'où vient le malaise des gens raisonnables ? On vous fait payer un dîner, et puis on ne vous le donne pas. Avec votre budget extraordinaire, on vous fait payer la liberté, et puis *by fear of Europe*, on ne vous la donne pas. Rien de plus bête que ce goujon offert à un peuple souverainement méfiant, et méfiant à bon titre, car depuis 1814, libéraux comme ultras, tout le monde a impudemment menti à la tribune. Vous faites payer un budget extraordinaire, et en Belgique, vous vous couvrez de farine, et vous arrêtez MM. Blanqui, Plocque et Cie, quand l'alibi est prouvé, clair comme le jour, en 24 heures ; vous souffrez que mon ami Félix Faure insulte pendant 15 jours de suite tout ce qui pense et a vingt-cinq ans.

Mais, me direz-vous, il plaît aux hommes qui rentrent chez eux pour prendre des chaussons de laine, quand le temps se met au froid. — D'accord. — Ces gens sont les plus riches. — D'accord. — Les plus nombreux. — Peut-être, etc. Mais ils toussent au lieu de parler ; ils rentrent chez eux dès qu'il y a tapage dans la rue. Moi, Président du Conseil, je regarderais ces gens-là comme des mineurs sous tutelle. Je ne ferais rien d'injuste à leur égard ; mais je ne m'occuperais pas plus de leurs paroles, de leurs gémissements que des beaux discours prononcés dans Charenton sous la direction de notre ami Pothey.

Les gens au pouvoir haïssent les gens qui impriment. Si vous voulez oublier cette maxime si sage, vous verrez dans le *Commentaire de l'esprit des Lois*, par mon ami M. Destutt, que la richesse se protège assez elle-même, excepté quand il y a tapage dans la rue.

Ma loi électorale qui empêcherait d'avoir la ✠, si Apollinaire la connaissait, dit : Tout Français payant cent cinquante fr. et âgé de vingt-cinq ans élit sept cent cinquante députés, pris parmi les Français âgés de vingt-cinq ans et payant cent cinquante francs. Les pairs sont nommés à vie par le *King*, parmi les dix mille Français les plus riches ; ils sont trois cents. Plus, chaque département en nomme un pour dix ans. Les négociants de Bordeaux, Lyon, Marseille, nomment, en outre, douze députés spéciaux. Les intellectuels, si odieux à M. Humblot-Conté, nomment de même douze députés. Les six plus anciens capitaines d'infanterie, les six plus anciens lieutenants, les six plus anciens sous-lieutenants, les trois plus anciens colonels, les trois plus anciens chefs de bataillon, le plus ancien général de division sont de droit membres de la Chambre des députés. Ceci évite les dissolutions à main armée, pratiquées par feu Cromwell, par feu Napoléon, tentées au Jeu-de-Paume, etc.

Mes douze maires de Paris librement élus, je serais insolent, et, à la première occasion, ferais guillotiner, après de bons jugements bien réguliers, tout homme qui aurait *réellement* tenté de renverser l'ordre. Savez-vous pourquoi je serais ferme ? C'est que je veux être pendu si j'ai une arrière-pensée. J'aurais donné, dans un journal, en arrivant au ministère, l'état de ma fortune, j'aurais promis de ne jamais porter de croix.

Tous les *Kings of England* ont toujours trahi les ministères whigs. De là la vanterie de M. Zotgui[1] qu'un ministère whig ne dure jamais plus d'un an en Angleterre. — Je n'ai pas d'écritoire commode ; j'ai froid. *I don't write* le Journal *of my life*. Gardez-moi le chiffon actuel, ou mieux donnez-le à Mme Azur qui a beaucoup d'ordre et peu de papiers.

M. Thouvenel m'a volé mon idée : 2 + 2 = 5 ; 2 + 2 = 4. Le milieu arrive et dit : 2 + 2 = 4 ½ et cela à la barbe de MM. Blanqui, Plocque et Cie, injustement mis à l'ombre pendant 3 semaines, à la barbe de M. Pons de l'Hérault. Entre oui et non, il n'y a de milieu que le cul par terre. *All this make me thoughtful upon a letter from the count de...*[1]. La caque sent toujours le hareng. Il suffirait d'être de bonne foi. La seule chose impossible en France après, je le répète, 16 ans d'hypocrisie des deux côtés, c'est de tromper sur le fond du cœur. De là, l'amour *for* Dupont de l'Eure et le *great* citoyen. Vous ne les aimez pas, vous, M. le baron de Montfleury, et cependant vous ne direz pas que ce sont des gens à *seconda fine,* à but secret. Ils désirent la gloire et 6000 fr. de rente pour manger. Sous ce rapport, Dominique est comme eux. Être réimprimé en 1900 ; 6000 fr. à Lutèce ; loin de Lutèce, 15000 et la ✠. Plus, si l'on veut être généreux, le secret de bander *à jour fixe,* 3 fois par an. Je fais la cour à une femme ; quand je vois approcher le moment de mon bonheur, je commence à avoir peur de n'être prêt qu'à la seconde réception. À la 3e, je suis passable.

161. AU COMTE D'ARGOUT

Trieste, le 17 mars 1831.

Monsieur et cher ami,

Le 5 mars dernier, j'ai perdu le tiers de mon petit avoir, j'ai été nommé consul à Civita-Vecchia. Pourriez-vous écrire à M. de Sainte-Aulaire, pour qu'il *ne me fasse pas de mal*.

Vous savez, Monsieur, qu'un jour, M. Guizot, était fort bien pour moi, deux jours après il était indifférent, vingt-quatre heures plus tard hostile.

Donc j'ai *un ennemi* dans la société doctrinaire. On a toujours permis au consul de Civita-Vecchia d'avoir un pied à terre à Rome. La tempête me poussa en

1817, à Civita-Vecchia. Cela est un peu plus grand que Saint-Cloud et la fièvre y règne deux mois de l'année. Il n'y a que 14 lieues de ce beau port de mer à Rome. Aussitôt l'arrivée à Trieste de M. Levasseur, mon successeur, je partirai pour Rome. M. le comte Sébastiani m'annonce qu'il envoie mon brevet à l'ambassadeur du roi, à Rome, avec prière de me le transmettre directement à Civita-Vecchia, aussitôt qu'il aura été revêtu de l'exequatur du gouvernement pontifical.

Si nous pouvons obtenir que M. de Sainte-Aulaire ne me fasse pas de mal, ce sera un grand point. Au bout de quelques mois, nous pouvons avoir un chargé d'affaires non doctrinaire, non hostile à mon chétif individu. M. de Latour-Maubourg, par exemple, eût été excellent pour moi ; il n'est point écrivain et écrivain dans le genre emphatique.

Je vous remercie sincèrement de ce que vous avez fait pour la ✠. Je vous demande votre bienveillance auprès du successeur, qui peut-être ne tiendra pas au *Globe*, dont j'ai eu le tort de me moquer.

Je lis vos œuvres avec grand plaisir dans le *Moniteur*.

Je vous félicite de la croix donnée à ce pauvre diable de Corréard et autres naufragés[1].

Agréez mes remerciements et mes respects.

H. BEYLE.

162. À MADAME ALBERTHE DE RUBEMPRÉ

Corfou, le 19 février 1831.
[Trieste, le 19 mars 1831.]

Je ne crois pas être tout ce que vous dites, chère amie. Je ne désire pas tant la croix. Il viendra un jour où je voudrais ne pas l'avoir ; mais je ne sais pas si je serai en France quand votre sagesse nous aura donné la publiqueré[1].

Il y a trois jours j'ai reçu une lettre dans le genre de la vôtre et pire encore, car, vu que Julien est un coquin et que c'est mon portrait, on se brouille avec moi. Du temps de l'Empereur, Julien eût été un fort honnête homme ; j'ai vécu du temps de l'Empereur ; donc... Mais qu'importe ? si j'étais un beau jeune homme blond avec cet air mélancolique qui promet les plaisirs à la mode, mon autre amie ne m'aurait pas jugé si coquin.

Nous sommes vingt ici. Le consul de France est le second ou le premier dans les cérémonies. La cérémonie est tout chez ces peuples, comme une femme n'est estimée *jolie* qu'autant qu'elle a une robe *neuve* à chaque bal. Mais cinq à six consuls ont des croix ; mon prédécesseur et son prédécesseur l'avaient ; donc il faut la demander. Je la mérite à cause de Berlin, Vienne, Moscou. L'Empereur ne l'aurait pas donnée pour cela ; mais tous les nigauds à qui on l'a donnée depuis n'ont pas vu Moscou. Sans l'envie, je vous dirais qu'au retour de Moscou, à Bobr, je crois, M. Daru m'a remercié au nom de l'Empereur, M. de Pastoret y était et M. Labiche, maintenant chef de division chez M. de Montalivet. Celui-ci est honnête homme, et le dira, s'il s'en souvient ; car alors tout le monde était pâle et songeait à soi ouvertement. Voilà, chère amie, ma pensée sur la croix, et je l'aurai d'ici à deux ans, si elle n'est pas supprimée, au premier ministre de l'Intérieur homme d'esprit. Si votre vanité est blessée par la mienne, je ne porterai pas cette future croix en France.

La ressource de l'envie quand un auteur peint un caractère énergique et, par conséquent, un peu coquin, c'est de dire : L'auteur s'est peint. Quelle réponse voulez-vous faire à cela? Un homme se voit d'en dedans (comme on voit le Géorama de la rue de la Paix) et non pas d'en dehors.

Le plaisir actuel l'emporte sur tout chez moi. Si j'étais Julien, j'aurais fait quatre visites par mois au *Globe*, ou je serais allé, avec suite, chez M. le marquis de Pastoret. Répondez à cela, femme envieuse! Je ne suis pas allé une seule fois au Luxembourg pendant que M. de Pastoret était chancelier. Or M. Dacier, de la Bibliothèque, m'avait fait entendre clairement qu'il se laisserait forcer la main par M. de Pastoret.

Julien eût tiré parti de tout cela, et encore plus au salon de Mme Aubernon et de l'amitié de M. Béranger. En supposant un ministre raisonnable comme l'actuel, sous le règne de Charles X, tôt ou tard M. Béranger devait être à la tête de la littérature. Clara Gazul vous dira que j'ai négligé même le *grand citoyen*, et bien à tort; car cette famille a été héroïque pour moi. Au fait, je dois tout à Fiore et à Mme de Tracy. Et vous voyez qu'un ancien ami ou connaissance comme Apollinaire va quitter la boutique sans m'avoir donné un petit morceau de son bonheur. Vous croyez que je crois que le *Rouge* a réussi, et vous voulez me punir, mais dans l'énergie de la punition je vois la grande idée que vous avez du succès.

Voyez nos peintres, Gérard, Gros, etc.; on les vante. Vingt ans après leur mort on ne les trouvera pas égaux aux Bonifacio, aux Palma Vecchio, aux Maratte, aux Pordenone, etc., aux peintres du troisième ordre de l'heureuse Italie[1]. Ceci est dit pour vous calmer, et, en même temps, rien de plus vrai. Je suppose, ce que j'ignore ne lisant aucun journal, sauf la *Quotidienne* et la *Gazette de France*, je suppose, dis-je, que *le Rouge et le Noir* ait du succès; dans vingt ans les libraires et le public ne l'estimeront pas autant que *la Religieuse portugaise*, *Jacques le fataliste*, *Marianne*, etc., etc. Si vous êtes encore montée, vous croirez que je mens. Comment diable voulez-vous que je vous prouve que je ne mens pas ? — Jusqu'ici voilà trois femmes qui m'écrivent des horreurs à cause de Julien, et des femmes dont l'une a une tendre amitié pour moi. Ne me croyez donc pas si fier du succès. Ensuite, croyez que je désire la croix ; mais, si, au lieu de croix, vous voulez m'employer à Naples ou à Gênes, je serai bien plus content. Si vous voulez augmenter ma joie, faites qu'un pays de bon sens comme New-York ait l'esprit et le climat de l'Italie, ses arts, ses ruines ; envoyez-moi là et regardez-moi comme un cuistre si jamais je vous demande la ✠.

Vous savez que je suis envoyé à Civita-Vecchia ; mais comment y aller ? Les révoltés ont coupé les routes à Spolette et Perugia. Autour des armées des deux partis, il y a des bandes de voleurs qui tiennent la campagne. Je vais probablement aller passer à Gênes et là m'embarquer pour Rome. Au diable les révoltés ! — Oubliez votre colère ; dans six mois personne ne parlera du *Rouge*, et je vous ferai un aveu ; c'est que jamais je ne suis allé en Russie ; c'était mon frère Henri Marc, dont j'ai pris les papiers, ce qui pouvait aller, parce que je m'appelle Marie-Henri, mêmes initiales.

Mille tendresses à MM. Dela ✠[1] Schnetz. Priez M. Schnetz de m'indiquer son appartement à Rome. Vous avez bien raison ; c'est Besançon qui peut engager Apollinaire à m'être utile. Les lettres doivent ennuyer Apollinaire.

163. À MADEMOISELLE SOPHIE DUVAUCEL

28 avril 1831.

Mademoiselle,

Votre lettre me fait le plus grand plaisir. Je reviens de Saint-Pierre où il y avait une fête. Ma paresse me l'a fait manquer. J'ai trouvé le pavé de marbre de l'église jonché de fleurs et de feuilles de laurier. Ces feuilles un peu meurtries répandaient l'odeur la plus suave, point trop forte, ce qui convient à mes nerfs de jolie femme. Mon âme était bien disposée. Votre lettre a paru comme un jour doux destiné à frapper des yeux délicats. Dans mes jours de patriotisme ardent, elle m'eût indigné. Je méprise sincèrement, et sans haine, la plupart des gens que vous estimez. Pour se mêler d'affaires publiques, il faut de l'expérience. Peut-être M. Dejean[1] ou tout autre jeune homme nommé préfet par M. Guizot, sera-t-il un homme habile en 1840. Mais rappelez-vous que l'œil du public voit nettement et clairement au bout de six mois ce qui se passe dans le cœur de tout homme qui reçoit plus de 20 000 fr. du budget et le rôle de Pénélope est dangereux. *See* Louis XVI. Mais parlons de fadaises.

Vous avez vu quelques très jeunes gens faire de grandes fortunes. Soyez convaincue que quelles que soient les phrases et les apparences, pendant deux ou trois mois de leur vie, ils ont été comme Julien. De 1806 à 1813, j'ai été à peu près aide de camp de M. le comte Daru. Il était très puissant à Berlin en 1806, 7, 8, à Vienne en 1809. J'étais dans une sorte de faveur à Saint-Cloud en 1811. Je vous assure que personne n'a fait une grande fortune sans être Julien. La forme de notre civilisation exclut les grands mouvements, tout ce qui ressemble à la passion. De là, le rôle pitoyable des femmes. La société actuelle ne les emploie que comme intrigantes. Voyez Mmes Récamier, Toretpas, Fortrum[1].

Il faut pour avancer être doux, humble, faire vingt visites en bas de soie par semaine. Un jour que le protecteur s'ennuiera, un jour de pluie à Saint-Cloud, au mois d'octobre, un trait de bassesse bien placé vous vaudra une préfecture. Je méprise les charges. Julien n'est pas si futé qu'il vous le paraît. Le jeune homme de dix-huit ans est *niais* à Paris. Il songe toujours au modèle à imiter. Et quelquefois il y a quatre règles contradictoires sur la façon dont il faut tirer son mouchoir de sa poche chez une duchesse. Cette perplexité au moment où il s'agit de choisir entre des règles contradictoires, aidée par les trois changements de tenue par 24 heures, qui ont lieu à Paris est cause de la *niaiserie*. Nos jeunes paysans du Dauphiné savent très bien suivre leur intérêt.

J'aime à discuter sur le cœur humain, chose difficile avec les Françaises, qui presque toujours mentent pour se conformer à la règle 1451 qui régit leur conduite ou à la règle 8600. Votre lettre est infiniment plus sincère qu'aucune que vous m'ayez écrite. Elle ne blâme pas assez le roman en question. Vous avez adouci. Il fallait m'écrire le premier jour. Il y avait à Venise un homme qui, pour aimer sa femme, avait besoin qu'elle lui donnât des soufflets. Je suis cet homme. Rien ne m'ennuie comme le compliment. Si j'en avais 10000 comme cela, pensé-je, on me fait baron et académicien. Mais que faire d'un fagot ou deux ? Cela ne suffit pas pour chauffer le four. Soyez donc, je vous en supplie, Mademoiselle, ultra-sincère avec moi ; plus le soufflet sera fort, plus je sentirai la vie. Mme Azur me croit l'original de Julien parce que pour être nommé Inspecteur du Mobilier, le général Duroc qui m'aimait (par parenthèse à cause de ma sincérité) voyant : *fils de noble chevalier Beyle* dans mon extrait de baptême, me donna le *De* Beyle dans le projet de décret qui fut signé le 11 août 1810. Alors commença pour moi l'époque du plus grand bonheur.

Pour en revenir, la lettre de Mme Azur qui m'accable des plus grands mépris, a fait toute ma joie pendant un voyage que j'ai fait à Capo d'Istria et j'y songe encore après un mois. Si j'avais voulu faire le Julien dans le salon de M. Aubernon, chez M. Pastoret que je ne suis jamais allé voir au Luxembourg, chez M. de Fayettela[1], etc., etc., je serais tout au moins préfet de Guéret. Mais je serais destitué, car certainement j'aurais administré comme M. Pons de l'Hérault, préfet du Jura. Gardez cette ligne pour vous. Elle me porterait dommage dans ma retraite. De 15 000 je suis tombé à 10 000. Si je tombais plus bas, il n'y aurait pas moyen de vivre avec la dignité nécessaire. Ici, je veux dire au midi des Apennins, le public n'est dupe d'aucune affectation. Vous avez beau vous étaler avec une noble négligence sur quatre chaises à la promenade, la canaille ne vous estime qu'au prorata de la dépense que vous faites. Nous avons pour ennemis les libéraux depuis Bologne[2], les ultras depuis 1789. Le rôle d'un agent français est difficile, très difficile. Il faudrait en avoir moins et les mieux payer. Autrement je me renfermerai dans une nullité complète comme mon prédécesseur, qui s'est mis cependant à danser dans l'unique café de ma ville en apprenant la nouvelle des ordonnances du 25 juillet. J'ai passé cinq jours à Florence sans trouver le temps de monter à la Galerie ou d'aller au Palais Pitti. J'ai cherché la vérité, j'ai écrit quatre dépêches à mon ministre. Celle qui décrit ce qui a failli se passer à Florence vous amuserait. Comme vous êtes Française, il faut ici placer une petite batterie contre le ridicule, donc… vous amuserait, non certes à cause du talent du narrateur, mais par le caractère plaisant des acteurs. Ma dépêche étant sincère aura déplu. Je me le disais en l'écrivant. Mais par le plus grand des hasards, il peut se trouver un homme de mérite, un Mérimée, dans les bureaux, et je serai bien aise qu'il se dise : « Celui-là n'est pas si niais que les autres. » À seize ans, mon père m'a donné 150 fr. par mois pour venir me faire recevoir à l'École Polytechnique. Or cela se passait en 1799. Les nigauds à demi hypocrites que vous estimez vous mènent tout droit à la Grande Colère du Père Duchêne[1]. Le tigre se réveillera pour repousser l'étranger qui nous méprise et nous donnera tant de soufflets qu'il faudra finir par où il fallait commencer. L'opération n'eût pas duré plus de six mois. Dans l'état actuel du malade, elle durera trois ans. Je vous offre refuge dans une forêt à trois lieues de mon endroit. Ceci est sérieux. Faute de bonne foi, vous êtes flambés. Comprenez-vous l'admirable finesse de mon langage ? Rien de mieux établi que notre correspondance. Rien ne se perd. Daignez donc m'écrire plus souvent. Mes respects à M. et Mme Cuvier et à Mme Martial. Dites à tous les niais que je suis devenu très grave, très profond, très digne du *docto corpore* où je suis[2]. Au fond quelques phrases plus ou moins piquantes me coûtent 5 000 fr. C'était tout le *superflu*, chose si nécessaire. Ce malheur doit m'ôter la colère et l'envie des sots. Au reste j'ai pitié d'eux ; ils vont avoir une belle venette d'ici à quelques mois. Voulez-vous le remède ?

Recipe : Sincérité et bonne foi.

F. DE MARTIN.

164. À ADOLPHE DE MARESTE

Naples, 11 avril
[Civita-Vecchia,
le 11 mai 1831[1].]

Je vous écris uniquement pour vous donner signe de vie, et d'une mauvaise vie. Le 26 avril, en sortant du plus bel appartement du monde, palazzo Colonna, où j'avais dîné avec Raceo, *his wife, father and daughter*[2] (tout cela m'avait enflammé sans doute), j'ai trouvé, dans la rue, qui ? la *tramontana*, laquelle m'a donné un rhume abominable qui dure encore aujourd'hui. En même temps, la tramontana me vola ma bourse avec douze napoléons ; quel bonheur que cela ne me soit pas arrivé à mes autres voyages ! — Tout cela n'était rien ; j'ai voulu prendre de l'eau de sureau chaude, pour transpirer ; j'oubliais que l'eau chaude, le soir, me donne cette fameuse névralgie dans le ventre, qui me fait jurer. Elle est venue, la coquine, cependant pas jusqu'au jurement, mais bien forte pourtant pendant quatre jours.

Si forte, que je n'étais séparé que par une petite porte mal fermée, de la plus jolie femme de ce pays. Je l'ai entendue crier toutes les nuits ; c'était pour une espèce de névralgie, mais agréable. Elle jette de petits cris, par intervalles, pendant trois quarts d'heure ; elle n'est mariée que depuis deux mois. — Une chose a coupé court à mon imagination : La chaise percée est à côté du lit. Le premier jour j'ai entendu son mari qui se déshabillait avec elle faire une pétarade abominable sur cette chaise percée. Ils sont fort pauvres ; il y a sept orphelins ; tout cela rit si fort, que j'en suis étourdi, mais cependant heureux.

Malgré les quatorze pour cent de retenue, je me ruine. Demain la fête au pays me coûtera vingt-cinq francs d'illumination. Un homme comme moi, ou plutôt comme mon habit, doit mettre des torches et non des lampions. Un homme comme moi ne peut loger que sur la grande place, dans un appartement provisoire, à six fr. cinquante c. par jour. En Toscane, on peut encore économiser, mais parmi ces barbares africains-ci, on n'estime que la dépense, et la dépense *actuelle*.

[...]

165. À MADAME CUVIER

Civita-Vecchia,
25 décembre 1831.

Madame,

Si l'Europe avait eu à nommer un pair, elle aurait nommé M. Cuvier[1]. En mon particulier, j'aurais donné ma voix, non pas seulement par admiration, mais par reconnaissance. Je me rappelle les lettres qu'il a eu la bonté de signer, lorsqu'il était question de Bibliothèques. J'ai parlé beaucoup des *samedis* avec M. Ampère dont l'esprit vif et français nous a apporté la France. Je passe ma vie à faire le pédant avec M. de Jussieu. Je ne lui permets pas d'admirer Rome comme le vulgaire, je veux qu'il l'admire exactement comme moi. Vous me trouverez imprudent, Madame, de parler aussi librement de Rome. Ma gravité, ma maturité a sous ses ordres treize vice-consuls ou agents consulaires qui font briller le nom français à Rimini, Ravenne, Pesaro, Ancône, Terracine, Fermo et bien d'autres endroits encore, dont Rome est comme le centre. De façon que, pendant quelques jours par mois, je me tiens au centre. Dès qu'il fait chaud, la peur de la fièvre m'attache au rivage, et, comme Louis XIV, je me plains de ma grandeur. Elle n'est pas fort amusante, ma grandeur! Heureux les habitués des samedis[1] ! C'est du fond du cœur que je leur souhaite pour je ne sais combien d'années la continuation de l'état présent. Aurez-vous la bonté, Madame, de me rappeler au souvenir de M. votre fils et de sa jolie femme ? J'ai profité des sages avis de Mlle Sophie ; je me fais plat, j'écris peu ou point. Je suis fort bien avec mon chef. Je compte, un de ces jours, décrire toutes mes vertus, toutes mes prudences à Mlle Sophie. J'espère ainsi être oublié de mes amis. Mais, Madame, vous qui ne me voulez mal qu'au fond du cœur et qui ne le dites pas en public, je vous prie de ne pas m'oublier et de dire, si jamais mon nom a l'honneur d'être prononcé devant vous, « que je deviens lourd et pédant, par l'effet de l'âge ». Tout mon but est d'être moral comme un sous-chef de bureau. Si Mlle Sophie et vous, Madame, avez la bonté de répéter seulement deux fois par mois les deux lignes précédentes que j'ai marquées avec des guillemets, je serai heureux. Je fais des fouilles à Corneto, à trois lieues de chez moi. J'y ai mené M. Ampère. Je ne m'occupe plus que de vases étrusques et je deviens sévère et brusque comme M. de Caylus. Daignez, Madame, présenter mes respects à M. Cuvier et agréer l'hommage de mon dévouement.

H. BEYLE.

166. À DOMENICO FIORE

Naples, le 14 janvier 1832.

Cher ami, je vous écris de la Speranzella. Comprenez-vous ? La Speranzella, derrière Toledo, à laquelle on monte par la Trinita degli Spagnuoli. Je pense sans cesse à vous depuis que je suis ici, ce qui fait que je vous écris sans avoir rien à vous dire.

L'image ci-jointe est la cause de ma venue ; figurez-vous une lave de huit à dix pieds de large qui sort exactement du bord du ci-devant cratère (lequel est plein, ce qui annonce une grande *irruption*, disent les Vésuvistes). Cette lave fait deux toises par minute ; son cours a six ou sept cents toises. Si elle continuait toujours de la même ardeur, elle menacerait *Resina*, mais elle se calme tous les jours. Hier donc, à deux heures, je suis arrivé à la source de la lave et y suis resté tout ébaubi d'admiration, jusqu'à deux heures de nuit. Il y avait là, pour commencer par rang d'utilité, un polisson qui vendait du vin et des pommes, qu'il faisait cuire sur le bord de la lave. Ce polisson a fait mon bonheur. Il y avait le Prince Charles, celui que l'on dit fils d'un Anglais, parce qu'il est moins énormément rond que le *King* et ses autres frères. Il faisait imprimer des morceaux de lave comme on imprime des oublies, avec des moules de bois, et à tout moment les moules prenaient feu. On aurait pu faire de très beaux bustes colossaux avec cette lave. Cela coûterait le prix du moule en bois ou en plâtre, et les bustes seraient éternels. Les chambellans du prince empêchaient les curieux de rester à l'endroit vers lequel son Altesse Royale roulait ses pas impérieux. Rien de plus ridicule qu'un chambellan à cette hauteur. Le prince changeant de place à tout moment, j'ai bravé le chambellan, sans y songer, et le prince a été très honnête pour les Français. J'étais là avec M. de Jussieu, de l'Institut, mon ami ; c'est un esprit fin et dégoûté de tout comme Fontenelle ; il me tient pour fou.

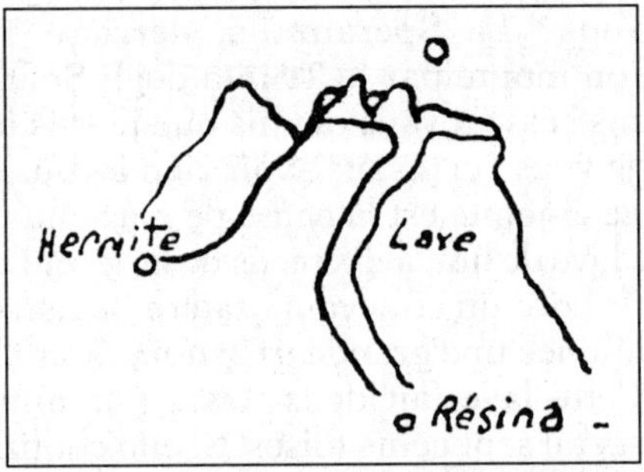

Hermite. Lave. Resina.

Sur le cratère il y a un petit pain de sucre, qui jette des pierres rouges toutes les cinq minutes. M. de Jussieu a voulu y aller et s'est joliment écorché les mains et les chevilles en parcourant une plaine composée de filigranes de lave qui se brisent sous les pieds. La montée est abominable ; c'est mille pieds de cendre, avec une pente de quarante-cinq degrés, tout juste. Sans cesse le pied sur lequel on s'appuie pour monter recule. Dans ma colère, j'ai fait cinq ou six plans pour rendre ce chemin commode avec mille écus. Par exemple, des troncs de sapin mis au bout les uns des autres et un fauteuil glissant sur ce plan incliné et remorqué, comme aux montagnes russes, par une petite machine à vapeur. Le roi de Naples acquerrait un nom européen avec cette belle invention.

[...] J'avais deux projets : être prudent et écrire lisiblement. En vérité, parlant à vous, je ne puis. Cette lettre attendra le bateau à vapeur. J'ai passé six heures au charmant bal de M. de Latour-Maubourg[1], où le roi[2] était, et je vous assure le moins fat, le moins affecté de tous les porteurs d'uniformes qui se trouvaient là. Il a fait ma conquête. Il ne marche pas, il *roule*, comme Louis XVI, dit-on. Avec cela et garni d'énormes éperons, il veut danser. Mais qui n'a pas des prétentions ? Celles du King ne s'étendent pas au delà de danser, comme vous allez voir.

Il avait engagé Mlle de La Ferronays[3], la cadette, qui rougissait jusqu'aux épaules de danser avec un roi. Ces épaules étaient à deux pieds de mes yeux. Le roi a dit : « Ah ! mon Dieu, Mademoiselle, je vous ai engagée, croyant que c'était une contre-danse, et c'est une galope ; je ne sais pas cette danse. — J'ai dansé bien rarement la galope », a dit la demoiselle, prononçant à peine. Ils avaient l'air fort embarrassés. Enfin le roi a dit : « Voilà le premier couple qui est parti qui ne s'en tire pas trop bien, espérons que nous ne nous en tirerons pas plus mal », et le bon sire s'est mis à sauter ; il est fort gros, fort grand, fort timide ; vous jugez comment il s'en est tiré. Ses éperons, surtout, le gênaient horriblement.

Cela est vrai dans tous les sens ; il se ruine pour son armée. Il a huit mille Suisses qui font peur à l'armée et l'armée fait peur aux citoyens. Figurez-vous qu'un colonel suisse (souvent marchand drapier ou épicier ruiné à Fribourg) reçoit à Naples six mille ducats, plus le tour du bâton sur l'habillement et les rations. J'ai écrit quatre pages sur l'état actuel politique ; elles vous ennuieraient. Ce qui est incroyable, incompréhensible, contradictoire avec les mœurs du XIXe siècle, c'est qu'on prétend que ce grand jeune homme, qui a le derrière si gros, a de la *fermeté*. Je ne veux pas dire de la bravoure, chose si inutile à un roi ; il a la force d'avoir une volonté et d'y tenir. Si cela se confirme, c'est mon héros. Commençant ainsi à vingt-deux ans, il sera roi d'Europe à cinquante. On le dit peu puissant, ce qui ne l'empêche pas de parler constamment à une Anglaise à la mine pointue ; le mari, véritable aristocrate, est ravi. Pour combler sa joie, le prince Charles fait la cour à la sœur de sa femme. Ce prince Charles est un fat sans figure, comme le prince héréditaire de Bavière, qui vient en Italie se former le cœur et l'esprit, est un fat avec figure.

M. de Latour-Maubourg a fait ma conquête ; c'est un homme raisonnable, chose bien rare dans ce métier, je vous le jure. Avez-vous lu une note de M. Chateaubriand dans ses *Discours historiques*[1] ? Mettez quatre dièzes à ce qu'il révèle et vous n'y serez pas encore. On ne vit qu'avec les *ultras* d'un pays qui, encore, pour vous faire la cour, vous cachent, ou s'abstiennent de parler devant vous de tout ce qui peut vous choquer. Dominique en sait plus au bout de deux jours, en parlant à ses négociants, que ces beaux messieurs qui sont ici depuis deux ans. Leur ignorance est au point de ne pas distinguer les uniformes ; ils prennent un chambellan pour un maréchal de camp.

Mme la princesse ou duchesse Tricasi passe à Naples pour la plus jolie. Toutes ces dames sont duchesses. Mme Tricasi a l'air piqué d'une beauté française qui ne fait pas assez d'effet (la physionomie de Mme de Marcellus-Forbin, si vous voulez). Je préfère Mme la duchesse de Fondi. Mme la princesse Scatella ou Catella, mariée depuis cinq ans, n'a pas encore d'amant ; c'est une rare beauté qui ressemble à une figure de cire. Quant à moi, je préfère à tout une marquise sicilienne, blonde, vraie figure normande, dont personne n'a pu me dire le nom. J'ai revu tout cela à deux bals du Casino des nobles, via Toledo, vis-à-vis le palais du prince Dentice. La duchesse Corsi est leste, vive, alerte comme une Française : la sublime… a l'air de Mlle Mars, il y a trente ans, dans *Araminte*[1]. Mlle de la Ferronays, l'aînée, ressemble à M. de Chateaubriand ; on lui donne beaucoup d'esprit, du génie. Ce n'est peut-être que l'*étiquette* faite demoiselle. En dansant, et elle danse beaucoup, elle a l'air d'accomplir un devoir de diplomatie.

La société à Naples fait *masse*. Ce n'est pas comme à Rome, où la broderie a l'air d'emporter l'étoffe, où les étrangers ont l'air de faire le monde, dans lequel quelques Romains apparaissent par-ci par-là. Il y a ici quatre-vingts femmes dont je puis vous copier les noms dans mon journal et que l'on trouve partout. Souvent leur amant ne leur parle pas dans le monde. Napoléon a réformé les mœurs ici comme à Milan. On ne cite plus, comme ayant plusieurs amants à la fois, que des dames qui ont passé leur jeunesse en Sicile, pendant que Napoléon civilisait l'Italie. La tristesse protestante qui infecte Paris se fait sentir ici dans la société Acton[2], que je n'ai point vue. Naples est plus remuant et plus criard que jamais. Le contraste est épouvantable entre Toledo plus vivant que la rue Vivienne (car ici on ne *passe* pas, on *demeure* dans la rue), et la sombre Rome.

La mosaïque découverte il y a deux mois à Pompéi est réellement ce qu'on a trouvé de plus beau en peinture antique. C'est un objet d'art presque au niveau de l'*Apollon*, non pour la beauté, mais pour la curiosité. C'est une bataille[3] ; un roi barbare sur son char va être pris par des guerriers portant casques et piques. Un barbare se fait tuer pour sauver son roi, lequel roi, sur son char, a une mine des plus effarées. Ces personnages sont à peu près de grandeur naturelle. On empêche de dessiner et même d'écrire devant ce chef-d'œuvre.

[...] Un paysan faisait un trou à Misène ; avant-hier il a trouvé deux têtes de marbre, que j'ai achetées ;

j'ai gagné à cette loterie. J'avais reconnu les beaux yeux de Tibère. Croiriez-vous que ce coquin est fort rare ? Il a cependant régné vingt-deux ans, je crois, et sur cent vingt millions de *sujets*. Enfin, mon buste vient, pour le mérite, immédiatement après les chefs-d'œuvre ; il me coûte quatre piastres, et on l'estime cent au moins. L'un des meilleurs sculpteurs de Rome, mon ami intime (il aime le *beau*, comme moi, avec passion, folie, bêtise), M. Fogelberg s'occupe à faire un nez à mon buste[1]. Si je crève, la circonstance *unique* de ma mort, me donnant de l'audace, vous recevrez ce buste *sans frais* et le ferez arriver chez M. Dijon[2].

Avez-vous eu votre liberté au 1er janvier ? C'est une grande épreuve ; nous le sentîmes tous en 1814. Comment vous en tirez-vous ? Dictez-vous à une jeune femme de chambre l'histoire sincère de votre vie de *Paglietta*[3], à Naples ? Plus, votre conspiration pour livrer le port de Naples aux Anglais, de concert avec Mme de Belmonte ; plus, la vente des boutons avec l'empreinte de Saint-Pierre ; plus, l'arrivée à Genlis avec dix-huit sous, et enfin la délicieuse histoire des présents de *confitures*.

Je m'amuse à écrire les jolis moments de ma vie[4], ensuite je ferai probablement comme avec un plat de cerises, j'écrirai aussi les mauvais moments, les torts que j'ai eus et ce malheur que j'ai eu de déplaire toujours aux personnes auxquelles je voulais trop plaire, comme il vient de m'arriver à Naples, avec Mme des Joberts (née à Bruxelles). Bien entendu, je ne songeais pas à l'amour : ses yeux étaient doux et me plaisaient, et le contour du profil ressemblait à Mme de Castellane. Hélas ! comme auprès de la Giuditta[5], j'ai vu un président Pellot m'enlever toutes les préférences. Ne dites pas mon voyage à ces chers amis, qui me font rayer des listes de la croix. Je pense qu'en invoquant l'oubli la petite jalousie s'éteindra. Dites : Il devient vieux, il se rouille. Ne sortez pas de là.

Savez-vous mon chagrin réel : comment lirez-vous cette lettre ? Combien faudra-t-il de bésicles ? Enfin, lisez un peu tous les dimanches, quand vous n'aurez rien à faire. On se fiche de nous de la façon la plus plaisante ; mais *semper benedicere dei Domini Priori*[1].

Croyez que je vous suis tendrement attaché.

A.-L. FÉBURIER.

167. À ADOLPHE DE MARESTE

Civita-Vecchia, le 11 juin 1832.

J'ai reçu votre lettre du 28 avril. J'ai écrit plusieurs fois l'année passée à vous, à Lolot, à ce pauvre Lambert, à de Barral ; pas de réponse. Je croyais que vous, en particulier, la correspondance vous ennuyait ; rien de plus naturel : deux hommes de cinquante ans se sont tout dit sur tout ; ils ne désirent pas les mêmes choses en politique ; de là, ennui d'écrire. Rien de plus raisonnable et de moins offensant : c'est l'approche de la vieillesse, la sensibilité se retire.

En réponse à votre lettre du 28 avril, j'avais écrit une page que je viens de déchirer. — Pour me réduire aux choses personnelles : je commence à faire mon nid, je ne pense pas plus à Paris qu'à Babylone. — Kolon[2] m'écrit le 23 mai que mon neveu sera envoyé non chez Jacques le Songeur, mais chez Dulcinée de Toboso[3] ; il prendra cela fort raisonnablement. Cependant si l'on y met les formes et que l'on consulte le chef, le voyage ne pourra guère avoir lieu avant l'hiver. Quelle joie pour les amis de Paris ! Non seulement on ne lui a pas donné la croix, mais encore on le fait voyager. Si ce jeune homme a réellement du cœur, il tâchera de prendre la chose raisonnablement. Ce pays-là sera nouveau pour lui ; il suivra les conseils du grand Mérimée dans l'étude de la littérature espagnole.

[...] Quand je ne suis pas ici, je me tiens à la Riccia, à trois lieues de Mero[1] sur la route de Naples. Là, un aubergiste loge et nourrit vingt ou trente curieux, moyennant six paoli ou trois fr. par jour, le déjeuner non compris ; en une demi-heure on va à Albano. — On vient de compléter quatre promenades charmantes qu'on appelle, je ne sais trop pourquoi, les *Galeries* : Sa Sainteté y va souvent. [...]

La ville d'Albano nous fournit deux maisons où l'on passe la soirée, et avec lesquelles on fait des pique-niques. — Le siroco est absolument insupportable pour moi, à Rome, du 10 juin aux premières pluies. Par exemple, aujourd'hui 11, je sens le premier siroco de l'année ; mais, comme je suis à Civita-Vecchia, la mer le rend supportable. À Mero, je loge avec l'excellent Constantin[2] dans un appartement dont trois pièces sur huit ont été arrangées à la française par feu Mme Candelori, la maîtresse de feu le cardinal Lante. Cet appartement est à deux pas du palais Caetani[3] ; les trois princes de ce nom sont mes meilleurs amis. Leur mère, ancienne amie de Paul-Louis Courier, me donnait une occasion charmante de bavarder le soir ; mais elle a une maladie de femme depuis trois mois ; elle est à peine hors de danger. Il y a bal ou grand dîner trois fois par mois chez le chef admirablement poli et ingénieux[4]. Il y a soirée quatre fois par mois chez le grand peintre Horace[5]. C'est Paris à Rome, et j'y vais peu. Mon amour pour l'aristocratie m'a fait faire connaissance avec une princesse napolitaine et une marquise romaine où je vais quatre fois la semaine. Quatre fois la semaine je vais expédier mes affaires de vive voix chez le chef. Si le hasard m'avait fait aide de camp d'un tel homme à dix-huit ans, au lieu du Général Michaud, je serais bien plus poli. Mes atomes crochus ne se sont pas accrochés avec le reste de la famille de ce chevalier français. Ma mission à Conean[1] m'a beaucoup intéressé, je viens de déchirer une page là-dessus.

Je fais toujours le Cicerone à quelques Français, parmi lesquels M. Adrien de Jussieu m'a fort convenu, ainsi que M. Giraud (de Chaillot). Voilà ma vie. Écrivez-moi ce qu'on dit, pense et fait à Paris.

[...]

SIMON.

168. À DOMENICO FIORE

Civita-Vecchia, le 12 juin 1832.

Ennuyeux comme la peste ! J'espère, cher ami, que le choléra n'est plus qu'ennuyeux, comme éternel lieu commun des sots. — Mon cœur a saigné en apprenant la perte immense que vient d'éprouver notre bienfaiteur commun[2]. C'est pour moi le seul souvenir tragique de cette affaire fâcheuse pour l'humanité. Mais comment aussi, à la première certitude du danger réel (je ne parle pas des bavardages de la société), comment ne pas envoyer à Marseille ce qui nous est cher ?

Je pense que vous ne vous êtes pas plus ennuyé pendant le mois d'avril que l'on ne s'ennuie pendant une bataille. Vous étiez transformé, m'a-t-on dit, en pharmacie ambulante. Ici, nous n'avons jamais cru les journaux. L'esprit examinant les degrés de probabilité, le cœur sent moins. Nous n'avons songé au danger qu'à l'arrivée des lettres particulières. Ici, petit trou de sept mille cinq cents habitants, la grippe tuait sept personnes par jour. Mais personne ne s'avisait d'avoir peur ; la presse n'avait pas frictionné les imaginations. J'ai vu pour la première fois que la liberté de la presse peut être nuisible. Napoléon eût défendu d'imprimer le mot choléra. Qu'a fait Mme de Curial ? Vous voyez que j'aime qui m'aime : avis au lecteur.

J'ai eu une attaque de goutte au pied droit ; approche de la cinquantaine ; du reste, le cœur plus ferme que jamais.

Je suis devenu ami de Mme la princesse Torella (Caraccioli), qui loge à Chiaja. Vous connaissez mon goût pour l'aristocratie ; je l'aime quand elle n'est pas étiolée par une éducation de *trop bon ton*. On dit qu'un envoyé a fait une démarche contre votre fils Dominique. Le chef ici est très bien, ou a l'air d'être très bien. Quelle joie intime pour les amis de Paris ! Ne pas lui donner ce qu'a eu le dernier barbouilleur de papier, et le faire courir de pays en pays, comme un navire démâté, devant la bourrasque. Il ne ferait pas à ses amis le plaisir d'en être au désespoir, ce qui n'empêche pas de manœuvrer. Que de choses pour un coin de bouche ironique.

Quand je suis exilé ici, j'écris l'histoire de mon dernier voyage à Paris, de juin 1821 à novembre 1830[1]. Je m'amuse à décrire toutes les faiblesses de l'animal ; je ne l'épargne nullement ; cela sera drôle quand on le verra dans les montres du Palais-Royal, alors Palais-....., en 1860.

[...] L'incertitude de la durée gâte le port où vous avez jeté ma barque. S'il y avait certitude, je planterais quelques arbres. Tout vient à ravir ; on donne douze cents artichauts pour vingt et un sous, vingt-cinq figues pour un sou. — Les habitants sont bien plus heureux que les Anglais ; ils mangent du pain fort blanc, ils ont d'excellente viande, du vin à discrétion, ils font l'amour et crient comme des Napolitains (quatre mille sur sept mille cinq cents sont natifs de Torre del Greco).

DURAND.

169. À M. DUPUY, IMPRIMEUR-LIBRAIRE

Civita-Vecchia, le 23 juin 1832.

Je suis extrêmement sensible, Monsieur, à votre offre obligeante. J'ai pris la résolution de ne rien publier tant que je serai employé par le gouvernement. Mon style est malheureusement arrangé de façon à blesser les balivernes, que plusieurs coteries veulent faire passer pour des vérités.

Dans le temps, j'ai eu le malheur de blesser la coterie du *Globe*. Les coteries actuelles, dont j'ignore jusqu'au nom, mais qui, sans doute, veulent faire fortune, comme le *Globe*, nuiraient par leurs articles à la petite portion de tranquille considération qui doit environner un agent du gouvernement.

Si nous devions entrer en arrangement, je ne vous dissimulerais pas un obstacle terrible : je ne suis pas un charlatan, je ne puis pas promettre à un éditeur, *un seul article* de journal.

Si jamais je change de dessein, j'aurai l'honneur, Monsieur, de vous en prévenir. L'action du roman est à Dresde en 1813[1]. Avant de traiter avec toute autre personne, j'aurai l'honneur de vous prévenir, mais je compte me taire huit ou dix ans.

Agréez, Monsieur, les assurances de la parfaite considération avec laquelle j'ai l'honneur d'être

Votre très humble et très obéissant serviteur.

H. BEYLE.

170. À ALEXANDRE TOURGUÉNIEF[1]

6 décembre 1832.

Voici, Monsieur, un Français nommé Michelet, qui a rendu claires ou à peu près les rêveries des Allemands sur Rome. Ces rêveries ou suppositions étant clairement exposées, on peut sans peine en voir tout le vide.

M. de Beaufort, en 1738, a le premier *douté*. Niebuhr et les Allemands ont mis des échasses à la *vérité* et ils ont cru s'élever plus haut que M. de Beaufort[2].

L'idée que les Allemands avaient changé l'histoire des premiers siècles de Rome m'a vivement occupé. Peut-être y songez-vous quelques fois ; en ce cas, Monsieur, vous trouverez quelque plaisir à vous endormir avec les volumes de M. Michelet.

[...]

171. À DOMENICO FIORE

Rome, le 20 janvier 1833.

Cher ami, je deviens plus stupide chaque jour ; je ne trouve personne pour faire de ces parties de volant, qu'on appelle *avoir de l'esprit*. Partant, plus d'imprudence. J'espère, avec le temps, être aussi bête que mon prédécesseur. Vous voyez bien que je ne compromettrai pas votre sage protection. L'amour est un feu qui s'éteint s'il ne s'augmente ; vous croyez que je vous parle de ma cervelle, pas du tout ; je parle de ma place ; si l'on ne songe pas à me récompenser, d'autres songeront à solliciter la place, etc.

Je faisais, de temps à autre, quelque partie de volant avec M. de Sainte-Aulaire[1] ; après lui, il faut laisser la raquette, plus d'idée exprimée à demi-mot.

« Si vous aviez une fille, qui voudriez-vous qu'elle fût : Mme la duchesse de Lavallière ou Ninon de l'Enclos ? » J'ai répondu bravement : « Ninon ».

Comment M. Dijon prend-il la vie[2] ? Est-il encore *ammareggiato*[3] par le souvenir du triste choléra ?

Je voulais commencer ma lettre par cette question : « Comment vous trouvez-vous de la liberté ? » — Mais j'ai craint votre machiavélisme : « Le coquin va me parler de sa place. » Voyez l'effet de votre haute sagesse : elle rend les gens secs et égoïstes malgré eux. Ceci est sérieux et s'applique, suivant moi, à toute la société de Paris.

Quand comptez-vous revoir Naples ? Une fois à Nice, on prend un *vetturino*[4] pour la délicieuse route de la Corniche ; c'est voyager sur la tablette de votre cheminée ; la mer est le parquet, la glace est la crête de l'Appenin ; des auberges très passables et pas l'ombre d'un brigand.

172. À ROMAIN COLOMB

25 février 1833.

Cher et bon ami,

[...] La pension de 700 fr. à Mme P.-L.[1] continue et continuera tant que je serai le camarade de Cicéron. Les 300 francs étaient un petit cadeau.

L'amitié descend et ne remonte pas ; j'aime tendrement Clara, son talent m'enchante. Il est à peu près le seul avec Béranger. Que dit Fleurs[2] du voyage de Dominique ? Trente ou quarante jours à Paris coûtent 14 francs par jour, car on est à demi-solde. D'un autre côté, l'ennui étouffe ce pauvre garçon ; il était cent fois plus heureux nº 71[3] ; il lui aurait fallu cinquante louis de rente de plus et non pas dix mille francs à manger bêtement, par exemple en voitures qu'il faut avoir ici de certains jours. Enfin il meurt d'ennui ; mais il est bien avec tout le monde sauf la petite envie de société, mais qui marque peu dans un pays non littéraire.

Fleurs viendra-t-il voir Rome ? Tâche que je le sache avant, je m'y trouverai et j'aurai un grand plaisir, mais j'espère peu. Quoi de plus curieux cependant que Naples après trente-trois ans de changement ! Probablement si mon nouveau chef est aussi admirable de complaisance que le précédent, je pourrai accompagner Fleurs, je ne dis pas à Naples, où il n'aura que faire de moi, mais à Florence, Viterbe, Sienne, Corneto, Tarquinia admirable par les tombeaux du chevalier Manzi[4]. Les hommes peints ont trois pieds de haut, on distingue l'expression des traits pendant six mois, l'air ensuite gâte un peu. Cela semble fait par un élève du Dominiquin, et cela a 3 000 ans au moins, peut-être 3 005 ans. Je deviens antiquaire en diable.

[...]

173. À MADEMOISELLE GIULIA RINIERI

20-21 avril 1833.

J'ai reçu, mon cher ange, votre lettre de Pietra-Santa du 1er avril. Je trouve que vous m'écrivez bien peu. Eh bien donc, nous ne serons qu'amis. Je vous renvoie ci-joint, en ce cas là, un papier qui ne signifie plus rien. — Pour me consoler, donnez-moi mille détails. D'abord, quand M. B[ianchi] faisait la cour à Sophie[1] jusqu'où est arrivé son bonheur ?

S'est-il aperçu de la naissance du penchant que Sophie a pour le marquis Greppi ?

Est-ce que je connais ce marquis ? Est-il plus beau que moi, j'ai peine à le croire ?

Quand l'avez-vous vu pour la première fois ? Vient-il tous les jours, à quelle heure ? De quel pays est-il ?

Pourquoi dites-vous que vous serez malheureuse ? Le seul malheur est de mener une vie ennuyeuse. Sans vouloir vous offenser, car vous savez combien je vous suis attaché, il me semble que la vie que vous menez depuis deux ans peut être souvent ennuyeuse. À supposer tout ce qu'il y a de mieux, c'est la vie d'une femme de trente-cinq ans, et vous avez encore beaucoup de belles années avant cette époque de raison. Mais vous avez besoin d'un mari tel que l'homme de Vignano.

En un mot, chère amie, donnez-moi mille et mille détails. Moi, dans mon chagrin, je me console avec les Mlles Pauline, comme celle qui se baignait dans la Seine, cet été, vous souvient-il, dans la lettre d'Alfred que vous avez lue ? Mais c'est de la monnaie d'argent ou même de billon quand je la compare à ce qu'était pour moi la vue de la jolie jambe de Sophie !

J'ai passé quinze jours à Abeille, bien près de vous, le bateau à vapeur aurait pu, en dix-huit heures me mettre à Livourne. Mais quand je voyais partir le *Henri IV*, et que cette idée me venait, je songeais aux droits de M. B[ianchi]. Ce que je crains, c'est que vous ne m'écriviez pas souvent. Vous connaissez ma discrétion, parlez-moi donc à cœur ouvert.

Ma dernière visite a peut-être été moins agréable que celle de Vignano, parce qu'à Vignano vous me parliez à cœur ouvert de tout et même des idées du matrimonio *with* Fracassetti. Tandis qu'à la visite de février, vous me faisiez un demi-mystère de vos disputes avec B[ianchi]. Or, en amour comme en amitié, dès qu'il y a défiance, ou seulement réserve chez l'un des deux, l'autre est paralysé à moitié, pour peu qu'il soit timide et délicat[1].

174. À DOMENICO FIORE

Civita-Vecchia, le 30 avril 1833.

Votre bonne lettre que j'ai reçue il y a deux heures, a déjà modifié ma résolution jusqu'à ce point. Si je vais à Paris, je n'y passerai que trente jours, j'irai vingt-cinq fois au spectacle. Je n'irai que dans le salon de Mme de Tracy ; je ferai l'immense effort de ne pas avoir tout l'esprit que vous dites, et l'effort ne sera pas pénible : l'idée de la malveillance me glace.

D'un autre côté, la vie s'avance, le demi-siècle est déjà passé ; faut-il se laisser mourir d'ennui par excès de prudence ? J'ai un congé d'un mois depuis six mois ; je comptais, comme tout le monde, le faire allonger ; j'y renonce. De plus, à Naples habite une jolie et aimable femme ; je vais lui écrire pour lui demander si elle veut de mon congé ; si elle accepte, je n'irai pas vous voir : quoique j'aie soif d'une conversation, qui soit autre chose qu'une cérémonie. Il ne m'est plus donné d'entendre un mot qui me surprenne ; je comptais pouvoir vivre de *beau* pour tout potage, cela m'est impossible ; deux ans de ce régime me mettent aux abois. Je viens de me tenir à quatre pour vous parler avec tout le bon sens mathématique ; un mois de séjour à Paris me rendra la respiration libre pour une année. Vous savez que je suis peu liant ; certainement, en un mois, je ne pourrais pas, même le voulant, bavarder dans quelque salon dangereux. J'irai une fois, par devoir, dans le salon de mon colonel ancien, qui oublie une parole qu'il m'avait donnée, à moi, ne lui demandant rien.

… J'ai laissé passer huit jours, je suis toujours de la même opinion ; pardon si je vous ennuie. La vie est si courte à mon âge, qu'il ne faut cependant pas se priver de tout plaisir, parce qu'il peut y avoir un petit, tout petit danger. Je vais à Lutèce pour voir les rues, les étalages de bouquinistes et tous les théâtres renouvelés avec leurs pièces et acteurs depuis trente mois. — Dînez-vous toujours chez les Provençaux ? Quand même l'amour ou plutôt l'amitié ornée de plaisirs me retiendrait, je ne ferais pas un bon échange ; la masse des idées a besoin d'être remuée. Songez que tout ce que j'entends depuis trente mois me semble ridicule, ou pour mieux dire plat. Je dors tellement pendant ces diables de conversations, qui font mon pain quotidien, que quelquefois il m'arrive de dire des niaiseries plus fortes que celles de mes partners, et qui les scandalisent.

Adieu, cher ami, je crains bien de vous avoir scandalisé par ma raison qui doit vous sembler déraisonnable. Songez que l'anecdote est trop longue à écrire et d'ailleurs ne convient pas. Si vous me défendiez absolument de bouger, il me sèmble, dans ce moment, que j'aurais la force d'adhérer au rocher comme l'huître ; mais alors à quoi penser pendant les longs mois de l'hiver prochain ?

Jules PARDESSUS.

175. À MADAME JULES GAULTHIER

Rome, le 1er mai 1833.

Chère et aimable Jules, je vous aime toujours à la folie ; je pense fort souvent à vous ; mais depuis dix-huit mois je n'écris plus. Quand j'écris ou parle à des Français, je vois toujours que j'ai blessé une des deux mille convenances qui règnent despotiquement à Paris et même à Saint-Denis. Par exemple, comment vous raconter la vie que nous menons ?

[...] Il n'y a d'affreux ici que les mois de juillet et d'août. À onze heures du soir, figurez-vous un salon immense, sans lampes, toutes les fenêtres ouvertes et chacun occupant la moitié d'un canapé. Cette vie n'est pas sans douceur, mais elle tend à ôter aux gens appuyés sur les canapés les trois quarts du peu d'esprit que le ciel leur donna. Le *dolce far niente* saisit ici par tous les pores ; écrire une lettre est une grande affaire ; j'ai pris la plume dans un transport d'amour pour vous. Tâchez, aimable Jules, d'avoir un pareil transport ; écrivez-moi, à Marseille, chez M. Bazin, propriétaire du bateau à vapeur. Mais M. Bazin, en homme prudent, ne reçoit que les lettres affranchies.

Les Français qui viennent ici crèvent d'ennui ; ils s'imaginent que les alouettes leur tomberont toutes rôties. Il faut, au contraire, un talent du diable, absolument celui de *Julien*. Pardon de citer cet auteur. Il faut toujours avoir l'air de mépriser et de quitter les descendants de César et de Cicéron.

Mille amitiés.

Baron PATAULT.

P.-S. — Mille tendresses à M. votre frère. Où est-il ? Dans le Midi, je suppose. — Ma folie aime la sagesse.

176. À RABOT, PREMIER ATTACHÉ DU CONSULAT DE FRANCE À CIVITA-VECCHIA

[Rome], Hôtel Giacinta,
11 janvier 1834.

Avez-vous lu, Monsieur, la vie de Descartes ? Ayant l'occasion, comme vous, de quitter un instant la vie dissipée, il se mit à examiner les 40 ou 50 choses qu'il regardait comme des vérités. Il s'aperçut que ces vérités prétendues n'étaient que des balivernes à la mode.

Votre séjour à Civita peut vous apporter le même genre d'utilité. Examinez les balivernes que le charlatanisme parisien fait passer pour des vérités. Vous trouverez un vol. intitulé *de l'Esprit*, qui pourra vous aider à apercevoir la fausseté des ¾ des choses que les charlatans de Paris appellent vraies.

Vous savez, Monsieur, qu'il entre dans nos conventions que vous pourrez passer cinq jours par mois à Rome. Vous aurez à copier au Bureau, pendant cinq ou six heures, soit des pièces officielles, soit des notes sur le pays. Ne parlez jamais de ce que vous aurez copié, n'en parlez ni à Paris, ni ici. Du reste, que vous travailliez au bureau de 8 h. à 2 ou de 10 h. à 4, cela est indifférent. Quelquefois les jours de départ du bateau à vapeur, il pourra être utile que vous veniez au bureau avant 10 heures. Il faut vous arranger avec M..., pour que l'un de vous deux se trouve au Bureau de 9 h. à 4 ou 5.

Si un marin ou un voyageur a affaire au bureau, il convient qu'il trouve quelqu'un.

Je ne pense pas que vous puissiez tenir à l'ennui d'une petite ville plus de 2 ou 3 mois. Si vous imitez Descartes, ce ne sera pas du temps perdu.

Vous pourriez passer à Rome du 2 au 11 février, le carnaval finit le 11.

Vous pourrez vous lier avec l'excellent M. Manzi et apprendre les antiquités, et l'histoire *probable* des tombeaux de Corneto. Vous pourriez apprendre par cœur 8 pages de Goldoni.

J'ai l'honneur d'être, Monsieur, votre très humble et très obéissant serviteur.

(paraphe.)

177. AU DUC DE BROGLIE[1]

Civita-Vecchia,
le 22 février 1834.

Monsieur le Duc, en exécution de l'article 6 de l'ordonnance du 24 août 1833, j'ai l'honneur de solliciter l'agrément de Votre Excellence en faveur de M. Lysimaque Tavernier-Caftangiu, que je présente pour la place de chancelier du consulat de Civita-

Vecchia[1]. M. Tavernier reçoit 1 056 francs environ ; ce qui est fort peu. Les bons commis marchands de Civita-Vecchia gagnent de 13 à 1 400 francs. M. Tavernier se paye en considération.

Plusieurs considérations m'ont engagé à différer un peu la désignation de M. Lysimaque Tavernier. M. Tavernier, qui croit tout savoir et tout mériter, ne sait pas faire les comptes avec la marine, et retarde toujours d'un mois ou deux la confection des états que je dois au ministère. Comme j'ai une mauvaise écriture, cela me gêne. D'un autre côté, donner un successeur à M. Tavernier, c'était lui faire une peine mortelle. J'ai craint une résolution tragique. M. Tavernier est fort obligeant pour les Français que les bateaux à vapeur amènent à Civita-Vecchia, et dont les passeports sont sans cesse un objet de litige avec la police du pays. Ces considérations m'ont fait passer sur l'inconvénient de compter avec la Marine.

M. L. Tavernier, petit-fils de M. Tavernier, consul de France à Salonique vers 1798, a exercé gratuitement les fonctions de chancelier auprès de M. le baron de Vaux, mon prédécesseur. M. de Vaux, qui lui avait donné un remplaçant quelque temps avant mon arrivée, me donna le conseil de ne pas l'employer, me disant que je m'en repentirais fort. M. Tavernier reçoit quinze écus par mois, et je paye son logement. J'aimerais mieux payer davantage un agent plus habile et moins inquiet. Je crois M. Tavernier irréprochable sous le rapport de la probité. M. le comte de Sainte-Aulaire a bien voulu adresser à Votre Excellence plusieurs demandes en faveur de M. Tavernier. S. Exc. M. le marquis de Latour-Maubourg écrira probablement dans le même sens.

Je ne pourrais trouver un homme capable pour le remplacer, un homme qui aurait, par exemple, la moitié de l'exactitude et des connaissances de M. Poggi, de Livourne, à moins de 13 à 1 400 francs.

Je suis avec respect, Monsieur le Duc, de Votre Excellence, le très humble et très obéissant serviteur,

DE BEYLE.

178. À MADAME JULES GAULTHIER

Civita-Vecchia, le 4 mai 1834.

J'ai lu *le Lieutenant*, chère et aimable amie[1]. Il faudra le recopier en entier et vous figurer que vous traduisez un livre en allemand. Le langage, suivant moi, est horriblement noble et emphatique ; je l'ai cruellement barbouillé. Il faut ne pas avoir de paresse ; car, enfin, vous n'écrivez que pour écrire : c'est pour vous un amusement. Donc, mettre en dialogue toute la fin du deuxième cahier : Versailles, Hélène, Sophie, les comédiens de société. — Tout cela est lourd en récit. Le dénoûment est plat. Olivier a l'air de chasser aux millions ; chose admirable dans la réalité, parce que le spectateur se dit : « Je dînerais chez cet homme-là. »

Infâme dans la lecture. — J'ai indiqué un autre dénoûment. — Comme vous voyez, j'ai été fidèle à nos conventions ; nul ménagement pour l'amour-propre. — Il faut moins de *de* dans les noms, et ne pas désigner vos personnages par leurs noms de baptême. Est-ce qu'en parlant de Crozet, vous dites *Louis* ? — Vous dites Crozet ou vous devez le dire.

Il faut effacer dans chaque chapitre au moins cinquante superlatifs. Ne jamais dire : « La passion brûlante d'Olivier pour Hélène. »

Le pauvre romancier doit tâcher de faire croire à la *passion brûlante,* mais ne jamais la nommer : cela est contre la pudeur.

Songez que parmi les gens riches il n'y a plus de passion, excepté pour la vanité blessée.

Si vous dites : *La passion le dévorait,* vous tombez dans le roman pour femmes de chambre, imprimé in-12 par M. Pigoreau. Mais pour les femmes de chambre, le *Lieutenant* n'a pas assez de cadavres, d'enlèvements, et autres choses naturelles dans les romans du père Pigoreau.

LEUWEN
ou
L'Élève chassé de l'École Polytechnique

J'adopterais ce titre. Cela explique l'amitié ou la liaison d'Olivier pour Edmond. Le caractère d'*Edmond,* ou l'*académicien futur,* est ce qu'il y a de plus neuf dans *le Lieutenant.* Le fond des chapitres est vrai ; mais les superlatifs de feu M. Desmazures gâtent tout. Racontez-moi cela comme si vous m'écriviez. Lisez la *Marianne* de Marivaux et *Quinze cent soixante-douze* de M. Mérimée comme on prend une médecine noire, pour vous guérir du Phébus de province. En décrivant un homme, une femme, un site, songez toujours à quelqu'un, à quelque chose de réel.

Je suis tout plein du *Lieutenant* que je viens de finir. Mais comment vous renvoyer ce manuscrit ? Il faut une occasion. Où la prendre ? Je vais chercher.

Écrivez-moi une lettre remplie de noms propres. — Le retour d'un congé est un moment bien triste ; je pourrais faire trois pages, pas trop mauvaises, sur ce thème. On se dit : Vais-je vivre, vais-je vieillir loin de ma patrie ? ou de *la* patrie ? cela est plus à la mode. Je passe toutes les soirées chez une marquise de dix-neuf ans, qui croit avoir de l'amitié pour votre serviteur. Quant à moi, elle est comme un bon canapé, bien commode. Hélas ! rien de plus, je n'ai pas davantage ; et, ce qui est bien pis, je ne désire pas davantage.

179. À LYSIMAQUE TAVERNIER

Rome, le 7 juin 1834.

Je suis surpris, Monsieur, du ton de la lettre que vous m'avez écrite le 5 du courant. Vous dites, Monsieur : « vivement blessé de l'ingratitude et de l'injustice de vos procédés, j'ai l'honneur de vous présenter ma démission ».

J'accepte votre démission, Monsieur, les termes dans lesquels vous l'offrez ne me laissent pas d'autre alternative.

En 1831, à mon arrivée à Civita-Vecchia, je vous ai trouvé sans place. M. le baron de Vaux, mon prédécesseur, vous avait retiré sa confiance et avait nommé chancelier un M. Baldrini, je crois[1].

M. le baron de Vaux m'a répété vingt fois que je me repentirais si je vous donnais de l'emploi. Je vous engageai à vous procurer une recommandation de M. Sainte-Aulaire, ambassadeur de France à Rome, vous ne pûtes pas l'obtenir. Vous me demandâtes avec larmes la place de chancelier, je cédai.

Vous vous acquittez bien de vos devoirs envers les Français qui débarquent, mais vous êtes hors d'état d'établir le moindre compte. Vous avez embrouillé ceux d'Ancône, au point que contre toute évidence S. E. M. le Ministre de la Marine vient de me condamner à payer 280 francs. Dès que je vous laisse faire le moindre détail, je suis presque assuré de recevoir un mois après une réprimande de S. E. M. le ministre des Affaires Étrangères.

C'est ainsi que par sa lettre du 19 mai dernier, relative aux dépenses de la chancellerie, S. E. M. le Ministre des Affaires Étrangères m'engage « à me pénétrer assez bien du sens des ordonnances des 23 et 24 août dernier ainsi que de la circulaire du 2 septembre pour éviter de nouvelles erreurs dans leur application ».

Dans la position où vous m'avez mis, Monsieur, je ne puis qu'accepter votre démission et vous inviter à réfléchir aux imputations ridicules d'*ingratitude* et d'*injustice* appliquées à un homme qui sans vous connaître et contre l'avis cent fois réitéré de son prédécesseur vous a donné une place honorable.

J'ai l'honneur d'être, Monsieur, votre très humble et très obéissant serviteur.

180. AU MARQUIS DE LATOUR-MAUBOURG

Rome, le 14 juin 1834.

Monsieur le Marquis,

Votre Excellence me traite avec tant de bonté que je ne puis pas ne pas céder.

Mais ce n'est pas sans prévoir le labyrinthe de désagréments dans lequel je vais entrer. M. Lysimaque a toujours été à mes yeux un homme parfaitement faux, depuis l'ordonnance du mois d'août dernier il ne répond plus nettement aux trois quarts de mes lettres, il se croit un personnage. Maintenant qu'il se verra replacé par l'ambassade, après m'avoir appelé *ingrat* et *injuste*, je dois m'attendre à cent petits mauvais tours qui se renouvelleront tous les jours, et dont je n'oserai vous entretenir. Comme Votre Excellence veut du bien à M. L., je m'engagerais volontiers à lui donner pendant un an 15 écus par mois, sous la condition qu'il ne se mêlerait plus de mes affaires. Mon parti était pris d'habiter Civita-Vecchia pour plusieurs mois, peut-être pour toujours. Il me semble que l'honneur a parlé ; on reçoit un démenti, il faut se battre, un commis fait l'insolent, on le renvoie, ou je me trompe fort ou il est égal à M. L. de faire toutes les excuses possibles.

Les Grecs que Votre Excellence connaît mieux que moi ne s'attachent pas aux paroles, mais aux faits. M. L. conserve sa place et malgré moi. Dieu sait les noirceurs qu'il me fera auprès de Votre Excellence, et auprès du ministre.

M. Antoine Albert qui est employé depuis trois ans à mon bureau, et que j'ai envoyé en courrier à Votre Excellence, le 22 avril dernier, est parfaitement intègre. Je lui ai rendu service lorsqu'il a tenté de tuer sa maîtresse, et de se tuer après. Je connais de longue main son père et toute sa famille. Ce sont de parfaitement honnêtes gens sur lesquels il n'y a qu'une voix. J'aimerais mieux donner 200 écus à M. Lysimaque et habiter six mois Civita-Vecchia avec M. Albert pour commis que d'être exposé aux noirceurs de ce Grec qui se sentira protégé.

Je suis avec respect, Monsieur le Marquis, de Votre Excellence, le très humble et très obéissant serviteur.

H. BEYLE.

181. À ROMAIN COLOMB

Civita-Vecchia,
le 10 septembre 1834.

[...] Je commence à être bien las du métier, et j'envie bien profondément l'homme qui, à cinquante ans, à cinq mille francs de rente. Que sert à un homme qui n'aime pas la chasse d'être dans un pays fécond en lièvres et perdrix ? Que sert de pouvoir jouer le deuxième rôle à Abeille, si le bavardage important, l'air *important*, la façon grave de parler des occupations du matin et de la correspondance du dernier courrier, sont mon *horreur* ? Rien ne me semble bête, au monde, comme la gravité.

Voici donc 2 commissions. Tâche de vendre ma place 4000 francs par an à quelqu'un. Fais-moi des annonces dans les *Débats* afin que je puisse vendre mes manuscrits si jamais j'ai le bonheur de le pouvoir. Annonce pour mon argent l'*Histoire de la Peinture en Italie*, la *Vie de Rossini* (ce grand homme, l'unique après toi et moi, se meurt, dit-on, à Bologne), le *Rouge et le Noir*, les *Vies de Haydn, Mozart et Métastase*. Enfin, ce que tu voudras, pourvu que les gens à voiture, les gens qui peuvent me lire, s'ennuyant à la campagne, leur journal leur montre une annonce.

Je te dirai qu'il n'y a pas de triste famille anglaise, visitant Rome, qui ne lise les *Promenades* ; chez le ministre-cardinal, le jour de la Saint-Pierre, au feu d'artifice on m'en a parlé sans me connaître. Ces bêtes trouvent que cela manque de gravité. Mais que je serais heureux, à un quatrième étage, en en faisant un pareil, si j'avais du pain ! Quelle perspective de ne plus voir les gens d'esprit de Paris, que deux ou trois fois avant de mourir !

Hier, j'ai été à un dîner charmant, le plus beau lieu des environs ; des arbres, un vent frais et trente-trois convives, qui se trouvaient honorés de la présence d'un consul. Mais pas une idée fine ou forte. Mourrai-je étouffé par les bêtes ? Il y a grande apparence. Je suis aimé, considéré, j'ai eu le meilleur morceau d'un poisson de quatorze livres, le meilleur de son genre ; j'avais un excellent cheval, qui a fait cinq milles et demi en trois quarts d'heure ; mais je crève d'ennui. [...]

182. À MADEMOISELLE SOPHIE DUVAUCEL

Civita-Vecchia, 28 octobre 1834.

En vérité je dois vous remercier de vos bonnes lettres ; je les garde et les relis dans les longues soirées solitaires que je passe à Civita-Vecchia. Voilà un an que je ne vous ai vue, que je n'ai vu Paris. Faudra-t-il vivre et mourir ainsi sur ce rivage solitaire ? J'en ai peur. En ce cas, je mourrai tout à fait hébété par l'ennui et la non communication de mes idées. Je ne prétends point assurément qu'elles soient bonnes ; telles quelles, quand tout Civita-Vecchia se cotiserait, il ne pourrait comprendre la plus simple. Que ne suis-je gourmand ou chasseur ! Que ne suis-je antiquaire ! Mais j'aime le *beau* et non le *rare* ; ensuite je ne crois que ce qui est *prouvé*. Malgré ces inqualifications, je me suis mis d'une société qui va remuer les Étrusques qui se sont fait ensevelir avec luxe, il y a 2700 ans. À deux lieues d'ici il y a une petite ville citée par l'Arioste au commencement de Joconde, elle a un nom fort célèbre en Italie, Corneto[1]. À côté, se trouve une colline nue, abominable, sans arbre ni élévation quelconque. C'est la *Nécropole*, le Père La Chaise de Tarquinies, d'où venait Tarquin qui eut un fils si célèbre dans l'histoire de la vertu féminine. À deux pieds sous la surface de ce sol nu, stérile, le plus triste du monde, nous trouvons de jolies petites chambres de 8 pieds de large sur 10 de long. Voici la coupe. Mais comprendrez-vous ce mot ? Par coupe, vous allez vous figurer un *calice*. Pas du tout ; il s'agit d'un coup de sabre. Quand vous ouvrez une pomme Calville en travers, vous en avez une *coupe*. Voici donc la coupe de ces tombeaux âgés de 2700 ans ; je n'en rabattrai pas cent ans.

[...] Mais quand le Monsieur étrusque était un grand homme, ce qui veut dire un homme de courage, habile à tout, on brûlait son char près de l'entrée de la tombe, à 15 ou 20 pieds, et vous, qui êtes savante, vous savez que le charbon dure à n'en pas finir. Nous cherchons dans le *charbon*, nous entrons à quatre pattes par la porte et trouvons que tout a été cassé par les antiquaires romains de la société de feu Trajan. Ces Messieurs ou les Sarrasins barbares du moyen âge cherchaient les métaux et, de dépit, brisaient les vases. On trouve dix vases brisés pour un entier. Vous recevrez, Dieu sait quand ! trois ou quatre pièces de poterie qui ont fait partie de mon lot de cette année. Cela est d'un beau noir et peut servir à votre thé. Cela n'est d'aucun prix et si, après avoir duré 2700 ans, cela se casse au Jardin, je vous enverrai d'autres. Vos savants qui nient tout ce qu'ils n'expliquent pas, diront que ma poterie sort de la fabrique, que c'est une contrefaçon, ou que cela a été fabriqué sous Léon X ou sous Auguste. N'en croyez rien. Tenez ferme à 2700 ans. Quant au local, j'y conduisis jadis, dans ma jeunesse, quand j'étais moins las de ma grandeur, MM. Adrien de Jussieu et Ampère. Quoique tenant à l'Institut, j'espère qu'ils ne mentiront pas quant aux faits bruts.

[...]

183. À DOMENICO FIORE

Civita-Vecchia,
le 1er novembre 1834.

Cet été, en mourant de chaleur, je me suis dit plus de cent fois : Que je suis heureux que la meilleure des fleurs[1] n'ait pas suivi mon avis. Comment vous y êtes-vous pris pour ne pas suer à mourir ?

J'oublie tout ce qui n'est pas raisonnable, même l'orthographe. À chaque voyage, je suis obligé de réapprendre les belles manières de Paris. Par exemple, voici un problème que je ne résous pas : puis-je envoyer à Madame la comtesse K...[2] trois ou quatre vases noirs (qui valent vingt-sept francs), et que j'ai trouvés dans ma fouille ? Dans le cas de *oui*, voici une lettre en style de voyageur ; car je n'ose plaisanter avec une femme glacée, sans doute, par les manières du faubourg Saint-Germain. À cause de ces manières, ma lettre m'a pesé à écrire, et probablement elle pèsera le double à qui la lira. Ces prétendues belles manières *diminuent* donc le peu de plaisir qui reste encore, en 1834, sur cette planète refroidissante ; elles sont donc éminemment *immorales*.

La vertu, c'est augmenter le bonheur ; le vice augmente le malheur. Tout le reste n'est qu'hypocrisie ou ânerie bourgeoise. Il faut toujours saisir l'occasion d'instruire la jeunesse.

Par mon testament, je donne mon buste de Tibère (dont la gloire croît tous les jours) à M. le comte Molé[3].

Mes yeux sont accoutumés à ce buste ; il ne me cause plus qu'un petit plaisir de vanité, quand un étranger vient le voir et me fait offrir de l'acheter. *L'ho comprato*[1], moi-même, quatre écus du paysan. Par cette raison, y aurait-il moyen honnête de le faire accepter à M. Molé, moi vivant ? Je l'aimerais bien mieux chez cet homme aimable, que je n'ai vu *que pour le remercier,* que chez moi. Sa conduite fait un si singulier contraste avec celle de M. Guizot[2] que ma reconnaissance augmente chaque jour. D'ailleurs, qui sait où je mourrai, et si mon domestique ne volera pas le buste en jetant le testament au feu ?

Je vous le répète, et votre sagacité l'aura vu vingt fois, avec un Italien j'agis naturellement ; avec un Français, la délicatesse parisienne me boucle entièrement ; je devrais la savoir à mon âge, et je l'ignore absolument.

Quand je l'apprends, elle me semble souvent le comble du ridicule ; mais enfin, c'est comme la langue d'un pays, il faut la parler, ou renoncer à être compris.

Je crève d'ennui ; je ne puis faire la conversation avec personne ; je voudrais une place de quatre mille francs à Paris. Ma vraie place était d'être aux gages de Marc-Michel Rey, libraire hollandais, qui me donnerait quatre mille francs par an pour un ou deux volumes in-octavo. C'est là le seul travail qui ne me semble pas ridicule. Quoi ! vieillir à Civita-Vecchia ! ou même à Rome ! *J'ai tant vu le soleil !*

Je sais bien qu'il y a du ridicule à se plaindre toujours ; mais peut-on se plaindre trop haut de n'être pas né avec quatre mille francs de rente ? (Mon père avait douze ou quinze mille francs de rente, et s'est ruiné en 1818). Quelle perspective de vivre et de m'étendre ici, ne pouvant parler que d'argent et de chasse ! Aujourd'hui, 1er novembre, il fait un soleil magnifique, et beaucoup trop chaud pour se promener sans ses rayons. Je viens de rencontrer le plus aimable des hommes de Civita-Vecchia ; il m'a appris ce que dessus, sur le soleil, et puis nous n'avons su que nous dire. — J'ai été réveillé à trois heures et demie du matin par un courrier que j'ai expédié à midi pour Livourne, par le bateau à vapeur. J'ai couru à la messe, j'ai déjeuné avec du thé, et me voilà tout pantois. — Ma fenêtre est soixante pieds au-dessus de la mer, et je jette dans cette mer les fragments de papier qui restent sur la table, après avoir fait une enveloppe. — Que de caractères froids, que de géomètres seraient heureux, ou du moins, tranquilles et satisfaits à ma place ! Mais mon âme, à moi, est un feu qui souffre s'il ne flambe pas. Il me faut trois ou quatre pieds cubes d'idées nouvelles par jour, comme il faut du charbon à un bateau à vapeur.

Il y a cent fois plus de passion ici qu'en France ; les intrigues profondes et abominables pour gagner deux cents francs sont fréquentes. Les femmes de Rome agissent sans cesse en présence de la mort. Cet été, dans la rue *in Lucina*, une jeune femme, qui avait la jambe fort bien faite, ma foi, est tombée morte à mes pieds d'un coup de couteau dans le cou. Elle voulait quitter son amant.

Une jeune fille disait à un de mes amis : « Si l'entrepreneur de bateaux avec lequel je suis sait que je suis venue chez toi, la première fois qu'il va à *Fiumicino*, il me donne un coup de couteau et me pousse dans le Tibre. » Rien de plus exact, et cependant elle vient chez mon ami. Ce maître de bateaux a déjà eu deux ou trois fois le malheur que ses maîtresses sont tombées de son bateau dans le fleuve.

Mais tout cela ne vaut pas les idées nouvelles que je trouverais chez Madame de Ka[1], si j'y allais vingt fois de suite ; le mardi chez Madame Ancelot, le mercredi chez Gérard, le samedi chez M. Cuvier, trois soupers par semaine au Café Anglais, et je suis au courant de ce qui se dit à Paris. J'ai aussi les salons de M. Joseph Bernard, l'ami de Béranger, ceux de Mme Curial, etc. ; avec cela, pour parler comme M. Hugo, j'ai une *fenêtre ouverte* sur la vie, et toute la matinée je travaille avec plaisir à mon in-octavo, qui peut-être ne vaut rien. M. Guizot devrait me nommer professeur de l'histoire des beaux-arts (peinture, sculpture, architecture et musique) avec cinq mille francs. Rien ne relèverait mieux le goût français qui tend sans cesse au tableau de genre et au vaudeville (cela tient à la vanité et à l'amour du *piquant*). Chaque année, je donnerais des idées saines à deux cents jeunes gens dont plusieurs destinés à avoir des salons dans Paris vers 1850. Je serais piquant et instructif, je tâcherais de ne pas paraître fou aux gens sages. N'est-ce pas là l'impression que mes livres ont faite sur M. le comte d'H...

M. Ampère fils, professeur au Collège de France, avec cinq mille francs, et qui est à Rome, m'a promis sa voix pour la chaire d'histoire des beaux-arts. Actuellement trouvez-moi un ministre *ami*.

J'espère quelquefois qu'en approchant de votre âge je deviendrai sage comme vous. J'ai dans moi une âme qui est folle. Je serais heureux, logé avec vous au quatrième étage du cercle, votre voisin, et servi par un des domestiques du dit cercle.

Le roi de Bavière, qui est venu visiter nos tombeaux de Tarquinies, n'a pas donné une baïoque d'étrenne. Moi, je donne cinq pauls (cinquante-cinq sous) à l'homme qui fait un quart de lieue et ouvre les portes de ces tombeaux. Le même roi de Bavière a demandé des œufs sur le plat, à la porte de Monterone ; il en a mangé six ; on lui a demandé quarante-cinq sous ; un aide de camp furieux, a jeté trente-cinq sous sur la table, jurant que, *per Dio*, il ne donnerait pas davantage.

Votre roi de Naples, qui n'a que vingt-trois ans, était à Rome cet hiver, et donnait deux pauls d'étrenne au custode du musée Borghèse, qui a dix-huit salles et quatre cents tableaux. Moi, je donne trois pauls.

Sa Majesté don Miguel donne seize écus (quatre-vingt-deux francs) à chaque fille des rues, et il en use beaucoup et de toutes façons.

184. À ROMAIN COLOMB

Civita-Vecchia,
le 4 novembre 1834.

Tu as beau dire, mon cher ami, je puis affirmer que je n'ai aucun scrupule d'écrire un mauvais livre, bien convaincu que, cinq ou six ans après l'impression, s'il est mauvais, l'épicier en aura consommé les feuilles à envelopper le raisin de Corinthe vendu aux enfants. Une autre raison m'empêche depuis dix ans d'écrire beaucoup de choses, la crainte que quelque cuistre indiscret ne se moque de moi en les lisant. Mais, grâce à Dieu, on m'avertit de tous côtés, que mon écriture devient si mauvaise, qu'il est impossible de la lire. Elle est arrivée à l'état de *chiffre*, me dit-on, et, dernièrement, en écrivant à M. Hérard, mon banquier, ma lettre était accompagnée d'une copie de la main d'un de mes employés.

Je suis devenu si sujet à distraction, que souvent j'oublie la fin de ma phrase avant d'y être arrivé. D'autres fois, j'écris de nuit, sans lumière, comme dans ce moment. Enfin, j'ai écrit horriblement vite douze ou quinze volumes in-octavo, que M. de Stendhal a imprimés. Tout cela fait qu'à cinquante-et-un ans j'ai une écriture illisible. La vergogne de voir un indiscret lire dans mon âme en lisant mes papiers, m'empêche, depuis l'âge de raison, ou plutôt pour moi de passion, d'écrire ce que je sens, ou plutôt les aspects sous lesquels je vois les choses, *aspects* qui sembleront peut-être amusants au lecteur, si, par hasard, il a une âme mélancolique et fille comme la mienne.

L'expérience, mais seulement depuis un an ou deux, m'apprend que je ne cours pas le danger d'être compris, par une troisième raison que je dirais en grec, si je savais l'écrire :

Comme les Béotiens, je tends mes filets *trop haut*.

185. À MADAME JULES GAULTHIER

Civita-Vecchia,
le 8 novembre 1834.

Seriez-vous assez bonne, aimable amie, pour faire retirer le *Lieutenant*[1] ? M. Colomb m'écrit qu'il n'y comprend rien et que personne ne le réclame. Je suis bien sûr de vous avoir écrit ; ma lettre aura fini dans la pipe d'un caporal autrichien.

Que si vous avez vu le *Lieutenant*, vous aurez dit : N'est-ce que ça. Il valait bien la peine d'attendre un an !... C'est que réellement il n'y a qu'à mettre : Amenez-moi mon cheval, au lieu de : *Approchez avec mon coursier*. En vous préparant tous les matins par la lecture de vingt pages de *Marianne* de Marivaux, vous comprendrez les avantages qu'il y a à décrire juste les mouvements du cœur humain. Ne faites point vos personnages trop riches, et faites faire quelque petite gaucherie à votre héros, parce qu'enfin nous autres héros, nous faisons des gaucheries. Nous courons ; un plat homme marche à grand peine, et encore avec une canne ; c'est pour cela qu'il ne tombe pas.

Écrivez-moi une lettre de huit pages ; envoyez-la à M. Colomb, qui l'expédiera à M. Bazin, directeur du bateau à vapeur à Marseille. De cette manière, on évite la route d'Huningue, ou de Chambéry à Rome.

Beaucoup de noms propres, de grâce, et les petites aventures de la société dans les châteaux. C'est là, ce me semble, que l'on fabrique le plus de maris trompés.

Pourquoi n'y a-t-il pas un journal de Paris racontant qu'un chat est tombé d'une gouttière dans la rue du Martrois ? Ces grands benêts de journaux politiques ne descendent à l'anecdote que quand il y a du sang ; c'est ainsi que j'ai lu l'aventure ; je connais le mari et la femme. Quel était le héros auteur indirect de tout ce désordre ?

Quand aurez-vous un petit salon bien chaud, au quatrième étage, rue de Hanovre, et moi dans ce salon de sept à huit le soir, bavardant avec quelques amis intimes, qui sachent ne rien prendre au sérieux, hors l'amitié et l'amour ? Tout le reste n'est qu'une mauvaise plaisanterie. En attendant le matériel du salon préparez le personnel. Comment va le personnel de Mme la députée de Saint-Denis ?

« *Barbarus hic ego sum* »

186. À SAINTE-BEUVE

Civita-Vecchia,
le 21 décembre 1834.
(Soleil superbe.
Je travaille la fenêtre ouverte.)

Vous avez su bien avant moi, mon cher monsieur, que notre ami J.-J. Ampère s'est tiré, leste et pimpant, d'un joli péril bien propre et bien vif. Le 12 décembre, par la plus belle lune, le *Henri-IV* a eu la folie de raser le mont Argentario à la distance de quarante mètres. Il est vrai que le canal entre ce mont et l'île de Giglio n'a que huit milles de largeur. Le malheureux bateau a touché sur une *secca*[1] où il n'y a que trois pieds d'eau. Il en est résulté un trou énorme par lequel l'eau est entrée et a éteint les chaudières. Heureusement le bateau a pu se soutenir jusqu'au rivage, sans quoi il fallait se battre et s'emparer des deux ou trois petites chaloupes. Que je hais le caractère gascon et hâbleur ! c'est celui du capitaine du *Henri-IV* qui, depuis la perte de son navire, est triomphant et plus hâbleur que jamais. La folie de cet homme m'a forcé à écrire des paperasses infinies. Il faut constater, constater. Peut-être l'assurance de Marseille ne voudra pas payer les quatre-vingts, plus quarante, ou cent vingt mille francs, valeur du bateau. On renonce à le repêcher. Je ne conçois pas qu'on laisse à quarante pieds dans l'eau une machine qui a coûté quatre-vingt mille francs.

Ampère m'a écrit le 14 de Porto Triola, à six milles de l'écueil fatal. Il m'engage à vous écrire, Monsieur, sa lettre m'arrive le 21 ; un voyageur l'a oubliée quatre jours.

Je saisis l'occasion d'écrire à un homme que je voudrais voir, c'est ce qui ne m'arrive presque jamais. Je ne parle jamais de notre chère littérature sans être un Ovide : *Barbarus hic ego sum quia non intelligor illis*[1]. Je reçois la *Revue des Deux Mondes*, et la *Rétrospective* et l'*Edinburgh Review*. Ah ! Monsieur, quels styles ! et par compensation quelle absence d'idées ! M. Loève-Veimars, me console, et cette fois-ci. M. Magnin, quoi qu'il dise : Le siècle *progresse*[2] ! Quel joli mot qui rime avec graisse ! Mais enfin il y a des idées. Si vous voyez M. Magnin et que vous n'ayez rien de mieux à dire, rappelez-moi à son souvenir. Mais demandez-lui pourquoi il invente *progresse* et fait usage de *hiératique* et autres mots grecs que Dieu confonde ! Il faut laisser ces pauvres ressources à ces hommes de génie qui n'ont pas une idée.

Rome et moi nous ne connaissons la littérature française que par l'édition de Bruxelles. Je vis comme si j'étais à Bornéo. Je n'ai pas vu encore *Volupté*, que j'ai pourtant demandé deux fois à Livourne[3]. Mais un abîme nous sépare, car je crois qu'il y a un *God* : il est méchant et malfaisant. Je serai bien étonné après ma mort si je le trouve, et s'il m'accorde la parole je lui en dirai de belles. S'il existait, et *juste*, je ne me conduirais pas autrement. Je gagnerai donc à son existence, car il me payera pour avoir agi de la façon qui m'a procuré le plus de plaisir. Mais ne parlons plus, monsieur, de ce qui me sépare de vous. Si jamais vous voulez venir coucher deux mois ou deux ans dans mon appartement à Civita-Vecchia, vous règnerez sur mes bouquins et sur la plus belle mer du monde, *Tyrrhenum*. Je fais des fouilles et j'ai des vases noirs qui ont 2700 ans, à ce qu'ils disent. Je doute là comme ailleurs. Ampère vous dira que j'ai mis mes économies à acheter le droit de faire des copies dans les archives gardées ici avec une jalousie... par la raison toute simple que les possesseurs ne savent pas lire. J'ai donc huit volumes in-folio, mais la page écrite d'un seul côté, d'anecdotes parfaitement vraies, écrites par les contemporains en demi-jargon[1]. Quand je serai de nouveau pauvre diable, vivant au quatrième étage, je traduirai cela *fidèlement*. La fidélité, suivant moi, en fait tout le mérite. Toute cette narration est pour amener cette question : Comment intituler ce recueil ? *Historiettes romaines* fidèlement traduites des récits écrits par les contemporains (1400 à 1650) ? Mais peut-on dire *historiette* d'un récit tragique ?

Je ne vous oblige point, monsieur, à une réponse. Vous direz votre avis à notre naufragé. J'ai écrit un roman intitulé *L'Orange de Malte*[2]. Le héros, fils d'un banquier riche, puis ruiné, est sous-lieutenant à Nancy, puis secrétaire intime d'un ministre à Paris. Cela est écrit comme le Code civil. J'ai horreur de la phrase à la Chateaubriand. Si nous vieillissons, vous et moi, monsieur, nous verrons les ouvrages à la Sand offerts à dix sous le volume comme les romans *fashionables* de Colman à Londres, et personne n'en voudra. Alors on les emportera au Canada, et, le provincial aimant l'emphase, on trouvera trente ou trente-six francs des cent volumes.

L'Italie n'est plus comme je l'ai admirée en 1815. Elle est amoureuse d'une chose qu'elle n'a pas. Les beaux-arts pour lesquels seuls elle est faite ne sont plus qu'un pis-aller. Elle est profondément humiliée dans son amour-propre *excessif* de ne pas avoir une robe lilas comme ses sœurs aînées, la France, l'Espagne, le Portugal. Mais si elle l'avait, elle ne pourrait la porter. Avant tout, il faudrait vingt ans de la verge de fer d'un Frédéric II, faisant pendre les assassins et emprisonner les voleurs. Un jeune voleur, protégé par moi, avait été condamné à trois ans de galères ici. Il a dit : « Apoplexie à la Madone ! » : (*Accidente alla Madonna*), et il a été condamné à vingt ans de galères. Dans Rome seulement, il y a deux cents assassins, on trouve deux cents cadavres dans les rues ; on guillotine, on fusille par derrière un homme le premier jour de carnaval et deux ou trois le reste de l'année. Nos Messieurs Lucas pourraient voir le bel effet de la suppression de la peine de mort. Je me suis fait raconter par des *assassins* le monologue qui a précédé le crime. La galère où l'on vit fort gaiement n'est rien ; la peine de mort les effraie excessivement, car ils croient fermement en la Madone, et en Dieu par amour pour la Madone, comme son beau-frère. Engagez le naufragé à vous conter l'histoire sous le secret de ce condamné pour lequel j'ai obtenu les lieux d'aisances. Salut et estime.

Adolphe DE SEYSSELS.

P.-S. — Compliments à MM. Victor Hugo, Magnin, Loève-Veimars, Taschereau. Dites bien que les étrangers comprennent le style de Voltaire et de Rollin et rien du tout à M. de S...[1] Ceci est à la lettre. La longueur de mon bavardage vous prouve, monsieur, tout le plaisir que j'aurais à vous consulter. Quel admirable style que celui de Tallemant des Réaux ! Supposez cela traduit par MM. de la *Revue des Deux Mondes* !

187. À MADAME DUCREST DE VILLENEUVE[2]

4 mars 1835.

Madame, figurez-vous qu'il y a à Vérone des philosophes sévères, ennemis déclarés des épanchements de l'amitié. Ces Messieurs allument leur pipe avec mes lettres, ce que je leur pardonne bien volontiers, mais aussi avec les lettres qu'on m'écrit. Peut-être que tout le monde est soumis à ce traitement, peut-être le souvenir de mon nom, dont on se rappela, lors de Trieste, a-t-il encore quelque influence. Ce que c'est que d'avoir un nom ! Il y a trois mois que, sentant cruellement cet inconvénient, je priai mes amis de Paris d'adresser leurs lettres à M. Bazin, à Marseille. Le ciel toujours bon a choisi ce moment pour envoyer le choléra aux grossiers Provençaux, et, dans leur peur, ils gardent toutes mes lettres, les croyant probablement un anti-cholérique. Une effroyable quarantaine ferme mon petit port. Le M[al] Marmont, arrivé hier de Malte, est en quarantaine pour dix jours et se fâche comme s'il s'appelait Catinat. Ce soir, au bal, un Monsieur aimable m'a dit : « Je pars demain pour Paris. » Ce qui fait que je suis sorti à 2 h. ½ et je vous écris ces lignes, la tête pleine des aventures du carnaval qui m'a fort amusé. D'abord je ne me marie plus[3]. M. le beau-père voulait passer sa vie avec moi ; il me trouve aimable. J'ai le caractère si mal fait que j'ai rompu sur-le-champ. Imaginez-vous un homme de 65 ans lié à mon pauvre individu et se croyant mon père ! Je ne dînerais pas tous les jours avec un vieillard quand il me donnerait cent francs par dîner. Qu'est-ce qu'un héritage pour lequel il faut faire la cour ?

La grande affaire du carnaval, c'est que parmi nos dames, les huit ou dix plus nobles et plus riches (il n'est pas question des dames non titrées) se sont avisées de se placer sur un canapé et de ne pas rendre le salut à toutes les autres. Elles les regardent fixement et puis détournent les yeux. En un mot, exactement le traitement que cette pauvre Mme de Sainte-Aulaire, que vous trouviez grande dame à Paris, a éprouvé à Vienne. Et quand *the husband* s'en est plaint *to the husband of the most impertinent, the celebrated*[1] prince Metternich, celui-ci s'est moqué de lui. Les petites manœuvres de nos exclusives ont fait mon bonheur pendant tout le carnaval. Du reste, je n'ai pas rencontré une seule femme, je ne dirai pas d'esprit, mais de la force de Mlle Poingferré de Serres[2]. Vous souvient-il de ce M. Mouton de Mont-de-Marsan ?

Décrivez-moi un peu votre Orient si vous voulez que mon imagination vous suive au milieu de vos grandeurs[3]. Faites-vous bien l'exclusive avec les pauvres femmes des petits lieutenants de vaisseau ? Répétez-vous souvent que la démocratie nous déborde ? Dites donc : *nous désourle*. Voilà un de mes bons mots à une demi-exclusive qui me répétait : *déborde* pour la dixième fois de la soirée.

Mme la Directrice de la Poste aux lettres de l'Orient ouvre vos lettres. C'est là la grande malice des petites villes. Faites mettre l'adresse par un commis de l'Amirauté. Signez : Augustine de Sève, et faites jeter à la poste à Nantes ou à Brest. Au lieu de : « Lebrun qui a si bien parlé de Corneille », mettez : « Brunle qui a parlé sur Neillecor. » Cela suffit pour des méchancetés de province. Je finis un roman[1] où je peins (comme disent les hommes de lettres, vos protégés), où je peins une ville de province de 30 000, vers Metz ou Nancy. Je l'appelle Montvallier. Là, mon héros devient amoureux. Dites-moi quelque chose de la province. Vous m'intéresserez doublement ou triplement. Présentez mes hommages respectueux aux personnes qui vous sont chères. Que devient la jolie Mme Martial ? *The husband* est-il jaloux ? Il ne voulut pas jadis la laisser à Paris pour se faire maître des requêtes. Écrivez à M. Bel, Palazzo Conti, Roma. Rien de plus. Ce Monsieur me remettra les lettres que je brûle de recevoir, car je suis bien aise de vous dire ici pour la première fois que je brûle.

Anastase DE SERPIÈRE.

188. AU DR PRÉVOST[2]

Rome, le 8 mars 1835.

Monsieur,

Je suis rempli de reconnaissance pour les bons avis que vous me donnâtes en décembre 1833. (J'ai la goutte et la gravelle, je suis fort gros, excessivement nerveux, et j'ai cinquante ans.) Vous me prescrivîtes le vin de Colchique et la privation absolue d'acides.

En rentrant ici, on me proposa un mariage ; je renvoyai le grand traitement, je me contentai de me priver entièrement d'acides. Je prends trois fois la semaine, pendant six mois de l'année, du bicarbonate de soude ou de potasse. Je rends des graviers parfaitement arrondis, comme par le frottement ; c'est, je pense, l'effet du bicarbonate. Au lieu de peser cinq grains, ces graviers ne sont pas d'un quart de grain et ne produisent aucune douleur. Je rends deux ou trois grains (poids) de graviers chaque semaine, en deux cents morceaux ronds. Je me prive entièrement de café depuis dix-huit mois, les douleurs d'entrailles ont presque entièrement cessé. Elles n'ont pas été au point de me faire jurer depuis la suppression du café. Quand je reprends du café, la douleur revient dans les entrailles et surtout à trois pouces à gauche du nombril. Je déjeune avec du thé et du beurre. Je bois peu de vin ; quand je bois du vin de Champagne, le lendemain je me sens beaucoup plus gai et moins nerveux. Depuis décembre 1833 je n'ai pas pris six grains de vinaigre ou d'acide de citron. Je me porte fort bien, ce dont je vous remercie. N'y a-t-il rien à faire ? S'il n'y a rien à faire, je vous prie sincèrement, Monsieur, de ne pas vous donner la peine de me répondre ; j'aime mieux que vous soulagiez un malade de plus. Je dîne tous les jours avec cet homme judicieux et bon, M. Abraham Constantin et nous parlons souvent de votre humanité et du soin avec lequel vous écoutez les malades.

Je suis, Monsieur, avec la plus sincère reconnaissance, votre très dévoué serviteur.

H. BEYLE.

189. AU DUC DE BROGLIE[1]

Civita-Vecchia, le 8 avril 1835.

[...] Je finirai par une anecdote qui a beaucoup occupé la Cour de Rome pendant le Carnaval, et dont j'ai connu le héros. Cela ne signifie rien au fond et je n'en parle ici que parce qu'il est possible que les journaux s'en emparent.

À l'époque de l'occupation française, le R. P. Mauro Cappellari quitta son couvent situé dans une île, à une demi-lieue de Venise, et entra chez M. Mutinelli, noble de Venise, pour faire l'éducation de son fils. Le Père était fort savant, et avait toutes les vertus ; il s'établit une tendre amitié entre le maître et l'élève. Quand le R. P. Cappellari quitta Venise, il continua à avoir un commerce de lettres avec son élève, M. Mutinelli fils. Il a exigé dernièrement que M. Mutinelli vînt à Rome ; il est arrivé vers Noël et a quitté Rome le second jour de Carême. M. Mutinelli peut avoir 36 ans, 12 ou 15 000 fr. de rente ; il a l'âme belle et beaucoup de bon sens. Du reste parfait Vénitien, il aime le plaisir par-dessus tout et a horreur de toute gêne. Il fait de bons ouvrages historiques que M. de Metternich ne lui permet pas d'imprimer, mais les refus sont exprimés avec beaucoup de politesse.

Il a été reçu par Sa Sainteté comme un fils et a passé chaque jour cinq ou six heures avec elle. M. Mutinelli a en horreur le rôle d'un courtisan adroit et prudent. C'est à son corps défendant qu'il a accepté la croix de Saint-Grégoire que son ancien maître a voulu absolument lui donner. La rondeur et le *que m'importe* font la base du caractère de Sa Sainteté. Le Pape se regarde comme un pauvre homme qui a gagné le gros lot d'une riche loterie, mais n'est nullement ébloui de ce hasard et regarderait comme humiliant *pour son esprit* de ne pas jouer le rôle de souverain avec aisance. Dans les cérémonies de sacristie, Sa Sainteté fait la conversation avec aisance, pendant que des quantités de moines viennent lui baiser le pied. Le Pape s'applique avec soin à tirer tout le parti possible de sa position pour sa santé et son bonheur. C'est le véritable caractère du philosophe vénitien, que rien n'éblouit et qui est toujours amateur des plaisirs, et de sens froid à la première place comme à la dernière. Les seuls libéraux troublent sa vie et il les hait. Le gouvernement de l'Église, les disputes entre couvents, le soin de nommer les plus dignes aux places ecclésiastiques, occupent surtout Sa Sainteté. Les soins temporels ne viennent qu'après, et la modestie, qui est une des vertus de Sa Sainteté, fait que souvent, lorsqu'il s'agit des choses temporelles, elle s'excuse sur son ignorance.

Sa Sainteté prenait M. Mutinelli avec elle dans ses promenades ; le faste qui accompagne le souverain gênait M. Mutinelli : « En vérité, je ne sais comment parler à Votre Sainteté. — Comme autrefois, je suis toujours le maître et vous le disciple ».

Arrivé à deux milles hors la ville, le Pape descendait de voiture, prenait M. Mutinelli sous le bras, et promenait pendant deux heures, laissant sa suite à cinquante pas derrière. Cette suite était fort étonnée, et même un peu alarmée. Les gens au courant prétendent que si M. Mutinelli, qui est veuf, l'eût désiré, il eût pu devenir Prélat, grand Chambellan, et bientôt cardinal, mais rien n'est plus antipathique au caractère ouvert et gai de M. Mutinelli que les devoirs imposés par les grandes places.

— « Votre Rome me paraît la plus triste chose du monde, disait-il au Pape et je suis sûr qu'il ne se passe pas de journée sans que Votre Sainteté ne regrette Venise. » Sa Sainteté demandait souvent des nouvelles, parlait de tout avec la simplicité qu'un noble vénitien a avec ses intimes, et disputait souvent avec M. Mutinelli.

Celui-ci s'est fait un point d'honneur de ne rien changer à son langage. En parlant d'un cardinal, il disait fort bien : « Ce Coquin d'un tel ! » et si le Pape niait, M. Mutinelli soutenait son avis, comme il eût fait avec un particulier.

— « Je n'ai pas menti une seule fois au Vatican, disait M. Mutinelli. Pour me rappeler mon devoir je ne suis jamais allé chez Sa Sainteté qu'en redingote. Excepté feu le cardinal Albani, disait M. Mutinelli, la plupart de vos cardinaux ne sont pas de force à être sous-préfets. Ils vous font haïr bien gratuitement.

— Tant pis pour qui me hait ; on ne viendra pas m'arracher de ce fauteuil ! Et où vouliez-vous que je trouve des gens de la force d'Albani ? Que pensez-vous de un tel ?

— C'est un des plus insignes coquins de votre cour.

— Et Ciacchi ?

— C'est un homme du premier mérite, il en faudrait une douzaine comme cela à Votre Sainteté. »

Sa Sainteté comparait sans cesse les personnages qu'elle emploie aux personnes employées par Napoléon à Venise vers 1810. Pendant des promenades entières, Sa Sainteté parlait à M. Mutinelli d'astronomie et des progrès que cette science a faits depuis Lalande. Sa Sainteté est absolument un noble vénitien devenu doge, et parle des souverains absolument comme si de tout temps ils eussent été ses égaux.

— D'ailleurs que peuvent ces gens-là pour ou contre nous ? (*Nous* pour moi, façon de parler que Sa Sainteté a adoptée avec beaucoup d'aisance).

En arrivant à Rome il y a quelques années, Mgr Cappellari avait écrit à M. Mutinelli une lettre critique sur tout ce qu'il voyait dans le gouvernement ; il finissait par exprimer la plus grande envie de retourner à Venise et le plus vif dégoût pour tout ce qu'il voyait à Rome. M. Mutinelli a parlé de cette lettre à Sa Sainteté. « Je la verrais avec plaisir. » Le lendemain M. Mutinelli, l'a apportée. Sa Sainteté a beaucoup ri en la lisant.

— « Si vous vouliez la signer de votre signature actuelle, ce serait une pièce bien curieuse dans ma bibliothèque. » Sa Sainteté a pris la lettre, et l'a signée en riant.

Le Pape ayant été pauvre toute sa vie n'a pas l'idée de plaisirs bien délicats, mais ceux-là il les savoure avec la véritable philosophie d'un Vénitien. Sa Sainteté parle de 15 ou 20 francs comme d'une somme considérable. Elle a en horreur la dignité et la *comédie sublime* que certains Conseils français voudraient lui faire jouer. Sa Sainteté lisait les *Paroles d'un croyant* avec beaucoup d'admiration. « Quel style ! — Celui de la condamnation qu'on vous a fait signer ne ressemble pas à celui-là. — Pièces de chancellerie, répondit le Pape. Rappelez-vous les réponses officielles d'un tel. » (Sa Sainteté nomme un seigneur vénitien dont j'ai oublié le nom). Ce qu'il y a de singulier c'est que M. Mutinelli ne s'est pas démenti un seul moment. La veille de son départ, il revenait du Vatican ; nous le vîmes, sans croix. « J'ai pris congé de Sa Sainteté, je ne la reporterai jamais (la décoration). *Mi par mill'anni di riveder l'Opera a Venezia*[1]. *J'y serai dans sept jours grâces à Dieu!* Sa Sainteté qui sait que M. Mutinelli connaît la famille Cappellari, ne lui a pas dit : « *Salutateli di mia parte*[2] ». C'est un usage auquel aucun Italien n'eût manqué.

M. Mutinelli et nous étions pénétrés de la plus vive admiration pour les vertus naïves et sublimes de Sa Sainteté.

[...]

190. À DOMENICO FIORE

Civita-Vecchia, avril 1835
Ennuyeux comme la peste.

Je touche ici à la barbarie, j'ai la goutte et la gravelle, et je suis fort gros, excessivement nerveux et j'ai cinquante-deux ans ! Ah ! si j'avais su en 1814, mon père ruiné, je me serais fait arracheur de dents, avocat, juge, etc., etc. Je suis si abasourdi de m'ennuyer à ce point que je ne désire rien, je suis noir ; vous comprendrez l'excès de mon marasme quand je vous avouerai que je lis les annonces de la *Quotidienne* ! en être réduit à ce régime, m'assomme ! j'ignore tout dans ce séjour enchanté...

Le seul malheur est de mener une vie ennuyeuse...

Ah ! que n'ai-je une chaumière ou quinze cents francs dans la rue Saint-Roch ! Je suis bien, certainement, mais je crève d'ennui. Le vrai métier de l'animal est d'écrire un roman dans un grenier, car je préfère le plaisir d'écrire des folies à celui de porter un habit brodé qui coûte huit cents francs[1]. Je vais à Rome quand je veux, mais cependant, au fond, il faut tenir à son poste. Or, que faire dans ce poste ? J'y deviens plus stupide chaque jour ; je ne trouve personne pour faire ces parties de volants qui s'appellent avoir de l'esprit. Je suis arrivé à ce point de décadence que dès que je cherche à former des caractères possibles, je suis absurde ; dans l'abominable absence d'idées où je végète, je ressasse toujours les mêmes données.

Pas l'ombre de société, et Dominique doit dire qu'il s'amuse et est enchanté de sa place ! Car l'on m'écrit de Paris qu'il faut, moi aussi, tromper et ne pas dire que je m'ennuie, et cela sous peine de passer pour un homme léger, jamais content de rien. Aussi, viens-je d'écrire à Mme Azur[1] que je n'écrirais plus, mais pour garder ma place... Être obligé de trembler pour la conservation d'une place... Être obligé de trembler pour la conservation d'une place où l'on crève d'ennui !

Voyez donc si l'on ne pourrait pas avoir *two thousand* (2 000 francs) à Lutèce ; une chambre au midi et au cinquième. La petite chambre avec cinq francs de revenu et cinq francs gagnés par un roman, serait le bonheur suprême. Je suis fait pour vivre avec deux bougies et une écritoire, et maintenant, en vous écrivant je suis heureux ainsi. Mais je m'ennuie dans mon nid d'hirondelle !

Adieu, j'ai envie de me pendre, et de tout quitter, pour une chambre au cinquième étage, rue Richepanse.

L'ennuyé, Baron DORMANT.

191. À DOMENICO FIORE

Rome, le 15 avril 1835.

Il est inutile, dites-vous, grand philosophe, de lui chercher *une chambre au midi et au cinquième* ; ce sont les propres mots de votre lettre. Ce sont aussi les mêmes mots dont se servait Paul-Louis Courier, dans cette fameuse promenade de quatre heures, le mardi gras, tête-à-tête avec moi, et qui se termina par un dîner chez Biffi, qu'il trouva trop cher, ce qui me donna beaucoup d'orgueil ; il fut tué huit jours après[2]. Mais l'orgueil ne vint pas de la mort de ce grand homme, mais de voir qu'il partageait des faiblesses abominables, que le courant de la conversation me porta, ce jour-là, à lui confier ; et comme il les partageait, leur récit ne l'ennuyait point. « Je ne crois pas que la position de Dominique soit mauvaise ». Tant pis ! mille fois tant pis ! La petite chambre, avec cinq francs de revenu et cinq francs gagnés par les *Bois de Prémol*[1] serait le bonheur suprême.

Il n'y a pas de musique à Rome. Quatre années de solitude avec des buses savantes, qui répondent après avoir pensé un quart d'heure, m'assomment, quoique chaque année de cette solitude ait été payée, d'abord onze mille francs, et maintenant depuis les ordonnances de M. Victor[2] sur les chanceliers, neuf mille huit cents francs seulement.

J'ai adoré, et j'adore encore, du moins je le crois, une femme nommée mille ans[3]. La passion a été une folie de 1814 à 1821. J'ai obtenu en mariage sa sœur aînée, nommée Rome ; c'est un mérite grave, sévère, sans musique ; je la connais exactement et à fond ; il n'y a plus rien d'exalté ni de romanesque entre nous après quatre années de matrimonio ; je l'abandonnerais avec plaisir pour Mlle Valence, de laquelle on dit beaucoup de bien ; mais le caractère d'une jeune fille est un problème. Si, au lieu d'une anguille, je trouve, en plongeant la main dans le sac fermé, que je n'ai saisi qu'un serpent ! — Je n'ai pas voulu me marier, il y a un an, à une grande jeune fille qui alors me voulait du bien, à cause du beau-père qui, amoureux de la *furia francese*[4], prétendait vivre avec moi[5].

192. AU DUC DE BROGLIE

Civita-Vecchia, le 19 mai 1835.

Monsieur le Duc,

Je profite du départ du bateau à vapeur *la Méditer-*

ranée pour annoncer à Votre Excellence la prochaine arrivée de Sa Sainteté[1] en ce port.

On attend le pape demain 20 mai. Sa Sainteté honorera la ville de sa présence pendant trois jours; il y a 31 ans qu'un pape n'est venu à Civita-Vecchia. On élève un arc de triomphe au milieu de la place *San Francesco*, la principale de la ville. Il y aura illumination du port. En général les habitants sont indifférents. C'est avec peine que l'on recrute des jeunes gens appartenant au commerce pour dételer les voitures de Sa Sainteté. Il y a quatre ans, on se serait disputé cet honneur. Ce changement a été opéré par l'administration capricieuse de Mgr Peraldi, délégat de cette province (préfet).

Ce qui frappe le plus le haut commerce, qui est l'aristocratie de ce pays, c'est que Sa Sainteté est accompagnée de M. Sebregondi.

[...] Je crois avoir parlé de M. Sebregondi dans ma lettre du 5 avril[2] (de laquelle, par prudence, je n'ai pas gardé de copie, n'ayant aucune confiance dans les personnes qui m'entourent). Au risque de me répéter je dirai que M. de Metternich a admirablement compris que l'on ne peut mener la cour de Rome qu'en la payant ou en lui faisant peur. Or, ces gens à imagination ne seront jamais effarouchés longtemps d'un homme qu'ils connaissent à fond, d'un ambassadeur par exemple. M. de Metternich a toujours à Rome un agent secondaire qui inquiète beaucoup les vingt ou trente personnes qui forment la camarilla en ce pays.

Nous avons vu d'abord M. Prokesch qui, à Rome, passait pour le fils naturel de M. de Metternich; homme sans moyens. M. Sebregondi, l'épouvantail actuel, remplit admirablement sa mission. Il fait peur à tout le monde, même à la municipalité de Civita-Vecchia. Je ne lui connais d'antagoniste que le seul comte Moroni[1], vieillard sans talents et d'ailleurs absorbé dans ce moment-ci par les nouvelles d'Espagne.

Le pape régnant a toutes les vertus, mais Sa Sainteté ne fait rien dans la partie riche de ses États, de Bologne à Ancône, et de Spolète à Rimini, sans avoir l'assentiment de M. Sebregondi.

193. AU DUC DE BROGLIE

[Civita-Vecchia le 20 mai 1835.]

Sa Sainteté est arrivée aujourd'hui à une heure après midi. Sa voiture a été dételée aux Case Nuove, à cinq cents pas de la ville. Les premiers négociants de la ville, MM. Guglielmotti, Defilippi, Alberti, etc., ont traîné la voiture du pape jusqu'à la porte. Là, Sa Sainteté est descendue et elle a traversé à pied toute la ville pour venir à son palais. Sa Sainteté s'est arrêtée pour lire l'inscription de l'arc de triomphe qu'on avait élevé sur la place de Saint-François ; elle est entrée dans l'église de ce nom pour faire sa prière. Sa Sainteté paraissait fort sensible à l'accueil qu'elle recevait et qui, réellement, n'a rien laissé à désirer.

Je suis dans mon lit avec la fièvre et la goutte depuis deux jours ; je me suis fait saigner aujourd'hui et j'espère demain pouvoir me présenter à l'audience de Sa Sainteté avec les autres consuls.

[...]

22 mai.

Hier, 21, Sa Sainteté est allée à Allumière ; aujourd'hui elle est allée voir les salines de Corneto. J'espère que ce soir elle honorera de sa présence le bateau à vapeur *le Sully*. Je me suis entendu à ce sujet avec Mgr Fieschi, *maestro di camera* de Sa Sainteté. Sa Sainteté montre la vigueur, la force et la gaîté d'un homme de vingt ans. M. Sebregondi est constamment avec elle.

[...]

23 mai.

Je n'ai pu voir le pape même à son départ, étant toujours retenu au lit par la fièvre et la saignée. Sa Sainteté a été parfaite pour tout ce qui est français. J'apprends que sa navigation de dix lieues sous le pavillon tricolore a produit le plus grand effet à Naples. Le pape a été constamment un homme gai, jouissant de sa position ; au départ, elle serrait la main à tout le monde, ce dont gémissaient le prince Massimo et les autres courtisans attachés à l'étiquette.

Quelque étrange que le fait suivant puisse paraître à Paris, je regarde comme constant que le gouvernement de ce pays voit avec peine l'arrivée des bateaux à vapeur à Civita-Vecchia. La diffusion d'opinions qui ne sont pas les siennes est à ses yeux le plus grand mal possible. La course de dix lieues que Sa Sainteté a daigné faire sur le bateau à vapeur : *la Méditerranée* et les respects sans bornes dont, d'après mes prières, Sa Sainteté a été l'objet à bord, ont fortement contrarié certaines personnes, et j'espère avoir à porter remède à moins de tracasseries pendant deux ou trois mois.

194. À DOMENICO FIORE

Rome, le 16 août 1835.

Nous assistons au spectacle comique de la peur sous toutes ses formes ; il y a de quoi en dégoûter. Deux ivrognes sont morts cholériques à Florence, autant à Bologne. Les agents nés Français, pour n'être pas soupçonnés de peur, nient le choléra, quoiqu'il existe dans leur résidence ; ce qui tend à discréditer nos nouvelles auprès des gens du pays.

Hier, j'ai pensé vivement à vous. Je me trouvais dans la plus grande église de l'inquisition ici et de toutes les inquisitions du monde ; elle était remplie de monde moyen et de beau monde, à ne pas trouver place. Je m'étais glissé dans la saillie de la statue d'un tombeau, et je regardais toutes ces têtes animées par la peur. La mienne était pleine de calculs mathématiques. Si les choses se passent comme à Paris, combien de ces gens-là partiront ! Sur neuf cent mille habitants, Paris en a perdu vingt mille, ou deux sur quatre-vingt-dix, ou un sur quarante-cinq. Nous étions bien dix-huit cents dans cette église !

Tout à coup, à la chute du jour, le jacobin, assez bon prédicateur, s'est écrié avec une voix tonnante : « Mes frères, disons un *Pater* et un *Ave* pour le premier d'entre nous qui mourra du choléra. » Les femmes ont crié du haut de leur gosier ; cela ressemblait à un supplice, et je ne l'oublierai point. On a achevé dans les larmes le *Pater* et l'*Ave*.

J'ai envoyé six de mes pages à M. Dijon[1] ; j'ai parlé avec la même sincérité qu'à vous ; le ton de sa lettre semblait m'y autoriser. Mais les âmes qui ont des hôtels sont comme le marbre de la porte, très polies et très froides; — ce sont les révoltes et les assassinats, et non la maladie, qui nous feront danser ici.

195. À ALBERT STAPFER[1]

Civita-Vecchia,
27 septembre 1835.

Cher et aimable Ami,

Je reçus votre lettre de La Rochelle avec le plus vif plaisir; je la lus et relus. Trois jours après, j'allai me promener sur le bord de la mer avec deux amis italiens, l'un desquels a fait une bonne traduction de Thucydide[2]. Nous nous assîmes un instant pour goûter la brise du large, je parle en marin à un Rochelais. Le lendemain j'ai eu une fièvre de cheval, je suis resté 27 jours sans dîner. Là-dessus sont arrivées les grandes chaleurs. J'étais assommé de mon écriture officielle, j'ai compté sur votre amitié et attendu la santé parfaite pour vous répondre. Aujourd'hui il y a dans l'air un orage de sirocco et je tremble comme un vieillard. Je vous félicite bien sincèrement d'avoir trouvé un compagnon de vie, on peut trouver des moments d'impatience dans le mariage, mais jamais l'ennui noir et profond du célibat! Vous avez un caractère élevé, juste et ferme, et sans flatterie de tous les jeunes gens que je connais, c'est vous que j'aurais choisi pour le mari de ma fille si j'en avais une. Tâchez de ne pas prendre la vie raisonnablement, la vie est une chose triste, si l'on tire des conséquences justes des choses on la rend bien plus désagréable que si l'on secoue un peu les oreilles, *cras ingens iterabimus æquor*[3].

Il y a une chose dont je suis souverainement curieux,

c'est la vie morale d'une petite ville de France, par exemple La Rochelle. Connaissez-vous un bourgeois de La Rochelle garni de 8 000 francs de rente et âgée de 40 ans ? À quelle heure se lève-t-il, et que fait-il heure par heure ? Que pense-t-il de Voltaire, de Rousseau, de M. de La Mennais, et de Louis-Philippe ? Il prend sans doute Mme Pasta pour une chanteuse des rues, se jetant à la tête de tous les passants[1].

Je fais un roman en 2 vol. in-8°, intitulé *Le Chasseur vert*[2]. Avez-vous lu *Le Rouge* ? Auriez-vous le courage de me dire *exactement* tous les défauts vus par vous ? Je tâcherai de les éviter dans *Le Chasseur vert*, que je ne puis imprimer tant que je mange au budget[3]. J'ai une collection en 12 vol. in-fol. manuscrits, qui me coûte 2 000 fr. Ce sont des anecdotes originales et parfaitement vraies, écrites par des contemporains en style du temps[4]. J'en ai de 1300, de 1400, de 1500. Ce genre n'est devenu plat en Italie que lorsque le pays a été entièrement avili vers 1680. Alors régnait le faux esprit. Un bâtard d'une des plus grandes familles a eu l'idée d'écrire sa vie comme J.-J. Rousseau. Jamais il ne dit : *le soleil se lève,* mais : *Phébus sortit du sein des ondes*. Cela est assommant. Malgré ce défaut, j'ai acheté 300 francs le droit de faire copier ces confessions. L'auteur vivait à Rome lors de l'entrée de Christine de Suède en 1665, je crois[5].

[...] J'ai posé pour les mains de la statue de Mirabeau, de M. Jaley[6]. Je vous recommande l'ouvrage et l'auteur, cela est fait en conscience. Ne pensez-vous pas que notre Révolution n'a que trois hommes : Mirabeau, Napoléon et La Fayette, plus un Dave[7] adroit, M. de Randtalley[8].

196. À ALPHONSE LEVAVASSEUR

Civita-Vecchia,
le 21 novembre 1835.

Je suis véritablement touché, Monsieur, de la lettre aimable que vous avez pris la peine de m'écrire. Je ne suis pas liant de ma nature; les hommes m'ennuient pour la plupart. Par conséquent, beaucoup de gens seraient charmés de répéter: «Il ne s'occupe pas de son métier; voyez, il a le temps d'écrire des fadaises». Que serait-ce, si dans ces fadaises il y avait de petites plaisanteries occasionnelles sur les niaiseries utiles aux gens puissants? Que dirait votre ami le *Journal des Débats*? Il est permis de tout dire, pourvu que vous ne parliez ni de ceci, ni de cela, ni de cette autre chose encore, ce qui tend à nous faire recommencer la littérature de l'Empire.

J'ai donc fait un roman dont le style est, j'espère, moins haché que celui du *Rouge*, deux gros volumes ou trois petits. Si la littérature pouvait me donner trois mille francs par an, je vous enverrais *le Chasseur vert*; car je préfère le plaisir d'écrire des folies à celui de porter un habit brodé qui coûte huit cents francs.

J'ai acheté très cher de vieux manuscrits en encre jaunie, qui datent du seizième et du dix-septième siècle[1]. Ils contiennent en demi-patois du temps, mais que j'entends fort bien, des historiettes de quatre-vingts pages chacune et presque tout à fait tragiques. J'appellerai cela *Historiettes Romaines*. Il n'y a rien de croustilleux comme dans Tallemant des Réaux; cela est plus sombre et plus intéressant. Quoique l'amour y joue un grand rôle, aux yeux d'un homme d'esprit ces historiettes seraient l'utile complément de l'histoire d'Italie au seizième et dix-septième siècles. Ce sont ces mœurs qui ont enfanté les Raphaël et les Michel-Ange, que l'on prétend si niaisement recommencer avec des académies et des écoles des beaux-arts. On oublie qu'il faut une âme hardie pour conduire le pinceau le plus habile, et l'on n'arrive qu'à de pauvres diables, condamnés à faire la cour à un chef de bureau pour avoir la commande d'un tableau.

Mais pardon, Monsieur, je m'égare, j'imite trop Pindare. Ne montrez pas ma lettre aux demi-sots, et croyez que je serais charmé de vous donner un ouvrage que, par votre talent, vous placeriez rapidement sous les yeux des bons juges, ce qui m'a toujours manqué.

J'écris maintenant un livre qui peut être une grande sottise ; c'est *Mes Confessions*, au style près, comme Jean-Jacques Rousseau, avec plus de franchise[1]. J'ai commencé par la campagne de Russie en 1812 ; j'étais en colère de toutes les platitudes de M. de Ségur, qui, lui, veut voler le grand cordon de la Légion d'honneur. À côté de la campagne de Russie et de la cour de l'Empereur, il y a les amours de l'auteur ; c'est un beau contraste. (Beau ici veut dire grand). Peut-être la franchise de ce manuscrit le rendra-t-il trop ennuyeux pour être publié.

On me dit que vous annoncez un *nouveau roman de M. de Stendhal*. À la bonne heure ; si donc je fais un héritage de trois mille francs de rente, je vous enverrai *le Chasseur vert*, qui sera tout fier d'avoir été annoncé pendant deux ou trois ans. Ce roman peut aussi s'appeler *les Bois de Prémol*, si cela vous convient mieux. Voilà, Monsieur, tout ce que je puis faire de littéraire en ce moment.

197. À MADAME JULES GAULTHIER

Civita-Vecchia [États romains],
le 14 mars 1836.

Pardonnez-moi mon silence, mon aimable amie ; si j'eusse voulu forcer le naturel, vous me seriez devenue corvée et devoir. Je n'ai pas écrit deux lettres depuis trois mois. Je trouve que *les convenances* sont une des plus tristes niaiseries, et qu'au moyen de cette invention des sots, les devoirs que le monde impose donnent plus d'ennui et de gêne que ses plaisirs ne donnent de plaisir. Vous écrivant par force, ma lettre eût ennuyé vous et moi : c'est comme faire l'amour par force. Je viens d'avoir l'honneur d'écrire à Mme de Tascher, vivant au faubourg Saint-Germain ; peut-être Mme de Tascher sera scandalisée de ma lenteur[1]. Trouvez, je vous prie, quelque excuse passable.

Parlons de choses tristes. J'ai admiré votre conduite auprès de Mme votre mère ; je vous en félicite de tout mon cœur. Il est admirable de lui avoir voilé ce funeste moment[2]. Je donnerais une année de celles que le hasard me destine pour finir ainsi. C'est le plus grand service possible, un service en action et non en paroles. Rappelez-moi au souvenir de mon ancien collègue, M. de la Bergerie, à celui de M. Gaulthier, et de Mme... À propos d'anciens amis, je suis bien étonné et encore plus satisfait que M. le M. de... se souvienne encore d'un si petit personnage. Remettez à cet excellent homme le petit mot ci-joint quand vous le verrez. Je ne vous répèterai point l'admirable mort de Mme Lætitia ; j'en dis un mot à Mme Tascher. Elle n'a jamais senti, depuis 1815, ce qui avait rapport au rang. C'était une âme digne de Plutarque ; le contraire, c'est-à-dire, d'une princesse ordinaire. L'air de Paris ne lui avait point ôté la *faculté de vouloir*, qui n'existe plus à quarante lieues à la ronde de Notre-Dame. La faculté de vouloir cesse, au Midi, à Valence, Dauphiné. Autour de Paris, on est civilisé, modéré, juste, quelquefois aimable, mais comme une jolie miniature est aimable. Ce qui est le plus antipathique, ce me semble, à ce qui a habité plus de dix ans Paris, c'est l'*énergie* dans tous les genres. Fieschi[1] était abominable ; c'était un homme du bas peuple ; mais il avait plus de faculté de vouloir à lui seul que les cent soixante pairs qui l'ont condamné. Fieschi était l'Italien avec quatre dièses donnés par sa qualité d'insulaire. Je vous conterai, si jamais je vous vois, l'empoisonnement des quatre réformateurs archevêques, exprès envoyés assez récemment en Sardaigne, pour réformer un peu le clergé, à moi raconté par un prêtre, qui trouvait cet empoisonnement fort naturel et même fort juste. Ces messieurs furent empoisonnés à Sartène, et j'ai vu le corps du premier d'entre eux rapporté à Civita-Vecchia par un bâtiment de guerre sarde. M. le cardinal Zurla[2] un peu savant, très méchant, très gros, encore plus libertin, est allé à Palerme, il y a dix-huit mois, pour réformer un peu les mœurs du clergé de Sicile ; il était ami intime du pape, et a été bravement expédié au moyen d'une tarte. Il est vrai qu'on a appliqué à son corps le nouveau procédé d'embaumement, qui conserve parfaitement, dit-on. Je le suis allé voir avec cette noble comtesse dont je parle à Mme la comtesse Tascher. Elle a eu le courage de le prendre par la main dans son cercueil. Le cardinal Zurla y était couché sur le dos, revêtu de ses beaux habits. Les lèvres et les yeux étaient bleus-lapis ; toute la figure retirée et fort triste à voir. Ma dévote amie en a été frappée pendant quinze jours. J'y ai mené ma cousine, Mme la comtesse d'Oraison[1], qui, arrivée à la belle église de San Gregorio, sur le mont Celius, n'a pas eu le courage d'aller voir cette horreur. La morale de ceci se réduit à ces mots : Rappelez-vous que Fieschi, c'est l'Italien. À mesure que l'on monte dans les rangs élevés, on trouve des ducs de M…, qui n'ont de caractère que le pistolet à la main, et cela parce qu'il y a une formule pour les duels, et que l'on n'a pas à redouter le *ridicule*. En 1300, tous les Italiens étaient comme Fieschi. Le fameux Benvenuto Cellini[2] qui est venu à Paris en 1540, pour faire la *Diane*, au rez-de-chaussée du Louvre (sous l'horloge, à droite), était un Fieschi. En 1530, Florence fut prise ; de ce moment, l'*énergie* fut pourchassée en Italie.

Réellement j'écris trop mal. C'est que mon plaisir est d'écrire pour les imprimeurs. En écrivant comme vous voyez, j'arrive à vingt-cinq pages en trois ou quatre heures, après quoi je suis mort de fatigue. J'ai écrit dernièrement la *Campagne de Russie*, et la *Cour de Napoléon*, avec moins de talent et plus de franchise que Rousseau. Je laisse ces confessions à un ami suisse, qui les vendra dix ans après moi, en 1856. Tous les noms sont chargés et, d'ailleurs, qui prendra intérêt en 56 à la mémoire de mes protecteurs en 1812, alors acteurs de la comédie ? Peut-être aucun libraire ne voudra se charger, en 1856, d'un manuscrit où j'ai évité l'emphase comme la peste.

J'ai demandé un congé pour juin prochain. Je serais bien content qu'un tiers eût gardé quelque souvenir de nos discussions sur Shakespeare. Mais apparemment que je suis moqueur sans le savoir. Tous mes amis donneraient six francs pour qu'on me jetât sur le nez un verre d'eau sale, quand je sors avec mon bel habit. Cela ne me met nullement en colère. Je ne changerai pas pour les dix ou vingt ans qui me restent encore, quand je devrais être fait officier de la Légion d'honneur. — J'ai demandé le consulat de Carthagène, mais ceci est un secret. Je voudrais voir un peuple qui agit. Ce que je désirerais, ce serait d'échanger ma place de dix mille francs pour celle de M. votre beau-frère à la Cour des Comptes. Ma place ferait la félicité d'un jeune homme à vanité ; il pourrait avoir le sixième salon et rang à Rome, et, pour l'amabilité, le troisième ou le deuxième. Vingt princes ou grands d'Espagne afflueraient chez le consul de France à Rome ; mais ce diamant est ignoré à Paris et ce serait fort pesant pour moi. — Écrivez-moi et croyez à tout mon dévouement éternel.

P.-S. — Qu'est devenu le roman de Mme... ? Ne connaît-elle pas M. Ch[asles] ou quelque autre homme de lettres qui puisse la prôner ? — Qu'est-ce que Mme la comtesse d'Oraison, fille de M. le Comte Daru ? Je n'ai pu deviner son caractère. Avez-vous des nouvelles de Mme la comtesse Curial ? Qu'est-ce que Mme la comtesse B[eugnot], femme de M. le comte A[rthur] B[eugnot] et successeur de cet homme d'esprit qui avait peur de tout ? — Dites-moi si un chat est mort dans votre rue. Ce sont les petits détails qui me sont précieux. La société change depuis 1830, et je ne suis pas là pour voir ce changement. J'ai envie de me pendre et de tout quitter pour une chambre au cinquième étage, rue Richepanse.

198. À MADAME JULES GAULTHIER

Paris, le 7 octobre 1836.

Je me moquerais bien, ma chère amie, que Julie fût *envieuse*, si cela ne nuisait pas à son bonheur. Mais la *vue* du bonheur des autres rapprochée de celle de notre mauvaise position, engendre *subito* du malheur.

Je rentre pour vous écrire ; je suis horriblement pressé et bien fâché de votre absence. Quand revenez-vous ? Je ne partirai qu'en décembre, peut-être en janvier. Envoyez-moi une description exacte de ce que vous faites ; surtout ne songez jamais aux choses tristes : c'est la vieillesse.

Je voulais remercier Mme D… du joli billet qu'elle a pris la peine de m'écrire ; mais le temps, non la volonté, manque. Il faut s'habiller pour un dîner, invité avec des demoiselles qui gagnent quarante francs, toutes les fois qu'elles dansent. Voilà la société la moins triste, par conséquent la meilleure.

[…]

Timoléon Brenet.

199. À MADAME JULES GAULTHIER

Paris, le 1er novembre 1836.

[…] Mme Murat[1] est ici, qui n'a qu'une fortune médiocre. Elle a obtenu la permission de passer l'hiver à Paris et paie cher un appartement meublé. Elle en a trouvé plusieurs à six mille francs par mois ; mais quand on est venu à nommer la femme pour qui on cherchait l'appartement, on a demandé sept mille francs ou l'on a fait des difficultés équivalentes. Dernièrement, on a trouvé pour six mille francs un bel appartement rue Ville-l'Évêque. La personne qui loue est Mme la comtesse de C…-V… (celle qui a brûlé la cervelle au cheval de son mari). Arrivée au moment critique de dire : *C'est pour Mme Murat,* la personne qui traitait a été bien étonnée : « Que ne nommiez-vous plus tôt Mme Murat ! pour elle, ce ne sera que cinq mille francs par mois, et je lui laisse tous les petits bijoux qui garnissent les tables ». Mme Murat les refusa, de peur de les voir casser. En un mot, ces dames en sont aux combats de politesse et de bons procédés.

Mme Récamier en est aux petits soins avec Mme de Lipona[1]. Cette dernière était à l'Abbaye-aux-Bois, quand on a annoncé M. Sosthènes de la Rochefoucauld (qui a mis jadis la corde au cou à la statue de l'Empereur sur la place Vendôme). Mme Récamier a offert de lui faire refuser la porte. « Non pas, a dit Mme de Lipona, la statue est remontée à sa place, j'oublie les gens qui l'ont fait tomber. » Cela a été mieux dit, j'étrangle cette belle réponse, digne de Plutarque.

Dites-moi où je pourrai vous rencontrer ; prévenez-moi deux jours à l'avance. Je compte ne partir qu'en décembre.

200. À ADOLPHE DE MARESTE

Paris, le 9 juillet 1837.

[...]

Vous voilà à Lyon, vous bâillez ; c'est l'usage en cette ville.

Entrez dans le vestibule de l'Hôtel de Ville ; vous voyez à gauche, la statue colossale du Rhône, par Coustou. Derrière sont les deux fameuses tables, qui contiennent le discours de Claude au Sénat, pour proposer d'admettre les Gaulois dans le Sénat. Tacite a rapporté ce discours, *Annales II*. Ceci donne le moyen de vérifier une chose bien curieuse. Tacite n'a pas inventé ce discours ; il n'a fait que *corriger* celui de Claude. La statue colossale du Rhône n'empêche-t-elle pas de lire le discours de Claude ? Voilà la question que je vous fais.

Dans l'article[1], je me moque un peu des Lyonnais ; ils se moqueraient de moi, s'ils prouvaient qu'ils ont éloigné le Rhône colossal et que l'on peut fort bien lire *l'inscription*. Il me faut trois ou quatre anecdotes d'amour, de une page. Relisez vos mémoires.

COTONET.

201. À ABRAHAM CONSTANTIN

Paris, le 11 juillet 1837.

Cher ami, j'ai été absent pendant six semaines ; à mon retour, j'ouvre votre lettre ; vous devez me croire mort ou bien oublieux, ou bien ni l'un ni l'autre.

Je me souviens fort bien que je voulus vous écrire le jour de l'ouverture de l'exposition ; mais je fus tellement navré par la triste vue d'une médiocrité aussi générale, que je n'en eus pas la force ; je n'aurais voulu accepter, si on me les avait donnés en cadeau, que quelques paysages ; par exemple, la *Vue de Dinan*, par M. Dagnan. Le *Charles Ier* et le *Strafford*, de M. Delaroche ne sont que des tableaux de genre, vus au microscope ; ils ont eu beaucoup de succès dans le grand monde ; c'est qu'il s'est reconnu dans les personnages de M. Delaroche ; ils sont vêtus avec la plus grande recherche, et leurs figures n'annoncent aucune énergie. L'énergie, dans tous les genres, et la bête noire de la bonne compagnie ; elle a été enchantée du salon, parce qu'elle n'y trouvait aucun de ces essais hardis qui annoncent de l'énergie. On veut, toutefois, une certaine élégance et de l'esprit. On a trouvé fort plat le grand tableau de M. Signol, qui, dit-on, cherche à se concilier les suffrages des dévots.

On a trouvé le *Saint-Clair* de M. Flandrin, une chute immense ; après les envieux du Dante, c'était mon jugement de Rome. On n'a pas daigné regarder l'immense tableau de M. Tassy ; on s'est surtout moqué de son portique de restaurateur nouvellement badigeonné. Court a fait de bons portraits. M. Dubuffe peint les duchesses comme si elles étaient des filles ; peut-être ne se trompe-t-il pas. Il a martyrisé la figure du général Athalin, fort ressemblant d'ailleurs ; jamais on n'a appliqué la couleur sur une toile avec plus de négligence : un aveugle, en passant la main, croirait qu'on a voulu peindre des montagnes.

Trois ou quatre Allemands ont paru au Salon ; l'un d'eux, qui s'appelle à peu près Winterhalter, a peint le *Décaméron* ; huit jolies femmes et deux hommes assis sur le gazon, dans une villa, près San Miniato. Cela ressemble à un éventail ; le paysage est fort ressemblant. M. Paturle a acheté cela huit mille francs. On a estimé les trois autres Allemands ; mais leur couleur est trop laide, tout est gris ; il en est de même du *Christ* de M. Scheffer ; cela a l'air d'une esquisse, fort terne et fort grise, de quelque élève de Paul Véronèse. M. le duc d'Orléans a acheté ce tableau pour la chapelle luthérienne de Mme la duchesse d'Orléans, aux Tuileries.

Dans ce moment, on est fou de l'école espagnole ; on méprise assez les écoles d'Italie, et l'on paye fort cher les tableaux flamands. M. Taylor[1] a déployé en Espagne beaucoup d'adresse et de résolution : à Barcelone, le chef de l'émeute, qui était dans la rue, est venu lui offrir d'acheter pour dix mille francs les tableaux d'une église qu'on allait brûler dans deux heures. Ce chef lui a donné cinquante hommes de l'émeute pour décrocher les tableaux au plus vite. Quand les happes qui tenaient le cadre étaient trop difficiles à briser, on coupait la toile tout près du cadre, et l'on jetait la toile en bas dans l'église. L'homme de l'émeute avait tant d'estime pour M. Taylor que, comme celui-ci voulait le payer, il lui a dit : « Vous savez bien que je n'ai pas le temps de recevoir votre argent ; je reviendrai demain ».

J'ai oublié de vous dire que M. Taylor a rapporté au Louvre cent vingt tableaux espagnols, dont vingt sont des chefs-d'œuvre ; ils sont de Murillo, Velasquez et Cano ; on y trouve une vérité austère. Ces Espagnols sont admirables pour peindre un moine qui a peur de l'enfer ; les plis mêmes de sa robe vous donnent cette idée ; du reste, jamais de beau idéal. Ces tableaux ont coûté un million au roi, qui, dit-on, a voulu donner une gratification de soixante mille francs à M. Taylor qui a refusé.

Quand M. Taylor avait acheté ces tableaux en Espagne, il les faisait emballer dans de la laine et disait à tous les corps de garde qu'il rencontrait que ses ballots contenaient de la laine ; il payait successivement tribut aux christinos et aux carlistes. Arrivé à la frontière, il était obligé de faire sortir ces ballots de laine en contrebande.

M. Taylor raconte que l'on trouve souvent en Espagne des couvents qui contenaient deux cents moines il y a trois ans, mais qui maintenant n'en ont plus que cinquante, encore ces cinquante meurent de faim ; on oublie de leur payer leurs pensions, et ils vendent, sans aucun scrupule, les tableaux de leur église.

M. Aguado, qui maintenant est marquis de las Marismas, a formé une galerie de tableaux dont son portier remet la liste aux personnes qui ont des billets de M. Aguado. Cette liste annonce : six Corrège, huit

Raphaël, etc., c'est-à-dire qu'il n'y a ni Corrège, ni Raphaël, mais huit ou dix tableaux espagnols fort remarquables.

202. À ROMAIN COLOMB

Paris, le 10 janvier 1838.

Voici de curieux renseignements que j'ai recueillis hier soir, dans une réunion de gens d'esprit et bien informés de tout ce qui concerne l'Angleterre ; fais-en ton profit et celui des tiens.

Les Anglais ne vivent que d'idées de *rang*. Leur grande affaire, celle à laquelle ils songent dix fois par jour, c'est de tâcher de pénétrer, de se faufiler dans le rang immédiatement supérieur à celui dans lequel ils vivent. C'est uniquement dans ce but qu'ils aiment l'argent.

Devinerait-on ce que viennent de faire sept frères, fils d'un riche négociant qui a six millions ? Chez nous, chacun songerait à ses plaisirs et calculerait, ceux qui songent à l'argent du moins qu'un jour il aurait une fortune de près de neuf cent mille francs. Que les préoccupations des frères anglais sont différentes ! Les six cadets veulent être les *younger brothers* [1] d'une grande famille et supplient leur père de fonder un majorat de cinq millions en faveur du frère aîné.

Le père n'est point étonné ; mais, en homme raisonnable, il les engage à aller, chacun de son côté, dans de petites villes, à trente ou quarante lieues de celle qu'il habite et de là, de lui écrire chacun une lettre, après une semaine de réflexion. Les lettres, contenant la prière en faveur du majorat, arrivèrent le même jour, et le lendemain le père commença les démarches nécessaires pour le fonder. Ce père est mort, et le fils aîné jouit d'une fortune de six millions ; chacun des cadets a sept mille francs de rente.

Le cœur humain éprouve un vif sentiment d'attendrissement quand il voit le pouvoir qui, d'un mot, pourrait le rendre parfaitement heureux, réuni à toutes les apparences de la grâce et de la faiblesse.

De là les folies des Anglais à la vue de leur reine Victoria, sentiment absolument incompréhensible à l'immense majorité des Français. Jugeant d'après ce qui se passe chez nous, ils croient que l'Anglais enthousiaste de la jeune reine est bas et servile, et demande une place.

Pas du tout : cet anglais est immensément riche et serait bien attrapé si on lui donnait une place de trente mille francs à la poste ou dans les douanes.

Mais, quoique n'ayant aucun espoir, l'Anglais sent que cette jeune fille pourrait changer son rang.

Depuis trente ans, il ne s'agit plus tant du titre de *sir* pour un homme qui donne à sa femme celui de *milady*. Le rang est devenu une chose plus compliquée, plus difficile à atteindre.

Tel lord qui est *marquis* sera malheureux toute sa vie, parce que réellement il n'a pas dans la haute société le rang d'un autre pair qui n'est que *baron*. Ceci serait long à expliquer et pourrait rester inintelligible.

203. À G… C…

Paris, le 20 janvier 1838.

Je vous répèterai, monsieur, ce que lord Byron m'écrivait ; je vous donnerai mon avis, *though unasked*[1].

Mme Émilie a eu la bonté de me lire quelques pages de votre *Don Juan*, qui m'a semblé fort bien[1].

Je vous prie de me permettre de parler avec toute franchise, car je voudrais vous voir un succès égal à votre mérite réel.

Un homme qui s'appelle don Juan ne doit pas avoir des aventures communes. Le don Juan véritable, c'est le maréchal de Rais, c'est Cenci de Rome. Il ne trouve du plaisir aux choses qui font plaisir, qu'autant qu'il brave l'opinion[2].

Votre entreprise, Monsieur, peut d'autant moins réussir que le don Juan de lord Byron n'est qu'un Faublas, auquel les alouettes tombent toutes rôties.

Vous trouverez dans les *Mélanges tirés d'une grande bibliothèque*, une analyse du procès de Gilles, maréchal de Rais[3].

La grande réputation de lord Byron et la beauté scintillante de ses vers ont déguisé la faiblesse de son *Don Juan*. Goethe a donné le diable pour ami au docteur Faust, et avec un si puissant auxiliaire, Faust fait tout ce que nous avons tous fait à vingt ans, il séduit une modiste.

Tâchez, Monsieur, de trouver des actions qui portent en elles-mêmes un profond sentiment de bravade pour ce que le commun des hommes respecte.

Je disais à Mme Émilie : don Juan vécut en France. Il se trouvait dans certaine chambre du palais, au moment où, le 5 octobre 1789, le peuple fit irruption dans le château de Versailles. Don Juan y courut le plus grand danger ; il avait un petit pistolet de poche, un patriote le découvrit dans le réduit où il se tenait caché ; don Juan lui met le canon de son pistolet dans l'oreille et le tue. Il le dépouille, se revêt de ses habits, ressort du cabinet et poussant les cris de la canaille ; peu à peu il gagne la porte du palais et se sauve.

Un portier est assassiné, on lui vole quatre mille

cinq cents francs qu'il avait touchés pour les loyers de la grande maison possédée rue Saint-Honoré, par le duc R... Don Juan est pris pour ce voleur ignoble ; il est condamné et consolé par un prêtre hypocrite et par une grande dame catin ; il se fait guillotiner avec beaucoup de courage et de simplicité ; il est dégoûté de *braver* les hommes à force de les mépriser.

Pour monter votre voix au ton convenable, vous pourriez Monsieur, relire l'article *Gilles de Rais*, de la biographie de cet hypocrite de M. Michaud, Cenci et le procès dudit maréchal de Rais.

Servez-vous du français employé dans les traductions de MM. de Port-Royal, publiées vers 1600. Selon eux, on ne doit pas avoir une passion *au* cœur ; ils disent *dans* le cœur. C'est le *Charivari* qui dit *au* cœur. Le *Charivari* est admirable lorsqu'il fait rire, et non par son style prétentieux.

Tous ces raisonnements écrits à la hâte, en sortant de chez Mme Émilie, vous montreront, Monsieur, combien je désirerais pour vous un beau succès. Soyez sûr que le don Juan de lord Byron n'est qu'un Faublas ; donnez des actions singulières au vôtre.

Agréez, Monsieur, l'hommage de nos sentiments les plus distingués.

DURAND-ROBET.

204. À G... C...

Paris, le 19 février 1838.

[...] Je vous dirai franchement, Monsieur, que pour faire un livre qui ait la chance de trouver quatre mille lecteurs, il faut :

1° Étudier deux ans le français dans les livres composés avant 1700. Je n'excepte que le marquis de Saint-Simon[1].

2° Étudier la vérité des idées dans Bentham ou dans l'*Esprit* d'Helvétius, et dans cent un volumes de Mémoires : Gourville, Mme de Motteville, d'Aubigné, etc.[2]

Dans un roman, dès la deuxième page, il faut dire du nouveau, ou, du moins, de l'*individuel* sur le site où se passe l'action.

Dès la sixième page, ou tout au plus la huitième, il faut des aventures.

Les enrichis donnent de l'énergie à la bonne compagnie, comme au XIe siècle les barbares à ce qui restait de Rome. Nous sommes bien loin, de la fadeur du règne de Louis XVI. Alors la façon de conter pouvait l'emporter sur le fond, aujourd'hui c'est le contraire.

Lisez le procès de Gilles de Laval, maréchal de Rais, à la Bibliothèque royale ; inventez des aventures de cette énergie. Mille compliments, Monsieur.

CAUMARTIN.

205. À DOMENICO FIORE

Bordeaux, le 24 mars 1838.

[…] Depuis huit jours, je suis persécuté par la pluie. Par bonheur, j'ai trouvé ici un ami, non pas un ami grave, qui ne rend pas de services, mais un ami gai, qui me fait dîner avec les jolies femmes du pays. Je ne savais pas ce que c'est que le vin de Bordeaux avant ce voyage. On le mêle à un tiers de vin de l'Ermitage, avant de l'envoyer en Angleterre ou ailleurs. Le véritable bordeaux a un bouquet étonnant, et est moins *corsé* que ce que nous connaissons de ce nom.

On me dit ici : « Que feriez-vous avec cette pluie à Bayonne ? » Il y a tous les soirs un spectacle agréable à l'un des deux théâtres. — Excellente auberge, chez *Baron*, sans bruit. Comme j'arrivais à quatre heures du matin, le faquin frappa assez fort. « Ne frappez donc pas ainsi, dit le portier ; cela s'entend au quatrième étage, tout comme ici ». Cela me donna une excellente idée de la maison Baron. Il y sent le graillon, parce que la cuisinière a une porte sur l'escalier.

Angoulême est située sur une montagne ; vue superbe de la promenade. Là, les femmes commencent à avoir des yeux divins, des nez dessinés avec hardiesse, sans être trop grands, et des fronts admirables, lisses, sereins, en un mot, la *race ibère* est évidente.

Je m'amuse à faire, c'est-à-dire à écrire le voyage du Midi. Si vos lettres continuent à me tranquilliser, je verrai Toulouse, Montpellier, Avignon et Grenoble.

Les gens de Bordeaux ne sont nullement hypocrites, ils ne songent qu'à la vie physique. M. Ravez s'est remis à faire l'avocat, et gagne beaucoup d'argent. Le P… a retrouvé ici le mépris dont il jouissait avant ses grandeurs ; il vit dans un château humide, sur la rivière, à deux heures d'ici. — Beaucoup d'Espagnols riches, qui ornent les églises. Du reste, rien pour les arts, à Bordeaux. — Très jolies filles ; il y en a à deux cents francs, *par bonté*.

Adieu, cher ami, soyez convaincu de mon extrême reconnaissance ; je pense bien souvent à vous et aux deux Espagnoles de douze ans[1].

206. À DOMENICO FIORE

Strasbourg, le 2 juillet 1838.

Si j'avais trouvé ici le moindre mot de vous, je serais parti pour Paris ; car mon ardeur voyageuse est bien affaiblie. La goutte est venue à Berne ; elle a sévi à Bâle, où j'ai été emprisonné par elle. J'ai voulu voir ce qui reste de la fameuse *danse des morts*, la cathédrale, les admirables Holbein ; j'ai fait des efforts inouis, suivis d'une journée abominable, dans la diligence de Bâle ici. — La chaleur est venue aujourd'hui après huit jours d'hiver ; je sors, mais c'est tout à fait impossible de monter à la célèbre tour (la plus élevée du monde ; elle a quatre cent trente-sept pieds et demi, et Saint-Pierre de Rome seulement quatre cent vingt-huit).

Ma figure, dans la rue, marchant à l'aide d'une canne et jurant quand le pied gauche heurte à quelque pavé pointu, doit faire rire les Strasbourgeois ; mais je ne suis connu de personne. Donc, je rentrerais à Paris avec le plus grand plaisir ; cependant, je suis si près de la sublime église de Cologne ! Deux jours, et encore par bateau à vapeur ; c'est humide, mais au moins ça ne fatigue pas ! Les commis, aidés de mon naturel imprudent, finiront par me reléguer à Civita-Vecchia ou, ce qui est pis, par me reléguer dans la pauvreté. Jamais je ne verrai Cologne. Moi, j'aime le *beau* ; c'est mon faible, auquel je sacrifie, comme vous le voyez, prudence et santé. Dieu sait ce que fera l'humidité du Rhin !

Demain, 3 juillet, à Bade ; le 5 juillet, je reviens à Kehl, prendre le bateau à vapeur ; le 6, on couche à Mayence, à terre, le 7 à Cologne ; le 9 je serai à

Bruxelles, en faisant vingt-sept lieues par chemin de fer de Liège audit Bruxelles. Un jour pour les tableaux de Rubens, et le 11 ou le 12 je pars pour Paris.

Le brave Colomb m'écrit qu'à cause de moi, vous n'osez plus aller voir cet homme aimable ; il prend cette excuse de votre paresse au sérieux, comme s'il était question, s'il pouvait être question de mentir, avec un homme qu'on aime, sous prétexte qu'il est ministre.

À M. Dijon on dit : « Il est à Cologne et sera à Paris dans huit jours ».

Le degré de comédie que vous croyez, *avec raison*, nécessaire pour les visites, fait qu'elles vous deviennent des corvées, et vous prenez pour prétexte l'incertitude sur ce qu'il faut dire de moi : à M. Dijon, la vérité ; au vieux marquis et autres impuissants malveillants : « Il est allé à Grenoble pour affaires d'intérêt, il n'y avait pas paru depuis dix ans ». Que fait au fond à cet homme aimable, qui n'emploie pas cette belle plume que j'ai reçue du ciel, comme vous voyez, que je mange mes treize francs par jour rue Caumartin ou à Cologne ? La malveillance des commis ne peut être augmentée ; donc, etc.

J'ai vu l'admirable Prévost à Genève ; il a voulu venir me faire chez moi une longue visite d'amitié et m'a conseillé Vichy et les sangsues de temps en temps. De cinquante-cinq à soixante-cinq ans, les hommes gros sont tourmentés par le sang ; puis vient la tranquillité, et la vie diminue d'un vingtième tous les ans. Cette visite de ce vrai philosophe m'a fait plaisir au cœur.

Que trouverez-vous d'imprudent dans le *Touriste*[1] ? Plaire aux niais en leur prouvant pendant sept cents pages qu'ils sont des niais est impossible.

207. À DOMENICO FIORE

Paris, le 13 août 1838.

Mme veuve Derosne, rue Saint-Honoré, au coin de la rue de l'Arbre-Sec, vous vendra, moyennant cent francs, gros comme deux œufs, du bois de l'arbre *monesia*, réduit en poudre[1].

Un capitaine américain, se trouvant sur la côte de l'Amérique du Sud, avec la dysenterie à bord, se fit aimer des sauvages qui, voyant sans cesse ses gens culottes bas, lui dirent : « En deux jours nous guérirons votre équipage ».

La *monesia* est un astringent qui guérit les coupures. On en fait un secret parce qu'en espère guérir le choléra avec la *monesia*. Alors on ferait beaucoup de bruit et un charlatanisme du diable.

Dans mon ardeur à vous obéir, j'ai pris mon papier du mauvais côté ; ce qui me fait songer au quatrain de Palaprat[2]. Le duc de Vendôme l'enferma à clef dans un cabinet et lui dit : « Tu n'en sortiras que lorsque tu auras fait un quatrain pour mon portrait. »

Cinq minutes après, Palaprat, cria : « Monseigneur, c'est fait, monseigneur c'est parfait.

Lecteur, vois ce héros
. . . .
Qui prit la vérole et Barcelone
Toutes deux du mauvais côté.

Le duc avait pris Barcelone en forçant un bastion qu'on croyait inattaquable.

Mais, peut-être, vous connaissez le quatrain.

Tout à vous.

CAUMARTIN.

208. AU COMTE CINI[1]

3 janvier 1839.

Mon cher Comte,

M. le vicomte D…, un ami de M. Praslin, qui arrive de Rome, me fait une description superbe de la quantité d'étrangers dont vous jouissez. Je vois d'ici l'aimable Comtesse allant au bal deux fois la semaine et je devine qu'elle s'y amuse beaucoup plus qu'il y a trois ans ; elle sera toujours aussi jolie, mais maintenant qu'elle est obligée de jeûner pendant le carême, elle aura perdu une partie de cette timidité qui l'empêchait de s'amuser en voyant les ridicules du monde. Avez-vous toujours ces jeunes barons allemands plus empesés que le col de leurs chemises ? Avez-vous eu le bonheur de rencontrer et d'entendre pérorer le plus nigaud des Français, un M. Fulchiron, député, qui était à Rome en novembre ? Nous avons ici un temps encore plus abominable qu'à l'ordinaire, je suis enrhumé à fond ainsi que tous mes amis, mais jamais nos soirées ne furent occupées d'une façon plus agréable : il s'agit de savoir si le ministère sera renversé. Chaque jour on a fait un pas en avant ou en arrière, et comme ceux qui attaquent ainsi que ceux qui défendent sont gens d'esprit, la dispute est fort amusante. Il y a la coalition dans la Chambre des députés, c'est-à-dire qu'on voit réunis M. Guizot, chef de ce qu'on pourrait appeler les ultras tels qu'ils sont possibles après 1830, M. Thiers, l'éloquent représentant des modérés, enfin M. Odilon Barrot, chef de la gauche.

M. Duvergier de Hauranne a publié deux excellentes brochures qui ont expliqué à tout le monde le fond de la question. Nous sommes amusés et intéressés à ce point que le meilleur roman du monde, vînt-il à paraître, semblerait ennuyeux.

Trois voleurs se réunissent pour voler un homme possesseur de ce beau diamant qu'on appelle le pouvoir ; une fois l'homme à terre comment s'y prendront-ils pour se partager le diamant ?

Vers le 12 janvier il y aura bataille à la Chambre des députés, c'est-à-dire qu'on discutera l'*Adresse*. MM. Guizot, Thiers, Odilon Barrot, Duvergier de Hauranne, Jaubert, Passy attaqueront. MM. Molé, Salvandy, Janvier, Barthe défendront. Les attaquants veulent faire voter par la Chambre une phrase qui blâmera vivement la politique du ministère et pourra l'obliger à donner sa démission. Mais voici le plaisant de l'affaire, et c'est pour vous le faire comprendre que je vous ai raconté cette longue histoire, les attaquants ne peuvent pas dire au ministère : Au lieu de faire ceci vous eussiez dû faire *cela*.

Car s'ils réussissent, le lendemain ils seront ministres, et alors, par leurs discours de la veille, ils seraient obligés à faire *cela*.

Il faudra donc trouver un moyen ingénieux de blâmer outrageusement le ministère sans dire jamais ce qu'il aurait dû faire, autrement les discours de la veille seront excessivement embarrassants le lendemain.

Vous pouvez comprendre maintenant, mon cher Comte, combien cette bataille est amusante pour ce peuple qui a tant d'esprit. Notez que les combattants sont, pour l'esprit, les premiers hommes de la nation, et d'ailleurs ils parlent de nos affaires les plus intéressantes.

Jamais il n'y eut tant de grands seigneurs étrangers à Paris et ce que je n'avais jamais observé c'est qu'ils prennent autant d'intérêt que nous aux discussions de nos Chambres. Hier et avant-hier, on a fait la vente annuelle en faveur des Polonais. Figurez-vous une fort grande salle située sur le boulevard, dans le plus beau quartier. On établit quinze petites boutiques et chaque boutique est tenue par les quatre plus jolies femmes d'une nation, par exemple les quatre plus jolies Espagnoles présentes à Paris tiennent une boutique, les deux suivantes sont tenues par les huit Anglaises les plus jolies et les plus nobles, viennent ensuite les Françaises, les Allemandes, etc. Au milieu de ces boutiques circulent tous les beaux jeunes gens de toutes les nations, tout ce qui se croit noble, spirituel ou riche. C'est là qu'auraient dû venir Don Philippe et don Michele[1] avec leur air si noble ; je les ai cherchés en vain.

La Reine et les Princesses ont envoyé beaucoup d'écrans de broderies et autres petits ouvrages faits par elles, vous pouvez penser si l'on s'empresse de les acheter. Un seul député, M. Parant, en a acheté pour mille francs. J'ai acheté, moi, un bouquet de violettes qui m'a coûté cinq francs. Cette réunion, surtout quand j'y étais, est sans doute la plus belle de l'Europe. Les dames marchandes font des agaceries aux passants, jugez des singuliers dialogues qui s'établissent, il faut avoir de la grâce et de l'esprit ou périr, jamais vente n'a été aussi brillante. Avant-hier on a fait 4 900 francs, et la valeur des objets vendus peut bien être 4 ou 500. On a beaucoup ri d'un étranger qui, pour payer dix francs, avait donné un Napoléon d'or, et attendait son reste comme il eût fait dans une boutique de la rue. Remarquez que comme cette salle donne au midi et reçoit le plus beau jour, les femmes âgées se gardent bien d'y paraître, c'est peut-être pour cela que l'on y rencontre beaucoup de gaîté. Don Philippe, passé maître dans l'Art de tourner la tête aux belles Anglaises verra qu'une matinée passée là avance plus les affaires d'un galant homme que dix soirées ordinaires. À propos de soirées, on va beaucoup cette année à celles de la comtesse Granville, ambassadrice d'Angleterre, il n'y a point de gêne inutile, c'est tout dire en un seul mot.

Mlle Rachel est une pauvre petite mendiante de 18 ans, fort maigre, qui joue la tragédie comme si elle inventait ce qu'elle dit ; elle a fait révolution au Théâtre Français, qui fait six mille francs de recette quand Mlle Rachel joue[1]. Avant elle il faisait 1 500 francs. Le triomphe de Mlle Rachel c'est le rôle d'Hermione dans l'*Andromaque* de Racine. Elle exprime l'ironie d'une façon sublime. Maintenant elle est à la mode, un homme invité à dîner peut fort bien dire : ce soir-là, je ne puis pas, j'ai un billet pour Mlle Rachel. Cette pauvre petite juive ne gagnera que 26 000 francs cette année, si elle eût su faire son marché elle en aurait eu soixante. Il est vrai qu'elle a une passion viagère de 4 000 francs payable par la Comédie Française. Mlle Rachel est fille d'un juif allemand qui jouait des parades dans les foires, elle a un génie qui me confond d'étonnement toutes les fois que je la vois jouer ; il y a deux cents ans que l'on n'a pas vu pareil miracle en France.

[...] Si vous voulez, mon cher Comte, me rendre un service auquel je serai fort sensible, rappelez-moi au souvenir de l'aimable Comtesse, dites-lui que je demande de ses nouvelles à tout ce qui vient de Rome. De temps en temps achetez des gâteaux, donnez-les aux enfants en leur disant que c'est M. B. qui les envoie de Paris.

[...]

209. À MADAME JULES GAULTHIER

Paris, le 21 mars 1839.

Lorsque vous irez à l'*exposition*, ma chère amie, elle sera peut-être un peu renouvelée à vos yeux par les méchancetés ci-après. Ne manquez pas de m'avertir quand vous viendrez à Paris.

Je n'ai point encore pu me présenter chez cette femme courageuse que j'admire du plus profond de mon cœur[1]. Je suis dans ce que les hommes appellent un coup de feu. C'est-à-dire que je ne vais dîner qu'à huit heures et qu'à minuit je reprends le travail jusqu'à trois ; mais je serai libre mardi[2]. J'ai bien de l'impatience de vous voir.

LE SALON DE 1839

À une dame de Naples

[...] Les tableaux de Scheffer, qui font pâmer les belles dames du faubourg Saint-Germain, ne sont qu'un centon de certains tableaux de l'école de Venise, moins le coloris, bien entendu. Tout cela est couleur de vin et a un air triste assez digne. La Marguerite de Faust, qui passe pour le chef-d'œuvre de cet auteur, n'est qu'une grosse Allemande qui a le ventre proéminent et les joues tombantes[3]. Il y a du naturel dans l'ensemble de cette figure ; mais, de toute façon, elle est le contraire de l'idéal. Le regard de Faust qui devient amoureux serait fort bien pour une tête de genre ; le diable n'est pas assez méchant, quoique bien sardonique. Le grand défaut de toutes ces figures de Scheffer, c'est que, comme je vous l'ai dit, elles ont l'air d'une décoction du Tintoret et de Paul Véronèse ; c'est-à-dire de décoction des ouvrages de leurs élèves, de Carlo Véronèse, par exemple, le fils de Paul. Ce qui séduit les dames, c'est l'air sérieux et digne qu'on ne peut refuser à ces figures.

Cet air sérieux et digne est ce qui manque tout à fait aux trois immenses tableaux de Vernet, relatifs à Constantine[1]. Ils sont beaucoup moins beaux et moins sérieux que la nature. C'est la nature vue par un homme d'un immense talent, mais qui ne sent rien de ce qui est noble. Aussi le public qui en général est plat, admire-t-il beaucoup la vérité de ces assauts. Les soldats ressemblent à d'affreuses grenouilles ; ils manquent de chairs. Le prince naturellement est le centre de tout. L'immense, celui du milieu, est le plus plat ; le petit, à droite, le moins plat.

J'ai vu beaucoup de Gudin très plats et un admirable ; c'est une église de Normandie sur le bord de la mer qui commence à se retirer. Je n'ai jamais vu la mer si limpide sur les côtes de Normandie.

Je n'ai pu voir encore aucun des quatorze Decamps. Hier soir, au concert du *Cercle des Arts*, musique criarde, exécrable, et étonnamment applaudie. On portait aux nues le *Corps de Garde turc*, de Decamps, et le *Supplice turc* du même. On précipite des hommes le long d'un grand mur garni de pointes de fer ; chacun est accroché comme le diable veut.

Les tableaux de dévotion, fabriqués au mont Pincio, n'ont aucun succès ; on les trouve horriblement plats ; on ne rend pas justice à la science profonde. Au reste, comme ils m'ennuient, je ne les ai regardés qu'en passant.

Le chef-d'œuvre de M. Flandrin, c'est toujours, pour moi, les *Envieux du Dante* ; son *Saint-Clair*, que j'ai vu à Nantes, est bien triste et bien sec.

Il y a une chose à mourir de rire au Salon ; c'est une allégorie de M. Mauzaisse. Il est fâcheux qu'on ait permis à ce peintre de profaner la figure d'un personnage auguste et révéré. Sur le premier plan, j'ai trouvé une femme nue, qui a des appas énormes et les yeux bandés ; elle tient une torche pour mettre le feu partout : vous avez reconnu la Liberté. Cette figure est bonne et bien peinte ; je la couperais avec des ciseaux. Une autre figure, très bouffonne, présente la couronne au roi.

Il y a de charmants portraits de jolies femmes peints dans le genre du Dominiquin, par M. Court. Je ne conçois pas comment cet homme n'est pas un grand peintre.

Mes yeux ont été fatigués par une suite énorme d'assez bons portraits. M. Amaury Duval a peint avec du chocolat le portrait d'une fille laide, que l'on dit un chef-d'œuvre de dessin : je n'ai pu le trouver.

En général, tous ces peintres m'ont l'air d'ouvriers habiles, mais dépourvus d'esprit et encore plus d'âme ; ils ne voient la dignité que dans l'affectation. J'excepte, bien entendu, Eugène Delacroix, duquel ces animaux de l'Institut ont refusé trois tableaux, par envie ; les chiens[1] !

[...]

210. À HONORÉ DE BALZAC[2]

Paris, vendredi 29 mars 1839.

Mon portier, par lequel je voulais vous envoyer *la Chartreuse* comme au roi des romanciers du présent siècle, ne veut aller rue Cassini, nº 1 ; il prétend ne point comprendre mon explication : aux environs de l'Observatoire *en demandant*, voilà ce qu'on m'en a dit.

Quelquefois vous venez, Monsieur, en pays chrétien,

donnez-moi donc une adresse honnête, par exemple chez un libraire (vous direz que j'ai l'air de chercher une épigramme).

Ou bien envoyez prendre ledit roman rue Godot-de-Mauroy, 30 (Hôtel Godot-de-Mauroy).

Si vous me dites que vous l'enverrez quérir, je le mettrai chez mon portier. Si vous le lisez, dites-m'en votre avis bien sincèrement.

Je réfléchirai à vos critiques avec respect.

Votre dévoué,

FRÉDÉRICK,
rue Godot-de-Mauroy, n° 30.

211. À MADAME ROMAIN COLOMB

Paris, le 9 juin 1839.

Mon adorable cousine,

Ne pouvant pas avoir de tête-à-tête avec vous, je prends le parti de vous écrire. Je crains réellement que Colomb ne couve une maladie. Cette figure rouge, le dégoût dont il se plaint, le changement de son humeur, sont des signes funestes.

Je pense que, par vanité, il veut tout faire à son bureau et ne pas laisser *prendre pied*, comme on dit, à son lieutenant.

Comme les femmes à Paris peuvent tout, forcez-le à demander un congé de huit jours pour se soigner. En voyant sa tête rouge, on le lui accordera.

Emmenez-le à Chantilly, et faites-lui mettre quinze sangsues. Une semaine passée là, dans le sein du bonheur domestique et des grands arbres, le remettra tout à fait dans son état ordinaire. Forcez-le à aller à

Saint-Germain tous les dimanches par le chemin de fer.

Enfin, consolez-vous : si vous le perdez, je vous épouserai[1].

COTONET.

212. À DOMENICO FIORE

Rome, 4 janvier 1840.

[...] Tout ce que disent les journaux sur le rôle que joue ici un gros jeune homme fort mal bâti est ridiculement faux. L'ambassadeur du roi des Français a donné une fête à laquelle tous les cardinaux ont assisté ; il était, à la lettre, impossible de changer de place dans les deux magnifiques salons du palais Colonna ; jamais je ne vis tant de diamants.

Le jeune homme en l'honneur duquel on fait tant de mensonges est une copie en gros du duc d'Angoulême, il se dandine sans cesse d'un pied à l'autre ; en parlant aux dames, il a l'air de réciter une leçon et regarde sans cesse son gouverneur, ce qui ne l'empêche point de laisser éclater contre celui-ci des mouvements d'impatience peu polis. On lui a donné tant de mauvaises habitudes que M. de Genoude aura bien de la peine à lui faire voir les choses de ce monde telles qu'elles sont. Il vit continuellement dans une telle atmosphère de flatterie, qu'il ne se rencontre jamais avec aucune difficulté véritable.

Dès qu'il paraît dans un salon, deux de ses courtisans s'approchent des personnes qui portent des gants et les engagent à les ôter, ce qui a paru fort choquant aux jeunes Romains. On l'invite par curiosité ; les intimes de son entourage demandent la liste des personnes engagées et effacent toujours cinq ou six noms ; remarque que ce sont des noms italiens. Cette *effaçade* et l'histoire des gants ont fait juger fort sévèrement ce pauvre jeune homme ; on ne comprend pas que ces choses doivent être attribuées uniquement aux têtes étroites qui l'environnent. Le prince a le teint superbe et de beaux cheveux blonds ; il est gros, entassé et mal fait ; sa figure rappelle beaucoup celle de Louis XVI. Il parle d'une façon singulière, du haut de la tête, et ses phrases ne sont pas du français actuel. On lui a enseigné l'art de n'exprimer jamais une pensée décidée. Il ne dit point : « Ce cheval est bon ou mauvais. » Il n'a point de feu dans l'œil ; ce n'est point là le regard d'un futur conquérant. Je dirai plutôt qu'il a le regard et les manières emmiellées ; tout est chez lui d'une douceur compassée. Au total, le prétendant a l'air très bon et très doux ; il parle bien de toutes choses ; mais a toujours un peu l'air de réciter des leçons sans aucun mélange d'improvisation. Si c'était un jeune duc du faubourg Saint-Germain, orné de cent mille livres de rente, il aurait de grands succès et serait le chevalier Grandisson des gens *pensant bien*. Le pauvre malheureux n'a pas vu un palais ou une statue, sans être environné de huit ou dix officiers, qui semblent avoir pour mission expresse d'empêcher tout bon sens d'arriver jusqu'à lui. En somme il n'a pas le diable au corps. On remarque toujours quelque chose d'emmiellé et d'appris par cœur dans ses gestes et ses paroles. En se dandinant, en fléchissant tantôt un genou, tantôt l'autre, il dit à toutes les femmes :

« Y a-t-il longtemps que Madame est à Rome ? Madame compte-t-elle y rester encore bien du temps ? »

Il baisse les yeux en disant ces paroles spirituelles et semble fort occupé du chapeau qu'il tient de la main droite. Mme la duchesse R. a dit : « Il est trop éduqué. »

Ce qui fait beaucoup de tort à ce prétendant, c'est l'amabilité franche, naturelle, pleine de feu, du grand-duc héréditaire de Russie, qui était ici il y a un an [...]. C'était un prince tout militaire, sans façon, joyeux et bon. Il n'a rien de *barbare*, mais ne tient jamais en place, et semble l'ami intime de ceux de ses officiers avec lesquels il se trouve. En un mot, ce jeune Russe fait un contraste parfait avec le prétendant français. Tous deux ont des figures allemandes et fort bonnes ; mais le nôtre a l'air niais et l'autre a l'air gai. D'ailleurs, tous les gens qui environnent le jeune duc sont horriblement mal mis et ont l'air cuistre. Les dames romaines ont même remarqué que cette suite sent mauvais.

213. À MADEMOISELLE EUGÉNIE GUZMAN Y PALAFOX[1]

Civita-Vecchia, le 10 août 1840.

Mademoiselle,

Vos lettres sont trop courtes et non datées ; les miennes ont le défaut contraire. À cause de vous, je ne puis penser à autre chose qu'aux événements de Barcelone. Il y a longtemps que j'ai vu que tout état qui change de gouvernement se donne des troubles pour quarante ans. Vous ne goûterez la paix en Espagne que quand tous les emplois seront occupés par les hommes qui, aujourd'hui, ont quinze ans, ou quatre ans de plus que vous. N'avez-vous pas onze ou douze ans ? peut-être treize ?

Ainsi, pendant toute votre vie vous verrez un petit

accident, comme celui de Barcelone, arriver tous les quatre ans. Aimeriez-vous mieux être née vers 1750, sous le règne ridicule de… (Ce roi est si obscur que je ne sais pas son nom). Quant à moi je rends grâces à Dieu d'être entré, avec mes pistolets soigneusement chargés et amorcés, à Berlin, le 26 octobre 1806. Napoléon prit, pour y entrer, le grand uniforme de général de division[1]. C'est peut-être la seule fois que je le lui ai vu. Il marchait à vingt pas en avant des soldats ; la foule *silencieuse* n'était qu'à deux pas de son cheval ; on pouvait lui tirer des coups de fusil de toutes les fenêtres. La promenade des Tilleuls, par laquelle il entra, est comme la Rambla de Barcelone. Si j'étais né sous le ridicule Louis XV, le 26 octobre 1806 je me serais promené tout fier d'un habit de soie gris, rayé de violet, sur le boulevard, faisant le fat.

Je vais vous envoyer un livre de Varchi, qu'on m'annonce depuis quinze jours ; c'est l'*Histoire du siège de Florence* en 1530[2]. La garde nationale de Florence se défendit un an, et se fit tuer dix mille hommes. Il y eut un héros, génie à comparer à Napoléon : ce fut un négociant, nommé Ferrucci[3]. Par haine pour les villes qui se révoltent, personne n'a parlé de Ferrucci. J'ai vu une de ses lettres, écrite la veille de la bataille où il fut tué. La ville de Florence fut trahie par l'infâme Malatesta, qu'elle avait nommé général en chef et qui était fort brave ; il mourut, l'année suivante, de *mépris*.

Donc, ne prenez pas au tragique les accidents comme celui de Barcelone.

J'ai trouvé des médailles en bronze d'Auguste, Tibère, Néron, etc. Les douze ou quinze premiers empereurs romains avaient cent vingt millions de sujets. Vous en entendrez parler toute votre vie. Auguste fut le coquin le plus fin ; Tibère, à demi-fou de tristesse, fut un grand prince ; Trajan fut le seul homme à comparer à Napoléon, après César. Regardez bien leurs portraits. Je crains que vos yeux et ceux de mademoiselle Paquita ne soient gâtés par les lithographies et les keepsakes. Les portraits à demi-effacés des empereurs romains sont en général des chefs-d'œuvre de dessin.

La révolution qui a suivi la mort de Ferdinand VII a diminué votre fortune de moitié. Tâchez de vous accoutumer à ce chagrin. La gelée, en Russie, me fit tomber les cheveux sur le front ; je passai quinze jours à m'accoutumer à cette laideur, et puis je n'y pensai plus. Efforcez-vous de vous habituer au million de *réaux* que vous coûte la création du gouvernement de la *méfiance*.

(Deux chambres délibèrent un budget, et disent aux sept ministres nommés par le *King* : « Je me défie de vous ; vous dites qu'un canon coûte quatre mille francs ; je pense qu'il ne coûte que trois mille cinq cents francs, et que vous voulez cinq cents francs, pour devenir riche comme M. de Talleyrand. »)

Il n'est pas en votre pouvoir de regagner ce million de réaux ; le mieux serait de n'y plus penser. Vous aurez un effort de ce genre à faire à quarante-cinq ans, c'est-à-dire à l'époque des premières atteintes de la vieillesse. Alors les femmes achètent un petit chien anglais, et parlent à ce chien. J'aimerais mieux acheter mille volumes ; moi, je compte passer la vieillesse, si j'y arrive, à écrire l'histoire d'un homme que j'aimai, et à dire des injures à deux que je n'aime pas. Si le livre est ennuyeux, dix ans après moi, personne ne saura que j'ai écrit. Mais il ne faut pas qu'une femme écrive. Inventez donc une occupation pour votre vieillesse. Pensez à toutes ces choses dix ans avant qu'elles arrivent. Pensez au chagrin que vous donnera le comte de S...

214. À HONORÉ DE BALZAC[1]

[Civita-Vecchia],
16 octobre [18]40[2].

J'ai été bien surpris, M[onsieur], de l'article que vous avez bien voulu consacrer, à *la Chart[reuse].* Je vous remercie des avis, plus que des louanges. Vous avez senti une pitié exagérée pour un orphelin abandonné dans la rue. Je pensais n'être pas lu avant 1880 ; il aurait fallu, pour être quelque chose, obtenir la main de Mlle Bertin (qui a fait une musique sur des paroles de M. V[icto]r Hugo).

J'ai reçu la *Revue* hier soir, et ce matin je viens de réduire à 4 ou 5 pages les 54 premières pages du 1er volume de *la Chart[reuse].*

J'avais le plaisir le plus vif à écrire ces 54 pages ; je parlais des choses que j'adore, et je n'avais jamais songé à l'*art* de faire un roman. J'avais fait dans ma jeunesse quelques plans de romans ; en écrivant des plans je me glace.

Je compose 20 ou 30 pages, puis j'ai besoin de me distraire ; un peu d'amour quand je puis ou un peu d'orgie ; le lendemain matin j'ai tout oublié, en lisant les 3 ou 4 dernières pages du chapitre de la veille, le chapitre du jour me vient. J'ai dicté le livre que vous protégez en 60 ou 70 jours. J'étais pressé par les idées.

Je ne me doutais pas des règles ; j'ai un mépris qui va jusqu'à la haine pour Laharpe. J'ai tiré les jugements portés sur ce livre, à mesure que j'avançais, de l'histoire de la peinture. M. de Laharpe et ses sermons vides, je les compare aux peintres froids après 1600.

Et à l'exception de[1] ceux que vous aimez je pense que personne ne se doutera de leurs noms vers 1950. De ceux que nous avons vus, je ne vois avec une meilleure chance que Prudhon et *l'Hôpital de Jaffa* de Gros.

Je vais faire paraître au foyer de l'Opéra Rassi, Barbone, etc.

Ces messieurs sont envoyés [à] Paris par le Prince de Parme en qualité d'espions. Le milanais *serré* qu'ils parlent attire l'attention de Fabrice.

N'est-ce pas un moyen d'annoncer les personnages ?

Enfin, tout en mettant beaucoup de vos aimables louanges sur le compte de la pitié pour un ouvrage inconnu, je suis d'accord sur tout excepté sur le *style*. N'allez pas croire que ce soit excès d'orgueil. Je ne vois qu'une règle : le style ne saurait être trop clair, trop simple. Les idées sur les profondeurs du cœur humain étant inconnues aux enrichis, aux fats, etc., etc., on ne saurait les énoncer trop *clairement*.

Le beau style de M. de Ch[ateaubriand] me sembla ridicule dès 1802. Ce style me semble dire une quantité de petites *faussetés*. Toute ma croyance sur le style est dans ce mot.

Vous me croirez un monstre d'orgueil, Monsieur, si je vous parle de *style*. Voici un auteur peu connu que je porte aux nues et qui veut être loué encore pour son style !

D'un autre côté, il ne faut rien cacher à son médecin.

Je corrigerai le style et je vous avouerai que beaucoup de passages de narration sont restés tels que je les ai dictés, sans correction aucune.

Pour que vous n'ayez pas horreur de mon orgueil, je suis obligé d'entrer dans quelques détails.

Je lis fort peu ; quand je lis pour me faire plaisir, je prends les *Mémoires* du Maréchal Gouvion-S[ain]t-

Cyr ; c'est là mon Homère. Je lis souvent l'Arioste. Deux livres me donnent la sensation du *bien écrit* : les *Dialogues des morts* de Fénelon et Montesquieu.

J'ai horreur du style de M. Villemain par ex[emple], qui ne me semble bon qu'à dire poliment des injures.

Voici le fond de ma maladie : le style de J.-J. Rousseau, de M. Villemain, de Mme Sand me semble dire une foule de choses qu'il *ne* faut pas dire, et souvent beaucoup de *faussetés*. Voilà le grand mot.

Souvent je réfléchis un quart d'heure pour placer un adjectif avant ou après son substantif. Je cherche à raconter : 1° *avec une idée*, 2° avec clarté ce qui se passe dans un cœur.

Je crois voir depuis un an qu'il faut quelques fois [*sic*] délasser le lecteur en décrivant le paysage, les habits, etc. Quant à la beauté de la phrase, à sa rondeur, à son nombre (comme l'oraison funèbre dans Jacques le Fataliste), souvent j'y vois un défaut.

Comme en peinture les tableaux de 1840 seront ridicules en 1880, je pense que le style poli, coulant, et ne disant rien de 1840 sera fort vieilli en 1880 ; il sera ce que les lettres de Voiture sont pour nous.

Quant aux succès contemporains, je[1] me suis dit depuis l'*Histoire de la Peinture*, que je serais un candidat pour l'Académie si j'avais pu obtenir la main de Mlle Bertin (auteur d'une musique avec des paroles de M. V[icto]r Hugo).

En dictant *la Chart[reuse]*, je pensais qu'en faisant imprimer le premier jet, j'étais plus vrai, plus *naturel*, plus digne de plaire en 1880, quand la société ne sera plus pavée d'*enrichis grossiers*, et prisant avant tout la *noblesse* justement parce qu'ils sont ignobles. La fable de Bocalin : *il cuculo a più metodo*[2].

Je le répète, la perfection du *français* pour moi ce sont les *Dialogues des morts* de Fénelon et Montesquieu. Quant à la perfection de la narration, c'est l'Arioste. Les pédants lui ont préféré le Tasse qui tombe tous les jours.

Je vous dirai une absurdité : beaucoup de passages de la duchesse Sanseverina sont copiés du Corrège. M. Villemain me semble Pierre de Cortone.

Je n'ai jamais vu Mme de Belgio[joso]. J'ai beaucoup vu Rassi, qui était Allemand. J'ai fait le Prince d'après la cour de S[ain]t-Cloud que j'habitais en quelque sorte en 1810 et [18]11. Je prends un des êtres que j'ai connus et je me dis : Avec les mêmes habitudes contractées dans l'art d'aller tous les matins à *la chasse du bonheur* que ferait-il s'il avait plus d'esprit ? J'ai vu M. de Met[ternich], alors à S[ain]t-Cloud, porter un bracelet des cheveux de Caroline Murat. J'écrivais pour M. le C[om]te D[aru], qui était obligé de me dire les secrets pour que je puisse le soulager dans son énorme travail[1].

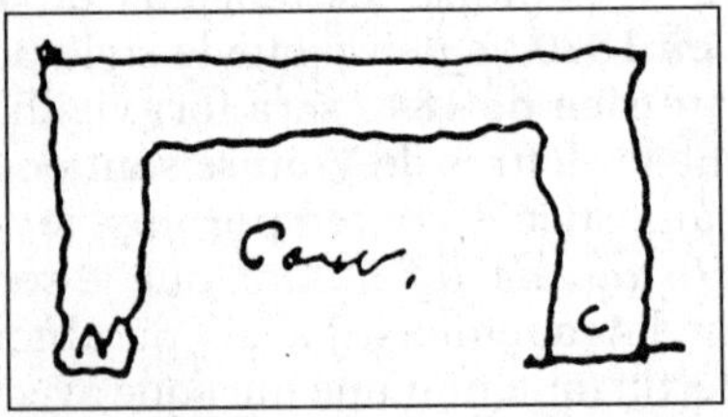

Napoléon en N. le salon de M. D[aru] en C.

J'ai fait *la Chart[reuse]* ayant en vue la mort de Sandrino, fait qui m'avait vivement touché dans la nature. M. Dupont m'a ôté la place[2] de la peindre.

Je m'étais dit : Pour être un peu original en 1880 après des milliers de romans, il faut que le héros ne soit pas amoureux au 1er volume, et qu'il y ait 2 héroïnes.

Je n'ai nullement pensé au *non exequatur* de M. de Met[ternich]. Je n'ai jamais aucun regret à tout ce qui ne doit pas arriver. Je vous avouerai que je place mon orgueil à avoir un peu de renom en 1880, alors on parlera peu de M. de Met[ternich] et encore moins du petit prince. La mort nous fait changer de rôle avec ces gens-là, ils peuvent tout sur nos corps pendant leur vie, mais à peine morts, le silence les envahit. Qui parle de M. de Villèle, de Louis XVIII ? De Charles X un peu plus, il s'est fait chasser.

Voici mon malheur, trouvez-moi un remède. Pour travailler le matin, il faut être distrait le soir, sinon le matin on se trouve ennuyé de son sujet ; de là mon malheur au milieu de 5 000 épais marchands de C[ivita]-V[ecchi]a. Il [n'] y a là de poétique que les 1 200 forçats, mais je ne leur parle pas ; les femmes rêvent aux moyens de se faire donner un chapeau de France par les maris.

Vos remarques m'ont fait relire avec plaisir quelques passages de *la Chart[reuse]*.

Comment vous amuser un peu en échange de toute la surprise et de tout le plaisir que m'a fait la *Revue* ?

En vous envoyant une lettre sincère au lieu et place d'une lettre polie et bonne à montrer, où j'aurais glissé mon enthousiasme pour Mme de Mortdauf [*sic*] (*le Lys dans la vallée*) et pour le Père Goriot.

Prenez garde à un mot que j'ai entendu sur le charmant Wendermere.

Prenez garde au moment où vos rédactions se seront *outwritten themselves*. La saveur de nouveauté est délicieuse, dans les 3 premiers numéros.

Le style de W[alte]r Scott, vous l'avez à Paris ; c'est le style bourgeois de M. Delécluze, auteur de *Mlle de Liron* qui n'est pas mal.

215. À HONORÉ DE BALZAC[1]

17-28 octobre 1840

J'ai été bien surpris hier soir, Monsieur. Vous avez eu pitié d'un orphelin abandonné dans la rue. Je pensais n'être pas lu avant 1880, quelque *ravaudeur* littéraire *aurait* trouvé ces pages trop simples *dans quelque vieux livre*.

Rien de plus facile, Monsieur, que de vous écrire une lettre polie, comme nous en savons faire, vous et moi ; mais comme votre procédé est unique, je veux vous imiter et vous répondre par une lettre sincère.

J'ai reçu la *Revue* hier soir et ce matin j'ai réduit à quatre ou cinq pages les cinquante-quatre premières pages de *la Chart[reuse]*. J'avais trop de plaisir à parler de ces temps heureux de ma jeunesse ; j'éprouvai bien ensuite quelques remords, mais je me consolai par les premiers *demi*-volumes, si ennuyeux, de notre père Walter Scott, et par le long préambule de la divine *Princesse de Clèves*.

J'ai fait quelques plans de roman, par exemple *Vanina* ; mais faire un plan me glace. Je dicte 25 ou 30 pages, puis la soirée arrive, et j'ai besoin d'une forte *distraction* ; il faut que le lendemain matin j'aie tout oublié ; en lisant les 3 ou 4 dernières pages du chapitre de la veille, le chapitre du jour me vient.

Je vous avouerai que bien des pages de *la Chart[reuse]* ont été imprimées *sur la dictée* ; *je croyais par là être simple, non contourné* (*le contourné est mon horreur*), *vous m'avez persuadé de m'en repentir, et je dirai comme les enfants : je n'y retournerai plus*.

Il y *eut* soixante ou soixante-dix dictées et je perdis tout le morceau de la prison que je fus obligé de refaire.

Que vous font ces détails ? Mais je *nourris le noir projet de* vous demander des conseils la première fois que nous nous rencontrerons sur le boulevard. *Faut-il conserver Fausta, épisode devenu trop long ? Fabrice veut montrer à la duchesse qu'il n'est pas capable d'amour.*

J'ai un mépris qui va jusqu'à la haine pour les Laharpe.

À mesure que j'avançais dans *la Chart[reuse]*, je portais des jugements sur ce livre tirés de l'histoire de la peinture que je connais. Par exemple, la littérature en France en est aux élèves de Pietro de Cortone (ce peintre outrait *l'expression, travaillait vite et gâta tous les peintres d'Italie pour 50 ans*).

Par exemple tout le personnage de la duchesse Sanseverina est copié du Corrège (c'est-à-dire produit sur mon âme le même effet que le Corrège). Il faut que je compte bien sur votre bonté pour hasarder de pareilles balivernes.

Je crois que nous en sommes au siècle de Claudien et je lis peu de nos livres. À l'exception de Mme de Mordauf et des ouvrages de cet *auteur*, de quelques romans de George Sand et des nouvelles écrites dans les journaux par M. Soulié, je n'ai rien lu de ce qu'on *imprime*.

En composant *la Chart[reuse]*, pour prendre le ton, je lisais de temps en temps quelques pages du Code civil.

Mon Homère que je relis souvent, c'est les *Mémoires* du Maréchal Saint-Cyr ; mon auteur de tous les jours c'est l'Arioste.

Je n'ai jamais pu, même en 1802 (j'étais *alors* officier des dragons en Piémont, à 3 lieues de Marengo), je n'ai jamais pu lire 20 pages de M. de Chateaubriand ; j'ai failli avoir un duel parce que je me moquais de la *cime indéterminée des forêts*. Je n'ai jamais lu *la Chaumière indienne,* M. de Maistre m'est insupportable. Voilà sans doute pourquoi j'écris mal ; c'est par amour exagéré pour la logique.

Les seuls auteurs qui me fassent l'effet de bien écrire, c'est Fénelon : *les Dialogues des morts,* et Montesquieu. Il n'y a pas quinze jours que j'ai pleuré en relisant *Aristonoüs, ou l'esclave d'Alcine.*

Je vais faire paraître, au foyer de l'Opéra, Rassi et Riscara envoyés là comme espions par Ranuce-Ernest IV, après Waterloo. Fabrice, revenant d'Amiens, remarquera leurs regards *italiens* et leur *milanais serré* que ces espions ne croient compris par personne. On m'a dit qu'il faut faire connaître les personnages, et que *la Chart[reuse]* ressemble à des *Mémoires* ; les personnages paraissent à mesure qu'on en a besoin. Le défaut dans lequel je suis tombé me semble fort excusable ; n'est-ce pas la vie de Fabrice qu'on écrit ?

Enfin, Monsieur, en mettant beaucoup de vos louanges excessives, sur le compte de la pitié pour un enfant abandonné, je suis d'accord sur les principes. Ici je devrais terminer ma lettre.

Je vais vous sembler un monstre d'orgueil. Quoi, dira votre sens intime, cet animal-là, non content de ce que j'ai fait pour lui, chose sans exemple dans ce siècle, veut encore être loué sur le style !

Je ne vois qu'une règle : *être clair.* Si je ne suis pas clair, tout *mon monde* est anéanti.

Je *veux* parler de ce qui se passe au fond de l'âme de Mosca, de la duchesse, de Clélia. C'est un pays où ne pénètre guère le regard des enrichis, comme le latiniste directeur de la Monnaie, M. le comte Roy, M. Laffitte, etc., etc., *le regard des* épiciers, de bons pères de famille, etc., etc.

Si, à l'obscurité de la chose, je joins des obscurités du style de M. Villemain, de Mme Sand, etc. (supposé que j'eusse le rare privilège d'écrire comme ces coryphées du beau style), si je joins à la difficulté du fond les obscurités *de ce style vanté,* personne absolument ne comprendra la lutte de la duchesse contre Ernest IV. Le style de M. de Chateaubriand *et* de M. *Villemain* me semble dire :

1° Beaucoup de petites choses *agréables mais* inutiles à dire (comme le style d'Ausone, de Claudien, etc.) ;

2° Beaucoup de petites *faussetés, agréables à entendre.*

216. À HONORÉ DE BALZAC[1]

28-29 octobre 1840

J'ai été[2] bien surpris hier soir, Monsieur. Je pense que jamais personne ne fut traité ainsi dans une revue, et par le meilleur juge de la matière. Vous avez eu pitié d'un orphelin abandonné au milieu de la rue. J'ai dignement répondu à cette bonté, j'ai lu la revue hier soir, et ce matin j'ai réduit à 4 ou 5 pages les cinquante-quatre premières pages de l'ouvrage que vous poussez dans le monde.

La cuisine de la littérature m'aurait dégoûté du plaisir d'écrire : j'ai renvoyé les jouissances sur l'imprimé à 20 ou 30 ans d'ici. Un ravaudeur littéraire ferait la découverte des ouvrages dont vous exagérez si étrangement le mérite.

Votre illusion va bien loin, par exemple *Phèdre*. Je vous avouerai que j'ai été scandalisé, moi qui suis assez bien disposé pour l'auteur.

Puisque vous avez pris la peine de lire trois fois ce roman, je vous ferai bien des questions à la première rencontre, sur le boulevard.

1° Est-il permis d'appeler Fabrice *notre héros* ? Il s'agissait de ne pas répéter si souvent le mot Fabrice.

2° Faut-il supprimer l'épisode de *Fausta*, qui est devenu bien long en le faisant ? Fabrice saisit l'occasion qui se présente de démontrer à la duchesse qu'il n'est pas susceptible d'amour.

3° Les 54 premières pages me semblaient une introduction gracieuse. J'eus bien quelques remords en corrigeant les épreuves, mais je songeais aux premiers demi-volumes si ennuyeux de Walter Scott et au préambule si long de la divine *Princesse de Clèves*.

J'abhorre le style contourné et je vous avouerai que bien des pages de *la Chart[reuse]* ont été imprimées sur la dictée originale. Je dirai comme les enfants : je n'y retournerai plus. Je crois cependant que, depuis la destruction de la cour, en 1792, la part de la forme devient plus mince chaque jour. Si M. Villemain, que je cite comme le plus distingué des académiciens, traduisait *la Chart[reuse]* en français, il lui faudrait 3 volumes pour exprimer ce que l'on a donné en deux. La plupart des fripons étant emphatiques et éloquents, on prendra en haine le ton déclamatoire. À 17 ans j'ai failli me battre en duel pour la *cime indéterminée des forêts* de M. de Chateaubriand, qui comptait beaucoup d'admirateurs au 6e de dragons. Je n'ai jamais lu *la Chaumière indienne*, je ne puis souffrir M. de Maistre.

Mon Homère, ce sont les *Mémoires* du Maréchal Gouvion-Saint-Cyr ; Montesquieu et les *Dialogues* de Fénelon me semblent bien écrits. Excepté Madame de Mortsauf et ses compagnons, je n'ai rien lu de ce qu'on a imprimé depuis 30 ans. Je lis l'Arioste dont j'aime les récits. La duchesse est copiée du Corrège. Je vois l'histoire future des lettres françaises dans l'histoire de la peinture. Nous en sommes aux élèves de Pierre de Cortone, qui travaillait vite et outrait toutes les expressions, comme Mme Cottin qui fait marcher les pierres de taille des îles Borromées. Après ce roman, je n'en ai... En composant *la Chartreuse*, pour prendre le ton je lisais chaque matin 2 ou 3 pages du code civil.

Permettez-moi un mot sale : je ne veux pas branler l'âme du lecteur. Ce pauvre lecteur laisse passer les mots ambitieux, par exemple *le vent qui déracine les vagues*, mais ils lui reviennent après l'instant de l'émotion. Je veux au contraire que, si le lecteur pense au comte Mosca, *il ne trouve rien à rabattre*.

4° Je vais faire paraître au foyer de l'opéra Rassi, Riscara, envoyés à Paris comme espions après Waterloo par Ranuce-Ernest IV. Fabrice revenant d'Amiens remarquera leur regard italien, et leur milanais *serré* que ces observateurs ne croient compris par personne. Tout le monde me dit qu'il faut annoncer les personnages. Je réduirai beaucoup le bon abbé Blanès. Je croyais qu'il fallait des personnages ne faisant rien, et seulement touchant l'âme du lecteur, et ôtant l'air romanesque.

Je vais vous sembler un monstre d'orgueil[1].

Ces grands académiciens eussent vu le public fou de leurs écrits, s'ils fussent nés en 1780 ; leur chance de grandeur tenait à l'ancien régime.

À mesure que les demi-sots deviennent plus nombreux, la part de la *forme* diminue. Si *la Chart[reuse]* était traduite en français par Mme Sand, elle aurait du succès, mais, pour exprimer ce qui se trouve dans les 2 volumes actuels, il en eût fallu 3 ou 4. Pesez cette excuse.

Le demi-sot tient par-dessus tout aux vers de Racine, car il comprend ce que c'est qu'une ligne non finie, mais tous les jours le vers devient une moindre partie du mérite de Racine. Le public, en se faisant plus nombreux, moins mouton, veut un plus grand nombre de *petits faits vrais*, sur une passion, sur une situation de la vie, etc. Combien Voltaire, Racine, etc., tous enfin, excepté Corneille, ne sont-ils pas obligés de faire de vers *chapeaux* pour la rime ; eh bien ! ces vers occupent la place qui était due légitimement à de petits faits vrais.

Dans cinquante ans, M. Bignan, et les Bignans de la prose, auront tant ennuyé avec des productions élégantes et dépourvues de tout autre mérite, que les demi-sots seront bien en peine ; leur vanité voulant toujours qu'ils parlent de littérature et qu'ils fassent semblant de penser, que deviendront-ils quand ils ne pourront plus s'accrocher à la forme ? Ils finiront par faire leur dieu de Voltaire. L'esprit ne dure que 200 ans : en 1978 Voltaire sera Voiture ; mais *le Père Goriot* sera toujours *le Père Goriot*. Peut-être les demi-sots seront-ils tellement peinés de n'avoir plus leurs chères règles à admirer qu'il est fort possible qu'ils se dégoûtent de la littérature et se fassent dévots. Tous les coquins politiques ayant un ton déclamatoire et éloquent, l'on en sera dégoûté en 1880. Alors peut-être on lira *la Chart[reuse]*.

La part de la *forme* devient plus mince chaque jour. Voyez Hume ; supposez une histoire de France de 1780 à 1840 écrite avec le bon sens de Hume ; on la lirait, fût-elle écrite en patois ; elle est écrite comme le code civil. Je vais corriger le style de *la Chart[reuse]*, puisqu'il vous blesse, mais je serai bien en peine. Je n'admire pas le style à la mode, il m'impatiente. Je vois des Claudiens, des Sénèques, des Ausones. On me dit depuis un an qu'il faut quelquefois délasser le lecteur en décrivant le paysage, les habits. Ces choses m'ont tant ennuyé chez les autres ! J'essaierai.

Quant au succès contemporain, auquel je n'aurais pas songé sans la *Revue Parisienne*, il y a bien 15 ans que je me suis dit : « Je deviendrais un candidat pour l'Académie si j'obtenais la main de Mlle Bertin, qui me ferait louer 3 fois par semaine. » Quand la société ne sera plus *tachée* d'enrichis grossiers, prisant avant tout la noblesse, justement parce qu'ils sont ignobles, elle ne sera plus à genoux devant le journal de l'aristocratie. Avant 1793, la bonne compagnie était la vraie juge des livres, maintenant elle rêve le retour de 93, elle a peur, elle n'est plus juge. Voyez le catalogue qu'un petit libraire près Saint-Thomas-d'Aquin (rue du Bac, vers le n° 110) prête à la noblesse sa voisine. C'est l'argument qui m'a le plus convaincu de l'impossibilité de plaire à ces peureux hébétés par l'oisiveté.

Je n'ai point copié M. de Met[ternich], que je n'ai pas vu depuis 1810 à Saint-Cloud, quand il portait un bracelet des cheveux de Caroline Murat, si belle alors. Je n'ai nullement regret à tout ce qui ne doit pas arriver. Je suis fataliste et je m'en cache. Je songe que j'aurai peut-être un peu de succès vers 1860 ou [18]80. Alors on parlera bien peu de M. de Met[ternich] et encore moins du petit prince. Qui était premier ministre d'Angleterre du temps de Malherbe ? Si je n'ai pas le malheur de tomber sur Cromwell, je suis sûr de l'inconnu.

La mort nous fait changer de rôle avec ces gens-là. Ils peuvent tout sur nos corps pendant leur vie, mais, à l'instant de la mort, l'oubli les enveloppe à jamais. Qui parlera de M. de Villèle, de M. de Martignac, dans cent ans ? M. de Talleyrand lui-même ne sera sauvé que par ses *Mémoires*, s'il en a laissé de bons. Tandis que *le Roman comique* est aujourd'hui, ce que *le Père Goriot* sera en 1980. C'est Scarron qui fait connaître le nom du Rothschild de son temps, M. de Montauron, qui fut aussi, moyennant 50 louis, le protecteur de Corneille.

Vous avez bien senti, Monsieur, avec le tact d'un homme qui a agi, que *la Chart[reuse]* ne pouvait pas s'attaquer à un grand État, comme la France, l'Espagne, Vienne, à cause des détails d'administration. Restaient les petits princes d'Allemagne et d'Italie.

Mais les Allemands sont tellement à genoux devant un cordon, ils sont si bêtes ! J'ai passé plusieurs années chez eux, et j'ai oublié leur langue par mépris. Vous verrez bien que mes personnages ne pouvaient être allemands. Si vous suivez cette idée, vous trouverez que j'ai été conduit par la main à une dynastie éteinte, à un Farnèse, le moins obscur de ces *éteints,* à cause des généraux, ses grands-pères.

Je prends un personnage de moi bien connu, je lui laisse les habitudes qu'il a contractées dans l'art d'aller tous les matins à la chasse du bonheur, ensuite je lui donne plus d'esprit. Je n'ai jamais vu Mme de Belgio[joso]. Rassi était Allemand ; je lui ai parlé 200 fois. J'ai appris le Prince en séjournant à Saint-Cloud en 1810 et 1811.

Ouf ! J'espère que vous aurez lu cette brochure en 2 fois. Vous dites, Monsieur, que vous ne savez pas l'anglais ; vous avez à Paris le style *bourgeois* de Walter Scott dans la prose pesante de M. Delécluze, rédacteur des *Débats,* et auteur d'une *Mademoiselle de Liron* où il y a quelque chose. La prose de Walter Scott est inélégante et surtout prétentieuse. On voit un nain qui ne veut pas perdre une ligne de sa taille.

Cet article étonnant, tel que jamais écrivain ne le reçut d'un autre, je l'ai lu, j'ose maintenant vous l'avouer, en éclatant de rire. Toutes les fois que j'arrivais à une louange un peu forte, et j'en rencontrais à chaque pas, je voyais la mine que feraient mes amis en le lisant.

Par exemple, le ministre d'Argout, étant auditeur au conseil d'État, était mon égal et de plus ce qu'on appelle un ami. 1830 arrive, il est ministre ; ses commis, que je ne connais pas, pensent qu'il y a une trentaine d'artistes.

Réponse.
Particularités sur le compte de *la Chartreuse*.
Première lettre remplie d'égotisme.
2de réponse allégée.

Le 29, je coupe l'égotisme. Je fais une seconde lettre plus légère.
La réponse part le 30 oct[obre] [18]40.

217. À DOMENICO FIORE

Rome, le 5 mars 1841.

Dans la semaine grasse, au magnifique palais Colonna, garni des tapisseries données par Louis XIV à la connétable Colonna, je me suis trouvé à un bal avec deux reines. Ma femme a voulu y aller et de plus y porter ses trois petits diamants valant deux mille cinq cents francs : bel honneur pour moi.

La reine de Naples a l'air d'une épicière accablée de vieillesse. Son mari est beau et bête, et tout couvert d'un large cordon bleu.

La reine d'Espagne[1] a l'air bon et bienveillant, mais horriblement commun ; on ne pouvait se figurer qu'elle a trente-quatre ans : elle en paraît quarante. Je l'ai vue à deux pieds de distance toute la soirée, et au Corso pendant les mascarades elle jetait des *confetti*[2] à ses amis avec une petite grâce affectée et peu gracieuse.

La reine de Naples[3] a l'air fâché d'un bourru bienfaisant et me semble bonne au fond. Sa fille avait au bal un petit chapeau de feutre rose. (Priez l'ami Colomb de lire).

La reine d'Espagne logeait chez Serny, la meilleure auberge, et y dépensait quatre cent quatre-vingts francs par jour avec sa suite. Le comte Colombi, son chambellan, ancien attaché à l'ambassade française à Constantinople, est le factotum. La reine tire fort bien le pistolet et a tué plusieurs *grelettes*, oiseaux de mer, en venant par le bateau à vapeur, il y a un mois.

M. Muñoz[1] est arrivé à Rome. La reine est convenue d'un marché avec le prince Borghèse, qui, pour trente mille écus (cent soixante-dix mille francs) lui vendait la principauté de *Castel-Ferrate*, ou à peu près, qui rend quatre mille cinq cents francs ; mais le *Supremo Gerarca*[2] n'a pas voulu donner cette principauté à M. Muñoz, qui n'a pas pu devenir prince de Castel Ferrate, vers Rieti. La reine a loué le château de Prangins, près Nyon, sur le lac de Genève, où Colomb a été au bal en 1808 ; c'est une demeure vraiment royale déjà choisie par Joseph Bonaparte. Le propriétaire avare en a refusé sept cent mille francs, et la reine s'est contentée de la louer.

Au reste, il est bien plus sage, sauf le climat, d'être libre à Prangins, qu'esclave ailleurs ; mais ces petites têtes de femmes ne voient pas les choses. Ces reines ne faisaient pas de dépense, et ne produisaient aucun effet à Rome. Le peuple romain ne croit qu'à la *dépense actuelle*. — Le carnaval n'a pas été beau ; les étrangers jetaient des bouquets coûtant demi-*baiocco* et moins, et des dragées de plâtre. L'avarice romaine est en deuil par la mort des duchesse Torlonia et princesse Borghèse : belle occasion de ne pas donner de fêtes. Celles de monsieur l'ambassadeur de France ont été admirables.

J'ai oublié beaucoup d'anecdotes sur Naples. Les bals y sont gais, et, vers deux heures après minuit, le roi ferme les portes pour empêcher les danseurs de sortir.

On a admiré comme riche le mariage, à Florence, de la fille du grand-duc avec Modène. Ce grand-duc est admirable, surtout pour les grandes routes. De Rome à Florence, on passera par Civita-Vecchia, sans neige, sur les montagnes horribles de Radicofani et sans périls.

Il faut couper en deux le traitement des ambassades et des consulats. Par exemple, à l'ambassadeur à Rome, soixante mille francs d'appointements, six bals à trois mille francs chacun et douze dîners ; avec cette recette, on serait adoré et baisé à l'orteil ; on se moque des cordons et des dignités.

218. À DOMENICO FIORE

Civita-Vecchia, le 14 mars 1841.

Je relis avec un nouveau plaisir votre lettre du 17 février.

Quand vous passez, par hasard, près de la rue Croix-des-Petits-Champs, n° 34, montez au bureau d'écritures et demandez M. Bonavie[1] ; c'est un garçon dont, pendant trois ans, je n'ai eu qu'à me louer. Il a été soldat dans l'Inde ; le malheur l'a rendu simple et sans emphase. Plût à Dieu que je l'eusse ici ! Il me copiait la page à vingt centimes les vingt lignes. Dites-lui : « Je vous enverrai par la petite poste des lettres de M. Beyle, peu lisibles pour mes mauvais yeux (ménager ses amis) : vous les mettrez au net, à vingt lignes, sur du papier pot, et vous me renverrez par la poste l'original et la copie. » Mes lettres, copiées par M. Bonavie ou un autre, seront un grand débarras pour moi. Quand je songe au caractère, il ne me vient que des niaiseries pendant la première page.

[...] Mlle Molica[1], jeune chanteuse, assez jolie, passionnée, qui chante à se faire entendre de moi à travers une place et deux rues. Elle m'a dit, elle-même, qu'elle chante, comme on parle sans aucune fatigue. Mlle Mollica a vingt-deux ans, c'est un baryton ou contralto. M. Mollica papa est maître maçon, et habite le palais où j'ai quatre chambres sur la mer, au troisième, et trois autres chambres sur le derrière, pour quarante-quatre francs par mois. Je n'ai vu Mlle Molica qu'une fois : je suis trop *grand* pour aller chez elle, dont bien me fâche. Je ne l'ai pas vue depuis six mois ; c'est le second commis de M. Dominique qui lui fait la cour pour le bon motif. Ce commis gagnera un jour vingt écus par mois (cent douze francs), et là-dessus le ménage vivra. On a chanté un opéra d'amateurs ce carnaval. D'après l'opinion unanime, jamais Civita-Vecchia n'a eu une prima donna comparable ; quand le ténor tombait dans le faux, Mlle Molica le ramenait, elle dominait même l'orchestre. Toutes les jeunes filles du pays l'abhorent, car elle est gaie, aimable, parlante ; elle passionne bien ses rôles ; elle entend un peu le français. Elle ferait résonner l'Opéra, et sans jamais crier, elle n'en a pas besoin. Quel théâtre ne donnerait pas six mille francs la première année, après deux débuts, à Mlle Molica ? Quel doute qu'après deux ans, si elle ne tombait pas en proie à quelque maladie, elle ne gagnât pas vingt mille francs. Il faudrait qu'elle épousât M. Totò d'Alberti[2], descendant d'un Français, lequel écrit bien, et gagne par trois ou quatre métiers, quatre-vingt-quinze à cent francs. Son père, courtier pour les blés, est un parfait honnête homme qui s'épuise avec les jolies paysannes. Totò a donné un coup de poignard à sa première maîtresse, qui l'avait trahi ; Dominique le sauva. On lui demanda à quelle peine on devrait le condamner : « À trois mois de prison. » Il y avait cinquante-cinq jours qu'il était dans la forteresse. Au moment du crime, Dominique vola le poignard, qui n'a plus reparu. Totò d'Alberti, transporté chez Dominique (le crime avait eu lieu dans l'escalier de son logement, la belle habitait la maison), sur son canapé, y était en proie à d'affreuses convulsions ; bientôt dix gendarmes viennent l'y garder. Dominique fut éloquent ; il prouvait qu'il n'y avait pas de crime ; le coup avait été donné dans les gros appas de la demoiselle ; les gendarmes conclurent que Dominique protégeait le coupable et, dès cet instant, la procédure prit une bonne tournure. Dominique n'avait jamais parlé à l'infidèle. Au sortir de la forteresse, Totò, l'amant actuel de Mlle Mollica, alla passer quelques mois à Barcelone. Au reste, il détestait l'infidèle et ne lui a jamais reparlé. Cet amant passionné, à l'œil sombre, c'est un petit juif bien fait ; toute sa famille a l'air français. Mais comment faire pénétrer l'idée du théâtre dans la tête de M. le maçon Mollica ? Je suis trop paresseux pour me mettre à la tête de cette affaire. Mon opinion sur ce talent inconnu est celle de M. Blasi et de quatre amateurs très forts, qui ont chanté tout le carnaval sur le théâtre avec Mlle Mie-de-pain (Mollica).

M. le lieutenant-colonel Sodermarck a tout quitté pour faire mon portrait[1] ; il en trouve à six cents francs.

Interrompue par les accidents du 15 mars[2].

219. À DOMENICO FIORE

Civita-Vecchia, le 5 avril 1841.

Je me suis aussi colleté avec le néant[1]; c'est le passage qui est désagréable, et cette horreur provient de toutes les niaiseries qu'on nous a mises dans la tête à trois ans.

Ne dites rien à Colomb, j'avais l'intention de ne rien écrire; mais je crois à l'intérêt que vous me montrez. Donc, migraines horribles pendant six mois; puis, quatre accès du mal que voici :

Tout à coup, j'oublie tous les mots français. — Je ne pus plus dire : *Donnez-moi un verre d'eau*. Je m'observe curieusement; excepté l'usage des mots, je jouis de toutes les propriétés naturelles de *l'animal*. Cela dure huit à dix minutes; puis, peu à peu, la mémoire des mots revient, et je reste fatigué.

Croyant peu à la médecine, et surtout aux médecins, hommes médiocres, je n'ai consulté qu'au bout de six mois d'affreuses migraines. — M. Severin, homéopathe de Berlin, a fait de belles cures à Rome; il a débité des phrases à la suite desquelles j'ai entrevu qu'il s'agissait d'apoplexie *nerveuse* non sanguine.

Je vais écrire à l'excellent M. Prévost, de Genève, mais je ne crois en rien, qu'à la profonde attention que M. Prévost donne à la maladie.

M. Severin (physionomie méchante, spirituelle, propos de charlatan) m'a fait prendre de l'aconit pour animer la circulation, et, au printemps, veut me faire prendre le *sulfure*. La meilleure drogue serait celle de M. Dijon[2]. J'irais à Genève passer deux jours avec l'excellent Prévost qui, par la suppression des acides, a chassé de chez moi la gravelle et la goutte.

J'ai eu quatre suppressions de mémoire de tout français depuis un an ; cela dure six à huit minutes ; les idées vont bien, mais sans les mots. Il y a dix jours, en dînant au cabaret avec Constantin, j'ai fait des efforts incroyables pour trouver le mot *verre*. J'ai toujours un fond de mal à la tête, venant de l'estomac, et je suis fatigué pour avoir tâché de moins mal écrire ces trois pages.

Pendant l'avant-dernier accès, au petit jour, je continuais à m'habiller pour aller à la chasse ; autant vaut rester immobile là qu'ailleurs. *Vale*.

220. À DOMENICO FIORE

Rome, le 10 avril 1841

Voici ma première lettre. Je suis venu à Rome, le premier de ce mois, pour profiter des lumières du brusque docteur Dematteis, qui a pour moi une bonté marquée ; il m'a traité de la gravelle en 1833.

Le docteur n'a pas voulu me saigner une troisième fois ; il a nié la langue épaisse, quoique hier ce phénomène peu agréable se soit renouvelé à côté de Constantin, que j'étais allé voir travailler au portrait de Charlemagne, que le gouvernement de Paris lui a demandé pour trois mille francs.

M. Dematteis est une tête dure ; il nie l'homéopathie ; il prétend que mon mal est une goutte qui, n'allant pas aux pieds, se porte sur la tête. Je suis quatre ou cinq fois par jour, sur le point d'étouffer ; mais le dîner me guérit à moitié et je dors bien. J'ai fait cent fois le sacrifice de la vie, me couchant, croyant fermement ne pas me réveiller. Une lettre de trois lignes à écrire me donne des étourdissements.

J'ai assez bien caché mon mal ; je trouve qu'il n'y a pas de ridicule à mourir dans la rue, quand on ne le fait pas exprès. Avant-hier, à l'exposition (archiplate) des élèves de l'Académie de France, devant un *Amour* de marbre *qui se coupe les ailes,* j'ai eu la sensation d'étouffer net ; j'étais fort rouge.

Je n'ai pas demandé au docteur le nom de cette maladie, pour ne pas m'embarquer dans les réflexions ; ainsi je ne puis vous le dire. L'homéopathie, empêchant la goutte d'agir, ferait-elle mourir d'apoplexie, comme jadis les poudres du duc de Portland ?

C'est le docteur Dematteis qui m'a fourni ce trait d'érudition...

Figurez-vous une jolie chambre, au second, dans la rue la plus fréquentée de Rome ; un maître de maison, bon homme, là avec Constantin. C'est M. Frezza[1], enchanté de recevoir dix-sept piastres par mois depuis deux ans ; il me fait soigner par la grosse servante Barbara. Elle me vole et vient de me voler une paire de bottes ; je me tiens à deux pour ne pas lui demander ces bottes, pouvant être très malade chez elle. En tous cas, ce ne serait pas mourir dans une auberge de campagne.

Samedi saint, 10 avril, à sept heures du soir.

221. À DOMENICO FIORE

Rome (lundi), le 19 avril 1841.

Hier, on m'a mis un exutoire au bras gauche ; ce matin, on m'a saigné. Le symptôme le plus désagréable, c'est l'embarras de la langue qui me fait bredouiller.

L'excellent Constantin vient me voir deux fois par jour ; M. Alertz, d'Aix-la-Chapelle, médecin du pape, vient me voir[1]. Constantin me dore bien la pilule qui n'est pas trop amère ; j'espère bien en revenir. Mais enfin, je veux vous faire mes adieux, pour le cas où cette lettre serait l'*ultima*[2]. Je vous aime réellement et il n'y a pas foule.

Adieu, prenez gaiement les événements.

CONDOTTI 48.

Le 20 avril, attaque de faiblesse dans la jambe et la cuisse gauches.

Ça va bien le 21 avril.

222. À ROMAIN COLOMB

Civita-Vecchia, le 19 juin 1841.

Voici, mon cher ami, un grand accident qui pâlit et désennuie, ce matin, tous les habitants de mon endroit.

Le Pollux est retourné aux enfers. Au milieu du canal de Piombino, dans la nuit du 17 au 18, à onze heures du soir, *le Mongibello*, bateau napolitain, a passé sur *le Pollux*, bateau à vapeur sarde, et l'a envoyé au fond de la mer. Un marin a eu la présence d'esprit d'accrocher les cordages du *Mongibello* et les passagers du malheureux *Pollux* ont pu sauter à ces cordages et sauver leur vie. Un seul capitaine napolitain a péri

[...] Le capitaine napolitain noyé s'appelle Castagnola ; c'était un homme de quarante ans, riche, beau, bien élevé ; je l'ai connu ici, d'où il a pris la mer le 17.

L'enfantillage des hommes est incroyable ; les passagers vont donner la préférence aux bâtiments de l'État, malgré la lenteur et la superbe des officiers, qui ne veulent pas passer pour des conducteurs de diligence.

Malgré tout, la mer est cent fois moins dangereuse que la voiture ; et puis, la mort est prompte, grand avantage. — L'enfer est ce qui rend la mer affreuse, en Italie ; Dominique n'a pas eu une demi-seconde de ces idées. — J'avais prêté mon cas de nuit à un voyageur ; voilà ma perte.

T'ai-je narré toutes les déconvenues de M. Lacordaire, forcé de laisser les douze disciples, et, au lieu de faire le colonel, à la tête de ses douze hommes, obligé de vivre avec les plus sales, les plus jaloux, les plus méchants des moines, à la Minerve, à Rome ? Il est bien puni, et M. de Lamennais rira de le voir exécré, parce qu'il se lave les mains. Les Français *scandalisent* les prêtres romains. La *Vie de Saint Dominique*, je crois, par ledit de Lacordaire, a indigné un prêtre puissant, l'un des courtisans de la reine douairière de Sardaigne, qui se lamentait, moi présent, des *idées françaises*, qui paraissent dans le livre de Lacordaire ; les Français sont à demi *protestants*. J'ajoute : « car ils se permettent l'*examen personnel*, le pire des péchés. »

Tu vas m'appeler meneur : le cardinal Tosti a dit à *** que l'ambassadeur L...[1] avait peur de ton gros Dominique. Le confident du cardinal Tosti l'avait dit à un ami, qui me l'a répété.

J'ai deux chiens que j'aime tendrement ; l'un, noir, épagneul anglais, beau, mais triste, mélancolique ; l'autre, *Lupetto*, café au lait, gai, vif, le jeune bourguignon, en un mot ; j'étais triste de n'avoir rien à aimer.

223. À ROMAIN COLOMB

Florence, le 8 octobre 1841[1].

Cher ami, je partirai vers le 22 avec Salvagnoli[2], avocat, homme d'esprit, qui a le projet de passer trente jours à Paris ; on le dit méchant. Mais est-ce que je ne passe pas pour méchant ?

J'ai quelque espoir de devenir avare ; tous les plaisirs de Paris dont Besançon me parle me semblent chers. — De Marseille j'irai à Genève, demander une direction pour ma santé à M. Prévost.

Le grand-duc de Toscane a réuni ici tous les savants. Il y avait huit cent cinquante *scienziati*, c'est ainsi qu'on les appelle. À Boboli, dîner admirable tous les jours, à trois heures ; dîner de quatre cent cinquante *scienziati* ; chacun payait cinquante sous ; mais le grand-duc ajoutait, en secret, deux francs par dîner. Quant à la science, on en a peu fait ; mais les savants ne sont plus ridicules aux yeux des Chinois nommés Toscans.

Je trouve tout trop cher ; serait-ce, enfin, l'avarice ? Rossini s'est fait banquier et fait, dit-on, des scènes à Mlle *** pour la moindre robe. Je ne me dis pas de sottises en me comparant à un homme de génie.

La Toscane a été admirable ; on y parlera en 1880 du congrès de 1841 ; huit cent cinquante savants, Orioli le premier. T'ai-je dit que mon portrait, fait par M. Sodermark, colonel suédois et peintre, est un chef-d'œuvre ? Il a été le roi de l'exposition romaine, à la Porta del Popolo.

Le mois d'octobre est délicieux à Rome, le peuple y est fou de joie. Il prétend qu'au mois de novembre tout le vin ancien tourne à l'aigre ; c'est ce qu'il faut empêcher. De là, les nombreuses libations au mont Testaccio. — Pendant tout ce mois la villa Borghèse est remplie de fous, le jeudi et le dimanche. Les étrangers vont voir les trois fresques de Raphaël, peintes par ses élèves, à sa maison de plaisance, hors de la porte Pinciana.

224. À FÉLIX BONNAIRE

Paris, le 21 mars 1842[1].

J'ai reçu, Monsieur, la lettre que vous avez pris la peine de m'écrire le 7 mars. À quelques petits détails près, j'adhère à toutes vos conditions.

Vous me donnez votre parole d'honneur de ne changer aucun mot au manuscrit (comme le *cœur brisé* dans *L'Abbesse de Castro*).

D'ici à un an, je vous livrerai le manuscrit de deux volumes de Contes et Romans, formant deux volumes comme *La Chartreuse de Parme*, environ 16 ou 17 feuilles de la *Revue*.

Ces deux volumes seront payés 5 000 fr.

Tous les deux mois je vous ferai parvenir une nouvelle, laquelle sera signée : Stendhal. Vous pourrez l'insérer dans la *Revue des Deux Mondes*. Vous aurez le droit de réunir ces romans en volumes in-8, tirés à sept cents exemplaires. Après cette édition in-8 vous aurez, en outre, le droit de faire une édition in-18, format populaire, tirée à trois mille exemplaires, le tout signé : Stendhal.

Ces divers droits seront payés sur-le-champ la somme de quinze cents francs.

À l'insertion de chaque nouvelle, elle sera payée

cinq cents francs ; la somme totale de 5 000 francs sera complétée lors de la publication de l'édition in-8.

Au moment où paraîtront chacune de ces éditions, vous me ferez remettre douze exemplaires de chacune, ou la somme de 60 francs.

Dans le dessein de corriger les erreurs littéraires, j'aurai le droit, à chaque nouvelle édition, d'effacer une page et d'en ajouter deux ou trois.

Ci-joint ma quittance de 1 500 francs.

Recevez, Monsieur, les nouvelles assurances de ma parfaite considération.

H. BEYLE.

P.-S. — Si vous faites des annonces ou publiez des catalogues, je vous prierai d'y placer les titres des ouvrages de M. de Stendhal.

DOSSIER

CHRONOLOGIE

1783-1842

1783. *23 janvier:* naissance à Grenoble d'Henri Beyle, futur Stendhal. Il aura deux sœurs, Pauline, née en 1786, et Zénaïde-Caroline, née en 1788.

1790. Mort de sa mère, Henriette, née Gagnon.

1796. *21 novembre:* entrée à l'École centrale de Grenoble. Brillants succès en mathématiques, en dessin et belles-lettres.

1799. *30 octobre:* départ pour Paris. Henri Beyle doit passer l'examen d'entrée à Polytechnique, auquel il renonce très vite.

1800. Dès le mois de janvier, son cousin Pierre Daru le prend dans les bureaux du ministère de la Guerre.
7 mai: départ pour l'Italie dans l'armée de Bonaparte.
10 juin: arrivée à Milan.
23 septembre: il est nommé sous-lieutenant du 6e dragons.

1801. Henri Beyle est à la suite du général Michaud, dont il est aide de camp.
Fin décembre: retour à Grenoble. Il commence son *Journal*.

1802. Il s'installe à Paris.
20 juillet: démission de l'armée. Lecture des Idéologues et intérêt pour le théâtre.

1803. Ébauches de tragédies et comédies.

1805. *25 juillet:* il suit à Marseille une actrice, Mélanie Guilbert («Louason»). Il travaille dans une maison de produits coloniaux.

1806. *16 octobre:* Beyle part pour la Prusse, avec Martial Daru, frère de Pierre.

29 octobre : Pierre Daru le nomme adjoint provisoire aux commissaires des Guerres. Il va à Brunswick.

1807. Brunswick et voyages en Allemagne.

1808. *1er décembre :* retour à Paris.

1809. Campagne d'Allemagne et d'Autriche. Il fait une cour assidue à Alexandrine Daru, la femme de Pierre.

1810. Apogée de sa carrière.
1er août : il est nommé auditeur au Conseil d'État, puis inspecteur du mobilier et des bâtiments de la Couronne.

1811. Liaison avec la cantatrice Angéline Bereyter.
29 août : il va en Italie et devient l'amant d'Angela Pietragrua, qu'il avait connue en 1801. Il revoit Milan, découvre Florence, Rome, Naples. Première idée de l'*Histoire de la peinture en Italie*.

1812. *23 juillet :* départ pour la campagne de Russie.
16 octobre : il quitte Moscou et supporte avec sang-froid l'épreuve terrible de la retraite.
27 novembre : passage de la Bérésina.

1813. *6 juin :* nouvelle campagne d'Allemagne. Il est nommé intendant en Silésie, à Sagan.

1814. Paris est pris par les Alliés. Retour des Bourbons.
27 mars-20 juillet : Beyle travaille aux *Vies de Haydn, de Mozart et de Métastase.* Il décide de quitter Paris pour Milan, où il commence sa vraie vie d'écrivain. Il retrouve Angela Pietragrua et reprend l'*Histoire de la peinture en Italie*.

1815. *28 janvier :* publication des *Lettres écrites de Vienne en Autriche sur le célèbre compositeur Haydn, suivies d'une Vie de Mozart et de Considérations sur Métastase*, sous la signature de Louis-Alexandre-César Bombet. Milan et voyages à Turin, à Padoue et à Venise.
22 décembre : rupture douloureuse avec Angela.

1816. Milan.
5 avril-19 juin : séjour à Grenoble, au moment de l'échec du complot orléaniste de Didier.
15 octobre : rencontre avec Byron, à la Scala. Révélation du romantisme grâce à l'*Edinburgh Review*. Beyle fréquente les milieux libéraux et romantiques milanais.

1817. Rome, Naples, Milan, Grenoble, Paris, Londres.
2 août : publication de l'*Histoire de la peinture en Italie*, signée M.B.A.A. (M. Beyle Ancien Auditeur).
13 septembre : Rome, Naples et Florence en 1817 est annoncé à la *Bibliographie de la France*. Il signe alors

pour la première fois M. de Stendhal, Officier de cavalerie.
21 novembre : il commence une *Vie de Napoléon*, qu'il n'achèvera pas.

1818. Milan.
4 mars : début de son amour malheureux pour Matilde (Métilde) Dembowski, née Viscontini.

1819. Il commet, pour Métilde, mille folies.
10 août-14 septembre : séjour à Grenoble, où son père, Chérubin Beyle, est mort.

1820. Sous l'influence de sa passion sans espoir, Stendhal écrit *De l'amour*, qu'il envoie à Paris le *25 septembre*.

1821. *13 juin :* soupçonné de carbonarisme par la police autrichienne, il quitte Métilde et Milan. Il s'installe à Paris. Il a la tentation de se suicider.
19 octobre-21 novembre : second voyage à Londres.

1822. *17 août :* publication de *De l'amour*. Collaboration aux revues britanniques.

1823. C'est l'année de son pamphlet romantique, le premier *Racine et Shakespeare* (qui paraît le *8 mars*), et de la *Vie de Rossini* (le *15 novembre*).
18 octobre-fin décembre : voyage à Florence et à Rome.

1824. *22 mai :* début de la liaison avec Clémentine Curial (Menti), qui dure jusqu'en 1826. Stendhal collabore au *Journal de Paris* et au *Globe*.

1825. *19 mars :* seconde édition de *Racine et Shakespeare*.
1er mai : mort de Métilde.
3 décembre : la *Bibliographie de la France* annonce *D'un nouveau complot contre les industriels*.

1826. *28 juin-16 septembre :* nouveau voyage en Angleterre. Il travaille à son premier roman, *Armance*.

1827. *24 février :* nouvelle édition de *Rome, Naples et Florence*.
18 août : publication d'*Armance*.

1828. *1er janvier :* il arrive à Milan, mais il est expulsé par la police.

1829. *21 juin :* brève liaison avec Alberthe de Rubempré, dite *Sanscrit*, ou Mme Azur.
5 septembre : publication des *Promenades dans Rome*.
Nuit du *25 au 26 octobre :* idée du *Rouge et Noir*.
13 décembre : publication dans la *Revue de Paris* de *Vanina Vanini*, sa première nouvelle italienne.

1830. *22 mars :* Stendhal devient l'amant de Giulia Rinieri qu'il veut épouser.

9 mai: il fait paraître *Le Coffre et le Revenant* dans la *Revue de Paris*, et en juin *Le Philtre*.
25 septembre: il est nommé consul à Trieste, où il arrive le *25 novembre*.
13 novembre: publication du *Rouge et Noir*.

1831. *11 février*: puisque l'Autriche lui a refusé l'*exequatur*, il est nommé consul à Civitavecchia, non loin de Rome, dans les États pontificaux. À la fin de septembre, il écrit *San Francesco a Ripa*, qui restera inédit.

1832. *20 juin-4 juillet:* rédaction des *Souvenirs d'égotisme* (publication posthume).
En *septembre-octobre: Une position sociale*, ébauche d'un roman.

1833. Découverte à Rome des manuscrits qui sont à l'origine des *Chroniques italiennes* et de *La Chartreuse de Parme*.
14 et 24 mars: Stendhal commence son travail d'adaptation.
20 avril: il apprend que Giulia Rinieri se mariera en juin.
24 avril: il lit et corrige l'histoire du cardinal Aldobrandini, qui sera utilisée dans l'épisode de la Fausta de la *Chartreuse*.
11 septembre-4 décembre: congé à Paris. Il revient en Italie en compagnie de George Sand et d'Alfred de Musset.

1834. Civitavecchia et Rome. Travail sur les manuscrits.
17 mars: lecture de l'*Origine des grandeurs de la famille Farnèse*.
En *mai*, il entreprend la rédaction de *Lucien Leuwen*.

1835. *23 septembre:* abandon définitif de *Lucien Leuwen*.
23 novembre: il commence la *Vie de Henry Brulard*. Ennui et dégoût pour « ce rivage solitaire » qu'est Civitavecchia.

1836. *26 mars:* il obtient un congé de trois mois et il va à Paris, où il restera trois ans. Abandon de la *Vie de Henry Brulard*.
De novembre 1836 à avril 1837, Stendhal travaille aux *Mémoires sur Napoléon*.

1837. En juin, il ébauche un nouveau roman, *Le Rose et le Vert*. Il fait paraître dans la *Revue des Deux mondes* les premières *Chroniques italiennes: Vittoria Accoramboni* (*1er mars*) et *Les Cenci* (*1er juillet*).

1838. *8 mars:* départ pour un long voyage en France, en Suisse, en Allemagne, aux Pays-Bas et en Belgique.

30 juin : publication des *Mémoires d'un touriste.*
15 août : La Duchesse de Palliano paraît dans la *Revue des Deux Mondes.*
16 août : idée de faire un « romanzetto » du récit italien sur la famille Farnèse.
12-13 septembre : il dicte la première partie de *L'Abbesse de Castro.*
12 octobre-2 novembre : voyage en Bretagne et en Normandie.
4 novembre-26 décembre : il s'enferme dans son appartement de la rue Caumartin pour écrire *La Chartreuse de Parme.*

1839. *1er février et 1er mars : L'Abbesse de Castro* paraît en deux parties dans la *Revue des Deux Mondes.*
17 mars : l'épisode de Waterloo est publié dans *Le Constitutionnel.*
8 avril : Stendhal reprend les manuscrits italiens. Il commence le *8 avril* la rédaction de *Trop de faveur tue,* et le *15 avril* de *Suora Scolastica,* les deux dernières chroniques italiennes qui resteront inachevées. Il ébauche deux nouvelles française, *Le Chevalier de Saint-Ismier* et *Féder.* Il commence *Lamiel,* son dernier roman. Mais il doit repartir pour Civitavecchia, où il arrive le *10 août.*
21 octobre-9 novembre : voyage à Naples avec Mérimée.
28 décembre : publication en volume de *L'Abbesse de Castro* avec *Vittoria Accoramboni* et *Les Cenci.*

1840. *Lamiel* se poursuit, qui ne sera pas achevé.
16 février-20 mars : Stendhal s'éprend d'une femme mystérieuse, appelée « Earline ».

1841. *15 mars :* première attaque d'apoplexie ; il s'est « colleté avec le néant ». Retour à Paris.

1842. *14 mars :* il reprend la rédaction de *Suora Scolastica.* Il projette un recueil de nouvelles.
22 mars : nouvelle attaque, rue Neuve-des-Capucines.
23 mars : Stendhal meurt à deux heures du matin.
24 mars : enterrement au cimetière Montmartre.

NOTE SUR L'ÉDITION

On trouvera ici présentée une nouvelle édition du choix de lettres de Stendhal par Emmanuel Boudot-Lamotte. Le texte a été revu, avec l'aimable autorisation des Éditions Champion, d'après l'édition Del Litto. Ce recueil parut en 1942 chez Gallimard, sous le titre *Aux âmes sensibles*[1]. J'ai retenu ce titre (génial, s'il en est) et la sélection des lettres. Cela va sans dire : tout choix est plus ou moins arbitraire, surtout quand il s'agit d'une correspondance monumentale comme celle de Stendhal (trois tomes dans la Pléiade, six dans l'édition Champion). Celui de Boudot-Lamotte est excellent ; il m'a semblé donc utile de le reprendre pour restituer aux lecteurs un ouvrage aujourd'hui introuvable et qui mérite d'être inscrit dans la mémoire du stendhalisme. Dans les années 1940, lorsque la *Correspondance* de Stendhal ne faisait l'objet que d'études érudites face à la grande fortune critique de ses autres œuvres, Boudot-Lamotte a joué un rôle de « pionnier ». Selon lui, « Stendhal est Stendhal et il l'est dans ses lettres tout entier » : un jugement clairvoyant, puisque, cent ans après la mort du « *Milanese* », lorsque paraît son choix, préfacé et annoté, Stendhal épistolier n'était certainement pas placé aussi haut que le romancier et l'autobiographe. Aussi faut-il souligner que la publication de cet ouvrage, dans une prestigieuse collection de Gallimard, marque une étape importante dans l'histoire de la réception de la correspondance auprès d'un public plus vaste. Ce n'est pas un hasard si *Aux âmes sensibles* est traduit en anglais en 1952, sous le titre de *To the Happy Few*, qui reprend la formule stend-

1. Stendhal, *Aux âmes sensibles*, Lettres choisies et présentées par E. Boudot-Lamotte, Gallimard, « Blanche », 1942.

halienne la plus célèbre, avec un clin d'œil aux lecteurs anglophones[1].

Pour le reste, dans le présent volume, tout est neuf : ma préface, mes notes, le dossier, la division des lettres en trois grandes périodes et, pour faciliter la compréhension de cette correspondance, en six sous-ensembles qui me semblent également significatifs pour reconstituer la biographie intellectuelle de Stendhal[2]. Quelques lettres ont été « adressées » à leurs vrais destinataires, ou bien datées plus correctement. Plus rarement, certaines d'entre elles ont été exclues, parce qu'il s'agit de fragments divers auxquels a été donnée, dans les premières éditions collectives, une forme épistolaire. Tout cela est signalé en notes. La révision du texte s'est imposée. L'anthologie de Boudot-Lamotte se fondait sur l'édition en dix volumes de la *Correspondance* par Henri Martineau (Le Divan, 1933-1934). À sa parution dans les *Œuvres complètes* de Stendhal[3], cette édition était considérée comme la plus fiable en raison de la renommée scientifique de Martineau, un des « pères », sinon « le père » du stendhalisme en France, et du prestige des éditions du Divan. Mais elle ne représente qu'une étape (la troisième) d'une histoire éditoriale et textuelle complexe et compliquée. Trente ans plus tard, paraîtront les trois volumes de la Pléiade et enfin, en 1997-1999, la *Correspondance générale* chez Honoré Champion.

Depuis la mort de Stendhal, cinq recueils de la *Correspondance*, plus ou moins complets, se sont succédé. Le premier date de 1855, lorsque Romain Colomb, cousin et exécuteur testamentaire de l'écrivain, publie les deux volumes de la *Correspondance inédite*, à la fin des *Œuvres complètes*, chez Michel Lévy[4]. En tête du premier volume, une préface de Prosper Mérimée, intitulée *Notes et souvenirs*, un remaniement du portrait de Beyle qu'il avait donné dans *H.B.* (1850). Incomplète, partielle,

1. *To the Happy Few : Selected Letters of Stendhal*, éd. E. Boudot-Lamotte, trad. N. Cameron, Londres, John Lehmann et New York, Grove Press, 1952 (rééd. 1979 et 1986).

2. Les trois périodes envisagées correspondent — traditionnellement, mais correctement, je crois — à la formation de Stendhal, à la naissance de l'écrivain (après la chute de Napoléon), et aux années du consulat à Civitavecchia.

3. Stendhal, *Œuvres complètes*, éd. H. Martineau, Le Divan, 1927-1937,79 vol. La *Correspondance* (parue en 1933-1934) comprend 1 565 lettres.

4. Stendhal, *Correspondance inédite*, préface de P. Mérimée, Michel Lévy, 1855, 2 vol.

mutilée, l'édition Michel Lévy, dont la lecture séduisit à jamais Paul Léautaud, a les mérites et les limites d'une première édition. À remarquer, par exemple, l'« interventionnisme » de Colomb, qui insère dans la *Correspondance* des textes qui ne sont pas des lettres et intervient sur les manuscrits pour censurer certains passages ou pour « corriger » le style de Stendhal.

Quoi qu'il en soit, cette édition restera la seule pendant plus d'un demi siècle. Il faudra attendre 1908 pour avoir l'édition Bosse en trois volumes. Confié à deux stendhaliens, A. Paupe et P.-A. Cheramy, et préfacé par Maurice Barrès [1], ce recueil, qui se compose de 703 lettres, est beaucoup plus riche que celui de 1855, mais ce n'est pas encore une édition critique. Comme le remarque Victor Del Litto, les pseudo-lettres et les faux destinataires, ainsi que les erreurs de transcription et d'interprétation, caractérisent aussi cette deuxième tentative de rassembler les lettres stendhaliennes. Il faut d'ailleurs le souligner : au début du XIXe siècle, la tâche des éditeurs de la *Correspondance* de Stendhal n'était pas simple. De 1855 à 1908, de nombreux inédits avaient été découverts. Parmi les plus importants, 95 lettres à Pauline, publiées en 1892 sous le titre de *Lettres intimes*, suivies par une deuxième série de 125 lettres en 1921 [2]. Du reste, au fil du temps, le nombre des lettres n'a fait que s'accroître — il passe de 272 dans la première édition à plus de 2 500 dans l'édition Champion. Après l'édition Bosse tout particulièrement, les découvertes des autographes se multiplient et, en l'absence d'une nouvelle édition collective, la publication de textes isolés ou de recueils partiels est gérée en premier lieu par les héritiers des manuscrits Beyle, puis par la « chapelle » des stendhaliens, et quelquefois par des collectionneurs privés.

Enfin Martineau vint, qui, après la *Correspondance* au Divan, publie, avec Victor Del Litto, les lettres de Stendhal dans la Pléiade [3]. Cela va sans dire : la parution de cette édition marque

1. Stendhal, *Correspondance (1800-1842)*, éd. A. Paupe et P.-A. Cheramy, préface de Maurice Barrès, de l'Académie française, Charles Bosse, 1908, 3 vol.

2. Stendhal, *Lettres intimes* [95 lettres à Pauline], éd. M. Lesbros-Bigillion, Calmann-Lévy, 1892. Stendhal, *Lettres à Pauline* [125 lettres], éd. L. Royer et R. de la Tour du Villard, La Connaissance, 1921.

3. Voir ce que dit Del Litto à propos de cette collaboration, Martineau étant décédé en 1958 (*Préface* à Stendhal, dans *Correspondance générale*, Honoré Champion, 1997, t. I, p. XXXIII-XXXIV).

une date capitale. En 1968, quand le travail est achevé[1], la *Correspondance*, en trois volumes, est enfin éditée selon les principes de la collection : toutes les lettres connues sont publiées, les textes, scrupuleusement revus, sont établis à partir des originaux (quand ils ne sont pas perdus) et annotés. Certes, dans la Pléiade aussi, il y a des erreurs et des lacunes, mais on ne doit pas oublier qu'il s'agit de l'édition qui a fait sortir le Stendhal épistolier des limbes de petits cercles d'érudits et de fanatiques, et qui a formé plusieurs générations de chercheurs.

Déjà dans la Pléiade, Del Litto multipliait le nombre des dépêches administratives et recueillait en appendice quelques centaines de lettres à Stendhal. Cette tendance à l'exhaustivité est à la base de l'édition qu'il a dirigée chez Champion[2], qui englobe la totalité des lettres de Stendhal, les lettres à Stendhal (d'autres inédits avaient été trouvés après 1968), les documents et les témoignages de l'« après-Stendhal ». Cette cinquième et dernière édition est donc la plus complète — même si on a le droit de se demander : jusqu'à quand ? —, et c'est un instrument de travail indispensable. Le principe d'exhaustivité est d'ailleurs motivé par l'aspiration à une biographie par lettres « intégrale » — comme il est dit dans les préfaces. C'est pourquoi les lettres intimes de Stendhal voisinent avec les rapports du fonctionnaire impérial, les lettres à Mérimée et à Balzac avec les missives consulaires, avec les contrats d'édition ou les listes des expéditions à faire. Ce n'est évidemment pas le lieu pour s'interroger sur les avantages et les désavantages d'une *Correspondance générale* (de Stendhal, comme de n'importe quel écrivain), d'une correspondance « sans frontières » entre les archives de l'âme et les archives administratives. Reste que l'édition Champion est une entreprise remarquable, actuellement la seule édition de référence.

Un seul grief : les notes. Assez nombreuses, mais quelquefois imprécises et lacunaires dans la vieille Pléiade ; très parcimonieuses (euphémisme !) dans les six gros volumes Champion. Même en réduisant l'annotation au strict nécessaire, j'ai fait le contraire. J'ai essayé, en premier lieu, de retrouver dans les lettres des pistes, des renvois, et d'éclaircir des allusions par

1. Stendhal, *Correspondance*, éd. H. Martineau et V. Del Litto, Gallimard, « Bibliothèque de la Pléiade », 1962-1968, 3 vol.

2. Stendhal, *Correspondance générale*, éd. V. Del Litto, avec la collab. d'E. Williamson, J. Houbert, M.-E. Slatkine, Champion, 1997-1999, 6 vol.

lesquelles ces textes dialoguent avec les autres œuvres de Stendhal (surtout les écrits intimes) et se rattachent à sa biographie. D'où les brèves notices sur les personnes et les événements que Stendhal évoque, et qui ont souvent beaucoup compté dans son existence et dans sa formation d'écrivain. La *Table des lettres* et la *Table des destinataires* permettront aux lecteurs d'identifier aisément les correspondants.

Les recherches les plus passionnantes ont porté sur les citations littéraires, très nombreuses dans les lettres, des citations directes ou indirectes, le plus souvent déguisées ou manipulées, comme d'ailleurs il arrive partout dans l'œuvre stendhalienne. Dans cette direction je n'ai presque rien trouvé dans les éditions de la *Correspondance* et je dois remercier mes amis Jean-Claude Berchet et Antoine Compagnon qui, en quelques cas très compliqués, m'ont aidé à satisfaire ma curiosité. Avec Stendhal, on n'en finirait plus avec les exégèses et les commentaires. Quant à lui, comme le dit Paul Valéry : « On l'eût amusé (mais flatté dans le fond) de lui faire entrevoir, au travers d'une carafe magique, tout son avenir doctoral. »

*

En guise de conclusion, je voudrais revenir à l'anthologie de Boudot-Lamotte, à son « livre partiel » et à son « choix partial », où il ne se borne pas à choisir des lettres, mais il « choisit » dans les lettres. Il l'explique dans sa préface : dans le but de « resserrer » le volume du matériau épistolaire dont il disposait dans l'édition du Divan, autrement dit pour rendre *lisible* ce matériau, il « coupe » les lettres, selon un principe d'édition qui peut paraître aujourd'hui franchement anachronique et dépassé. Voulant saisir (et faire saisir) « l'essentiel » du « génie » de Stendhal, voulant donner aux lecteurs un « portrait-souvenir de ce classique d'âme » (Barrès), il renonce au respect du texte intégral et n'hésite à ne conserver d'une lettre « parfois qu'un bref passage où l'écrivain a mis sa grâce ». Et d'ajouter : « Ce n'est pas ici une édition critique », ce n'est pas une anthologie de lettres « exemplaires », mais de « pages significatives » dont les traits peuvent servir à recomposer une certaine « figure » ou image de Stendhal. C'est pourquoi le résultat de ce choix « au deuxième degré », de cette anthologie dans l'anthologie, est « un roman par lettres », comme le dit encore Boudot-Lamotte.

Ce *roman*, nous l'avons reproduit tel quel, avec ses limites et sa grâce surannée, comme témoignage à la fois éphémère et efficace du culte de Stendhal dans les années 1940.

BIBLIOGRAPHIE SUCCINCTE

ÉDITIONS DE LA *CORRESPONDANCE*

STENDHAL, *Correspondance inédite* [par R. Colomb], introduction par P. Mérimée, Michel Lévy, 1855, 2 vol.

Correspondance de Stendhal (1800-1942), publiée par A. Paupe et P.-A. Cheramy, préface de M. Barrès, de l'Académie française, Charles Bosse, 1908, 3 vol.

STENDHAL, *Correspondance*, établissement du texte et préface par H. Martineau, Le Divan, 1933-1934, 10 vol.

STENDHAL, *Correspondance*, préface et chronologie par V. Del Litto, éd. établie et annotée par H. Martineau et V. Del Litto, Gallimard, « Bibliothèque de la Pléiade », 1962-1968, 3 vol.

STENDHAL, *Correspondance générale*, éd. V. Del Litto, avec la collab. d'E. Williamson, J. Houbert et M.-E. Slatkine, Honoré Champion, 1997-1999, 6 vol.

Les éditions partielles sont signalées dans la Note sur l'édition *et les* Notes.

QUELQUES OUVRAGES CRITIQUES ET RECUEILS D'ÉTUDES

BARDÈCHE, Maurice, *Stendhal romancier*, La Table Ronde, 1947 (rééd. 1983).

BERTHIER, Philippe, *Stendhal*, Éditions de Fallois, 2010. *Stendhal en miroir. Histoire du stendhalisme en France (1842-2004)*, Honoré Champion, 2007.

BLIN, Georges, *Stendhal et les problèmes de la personnalité*, Corti, 1958 (rééd. 2001).
BLUM, Léon, *Stendhal et le beylisme*, Albin Michel, 1947 (réimpr. 1983).
CROUZET, Michel, *La Poétique de Stendhal, Forme et société, Le Sublime*, Flammarion, 1983 (Slatkine reprints, 2009).
— *Stendhal ou Monsieur Moi-même*, Flammarion, 1990.
DEL LITTO, Victor, *La Vie intellectuelle de Stendhal*, PUF, 1962 (Slatkine reprints, 1997).
DIAZ, Brigitte, *Stendhal en sa correspondance ou « l'histoire d'un esprit »*, Honoré Champion, 2003.
DIDIER, Béatrice, *Stendhal autobiographe*, PUF, 1983.
DUTOURD, Jean, *L'âme sensible*, Gallimard, 1959.
GENETTE, Gérard, « *Stendhal* », dans *Figures II*, Seuil 1969.
GRACQ, Julien, *En lisant en écrivant*, Corti, 1980.
Henri Beyle, un écrivain méconnu, 1797-1814, sous la dir. de M. Arrous, F. Claudon, M. Crouzet, Éditions Kimé, 2007.
LAGET, Thierry, *Paysages de Stendhal*, Gallimard. 2008.
Lire la correspondance de Stendhal, textes édités et présentés par M. Reid et E. Williamson, Honoré Champion, 2007.
PRÉVOST, Jean, *La Création chez Stendhal*, Marseille, Éd. du Sagittaire, 1942 (rééd. Mercure de France, 1951 et Gallimard, 1996).
RICHARD, Jean-Pierre, « Connaissance et tendresse chez Stendhal », dans *Littérature et sensation*, Seuil, 1954 (rééd. 1970).
SOLLERS, Philippe, *Trésor d'amour*, Gallimard, 2011.
STAROBINSKI, Jean, « Stendhal pseudonyme » (1951), dans *L'Œil vivant*, Gallimard, 1961.
Stendhal. Mémoire de la critique, préface de M. Crouzet, textes réunis par M. Crouzet, L. Chotard, A. Guyaux, P. Jourde, P. Tortonese, Presses de l'Université de Paris-Sorbonne, 1996.
VALÉRY, Paul, « *Stendhal* » (1927), dans *Œuvres*, Gallimard, « Bibliothèque de la Pléiade », t. I, 1957.

ÉDITIONS DES AUTRES ŒUVRES DE STENDHAL UTILISÉES

Chroniques italiennes, éd. D. Fernandez, Gallimard, « Folio classique », 1973.
Filosofia nova, éd. H. Martineau, Le Divan, 1931, 2 vol. (rééd. en fac-similé, Éditions Ressouvenances, 2009).

Histoire de la peinture en Italie, éd. V. Del Litto, Gallimard, « Folio essais », 1996.

Journal, dans *Œuvres intimes*, éd. V. Del Litto, Gallimard, « Bibliothèque de la Pléiade », 1981-1982, 2 vol.

Journal, éd. H. Martineau, revue par X. Bourdenet, préface de D. Fernandez, Gallimard, « Folio classique », 2010.

La Chartreuse de Parme, éd M. Di Maio, Gallimard, « Folio classique », 2003.

Le Rouge et le Noir, préface de J. Prévost, éd. A.-M. Meininger, Gallimard, « Folio classique », 2000.

Lucien Leuwen, préface d'Alain, éd. A.-M. Meininger, Gallimard, « Folio classique », 2002.

Mémoires sur Napoléon, éd. C. Mariette, Stock, 1998.

Œuvres romanesques complètes, éd. Y. Ansel, P. Berthier et X. Bourdenet, Gallimard, « Bibliothèque de la Pléiade », 2005-2007, 2 vol.

Paris-Londres, éd. R. Dénier, Stock, 1997.

Promenades dans Rome, préface de M. Crouzet, éd. V. Del Litto, Gallimard, « Folio classique », 1997.

Rome, Naples et Florence, dans *Voyages en Italie*, éd. V. Del Litto, Gallimard, « Bibliothèque de la Pléiade », 1973.

Souvenirs d'égotisme, éd. B. Didier, Gallimard, « Folio classique », 1983.

Vie de Henry Brulard, éd. B. Didier, Gallimard « Folio classique », 1973.

Vie de Rossini, éd. P. Brunel, Gallimard, « Folio classique », 1992.

NOTES

1. À PAULINE BEYLE, PARIS, 9 MARS 1800.

Page 47.

1. Cette lettre adressée a sa sœur Pauline est la plus ancienne lettre connue d'Henri Beyle.

2. Beyle était arrivé à Paris le 10 novembre 1799.

3. Sur l'orthographe de *cella*, voir *Vie de Henry Brulard* [HB], dans *Œuvres intimes* [OI], t. II, « Bibl. de la Pléiade », chap. XL, p. 911 et chap. XLI, p. 920. Julien Sorel aussi écrit ainsi ce mot (*Le Rouge et le Noir,* dans *Œuvres romanesques complètes*, t. II, « Bibl. de la Pléiade », chap. II, p. 568). Suivant Henri Martineau, nous corrigeons les fautes moins célèbres, y compris l'emploi incorrect de l'imparfait du subjonctif.

Page 48.

1. « Mme Rebuffel, ma cousine, avait une fille, Adèle, qui annonçait beaucoup d'esprit ; il me semble qu'elle n'a pas tenu parole. Après nous être un peu aimés (amours d'enfants), la haine et puis l'indifférence ont remplacé les enfantillages, et je l'ai entièrement perdue de vue depuis 1804 » (HB, p. 907). Adèle Rebuffel (1788-1861) devint, en 1808, Mme Alexandre Petiet.

2. Pierre-Vincent Chalvet (1767-1807), professeur d'histoire à l'École centrale de Grenoble.

3. Le *Cours de littérature* de Jean-François de La Harpe ou Laharpe (1739-1803) parut de 1799 à 1805. Stendhal l'a d'abord apprécié. Ensuite, on le sait bien, il a toujours travaillé à « déharpiser » son goût (OI, t. I, « Bibl. de la Pléiade », p. 152).

2. À PAULINE BEYLE, PARIS, 10 AVRIL 1800.

Page 50.

1. Les *Lettres à Émilie sur la mythologie* de Charles-Albert Dumoustier (1760-1801) furent publiées de 1786 à 1789 et eurent un immense succès.

2. Jean-Gaspard Dubois-Fontanelle (1737-1812), professeur de Belles-Lettres à l'École centrale de Grenoble, un des maîtres de Stendhal.

3. *Selmours* : il s'agit de la première tentative théâtrale d'Henri Beyle, inspirée d'une nouvelle de Florian. Voir *Théâtre,* t. I, Le Divan, p. 3.

Page 51.

1. *L'Abbé de l'Épée* (1799), comédie historique en cinq actes par Jean-Nicolas Bouilly (1763-1842). Avocat et homme politique très actif pendant la Révolution, Bouilly fut un auteur dramatique très applaudi et aussi un conteur et instituteur de l'enfance très populaire (*Contes à ma fille,* 1809).

2. Caroline-Zénaïde Beyle (1788-1868), sœur cadette d'Henri et de Pauline.

3. *Félicie.* fille de Romain Gagnon, oncle d'Henri Beyle.

4. *Oronce :* fils de Romain Gagnon.

5. *Marion et Antoine :* domestiques de la famille Beyle.

3. À PAULINE BEYLE, AVRIL OU MAI 1800.

Page 52.

1. L'*Éducation pratique* de Maria Edgeworth (1767-1869), romancière anglaise, fut traduit par Jean Pictet (Genève, chez Manget, 1800).

2. Autre fils de Romain Gagnon.

4. À PAULINE BEYLE, MILAN, 29 JUIN 1800.

Page 53.

1. Henri Beyle partit le 7 mai 1800 pour rejoindre ses cousins Pierre et Martial Daru à l'armée d'Italie.

2. « "Quoi ! Le passage du Saint-Bernard *n'est-ce que ça ?*" » me disais-je sans cesse. « J'avais même le tort de le dire haut quelquefois [...] » (HB, p. 949). Et *Lamiel* : « Quoi ! l'amour ce n'est que ça ? », après sa première expérience sexuelle (« Folio classique », chap. XI, p. 153).

Page 54.

1. « Nous croyons l'armée à quarante lieues en avant de nous. Tout à coup, nous la trouvâmes arrêtée par le fort de Bard. [...] Voilà comment je vis le feu pour la première fois. C'était une espèce de pucelage qui me pesait autant que l'autre » (HB, p. 945 et p. 947). Baptême du feu, dépucelage : le parallèle avec *Lamiel* s'impose encore. Et d'ailleurs les lettres à Pauline constituent une sorte de « roman d'éducation », qui rappelle l'attitude de Stendhal vis-à-vis de sa dernière héroïne.

2. Un mot déchiré.

5. À PAULINE BEYLE, JUILLET 1800.

Page 55.

1. Les Français occupèrent Arona le 20 juin 1800.

7. À PAULINE BEYLE, PARIS, 1er JANVIER 1803.

Page 59.

1. Vers d'André Chénier lus dans le *Génie du christianisme* de Chateaubriand, 2e partie, note XV. (Voir *Essai sur les révolutions. Génie du christianisme*, Texte établi, présenté et annoté par M. Regard, « Bibl. de la Pléiade », 1978, p. 1153.) À remarquer au sixième vers « Je *me* prie en pleurant », au lieu de « Je *la* prie... ». En outre, comme nous l'indiquons dans le texte, deux vers de l'original ne sont pas cités.

2. Beyle venait de louer une chambre au sixième étage, rue d'Angivilliers, donnant sur la colonnade du Louvre.

8. À ÉDOUARD MOUNIER, PARIS, 11 JANVIER 1803.

Page 60.

1. Fils de Jean-Joseph Mounier, député à l'Assemblée constituante, ami d'enfance de Beyle (1784-1843) : « [...] Un plat, adroit et fin matois, vrai type de Dauphinois ainsi que le ministre Casimir Périer [...], Édouard Mounier en a l'accent traînant, quoique élevé à Weimar, il est pair de France et baron, et juge bravement à la Cour de Paris (1835, décembre) », HB, p. 587-588.

Page 62.

1. Beyle était amoureux de Victorine Mounier, sœur d'Édouard. C'est dans les lettres à ce dernier (de 1802 à 1804) qu'il livrait sa « passion ».

2. *Amitiés infinies de.*

9. À PAULINE BEYLE, PARIS, 10 JUIN 1804.

Page 63.

1. Louis Crozet avait présenté Beyle à Mlle Duchesnois (Catherine-Joséphine Rafuin, 1777-1835), qui jouait au Théâtre-Français *Agamemnon* de Népomucène Lemercier (1797). Voir *Journal*, 24 avril 1804, OI, t. I, p. 67-68.

2. Le roman de Mme de Krüdener avait paru en 1803.

Page 64.

1. *Soyez jolies* : « Sois belle si tu peux, sage si tu veux ; mais sois considérée, il le faut » (Beaumarchais, *Le Mariage de Figaro*, acte I, sc. 4). On trouve la même citation dans *Lamiel* (chap. XV, p. 199).

10. À PAULINE BEYLE, PARIS, 20 JUIN 1804.

Page 66.

1. *Mezzaro* : sorte de fichu : c'est le voile dont en Ligurie les femmes se couvraient la tête et les épaules.

2. *Era riamato :* « Et en était aimé ». Cette expression italienne pourrait être une réminiscence d'un vers du Tasse que Stendhal cite souvent. Voir p. 164, n. 2.

13. À PAULINE BEYLE, PARIS, 21 AOÛT 1804.

Page 71.

1. Jean Mauduit dit La Rive (1747-1827), comédien à la mode, puis professeur de déclamation. Stendhal suivra le cours de La Rive jusqu'à la fin de l'année 1804. À ce moment-là, il abandonnera La Rive pour Dugazon.

Page 72.

1. Il s'agit de Victorine Mounier.

14. À PAULINE BEYLE, PARIS, 29 AOÛT 1804.

Page 74.

1. Philosophe féministe, pamphlétaire et romancière (*Vindication of the Rights of Women*, 1792), Mary Wollstonecraft (1759-1797) fut l'épouse de William Godwin et la mère de Mary Godwin, mariée au poète Shelley.

2. Victorine-Marie-Françoise-Hélène Bigillion (1783-1806), sœur de François-Ignace Bigillion, camarade d'enfance d'Henri Beyle.

Page 75.

1. Angela Borroni (née vers 1777) avait épousé en 1794 Carlo Pietragrua. Elle fut la maîtresse de Stendhal à Milan entre 1811 et 1815. Dans HB, p. 541, il tracera son nom dans la liste de ses amours et rappellera cette « catin sublime à l'italienne » (*ibid.*, p. 545).

15. À PAULINE BEYLE, PARIS, 26 FÉVRIER 1805.

Page 77.

1. Voir *Journal* à la date du 25 février 1805 (OI, t. I, p. 237 *sq.*).

17. À PAULINE BEYLE, PARIS, 19 AVRIL 1805.

Page 81.

1. Il s'agit d'une lettre capitale, où Stendhal commence à théoriser l'union de la *sensibilité*, de la *mélancolie* et du génie artistique, principe qu'il appliquera surtout au Tasse.

18. À MÉLANIE GUILBERT, GRENOBLE, 18-20 JUIN 1805.

Page 82.

1. Beyle rencontra Mélanie Guilbert, connue sous le nom de Louason (1780-1828), aux cours de déclamation de Dugazon à la fin de 1804. Il quitta Paris avec elle le 8 mai 1805. Mélanie s'installa à Marseille où elle avait obtenu un engagement au Grand Théâtre, tandis que son amant allait passer deux mois à Grenoble dans sa famille. Stendhal garda toujours le souvenir de cet amour de jeunesse : « [...] je cours la chance d'être lu en 1900 par les âmes que j'aime, comme les Mme Roland, les Mélanie Guilbert [...] » (HB, p. 536).

2. Voir *Journal* du 21 juin 1805 (OI, t. I, p. 331).

Page 85.

1. Antoine-Clair Thibaudeau, préfet des Bouches-du-Rhône.

Page 86.

1. Stendhal parle des « bassesses ridicules du petit Saint-Victor » dans le *Journal* du 20 février 1805 (OI, t. I, p. 228-229). Jacques-Benjamin-Maximilien Bins, comte de Saint-Victor (1772-1858), était un publiciste, auteur de comédies et de poèmes.

2. *Phélippé:* voir *Journal* du 6 mars 1805 (OI, t. I, p. 254). Félipe, sans doute, apprentie actrice qui prenait des leçons de déclamation chez Dugazon.

19. À PAULINE BEYLE, BOURG SAINT-ANDÉOL, 23 JUILLET 1805.

Page 87.

1. *... du soir:* voir *Journal*, 28 juillet 1805 (OI, t. I, p. 335).

20. À PAULINE BEYLE, MARSEILLE, 20 AOÛT 1805.

Page 90.

1. Beyle était arrivé à Marseille le 25 juillet. Le 27 juillet il avait commencé à travailler comme commis dans la maison Meunier et Cie, qui s'occupait du commerce des épices.

Page 91.

1. Rappelons qu'en 1796 Mme de Staël fit paraître *De l'influence des passions sur le bonheur des individus et des nations*.

Page 92.

1. *Mme Roland:* voir le début des *Souvenirs d'égotisme*: « J'avoue que le courage d'écrire me manquerait si je n'avais pas l'idée qu'un jour ces feuilles seront lues par quelque âme que j'aime, par un être tel que Mme Roland [...] » (OI, t. II, p. 429). Il le dira aussi dans HB (voir p. 47, n. 1).

Page 93.

1. Stendhal a toujours eu une prédilection marquée pour le Tasse. (Voir p. 66, n. 2 et p. 131, n. 3.) Il arrive aussi que le souvenir du poète italien soit lié aux noms des femmes aimées ou désirées: dans ce cas à Mélanie Guilbert, ensuite à Angela Pietragrua, jusqu'à l'apparition magique, dans *De l'amour*, d'une figure de femme sous les traits d'Armide de la *Jérusalem* (Cercle du Bibliophile, t. II, p. 375).

22. À PAULINE BEYLE, MARSEILLE, 17 SEPTEMBRE 1805.

Page 98.

1. Le poète allemand Schiller venait de mourir. Les *Archives littéraires* lui avaient consacré un article nécrologique dans le fascicule d'avril-juin 1805.

23. À PAULINE BEYLE, MARSEILLE, 1er OCTOBRE 1805.

Page 100.

1. Allusions aux textes fondateurs du genre des « Mémoires », dont le corpus a été exploré en long et en large par Beyle : à Retz notamment, auteur d'un « chef-d'œuvre dont il n'y a rien de comparable dans aucune littérature », et surtout aux *Mémoires* de Saint-Simon, dont toute l'œuvre stendhalienne est imprégnée (« Les épinards et Saint-Simon ont été mes seuls goûts durables, après celui toutefois de vivre à Paris avec cent louis de rente, faisant des livres », OI, t. II, p. 931). Il se réfère ici à l'édition parue en 1788-1789 (Londres et Paris, Buisson, 7 vol.).

2. Charles Pinot Duclos (1704-1772), dont l'ouvrage le plus connu est *Considérations sur les mœurs de ce siècle* (1751), est l'auteur de *Mémoires secrets sur les règnes de Louis XIV et de Louis XV* (1791) qui a perdu l'essentiel de son intérêt depuis la publication des *Mémoires* de Saint-Simon.

3. *La Régence du duc d'Orléans* de Jean-François Marmontel (1723-1799). L'ouvrage, rédigé entre 1784 et 1788, fut publié de façon posthume en 1805, en 2 vol.

4. Plus exactement en 1791 (voir p. 100, n. 2). Henri Beyle admirait Sébastien-Roch Nicolas de Chamfort (1741-1794).

Page 101.

1. En juin-juillet 1804.

2. Voir *Journal littéraire*, dans *Œuvres complètes* (Genève, Cercle du Bibliophile, t. XXXIII, p. 82 *sq.*).

3. *Gisquet* signifie superficiel dans le patois grenoblois.

4. On sait que Stendhal détestait Julien-Louis Geoffroy (1743-

1814), écrivain et critique au *Journal des Débats*, qui s'appelait alors *Journal de l'Empire* (de 1805 à 1814).

25. À MARTIAL DARU, GRENOBLE, 1er JUIN 1806.

Page 104.

1. Beyle avait quitté Marseille le 20 mai pour aller à Grenoble. Voir *Journal* du 18 mai (OI, t. I, p. 440).
2. *Casa d'Adda*: où son cousin l'avait accueilli à Milan en 1800.

26. À PAULINE BEYLE, METZ, 18 OCTOBRE 1806.

Page 105.

1. Beyle était reparti de Paris le 16 octobre.
2. Comme le rappelle H. Martineau, Louis-Ferdinand de Prusse fut tué au combat de Saalfeld le 10 octobre 1806.

27. À PAULINE BEYLE, BERLIN, 3 NOVEMBRE 1806.

Page 106.

1. Stendhal arriva le 13 novembre 1806 à Brunswick comme officier de l'Intendance. Il y resta jusqu'à la fin de novembre 1808.

28. À PAULINE BEYLE, 24 MARS 1807.

Page 107.

1. *Le Cid*, acte I, sc. 2. Ces vers célèbres sont cités de façon imprécise: « Si l'amour vit d'espoir, il périt avec lui ; / C'est un feu qui s'éteint, faute de nourriture. »

29. À PAULINE BEYLE, BRUNSWICK, 30 AVRIL 1807.

Page 111.

1. Whilhelmine von Griesheim, dite Mina ou Minette (1786-1861), courtisée par Beyle à partir de fin février 1807. Son nom aussi figure dans la liste des amours dans HB (OI, t. II, p. 541). Voir le *Journal* de Brunswick (OI, t. I, p. 473 *sq.*).

Page 113.

1. Claude-Carloman de Rulhière (1734-1791), *Histoire de l'anarchie de Pologne et du démembrement de cette République*, suivie des *Anecdotes sur la Révolution de Russie en 1762*, Paris, 1807, 4 vol. (posthume); Charles François Dominique de Villers (1765-1815), *Essai sur l'esprit et l'influence de la réformation de Luther*, Paris, Heinrichs, 1804, ouvrage qui avait provoqué de violentes polémiques (voir V. Del Litto, *Vie intellectuelle de Stendhal*, p. 263-264).
2. En italien dans le texte : « Cela revient au même ».

30. À PAULINE BEYLE, 12 MAI 1807.

Page 115.

1. Pauline Beyle s'appelait Pauline-Éléonore. Il s'agit de toute évidence de la longue ballade *Lenore* (1773), composée par Gottfried August Bürger (1747-1794), œuvre importante du mouvement « *Sturm und Drang* ».

Page 116.

1. Voir la lettre du 1er janvier 1803.

32. À PAULINE BEYLE, 9 JUIN 1807.

Page 119.

1. « Sur tous les autres. Adieu et aime-moi toujours comme ton meilleur ami. La langue allemande […] ».

33. À PAULINE BEYLE, 26 JUILLET 1807.

2. Comme le rappelle V. Del Litto, il s'agit de l'édition imprimée à Venise par Giambattista Pasquali en 1741-1764, 16 vol.

3. Le roman de Mme de Staël parut en 1807.

34. À PAULINE BEYLE, AU CHÂTEAU DE SALZDAHLUM, 2 SEPTEMBRE 1807.

Page 120.

1. Encore Victorine Mounier.

Page 121.

1. Martial Daru.

2. Épisode évoqué au chapitre XXXII de *Brulard*, où il s'agira d'un tourdre et non d'une grive : « J'eus le délicieux plaisir de tuer un tourdre [...] je venais de courir les vignes de Doyatière [...] Le tourdre tomba en donnant à la terre un coup que j'entends encore. Je descendis le sentier, ivre de joie. » (HB, p. 834.)

36. À PAULINE BEYLE, 19 JANVIER 1808.

Page 127.

1. Pierre Daru.

Page 128.

1. Louis, vicomte de Barral (1783-1859), condisciple de Beyle à l'École centrale de Grenoble, nommé aussi *Tencin*. « Maintenant le plus ancien et le meilleur de mes amis, c'est l'être au monde que j'aime le plus [...] », lit-on dans HB, p. 793.

37. À FRANÇOIS PÉRIER-LAGRANGE, BRUNSWICK, 24 JANVIER 1808.

2. François Périer-Lagrange, né à Grenoble en 1776, épousera le 25 mai 1808 Pauline Beyle.

38. À PAULINE BEYLE, 26 MARS 1808.

Page 129.

1. *Cara sorella :* note de Stendhal : « Joues-tu quelquefois le *Matrimonio* ? C'est le passage *Cara sposa* au commencement entre Carolina et Paolino. As-tu reçu les opéras de Mozart ? Mais joue le *Matrimonio* pour l'amour de moi, surtout : *Signor, deh permettete,* et la finale : *Io rivale di mia sorella !* »

Page 130.

1. Adèle Rebuffel : voir p. 48, n. 1.
2. L'auteur de la pièce *La Punizione nel precipizio* est Carlo Gozzi, poète dramatique vénitien (1720-1806), et non son frère Gasparo Gozzi. Rappelons que c'est la lecture de *Corinne* de Mme de Staël qui révèle à Beyle l'intérêt de cet auteur.

Page 131.

1. « Pasteur, vois si je t'aime. Reviens... » Beyle transcrira trois jours plus tard les vers de Gozzi dont il donne en note la traduction : « Pasteur, vois si je t'aime. Reviens demain au lever de l'aurore ; cette grotte obscure conduit à une autre grotte, au-delà de la montagne où j'ai un plus fort et plus sûr asile. Elle est couverte d'arbrisseaux [...]. Viens revoir qui t'adore ! D'un peu de pain, si tu le peux, secoure qui est au comble du besoin. »
2. « Si tu peux ».
3. « Oh vue ! oh connaissance ! ». Stendhal a toujours adoré l'épisode de la mort de Clorinde dans la *Jérusalem libérée* du Tasse (chant XII, st. 67) : « *La vide, e la conobbe, e restò senza / E voce e moto. Ahi vista ! ahi conoscenza !* »

39. À PAULINE BEYLE, 26 MAI 1808.

Page 132.

1. Élisabeth Gagnon, la sœur du Dr Gagnon, était décédée le 6 avril 1808.

2. Le mariage avec François Périer-Lagrange avait eu lieu la veille.

Page 133.

1. *Le roi :* Jérôme Bonaparte, roi de Westphalie.

40. À PAULINE PÉRIER-LAGRANGE, FIN MAI 1808.

Page 136.

1. « Je suis plein d'indignation à son égard. »

2. Où Frédéric II fut battu par les Austro-Russes en 1759.

41. À PAULINE PÉRIER-LAGRANGE, 23 JUIN 1808.

Page 137.

1. *Lettres historiques, politiques, philosophiques et particulières depuis 1710 jusqu'en 1736.* L'ouvrage d'Henry Saint-John, vicomte de Bolingbroke (1678-1751), homme politique et philosophe britannique, parut en français en 1808 (Paris, Grimoard, 3 vol.).

Page 138.

1. « Pour notre grand-père ».

2. *Beaumarchais :* V. Del Litto rappelle que le nom d'Henri Beyle figure sur la liste des souscripteurs.

Page 139.

1. « Promenades en habits d'homme ».

42. À PAULINE PÉRIER-LAGRANGE, 19 SEPTEMBRE 1808.

Page 142.

1. Il s'agit de Livia Bialowieska à qui Stendhal rendra visite à Ancône en 1811.

Page 143.

1. « Verflüchte Franzoses » (« Maudits Français »). C'est V. Del Litto qui corrige.

Page 144.

1. « Notre grand-père a-t-il écrit à M. Daru ? »

43. À PAULINE PÉRIER-LAGRANGE, 29 OCTOBRE 1808.

2. On sait que le « bonheur divin » communiqué par le *Matrimonio segreto* est une initiation à la musique et à l'Italie. « Le soir, j'eus une sensation que je n'oublierai jamais. J'allai au spectacle [...] on donnait le *Matrimonio Segreto* de Cimarosa, l'actrice qui jouait le rôle de Caroline avait une dent de moins sur le devant. Voilà tout ce qui me reste d'un bonheur divin » (HB, p. 951). Pas besoin de rappeler que c'est à Novare que Stendhal a entendu pour la première fois l'opéra de Cimarosa.
3. Adèle Rebuffel.

44. À FÉLIX FAURE, STRASBOURG, 5 AVRIL 1809.

Page 145.

1. Félix Faure (1780-1859), condisciple de Stendhal à l'École centrale de Grenoble. Plus tard, dans HB, il ne pardonnera pas à son ami son ralliement à Louis-Philippe : « C'est le plus plat de mes amis et celui qui a fait la plus grande fortune » (*op. cit.*, p. 920).

45. À FÉLIX FAURE, LANDSHUT, 26 AVRIL 1809.

Page 146.

1. Voir p. 107, n. 1.

46. À PAULINE PÉRIER-LAGRANGE, BURGHAUSEN, 29 AVRIL 1809.

Page 149.

1. Il s'agit des *Lettres d'un voyageur anglais sur la France, la Suisse et l'Allemagne* par John Moore (trad. de l'anglais, Genève, Isaac Bardin 1781, 2 vol.).

Page 152.

1. Louis Joinville, commissaire des guerres à Milan en 1800, avait présenté Beyle à Angela Pietragrua.

48. À PAULINE PÉRIER-LAGRANGE, VIENNE, 14 JUILLET 1809.

Page 155.

1. Probablement la comtesse Pierre Daru (Alexandrine-Thérèse Nardot, 1783-1815).
2. La bataille de Wagram.

49. À PAULINE PÉRIER-LAGRANGE, VIENNE, 25 JUILLET 1809.

Page 157.

1. Beyle se rendit d'abord à Eisenstadt avec la mission chargée d'offrir le trône de Hongrie au prince Esterházy, ensuite près du lac salé de Neusiedel.

Page 158.

1. On entrevoit dans ces quelques lignes le futur biographe de Haydn et de Mozart.

50. À PAULINE PÉRIER-LAGRANGE, VIENNE, 29 NOVEMBRE 1809.

Page 160.

1. *Bourg:* Palais impérial de Vienne.

Page 161.

1. *Crinche:* « minable », en patois dauphinois.

51. À PAULINE PÉRIER-LAGRANGE, PARIS, MAI 1810.

Page 162.

1. La visite à la manufacture de Sèvres eut lieu le 9 mai 1810. (Voir *Journal*, OI, t. I, p. 580 *sq.*)

Page 163.

1. Pierre Daru, alors Intendant général de la Maison de l'Empereur.

Page 164.

1. Mme Nardot, née Anne-Thérèse Boucard (1753-1828), était la mère de la comtesse Daru.

2. Il s'agit de la quinzième octave du chant XVI de la *Jérusalem libérée* dont le thème renvoie à Horace, Catulle, Laurent de Médicis, Politien, etc.: « Ainsi trépasse au trépas d'un seul jour/ Le vert, la fleur de cette vie mortelle. Et ce n'est point parc'que retourne avril/ Qu'elle jamais reverdit, refleurit./ Cueillons la rose en le matin doré/ De ce jour-ci, qui tôt perd sa lumière,/ Cueillons d'amour la rose, aimons autant/ Qu'on est aimé de retour en aimant » (trad. de M. Orcel, Folio classique, 2002). C'est en particulier la réminiscence des derniers vers (« [...] *amiamo or quando/ Esser si puote riamati amando* ») qui accompagnera Stendhal pendant toute sa vie.

3. « Au bonheur que je trouverai avec toi ».

53. À PAULINE PÉRIER-LAGRANGE, 2 JUILLET 1810.

Page 165.

1. Il s'agit de la fête de Pierre Daru, le 29 juin.

54. TESTAMENT, PARIS, 1er SEPTEMBRE 1810.

Page 167.

1. Romain Colomb (1784-1858) a intitulé cette lettre : « Instruction pour MM. Félix Faure, Louis Crozet ou Lambert (de Lyon) ». Colomb sera l'exécuteur testamentaire de son cousin et publiera chez Michel Lévy la première édition collective de ses œuvres (1853-1857).

Page 168.

1. Allusion à Jean-Louis Delolme (1741-1806), juriste et philosophe suisse, dont l'œuvre majeure est l'étude des institutions britanniques dans la *Constitution de l'Angleterre* (Amsterdam, Van Harrevelt, 1771).

55. À PAULINE PÉRIER-LAGRANGE, PARIS, 9 OCTOBRE 1810.

Page 169.

1. Auditeur au Conseil d'État le 3 août, Henri Beyle était devenu Inspecteur général du mobilier de la Couronne quelques jours après.

Page 171.

1. « Mon grand-père me parle beaucoup d'un mariage avec une fille très sensible de ta connaissance, mais il ne veut pas comprendre que je ne pourrai pas jouir dans cette famille des égards sans lesquels je ne pourrai jamais [...] ».
2. La comtesse Daru.
3. « L'âme compréhensive ».

4. Louis-François Pépin de Bélisle (1788-1823), collègue de Beyle au Conseil d'État.

56. À PAULINE PÉRIER-LAGRANGE, PARIS, 10 DÉCEMBRE 1810.

Page 172.

1. Amédée-David Pastoret (1791-1857), nommé au Conseil d'État en 1809, fils du marquis de Pastoret (Claude-Emmanuel, 1755-1840).
2. « Au nom de cette fille autrefois si aimée, tous mes sentiments se réveillèrent. » (Il s'agit de Victorine Mounier.)
3. « D'apprendre de lui que ce soir même il allait avec cette demoiselle dans une loge ».
4. *La Petite Cendrillon ou la Chatte merveilleuse*, folie-vaudeville en un acte de M.-A. Désaugiers et M.-J. Gentil de Chavagnac créée au Théâtre des Variétés le 12 novembre 1810.

57. À PAULINE PÉRIER-LAGRANGE, 25 DÉCEMBRE 1810.

Page 174.

1. *A Philosophical Enquiry into the Origin of Our Ideas on the Sublime and Beautiful* (1757) d'Edmund Burke (1729-1797) fut traduit pour la première fois en français en 1765.

Page 175.

1. Stendhal aimait beaucoup la gravure de la toile du Corrège par Carlo Antonio Porporati (1741-1816). Il en parle encore dans son testament du 8 février 1835 (OI, t. II, p. 1001).
2. *Artaria :* nom bien connu dans le domaine de l'imprimerie musicale à Vienne.
3. Voir le récit de cette rencontre avec Mme Récamier et Mme Tallien dans le *Journal* à la date du 19 décembre 1810 (OI, t. I, p. 647).

58. À PAULINE PÉRIER-LAGRANGE,
MILAN, 10 SEPTEMBRE 1811.

Page 176.

1. Le comte Daru.

59. À PAULINE PÉRIER-LAGRANGE,
ROME, 2 OCTOBRE 1811.

Page 177.

1. Le duc de Feltre : Henri-Jacques-Guillaume Clarke, comte de Hunebourg (1765-1818), général et ministre de la guerre de Napoléon.

60. À PAULINE PÉRIER-LAGRANGE,
PARIS, 6 DÉCEMBRE 1811.

2. Angéline Bereyter (1786-1841), cantatrice de *l'Opéra bouffe*, maîtresse de Beyle de 1811 à 1814.

Page 178.

1. Anne-Françoise Boutet, dite Mlle Mars, née en 1779 et morte en 1847. Fille de l'acteur Monvel, elle était l'interprète la plus applaudie de Molière et Marivaux à la Comédie-Française.
2. Victorine Mounier.

62. À FÉLIX FAURE
ET À LA COMTESSE PIERRE DARU
[SMOLENSK, LE 19 AOÛT 1812].

Page 180.

1. Comme le rappelle H. Martineau, Augustin-André Marigner de la Creuzatière (né en 1766) avait été commissaire des guerres. Pendant la campagne de Russie, il était inspecteur aux revues.

Page 182.

1. Il s'agit de la fille aînée du comte Daru.

63. À FÉLIX FAURE, SMOLENSK, 24 AOÛT 1812.

Page 184.

1. Angéline Bereyter.

64. À PAULINE PÉRIER-LAGRANGE, MOSCOU, 4 OCTOBRE 1812.

2. Étant de service auprès de l'Intendant général.

3. Cette description de l'incendie de Moscou est à rapprocher du récit de l'incendie de Smolensk qui fait l'objet de la lettre du 19 août. En fait, le texte qui suit peut être considéré comme un fragment du *Journal* (OI, t. I, p. 828 *sq.*). Stendhal l'avait adressé, sous forme de lettre, à sa sœur. Pour éviter tout risque de perte, évidemment.

Page 185.

1. Mme Bursay dirigeait la troupe des comédiens français à Moscou.

2. Mélanie Guilbert avait joué sous ce nom.

3. Voir p. 152, n. 1.

Page 190.

1. Fédor (Fiodor) Rostopchine (1763-1826) était chargé du gouvernement de Moscou lorsque les Français entrèrent dans cette ville le 14 septembre 1812.

65. AU CHEVALIER DE NOÜE, MOSCOU, 15 OCTOBRE 1812.

Page 191.

1. Charles-Gabriel-Louis, chevalier de Noüe (1786-1812), mort à Kowno le 23 octobre.

2. Le comte Mathieu Dumas (1753-1837), intendant général de la Grande Armée en 1812.

Page 192.

1. Armand Levasseur de Villeblanche (1785-1812), intendant du gouvernement de Smolensk.
2. Scipion de Nicolaï (1780-1843), intendant du gouvernement de Vilna.
3. Étienne-Antoine-Marie Champion, comte de Nansouty (1768-1815), général de division, commandant le 1er corps de réserve de cavalerie.
4. Alexandre-Charles-Nicolas Amé, baron de Saint-Didier, nommé secrétaire général de l'intendance de la Grande Armée.
5. Charles de Courtin, régisseur des hôpitaux de la Grande Armée en Russie.

66. À M. ROUSSE, MOSCOU, 15 OCTOBRE 1812.

Page 193.

1. Mélanie Guilbert avait épousé en 1810 Nicolas de Barkow, conseiller d'État de l'empereur Alexandre Ier.

67. À LA COMTESSE PIERRE DARU, MOSCOU, 16 OCTOBRE 1812.

Page 194.

1. Enfants de Pierre Daru.

Page 196.

1. Antoine-Baudoin-Gisbert Van Dedem van de Gelder (1774-1825), général de brigade de la 2e division au 1er corps d'Armée.

68. À LA COMTESSE PIERRE DARU, SMOLENSK, 7 NOVEMBRE 1812.

Page 196.

1. Sans doute le baron Pierre Mourier (1766-1844), commandant de la 9e brigade de cavalerie légère au 3e corps.

Page 198.

1. Mme Micoud d'Umons (1777-1829), femme du préfet de Liège, amie de la comtesse Daru.

2. Très vraisemblablement les *Lettres de la marquise du Deffand à Horace Walpole*, Paris, chez Treuttel et Würtz, 1812. Voir la lettre à Pauline du 9 janvier 1812 : « C'est un des ouvrages les plus remarquables que j'ai vu paraître ici » (*Correspondance générale* [CG], t. II, Honoré Champion, p. 264).

72. À FÉLIX FAURE, MAYENCE, FIN JANVIER 1813.

Page 201.

1. La date de cette lettre a été établie par V. Del Litto (CG, t. II, p. 407).

2. S'il est vrai que Beyle veut parler de la Russie, il est vrai aussi que c'est très probablement la réminiscence de Cervantès qui lui fait évoquer l'Espagne. (Voir OI, t. I, p. 1422.)

73. À PAULINE PÉRIER-LAGRANGE, 13 AVRIL 1813.

Page 202.

1. Grenoble dans l'idiolecte stendhalien.

Page 203.

1. Voir p. 193, n. 1.

75. AU BARON DE STROMBECK, ERFURT, 26 AVRIL 1813.

Page 204.

1. Frédéric-Charles, baron de Strombeck (1771-1828). Beyle l'avait connu à Brunswick et l'avait revu à Paris en 1811.

2. Philippine de Bülow.

76. À PAULINE PÉRIER-LAGRANGE, VENISE, 8 OCTOBRE 1813.

Page 205.

1. Il faut lire Mme Borroni. Voir p. 75, n. 1.

Page 206.

1. Del Litto propose de lire « C[ous]in ». *Simonetta* désigne Angela Pietragrua.

77. AU DUC DE CADORE, DÉCEMBRE 1813.

Page 207.

1. À la fin de son brouillon de décret, Beyle a écrit : « Copier exactement la formule sur le décret du 22 août 1810. Écrire très bien. Ce papier devant être signé par S.M. ».

78. AU DUC DE FELTRE, GRENOBLE, 17 JANVIER 1814.

2. Sur le duc de Feltre, voir p. 177, n. 1. Voir aussi le *Journal* du 2 mars 1814 (OI, t. I, p. 901 *sq.*).

81. À PAULINE PÉRIER-LAGRANGE ET À LA COMTESSE BEUGNOT, MILAN, 28 AOÛT 1814.

Page 214.

1. Marguerite Morel, comtesse Beugnot (1769-1825). C'est à elle, désignée sous le nom de Mme Doligny, que Stendhal dédie son premier livre publié, les *Vies de Haydn, Mozart et Métastase*, dont on lira l'épître dédicatoire, datée du 13 octobre 1814 (OC, t. XLI, p. 405-406).

2. Après la chute de Napoléon, Beyle était allé vivre à Milan, où il restera jusqu'en 1821. « Je tombai avec Napoléon. Je vins en Italie vivre comme dans la rue d'Angivillliers » (HB, p. 540).

3. Mme Beugnot était la mère de Clémentine Curial, future maîtresse de Stendhal.

Page 215.

1. Victor-Emmanuel Ier de Savoie (1759-1824).

Page 217.

1. Louis-Pépin de Bellisle (1788-1823), auditeur au Conseil d'État, l'un des amis les plus intimes de Stendhal.

82. À PAULINE PÉRIER-LAGRANGE, TURIN, 14 JANVIER 1815.

2. Angela Pietragrua.

Page 218.

1. Alexandrine Daru, femme de Pierre Daru, décédée le 17 janvier 1815 à l'âge de 33 ans.

83. À M. DUPIN AÎNÉ, DES ENVIRONS DE NANTES, 1er SEPTEMBRE 1816.

2. Lieu et date fictifs. Beyle était alors à Milan.

3. « La lettre suivante paraît avoir été adressée à M. Dupin aîné. Cette horreur de Beyle pour le duel est chose d'autant plus remarquable qu'il en avait eu deux ou trois, et qu'il était plein de bravoure » (Note de Romain Colomb).

Page 219.

1. « Indispensable pour l'effet moral. Il s'agit de corriger les jurés eux-mêmes, considération étrangère aux autres crimes » (Note de Stendhal).

2. « Nécessaire, puisqu'on veut punir par l'ennui. Voir la *Panoptique* de MM. Jérôme Bentham et Dumont » (Note de Stendhal).

3. « Pour montrer aux jeunes têtes qu'on peut être brave sans duel. L'ennui de la première détention préviendra le second duel » (Note de Stendhal).

Page 220.

1. « Il faut prévenir un moyen trop facile de se défaire d'un député qui gênerait par ses talents ou son caractère. Exemple, Mirabeau » (Note de Stendhal).

84. AU RÉDACTEUR EN CHEF DU *CONSTITUTIONNEL*, ROUEN, 26 SEPTEMBRE 1816.

Page 221.

1. Encore un lieu fictif. Beyle était toujours à Milan. Cette lettre fut publiée dans *Le Constitutionnel* du 1er octobre 1816.

2. Giuseppe Carpani (1752-1825), auteur de *Le Haydine […]*, 1812, la première biographie de Haydn, avait accusé de plagiat l'auteur des *Vies de Haydn, de Mozart et de Métastase*, parues sous le pseudonyme de L.A.C. Bombet. Cette lettre est donc une manière de relancer la polémique.

3. En fait, dans le numéro du 20 août.

Page 222.

1. Allusion à *L'Histoire de l'Angleterre* de Paul Rapin de Thoiras (1661-1725) et à celle bien plus connue de David Hume (1711-1776). Louis-Pierre Anquetil (1723-1808) fut l'auteur de *L'Esprit de la Ligue* (1767), et Jean-Charles-Dominique de Lacretelle (1766-1855) d'une *Histoire de France pendant les guerres de religion* (1814-1816).

85. À LOUIS CROZET, ROUEN, 28 SEPTEMBRE 1816.

Page 224.

1. Louis Crozet (1784-1858), qui avait connu Beyle à l'École centrale de Grenoble, l'aida à publier l'*Histoire de la peinture en Italie*. Rappelons que, par son testament du 27 septembre

1837 (OI, t. II, p. 1005), Stendhal légua à son fidèle ami la propriété de ses ouvrages imprimés et de ses manuscrits, dont la femme de Crozet fera don à la Bibliothèque de Grenoble.

2. À cette date Beyle se trouve à Milan.

3. « De quatre ou cinq Anglais de premier rang et intelligence ». Sur la découverte de l'*Edinburgh Review* voir *La Vie intellectuelle de Stendhal*, *op. cit.*, p. 503 *sq.*

4. L'*Histoire de la peinture en Italie.*

5. « En Angleterre, si jamais l'*Histoire de la peinture...* ».

6. Stendhal rencontrera Byron à la Scala de Milan le 16 octobre 1816 dans la loge de Ludovico di Breme (voir p. 296, n. 1). Voir *Souvenirs sur Lord Byron* (1829) et *Lord Byron en Italie* (1830) dans OC, XXXV, p. 167-173, et XLVI, p. 239-257. Voir aussi M. Crouzet, *Stendhal ou Monsieur Moi-même*, Flammarion, 1990, p. 214 *sq.*

Page 225.

1. C'est sous ces initiales qu'a paru en 1817 l'*Histoire de la peinture en Italie* : Monsieur Beyle Ancien Auditeur.

Page 226.

1. Cette dédicace, devenue une célèbre formule stendhalienne, est probablement empruntée à un vers de Shakespeare : *We few, we happy few, we band of brothers...* (*Henri V*, acte IV, sc. 3), ou bien au *Vicaire de Wakefield* (1766) de Goldsmith (chap. II), où le protagoniste écrit ses brochures avec la consolation de penser qu'elles seront lues seulement par les *happy few*.

86. À LOUIS CROZET, PARIS, 30 SEPTEMBRE 1816.

2. Lieu fictif. Stendhal écrit de Milan.

3. Philippe Néricault (1680-1754), de son nom de scène Destouches, comédien et auteur dramatique (*Le Glorieux*, 1732).

4. « À faire des comédies ».

5. Le *bâtard* est Chérubin Beyle, son père.

Page 227.

1. Voir le *Testament* du 1er septembre 1810.

2. *Letellier:* il s'agit de la comédie inachevée, à laquelle Stendhal revint à plusieurs reprises dès 1803 aux années 1830.

Page 228.

1. « À la mort du jésuite, si je peux, j'irai en Angleterre ».

87. À LOUIS CROZET, LYON, 20 OCTOBRE 1816.

2. Stendhal était toujours à Milan.

3. C'est à Domenico Cimarosa (1749-1801) que Beyle a emprunté son pseudonyme le plus « intime ».

88. NOTE POUR LE LIBRAIRE, 15 SEPTEMBRE 1817.

Page 229.

1. Envois de *Rome, Naples et Florence en 1817.*

89. À ADOLPHE DE MARESTE, MILAN, 1er DÉCEMBRE 1817.

Page 231.

1. Le baron Adolphe de Mareste (1784-1867), appelé aussi *Besançon* et *Lussinge* ou *Lussinges*. On lira au chap. II des *Souvenirs d'égotisme* le portrait de cet « homme de mérite », qui a été « le compagnon de [s]a vie de 1821 à 1831 ». Entre lui et Beyle, « il y avait estime, mais non amitié » (OI, t. II, p. 435-439).

2. Stendhal adorait les ballets de Salvatore Viganò, danseur et chorégraphe italien (1769-1821), loué dans le chap. XLIV de la *Vie de Rossini* et dans *Rome, Naples et Florence*, p. 39-42. Il admirait également sa fille, la cantatrice Elena (Nina) Viganò, refusée par fidélité à Métilde Dembowski Viscontini.

3. Ballet de Viganò, créé à la Scala le 4 novembre 1817 et tiré de *L'Amore delle tre melarance* (*L'Amour des trois oranges*) de Carlo Gozzi (1761). Il s'agit de la pièce la plus célèbre de

Gozzi, qui a été reprise par S. Prokofiev en 1921. Voir aussi p. 130, n. 2.

Page 232.

1. La graphie correcte est *ballabile,* air de danse.

2. Beyle était accompagné à Milan par sa sœur Pauline. François Périer-Lagrange était mort le 14 décembre 1816.

Page 233.

1. *Maisonnette* désigne Joseph Lingay (1791-1851), ancien collaborateur de Decazes au ministère de la Police que Stendhal appelait *Maison*. *Besançon* désigne Mareste lui-même, qui avait été secrétaire général de la préfecture du Doubs (voir p. 231, n. 1).

Page 234.

1. *Correspondance inédite de Madame du Deffand avec d'Alembert, Montesquieu, le président Hénault, la duchesse du Maine, Mesdames de Choiseul, de Staal, le marquis d'Argens, le chevalier d'Aydie [...] suivie des lettres de M. de Voltaire à Madame du Deffand,* Paris, Léopold Collin, 1809, 2 vol.

2. M. de Salvaing avait la jouissance d'un étage de la maison de Chérubin Beyle, rue Bonne à Grenoble. Cet appartement sera vendu par Stendhal en 1819.

3. Chérubin Beyle.

90. AU DIRECTEUR DE L'*EDINBURGH REVIEW*, SIENNE, 10 AVRIL 1818.

Page 235.

1. Beyle se trouvait à Grenoble à cette date.

2. L'*Edinburgh Review* avait rendu compte du premier livre publié sous le nom de Stendhal dans le nº 57 de novembre 1817.

Page 236.

1. Aubin-Louis Millin (1759-1818), archéologue, auteur d'un *Voyage dans les départements du Midi de la France* (1817, 4 vol.). Malgré ses réserves, Stendhal exploitera cet ouvrage lors de la composition des *Mémoires d'un touriste*.

2. Dans l'*Edinburgh Review,* l'auteur de *Rome, Naples et Florence en 1817* était accusé de *flippancy* (désinvolture, frivolité).

3. Joseph Forsyth, auteur de *Remarks on the Antiquities, Arts and Letters during an Excursion in Italy in the Years 1802 and 1803* (1812).

4. Stendhal avait prêté des considérations sur Vittorio Alfieri à un « comte Neri ». En réalité, elles étaient traduites d'un compte rendu paru dans le n° 30 de l'*Edinburgh Review* en janvier 1810.

5. L'épigraphe de *Rome, Naples et Florence* (*Voyage en Italie*, p. 1) était empruntée au compte rendu de William Hazlitt à *La Littérature du Midi de l'Europe* par Sismondi (*Edinburgh Review*, n° 49, juin 1815).

6. *Gonsalez* au lieu de *Consalvi*. Il s'agit d'Ercole Consalvi (1757-1824), cardinal secrétaire d'État du pape Pie VII de 1800 à 1806, et de 1814 à 1823. Stendhal l'admirait beaucoup. Il en en parle aussi dans ses nouvelles « romaines » : *Souvenirs d'un gentilhomme italien* (1826) et *Une position sociale* (1832-1833).

7. Patrick Colquhoun (1745-1820), philanthrope et économiste anglais, auteur d'un ouvrage sur la police de Londres (1796). Stendhal avait lu dix ans plus tôt cet ouvrage « diablement bavard » (*Journal*, 29 mars 1808, OI, t. I, p. 500).

8. John Chetwode Eustace (1762-1815), prêtre irlandais, avait publié en 1815 *A Classical Tour through Italy* (2 vol.).

Page 237.

1. Il faudrait dire « le *ceto di mezzo* », la classe moyenne, la bourgeoisie.

2. Les lecteurs de *Rome, Naples et Florence*, des *Promenades dans Rome* et de *Vanina Vanini* connaissent bien le riche banquier Giovanni Torlonia (1754-1829), devenu duc de Bracciano, dont Beyle fréquenta les bals dans son palais situé place de Venise à Rome.

Page 238.

1. *Biglietto regio* est l'ordonnance royale.

2. L'avocat Ferdinando Dalpozzo (1768-1843) avait publié anonymement en 1817 *Opuscoli d'un avvocato milanese originario piemontese sopra varie questioni politico-legali* (Milano, Stella, 1817). Le fort de Finestrelle est une célèbre forteresse du Piémont.

Page 239.

1. Lacune.

2. Note de Stendhal : « *This fool gaugeon. M*[d] *of Venice.* »
3. Autre lacune.

91. À ADOLPHE DE MARESTE, MILAN, 15 AVRIL 1818.

4. Réminiscence de Pétrarque (sonnet 238) : *Sendo di donne un bel numero eletto* (Un grand nombre de dames choisies étant rassemblées...). L'auteur du *Canzoniere* est partout dans l'œuvre stendhalienne, surtout dans *La Chartreuse de Parme*.
5. Le compositeur Michele Enrico Carafa (1787-1872), que Stendhal évoque dans *Rome, Naples et Florence*, dans la *Vie de Rossini* et auquel il consacre aussi une *Notice* biographique. Carafa fut l'auteur de *Gabriella di Vergy* sur un livret d'Andrea Leone Tottola (1816), qui est à l'origine de l'intérêt de Stendhal pour le thème du « cœur mangé » dans *De l'amour* et dans *Le Rouge et le Noir* (voir M. Di Maio, *Le Cœur mangé. Histoire d'un thème littéraire du Moyen Âge au XIX*[e] *siècle*, Paris, Presses universitaires de Paris-Sorbonne, 2005).

Page 240.

1. Rappelons que Ferdinando Francesco Paër (1771-1829), autre compositeur italien, fut protégé par Napoléon. Stendhal n'appréciait pas son opéra le plus célèbre, *Agnese* (1811).
2. La fille du célèbre chorégraphe Salvatore Viganò. Voir note 2 de la page 231.

92. À MATILDE DEMBOWSKI, VARÈSE, 16 NOVEMBRE 1818.

3. « Métilde a occupé absolument ma vie de 1818 à 1824. Et je ne suis pas encore guéri », lit-on dans la *Vie de Henry Brulard*, p. 532. Matilde Viscontini (1790-1825) était déjà séparée de son mari, Jean Dembowski, lorsque Beyle lui fut présenté, au début de 1818. Celui-ci date son amour du 4 mars 1818. Adorée, poursuivie, jamais eue, « Métilde », comme Béatrice de Dante, comme Laura de Pétrarque, devint la « Muse stendhalienne ». On lira la très remarquable étude de M. Crouzet, « Métilde, muse stendhalienne. Sur les rapports de l'érotique et

de la poétique chez Stendhal» [1982], dans *Stendhal. La politique, l'éros, l'esthétique*, Mont-de-Marsan, Eurédit, 2003.

93. À ADOLPHE DE MARESTE, MILAN, 20 NOVEMBRE 1818.

Page 242.

1. Voir la lettre du 10 avril 1818.

Page 243.

1. «Réimprimer».
2. «Je peux envoyer la matière de quatre cents ou cinq cents pages».
3. *Flippancy:* voir la lettre du 10 avril 1818.
4. «Sur une épreuve».
5. «Celui de la *Bistecca* (du bifteck) : grands Français, grands en tout».
6. «Villemain».
7. «Grenoble».

Page 244.

1. Allusion à Rioust et Chevalier, polémistes de la Restauration. Voir CG, t. III, p. 174.

Page 245.

1. Quatremère de Quincy (Antoine Chrysostome Quatremère dit), *Le Jupiter Olympien ou l'Art de la sculpture antique considéré sous un nouveau point de vue* [...], Paris, Firmin Didot, 1814.

94. À MATILDE DEMBOWSKI, 12 MAI 1819.

2. Matilde Dembowski s'était rendue à Volterra le 12 mai 1819.

Page 246.

1. *Si plat?:* «Voici le naturel *of this man*» (Note de Stendhal).

95. À MATILDE DEMBOWSKI, VARÈSE, 7 JUIN 1819.

2. Cette lettre à été en réalité écrite à Volterra où Beyle avait suivi Métilde. Son brouillon était réuni à ceux des trois lettres qui suivent, dans un cahier où Stendhal avait écrit « Love letters 1819 », et, au-dessous, « Je la regretterai toute ma vie, si je ne la lui consacre pas tout entière ». Sur ce cahier, actuellement disparu, voir Del Litto, dans CG, t. III, p. 209-210.

Page 248.

1. Le directeur du collège San Michele où étaient les fils de Métilde.

Page 250.

1. Note de Stendhal après *déplaire* : « Réflexions. — Mardi soir, 8 juin 1819. Idée de planter tout là. Ce soir, froideur à ne pas remettre les pieds au collège ; jalousie pour le cavalier Giorgi, qui va faire la conversation de l'autre côté du canapé et, en sortant, elle s'appuie beaucoup sur lui, d'un air intime. Les femmes honnêtes, aussi coquines que les coquines. »

96. À MATILDE DEMBOWSKI, FLORENCE, 11 JUIN 1819.

2. « Datée du 11 et mise à la poste le lundi 14 juin cette lettre de huit petites pages » (Note de Stendhal).

Page 252.

1. Porte de Volterra.

Page 255.

1. Note de Stendhal à la suite du brouillon de cette lettre : *« Je trouve la réponse en quatorze pages au clou des clefs ; un procaccio*[1] *l'a apportée hier soir, demandant une grazzia*[2]. *Cette réponse, datée, à la fin, du 26 n'est pas venue par la poste 1°* she is *à Florence ; 2° ou elle l'a envoyée en recommandant de la rap-*

1. La graphie exacte est *procaccia* (facteur, messager).
2. Corriger en *grazie* ou *grazia* (remerciement, pourboire).

porter à Volterra, si l'on ne me trouvait plus à Florence; 3° ou, peu probable, elle a consulté la Lenina[1] *sur cette réponse qui ainsi arriverait de Bologne, nul signe sur l'enveloppe. M[étilde] n'a reçu ma lettre du 11 que vers le 15 ou le 16, sa réponse n'est partie que dix jours après, elle n'a commencé à répondre que le 22, savoir, dix jours après avoir reçu la lettre. J'ai bien fait de n'en pas écrire une seconde. Il est singulier que M[étilde] n'ait pas répondu par la poste. Pourquoi prendre une autre voie? Il y a un motif.*

TACTIQUE

Ce qui me fait trembler en ne recevant pas, en son temps, de réponse à ma lettre du 11, c'est que je pensai que la contessina était enfin dans le vrai système de défense. Elle devait renvoyer ma lettre du 11, cachetée, avec ces mots:

Monsieur,

Je désire ne plus recevoir de lettre de vous et ne plus vous écrire. Je suis avec une parfaite estime, etc.

Elle devait m'écrire les mêmes trois lignes à Florence, et se tenir à ce parti; au lieu de cela, maintien du 10 et réponse de quatorze pages. Quand même elle eût écrit cela, l'amour trouve des raisons, j'eusse persisté. Peut-être même quand je la verrais couchée with φιλ[2] *lui trouverais-je une excuse.*

Utilité de ce que m'a dit Caisse, quoique appris sans agrément dans le moment. Je ne persiste pas, comme Blücher[3]*, par raisonnement et opiniâtreté, mais le cœur le veut ainsi.»*

97. À MATILDE DEMBOWSKI, FLORENCE, 30 JUIN 1819.

2. Note de Stendhal: «*Avec un peu de fièvre, sortant de* l'Inganno felice[4], *qui m'a plu beaucoup pour la première fois, et*

1. *Lenina* est Maddalena Bignami, amie de Métilde.
2. Selon V. Del Litto, début en lettres grecques du prénom Philippe ou Filippo. Mystère sur ce personnage, ainsi que sur «Caisse».
3. Bel exemple de tactique (militaire)! On sait que Gebhard Leberecht von Blücher (1742-1813), à la tête de l'armée prussienne, décida le gain de la bataille de Waterloo par son arrivée qu'aurait pu conjurer Grouchy.
4. *L'Inganno felice*, farce en un acte de Rossini sur un livret de G. Foppa, première à Venise le 9 mai 1812. Stendhal, dans sa *Vie*

pendant lequel je faisais cette lettre. J'ai écrit ce qui suit le 29, de dix heures et demie à minuit et demi.»

Page 259.

1. «Trop de haine sépare Andromaque et Pyrrhus» (Racine, *Andromaque*, acte II, sc. 5). On sait que les citations de Stendhal sont souvent inexactes. Mais dans ce cas, il s'agit très vraisemblablement d'un manipulation délibérée. Ce n'est pas la haine qui sépare Métilde et Dominique.

Page 260.

1. La fête de la lumière à Pise, qui a lieu le 13 juillet.

Page 261.

1. Allusion à Madame Traversi, cousine de Métilde et hostile à Beyle.

2. Note de Stendhal: «*Elle me répond par une rupture apparemment fondée sur le vers :*

Trop d'espace sépare Andromaque et Pyrrhus.

Lettre de désespoir de Dominique, dont on n'a pas gardé de copie. Le 6 juillet la lettre suivante lui est adressée; elle l'aura reçue le vendredi 9 juillet. Cette lettre bien écrite n'a qu'une page.»

98. À ADOLPHE DE MARESTE,
FLORENCE, 18 JUILLET 1819.

3. *Uffizzi* au lieu d'Uffizi.

Page 262.

1. Le Bottegone, café à la mode.

Page 263.

1. Glace granulée peu sucrée.
2. *The Black Dwarf* (*Le Nain noir*) et *Old Mortality* (*Les Puri-*

---

de Rossini (p. 80), en parle ainsi : «Ici le génie éclate de toutes parts. Un œil exercé reconnaît sans peine dans cet opéra en un acte les idées mères de quinze ou vingt morceaux capitaux qui plus tard ont fait la fortune des chefs-d'œuvre de Rossini.»

tains d'Écosse), parus à Édimbourg en 1816, sous le titre de *Tales of my Landlord*, 1st Series.

3. Mme de Genlis (1746-1830), « gouverneur » des enfants d'Orléans, dont le futur roi Louis-Philippe. On se souviendra que Lamiel n'aime pas ses livres, elle leur préfère les histoires scélérates de Cartouche et Mandrin. Sur Miss Edgeworth, voir p. 52, n. 1.

4. P. Daru, *Histoire de la République de Venise*, Firmin Didot, 1819, 7 vol.

5. François 1er, empereur d'Autriche, qui séjourna quelques jours à Florence.

6. Napoléon, de toute évidence.

Page 264.

1. Fabrique de glace.

2. Opéra de Rossini sur un livret de Jacopo Ferretti, première au Teatro Valle de Rome le 25 janvier 1817. Rossini fréquentait assidûment la famille Mombelli : Domenico, ténor célèbre, et ses deux filles, Ester et Anna. Ici Stendhal se réfère à Ester, interprète de *Cenerentola*, mais il reconnaissait la supériorité de la Pasta dans ce rôle (*Vie de Rossini*, chap. XX).

99. À MATILDE DEMBOWSKI, FLORENCE, 20 JUILLET 1819.

Page 265.

1. « À Monsieur Beyle, à l'auberge de l'Aigle noir ».

100. À MATILDE DEMBOWSKI, GRENOBLE, 15 AOÛT 1819.

2. *1819 :* « Written the 25th August. *Transcrite le 27 août* » (Note de Stendhal). Mais Del Litto remarque que, malgré cette indication, la date du *15* est bien écrite en tête de la lettre.

3. *Trois jours :* en marge, « *Analyse de la lettre. Il s'agissait de dire avec le plus de pudeur possible : "Je t'aime, ne pouvant te voir, je voudrais t'écrire, voilà mon adresse."*

Que désire-t-elle ? D'être aimée ardemment. En deuxième lieu, le pouvoir de m'écrire en offensant aussi peu que possible sa fierté.

Que lui dire dans ma réponse ?

Lui prouver mon amour au commencement. La supplier ensuite de m'écrire

Encore. Le tout en style passionné.

J'ai un prétexte plausible. Je vois que je l'ai offensée. Je ne puis souffrir cette idée.

Par pitié elle doit m'assurer de son pardon.

Moins nous nous respectons nous-mêmes, plus nous aimons à être respectés des autres. Ma lettre doit être donc très respectueuse.

Remarquer que toutes les passions rendent hardi. Un véritable amant ne comprend pas même comment il pourrait être ridicule.

Quand tu écris pour un personnage, tu ne crains pas d'être ridicule, tu le crains pour toi. »

Page 268.

1. À l'origine de cette citation il y a deux vers de *Zulime*, tragédie de Voltaire de 1740 (acte II, sc. 5) : « La mort et les enfers paroissent devant moi : / Ramire, avec plaisir, j'y descendrois pour toi » (Voir à ce propos, Jules C. Alciatore, « Stendhal, Mlle de Lespinasse et deux vers de Voltaire », *The French Review*, vol. 35, n° 3, janv. 1962, p. 319-321). Mais c'est chez Julie de Lespinasse (1732-1776) que Stendhal les a pris (voir *Lettres à M. de Guibert*, Paris, Charpentier, 1876, p. 9, pour cette citation ; et avec la variante « avec transport » à la page 19 de la même édition). Les *Lettres de Mlle de Lespinasse, écrites depuis l'année 1773 jusqu'à l'année 1776 [...]* avaient été publiées en 1809 (Paris, Collin, 2 vol.). Stendhal commence à les lire vers le 19 mars 1810 (*Journal*, OI, t. I, p. 555). Il en parle à Pauline dans une lettre de juin 1810 (CG, t. II, p. 40) et reprend ces mêmes vers, avec une variante, dans des « Conseils sur le style à Félix [Faure] » (*Journal*, fin août-début septembre 1810, OI, t. I, p. 628). Dans cette lettre capitale à Métilde, « Ramire » disparaît, remplacé par « Phédime », qui est le nom d'un poète de l'*Anthologie palatine*, dont nous avons quatre épigrammes, mais qui est aussi un prénom de femme dans *Les Bijoux indiscrets* de Diderot et surtout dans un ouvrage que Stendhal connaissait bien, le *Voyage du jeune Anacharsis en Grèce vers le milieu du IVe siècle avant l'ère vulgaire* (1788) de l'abbé Barthélemy, qui avait donné les portraits du duc et de la duchesse de Choiseul sous les noms d'Arsane et de Phédime. Par des glissements sémantiques et linguistiques, la citation de Voltaire/Lespinasse est manipulée, changée. L'amant malheureux réécrit ces deux vers, pour Métilde.

101. À ADOLPHE DE MARESTE, CULARO, 1er SEPTEMBRE 1819.

2. « Des dettes infinies ».

Page 269.

1. « Pour nos chers compatriotes ».

102. À ADOLPHE DE MARESTE, 21 DÉCEMBRE 1819.

Page 270.

1. « Le sang ».

Page 271.

1. « Ça suffit ».
2. Au Congrès de Karslbad (6-31 août 1819), Metternich obtint le contrôle des universités, l'interdiction des associations d'étudiants et le rétablissement de la censure.
3. Il s'agit de Domenico Vismara, ingénieur à Novare. C'est chez Vismara que Beyle avait demandé à son ami Mareste de lui écrire à partir du 3 septembre 1818.
4. On sait que Stendhal écrivait couramment *romanticisme*.

Page 272.

1. Allusion au *Comte de Carmagnola*, tragédie historique d'Alessandro Manzoni, publiée en 1820 et traduite en français par Claude Fauriel en 1823. Rappelons que le peintre vénitien Francesco Hayez (1791-1882) s'inspirera de cette pièce. Stendhal loue son tableau dans *Rome, Naples et Florence* (p. 348) et fait de Hayez l'auteur du portrait de Fabrice, commandé par Anetta Marini. Voir *La Chartreuse de Parme*, « Folio classique », p. 606.

103. À THOMAS MOORE, NAPLES, 25 MARS 1820.

2. *Lalla Rookh: an Oriental Romance* (1817), poème du poète irlandais Thomas Moore (1779-1852). Cet ouvrage avait eu un grand succès auprès des romantiques français.

104. À ADOLPHE DE MARESTE, MILAN, 12 JUIN 1820.

Page 273.

1. Mareste était chargé de faire imprimer *De l'amour* (*Love*). Voir aussi les lettres du 13 novembre et du 22 décembre.

Page 274.

1. L'évocation de cet « auditoire » ne peut pas nous surprendre, car une bonne partie de *De l'amour*, qui porte en sous-titre *Essai d'idéologie*, a été inspirée par Destutt de Tracy (1754-1836). Quant à la moitié de cet « auditoire », il faut rappeler que Volney était décédé le 25 avril 1820.

105. À ADOLPHE DE MARESTE, 23 JUILLET 1820.

Page 276.

1. Jean-Antoine-Amédée Plana (1781-1864), camarade de Beyle à l'École centrale, puis professeur d'astronomie à Turin. Del Litto rappelle que la lettre dont il est question n'a pas été conservée.

106. À ADOLPHE DE MARESTE, 13 NOVEMBRE 1820.

Page 277.

1. Allusion au manuscrit de *De l'amour*.
2. « Pensées ».

3. Rappelons que « Dominique » est le pseudonyme de Beyle.

4. « Je n'ose en dire davantage ».

107. À ADOLPHE DE MARESTE, 22 DÉCEMBRE 1820.

Page 278.

1. « Ne pas donner quelques lettres à ».

2. Nicolas-Prosper Levasseur (1791-1871), « basse noble », eut un succès retentissant à la Scala de Milan vers la fin de l'année 1820 dans le rôle de Basilio du *Barbiere di Siviglia* de Rossini. L'opéra de Meyerbeer dont Stendhal « oublie le nom » est *Margherita d'Angiò,* créé le 14 novembre de cette même année. Levasseur y participa dans le rôle de Carlo.

Page 279.

1. *Fedra* de Johann Simon Mayr, dit aussi Mayer, 1769-1845, fut le maître de Gaetano Donizetti. Stendhal connaissait bien sa *Ginevra di Scozia* (1801), qui inspira l'*Ariodante* de Haendel. Voir M. Di Maio, « La scène d'Ariodant : l'Arioste dans les marges », dans *Le Miroir et le Chemin. L'univers romanesque de Pierre-Louys Rey,* Paris, Presses de la Sorbonne Nouvelle, 2006, p. 77-90.

2. Il s'agit de la cantatrice Adelaide Tosi (1800-1859), élève de Crescentini, qui débuta à la Scala dans la *Fedra* de Mayr. « La Tosi *va alle stelle* dans *La Dame du Lac* de Rossini, indignement transposée » (Lettre du 23 février 18219).

3. « Ne m'écrivez plus sous ce nom dangereux ».

4. Stendhal ne parle pas beaucoup du compositeur italien Saverio Mercadante (1795-1870), mais il appréciait son opéra *Elisa e Claudio,* joué à la Scala en 1821. Voir *Paris-Londres,* p. 554.

5. Sur Caraffa voir p. 239, n. 5. Autre compositeur italien : Giovanni Pacini (1796-1867). Quant aux chanteurs cités : il s'agit de la basse Ranieri Remorini et du grand ténor rossinien Giovanni Davide (1790-1864). Cette page est un bel exemple de la passion musicale du dilettante.

6. « Si j'aurai cinq ou six. Nous en sommes là. Payez le port de cette lettre à la belle Annette, et écrivez chaque quinzaine ».

Page 280.

1. « C'est pour mon plaisir que je vous demande »...

2. « Je me fiche complètement des corrections. Je demande seulement du beau papier et de bons caractères. Je désire un manuscrit et j'éprouverais du plaisir en voyant »...

3. « C'est l'envie pour l'*Histoire de la peinture* qui a donné des ailes à la rumeur d'espionnage. »

4. Allusion à la tragédie historique de Byron, *Marino Faliero, Doge of Venice* (1820), qui inspira la toile de Delacroix en 1826.

Page 281.

1. On peut se demander si cet Ancillo est le même apothicaire vénitien dont parlera George Sand, lors de sa liaison avec le Dr Pagello. Stendhal admirait beaucoup Pietro Buratti (1772-1832), « le premier poète satirique de notre triste Europe » (*De l'amour*, Genève, Cercle du Bibliophile, p. 171, n. 1). Voir Albert Maquet, « Il poeta veneziano Buratti e lo Stendhal », *Micromégas*, 70 (2002), p. 63-81.

109. À WALTER SCOTT, À LA PORRETTA, 18 FÉVRIER 1821.

2. *The Abbot*, paru en 1820.

Page 282.

1. Plus exactement Cola di Rienzo, né en 1313, tribun de Rome, chef d'une insurrection populaire (1347). Il fut tué dans une émeute en 1354.

110. À LORD BYRON, PARIS, 23 JUIN 1823.

2. « Réponse à une lettre de lord Byron (du 29 mai 1823) dans laquelle celui-ci s'efforçait de défendre sir Walter Scott contre quelques critiques de Beyle. On ne sait si la lettre suivante à été envoyée à Lord Byron » (Note de Romain Colomb). On lira la lettre de Byron dans CG, t. III, p. 391-392. Sur Stendhal et W. Scott, je renvoie à l'excellente synthèse de P. Berthier, « "Notre père Walter Scott" : Stendhal ou le fils

émancipé », dans *Romanzo storico e romanticismo. Intermittenze del modello scottiano*, Quaderni del seminario di Filologia Francese, 4, Pisa, Edizioni ETS/Genève, Slatkine, 1996, p. 69-86. Le vrai adieu à ce « père » (et à sa pratique du roman historique) se trouve dans les quelques pages que Stendhal consacra à « Walter Scott et la *Princesse de Clèves* » (1830), dans *Mélanges II-Journalisme*, Genève, Cercle du Bibliophile, t. XLVI, p. 221-224.

Page 283.

1. « Je n'ai que faire de ses opinions politiques. »
2. « Un vieux roi » (George IV).
3. Titre d'un journal tory.

Page 284.

1. Stendhal admirait beaucoup Silvio Pellico (1789-1854), qui est évoqué aussi dans *La Chartreuse de Parme*. Rédacteur du *Conciliatore*, lié aux patriotes et carbonari milanais, Pellico fut arrêté par la police autrichienne le 13 octobre 1820. Condamné à mort, sa peine fut commuée en quinze ans de travaux forcés (*carcere duro*). Il avait été transféré, en avril 1822, au Spielberg en Moravie. Il sera libéré en 1830 et publiera en 1832 *Mes prisons*, un classique de la littérature carcérale.

111. À ALBERT STAPFER, PARIS, 8 AOÛT 1823.

Page 286.

1. Albert Stapfer (1802-1892), traducteur remarquable de la littérature allemande. Sa traduction du *Faust* de Goethe, illustrée par Eugène Delacroix, paraîtra en 1828.
2. Alexandre-Philippe Andryane (1797-1863), conspirateur français et autre détenu du Spielberg. Il avait été arrêté à Milan en janvier 1823 et n'obtint la grâce qu'en 1832. Il fut l'auteur des *Mémoires d'un prisonnier d'État au Spielberg*, Paris, Ladvocat, 1837-1838, 4 vol. Son nom est associé à celui de Silvio Pellico dans la *Chartreuse*, où le Spielberg est une présence menaçante et récurrente.

Page 287.

1. Giuditta Pasta (1797-1865) chanta *Gli Orazi e i Curiazi* (1796) de Cimarosa au théâtre Louvois le 14 août 1823. Sur la passion de Stendhal pour la grande cantatrice italienne, dont il

a fréquenté assidûment le salon après 1821, voir le chap. XXXV (p. 391-406) de la *Vie de Rossini,* le chap. VII des *Souvenirs d'égotisme* (p. 492-499) et P. Berthier, « La voix de Giuditta », dans *Stendhal e Milano,* Firenze, Olschki, 1982, t. II, p. 531-554. On sait que le souvenir des *Horaces* et du « plus bel air *serio* qui peut-être existe : *Quelle pupille tenere* » (CG, t. III, p. 400) reviendra dans la *Chartreuse,* au chap. XXVI, p. 583.

2. Étienne-Jean Delécluze (1781-1863), critique d'art au *Journal des Débats*. Stendhal a fréquenté son célèbre salon (son « grenier ») à partir de février 1822.

3. Johann Paul Friedrich Richter, dit Jean Paul (1763-1825).

112. À MADAME CLÉMENTINE CURIAL, ROME, 5 DÉCEMBRE 1823.

4. La liaison de Stendhal avec Clémentine Beugnot, femme du général Curial et surnommée le plus souvent *Menti,* débuta en mai 1824 et dura jusqu'en septembre 1826.

113. À ADOLPHE DE MARESTE, PARIS, 26 AVRIL 1824.

Page 290.

1. C'est le 24 avril 1824 que l'académicien Auger avait attaqué les romantiques. Rappelons que la deuxième version de *Racine et Shakespeare* (1825) sera une « Réponse au manifeste contre le romantisme prononcé par M. Auger ».

117. À ADOLPHE DE MARESTE, MERCREDI À 4 HEURES, JUILLET 1824.

Page 294.

1. *Journal :* Stendhal allait collaborer au *Journal de Paris* du 9 septembre 1824 au 8 juin 1827.

Page 295.

1. Bartholomew Stritch, « Anglais impassible et triste », dont Stendhal fit la connaissance en 1822. Stritch fut peut-être le traducteur occasionnel des articles donnés à la *Paris Monthly Review*.

118. À MADAME LOUISE SWANTON-BELLOC, PARIS, 24 SEPTEMBRE 1824.

2. Anne-Louise Swanton-Belloc (1796-1881) est l'auteur d'une *Vie de Lord Byron* paru la même année chez Renouard.

Page 296.

1. Ludovico di Breme (1780-1820), dont la célébrité tient à son rôle de chef de file des romantiques milanais. Stendhal fréquente son salon cosmopolite et sa loge à la Scala, où il rencontre Byron. En outre, di Breme lui permet d'approcher la société intellectuelle et libérale qui se réunissait autour du *Conciliatore*, et lui fait découvrir l'*Edinburgh Review*.
2. Sur Mayr (Mayer), voir p. 279, n. 2.
3. Vincenzo Monti, *La Bassvilliana* (*In morte di Ugo Bassville*, 1793), qui s'inscrit dans la phase antirévolutionnaire de Monti, et *La Mascheroniana* (*In morte di Lorenzo Mascheroni*, 1800), éloge de Bonaparte « libérateur » de l'Italie. Rappelons que, dans la *Chartreuse*, Fabrice traduit des vers de ce dernier poème (chap. II et VII).

Page 297.

1. « Il ne sait pas à quel point il est poète. »

119. AVIS AUX TÊTES LÉGÈRES QUI VONT EN ITALIE, 10 OCTOBRE 1824.

Page 301.

1. À sa sœur Pauline et à sa cousine, Madame Bazire-Longueville, qui allaient partir en Italie.
2. Joseph-Jérôme Lefrançois de Lalande (1732-1807), *Voyage d'un Français en Italie* (1769) ; Charles de Brosses, dit « le président de Brosses » (1709-1777), *Lettres d'Italie* (1799). Dans

ses livres de voyage, Stendhal emprunte beaucoup à ces deux ouvrages.

3. Voir la lettre à Sutton Sharpe du 11 juillet 1827 : « Achetez à Paris, chez Valandi, quai des Augustins, n° 37, l'*Itinéraire d'Italie*, de Vallardi, Milan, 15e édition, 8 fr. C'est le seul bon » (CG, t. III, p. 640).

4. La graphie correcte est *vetturini* (voituriers).

5. *Spesate :* défrayées.

6. *Parlata :* discussion.

Page 302.

1. « Avoir un amoureux ».

Page 303.

1. *Eraste ou l'Ami de la jeunesse* de Joseph-Jacques Fillassier (1736-1799), paru en 1773 et réédité en 1818. Nous l'avons déjà remarqué, l'éducation de Pauline se poursuit dans *Lamiel*, où l'ouvrage de Fillassier est cité au ch. XIX.

120. AU DIRECTEUR DU *GLOBE*, PARIS, 3 NOVEMBRE 1824.

Page 305.

1. *Le Globe* du 2 novembre 1824, à propos de *Conversations avec Byron* du Capitaine Medwin, avait publié la lettre de Byron à Stendhal du 29 mai 1823 (voir la lettre de Stendhal du 23 juin 1823, note 1 de la page 283). Elle était précédée de cet avant-propos : « Cette lettre, datée de Gênes le 23 juin 1823, était adressée à un Français spirituel qui s'est caché longtemps sous divers noms et diverses initiales, et dont l'originalité piquante, l'excellent ton de critique, les aperçus ingénieux, le style franc et pittoresque auraient pu faire réellement la fortune de trois ou quatre auteurs. Après un tel éloge je dois ajouter que je n'ai jamais vu M. le baron de Stendhal (M. Beyle)... ».

Page 306.

1. En réalité, Silvio Pellico ne devait sortir du Spielberg qu'en 1830. Voir p. 285, n. 1.

2. Cet article a paru dans *Le Globe* du 30 novembre 1824.

121. AUX MEMBRES DE L'ACADÉMIE FRANÇAISE, PARIS, 1824.

Page 307.

1. On ne sait pas si cette lettre a été envoyée.

122. À PAULINE PÉRIER-LAGRANGE, 20 MARS 1825.

Page 308.

1. « Moitié conseil, moitié argent ».

2. Madame Bazire de Longueville avec qui Pauline voyageait en Italie. Voir la lettre du 10 octobre 1824.

123. AU RÉDACTEUR DU *COURRIER DES THÉÂTRES*, 8 AVRIL 1825.

Page 309.

1. La deuxième version de cet ouvrage venait de paraître. Pour toutes les allusions contenues dans cette lettre, voir *Racine et Shakespeare (1818-1825)*, Établissement du texte, annotation et préface de M. Crouzet, Paris, Champion, 2006.

2. Cette phrase rappelle l'épigraphe générale du *Rouge et Noir:* « La vérité, l'âpre vérité ».

124. À ADOLPHE DE MARESTE, 21 AOÛT 1825.

Page 310.

1. Giuditta Pasta. Voir note 1 de la page 287.

Page 311.

1. Faute d'orthographe volontaire du titre de *Il Viaggio a Reims* de Rossini, représenté au Théâtre-Italien le 19 juin 1825.

125. À MADAME PASTA, 21 AOÛT 1825.

2. Lettre jointe à la précédente.

126. À PROSPER MÉRIMÉE,
PARIS, 23 DÉCEMBRE 1826.

Page 313.

1. Il s'agit de la célèbre lettre à Mérimée à propos du « secret » d'*Armance*, qui paraîtra chez Urbain Canel en août 1827.

2. C'est le titre du roman que Madame de Duras n'avait pas imprimé. Son sujet, l'impuissance, fut « volé » par Henri de Latouche, qui publia en 1826 sous ce même titre un récit anonyme qui fut attribué à Madame de Duras. On a enfin un texte fiable de cet ouvrage dans l'admirable édition de Marie-Bénédicte Diethelm, Madame de Duras, *Ourika. Édouard. Olivier ou le secret*, Préface de M. Fumaroli, Folio classique, 2007.

3. *Lettres de L.B. Lauraguais à Madame* [la duchesse d'Urssel] *dans lesquelles on trouve [...] un fragment historique des Mémoires de Mme de Brancas sur Louis XV et Mme de Châteauroux*, Paris, chez Buisson, 1802.

4. *Viz :* « à savoir ».

Page 314.

1. Voir D. Gunnell, *Stendhal et l'Angleterre*, C. Bosse, 1909, p. 198 *sq*. Stendhal avait lu les *Memoirs of Jonathan Swift* (Galignani, 1826), qui sont traduits en français la même année (Charles Gosselin, 2 vol.).

2. Le terme *babilan* vient du prénom de Babilano Pallavicino (1639-1686), un aristocrate de Gênes, dont l'impuissance devint célèbre lors de l'annulation de son mariage avec Anna Pinelli (voir P. Litta, *Le famiglie celebri italiane*, Milan, 1839-1883, t. V, *Pallavicino*, table VI). Voir aussi P. P. Trompeo, *Nell'Italia romantica sulle orme di Stendhal*, Roma, Leonardo da Vinci, 1924, p. 195-213.

3. Allusion à Pellot, dit « le Président », un vieux libertin que Stendhal avait rencontré à Paris, dans le salon de Giuditta Pasta.

4. *Strogonoff :* voir l'étude de F. Michel, « Armance de Zohi-

loff» (1949), reprise dans *Études stendhaliennes*, Mercure de France, 1972, p. 126-131.

Page 315.

1. Madame de Castries (Henriette de la Maillé de La Tour-Landry, 1796-1861), dont Balzac deviendra amoureux.

2. Comédie de Kotzebue (1761-1819), mise en scène à Berlin en 1792 et ensuite applaudie à Paris. Stendhal en parle (sans enthousiasme) dans son *Journal* du 19 décembre 1804 (OI, t. I, p. 162), et dans la *Vie de Rossini*, chap. XXIII, p. 314.

Page 316.

1. *Émile et Sophie ou les Solitaires*, suite inachevée de l'*Émile* de Rousseau, où le protagoniste découvre l'adultère de sa femme. Voir l'édition critique par F.S. Eigeldinger, Paris, Champion, 2007.

127. À SUTTON SHARPE, VERSAILLES, 7 FÉVRIER 1827.

Page 317.

1. Sutton Sharpe, avocat anglais (1797-1843), ami de Stendhal et surtout ami intime de Mérimée.

2. Stendhal était à Paris.

3. C'est-à-dire chez Cuvier. Le grand naturaliste Georges Cuvier (1767-1832) recevait au Jardin du Roi, actuellement Jardin des Plantes.

4. Antoine-Rodolphe Apponyi (1782-1852), ambassadeur d'Autriche.

5. Nicolas Jean-de-Dieu Soult (1769-1851), duc de Dalmatie et maréchal de l'Empire, un des «traîtres» nommés dans *Lucien Leuwen*. En 1827, Soult est devenu un royaliste fervent et Charles X l'élève à la Pairie. Après la révolution de juillet 1830, il se rallie à Louis-Philippe, qui le prend comme ministre de la Guerre.

Page 318.

1. «Ces articles sont traduits ici et j'entends dire avec une certaine approbation».

128. À SUTTON SHARPE, DE MON CHÂTEAU DE BLAYE, 30 AVRIL 1827.

2. À l'occasion du retrait de la loi sur la presse.

Page 319.

1. « Je ne dis rien de la peur d'un auguste personnage » (Charles X).
2. « Je suppose qu'ils ont envoyé vingt ou trente mille francs au *Constitutionnel* ».
3. « Au peuple de crier seulement : Vive le Roi. Ledit *Constitutionnel* ».
4. « Les *Débats*, par crainte de voir le peuple revivre une seconde fois, a fait tout son possible. Cependant la troisième et la septième ».
5. À la Revue générale de la garde nationale que Charles X avait passée le 29 avril, au Champ-de-Mars, et qui avait abouti au licenciement de cette garde.
6. « Sur le Roi ; Le cheval du Roi ».

Page 320.

1. « La peur de la Cour ».
2. « Dites tout cela au Dr Black ».
3. *Rome, Naples et Florence* (1826).

129. À SUTTON SHARPE, RUE D'AMBOISE, 2 JUILLET 1827.

4. Stendhal parle de lui-même et du voyage qu'il entreprendra le 20 juillet.

Page 321.

1. Sophie Duvaucel (1789-1867), belle-fille de Georges Cuvier. Elle a été l'une des amies les plus fidèles de Stendhal.

Page 322.

1. « Les sottes questions ».

130. À SUTTON SHARPE, LIVOURNE, 14 AOÛT 1827.

2. « Mon cher frère ».
3. « L'an dernier ».

131. À ADOLPHE DE MARESTE, FLORENCE, 19 NOVEMBRE 1827.

Page 324.

1. « En tant que poète ». C'est Mareste qui avait présenté Beyle à Lamartine, alors attaché à l'ambassade de France à Florence : « Comment M. de Lamartine jugerait-il de l'esprit ? D'abord il n'en a pas et, en second lieu, il dévore encore deux volumes par jour des plus plats ouvrages [...]. » (HB, p. 543).

2. En fait, Casamicciola.

3. Domenico Fiore (Naples, 1769-Paris, 1848). Réfugié en France après l'échec de la Révolution napolitaine de 1799, il devint ensuite fonctionnaire du gouvernement français. Fiore fut un des meilleurs amis de Stendhal, mais surtout son confident et son « consultant » littéraire le plus intime. Il sera le modèle d'Altamira dans *Le Rouge et le Noir*.

4. Allusion aux articles que Delécluze venait de publier sur le roman *I promessi sposi* (*Les Fiancés*) dans le *Journal des Débats* d'octobre à décembre 1827.

132. À SUTTON SHARPE, PARIS, 23 MARS 1828.

Page 325.

1. Stendhal avait visité la prison du Tasse à Ferrare en décembre 1827.

2. Voir la lettre à Mérimée du 23 décembre 1826.

3. Maria Felicia Garcia, surnommée la Malibran (1808-1836), cantatrice célèbre, un vrai « mythe » pour d'autres écrivains, comme Villiers de l'Isle-Adam et Jules Verne, mais Stendhal lui préférait Giuditta Pasta.

4. Sur la Pasta, voir p. 287, n. 1. Stendhal rencontra Alexandre

Micheroux dans son salon à Paris. Voir le chap. VII des *Souvenirs d'égotisme*.

5. « L'exécrable soif de l'or » (Virgile, *Enéide*, III, 57).

6. Henry Colburn, libraire et éditeur à Londres.

133. À VIOLLET-LE-DUC, 17 NOVEMBRE 1828.

Page 326.

1. Il s'agit d'Emmanuel-Louis-Nicolas Viollet-Le-Duc (1781-1857), beau-frère d'Étienne Delécluze et père de l'architecte.

2. On a pu fixer la date de cette lettre grâce à l'allusion au discours de M. de Barante. Guillaume-Prosper, baron de Barante, homme politique, diplomate et historien (1782-1866), fut reçu à l'Académie française le 20 novembre 1828.

134. À PROSPER MÉRIMÉE, PARIS, 26 DÉCEMBRE 1828.

Page 327.

1. *Roman :* allusion à *La Chronique du règne de Charles IX* que Mérimée devait publier deux mois plus tard.

2. « Je regarde et j'ai toujours regardé mes ouvrages comme des billets à la loterie. Je n'estime que d'être imprimé en 1900. Pétrarque comptait sur son poème latin de l'*Africa* et ne songeait guère à ses sonnets » (*Souvenirs d'égotisme*, OI, t. II, p. 474).

3. Comme déjà H. Martineau, Del Litto se demande justement comment expliquer cette référence à George Sand qui ne se servit de son nom de plume qu'à partir de 1831 (CG, t. III, p. 698).

4. J. Janin, *Dialogue des morts*, dans le *Figaro* du 17 décembre 1828.

Page 328.

1. Sur *Maisonnette*, p. 233, n. 1.

135. À MADAME JULES GAULTHIER,
PARIS, 5 FÉVRIER 1829.

2. Mme Gaulthier (Julie-Cécile de La Bergerie, dite Jules, 1790-1853). Elle soumit en 1833 à Stendhal le manuscrit de son roman *Le Lieutenant*, à l'origine de *Lucien Leuwen*.

136. À ADOLPHE DE MARESTE, 5 MARS 1829.

Page 329.

1. *Promenades dans Rome* est publié chez Delaunay et mis en vente le 5 septembre 1829.

137. À DAVID D'ANGERS,
PARIS, 24 JUILLET 1829.

2. En fait, David d'Angers a gravé *Henry* et non *Henri* sur le médaillon qui ne sera coulé en bronze qu'en 1833.

138. À SUTTON SHARPE,
VERSAILLES, 10 JANVIER 1830.

Page 330.

1. En réalité, la « bataille » d'*Hernani* eut lieu le 25 février.

139. À MADEMOISELLE SOPHIE DUVAUCEL,
JANVIER 1830.

2. Voir p. 321, n. 2.
3. François Ier, roi des Deux-Siciles.
4. Il faudrait dire : « Farò ricorso ».

140. À ADOLPHE DE MARESTE, FÉVRIER 1830.

Page 331.

1. *Contes d'Espagne et d'Italie* avait été annoncé par la *Bibliographie de la France* le 9 janvier 1830.

141. À MADEMOISELLE SOPHIE DUVAUCEL, 7 MARS 1830.

2. Le peintre anglais Thomas Lawrence, né en 1769, venait de mourir à Londres le 7 janvier 1830. Cet élève de Joshua Reynolds avait dessiné un portrait de Sophie Duvaucel, actuellement au Louvre.

3. Il s'agit dans tout ce passage de Prosper Mérimée. *Le Vase étrusque* venait de paraître dans la *Revue de Paris* en janvier 1830 ; l'article sur Lord Byron dans le *National* du 7 mars.

4. Mérimée est également l'auteur d'une *Histoire de Rondino*, un brigand piémontais dont l'histoire passionne Stendhal (*Voyages en Italie*, p. 1245-1246).

5. Eugène Chevreul fut nommé professeur au Muséum le 7 février 1830. Beyle songeait à un poste de bibliothécaire.

143. À MADEMOISELLE SOPHIE DUVAUCEL, 23 MARS 1830.

Page 333.

1. Lamartine fut élu à l'Académie française le 5 novembre 1829 au fauteuil laissé vacant par Pierre Daru. Il fut reçu par Georges Cuvier le 1er avril 1830 (et non le 10 avril).

2. On sait que Lamartine refusa le poste de ministre plénipotentiaire en Grèce, quand Charles X dut reprendre le chemin de l'exil.

3. E.T.A. Hoffmann, *Le Conseiller Krespel ou le violon de Crémone* (1818).

144. À SAINTE-BEUVE, 26 MARS 1830.

Page 334.

1. De Sainte-Beuve évidemment.
2. Robert Southey (1774-1843), *La Vie de Nelson* (1813).
3. Étienne Maurice Falconet (1716-1791). Son œuvre la plus célèbre est la statue équestre de Pierre le Grand, exécutée à Saint-Pétersbourg pour Catherine II.
4. Marie Desmares, dite la Champmeslé (1642-1698). C'est dans la dédicace de sa fable *Belphégor* (XII, 27) à la célèbre actrice que La Fontaine écrit les vers que Stendhal cite avec quelques inexactitudes : « [...] La nuit des temps : nous la saurons dompter / Moi par écrire, et vous par réciter ».

145. À MADAME JULES GAULTHIER, PARIS, 16 MAI 1830.

Page 335.

1. C'est ainsi que Stendhal parle parfois de lui-même à la troisième personne, surtout pour parler de l'écrivain : « Tel est l'animal nommé écrivain. » (OI, II, p. 512) ; « le vrai métier de l'animal est d'écrire un roman dans un grenier » (CG, IV, p. 541 ; CG, V, p. 470).

146. À SUTTON SHARPE, PARIS, 15 AOÛT 1830.

Page 336.

1. Stendhal avait accueilli avec enthousiasme la Révolution de juillet. « Je fus ravi par les journées de Juillet, je vis les balles sur les colonnes du Théâtre-Français, fort peu de danger de ma part ; je n'oublierai jamais ce beau soleil, et la première vue du drapeau tricolore [...] » (HB, p. 540).

147. À SAINTE-BEUVE, 29 SEPTEMBRE 1830.

Page 337.

1. Beyle reçoit sa lettre de service le 13 octobre.

148. À LEVAVASSEUR, PARIS, NOVEMBRE 1830.

2. Les épreuves du *Rouge et Noir*.
3. Jules Janin (1804-1874) écrira un long article sur le roman de Stendhal dans les *Débats* du 26 décembre 1830.

Page 338.

1. Il s'agit de Henri de Latouche. Voir p. 313, n. 2.

149. À DANIELLO BERLINGHIERI, PARIS, 6 NOVEMBRE 1830.

2. Daniello Berlinghieri (1761-1838), ministre de Toscane à Paris, tuteur de Giulia Rinieri. Stendhal lui a adressé sa demande de mariage le jour même où il partait pour Trieste.

150. À DOMENICO FIORE, TRIESTE, 24 DÉCEMBRE 1830.

Page 339.

1. Voir p. 324, n. 3.
2. Boileau, *Satire I*, v. 34 (à une virgule près : « ici, puisque »).
3. Voir p. 231, n. 1.

Page 340.

1. Nommé pair de France par Decazes en 1819, Antoine-Maurice-Apollinaire d'Argout (1782-1858), qui s'était accommodé fort bien de la monarchie de Juillet, était alors ministre de la Marine et des Colonies. Voir *Souvenirs d'égotisme* : « Le

comte d'Argout, mon camarade quand nous étions au Conseil d'État, très brave, travailleur impitoyable, mais sans nul esprit, était pair de France en 1821 » (*op. cit.*, p. 441).

151. À MADAME VIRGINIE ANCELOT, TRIESTE, 1er JANVIER 1831.

Page 343.

1. Née Marguerite-Louise-Virginie Chardon (1792-1875), épouse de Jacque-Ardène-François-Polycarpe Ancelot. Stendhal est resté lié avec elle jusqu'à sa mort.

152. À ADOLPHE DE MARESTE, CORFOU, 4 DÉCEMBRE 1830 [TRIESTE, 4 JANVIER 1831].

Page 345.

1. « Je date toujours d'un mois en arrière. » Les faux lieux et les fausses dates sont des expédients pour échapper à la curiosité de la police autrichienne.

2. « À Mme Azur [Alberthe de Rubempré] et à ma sœur ». « Mme Azur, catin non sublime, à la Du Barry », lit-on dans la *Vie de Henry Brulard*, p. 545. Alberthe (née Alberte-Alexandrine Barsault, 1804-1873) habitait à Paris rue Bleue, d'où le nom de Mme Azur. Elle était la cousine d'Eugène Delacroix. Après Beyle, elle a été la maîtresse de Mérimée et enfin de Mareste : « Celui à qui, plus tard, j'inoculai d'une manière si plaisante mon amour frénétique pour Mme Azur dont il est depuis deux ans l'amant fidèle (et, ce qui est plus comique, il l'a rendue fidèle) » (*Souvenirs d'égotisme*, p. 439).

153. À MADEMOISELLE SOPHIE DUVAUCEL, CORFOU, 4 DÉCEMBRE 1830 [TRIESTE, 4 JANVIER 1831].

3. Isabella Teotochi comtesse Albrizzi (1760-1836), animatrice d'un célèbre salon littéraire à Venise, auteur de *Ritratti*

(1807), où elle décrit artistes et hommes de lettres comme Ippolito Pindemonte, Antonio Canova et Ugo Foscolo (avec qui elle eut une relation amoureuse). Isabella Teotochi fut aussi la maîtresse de Dominique Vivant Denon qui lui adressa les *Lettres à Bettine* (rééd. Actes Sud, 1999).

Page 346.

1. Le 4 décembre 1830, le *Journal des Débats* avait annoncé que Metternich refusait « l'*exequatur* à M. Bayle de Stendhal (sic !) », d'où l'allusion au « mariage » des deux noms : du diplomate et de l'écrivain.

Page 347.

1. Alexis Paulin Paris (1800-1881), conservateur adjoint de la Bibliothèque royale, historien de la littérature du Moyen Âge, professeur au Collège de France de 1853 à 1872, père du grand médiéviste Gaston Paris, qui lui succéda. Sa traduction des *Œuvres complètes* de Byron (13 vol.) a été publiée chez Dondey-Dupré en 1830-1831.
2. « Je date toujours d'un mois en arrière. »
3. Mérimée, auteur du *Théâtre de Clara Gazul*, qui est nommé aussi *Academus*.

154. À ADOLPHE DE MARESTE, CORFOU, 17 DÉCEMBRE 1830 [TRIESTE, 17 JANVIER 1831].

Page 348.

1. Mérimée évidemment.
2. « De ce pays » : désigne la police autrichienne.
3. *Lady Morgan :* de son vrai nom Sydney Owenson (1775-1859), nouvelliste irlandaise. Allusion probable à son étude sur *La France sous la Restauration des Bourbons* (Paris et Londres, Treuttel et Würtz, 1817, 2 vol.), ouvrage accusé de jacobinisme et de falsification. On doit rappeler que Lady Morgan avait utilisé le mot *égotisme* dans son *Livre du boudoir*. (Voir M. Di Maio, *Stendhal. Intérieurs*, Didier Érudition, 1999, p. 65-77.)

Page 349.

1. Encore Mérimée.
2. Voir p. 345, n. 2.

3. Mme Milesi. Lecture douteuse.
4. Mme Ancelot.
5. « Du blé ».

Page 350.

1. « Le grand citoyen sera tout dans six mois ». Il s'agit de Lafayette.

Page 351.

1. Comme le remarque H. Martineau, en 1829, à la mort du pape Léon XII, qui sera suivi par Pie VIII, Pastoret, ancien collègue de Beyle au Conseil d'État, avait demandé à ce dernier pour la remettre au roi Charles X une note sur les cardinaux papables Voir p. 172, n. 1 [Lettre du 10 décembre 1810].

Page 352.

1. Allusion à Mary de Neuville, dont Stendhal s'est inspiré pour le personnage de Mathilde de la Mole dans *Le Rouge et le Noir*.
2. *Mammouth* est Cuvier.

Page 353.

1. Hyacinthe Camille Odilon Barrot (1791-1873), avocat, homme politique et auteur d'ouvrages de réflexions juridiques. Entré dans la vie politique en 1830, il se ralliera à la Deuxième République et sera nommé chef du gouvernement (décembre 1848-octobre 1849).
2. *Mon frère :* Louis-Philippe.
3. Guizot. Il n'est pas besoin de rappeler qu'on retrouvera ces allusions cryptiques et ces jeux de mots dans les marges de *Lucien Leuwen*.
4. Eugène Delacroix.
5. Louis-Mathieu Molé (1781-1855). Ministre sous Napoléon, sous la Restauration (de 1817 à 1819), plusieurs fois sous Louis-Philippe, Président du Conseil (de 1836 à 1839). Auteur des *Essais de Morale et de Politique*. Élu à l'Académie française le 20 février 1840. Domenico Fiore et Mme Victor de Tracy avaient obtenu de lui que Beyle fût nommé consul.

Page 354.

1. Quinze mille francs (d'émoluments de Stendhal à Trieste).

155. À MADEMOISELLE SOPHIE DUVAUCEL, TRIESTE, 20 JANVIER 1831.

2. François-Désiré Roulin (1796-1874), futur bibliothécaire à l'Institut en 1836.
3. *Rhapsodie* : *Le Rouge et le Noir*.

Page 355.

1. Corneille, *Cinna*, acte II, sc. 1.
2. Charles-François Brisseau de Mirbel (1776-1854), illustre botaniste et homme politique. Il avait obtenu une chaire au Muséum, après la chute du cabinet Decazes, son protecteur.
3. « C'est-à-dire discret ».

156. À DOMENICO FIORE, VENISE, 25 JANVIER 1831.

Page 356.

1. Giovanni Battista Velluti (1781-1861), le dernier des grands castrats. Voir le chapitre XXI de la *Vie de Rossini*.
2. Il s'agit du compositeur vénitien Giovan Battista Peruchini (1784-1850).
3. Allusions à Giuditta Pasta : *Judith*, « mangeant de la Pasta » (des pâtes). Enfin, le Carcano est un théâtre milanais moins important que la Scala.
4. « Notre protecteur » est le comte Molé, ministre des Affaires étrangères de Louis-Philippe.
5. « Les Bulletins ». Allusion au conclave qui élira Grégoire XVI (Bartolomeo Cappellari) le 2 février 1831.

157. À MADAME ALBERTHE DE RUBEMPRÉ, CORFOU [TRIESTE], 6 FÉVRIER 1831.

Page 358.

1. *La baronne Apelle :* la baronne Gérard, femme du peintre.

Page 359.

1. Eugène Delacroix.

158. À ADOLPHE DE MARESTE, CORFOU, 26 ET 27 JANVIER [TRIESTE, 26 ET 27 FÉVRIER 1831].

2. En fait, *bora,* vent du nord très fort, typique de Trieste.

Page 360.

1. « On a voulu avoir d'abord l'*exequatur* du pape ».
2. Stendhal donne ici l'explication du surnom qu'il donne à Civitavecchia.

159. À MADAME VIRGINIE ANCELOT, CORFOU, 1er FÉVRIER [TRIESTE, 1er MARS 1831].

Page 361.

1. Le 14 février 1831, lors du service célébré à Saint-Germain-l'Auxerrois pour commémorer l'assassinat du duc de Berry, l'église fut pillée et dévastée.
2. A. Dumas, *Napoléon Bonaparte ou trente ans de l'histoire de France,* drame en six actes (Odéon, 10 février 1831).

160. À ADOLPHE DE MARESTE, CORFOU, 1er FÉVRIER [TRIESTE, 1er MARS 1831].

Page 362.

1. Lafayette.
2. Apollinaire d'Argout.
3. « Il porterait les armées à deux lieues de la frontière ».

Page 364.

1. *Zotgui* désigne Guizot.

Page 365.

1. « Tout ceci me rend rêveur sur une lettre du comte de… ».

161. AU COMTE D'ARGOUT, TRIESTE, 17 MARS 1831.

Page 366.

1. Alexandre Corréard, ingénieur et géographe, un des rescapés du naufrage de la *Méduse* (1816). Il publia, avec Jean-Baptiste Savigny, une *Relation* de ce célèbre naufrage (1817), qui eut un grand retentissement (voir la rééd. en Folio classique, 2005).

162. À MADAME ALBERTHE DE RUBEMPRÉ, CORFOU, 19 FÉVRIER 1831 [TRIESTE, 19 MARS 1831].

Page 367.

1. République.

Page 368.

1. À côté du plus connu, Palma il Vecchio (1460-1552) et de deux autres peintres de l'école vénitienne, Bonifacio de' Pitati, dit Bonifacio Veronese (1487-1583) et Giovanni Antonio de' Sacchis, dit Le Pordenone (1484-1539), le peintre de l'école romaine Carlo Maratta ou Maratti (1625-1713). Remarquons que, dans l'*Histoire de la peinture en Italie*, Stendhal se borne à citer ces peintres.

Page 369.

1. Delacroix.

163. À MADEMOISELLE SOPHIE DUVAUCEL, 28 AVRIL 1831.

Page 370.

1. Benjamin-Barthélemy Dejan, né en 1804, préfet de l'Aude en 1830. Il a inspiré le personnage du préfet Fléron dans *Lucien Leuwen*.

Page 371.

1. Mme Pastoret, Rumfort.

Page 372.

1. La Fayette.
2. Le 21 mars 1831, les Autrichiens étaient entrés à Bologne pour réprimer l'insurrection des libéraux, qui en voulurent à la France de ne pas les avoir soutenus (note de Martineau).

Page 373.

1. *Le père Duchesne*, puis *Le père Duchêne*, quotidien français publié durant la Révolution (principal rédacteur J. Hébert). Ce titre a été repris au XIXe siècle, notamment en 1848 et pendant la Commune.
2. « De la docte corporation ».

164. À ADOLPHE DE MARESTE, NAPLES, 11 AVRIL [CIVITA-VECCHIA, 11 MAI 1831].

Page 374.

1. Comme il le faisait à Trieste, Stendhal antidate cette lettre d'un mois.
2. « Horace [Vernet], sa femme, son père et sa fille ». Vernet dirigeait alors la Villa Médicis.

165. À MADAME CUVIER, CIVITA-VECCHIA, 25 DÉCEMBRE 1831.

Page 375.

1. Cuvier venait d'être nommé pair de France le 19 novembre 1831.

Page 376.

1. Les Cuvier recevaient le samedi au Jardin des Plantes.

166. À DOMENICO FIORE,
NAPLES, 14 JANVIER 1832.

Page 379.

1. Just-Pons-Florimonde de Fay, marquis de Latour-Maubourg (1781-1837), alors ambassadeur de France à Naples. Il sera chargé de l'Ambassade à Rome, poste qu'il occupera jusqu'à sa mort.

2. François 1er.

3. Antoinette-Eugénie-Anne de La Ferronnays (1813-1842), épouse d'Auguste de La Ferronnays, ancien ambassadeur de France à Rome.

Page 380.

1. Les *Discours historiques* de Chateaubriand, parus en 1831.

Page 381.

1. Voir p. 178, n. 1. Allusion au rôle d'Araminte dans *Les Fausses confidences* de Marivaux.

2. Lord Acton (1736-1817) avait été premier ministre de Naples sous Ferdinand IV.

3. Mosaïque découverte à Pompéi le 24 octobre 1831.

Page 382.

1. Le sculpteur danois Bengt Fogelberg (1786-1854), nommé aussi dans *La Chartreuse de Parme*.

2. Dijon est le pseudonyme du comte Molé à qui ce buste fut légué après la mort de Beyle.

3. C'est ainsi que Stendhal appelait son ami Domenico Fiore. *Paglietta* signifie avocat en dialecte napolitain.

4. Stendhal rédige les *Souvenirs d'égotisme* du 20 juin au 4 juillet 1832 ; il commence la *Vie de Henry Brulard* le 23 novembre 1835.

5. Voir p. 314, n. 3.

Page 383.

1. Comme le remarquent les éditeurs de la CG (t. IV, p. 339), cette phrase latine est un non-sens.

167. À ADOLPHE DE MARESTE, CIVITAVECCHIA, 11 JUIN 1832.

2. Romain Colomb.

3. *Mon neveu :* Stendhal parle de lui-même et de son déplacement en Angleterre ou en Espagne, par des allusions au personnage de Jaques dans *As You Like It* de Shakespeare et à *Don Quichotte.*

Page 384.

1. *Mero* est évidemment l'anagramme de Rome.

2. Abraham Constantin (1785-1855) peintre genevois sur émail et porcelaine. De 1831 à 1839, il a partagé, à plusieurs reprises, son logement avec Stendhal à Rome. Il a écrit, avec lui, *Idées italiennes sur quelques tableaux célèbres,* ouvrage publié à Florence en 1840 sous la signature du seul Constantin.

3. Le palais Caetani, via delle Bottteghe Oscure.

4. Le comte de Saint-Aulaire, ambassadeur à Rome.

5. Horace Vernet.

Page 385.

1. *Conean :* Ancône.

168. À DOMENICO FIORE, CIVITA-VECCHIA, 12 JUIN 1832.

2. Il s'agit de la mort de Mme Élisabeth de Champlâtreux (1812-1832), fille du comte Molé et mariée au comte de la Ferté Meun.

Page 386.

1. Les *Souvenirs d'égotisme.*

169. À M. DUPUY, IMPRIMEUR-LIBRAIRE, CIVITA-VECCHIA, 23 JUIN 1832.

Page 387.

1. Allusion à la nouvelle *Mina de Vanghel.*

170. À ALEXANDRE TOURGUÉNIEF, 6 DÉCEMBRE 1832.

Page 388.

1. Alexandre Ivanovitch Tourguénieff (1785-1846), écrivain russe, venait d'arriver à Rome le 5 décembre.

2. La première partie de l'*Histoire romaine* de Michelet avait été publiée en 1831. Stendhal en possédait un exemplaire. Autres historiens auxquels il fait allusion : Louis de Beaufort (1703-1795) auteur notamment d'une *Dissertation sur l'incertitude des cinq premiers siècles de l'histoire romaine* (1738), et Berthold Georg Niebuhr (1776-1831).

171. À DOMENICO FIORE, ROME, 20 JANVIER 1833.

Page 389.

1. Le comte de Saint-Aulaire avait été remplacé par le marquis de Latour-Maubourg.

2. Voir p. 382, n. 2.

3. La graphie correcte est *amareggiato* (attristé).

4. *Vetturino* : voiturier.

172. À ROMAIN COLOMB, 25 FÉVRIER 1833.

Page 390.

1. Périer-Lagrange.

2. Domenico Fiore.

3. 71, rue de Richelieu, à Paris.

4. Pietro Manzi (1785-1839), avocat et archéologue, ami de Beyle à Civitavecchia.

173. À MADEMOISELLE GIULIA RINIERI, 20-21 AVRIL 1833.

Page 391.

1. Sophie est le pseudonyme de Giulia Rinieri.

Page 392.

1. Note de Stendhal en marge du brouillon de cette lettre : « Rome, le 21 avril 1833. Écrit le 20 avril samedi, ma lettre arrivera mardi ou mercredi prochain vers le 24. J'ai adouci ce brouillon et rendu plus amical. »

177. AU DUC DE BROGLIE, CIVITA-VECCHIA, 22 FÉVRIER 1834.

Page 396.

1. Achille-Charles-Léonce-Victor duc de Broglie (1785-1870), ancien collègue de Beyle au Conseil d'État, époux d'Albertine de Staël, fille de Mme de Staël. Sous la Monarchie de Juillet, il fut d'abord ministre de l'Instruction publique (1830) ; puis ministre des Affaires étrangères (1832), et président du Conseil en 1835.

Page 397.

1. Lysimaque Caftangiu-Oglou Tavernier né à Salonique en 1805. Stendhal eut bientôt à se repentir de l'avoir proposé pour occuper le poste de chancelier au consulat de Civitavecchia. Voir L. Tavernier, *Lettere a Stendhal*, raccolte e illustrate da R. Ghigo Bezzola, Fasano, Schena/Paris, Nizet, 1991.

178. À MADAME JULES GAULTHIER, CIVITA-VECCHIA, 4 MAI 1834.

Page 398.

1. En octobre 1833, Mme Gaulthier remet à son ami *Le Lieutenant* (dont le manuscrit a disparu) pour qu'il lui donne son avis. On sait que Stendhal s'en est inspiré pour écrire la

première partie de *Lucien Leuwen*. Le roman de Mme Gaulthier, « infâme dans la lecture », lui fournit le point de départ dont il a toujours besoin. Quelques jours plus tard, il décide de « ne pas send it to Mme Jules, mais d'en make un opus ». La décision est presque immédiate : c'est dans la nuit du 8 au 9 mai qu'il dresse le premier plan de *Leuwen*.

179. À LYSIMAQUE TAVERNIER, ROME, 7 JUIN 1834.

Page 400.

1. *Baldrini* : en fait Luigi Boscaini, chancelier du consulat de Civitavecchia.

182. À MADEMOISELLE SOPHIE DUVAUCEL, CIVITA-VECCHIA, 28 OCTOBRE 1834.

Page 404.

1. Allusion au chant XXVIII, 24, du *Roland furieux* de l'Arioste, où il est question de l'histoire de l'infortuné Joconde : « Ils croyaient qu'il s'était éloigné d'eux pour aller à Rome, et il était allé à Corneto ». L'expression *andare a Corneto* est employée pendant la Renaissance pour signifier « être cocu » (*cornuto* en italien).

183. À DOMENICO FIORE, CIVITA-VECCHIA, 1er NOVEMBRE 1834.

Page 406.

1. Domenico Fiore lui-même.
2. La comtesse de Castellane (1796-1847).
3. Voir la lettre au même Fiore du 14 janvier 1832.

Page 407.

1. « Je l'ai acheté. »

2. Guizot lui avait promis la Légion d'honneur en 1833 et n'avait pas encore tenu sa promesse.

Page 408.

1. Madame de Castellane.

185. À MADAME JULES GAULTHIER, CIVITA-VECCHIA, 8 NOVEMBRE 1834.

Page 411.

1. Voir la lettre du 4 mai 1834.

186. À SAINTE-BEUVE, CIVITA-VECCHIA, 21 DÉCEMBRE 1834.

Page 413.

1. *Secca :* banc de sable.

Page 414.

1. Ovide, *Les Tristes*, liv. V, élégie X, v. 37. Le texte exact est : *Barbarus hic ego sum, quia non intelligor ulli* (Je suis ici un barbare, puisque personne ne me comprend). Il y a pourtant des éditions où paraît *illis*, variante reprise notamment par Rousseau, qui a rendu célèbre cette citation.

2. Charles Magnin (1793-1892), conservateur à la Bibliothèque royale, critique au *Globe* et puis au *National*.

3. Le roman de Sainte-Beuve a été publié en juillet 1834 (Paris, Renduel, 2 vol., in 8°).

Page 415.

1. Allusion aux manuscrits italiens qui sont à l'origine des nouvelles couramment recueillies sous le titre de *Chroniques italiennes*. Stendhal les avait trouvés à Rome dans une bibliothèque privée (peut-être de la famille Caetani). On voit que dans cette lettre, il pense à un recueil intitulé *Historiettes romaines*, titre qui disparaît par la suite. En fait, il ne réunira que trois de ses pseudo-traductions sous le titre de l'*Abbesse de Castro* (Dumont, 1839), avec *Vittoria Accoramboni* et *Les Cenci*.

2. C'est un des titres envisagés pour *Lucien Leuwen*. Voir la lettre à Mme Jules Gaulthier du 4 mai 1834.

Page 417.

1. Probablement M. de Salvandy (Narcisse-Achille, comte de, 1795-1856), homme politique et écrivain.

187. À MADAME DUCREST DE VILLENEUVE, [4 MARS 1835].

2. Après la mort de Cuvier, Sophie Duvaucel avait épousé l'amiral Ducrest de Villeneuve en 1834.

3. « Je ne marie plus » : Beyle avait demandé en mariage Mlle Vidau, âgée de vingt ans, petite-fille d'un ancien consul de France à Civitavecchia.

Page 418.

1. « Quand le mari s'en est plaint au mari de la plus impertinente, le célèbre prince [...] »

2. Il s'agit de Poyferré de Cère, fille du maire de Mont-de-Marsan.

3. Ducrest de Villeneuve était préfet maritime de Lorient.

Page 419.

1. Ce roman est *Lucien Leuwen*.

188. AU DOCTEUR PRÉVOST, ROME, 8 MARS 1835.

2. Médecin genevois, ami d'Abraham Constantin.

189. AU DUC DE BROGLIE, CIVITA-VECCHIA, 8 AVRIL 1835.

Page 420.

1. Voir p. 396, n. 1.

Page 424.

1. « Je meurs d'envie de revoir l'Opéra à Venise ».
2. « Saluez-les de ma part ».

190. À DOMENICO FIORE, CIVITA-VECCHIA, AVRIL 1835.

Page 425.

1. Voir la lettre du 16 mai 1830.

Page 426.

1. Alberthe de Rubempré.

191. À DOMENICO FIORE, ROME, 15 AVRIL 1835.

2. Le 10 avril 1825, Paul-Louis Courier mourut assassiné d'un coup de fusil.

Page 427.

1. Titre envisagé pour *Lucien Leuwen*.
2. Le duc de Broglie.
3. Une des phrases les plus célèbres de Stendhal, opposant son adoration pour Milan [« mille ans »] au mariage [« matrimonio »] « sans musique » avec Rome.
4. *Furia francese :* folie française.
5. Allusion au projet de mariage avec Mlle Vidau. Voir p. 417, n. 3.

192. AU DUC DE BROGLIE, CIVITA-VECCHIA, 19 MAI 1835.

Page 428.

1. Grégoire XVI.
2. Voir G.F. Grechi, « Stendhal et monsignor Sebregondi », dans *Stendhal, Roma, l'Italia*, Roma, Ed. di Storia e letteratura, 1985, p. 115-124.

Page 429.

1. Gaetano Moroni (1802-1883), érudit et bibliophile, était le colonel des gardes du pape.

194. À DOMENICO FIORE, ROME, 16 AOÛT 1835.

Page 431.

1. *M. Dijon :* le comte Molé. Voir p. 382, n. 2.

195. À ALBERT STAPFER, CIVITA-VECCHIA, 27 SEPTEMBRE 1835.

Page 432.

1. *Stapfer :* voir la lettre du 8 août 1823, p. 286, n. 1.
2. Comme le remarque Del Litto (CG, t. V, p. 617), il s'agit de Pietro Manzi, qui avait publié une traduction en italien de Thucydide (*Gli otto libri della storia di Tucidide*, Milano, 1832, 2 vol.). Sur Manzi voir p. 390, n. 4.
3. « Demain nous reprendrons notre chemin sur la mer immense » (Horace, *Odes*, I, 7, 32).

Page 433.

1. Sur la Pasta, voir p. 287, n. 1.
2. Encore *Lucien Leuwen*.
3. « Tant que pour vivre je serai obligé de servir le Budget, je ne pourrai *print it*, ce que le Budget déteste le plus, c'est qu'on fasse semblant d'avoir des idées » (Testament du 17 février 1835, dans le manuscrit de *Lucien Leuwen*).
4. Autre allusion aux sources des *Chroniques italiennes*. Voir aussi la lettre suivante.
5. Stendhal se réfère à la *Vita de don Ruggiero*, bâtard de la famille Caetani. Il s'agit d'un manuscrit très volumineux, qu'il n'exploitera jamais.
6. Le sculpteur Jean-Louis Nicolas Jaley (1802-1866). La main de Beyle avait servi de modèle pour la statue de Mirabeau (Palais-Bourbon).
7. Valet roué de la comédie latine.
8. Talleyrand.

196. À ALPHONSE LEVAVASSEUR, CIVITA-VECCHIA, 21 NOVEMBRE 1835.

Page 434.

1. Encore les vieux manuscrits, qui sont à l'origine des *Chroniques italiennes*.

Page 435.

1. La *Vie de Henry Brulard*, commencé le 23 novembre 1835.

197. À MADAME JULES GAULTHIER, CIVITA-VECCHIA, 14 MARS 1836.

Page 436.

1. *Mme Tascher:* Amélie-Clémentine Maulgué d'Avrainville (1797-1869), épouse du comte Jean-Samuel-Ferdinand de Tascher, pair de France.

2. Mme Rougier de la Bergerie, mère de Mme Gaulthier, était morte le 14 septembre 1835.

Page 437.

1. Fieschi, auteur de l'attentat contre Louis-Philippe du 28 juillet 1835, avait été exécuté le 19 février 1836.

2. Giacinto Placido Zurla (1769-1843), cardinal et vicaire général du pape Grégoire XVI.

Page 438.

1. La fille aînée du comte Daru avait épousé le comte, plus tard marquis d'Oraison.

2. On connaît l'admiration de Stendhal pour Benvenuto Cellini. Il était un lecteur passionné de son autobiographie, la *Vita*, qu'il évoque très souvent et qui aura beaucoup d'importance lors de la création de *La Chartreuse de Parme*. Voir notre préface à l'édition Folio classique, 2003.

199. À MADAME JULES GAULTHIER, PARIS, 1er NOVEMBRE 1836.

Page 440.

1. Caroline Murat, ex-reine de Naples, sœur de Napoléon.

Page 441.

1. C'est le nom sous lequel voyageait Caroline Murat : anagramme de Naples (Napoli).

200. À ADOLPHE DE MARESTE, PARIS, 9 JUILLET 1837.

Page 442.

1. Cet article se trouve dans les *Mémoires d'un touriste*, à la date Lyon, le 22 mai.

201. À ABRAHAM CONSTANTIN, PARIS, 11 JUILLET 1837.

Page 443.

1. Le baron Isidore-Justin-Séverin Taylor (1789-1879) dit le Baron Taylor, inspecteur des Beaux-Arts en 1838.

202. À ROMAIN COLOMB, PARIS, 10 JANVIER 1838.

Page 445.

1. Les frères cadets.

203. À G...C..., PARIS, 20 JANVIER 1838.

Page 446.

1. « Quoique non demandé ».

Page 447.

1. « M. G...C... avait communiqué à Beyle le premier chant d'une suite au *Don Juan* de lord Byron, en lui demandant ses observations et ses critiques. Ce chant a paru dans le journal *l'Illustration*, mai 1843 » (Note de R. Colomb).

2. À ce propos on lira avec profit le prologue de la nouvelle italienne *Les Cenci*, que Stendhal avait publiée en 1837, où l'auteur reprend d'une façon tout à fait originale la tradition liée au personnage de Don Juan. C'est dans ce prologue qu'on trouve des allusions à Gilles de Rais (et à Sade).

3. Armand Louis de Gontaut-Biron (1744-1793), duc de Lauzun, puis duc de Biron, condamné à mort par le tribunal révolutionnaire et guillotiné le 31 décembre 1793. Ses *Mémoires* furent publiés en 1822.

204. À G...C..., PARIS, 19 FÉVRIER 1838.

Page 449.

1. Sur Saint-Simon, voir p. 100, n. 1.

2. On doit rappeler que Stendhal était un lecteur de Jeremy Bentham (1748-1832), et surtout d'Helvétius (1715-1771), dont *De l'Esprit* parut en 1758. Rappelons, en outre, que Jean-Hérault de Gourville (1625-1703) est l'auteur de *Mémoires* (1702), que Françoise de Motteville (1615-1683) a écrit des *Mémoires pour servir à l'histoire d'Anne d'Autriche*. Rappelons enfin que Mathilde de la Mole est une lectrice passionnée de d'Aubigné et de Brantôme (*Le Rouge et le Noir*, II, 10).

205. À DOMENICO FIORE, BORDEAUX, 24 MARS 1838.

Page 450.

1. Voir p. 464, n. 1.

206. À DOMENICO FIORE, STRASBOURG, 2 JUILLET 1838.

Page 452.

1. Les *Mémoires d'un touriste,* de toute évidence.

207. À DOMENICO FIORE, PARIS, 13 AOÛT 1838.

Page 453.

1. Sur les propriétés de l'écorce ainsi que de l'extrait du (ou de la) *monesia,* voir la *Notice sur le monesia,* Paris, Moulde et Renou, 1839, et *Journal de Pharmacie et de Chimie,* V, 1, janvier 1844, p. 63 *sq.*

2. Jean Palaprat (1650-1721), auteur dramatique, lié au duc de Vendôme.

208. AU COMTE CINI, 3 JANVIER 1839.

Page 454.

1. Le comte Filippo Cini (1805-1873) et sa femme, Giulia Prosperi Buzzi, furent les amis les plus fidèles de Beyle à Rome. On doit sans doute identifier la comtesse Cini avec cette mystérieuse Earline que Stendhal courtise en 1840. Le couple Cini est souvent désigné sous le pseudonyme de Sandre (du latin *cinis,* cendre).

Page 456.

1. Don Michelangelo et son frère, don Filippo Caetani (1805-1864). La famille Caetani est une des plus anciennes de Rome. C'est dans leur palais (via delle Botteghe Oscure) que Stendhal a probablement trouvé (mais il n'y a aucune certitude) les manuscrits italiens qui inspirent les *Chroniques italiennes.*

Page 457.

1. Élisabeth Félix, dite Rachel (1820-1858), célèbre tragé-

dienne, avait débuté au Théâtre Français dans *Horace* de Corneille, le 24 septembre 1837.

209. À MADAME JULES GAULTHIER, PARIS, 21 MARS 1839.

Page 458.

1. La femme courageuse est la comtesse Tascher.
2. Ce mardi-là, 26 mars 1839, Beyle devait achever la correction des épreuves de *La Chartreuse de Parme*.
3. *Faust apercevant Marguerite pour la première fois* d'Ary Scheffer (1795-1858).

Page 459.

1. Horace Vernet exposa trois grands tableaux sur le siège de Constantine en octobre 1837.

Page 460.

1. Delacroix exposa deux tableaux au Salon : *Cléopâtre et le paysan* et *Hamlet et Horacio devant le fossoyeur*. Sur les autres peintres, cités dans cette lettre, des « ouvriers habiles, mais dépourvus d'esprit et encore plus d'âme », voir Stendhal, *Salons*, Édition, introduction et notes de S. Guégan et M. Reid, Le Promeneur, 2002, p. 175-177.

210. À HONORÉ DE BALZAC, PARIS, 29 MARS 1839.

2. C'est par cette lettre que commence l'échange épistolaire sur la *Chartreuse* entre les deux écrivains. Avant son départ pour Civitavecchia, qui eut lieu le 24 juin 1839, Stendhal écrira encore à Balzac : « Fabrice a passé plusieurs fois et se trouve bien marri de quitter Paris sans voir Monsieur de Balzac. Cet homme aimable est prié de se souvenir qu'il a un admirateur, et l'on ose ajouter un ami à Civita-Vecchia » (CG, t. VI, p. 199).

211. À MADAME ROMAIN COLOMB, PARIS, 9 JUIN 1839.

Page 462.

1. « Comme nous en sommes convenus tous trois » (Note de Romain Colomb).

213. À MADEMOISELLE EUGÉNIE GUZMAN Y PALAFOX, CIVITA-VECCHIA, 10 AOÛT 1840.

Page 464.

1. Beyle fréquentait assidûment le salon de la comtesse de Montijo et ses deux filles adolescentes, Paca, qui allait devenir la duchesse d'Alba, et Eugénie la future impératrice des Français.

Page 465.

1. En fait, le 27 octobre 1806.
2. Benedetto Varchi (1503-1565), littérateur, philologue et historien, fut l'auteur de *Storia fiorentina* (1527-1530), traduit en français en 1764.
3. Francesco Ferrucci (1489-1530), condottiere au service de la République de Florence. Blessé à mort durant le siège de sa ville par Charles V et ses alliés, il fut tué contre toutes les règles de la chevalerie. « Lâche, tu tues un homme mort », s'écria-t-il face à son assassin, des mots que justement Varchi a rendus célèbres.

214. À HONORÉ DE BALZAC, [CIVITA-VECCHIA], 16 OCTOBRE 1840.

Page 467.

1. Dès la fin du mois de mars 1839, ayant lu le récit de la bataille de Waterloo dans *Le Constitutionnel* du 17, Balzac avait adressé à Stendhal une lettre enthousiaste (« [...] ce morceau

m'a ravi, chagriné, enchanté, désespéré »). Le 5 avril suivant, après avoir lu tout le roman, il écrivit à l'auteur une deuxième lettre, toujours pleine d'admiration (« Mon éloge est absolu, sincère » ; « Vous avez expliqué l'âme de l'Italie »), mais contenant quelques « observations » qu'il reprendra et développera dans son article. Le 11 avril, les deux écrivains se rencontrèrent. Le célèbre article de Balzac, *Études sur M. Beyle* (*Frédéric de Stendalh* [sic]) parut dans la troisième et dernière livraison de l'éphémère *Revue parisienne* du 25 septembre 1840.

Par le bateau du 14 octobre 1840, Stendhal reçut à Civitavecchia la *Revue parisienne*. Cependant, même si son amour-propre fut flatté par les éloges, il n'accepta pas docilement les critiques et les réserves de Balzac, comme en témoignent les brouillons de sa lettre de « remerciements », dont le texte définitif n'a pas été retrouvé. Le 16 octobre, il rédigea le premier de ces brouillons ; quelques jours plus tard il fit copier par son secrétaire une deuxième version modifiée ; enfin, les 28 et 29 octobre, il rédigea un troisième brouillon. Stendhal dit avoir expédié sa lettre le 30 octobre. Nous savons que le 4 avril 1841 Balzac ne l'avait pas reçue.

Les trois brouillons se trouvent à la Bibliothèque de Grenoble. Nous indiquons ici les notes de Stendhal et les variantes en italique.

F.S.G. R 5896 (1), f° 55-62, première version autographe.

2. *Dire : la* Revue *reçue la veille de la date de la réponse.*

Page 468

1. *Après vous. Dans 50 ans quelque ravaudeur littéraire publiera des fragments. Quant au style, vous allez me trouver un monstre d'orgueil.*

Je n'ai pas songé à me venger du grand Metternich ; j'espère de prendre ma revanche dans 20 ans ; on parlera peu de lui alors, encore moins du Prince.

Page 469

1. *19 octobre 1840.*

2. « Le coucou a davantage de méthode. » Citation non identifiée. Elle ne se trouve pas dans l'ouvrage le plus connu de Trajano Boccalini (1556-1613), les *Ragguagli del Parnaso* (*Les Nouvelles du Parnasse*), Venise, 1612-1613, suivi par la posthume *Pietra di paragone politico* (*La Pierre de touche politique*, 1614). Sur Boccalini, voir M. Fumaroli, « Les abeilles et les araignées », dans *La Querelle des Anciens et des Modernes*, Gallimard, « Folio classique », 2001, p. 29-52.

Page 470

1. *Napoléon envoya un soir demander pourquoi on riait tant à la chancellerie.*

2. *Finir par : J'écris si mal quand j'écris à un homme d'esprit mes idées sont réveillées si rapidement que je prends le parti de faire transcrire mes lettres.*

215. À HONORÉ DE BALZAC, 17-28 OCTOBRE 1840.

Page 472

1. F.S.G. R 5896 (1), f° 50-53, deuxième version, copie avec corrections autographes.

Égotisme effroyable, ne jamais envoyer la vérité aussi nue, elle est ridicule. Ne jamais se presser d'envoyer, se défier de la vérité.

216. À HONORÉ DE BALZAC, 28-29 OCTOBRE 1840.

Page 475

1. F.S.G. R 5896 (1), f° 32-40, troisième version autographe.

2. *29* [biffé] [*octobre 1840*].

A copiar su bella carta. Vorrei mandar col bastimento del 29. [À copier sur du beau papier. Je voudrais envoyer par le bateau du 29.]

Page 477

1. *Fin de la lettre, 28 octobre 1840.*

217. À DOMENICO FIORE, ROME, 5 MARS 1841.

Page 481.

1. *La reine d'Espagne* : Marie-Christine, née le 27 avril 1806, veuve de Ferdinand VII (Note de R. Colomb).

2. *Confetti* : dragées.

3. *La reine de Naples :* Marie-Isabelle des Deux Siciles, fille de Charles IV, roi d'Espagne, née le 6 juillet 1789, mariée le 6 décembre 1802 au roi François 1er, père du roi régnant, remariée au prince de… (Note de R. Colomb).

Page 482.

1. *M. Muñoz :* mari morganatique de la reine Marie-Christine.
2. *Supremo Gerarca :* le chef suprême (le Pape).

218. À DOMENICO FIORE,
CIVITA-VECCHIA, 14 MARS 1841.

Page 483.

1. M. Bonavie est le copiste auquel Stendhal avait dicté *La Chartreuse de Parme*.

Page 484.

1. Luisa Molica qui avait eu un véritable triomphe à Civitavecchia (CG, t. VI, 454).
2. Antoine Albert, employé au consulat de Civitavecchia. Stendhal l'appelle aussi Toto.

Page 485.

1. Note de R. Colomb : « Le portrait le plus ressemblant, qui a, en outre, de la valeur sous le rapport de l'art est celui qui est dans ma chambre. Il a été fait à Rome, en 1840, par M. O. Sodermark, peintre suédois, qui l'avait exposé dans le Salon de la Porta del Popolo. Beyle était alors âgé de cinquante-sept ans, c'est la dernière fois qu'il s'est fait peindre. »
2. Allusion à la première attaque du 15 mars. Voir la lettre suivante. Mais cette phrase est-elle bien de Stendhal ?, se demande justement V. Del Litto.

219. À DOMENICO FIORE,
CIVITA-VECCHIA, 5 AVRIL 1841.

Page 486.

1. L'attaque du 15 mars.
2. C'est-à-dire un congé accordé par le comte Molé.

220. À DOMENICO FIORE, ROME, 10 AVRIL 1841.

Page 488.

1. Luigi Frezza, marchand de tableaux et d'estampes, à Rome, qui louait à Stendhal une chambre, 48, via Condotti.

221. À DOMENICO FIORE, ROME, 19 AVRIL 1841.

Page 489.

1. Le docteur Clemens Alertz (1780-1866), médecin de la légation de Prusse à Rome. Voir P.P. Trompeo, *nell'Italia romantica sulle orme di Stendhal, op. cit.*, p. 268, n. 104.
2. *L'ultima* : la dernière.

222. À ROMAIN COLOMB, CIVITA-VECCHIA, 19 JUIN 1841.

Page 490.

1. Sur Latour-Maubourg, ambassadeur à Rome, voir p. 379, n. 1.

223. À ROMAIN COLOMB, FLORENCE, 8 OCTOBRE 1841.

Page 491.

1. « L'état de sa santé le porta à demander un congé pour aller consulter à Genève M. le docteur Prévost ; puis il prit la route de Paris, et y arriva le 8 novembre 1841 » (Note de Romain Colomb).
2. Vincenzo Salvagnoli (1802-1861), avocat à Florence et destinataire du *Projet d'article* sur *Le Rouge et le Noir*.

224. À FÉLIX BONNAIRE, PARIS, 21 MARS 1842.

Page 492.

1. Cette lettre, adressée à Félix Bonnaire, associé de François Buloz à la *Revue des Deux Mondes* est très probablement la dernière que Stendhal ait écrite.

TABLE DES DESTINATAIRES

Les chiffres renvoient au numéro des lettres.

TABLE DES LETTRES

STENDHAL AVANT STENDHAL

À la « cara sorella »

Le soldat et le dilettante

« JE TOMBAI AVEC NAPOLÉON »

Milanese

Romantisme et roman

LETTRES D'EXIL

Un consul malheureux

« Barbarus hic ego sum »

DOSSIER

DU MÊME AUTEUR

Dans la même collection

LE ROUGE ET LE NOIR. *Préface de Jean Prévost. Édition établie par Anne-Marie Meininger.*

CHRONIQUES ITALIENNES. *Édition présentée et établie par Dominique Fernandez.*

VIE DE HENRY BRULARD. *Édition présentée et établie par Béatrice Didier.*

ARMANCE. *Édition présentée et établie par Armand Hoog.*

DE L'AMOUR. *Édition présentée et établie par V. Del Litto.*

LE ROSE ET LE VERT, MINA DE VANGHEL *et autres nouvelles. Édition présentée et établie par V. Del Litto.*

SOUVENIRS D'ÉGOTISME, *suivi de* PROJETS D'AUTOBIOGRAPHIE *et des* PRIVILÈGES. *Édition présentée et établie par Béatrice Didier.*

LAMIEL. *Édition présentée et établie par Anne-Marie Meininger.*

ROME, NAPLES ET FLORENCE. *Édition présentée et établie par Pierre Brunel.*

VIE DE ROSSINI. *Édition présentée et établie par Pierre Brunel.*

PROMENADES DANS ROME. *Préface de Michel Crouzet. Édition de V. Del Litto.*

LUCIEN LEUWEN. *Préface d'Alain. Édition établie par Anne-Marie Meininger.*

LA CHARTREUSE DE PARME. *Édition présentée et établie par Mariella Di Maio.*

JOURNAL. *Préface de Dominique Fernandez. Édition d'Henri Martineau revue par Xavier Bourdenet.*

DU MÊME AUTEUR

Dans la même collection

LE ROUGE ET LE NOIR. [illegible]

CHRONIQUES ITALIENNES. [illegible]

VIE DE HENRY BRULARD. [illegible]

ARMANCE. [illegible]

DE L'AMOUR. [illegible]

ROMANS ET NOUVELLES. [illegible]

SOUVENIRS D'ÉGOTISME [illegible]

LAMIEL. [illegible]

ROME, NAPLES ET FLORENCE. [illegible]

VIE DE ROSSINI. [illegible]

PROMENADES DANS ROME. [illegible]

RÉCITS ET NOUVELLES. [illegible]

LA CHARTREUSE DE PARME. [illegible]

[illegible]

Composition Interligne
Impression Maury-Imprimeur
45330 Malesherbes
le 20 avril 2011.
Dépôt légal : avril 2011.
Numéro d'imprimeur : 164115.

ISBN 978-2-07-033860-3. / Imprimé en France.

143274